Riquezas Ocultas

Nora Roberts

A Pousada do Fim do Rio
O Testamento
Traições Legítimas
Três Destinos
Lua de Sangue
Doce Vingança
Segredos
O Amuleto
Santuário
Resgatado pelo Amor
A Villa
Tesouro Secreto
Pecados Sagrados
Virtude Indecente
Bellissima
Mentiras Genuínas
Riquezas Ocultas

Trilogia do Sonho
Um Sonho de Amor
Um Sonho de Vida
Um Sonho de Esperança

Trilogia do Coração
Diamantes do Sol
Lágrimas da Lua
Coração do Mar

Trilogia da Magia
Dançando no Ar
Entre o Céu e a Terra
Enfrentando o Fogo

Trilogia da Gratidão
Arrebatado pelo Mar
Movido pela Maré
Protegido pelo Porto

Trilogia da Fraternidade
Laços de Fogo
Laços de Gelo
Laços de Pecado

Trilogia do Círculo
A Cruz de Morrigan
O Baile dos Deuses
O Vale do Silêncio

Trilogia das Flores
Dália Azul
Rosa Negra
Lírio Vermelho

Nora Roberts
Riquezas Ocultas

Tradução
Carolina Selvatici

BERTRAND BRASIL

Rio de Janeiro | 2013

Copyright © 1991 by Nora Roberts

Título original: Hidden Riches

Capa: Leonardo Carvalho

Editoração: FA Studio

Texto revisado segundo o novo
Acordo Ortográfico da Língua Portuguesa

2013
Impresso no Brasil
Printed in Brazil

Cip-Brasil. Catalogação na publicação.
Sindicato Nacional dos Editores de Livros, RJ.

R549r	Roberts, Nora, 1950-
	    Riquezas ocultas / Nora Roberts; tradução Carolina Selvatici. — 1. ed. — Rio de Janeiro: Bertrand Brasil, 2013.
	    518 p. ; 23 cm.
	
	    Tradução de: Hidden Riches
	    ISBN 978-85-286-1839-6
	
	    1. Ficção americana. I. Selvatici, Carolina. II. Título.

13-05525	CDD: 813 CDU: 821.111(73)-3

Todos os direitos reservados pela:
EDITORA BERTRAND BRASIL LTDA.
Rua Argentina, 171 — 2º andar — São Cristóvão
20921-380 — Rio de Janeiro — RJ
Tel.: (0xx21) 2585-2070 — Fax: (0xx21) 2585-2087

Não é permitida a reprodução total ou parcial desta obra, por quaisquer meios, sem a prévia autorização por escrito da Editora.

Atendimento e venda direta ao leitor:
mdireto@record.com.br ou (0xx21) 2585-2002

*Para minha mãe,
porque ela adora bibelôs e uma bela oferta*

Prólogo
♦ ♦ ♦ ♦

*E*LE NÃO queria estar ali. Não, odiava estar preso naquela velha casa elegante, sendo importunado por fantasmas que teimavam em não descansar. Não bastava mais esconder os móveis com lençóis, trancar as portas e ir embora. Tinha que esvaziá-la para se livrar de alguns dos pesadelos.

— Capitão Skimmerhorn?

Jed se contraiu ao ouvir o título. Fazia uma semana que não era mais capitão. Tinha pedido demissão da polícia, entregado o distintivo, mas já estava cansado de explicar aquilo. Ele se virou quando dois carregadores passaram, levando um armário de pau-rosa escada abaixo, atravessaram o grande saguão e saíram na manhã fria.

— Diga.

— É melhor conferir o andar de cima para ter certeza de que pegamos tudo que o senhor queria colocar no depósito. Se não houver mais nada, acho que já acabamos.

— Está bem.

Mas ele não queria subir aquelas escadas nem andar por aqueles cômodos. Mesmo vazios, eles continham coisas demais. É minha responsabilidade, pensou, enquanto subia os degraus, relutante. Toda sua vida fora cheia demais de responsabilidades para ignorar uma delas agora.

Alguma coisa o empurrou pelo corredor até seu velho quarto. O quarto em que havia crescido, em que havia continuado a viver quando já morava sozinho na casa. Mas Jed parou na porta, pouco antes de atravessá-la. Com as mãos fechadas com força nos bolsos, esperou que as lembranças o atacassem como um atirador de elite.

Ele havia chorado naquele quarto — em segredo e de vergonha, é claro. Nenhum homem da família Skimmerhorn podia revelar uma fraqueza em público. Depois, quando suas lágrimas haviam secado, fizera planos naquele quarto. Pequenas vinganças infantis e inúteis que sempre se haviam voltado contra ele.

Aprendera a odiar naquele quarto.

No entanto, era apenas um quarto. Era apenas uma casa. Ele havia se convencido disso anos antes, quando voltara a morar nela já adulto. E não ficara satisfeito?, perguntava-se agora. Não havia sido simples?

Até Elaine.

— Jedidiah.

Jed levou um susto. Quase tirou a mão direita do bolso para sacar uma arma que já não estava lá, mas se impediu. O gesto e o fato de ter ficado perdido nos próprios pensamentos mórbidos a ponto de alguém ter conseguido se esgueirar até ele o fez lembrar o porquê de a arma não estar mais pendurada em seu ombro.

Ele relaxou e olhou para a avó. Honoria Skimmerhorn Rodgers estava embrulhada numa pele de visom. Diamantes discretos, para uso diurno, brilhavam em suas orelhas e o cabelo branquinho estava muito bem-penteado. Parecia uma senhora de sucesso indo almoçar com as amigas no clube favorito. No entanto, os olhos dela, de um azul tão claro quanto os dele, estavam cheios de preocupação.

— Eu esperava convencer você a esperar — disse, baixinho, estendendo a mão para pô-la num dos braços do neto.

Ele se encolheu automaticamente. Os Skimmerhorn não eram de se tocar.

— Não tenho motivos para esperar.

— E existe algum motivo para isso? — Ela apontou na direção do quarto vazio. — Há alguma razão para esvaziar a sua casa e guardar todos os seus pertences?

— Nada nesta casa me pertence.

— Isso é absurdo. — Um leve toque do sotaque nativo de Boston apareceu na voz dela.

— Porque eu sobrei? — Jed deu as costas para o quarto para encarar a avó. — Porque fui o único que sobreviveu? Não, obrigado.

Se Honoria não estivesse tão preocupada com ele, a resposta grosseira teria gerado uma bela bronca.

— Meu amor, o problema não são as sobras. Nem o que sobrou. — Ela viu o neto se encolher e se fechar. Teria sacudido Jed se isso pudesse ajudar. Em vez disso, tocou no rosto dele. — Você só precisa de um pouco de tempo.

O gesto deixou os músculos de Jed contraídos. Ele usou toda sua força de vontade para não se afastar dos dedos gentis.

— E esse é o meu jeito de ter esse tempo.

— Saindo da casa da sua família...

— Família? — Ele riu ao ouvir aquilo e o som ecoou de maneira horrível até o saguão, no andar de baixo. — Nunca fomos uma família aqui nem em qualquer outro lugar.

Os olhos da avó, cheios de simpatia, endureceram.

— Fingir que o passado não existe é tão ruim quanto viver nele. O que você está fazendo? Jogando fora tudo que você construiu, tudo que conseguiu? Talvez eu não tenha concordado muito com a sua escolha em termos de profissão, mas foi a sua escolha e você fez uma bela carreira. Me parece que você fez mais pelo sobrenome Skimmerhorn quando foi promovido a capitão do que todos os seus ancestrais fizeram com o dinheiro e o poder que tinham.

— Eu não me tornei policial para dar valor ao meu sobrenome.

— Não — disse ela, baixinho. — Fez isso por você mesmo, contra uma enorme pressão familiar. Incluindo a minha. — A avó se afastou do neto para andar pelo corredor. Já havia morado naquela casa, anos antes, logo depois de se casar. Um casamento infeliz. — Vi você mudar sua vida e isso me impressionou. Porque eu sabia que não estava fazendo aquilo por ninguém, apenas por você. Sempre me perguntei de onde você havia tirado forças para fazer aquilo.

Virando-se, Honoria observou o filho de seu filho. Ele herdara os belos traços dos Skimmerhorn. Cabelo louro-escuro, bagunçado pelo vento, em torno de um rosto fino e bem-definido, mas tenso. Ela se preocupou, como mulher que era, pois ele perdera peso — mas o afinamento do rosto apenas realçara seu encanto. Havia força no corpo alto e nos ombros largos, que tanto acentuavam quanto desafiavam a beleza romântica masculina da pele dourada e pálida e da boca sensível. Os olhos, de um tom azul escuro impressionante, haviam sidos herdados dela. Eram tão assombrados e desafiadores quanto tinham sido no menino pequeno e problemático de que se lembrava tão bem...

Mas ele não era mais um menino e ela temia que pudesse fazer pouca coisa para ajudar o homem.

— Não quero ver você fazer uma revolução na sua vida de novo pela razão errada. — Honoria balançou a cabeça, andando de volta até o neto antes que ele pudesse falar. — E eu posso não ter gostado quando você veio morar aqui sozinho, depois que seus pais morreram, mas isso também foi escolha sua. E, durante um tempo, pareceu que você tinha feito a escolha certa de novo. Mas, dessa vez, a sua solução para uma tragédia é vender a sua casa, jogar a sua carreira no lixo?

Ele esperou um segundo.

— É.

— Assim você me decepciona, Jedidiah.

Aquilo doeu. Era uma frase que ela quase nunca usava e que tinha mais poder do que uma dúzia dos insultos do pai.

— Prefiro decepcionar você a ser responsável pela vida de um único policial. Não estou em condições de liderar ninguém. — Jed olhou para as próprias mãos e as flexionou. — Talvez nunca mais possa. E, quanto à casa, ela deveria ter sido vendida há anos. Depois do acidente. Teria sido vendida se a Elaine tivesse concordado. — Alguma coisa se acumulou na garganta de Jed. A culpa era amarga como bile. — Agora que ela foi embora também, a decisão é minha.

— É, é sua — concordou a avó. — Mas está errado.

A raiva ferveu o sangue dele. Jed queria bater em alguma coisa, enfiar os punhos na carne de alguém. Era uma sensação que tinha com demasiada frequência. E, por causa dela, ele não era mais o capitão J. T. Skimmerhorn do Departamento de Polícia da Filadélfia, mas apenas um civil.

— Será que você não consegue entender? Não posso morar aqui. Não consigo dormir aqui. Preciso sair deste lugar. Estou sufocando aqui.

— Então venha ficar comigo. Até o Ano-Novo. Deixe o primeiro ano passar. Dê um pouco mais de tempo a si mesmo antes de fazer uma coisa irreversível. — A voz da avó se tornou suave de novo quando ela pegou as mãos rígidas do neto. — Jedidiah, faz só alguns meses que a Elaine... Que a Elaine foi morta.

— Eu sei quanto tempo faz. — É, ele sabia exatamente o momento da morte da irmã. Afinal, ele a havia matado. — Obrigado pelo convite, mas já tenho outros planos. Vou ver um apartamento mais tarde hoje. Na rua South.

— Um apartamento. — O suspiro de Honoria foi ríspido de irritação. — Por favor, Jedidiah, não há necessidade desse tipo de bobagem. Compre outra casa para você se precisar, tire férias longas, mas não se enterre num quarto triste.

Ele ficou surpreso por conseguir sorrir.

— O anúncio dizia que era calmo, atraente e bem-localizado. Não me parece triste. Vovó — apertou as mãos de Honoria antes que ela pudesse argumentar —, deixe isso pra lá.

A avó suspirou novamente, entendendo a derrota.

— Só quero o que é melhor para você.

— Você sempre quis. — Ele reprimiu um arrepio, sentindo as paredes se fecharem a sua volta. — Vamos sair daqui.

Capítulo Um
♦ ♦ ♦ ♦

Um teatro sem plateia tem uma magia peculiar. A magia das possibilidades. O eco das vozes de atores treinando as falas, as marcações de luz, o figurino, a tensão e os egos assoberbados que pulam do meio do palco para a última fileira vazia.

Isadora Conroy absorvia a magia da coxia do teatro Liberty, enquanto assistia a um ensaio de *Um conto de Natal*. Como sempre, apreciava o drama — não apenas o escrito por Dickens, mas também o drama dos nervos à flor da pele, da iluminação criativa, das falas bem-ditas. Afinal, o teatro estava em seu sangue.

Uma vibração emanava dela mesmo quando estava parada. Os grandes olhos castanhos brilhavam de animação e pareciam dominar o rosto emoldurado pela faixa de cabelo castanho e dourado. Essa animação levava cor à pele de mármore, um sorriso à boca larga. Era um rosto de ângulos sutis e curvas suaves, entre saudável e bonito. A energia dentro do pequeno corpo compacto da moça extravasava.

Era uma mulher interessada em tudo que a cercava, que acreditava em ilusões. Ao observar o pai balançar as correntes de Marley e entoar previsões sombrias para um assustado Scrooge, ela acreditava em fantasmas. E, por acreditar, ele deixava de ser seu pai e passava a ser o pão-duro amaldiçoado, preso nas correntes pesadas da própria ganância para toda a eternidade.

Então Marley voltou a ser Quentin Conroy, o ator veterano, diretor e fã de teatro, e pediu uma pequena mudança no posicionamento.

— Dora. — Correndo, a irmã de Dora, Ophelia, chegou por trás da moça e avisou: — Já estamos vinte minutos atrasadas na programação.

— Não temos uma programação — murmurou Dora, assentindo com a cabeça para a mudança perfeita de posicionamento. — Nunca tenho uma programação quando faço compras. Ele não é maravilhoso, Lea?

Apesar de estar sendo obrigada a mudar de planos, Lea olhou rapidamente para o palco e estudou o pai.

— É. Mas só Deus sabe como ele aguenta fazer essa peça todo ano.

— É tradição. — Dora sorriu. — É a base do teatro. — Deixar o palco não havia reduzido a paixão da moça por ele nem a admiração pelo homem que a ensinara a se lembrar de uma fala. Ela o vira se tornar milhares de homens no palco: Macbeth, Willie Loman, Nathan Detroit. Ela o assistira no triunfo e na derrota. Mas ele sempre a divertia.

— Você se lembra de quando a mamãe e o papai fizeram Titânia e Oberon?

Lea revirou os olhos, mas sorriu.

— Quem poderia esquecer? A mamãe se manteve no papel por semanas. Não foi fácil morar com a rainha das fadas. E, se não sairmos logo daqui, a rainha virá até aqui para listar todas as coisas que podem acontecer com duas mulheres que estão viajando sozinhas pela Virgínia.

Sentindo a irritação e a impaciência da irmã, Dora pôs o braço por cima dos ombros de Lea.

— Relaxe, querida, eu já cuidei de tudo. E ele vai pedir um intervalo daqui a um minuto.

Algo que o pai fez no momento exato. Quando os atores se espalharam pelo teatro, Dora foi até o centro do palco.

— Pai. — Ela o olhou longamente, observando-o de cima a baixo. — Você estava ótimo.

— Obrigado, meu amor. — O pai levantou um braço para que a túnica esburacada esvoaçasse. — Acho que a maquiagem melhorou do ano passado para cá.

— Com certeza. — Na verdade, o óleo e o carvão estavam realísticos demais. O rosto bonito do pai parecia que ia desabar. — Está realmente nojento. — Ela o beijou levemente nos lábios, tomando cuidado para não desfazer a maquiagem. — Desculpe por não ficarmos para a estreia hoje.

— Fazer o quê? — disse Quentin, fazendo um certo muxoxo. Apesar de um dos filhos ter mantido a tradição dos Conroy, ele havia perdido as duas filhas: uma para o casamento e outra para um negócio próprio. No entanto, às vezes, conseguia atraí-las para papéis pequenos. — Então minhas meninas vão partir para uma aventura.

— É só uma viagem de compras, pai, não uma viagem pela Amazônia.

— Dá no mesmo. — Ele deu uma piscadela e um beijo em Lea. — Cuidado com as cobras.

— Ah, Lea! — Trixie Conroy, resplandecente em seu figurino arrematado com um enorme chapéu de penas, correu para o palco. A acústica excelente do Liberty levou a voz grossa até o último camarote. — O John está ao telefone, querida. Ele não lembra se a Missy tem reunião das escoteiras hoje às cinco ou se tem aula de piano às seis.

— Eu deixei tudo anotado — murmurou Lea. — Como ele vai conseguir ficar sozinho com as crianças por três dias se não consegue ler um papel?

— É um homem tão gentil... — comentou Trixie quando Lea saiu correndo. — O genro perfeito. Bom, Dora, você vai dirigir com cuidado?

— Vou, mamãe.

— É claro que vai. Você sempre toma cuidado. Não vai dar carona para ninguém, vai?

— Nem se me implorarem.

— E vai parar a cada duas horas para descansar a vista?

— Pontualmente.

Uma aflita inveterada, Trixie mordeu o lábio inferior.

— Mesmo assim, é longe daqui até a Virgínia. E pode nevar.

— Tenho pneus para neve. — Para impedir mais especulações, Dora deu outro beijo na mãe. — Tem um telefone na van, mamãe. Eu ligarei sempre que cruzarmos uma fronteira estadual.

— Que ótimo! — A ideia animou Trixie incrivelmente. — Ah, e Quentin, querido, acabei de voltar da bilheteria. — Ela se abaixou, reverenciando o marido. — Todos os ingressos da semana já foram vendidos.

— É claro. — Quentin fez a mulher se levantar e dar um giro gracioso, que terminou com ela deitada em seus braços. — Um Conroy não espera nada menos do que aplausos de pé.

— Quebre a perna. — Dora beijou a mãe uma última vez. — Você também — disse a Quentin. — E, pai, não se esqueça de que vai mostrar o apartamento hoje.

— Eu nunca me esqueço de um compromisso. Todos a seus lugares! — gritou, depois piscou para a filha. — Bon *voyage*, minha querida.

Dora pôde ouvir as correntes tilintando quando foi para a coxia. Não podia imaginar uma despedida melhor.

◆ ◆ ◆ ◆

*P*ARA DORA, uma casa de leilões era como um teatro. Havia o palco, os objetos e os personagens. Como havia explicado aos pais temerosos anos antes, ela não estava realmente se aposentando dos palcos. Ia apenas explorar outro estilo de representação. Com certeza fazia bom uso do sangue de atriz sempre que precisava comprar ou vender.

Ela já havia se dedicado a estudar a arena da apresentação daquele dia. O prédio onde Sherman Porter fazia leilões e mantinha um pequeno mercado de pulgas havia sido um abatedouro e ainda era tão frio quanto um celeiro. As mercadorias ficavam espalhadas por um piso de concreto gelado onde vacas e porcos haviam mugido e berrado, a caminho de se tornar assados e costeletas. Agora humanos, agasalhados com casacos e cachecóis, passeavam pelo local, apontando taças, resmungando sobre pinturas e debatendo sobre cristaleiras e cabeceiras entalhadas.

O ambiente era perigoso, mas ela já havia atuado em locais menos auspiciosos. E, é claro, aquela era exatamente a razão para estar ali.

Isadora Conroy adorava encontrar ofertas. As palavras "em promoção" faziam um arrepio passar por todo seu corpo. Sempre adorara comprar e achava a simples troca de dinheiro por objetos extremamente satisfatória. Tão satisfatória que ela havia, muitas vezes, trocado dinheiro por objetos de que não precisava. Fora o amor pelas ofertas que havia feito Dora abrir a própria loja e, em seguida, descobrir que vender era tão prazeroso quanto comprar.

— Lea, veja só isto. — Dora se virou para a irmã, mostrando uma cremeira de prata em forma de sapato de salto. — Não é maravilhosa?

Ophelia Conroy Bradshaw deu uma olhada, levantando uma única sobrancelha castanho-clara. Apesar do nome teatral, a mulher era enraizada na realidade.

— Você quer dizer frívola, não é?

— Por favor, pense além da estética óbvia. — Sorrindo, Dora correu a ponta do dedo pelo arco do sapato. — Existe um lugar para o ridículo no mundo.

— Eu sei. A sua loja.

Dora riu, sem se ofender. Pôs a cremeira de volta no lugar, mas já havia decidido que daria um lance naquele lote. Sacou um caderninho e uma caneta com um desenho de Elvis e sua guitarra para anotar o número.

— Estou muito feliz que você tenha vindo comigo nessa viagem, Lea. Você me mantém concentrada.

— Alguém tem que fazer isso. — A atenção de Lea se voltou para uma coleção de objetos de vidro colorido da época da Depressão. Havia duas ou três peças de âmbar que ficariam ótimas na coleção dela. — Mesmo assim, me sinto culpada por estar longe de casa tão perto do Natal. Por deixar o John com as crianças assim.

—Você estava louca para ficar longe das crianças — lembrou Dora enquanto inspecionava uma penteadeira de cerejeira.

— Eu sei. É por isso que estou me sentindo culpada.

— A culpa é uma coisa boa. — Jogando uma ponta do cachecol vermelho por sobre o ombro, Dora se agachou para conferir o trabalho feito nos puxadores de bronze. — Querida, foram só três dias. Já estamos quase voltando. Você vai chegar em casa à noite e sufocar as crianças com atenção, seduzir o John e todo mundo vai ficar feliz.

Lea revirou os olhos e sorriu levemente para o casal em pé ao lado dela.

—Você sempre reduz as coisas ao menor denominador comum.

Com um resmungo satisfeito, Dora se levantou, tirou o cabelo — que chegava ao queixo — do rosto e assentiu com a cabeça.

— Acho que já vi o bastante.

Quando olhou para o relógio, percebeu que era a hora do encerramento da matinê no teatro dos pais. Bem, pensou ela, havia show business e show business. Estava tão animada com a abertura do leilão que faltava esfregar as mãos de antecipação.

— É melhor pegarmos lugares antes que... Ei, espere! — Os olhos castanhos brilharam. —Veja só isso.

Enquanto Lea se virava, Dora já corria pelo piso de concreto.

Um quadro chamara sua atenção. Não era grande — tinha talvez 45 por 60 centímetros e uma moldura simples, reta, de ébano. A própria tela era uma aquarela. Pinceladas e faixas vermelhas e safira, uma bola de citrino, um toque ousado de esmeralda. O que Dora viu foi energia e vitalidade, tão irresistíveis para ela quanto uma promoção.

A moça sorriu para o menino que pendurava o quadro na parede.

—Você pôs a pintura de cabeça para baixo.

— Oi? — O assistente se virou e ruboresceu. Tinha 17 anos e ver Dora sorrindo para ele o reduziu a uma poça de hormônios. — Ah, não, senhora... — O pomo de adão subiu e desceu freneticamente enquanto ele virava a tela para mostrar o gancho na parte de trás.

— Hummm. — Quando o tivesse, e certamente o teria até o fim da tarde, ela consertaria aquilo.

— Esse, é... carregamento acabou de chegar.

— Entendi. — Ela se aproximou. — Tem umas peças interessantes — disse, pegando uma estatueta de basset de olhos tristes enrolado para dormir. Era mais pesada do que esperava. Apertando os lábios, ela a virou várias vezes para inspecioná-la mais de perto. Não tinha a logo do fabricante nem data, pensou. Mas ainda assim era muito bem feita.

— É frívola o bastante para você? — perguntou Lea.

— Mais ou menos. Poderia ser um ótimo aparador de porta. — Depois de colocar o cachorro no lugar, ela estendeu o braço para pegar uma estatueta alta de um homem e uma mulher, num vestido do pré-guerra, girando numa valsa. A mão de Dora pousou sobre dedos grossos, retorcidos. — Desculpe. — Olhou para um senhor de óculos, que fez uma reverência desajeitada para ela.

— Bonita, não é? — perguntou ele. — Minha esposa tinha uma igual. Foi quebrada quando as crianças estavam brigando na sala.

Ele sorriu, mostrando dentes brancos e retos demais para terem sido dados por Deus. Usava uma gravata-borboleta vermelha e cheirava a hortelã. Dora retribuiu o sorriso.

— O senhor é colecionador?

— De certa maneira. — Ele pôs a estatueta no lugar e os olhos velhos e astutos passaram pela vitrine, estabelecendo preços, catalogando e dispensando. — Meu nome é Tom Ashworth. Tenho uma loja aqui em Front Royal. — Tirou um cartão de visitas do bolso e o deu a Dora. — Acumulei tantas coisas com o passar dos anos que minha única opção era abrir uma loja ou comprar uma casa maior.

— Eu sei o que o senhor quer dizer. Sou Dora Conroy. — Ela estendeu a mão, que foi envolta por um aperto breve e artrítico. — Tenho uma loja na Filadélfia.

— Achei que você era profissional. — Satisfeito, ele piscou um dos olhos. — Notei na hora. Acho que nunca vi você num dos leilões do Porter.

— Não, eu nunca consegui vir. Na verdade, essa viagem foi um impulso. Arrastei minha irmã comigo. Lea, Tom Ashworth.

— Muito prazer.

— O prazer é meu. — Ashworth bateu levemente na mão fria de Lea. — Ele nunca aquece o lugar nesta época do ano. Imagino que Porter ache que o leilão vai esquentar as coisas.

— Espero que ele esteja certo. — Os dedos do pé de Lea pareciam congelados dentro das botas de camurça. — Faz muito tempo que tem a loja, sr. Ashworth?

— Quase quarenta anos. Minha mulher começou o negócio, fazendo bonecas, cachecóis e outras coisas de crochê para vender. Depois, acrescentou outros objetos. Trabalhava na garagem. — Tirou um cachimbo Missouri do bolso e o segurou entre os dentes. — Em 1963, tínhamos mais estoque do que cabia na garagem, então alugamos uma loja na cidade. Trabalhamos juntos até que ela faleceu, na primavera de 1986. Agora tenho um neto que trabalha comigo. Ele tem muitas ideias elaboradas, mas é um bom menino.

— Negócios de família são os melhores — disse Dora. — A Lea acabou de começar a trabalhar meio período na minha loja.

— Sabe Deus por quê. — Lea enfiou as mãos frias nos bolsos do casaco. — Eu não sei nada sobre antiguidades nem peças de colecionador.

— Você só tem que descobrir o que as pessoas querem — disse Ashworth, passando o polegar sobre um fósforo para acendê-lo. — E quanto vão pagar pela peça — acrescentou antes de soprar no cachimbo, acendendo-o.

— Exatamente. — Encantada com o homem, Dora pegou o braço dele. — Parece que já vão começar. Por que a gente não se senta?

Ashworth ofereceu o outro braço a Lea e, sentindo-se o bendito fruto entre as mulheres, escoltou as duas até cadeiras próximas à primeira fila.

Dora tirou o caderninho e se preparou para representar seu papel favorito.

As ofertas eram baixas, mas muito competitivas. As vozes ressoavam no teto alto enquanto os lotes eram anunciados. Mas era a multidão murmurante que atiçava o sangue de Dora. Havia boas compras a fazer ali e ela estava determinada a obter sua parte.

Dora venceu uma mulher magra, malcuidada, com a boca fina, na luta pela penteadeira, conseguiu o lote que incluía a cremeira em forma de sapato com facilidade e competiu raivosamente com Ashworth por um conjunto de saleiros de cristal.

— Você venceu — disse ele, quando Dora superou a oferta outra vez. — Você provavelmente vai conseguir mais por elas no Norte.

— Tenho uma cliente que é colecionadora — respondeu Dora. E que pagaria o dobro do preço que ela havia pagado, pensou.

— É mesmo? — Ashworth se inclinou para ela quando o leilão do lote seguinte começou. — Tenho um conjunto de seis na loja. De cobalto e prata.

— É mesmo?

— Se tiver tempo, passe lá quando o leilão acabar e dê uma olhada.

— Acho que vou fazer isso. Lea, faça uma oferta nessas estatuetas de vidro.

— Eu? — Com os olhos cheios de medo, Lea se virou para a irmã, embasbacada.

— É claro. Pode se arriscar. — Sorrindo, Dora inclinou a cabeça para Ashworth. — Veja só isso.

Como Dora esperava, Lea começou com ofertas hesitantes, que quase não chegavam aos ouvidos do leiloeiro. Depois, passou a se sentar na ponta da cadeira. Seus olhos começaram a brilhar. Quando o lote foi vendido, já lançava as ofertas como um sargento comanda recrutas.

— Ela não é ótima? — Cheia de orgulho, Dora passou o braço por cima dos ombros da irmã. — Sempre aprendeu rápido. Isso está no sangue dos Conroy.

— Eu comprei tudo. — Lea pressionou a mão contra o coração acelerado. — Ai, meu Deus, comprei tudo. Por que você não me impediu?

— Você estava se divertindo tanto...

— Mas... Mas... — Quando a adrenalina baixou, Lea desabou na cadeira. — Isso custou centenas de dólares. Centenas.

— Muito bem-gastos. Agora vamos lá. — Ao olhar para a pintura abstrata, Dora esfregou as mãos. — É minha — disse, suavemente.

♦♦♦♦

ÀS TRÊS, Dora já acrescentava os seis saleiros de cobalto aos tesouros de sua van. O vento havia aumentado, enchendo as bochechas da moça de cor, e se esgueirava para dentro de seu casaco.

— O ar está cheirando a neve — comentou Ashworth. Ele estava na calçada, em frente à sua loja, e, com o cachimbo na mão, farejava o ar. — Talvez você pegue um pouco antes de chegar em casa.

— Espero que sim. — Puxando o cabelo que voava para trás, ela sorriu para o senhorzinho. — O que é o Natal sem neve? Foi ótimo conhecer o senhor, sr. Ashworth. — Deu a mão a ele de novo. — Se for até a Filadélfia, espero que passe na minha loja.

— Pode ficar tranquila. — Ele bateu no bolso em que havia posto o cartão de visita da moça. — Vocês duas se cuidem. Dirijam com cuidado.

— Pode deixar. Feliz Natal.

— O mesmo para vocês — acrescentou Ashworth enquanto Dora entrava na van.

Com um último aceno, ela deu a partida no carro e se afastou da calçada. Os olhos passaram pelo espelho retrovisor e ela sorriu ao ver Ashworth parado na calçada com o cachimbo entre os dentes e a mão levantada, dando adeus.

— Que fofo! Fico feliz que ele tenha conseguido a estatueta.

Lea estremeceu e esperou impacientemente que a van se aquecesse.

— Espero que ele não tenha cobrado demais pelos saleiros.

— Hummm. Ele teve lucro, eu vou ter lucro e a sra. O'Malley vai aumentar a coleção dela. Todo mundo vai conseguir o que quer.

— Imagino que sim. Ainda não acredito que tenha comprado aquele quadro horrível. Nunca vai conseguir vender.

— Ah, uma hora eu consigo.

— Pelo menos você só pagou cinquenta dólares por ele.

— Foram 52,75 — corrigiu Dora.

— É. — Virando-se no banco, Lea olhou para as caixas empilhadas na traseira da van. — Você sabe, é claro, que não tem espaço para toda essa porcariada.

— Vou arranjar. Você não acha que a Missy iria gostar daquele carrossel?

Lea imaginou o enorme brinquedo mecânico no quarto branco e rosa da filha e estremeceu.

— Por favor, não.

— Tudo bem — respondeu Dora, dando de ombros. Depois que limpasse o carrossel, poderia deixá-lo girar na própria sala por um tempo. — Mas acho que ela vai gostar. Quer ligar para o John e dizer que estamos voltando?

— Daqui a pouco. — Com um suspiro, Lea se ajeitou no banco. — A essa hora amanhã, estarei preparando biscoitos e abrindo massa para torta.

— Foi você quem quis — lembrou Dora. — Você tinha que se casar, ter filhos, ter uma casa. Onde mais a família vai jantar no Natal?

— Eu não me incomodaria se a mamãe não insistisse em me ajudar na cozinha. Pelo amor de Deus, a mulher nunca cozinhou uma refeição inteira na vida!

— Não que eu me lembre.

— Mas, todo Natal, ela me atrapalha na cozinha, querendo fazer alguma receita de alfafa ao molho de castanhas.

— Aquilo ficou muito ruim — lembrou-se Dora. — Mas ficou melhor do que as batatas ao curry e a caçarola de milho.

— Nem me lembre disso. E o papai não ajuda, com aquele gorro de Papai Noel, bebendo todo o *eggnog* antes do almoço.

— Talvez o Will possa distrair a mamãe. Ele vem sozinho ou com uma das mocinhas? — perguntou Dora, se referindo à série de namoradas glamorosas do irmão.

— Sozinho, pelo que eu soube. Dora, cuidado com aquele caminhão, está bem?

— Estou tomando. — Para se manter na disputa, Dora acelerou e passou o caminhão de 16 rodas a um fio de distância. — E quando o Will vai chegar?

— Ele ficou de pegar o último trem que sai de Nova York na véspera do Natal.

— Tarde o bastante para fazer uma bela entrada — previu Dora. — Olhe, se ela irritar você, eu sempre... Ai, droga!

— O que foi? — Os olhos de Lea se abriram de repente.

— Eu acabei de me lembrar que o novo locatário que papai conseguiu vai se mudar para o apartamento hoje.

— E daí?

— Espero que o papai se lembre de levar as chaves. Ele foi ótimo por ter mostrado o apartamento nas últimas semanas, enquanto eu estava ocupada com a loja, mas você sabe como ele fica esquecido quando está no meio de uma peça.

— Eu sei exatamente como ele fica, e é por isso que não consigo entender por que você deixou que entrevistasse possíveis inquilinos para o seu apartamento.

— Eu não tinha tempo — murmurou Dora, tentando calcular se teria alguma chance de ligar para o pai entre os atos. — Além disso, o papai quis ajudar.

— Só não se surpreenda se você perceber que está morando ao lado de um psicopata ou de uma mulher com três filhos e uma série de namorados tatuados.

Os lábios de Dora se curvaram para cima.

— Eu pedi especificamente para o papai evitar psicopatas e tatuados. Espero que seja alguém que cozinhe, queira agradar o senhorio e me leve biscoitos regularmente. Falando nisso, você quer comer?

— Quero. É melhor eu fazer uma última refeição em que a única comida que eu tenha que cortar seja a minha.

Dora virou para a rampa de saída, cortando um Chevrolet e ignorando a salva irritada de buzinas. Um sorriso se formou no rosto da moça quando se imaginou desempacotando os novos pertences. A primeira coisa que faria, prometeu a si mesma, seria achar um lugar perfeito para o quadro.

♦♦♦♦

Do alto da torre brilhante de um prédio prateado com vista para as ruas lotadas de Los Angeles, Edmund Finley relaxava fazendo a manicure semanal. A parede que ficava em frente à mesa maciça de pau-rosa piscava com uma dúzia de telas de TV. CNN, Headline News e um canal de vendas brilhavam silenciosamente. Outras telas estavam sintonizadas nos diversos escritórios da organização para que ele pudesse observar seus funcionários.

No entanto, a não ser que ele resolvesse aumentar o volume das TVs, os únicos barulhos que tomavam o enorme escritório eram as notas de uma ópera de Mozart e o raspar constante da lixa da manicure.

Finley gostava de observar.

Ele havia escolhido o último andar daquele prédio para que o escritório tivesse vista para toda Los Angeles. Aquilo lhe dava uma sensação de poder, de onipotência. O homem costumava ficar parado por uma hora, ao lado da enorme janela atrás da mesa, simplesmente estudando as idas e vindas dos estranhos na rua.

Sua casa, no alto das colinas da cidade, tinha telas de TV e monitores em todos os cômodos. E janelas — mais janelas para que pudesse olhar para as luzes da grande Los Angeles. Toda noite, ele ficava parado na varanda do quarto e imaginava ser dono de tudo, de todos, até onde a vista alcançasse.

Era um homem com sede por possuir. O escritório refletia seu gosto por objetos finos e exclusivos. Tanto as paredes quanto o carpete eram brancos — um branco puro, que servia de base imaculada para seus tesouros. Um vaso Ming dava graça a um pedestal de mármore. Esculturas de Rodin e Denécheau preenchiam nichos feitos nas paredes. Havia um Renoir com moldura dourada sobre uma cômoda Luís XIV. Um divã de veludo que, diziam, tinha sido de Maria Antonieta era ladeado por mesas de mogno brilhantes da Inglaterra vitoriana.

Duas grandes cristaleiras guardavam uma incrível coleção de objetos de arte: garrafinhas de sais esculpidas em lápis-lazúli e água-marinha, netsukes de mármore, estatuetas de Dresden, caixinhas de porcelana Limoges, uma adaga do século XV com o cabo incrustado de joias, máscaras africanas...

Edmund Finley comprava. E, depois que comprava, ele acumulava.

Seu negócio de importação e exportação era extremamente bem-sucedido. O contrabando que fazia à parte era ainda mais. Afinal, contrabandear era um desafio maior. Exigia certa finesse, uma ingenuidade impiedosa e um gosto impecável.

Finley, um homem alto, magro e distinto de cinquenta e poucos anos, havia começado a "adquirir" mercadorias ainda jovem, quando trabalhava no porto de São Francisco. Era muito simples. Bastava perder um contêiner, abrir uma caixa e vender o que pegasse. Depois de trinta anos, ele já havia reunido capital suficiente para abrir a própria empresa, conhecimento suficiente para enfrentar o lado negro e vencer e contatos suficientes para garantir um fluxo constante de mercadorias.

Agora, era um homem rico, que preferia ternos italianos, mulheres francesas e francos suíços. Podia, depois de décadas de transações, pagar para manter o que mais o atraía. E o que mais o atraía era o antigo, o de valor incalculável.

— Pronto, sr. Finley. — A manicure pôs a mão dele com cuidado no mata-borrão intacto sobre a mesa. Sabia que o patrão conferiria o trabalho com cuidado enquanto estivesse guardando os instrumentos e as loções. Uma vez, ele havia gritado com ela por dez minutos por ter deixado um mínimo pedaço de cutícula no polegar. Mas, naquele dia, quando a moça ousou erguer o olhar, ele estava sorrindo para as unhas limpas.

— Ótimo trabalho. — Feliz, ele juntou as pontas dos dedos e as esfregou umas contras as outras. Tirando um prendedor de dinheiro de ouro do bolso, Finley sacou uma nota de cinquenta. Depois, com um de seus raros e lindos sorrisos, acrescentou outra de cem. — Feliz Natal, querida.

— Nossa... Obrigada. Muito obrigada, sr. Finley. Feliz Natal para o senhor também.

Ainda sorrindo, ele a dispensou com um aceno dos dedos sem cutículas. A generosidade esporádica era demonstrada com tanta facilidade quanto a ganância constante. Ele adorava as duas. Antes que a porta se fechasse atrás da manicure, ele já havia virado a cadeira e juntado as mãos sobre o colete de seda. Através da luz do sol, estudava a vista de Los Angeles.

Natal, pensou. Que linda época do ano. Uma época de boa vontade para com as pessoas, de toque de sinos e de luzes coloridas. É claro, era também uma época de solidão, desespero e suicídio. Mas todas aquelas pequenas tragédias humanas não o emocionavam nem o preocupavam. O dinheiro o havia catapultado para além das necessidades frágeis de companhia e família. Podia comprar companhia. Havia escolhido uma das cidades mais ricas do mundo, onde qualquer coisa podia ser comprada, vendida e possuída. Ali, a juventude, o dinheiro e o poder eram admirados acima de tudo. E, naquela época tão feliz, ele possuía dinheiro e tinha poder. Quanto à juventude, o dinheiro podia comprar uma ilusão dela.

Finley observou os prédios e janelas brilhando ao sol com os olhos verde-claros. Percebeu, com uma leve sensação de surpresa, que estava feliz.

A batida na porta do escritório o fez se virar, enquanto dizia:

— Entre.

— Senhor. — Abel Winesap, um homem pequeno, de ombros caídos, que carregava o título pesado de "assistente-executivo do presidente", limpou a garganta. — Sr. Finley.

— Você sabe o sentido real do Natal, Abel? — A voz de Finley era calorosa, como vinho quente derramado sobre creme.

— Ah... — Winesap mexeu no nó da gravata. — Senhor?

— Comprar. Uma palavra linda, Abel. E o verdadeiro sentido desse lindo feriado, você não acha?

— Sim, senhor. — Winesap sentiu um arrepio descer pelas costas. O que ele vinha informar já era bem difícil. O bom humor de Finley tornava o difícil mais perigoso. — Infelizmente, estamos com um problema.

— Ah, é? — O sorriso de Finley se manteve, mas os olhos dele congelaram. — E qual seria?

Winesap engoliu em seco, com medo. Ele sabia que a raiva frígida de Finley era mais letal do que o ódio de qualquer outro homem. Winesap havia sido escolhido para testemunhar o fim que Finley dera a um funcionário que roubava da empresa. E ele se lembrava da calma com que o chefe havia cortado a garganta do homem com um punhal incrustado do século XVI.

Traições, para Finley, mereciam uma punição rápida, mas exigiam certa cerimônia.

Winesap também se lembrava, para seu desânimo, que havia recebido a tarefa de se livrar do corpo.

Nervoso, ele continuou a história:

— O carregamento de Nova York. As mercadorias que o senhor estava esperando.

— Está atrasado?

— Não... Quer dizer, de certa maneira. O carregamento chegou hoje como esperado, mas as mercadorias... — Winesap molhou os lábios finos e nervosos. — Não são o que o senhor pediu.

Finley apoiou as mãos bem-cuidadas na ponta da mesa e as articulações dos dedos se tornaram brancas como ossos.

— Como é?

— As mercadorias, senhor. Não são o que senhor pediu. Aparentemente, houve algum tipo de confusão em algum lugar. — A voz de Winesap se tornou um sussurro: — Achei melhor avisá-lo imediatamente.

— Onde elas estão? — A voz de Finley havia perdido o calor jovial. Era agora um sibilar frio.

— Na recepção, senhor. Achei que...

— Traga aqui para cima. Imediatamente.

— Sim, senhor. Agora mesmo. — Winesap escapou, agradecido pela chance.

Finley havia pagado muito dinheiro por aquelas mercadorias e muito mais para que elas fossem escondidas e contrabandeadas. Havia feito com que cada peça fosse roubada, disfarçada e transportada de vários lugares para a fábrica de Nova York. Só os subornos haviam custado mais de seis dígitos.

Para se acalmar, Finley parou ao lado de uma jarra de suco de goiaba e se serviu de uma bela porção.

Se algum erro havia acontecido, pensou, mais calmo, ele seria corrigido. Quem quer que tivesse errado seria punido.

Com cuidado, pousou o copo redondo de cristal Baccarat e estudou a si mesmo no espelho oval Jorge III que ficava em cima do bar. Passou a mão meticulosamente na cabeleira negra, admirando o brilho prateado que se espalhava por ela. A última plástica no rosto havia acabado com as bolsas sob os olhos, firmado o queixo e apagado as rugas que surgiam, profundas, em torno da boca.

Não parecia ter mais de quarenta, decidiu, virando o rosto de um lado para outro para estudar e aprovar seu perfil.

Que idiota havia dito que dinheiro não compra felicidade?

A batida na porta acabou com seu bom humor.

— Entre! — gritou, esperando enquanto um dos funcionários da recepção trazia uma caixa para dentro da sala. — Deixe aí. — Ele apontou o indicador para o meio da sala. — E vá embora. Abel, fique. A porta — pediu, e Winesap correu para fechá-la depois que o funcionário foi embora.

Quando Finley parou de falar, Winesap empalideceu e andou de volta até a caixa.

— Eu abri o pacote como o senhor me pediu, sr. Finley. Quando comecei a inspecionar as mercadorias, percebi que tinha havido um erro. — Com cuidado, ele estendeu o braço e mergulhou a mão num mar de papel picado. Os dedos tremiam quando tiraram uma chaleira de porcelana decorada com pequenas violetas.

Finley pegou a chaleira e a inspecionou. Era inglesa, uma linda peça, e devia valer cerca de duzentos dólares no mercado comum. Mas era produzida em grande escala. Por isso, para ele, era absolutamente inútil. Bateu-a contra a quina da caixa e fez pedaços de porcelana voarem pela sala.

— O que mais?

Tremendo, Winesap mergulhou a mão na caixa e tirou um vaso de vidro retorcido.

Italiano, deduziu Finley ao inspecioná-lo. Feito à mão. Devia valer entre cem e cento e cinquenta dólares. Ele o atirou na parede, passando a um fio da cabeça de Winesap, e o vaso se despedaçou.

— E tem... umas xícaras de chá. — Os olhos de Winesap passavam da caixa para o rosto impassível do chefe. — E alguns objetos de prata. Duas bandejas, um prato de sobremesa. Um p-par de taças de cristal gravadas com sinos de casamento.

— Onde estão minhas mercadorias? — perguntou Finley, latindo cada palavra.

— Senhor, eu não... É que eu acho que houve... — A voz de Winesap sumiu, tornando-se um sussurro: — Um erro.

— Um erro. — Os olhos de Finley eram como jade quando ele fechou os punhos ao lado do corpo. DiCarlo, pensou, lembrando-se da imagem de seu funcionário de Nova York. Jovem, inteligente, ambicioso. Mas não estúpido, pensou Finley. Não estúpido o bastante para tentar enrolá-lo. Mesmo assim, ele teria que pagar, e muito caro, pelo erro.

— Ligue para o DiCarlo.

— Sim, senhor. — Aliviado pelo fato de a raiva de Finley estar sendo direcionada para outro alvo, Winesap correu até a mesa para fazer a ligação.

Enquanto o assistente discava, Finley esmagou alguns pedaços de porcelana no carpete. Colocando a mão dentro da caixa, foi retirando o restante do conteúdo e destruindo-o sistematicamente.

Capítulo Dois
♦♦♦♦

Jed Skimmerhorn queria uma bebida. Não estava muito preocupado com qual. Um uísque ardente, o calor sedutor do conhaque, o amargor familiar da cerveja. Mas não beberia nada até terminar de carregar as caixas por aquela droga de escadaria velha até o novo apartamento.

Não que ele tivesse muitos pertences. O velho parceiro, Brent, o havia ajudado com o sofá, o colchão e os móveis mais pesados. Só havia sobrado algumas caixas de papelão cheias de livros, objetos de cozinha e outras quinquilharias. Não tinha certeza de por que guardara tantas coisas quando era mais fácil ter colocado tudo num depósito.

De qualquer forma, não tinha certeza de muita coisa nos últimos tempos. Não conseguia explicar para Brent — nem para si mesmo — por que achara necessário se mudar para outro lado da cidade, da enorme casa colonial para um apartamento. Tinha alguma coisa a ver com um novo início. Mas não era possível ter um novo início até chegar ao fim.

Jed havia chegado a muitos fins nos últimos tempos.

Entregar a carta de demissão havia sido o primeiro passo — talvez o mais difícil. O comissário de polícia não havia concordado, se recusara a aceitar a demissão e colocara Jed numa licença prolongada. Mas não importava o nome que haviam posto naquilo, pensou. Não era mais policial. Não podia mais ser policial. A parte dele que queria servir e proteger estava oca.

Não estava deprimido, como explicara ao psicólogo do departamento. Estava de saco cheio. Não precisava se encontrar. Só precisava ficar sozinho. Tinha dado 14 anos de sua vida à polícia. Fora o suficiente.

Jed abriu a porta do apartamento com o cotovelo e a escorou com uma das caixas que carregava. Deslizou a segunda caixa pelo piso de madeira antes de voltar ao corredor estreito que dava para a pequena escada que servia de entrada para sua casa.

Ainda não havia ouvido nada na vizinha, do outro lado do corredor. O velho excêntrico que alugara o imóvel dissera que o segundo apartamento estava ocupado, mas que a locatária era silenciosa como um ratinho.

Parecia ser verdade.

Jed começou a descer a escada, notando, irritado, que o corrimão não aguentaria nem o peso de uma criança de três anos malnutrida. Mesmo os degraus estavam escorregadios com a neve que não parava de ser cuspida do céu sem cor. Os fundos do prédio estavam quase silenciosos. Apesar de o imóvel ficar na agitada rua South, Jed não achava que se importaria com o barulho nem com o clima boêmio, os turistas e as lojas. O apartamento ficava perto o bastante do rio para que ele pudesse fazer caminhadas solitárias quando quisesse.

De qualquer maneira, seria uma mudança dramática em relação aos gramados bem-aparados de Chestnut Hill, onde ficava a casa da família Skimmerhorn havia dois séculos.

Pela escuridão, podia ver o brilho das luzes coloridas penduradas nas janelas dos prédios vizinhos. Alguém havia amarrado um Papai Noel de plástico e oito renas num telhado, onde pareciam voar dia e noite.

Aquilo o fez lembrar que Brent o havia convidado para o jantar de Natal. Era um grande evento familiar barulhento que Jed poderia ter apreciado no passado. Nunca houvera grandes eventos familiares barulhentos em sua vida — ou melhor, nenhum que ele pudesse chamar de divertido.

E agora não havia família. Nenhuma família.

Ele pressionou a ponta dos dedos na têmpora para aliviar a dor e desejou não pensar em Elaine. Mas as velhas lembranças, como fantasmas do passado, se infiltravam e embrulhavam seu estômago.

Jed tirou as últimas caixas do porta-malas e bateu a porta com tanta força que o Thunderbird reformado sacudiu até os pneus. Não ia pensar em Elaine nem em Donny Speck nem em responsabilidades e arrependimentos. Ia entrar, se servir de uma bebida e tentar não pensar em nada.

Estreitando os olhos para se proteger da garoa afiada, misturada à neve, ele subiu a escada pela última vez. A temperatura do interior estava dramaticamente mais alta do que a do exterior. O proprietário era generoso com o aquecimento. Generoso demais. Mas não era problema de Jed se o velho queria gastar dinheiro com aquilo.

Velhinho estranho, pensou, com aquela voz empolada, gestos de opereta e a garrafinha de prata. Estava mais interessado na opinião de Jed sobre as peças de teatro do século XX do que nas referências do novo inquilino ou no cheque do aluguel.

No entanto, Jed não podia ter sido policial durante metade da vida e não entender que o mundo estava cheio de pessoas estranhas.

Dentro do apartamento, ele colocou a última caixa na mesa de carvalho da sala de jantar. Mergulhou as mãos entre os jornais amassados, buscando uma garrafa de bebida. Diferentemente das caixas do depósito, aquelas não estavam marcadas nem haviam sido empacotadas com qualquer tipo de sistema. Se havia algum gene de praticidade no sangue dos Skimmerhorn, ele imaginava que Elaine havia ficado com todos.

Pensar outra vez na irmã o fez soltar um novo palavrão, baixinho, entre os dentes. Sabia que não devia deixar o pensamento fincar raízes, pois, se o fizesse, a culpa brotaria. No mês anterior, havia percebido com demasiada clareza que a culpa podia provocar suores noturnos e uma sensação constante de pânico.

Mãos suadas e pânico não eram boas características para um policial. Nem uma tendência a ataques incontroláveis de raiva. Mas já não era mais policial, lembrou Jed. O tempo e as escolhas, como dissera à avó, eram apenas dele.

O apartamento estava praticamente vazio, o que servia apenas para deixá-lo mais satisfeito com o fato de estar sozinho. Uma das razões pelas quais havia escolhido o imóvel era porque teria apenas um vizinho para ignorar. A outra razão era tão simples e básica quanto a primeira: o lugar era maravilhoso.

O ex-policial sabia que havia convivido com coisas finas por tempo demais para não se sentir atraído por elas. Por mais que dissesse que não se importava com o local em que morava, teria ficado silenciosamente triste num condomínio novo e brilhante ou num apartamento sem alma.

Jed imaginava que o velho imóvel havia sido convertido numa loja com apartamentos na década de 1930. O pé-direito alto, os cômodos espaçosos, a lareira e as janelas estreitas e altas haviam sido mantidos. O piso de carvalho, com tábuas de larguras irregulares, fora muito bem-encerado para o novo locatário.

O rodapé era de nogueira, sem entalhes, e as paredes, de um marfim amarelado. O velho havia garantido a Jed que ele podia pintá-las como quisesse, mas a decoração do interior era a última coisa que passava pela cabeça do ex-policial. Ele manteria os cômodos exatamente como estavam.

Desenterrou uma garrafa de uísque, quase pela metade. Estudou-a por um instante, depois a colocou na mesa. Estava jogando os jornais usados para embalar os objetos num canto, em busca de um copo, quando ouviu um ruído. As mãos congelaram, o corpo se retesou.

Inclinando a cabeça, ele se virou, tentando localizar de onde o som viera. Acreditava que havia ouvido sinos, um eco agudo. E agora risadas, uma brisa enfumaçada delas, sedutora e feminina.

Os olhos se voltaram para a grade do tubo de ventilação, próxima à lareira. Os barulhos flutuavam dela, alguns vagos, outros claros o bastante para que pudesse ouvir cada palavra que quisesse escutar.

Havia algum tipo de loja de antiguidades ou curiosidades embaixo do apartamento. Ficara fechada nos últimos dois dias, mas, agora, aparentemente, voltara a abrir.

Jed voltou a procurar um copo e abstraiu os sons vindos do andar de baixo.

◆◆◆◆

— Que bom que veio encontrar com a gente aqui, John. — Dora pôs um recém-comprado abajur em forma de globo ao lado da caixa registradora antiga.

— Sem problema. — Ele bufou levemente enquanto carregava outra caixa para o depósito lotado. Era um homem alto, dono de um corpo magricela que se recusava a engordar e de um rosto sincero que poderia ser agradável, não fossem os olhos pálidos e tímidos, que observavam o mundo por trás de lentes grossas.

John vendia Oldsmobiles em Landsdowne e havia sido eleito Vendedor do Ano duas vezes seguidas usando uma tática discreta e quase apologética que lhe era natural e encantava os clientes.

Agora ele sorria para Dora e ajeitava os óculos de armação escura.

— Como você conseguiu comprar tanta coisa em tão pouco tempo?

— Tenho experiência. — Teve que ficar na ponta dos pés para dar um beijo na bochecha de John. Depois, se abaixou e pegou o sobrinho mais novo, Michael, nos braços. — Oi, pestinha, você sentiu minha falta?

— Nananinanão. — Mas a criança sorriu e envolveu o pescoço da tia com os braços gordinhos.

Lea se virou para manter os olhos atentos nos outros dois filhos.

— Richie, mantenha as mãos nos bolsos. Missy, nada de fazer piruetas dentro da loja.

— Mas, mãe...

— Ah. — Lea suspirou e sorriu. — Estou em casa. — Estendeu os braços para pegar Michael. — Dora, você ainda precisa de ajuda?

— Não, eu me viro agora. Obrigada mais uma vez.

— Se você tem certeza... — Duvidando, Lea olhou para a loja. Para ela, era um mistério o modo como a irmã podia trabalhar na bagunça que sempre havia à sua volta. As duas tinham crescido em meio ao caos, e cada dia terminava com um novo drama ou comédia. Para Lea, a única maneira de se manter sã como adulta era se organizar. — Eu realmente poderia vir amanhã.

— Não. É o seu dia de folga, e estou contando em roubar uma parte daqueles biscoitos que vai fazer. — Enquanto levava a família até a porta, Dora passou um saco de meio quilo de M&M's para a sobrinha. — Divida — ordenou, num sussurro. — E não diga à sua mãe onde conseguiu isso. — Fez uma festinha no cabelo de Richie. — Ande logo, cara feia.

Ele sorriu, mostrando o espaço largo que os dois dentes da frente haviam deixado ao cair.

— E se ladrões vierem aqui hoje à noite e roubarem você? — Estendendo o braço, ele brincou com o longo penduricalho de citrinos e ametistas que pendia da orelha da tia. — Se eu ficasse aqui hoje, podia atirar neles para você.

— Nossa, obrigada, Richie — respondeu Dora num tom sério. — Não sei dizer o quanto eu agradeço. Mas hoje vou ter que atirar nos ladrões sozinha.

Ela incentivou a família a sair e começou a trancar a loja imediatamente, sabendo que Lea esperaria até que tivesse fechado cada tranca e ligado o alarme.

Sozinha, Dora se virou e respirou fundo. Um cheiro de maçã e pinho, vindo do pot-pourri, se espalhava pela loja. Era bom estar em casa, pensou, erguendo a caixa que continha as novas aquisições que havia decidido levar para o próprio apartamento, no andar de cima.

Foi até o depósito para destrancar a porta que levava à escada interior. Teve que equilibrar a caixa, a bolsa e a mala, assim como o casaco que havia tirado ao entrar na loja. Resmungando para si mesma, conseguiu ligar a luz da escada com o ombro.

Estava no meio do corredor quando viu luz saindo do apartamento vizinho. O novo inquilino. Passando os objetos para a outra mão, andou até a porta aberta, presa com uma caixa, e observou o interior do apartamento.

Viu o homem parado ao lado de uma mesa, uma garrafa numa das mãos, um copo na outra. O cômodo tinha poucos móveis: um sofá e uma poltrona fofa demais.

Mas Dora estava mais interessada no homem que estava de pé, tomando um longo gole de uísque, o perfil voltado para ela.

Era um homem alto, de porte duro e atlético, que a fazia pensar num boxeador. Ele usava um moletom azul-marinho com as mangas puxadas até os cotovelos — sem tatuagens visíveis — e jeans muito gasto. O cabelo era levemente malcuidado e caía de forma bagunçada pelo pescoço, num tom vivo de louro escuro.

Num contraste claro, o relógio no pulso dele podia ser uma imitação incrível ou um Rolex verdadeiro.

Apesar de a observação só ter durado alguns segundos, Dora sentiu que o vizinho não estava celebrando o novo lar. O rosto, sombreado pelas maçãs altas e pela barba rala, parecia triste.

Antes que pudesse fazer qualquer som, ela viu o corpo do inquilino se enrijecer. O rosto dele se voltou rapidamente. Dora percebeu que lutava contra o instinto de dar um passo para trás, na defensiva, quando ele pousou nela os olhos de um azul duro, chocante e sem expressão.

— Sua porta estava aberta — disse ela, como se pedisse desculpas, ficando imediatamente incomodada com o fato de estar se desculpando por passar pelo próprio corredor.

— É. — Jed pousou a garrafa e levou o copo consigo enquanto andava até a porta.

Fez a própria análise. A maior parte do corpo da moça estava oculta atrás da grande caixa de papelão que ela carregava. Um belo rosto oval, levemente pontudo no queixo, a pele rosada, boca larga sem batom que se curvava num sorriso, grandes olhos castanhos cheios de uma curiosidade simpática e uma lufada de cabelo escuro.

— Sou a Dora — explicou quando Jed continuou a encará-la. — Do outro apartamento. Você precisa de ajuda para arrumar as coisas?

— Não. — Jed deu um chute na caixa e fechou a porta na cara da moça.

A boca de Dora se abriu antes de se fechar com força.

— Bom, bem-vindo à vizinhança — murmurou, enquanto se virava para a própria porta. Depois de procurar as chaves na bolsa por um instante, destrancou a porta e a bateu atrás de si. — Muito obrigada, pai — disse para a sala vazia. — Parece que você me arranjou uma bela furada.

Deixou cair as coisas que carregava num divã estampado com rosas e penteou o cabelo para trás com dedos impacientes. O cara podia ser agradável de olhar, pensou, mas ela preferia um vizinho com uma personalidade melhorzinha. Marchando até o telefone antigo, ela decidiu ligar para o pai e dar uma bronca nele.

No entanto, antes que tivesse discado o segundo número, viu uma folha de papel com um grande rosto feliz, em forma de coração, desenhado no fim. Quentin Conroy sempre acrescentava algum desenho — um termômetro do humor dele — nos bilhetes e cartas que escrevia. Dora pôs o telefone no gancho e começou a ler:

Izzy, minha filha querida.

Dora se encolheu. O pai era a única alma viva que a chamava por aquele apelido.

O negócio foi fechado. E muito bem, se posso dizer. O seu novo inquilino é um jovem que poderá ajudar você com qualquer tarefa menor. O nome dele, como pode ver nas cópias do contrato que esperam a sua assinatura, é Jed Skimmerhorn. Um nome forte, que nos faz lembrar de capitães de navio vigorosos ou de pioneiros corajosos. Achei que era fascinantemente taciturno e senti um turbilhão borbulhando sob aquelas águas calmas. Não consegui pensar em nada melhor para dar à minha filha adorada do que um vizinho intrigante.

Bem-vinda de volta, meu bebê mais velho,

Seu amado pai.

Dora não queria achar aquilo engraçado, mas não pôde evitar um sorriso. A tática era óbvia demais. Ele a colocaria a poucos metros de um homem atraente e talvez, apenas talvez, ela se apaixonaria, se casaria e daria ao pai ganancioso mais netos para mimar.

— Desculpe, papai — murmurou. — Mas você vai se decepcionar de novo.

Colocando o bilhete de lado, ela passou um dedo pelo contrato até chegar à assinatura de Jed. Era um rabisco ousado. Dora escreveu rapidamente o próprio nome na linha ao lado, nas duas cópias, e, pegando uma delas, andou a passos largos até a porta, passou pelo corredor e bateu na do vizinho.

Quando esta se abriu, Dora ergueu o contrato e amassou a ponta do papel no peito de Jed.

— Você vai precisar disso para o imposto.

Ele o pegou. Baixou os olhos, analisou o papel e voltou a erguê-los. O olhar da moça não estava mais simpático, e sim frio. O que era ótimo para ele.

— Por que aquele velhote deixou isto com você?

O queixo de Dora se ergueu.

— Aquele velhote — disse, suavemente — é meu pai. Eu sou a dona do imóvel, o que me torna, sr. Skimmerhorn, sua senhoria. — Ela se virou e atravessou o corredor com duas passadas largas. Com a mão na maçaneta, parou e se virou. O cabelo esvoaçou, se curvou e assentou.

— O aluguel deve ser pago no dia 21 de cada mês. Você pode passar o cheque por baixo da minha porta e poupar o selo, assim como qualquer contato com outros seres humanos.

A moça entrou em casa e fechou a porta com um clique satisfeito da fechadura.

Capítulo Três
♦ ♦ ♦ ♦

Quando Jed correu de volta para o pé da escada que levava ao apartamento, já havia suado a maior parte das consequências físicas da meia garrafa de uísque. Uma das razões pelas quais havia escolhido aquele local era a academia da esquina. Havia passado noventa minutos muito agradáveis daquela manhã levantando pesos, esmurrando o saco de areia com toda a força que tinha e se livrando, na sauna, da dor de cabeça causada pela ressaca.

Agora, sentindo-se quase humano, ele ansiava por uma xícara de café e pelos desjejuns congelados que havia entulhado no freezer. Tirou a chave do bolso do moletom e entrou no corredor. Ouviu a música imediatamente. Não eram canções de Natal, felizmente, mas o uivo poderoso do evangelho segundo Aretha Franklin.

Pelo menos o gosto musical da vizinha não o irritaria, pensou, e teria entrado diretamente no próprio apartamento se não tivesse notado a porta dela aberta.

Estamos quites, imaginou Jed. Mergulhando as mãos nos bolsos, foi até o apartamento vizinho. Sabia que havia sido propositadamente grosseiro na noite anterior. E, como a atitude fora proposital, não via razão alguma para se desculpar. Mesmo assim, achava sensato fazer as pazes com a dona do imóvel.

Deu um leve empurrão na porta, abrindo-a, e observou.

Como o dele, o apartamento da proprietária era espaçoso, de pé-direito alto e bem iluminado pela luz que entrava por um trio de janelas. Era ali que a similaridade acabava.

Mesmo tendo crescido numa casa adornada de objetos, Jed ficou impressionado. Nunca havia visto tantas coisas empilhadas num único espaço antes. Prateleiras de vidro cobriam uma parede e estavam entulhadas de velhas garrafas, latas, estatuetas, caixas pintadas e outras bugigangas que ele não podia reconhecer. Havia várias mesas, todas cobertas por mais objetos de vidro e porcelana. Um sofá floral claro tinha um monte de almofadas coloridas que combinavam com os tons gastos de um grande tapete. Era proveniente de Multan, reconheceu. Um tapete parecido havia sido posto na sala de estar da família dele muitos anos antes.

Para completar o cenário, havia uma árvore próxima à janela, cada galho decorado com bolas e luzes. Um trenó de madeira era a base para um monte de pinhas. Um boneco de neve de cerâmica e cartola sorria para ele.

Deveria ser sufocante, pensou Jed. E certamente deveria ser uma bagunça. Mas, de alguma forma, não era nenhum dos dois. Em vez disso, o ex-policial tinha a impressão de ter aberto um baú mágico de tesouros.

Em meio a tudo aquilo, estava a vizinha. Usava uma saia curta e reta e um paletó justo escarlates. Como estava de costas para Jed, ele apertou os lábios e se perguntou em que tipo de humor estava na noite anterior para não notar aquele corpinho elegante.

Sob a voz grossa de Aretha, ele ouviu Dora murmurar para si mesma. Jed se apoiou no batente da porta quando ela pôs no sofá o quadro que estava segurando e se virou. Para a sorte da moça, ela conseguiu abafar a maior parte do grito que ia soltar quando o viu.

— Sua porta estava aberta — disse ele.

— É. — Em seguida, como não era de sua natureza ser tão monossilábica quanto o inquilino, Dora deu de ombros. — Estou mexendo no meu estoque esta manhã. Trazendo coisas aqui para cima e levando outras lá para baixo. — Passou a mão na franja. — Algum problema, sr. Skimmerhorn? Um vazamento? Ratos?

— Não que eu tenha notado.

— Ótimo.

Dora atravessou a sala e sumiu de vista até ele entrar no cômodo. Havia parado ao lado de uma mesa de jantar de pedestal e se servia de um líquido que cheirava gloriosamente a café forte. Usava um bule de porcelana e uma delicada xícara do mesmo conjunto. Dora pousou o bule e ergueu uma das sobrancelhas. Os lábios sérios estavam tão vermelhos quanto o terninho.

— O senhor precisa de alguma coisa?

— Adoraria tomar um pouco disso aí. — Jed indicou o bule.

Então agora ele quer ser simpático, pensou Dora. Sem dizer nada, ela foi até uma cristaleira arredondada e tirou outra xícara e outro pires.

— Creme? Açúcar?

— Não.

Como Jed não entrara realmente na sala, ela levou o café até ele. O homem cheirava a sabonete, percebeu Dora. Era muito atraente. Mas o pai dela estava certo sobre os olhos. Eram duros e difíceis de ler.

— Obrigado. — Jed tomou o conteúdo da xícara frágil com dois goles e a devolveu. A mãe tivera o mesmo jogo de porcelana, lembrou ele. E havia quebrado várias peças ao tacá-las nos empregados. — O velh... Seu pai — corrigiu — disse que eu podia instalar meu equipamento no apartamento. Mas, como ele não é o responsável, achei melhor conferir com você.

— Equipamento? — Dora pôs a xícara vazia de volta na mesa e pegou a cheia. — De que tipo?

— Um banco e alguns pesos.

— Ah. — Instintivamente, ela olhou para os braços e o peito de Jed. — Não acho que isso seja um problema. A não ser que você faça muito barulho quando a loja estiver aberta.

— Vou tomar cuidado para não fazer barulho. — Ele olhou para o quadro e o estudou por um instante. Era outra coisa ousada, como as cores do apartamento, como o perfume forte que ela usava. — Olhe, está de cabeça para baixo.

O sorriso dela apareceu, rápido e estonteante. Ela o havia posto no sofá da maneira que o quadro fora exposto no leilão.

— Eu também acho. Vou pendurar o quadro no outro sentido.

Para demonstrar, Dora foi até o quadro e o virou. Jed estreitou os olhos.

— Esse é o lado certo — concordou. — Ainda é feio, mas esse é o lado certo.

— O gosto pela arte é tão individual quanto a própria arte.

— Se você está dizendo... Obrigado pelo café.

— De nada. Ah, Skimmerhorn?

Ele parou e olhou por cima do ombro. O leve brilho de impaciência nos olhos do inquilino a intrigou mais do que qualquer sorriso simpático o teria feito.

— Se quiser redecorar ou dar um toque especial à sua casa, vá até a loja. A Dora's Parlor sempre tem alguma coisa para todo mundo.

— Não preciso de nada. Obrigado pelo café.

Dora ainda sorria quando ouviu a porta se fechar.

— Está errado, Skimmerhorn — murmurou. — Todo mundo precisa de alguma coisa.

◆ ◆ ◆ ◆

Ficar plantado num escritório empoeirado, ouvindo a versão dos Beach Boys para "Little St. Nick", não era como Anthony DiCarlo havia imaginado passar aquela manhã. Ele queria respostas e queria imediatamente.

Na verdade, era Finley quem queria respostas e as queria para ontem. DiCarlo puxou a gravata de seda. Não tinha as respostas ainda, mas teria. A ligação feita de Los Angeles no dia anterior havia sido clara: encontre a mercadoria em 24 horas ou enfrente as consequências.

DiCarlo não tinha a menor intenção de descobrir que consequências seriam essas.

Olhou para o grande relógio de fundo branco acima de sua cabeça e observou o ponteiro dos minutos passar de 09h04 para 09h05. Tinha menos de 15 horas. Suas mãos suavam.

Através do largo painel de vidro, coberto com um desenho de um Papai Noel obeso e de seus elfos talentosos, ele podia ver mais de uma dúzia de assistentes de despacho ocupados em carimbar e carregar caixas.

DiCarlo observou com desprezo o enorme e gordo supervisor de despacho, com sua peruca ridícula, se aproximar da porta.

— Sr. DiCarlo, sinto muito por fazer o senhor esperar. — Bill Tarkington tinha um sorriso enfadonho no rosto gorducho. — Como pode imaginar, estamos muito atolados nos últimos dias. Mas não posso reclamar. Não, senhor, não posso reclamar. Os negócios estão indo a toda.

— Estou esperando há 15 minutos, sr. Tarkington — respondeu DiCarlo, a raiva bem clara. — Não tenho tempo a perder.

— Quem tem nesta época do ano? — Discretamente agradável, Tarkington andou, balançando o corpo, até contornar a mesa e chegar à cafeteira. — Sente-se. Quer um pouco de café? O dessa máquina é uma delícia.

— Não. Houve um erro, sr. Tarkington. Um erro que deve ser corrigido imediatamente.

— Bem, vamos ver o que podemos fazer sobre isso. Pode me dar mais detalhes?

— As mercadorias que enviei para Abel Winesap em Los Angeles não foram as mesmas mercadorias que chegaram até ele. Isso é detalhe suficiente para o senhor?

Tarkington mordeu o lábio inferior gordinho.

— Isso é muito estranho. Trouxe uma cópia do recibo de envio com o senhor?

— É claro. — DiCarlo tirou o papel dobrado do bolso do paletó.

— Vamos dar uma olhada. — Os dedos gordos, parecidos com salsichas, se moveram com uma graça rápida e inesperada enquanto ele digitava. — Deixe-me ver. — Bateu em mais algumas teclas. — Isso deveria ser enviado no dia 17 de dezembro... É, aqui está. O pacote foi entregue da maneira certa. Deveria ter sido entregue hoje. Era o prazo final.

DiCarlo passou uma das mãos pelo cabelo negro ondulado. Idiotas, pensou. Estava cercado de idiotas.

— O carregamento chegou. O errado.

— Está dizendo que o pacote que foi entregue em Los Angeles foi endereçado para o lugar errado?

— Não. Estou dizendo que o conteúdo do pacote estava errado.

— Isso é estranho. — Tarkington bebeu mais café. — O pacote foi feito aqui? Ah, espere, espere, eu me lembro. — Deu um aceno com a mão, dispensando a resposta de DiCarlo. — Nós fornecemos a caixa e a preparamos, e o senhor supervisionou. Então como será que essas mercadorias foram trocadas?

— Essa é a minha pergunta — sibilou DiCarlo, a mão dando um soco na mesa.

— Espere, vamos manter a calma. — Determinado a ser gentil, Tarkington bateu em mais algumas teclas. — O carregamento saiu da seção três. Vamos ver quem estava naquele setor aquele dia. Ah, pronto. Parece que era a Opal. — Ele se virou e sorriu para DiCarlo. — A Opal é uma boa funcionária. É uma boa moça também. Passou por uma época difícil nos últimos tempos.

— Não estou interessado na vida pessoal dela. Quero falar com essa moça.

Tarkington se inclinou para a frente e ligou um interruptor em cima da mesa.

— Opal Johnson, por favor, venha até o escritório do sr. Tarkington.

— Ele desligou o interruptor e deu alguns tapinhas na peruca para garantir que estava no lugar. — Tem certeza de que o senhor não quer café? Ou talvez um doce? — Jogou a tampa de uma caixa de papelão para trás. — Tenho uns *doughnuts* deliciosos com recheio de geleia de framboesa hoje. E uns com cobertura de chocolate também.

DiCarlo soltou um assobio, que soou como se vapor escapasse de uma chaleira, e deu as costas para o supervisor. Dando de ombros, Tarkington se serviu de um *doughnut*.

DiCarlo fechou os punhos quando uma mulher negra, alta e bonita atravessou o depósito. Usava um jeans apertado, um suéter verde-claro e uma pochete da Nike. O cabelo estava preso num rabo de cavalo cheio de cachos. Manchas amareladas de velhos hematomas cercavam seu olho esquerdo.

Ela abriu a porta e enfiou a cabeça para dentro da sala. O local foi imediatamente tomado pelo barulho da esteira de entrega e pelo cheiro de nervosismo.

— O senhor me chamou, sr. Tarkington?

— Chamei, Opal. Entre, por favor. Quer um pouco de café?

— Quero, sim. — Enquanto fechava a porta, Opal deu uma olhada rápida em DiCarlo enquanto estudava as possibilidades que passavam por sua cabeça.

Iam demiti-la. Iam despedi-la sem dó nem piedade porque ela não havia cumprido a cota depois que Curtis batera nela. O estranho era um dos proprietários que viera contar a ela. A moça tirou um cigarro da pochete e o acendeu com mãos trêmulas.

— Temos um probleminha, Opal.

A garganta da moça pareceu se encher de areia.

— Qual, senhor?

— Este é o sr. DiCarlo. Ele mandou um carregamento para Los Angeles através da nossa empresa na semana passada, sob a sua responsabilidade.

O medo que a tomou fez Opal engasgar com a fumaça.

— Enviamos muitos carregamentos na semana passada, sr. Tarkington.

— É, mas, quando esse carregamento chegou, as mercadorias eram as erradas — suspirou Tarkington.

Com o coração palpitando na garganta, Opal encarou o chão.

— Foi mandado para o local errado?

— Não, chegou ao local certo, mas o conteúdo estava errado. E, como o sr. DiCarlo supervisionou o empacotamento, não conseguimos entender. Achei que talvez você pudesse se lembrar de alguma coisa.

A moça sentiu o estômago, o coração e os olhos queimarem. O pesadelo que a havia assombrado por quase uma semana estava se tornando realidade.

— Sinto muito, sr. Tarkington — forçou-se a dizer. — É difícil me lembrar de um único carregamento. Só me lembro de que, na semana passada, trabalhei três turnos duplos e de que tive que colocar meus pés de molho toda noite quando voltei para casa.

Estava mentindo, decidiu DiCarlo. Podia ver nos olhos dela, na posição do corpo, por isso resolveu ganhar tempo.

— Bom, eu quis tirar a dúvida. — Tarkington fez um gesto expansivo. — Se você se lembrar de alguma coisa, me avise. Beleza?

— Pode deixar. — Ela esmagou o cigarro no cinzeiro de metal enrugado da mesa de Tarkington e correu de volta para a esteira.

— Vou lançar um pedido de rastreamento, sr. DiCarlo. Emergencial. A Premium se orgulha da satisfação dos clientes. Das nossas mãos para as suas, com um sorriso — disse o gerente gordinho, citando o lema da empresa.

— Está bem. — DiCarlo não estava mais interessado em Tarkington, apesar de saber que ficaria satisfeito em enterrar os punhos na barriga protuberante do homem. — E, se quiser que a E.F. Incorporated continue sendo sua cliente, vai me dar uma resposta.

DiCarlo circundou a barulhenta sala de despacho e foi até o posto de trabalho de Opal. Ela observou o homem andar com olhos nervosos. O coração da moça batia dolorosamente contra suas costelas quando ele parou ao seu lado.

— A que horas você almoça?

Surpresa, ela quase derrubou uma caixa de instrumentos de cozinha.

— Às onze e meia.

— Me encontre na porta da frente, do lado de fora.

— Eu como na cafeteria.

— Hoje não vai comer — acrescentou DiCarlo, baixinho. — Não, se quiser manter esse emprego. Onze e meia — repetiu, indo embora.

♦ ♦ ♦ ♦

Opal ficou com medo de ignorá-lo, com medo de obedecê-lo. Às 11h30, vestiu a parca verde-oliva e foi para a entrada de funcionários. Só podia torcer para que, até que tivesse dado a volta no prédio, já tivesse conseguido se controlar.

A moça teria preferido não almoçar. O sanduíche de ovo que havia comido naquela manhã não parava de ameaçar aparecer para uma visita.

Não admita nada, repetia a si mesma enquanto andava. Eles não podem provar que você cometeu um erro se não admitir. Se perdesse o emprego, teria que voltar a procurar a ajuda da assistência social. Mesmo que seu orgulho pudesse aguentar, ela não tinha certeza de que os filhos conseguiriam.

Opal viu DiCarlo encostado na capota de um Porsche vermelho. O carro já era atraente, mas o homem — alto, moreno, brilhantemente bonito e num casaco cinza claro de caxemira — a fez pensar num astro de cinema. Aterrorizada, impressionada, intimidada, ela andou até DiCarlo, a cabeça baixa.

Ele não disse nada, simplesmente abriu a porta do passageiro. A boca se contorceu quando percebeu o suspiro instintivo da moça ao se sentar no banco de couro. Ele entrou no lado do motorista e virou a chave.

— Sr. DiCarlo, eu realmente gostaria de ajudar. Eu...

— Você vai me ajudar. — Ele passou a marcha com força e o carro saiu correndo da Premium como uma rápida bala vermelha. Já havia decidido como lidaria com ela, por isso deu a Opal dois minutos inteiros de silêncio para que os nervos da moça começassem a agir. Lutou contra um sorriso satisfeito quando ela falou primeiro:

— Para onde a gente vai?

— Nenhum lugar em particular.

Apesar de estar sentindo a emoção de andar num carro chique, ela molhou os lábios.

— Eu tenho que voltar em meia hora.

DiCarlo não respondeu nada, apenas continuou dirigindo rápido.

— O que o senhor quer?

— Bem, vou dizer a você, Opal. Eu imaginei que poderíamos lidar isso de um jeito melhor longe do seu ambiente de trabalho. As coisas estiveram muito ruins para você nas últimas semanas, eu imagino.

— É, mais ou menos. O Natal é agitado.

— E eu acho que você sabe exatamente o que aconteceu com o meu carregamento.

O estômago de Opal se contraiu.

— Olhe, moço, já disse que não sei o que aconteceu. Só estou fazendo o meu trabalho do melhor jeito que posso.

Ele virou o volante para a direita, entrando em outra rua e fazendo os olhos dela arregalarem.

— Nós dois sabemos que o erro não foi meu, querida. E podemos fazer isso do jeito fácil ou do difícil.

— E-eu não sei o que o senhor quer dizer.

— Sei. — A voz de DiCarlo tinha o mesmo ronronar perigoso do motor do Porsche. — Você sabe exatamente o que quero dizer. O que aconteceu, Opal? Gostou do que estava na caixa e decidiu ficar com as mercadorias? Pegou um adiantamento de Natal?

O corpo da moça enrijeceu e parte do medo se transformou em fúria.

— Eu não sou uma ladra. Nunca roubei um lápis na vida. Agora o senhor vai dar a volta, ô figurão.

Era exatamente esse tipo de atrevimento — como Curtis adorava dizer a ela — que a fazia ganhar aqueles hematomas e ossos quebrados. Lembrando-se disso, Opal se encolheu contra a porta enquanto as últimas palavras desapareciam.

— Talvez você não tenha roubado nada — concordou DiCarlo quando ela voltou a tremer. — Isso vai me fazer ficar triste por ter que denunciar você à polícia.

A garganta de Opal se fechou.

— Denunciar? Como assim me denunciar?

— Mercadorias que meu patrão consideram valiosas desapareceram. A polícia vai ficar interessada em saber o que aconteceu com aquele carregamento depois que ele passou pelas suas mãos. E, mesmo que você seja inocente, isso vai deixar um ponto de interrogação na sua ficha.

O pânico a tomava como uma onda.

— Eu nem sei o que havia naquela caixa. Tudo que fiz foi mandar. Foi só o que eu fiz.

— Nós dois sabemos que isso é mentira. — DiCarlo entrou no estacionamento de uma loja de conveniência. Podia ver que os olhos da moça estavam cheios de lágrimas, as mãos torciam e retorciam a alça da bolsa. Quase lá, pensou, se virando para oferecer a ela um olhar frio e impiedoso.

— Você quer proteger seu emprego, não é, Opal? Não quer ser demitida e presa, quer?

— Tenho filhos — choramingou ela enquanto as primeiras lágrimas caíam. — Eu tenho filhos.

— Então é melhor pensar neles, no que pode acontecer a eles se você se envolver em algum problema. Meu patrão é um homem difícil. — Os olhos dele passaram pelos hematomas do rosto dela. — Você conhece homens difíceis, não é?

Defensivamente, ela levou uma das mãos até a maçã do rosto.

— Eu... Eu caí.

— É claro que caiu. Tropeçou no punho de alguém, não foi? — Quando a moça não respondeu, ele continuou a pressioná-la, mas com leveza: — Se meu chefe não conseguir as mercadorias dele de volta, não vai só descontar em mim. Vai passar por todo mundo na Premium até chegar a você.

Eles descobririam, pensou Opal, entrando em pânico. Eles sempre descobrem.

— Eu não peguei aquelas coisas, não peguei. Eu só...

— Só o quê? — DiCarlo aproveitou a palavra e teve que se forçar para não segurar a garganta da moça e espremer o resto.

— Já estou na Premium há três anos. — Fungando, ela remexeu a bolsa atrás de um lenço. — Posso chegar a supervisora de andar daqui a um ano.

DiCarlo conteve uma série de xingamentos e se forçou a manter a calma.

— Olhe, eu sei como é subir essa escada. Me ajude e vou fazer o mesmo por você. Não vejo motivo para essa história ser contada para mais ninguém. Foi por isso que não insisti no escritório do Tarkington.

Opal procurou um cigarro. Automaticamente, DiCarlo abriu um pouco a janela.

— O senhor não vai contar ao sr. Tarkington?

— Não se você for sincera comigo. Mas se não for... — Para dar mais impacto, ele passou os dedos sob o queixo de Opal, segurando-o quando a moça virou o rosto para encará-lo.

— Sinto muito. Sinto muito por isso ter acontecido. Achei que tivesse consertado tudo depois, mas não tinha certeza. E estava com medo. Tive que faltar alguns dias de trabalho no mês passado porque meu filho mais novo ficou doente e, na semana passada, cheguei atrasada no dia em que caí e... E estava tão apressada que misturei os pedidos. — Ela se virou, se preparando para o soco. — Deixei os papéis caírem. Estava zonza e deixei tudo cair. Achei que tinha colocado tudo no lugar certo, mas não tinha muita certeza. Mas conferi uma série de entregas ontem e estavam todas certas. Então achei que estivesse tudo bem e que ninguém precisasse saber.

— Você misturou os pedidos — repetiu ele. — Uma assistente idiota sente uma tontura, se enrola com a papelada e é o meu pescoço que fica por um fio.

— Sinto muito — chorou Opal. Talvez ele não fosse bater nela, mas ia fazê-la pagar. A moça sabia que alguém sempre a fazia pagar. — Eu sinto muito mesmo.

— Vai sentir muito mais se não descobrir para onde foi aquele carregamento.

— Eu analisei a papelada toda ontem. Só havia uma outra caixa grande naquele lote. — Ainda chorando, ela pegou a bolsa de novo. — Eu anotei o endereço, sr. DiCarlo. — Pescou o papel da bolsa.

Ele o arrancou da mão da moça.

— Sherman Porter, Front Royal, Virgínia.

— Por favor, sr. DiCarlo, eu tenho filhos. — Opal enxugou os olhos. — Sei que cometi um erro, mas tenho feito um bom trabalho na Premium. Não posso ser demitida.

Ele enfiou o papel no bolso.

—Vou conferir isso e depois a gente vê.

A mandíbula dela caiu com o peso da esperança.

— Então o senhor não vai contar ao sr. Tarkington?

— Eu disse que a gente vai ver. — DiCarlo deu a partida no carro enquanto planejava os próximos passos. Se as coisas não dessem certo, ele voltaria para pegar Opal. Então não só o rosto dela ficaria roxo.

♦ ♦ ♦ ♦

No balcão principal da loja, Dora punha o toque final — um grande laço vermelho — num embrulho para presente.

— Ela vai adorar, sr. O'Malley. — Feliz com a venda, Dora deu um tapinha na caixa espalhafatosamente embrulhada que continha os saleiros de cobalto. — E vai ser uma surpresa ainda maior, já que ela não viu o conjunto aqui na loja.

— Bem, eu agradeço por ter me ligado, srta. Conroy. Não sei o que a minha Hester vê nessas coisas, mas ela com certeza gosta delas.

— O senhor vai ser o herói dela — garantiu Dora enquanto o homem metia o pacote embaixo do braço. — Eu vou ficar muito feliz em guardar o outro conjunto para o senhor até o aniversário de casamento de vocês, em fevereiro.

— É muita gentileza sua. Tem certeza de que não quer um depósito para guardar os saleiros?

— Não é preciso. Feliz Natal, sr. O'Malley.

— O mesmo para você e sua família. — Ele saiu da loja, um cliente satisfeito, com o passo animado.

Havia ainda outros seis clientes na loja, dois sendo atendidos pela assistente de Dora, Terri. A perspectiva de outro grande dia antes do tédio pós-feriado enchia o coração de Dora de alegria. Contornando o balcão, ela andou a esmo pela sala principal da loja. O truque era ser prestativa, mas não intrusiva.

— Por favor, me avise se tiver alguma pergunta.

— Senhorita?

Dora se virou, sorrindo. Havia algo de vagamente familiar na matrona corpulenta com o cabelo negro cheio de laquê.

— Sim, senhora. Posso ajudar?

— Ah, espero que sim. — Ela acenou desajeitadamente para uma das vitrines. — São aparadores de porta, não são?

— São, sim. É claro que podem ser usados para o que a senhora quiser, mas essa é a função básica. — Automaticamente, Dora olhou para trás quando o sino tocou na porta. Ela apenas ergueu uma das sobrancelhas ao ver Jed entrar. — Vários deles são do período vitoriano — continuou. — O material mais comum é ferro fundido. — Dora ergueu um aparador pesado, em forma de cesta de frutas. — Este era provavelmente usado numa sala de estar. Tenho um muito bonito, feito de vidro de Nailsea.

O objeto estava no quarto da moça, no andar de cima, mas podia ser pego em um instante.

A mulher estudou um caramujo muito bem-polido.

— Minha sobrinha e o marido dela acabaram de se mudar para a primeira casa deles. Comprei presentes de Natal para os dois, mas gostaria de levar alguma coisa para a casa também. A Sharon, minha sobrinha, compra muito aqui.

— Ah. Ela coleciona alguma coisa em especial?

— Não, gosta de coisas antigas e diferentes.

— Eu também. A senhora tinha alguma razão para pensar num aparador de porta?

— Na verdade, tenho. Minha sobrinha costura muito. Ela montou um quarto lindo para isso. Sabe, é uma casa antiga que eles reformaram. A porta do quarto de costura não fica aberta. Como estão esperando um bebê, sei que ela iria gostar de poder ouvir o filho e esse seria um jeito divertido de fazer isso. — Mesmo assim, a senhora hesitou. — Comprei um urinol para a Sharon aqui, alguns meses atrás, na época do aniversário dela. Minha sobrinha adorou.

Dora se lembrou.

— O Sunderland, com o sapo pintado no fundo.

Os olhos da mulher brilharam.

— Isso mesmo. Que memória boa a sua!

— Eu gostava muito daquele urinol, sra...

— Lyle. Alice Lyle.

— Sra. Lyle, isso. Fico feliz que ele esteja num lugar legal. — Fazendo uma pausa, Dora bateu o indicador nos lábios. — Se ela gostou daquilo, talvez goste de alguma outra coisa parecida. — A moça escolheu um aparador de bronze em forma de elefante. — É o Jumbo — explicou. — Do P.T. Barnum.

— Ah. — A mulher estendeu as mãos e riu quando Dora passou a peça para ela. — Meu Deus, é pesado, não é?

— É um dos meus favoritos.

— Acho que ele é perfeito. — A senhora deu uma olhada rápida e discreta na etiqueta pendurada na pata dianteira de Jumbo. — É, definitivamente.

— Quer que eu embrulhe?

— Quero, obrigada. E... — Pegou o cachorro dorminhoco que Dora havia comprado no leilão do dia anterior. — Você acha que isso combinaria com o quarto do bebê?

— Ele é uma graça. Um belo cão de guarda fofinho.

— Acho que vou levar este também. Vai ser um presente adiantado de boas-vindas ao novo sobrinho-neto ou sobrinha-neta. Vocês aceitam Visa?

— Claro. Vai levar só alguns minutos. Por que não toma um cafezinho enquanto espera? — Dora apontou para a mesa, que sempre estava arrumada com garrafas de chá e café e pratos com biscoitos bonitinhos, antes de levar os dois aparadores de volta para o balcão. — Está fazendo compras de Natal, Skimmerhorn? — perguntou ao passar pelo inquilino.

— Preciso de uma lembrança. Vou jantar na casa de um amigo... Não sei exatamente o que levar.

— Dê uma olhada na loja. Já vou atender você.

Jed não tinha muita certeza do que estava procurando. O apartamento lotado era apenas uma pequena prova da incrível variedade de objetos oferecidos na Dora's Parlor.

Havia estatuetas delicadas que o faziam se sentir grande e desajeitado, como se sentia na sala de estar da mãe. Mas ali não havia formalidade nem proibições. Garrafas de vários tamanhos e cores refletiam a luz do sol e imploravam para serem tocadas. Havia cartazes anunciando tudo — de remédios para o estômago até cera para botas. Soldadinhos de chumbo organizados em linhas de frente lutavam ao lado de velhos pôsteres de guerra.

Ele andou até a porta e percebeu que a sala anexa era tão cheia quanto a primeira. Ursinhos de pelúcia e chaleiras. Relógios-cuco e abridores de garrafas. Era quase um ferro-velho, pensou. As pessoas podiam chamar aquilo de um nome chique — como "loja de curiosidades" —, mas tudo aquilo era lixo.

Despretensiosamente, ele pegou uma pequena caixa esmaltada, decorada com rosas pintadas. Mary Pat provavelmente gostaria daquilo, decidiu.

— Nossa, Skimmerhorn, você me surpreende. — Emoldurada pela porta, Dora sorriu. Ela apontou para a caixa que Jed segurava enquanto andava até ele. — Tem ótimo gosto. É uma peça linda.

— Provavelmente ela vai poder colocar grampos ou anéis nela, não é?

— Provavelmente. Originalmente era usada para guardar adesivos. Os ricos os usavam no século XVIII, primeiro, para cobrir marcas de varíola, depois só por moda. Essa caixinha é de Staffordshire, de cerca de 1770. — Ela parou de olhar para a caixa. Havia uma risada em seus olhos. — Custa 2.500 dólares.

— Isto? — O objeto nem ocupava a palma da mão dele.

— Bem, é da época de Jorge III.

— É, sei. — Jed pôs a caixinha de volta na mesa com o mesmo cuidado que teria com um explosivo. O fato de poder comprá-la não a tornava menos intimidante. — Não é exatamente o que eu queria.

— Sem problemas. Temos alguma coisa para todo mundo. Precisa de uma lembrança, não é?

Ele resmungou e observou a sala. Agora estava com medo de tocar nas coisas. Voltava, de forma dolorosa, à infância, à sala de estar da casa dos Skimmerhorn.

Não toque nisso, Jedidiah. Você é muito desastrado. Não aprecia nada.

Jed bloqueou a lembrança e a ilusão sensorial que a acompanhava — cheiros misturados de Chanel e xerez.

No entanto, não bloqueou a careta.

— Talvez eu deva apenas comprar flores.

— Isso é legal também. É claro que elas não duram. — Dora apreciava a imagem de puro desconforto masculino. — Uma garrafa de vinho também é aceitável. Não é muito inovador, mas é aceitável. Por que não me fala um pouco sobre a pessoa que vai receber você?

— Por quê?

O sorriso de Dora se alargou com a desconfiança na voz do inquilino.

— Para que eu tenha uma ideia de como ela é e possa ajudar você a escolher alguma coisa. Ela é atlética, gosta de ar livre ou é uma dona de casa quieta que faz o próprio pão?

Talvez Dora não estivesse tentando fazer com que ele se sentisse estúpido, pensou Jed, mas estava conseguindo mesmo assim.

— Olhe, ela é a mulher do meu parceiro. Ex-parceiro. É uma enfermeira de emergência. Tem dois filhos e gosta de ler livros.

— Que tipo de livros?

— Não sei. — Por que ele simplesmente não havia passado no florista?

— Está bem, então. — Com pena, Dora deu tapinhas leves no braço de Jed. — Parece que temos aqui uma mulher ocupada e dedicada. Compreensiva e romântica. Uma lembrança para agradecer pelo jantar... — analisou, batendo o indicador nos lábios. — Não pode ser muito pessoal. Alguma coisa para a casa. — Assentindo com a cabeça, ela se virou e andou até um corredor organizado para parecer uma despensa antiga. — Acho que isto vai ser perfeito. — Dora pegou um pote de madeira com pés, decorado com bronze.

Jed franziu a testa ao vê-lo. Os pais dele não gostavam de antiguidades diferentes.

— Isso serve... para pôr biscoitos?

— Você é muito esperto. — Dora sorriu para ele. — É um pote para biscoitos. Vitoriano. Este é de carvalho, de 1870. É um presente prático e ornamental e, por quarenta dólares, não custa mais do que uma dúzia de rosas de caule comprido ou um bom vinho francês.

— Está bem. Acho que ela vai gostar.

— Viu? Não foi tão complicado. Posso ajudar você com outra coisa? Um presente de Natal que ficou faltando?

— Não, é só isso.

Jed seguiu Dora de volta ao salão principal. O lugar cheirava a alguma coisa — era algo acolhedor, decidiu. Como maçãs. Havia uma música sendo tocada ao fundo. Reconheceu um movimento de *O Quebra-Nozes* e ficou surpreso com o fato de se sentir repentinamente relaxado.

— Onde você consegue todas essas coisas?

— Ah, aqui e ali — disse ela por sobre o ombro. — Leilões, mercados de pulgas, vendas de garagem...

— E você ganha dinheiro com isso.

Achando engraçado, Dora pegou uma caixa de trás do balcão e a desdobrou.

— As pessoas colecionam, Skimmerhorn. Muitas vezes, elas nem percebem. Você nunca teve bolinhas de gude, revistas em quadrinhos ou cartões de beisebol quando era criança?

— É claro. — Ele tivera que esconder tudo, mas os tivera.

Ela cobriu a caixa com tecido, trabalhando rápida e competentemente.

— E você nunca trocou seus cartões? — Dora olhou para cima para vê-lo encarar suas mãos.

— Claro que troquei — murmurou Jed, antes de erguer o olhar e parar nos olhos dela. Ao observá-la trabalhando, sentira alguma coisa, algo como um disparo quente em suas entranhas. — Assim como você brincava de bonecas.

— Na verdade, eu não brincava. — Dora não conseguiu abrir um sorriso. Por um instante, ele pareceu poder dominá-la com um único golpe. — Nunca gostei muito delas. Preferia amigos imaginários porque podia transformar todos em qualquer personagem que eu quisesse, na hora. — Com mais cuidado do que o necessário, ela pôs na caixa a tampa gravada com DORA'S PARLOR em dourado. — O que eu quis dizer é que a maioria das crianças coleciona e troca coisas. Algumas pessoas nunca passam dessa fase. Devo embrulhar para presente? Não há custo extra.

— É, pode embrulhar.

Jed se virou e andou até o fim do balcão. Não que estivesse interessado no que estava sendo exibido ali, mas para se dar um instante para respirar. A atração sexual que sentira não era nova, mas era a primeira vez que sentia porque uma mulher tinha mãos bonitas. E olhos castanhos enormes, acrescentou. E ainda havia o sorriso. Ela sempre parecia estar rindo de alguma piada interna.

Estava claro que havia tempo demais que estava sozinho. Por que outra razão se sentiria atraído por uma mulher que parecia rir da cara dele?

Para passar o tempo, Jed pegou um objeto em forma de bola de beisebol, com um buraco na parte de cima. As palavras "Mountain Dew" estavam pintadas na lateral. Curioso, ele o virou de cabeça para baixo. Não achava que podia ser algum tipo de copo estranho para o refrigerante de mesmo nome.

— Interessante, não é? — Dora pôs o pacote belamente decorado na frente de Jed.

— Eu não entendi o que é.

— Um acendedor de fósforos. — Ela pôs as mãos sobre as dele e guiou o polegar do ex-policial até a borda áspera. — Você põe os fósforos na parte de cima e os acende na lateral. O Mountain Dew era um uísque. Isto é do fim do século XIX. — Ela viu o brilho de um sorriso no rosto de Jed. — Gostou?

— É diferente.

— Eu gosto de coisas diferentes. — Dora manteve as mãos quentes sobre as de Jed por outro instante. — Leve. Considere um presente de boas-vindas.

O charme inexplicável que o objeto tinha para ele diminuiu consideravelmente.

— Ei, eu não acho...

— Não é caro. Só estou querendo ser simpática, Skimmerhorn. Não seja bobo.

— Bem, já que você está sendo tão gentil...

Ela riu e deu um leve aperto nas mãos dele.

— Espero que sua amiga goste do presente.

Dora se afastou para ajudar outro cliente, mas observou com o canto dos olhos enquanto Jed saía da loja.

Um homem estranho, pensou. E, é claro, o estranho era sua especialidade.

◆◆◆◆

DiCarlo corria pela rodovia na direção do aeroporto Van Wyck, digitando os números no telefone do carro com uma das mãos e controlando o volante com a outra.

— DiCarlo — declarou, passando o telefone para o alto-falante. — Quero falar com o sr. Finley. — Com os nervos borbulhando, ele conferiu o relógio. Conseguiria, tranquilizou-se. Tinha que conseguir.

— Sr. DiCarlo. — A voz de Finley tomou o carro. — O senhor tem boas notícias, eu imagino.

— Já descobri onde elas estão, sr. Finley. — DiCarlo forçou as palavras a adquirirem um tom calmo e direto. — Descobri o que aconteceu. Uma funcionária idiota da Premium trocou as caixas. Mandou a nossa para a Virgínia. Vou resolver tudo logo, logo.

— Entendi. — Houve uma longa pausa. O estômago de DiCarlo pareceu congelar. — E qual é a sua estimativa para "logo, logo"?

— Sr. Finley, estou indo para o aeroporto agora. Vou pegar um voo para Dulles e já tenho um carro alugado me esperando. Chegarei em Front Royal antes das cinco horas, no fuso da Costa Leste. Tenho o nome e o endereço da pessoa que recebeu o carregamento. — A voz dele enfraqueceu. — Eu mesmo vou cobrir os custos, sr. Finley.

— Isso foi inteligente da sua parte, sr. DiCarlo, já que espero que seu erro não me custe mais do que já custou.

— Não, senhor. E o senhor tem a minha palavra de que esse erro vai ser corrigido rapidamente.

— Muito bem. Espero que o senhor entre em contato comigo quando chegar ao seu destino. Naturalmente, quero que a funcionária seja demitida.

— Naturalmente.

— E, sr. DiCarlo? O senhor com certeza sabe a importância daquelas mercadorias para mim, não sabe? Vai fazer o que for preciso para recuperar as peças. O que for preciso.

— Entendido. — Quando a ligação foi encerrada, DiCarlo sorriu amargamente. Como aquela bagunça estava acabando com seus planos para o feriado, ele estava mais do que pronto para fazer o que fosse preciso. O que fosse preciso.

Capítulo Quatro
♦ ♦ ♦ ♦

— Que confusão, não é? — Enquanto fazia a pergunta retórica, e pouco interessante para DiCarlo, Sherman Porter vasculhava as pastas. — Acho que os objetos estariam aqui, mas havia um leilão no dia — continuou enquanto destruía sem cuidado o sistema de arquivo. — Tivemos um público ótimo. Pude me livrar de grande parte das coisas que tinha no depósito. Caramba, onde aquela mulher põe as coisas? — Porter abriu outra gaveta do arquivo. — Não sei como vou encontrar qualquer coisa agora que a Helen vai ficar uma semana fora, visitando a filha em Washington. O senhor quase não me pegou aqui. Vamos ficar fechados até o Ano-Novo.

DiCarlo olhou para o relógio. Seis e quinze. O tempo estava acabando. A paciência já havia se esgotado.

— Talvez eu não esteja sendo claro, sr. Porter. A devolução das mercadorias é extremamente importante para o meu chefe.

— Não, o senhor deixou isso claro. Todo mundo quer o que é seu, afinal. Pronto, isso parece promissor. — Porter sacou uma pequena pilha de papéis bem-datilografados. — Veja, a Helen listou todas as mercadorias que leiloamos, o número dos lotes e os preços de venda. A mulher é uma joia.

— Posso ver?

— Claro, claro. — Depois de entregar os papéis, Porter abriu a última gaveta da escrivaninha. Tirou uma garrafa de uísque e dois copos de geleia empoeirados. Ofereceu a DiCarlo um sorriso encabulado. — Quer um drinque? Já passou das seis e isso espanta o frio.

DiCarlo olhou para a garrafa com desprezo.

— Não.

— Bom, então vou me servir.

DiCarlo pegou a própria lista e comparou as duas. Estava tudo ali, percebeu ele, dividido entre o alívio e o desespero. Tudo havia sido vendido. O cachorro de louça, a estatueta de porcelana, a pintura abstrata, a águia de bronze e o papagaio empalhado. A réplica enorme e feia da Estátua da Liberdade fora embora, assim como o par de suportes para livros em forma de sereia.

Dentro do bolso, DiCarlo tinha outra lista. Nela havia descrições dos objetos que haviam sido cuidadosa e dispendiosamente escondidos em cada peça. Um vaso Gallé gravado, que custava quase cem mil dólares, um par de netsukes roubados de uma coleção particular na Áustria, avaliados em mais de seis dígitos. Um antigo broche de safira que, teoricamente, fora usado por Mary, rainha da Escócia.

E a lista continuava. Apesar do frio da sala, a pele de DiCarlo se tornou pegajosa de suor. Nem um único item estava nas mãos de Porter. Vendidos, pensou DiCarlo, todos foram vendidos.

— Não sobrou nada — disse, a voz baixa.

— Eu disse que tivemos um público ótimo. — Feliz com a lembrança, Porter se serviu de outro drinque.

— Preciso dessas mercadorias.

— Foi o que o senhor disse, mas aquela caixa chegou poucos minutos antes de começarmos o leilão e não houve tempo de fazer o inventário. Pelo que sei, você e seu chefe podem acabar com a raça do dono da Premium no tribunal. — Como a ideia era agradável, Porter sorriu e tomou outro gole. — Aposto que farão um acordo por uma bela soma.

— O sr. Finley quer os objetos dele, não um processo.

— A escolha é dele, eu acho. — Dando de ombros, Porter terminou o uísque. — A Helen tem uma lista de endereços dos nossos clientes. Funciona para mandarmos avisos sobre os leilões. Acho que sua melhor opção é dar uma olhada nela e ver quem comprou o quê. O senhor pode entrar em contato e explicar as coisas. E é claro que vai me devolver as *minhas* mercadorias. Afinal, eu paguei por elas, não foi?

Levaria dias para recuperar os objetos de Finley, pensou DiCarlo, enjoado. Semanas.

— Naturalmente — mentiu.

Porter sorriu. Na cabeça do leiloeiro, ele já havia vendido um lote. Agora iria vender outro. Tudo pelo preço de um.

— E a lista de endereços?

— Ah, claro, claro. — Já alegremente confuso por causa do uísque, Porter remexeu numa gaveta e tirou uma caixa de metal cheia de cartões. — Fique à vontade. Não estou com pressa.

◆◆◆◆

Vinte minutos depois, DiCarlo deixava Porter confortavelmente bêbado. Ele tinha uma luz muito pequena no fim do túnel. A estatueta de porcelana ainda estava em Front Royal, nas mãos de um certo Thomas Ashworth, dono de uma loja de antiguidades. Di Carlo tentava acreditar que a recuperação rápida de uma das peças aplacaria a ira de Finley e daria mais tempo a ele.

Enquanto dirigia pelo trânsito leve até a loja de Ashworth, DiCarlo elaborou sua estratégia. Ele entraria, explicaria a troca, manteria a conversa agradável, simpática. Como Ashworth havia pagado apenas 45 dólares pela estatueta, DiCarlo estava preparado para comprá-la e incluir um lucro razoável para o vendedor.

Tudo podia ser resolvido de forma rápida e indolor. Assim que tivesse a estatueta, poderia ligar para Finley e dizer que tudo estava sob controle. Com um pouco de sorte, o empresário ficaria satisfeito o bastante para fazer Winesap entrar em contato com o resto da lista e DiCarlo poderia voltar a Nova York para aproveitar o Natal.

A situação imaginária melhorou tanto o humor de DiCarlo que ele cantarolava quando estacionou na calçada em frente à loja de Ashworth. Foi apenas quando saiu do carro e atravessou a calçada que o sorriso fácil desapareceu.

FECHADO

A grande placa na vitrine da loja o encarava.

DiCarlo chegou à porta em duas passadas largas, sacudiu a maçaneta e bateu no vidro. Não podia estar fechada. Com a respiração acelerada, correu até a vitrine larga e pôs as mãos nos lados do rosto, tentando ver dentro da loja. Não pôde ver nada além de sombras e a própria tristeza.

Sabia que Finley não aceitaria desculpas. Não toleraria nada tão vago quanto o puro azar.

Então, enquanto os lábios se abriam num rosnado, DiCarlo viu a estatueta de porcelana de um homem e uma mulher num vestido de baile, levemente abraçados.

O homem fechou a mão enluvada. Não ia deixar uma tranca e um vidro impedi-lo.

O primeiro passo foi tirar o carro dali. DiCarlo deu a volta na quadra lentamente, os instintos a toda enquanto procurava um possível carro de polícia. Estacionou a duas quadras de distância. Do porta-luvas, tirou o que achou que precisaria. Uma lanterna, uma chave de fenda, o revólver. Pôs tudo no bolso do casaco de caxemira.

Dessa vez, não se aproximou da loja pela frente, mas subiu uma rua lateral com passos firmes e sem pressa de um homem que sabe aonde vai. No entanto, enquanto andava, os olhos se voltavam de um lado para outro, vigilantes, cautelosos.

Era uma cidade pequena e, numa noite fria e tempestuosa, a maioria dos habitantes estava em casa, aproveitando a refeição noturna. DiCarlo não passou por ninguém enquanto andava até a entrada dos fundos da loja de Ashworth.

Também não viu sinal de um sistema de segurança. Rápido, usou a chave de fenda para arrombar a porta. O som da madeira se quebrando o fez sorrir. Quase se esquecera do prazer simples de arrombar um lugar depois de anos de roubos corporativos. Entrou com cuidado e fechou a porta atrás de si. Ligou a lanterna, protegendo o facho de luz com a mão enquanto a virava de um lado para outro. Havia entrado no que parecia ser um escritório pequeno e entulhado. Como precisava se proteger, DiCarlo havia decidido fazer o arrombamento parecer um roubo qualquer. Impaciente por causa do tempo que precisava perder, abriu gavetas e despejou o conteúdo no chão.

Riu quando viu um envelope plástico de um banco. Parecia que sua sorte havia mudado. Uma olhada rápida nas notas pequenas e ele estimou que havia quinhentos dólares ali. Satisfeito, enfiou o dinheiro no bolso e usou a lanterna para guiá-lo até o salão principal da loja.

O homem imaginou que um pouco de vandalismo era o detalhe que precisava. Destruiu um abajur de vidro branco, jogando-o no chão, e um vaso Capo di Monte aleatório. Depois, como aquilo o fazia se sentir bem, virou uma mesa que continha uma coleção de xícaras de café. Por impulso — e porque fazia anos que não sentia a emoção de roubar —, pôs algumas caixinhas de porcelana no bolso.

Estava sorrindo quando pegou a estatueta.

— Peguei você — murmurou, antes de ficar paralisado, quando uma luz inundou a loja, vinda de uma escada à direita. Xingando baixinho, DiCarlo se espremeu entre um armário de pau-rosa e uma luminária de bronze.

— Eu chamei a polícia! — Um senhor idoso, usando um roupão de flanela cinza e carregando um taco de golfe, descia os degraus com cuidado. — Eles estão vindo, então é melhor você ficar onde está.

DiCarlo podia perceber a idade na voz. E o medo. Por um instante, ficou impressionado por sentir cheiro de frango assado. O senhor tinha um apartamento no segundo andar, percebeu, se xingando por ter destruído as coisas na loja como um amador.

Mas não era hora de se arrepender. Enfiando a estatueta embaixo do braço como uma bola de futebol americano, ele correu na direção de Ashworth como um dia correra pela Quinta Avenida, com as bolsas Gucci de velhas senhoras enfiadas na jaqueta.

O senhor grunhiu com o impacto e balançou nos degraus, o roupão gasto batendo contra pernas branquelas, finas como lápis. Com a respiração pesada, Ashworth deu um golpe desajeitado com o taco de golfe, enquanto lutava para recuperar o equilíbrio. Mais por uma reação natural do que por medo, DiCarlo agarrou o taco quando ele passou ao lado de sua orelha. Ashworth caiu para a frente. DiCarlo ouviu a cabeça do velho bater contra uma lata de ferro com um barulho assustador.

— Ai, meu Deus... — Enojado, DiCarlo empurrou Ashworth com a ponta do sapato. Pela luz derramada do andar de cima, viu o sangue escorrer, os olhos arregalados. A raiva o fez chutar o corpo duas vezes antes de se afastar.

Já havia saído pela porta dos fundos e estava a meia quadra de distância quando ouviu as sirenes.

♦ ♦ ♦ ♦

FINLEY ESTAVA trocando o canal das várias TVs quando a ligação foi passada para sua mesa.

— DiCarlo está na linha dois, sr. Finley.

— Pode passar. — Depois de pôr o telefone no viva-voz, Finley disse: — Tem novidades para mim?

— Tenho. Tenho, sim. Estou com a estatueta de porcelana, sr. Finley, assim como uma lista da localização das outras mercadorias. — DiCarlo falava ao telefone do carro e mantinha os 80 km/h permitidos por lei enquanto voltava para o aeroporto internacional de Dulles.

Finley esperou um instante.

— Explique.

DiCarlo começou falando sobre Porter e fez uma pausa depois de algumas frases para ter certeza de que Finley queria que ele continuasse.

— Posso mandar a lista para o senhor assim que eu chegar ao aeroporto, sr. Finley.

— Sim, faça isso. Você me parece um pouco... incomodado, sr. DiCarlo.

— Bem, na verdade, senhor, tive um problema para recuperar a estatueta. O dono de uma loja de antiguidades de Front Royal tinha comprado o objeto. A loja estava fechada quando cheguei, então, por saber que o senhor queria resultados rápidos, arrombei a porta para pegar a peça. O dono estava no andar de cima. Houve um acidente, sr. Finley. Ele está morto.

— Entendi. — Finley examinou as unhas. — Então imagino que o senhor tenha cuidado desse Porter.

— Cuidado?

— Ele pode ligar você ao... acidente, não pode? E se chegarem ao senhor, sr. DiCarlo, vão chegar até mim. Sugiro que acabe com essa possibilidade rapidamente.

— Eu... Eu estou indo para o aeroporto.

— Então vai ter que dar a volta, não é? Não se preocupe com a lista. Depois que terminar de arrumar as coisas na Virgínia, esperarei o senhor aqui com a estatueta. Vamos discutir os próximos passos.

— O senhor quer que eu vá para a Califórnia? Sr. Finley...

— Até o meio-dia, sr. DiCarlo. Vamos fechar cedo amanhã. É feriado. Entre em contato com o Winesap para passar a informação sobre o seu voo. Vou mandar buscá-lo.

— Sim, senhor. — DiCarlo desligou e pegou a primeira saída da estrada. Esperava que o velho Porter ainda estivesse no escritório, bêbado o suficiente para que pudesse pôr uma bala na cabeça do homem sem grandes problemas.

Se não conseguisse resolver aquela bagunça toda logo, talvez não pudesse voltar para casa até o Natal.

♦ ♦ ♦ ♦

— É sério, Andrew, é sério. Você não precisa me levar até lá em cima. — Com uma força que apenas uma mulher que foi entediada até o último fio de cabelo poderia entender, Dora bloqueou a escada com o corpo. *Só me deixe entrar*, pensou, *e ficar atrás de uma porta trancada*. Então ela poderia bater com a cabeça na parede no recôndito de seu lar.

Andrew Dawd, um contador que considerava que proteger fundos de impostos era a melhor das aventuras, soltou mais uma de suas gargalhadas e beliscou a bochecha da moça.

— Não, Dora, minha mãe me ensinou que é preciso levar a dama até a porta de casa.

— Bem, a sua mãe não está aqui — afirmou Dora, subindo mais um degrau. — E já está tarde.

— Tarde? Não são nem 11 horas. Não vai me mandar embora sem uma xícara de café, vai? — Ele mostrou os dentes brancos nos quais a cuidadosa mamãe havia gastado milhares de dólares. — Você sabe que faz o melhor café da Filadélfia.

— É um dom. — Ela buscava uma maneira educada de recusar o convite quando a porta de fora abriu e bateu com força.

Jed atravessou o corredor, as mãos fechadas dentro dos bolsos da jaqueta de couro gasta. Ele a havia deixado aberta sobre um moletom e jeans rasgados. O cabelo fora bagunçado pelo vento e o rosto não estava barbeado, combinando com o olhar grosseiro do moço.

Dora teve que se perguntar por que, naquele instante, preferiu o olhar perigoso de Jed ao do contador engomadinho de terno ao seu lado. O problema, decidiu, devia ser com ela.

— Skimmerhorn.

Jed analisou o acompanhante de Dora com um olhar rápido enquanto punha a chave na própria porta.

— Conroy — disse.

A palavra serviu de cumprimento e despedida. Ele entrou e fechou a porta.

— É o novo inquilino? — As sobrancelhas escuras e bem-cuidadas de Andrew chegaram quase ao fim da testa alta, que a mãe jurava ser sinal de inteligência, e não um início de calvície.

— É.

Dora suspirou e sentiu um toque do perfume caro de Andrew e do aroma contrastante de animal selvagem que Jed deixara pairando no ar. Como havia perdido a chance de inventar uma desculpa, destrancou a própria porta e deixou que Andrew entrasse.

— Ele parece muito... forte. — Franzindo a testa, Andrew tirou o sobretudo da London Fog, pendurando-o com cuidado nas costas de uma cadeira. — Ele mora sozinho?

— Mora. — Frustrada demais para pensar em arrumação, Dora jogou no sofá o casaco de pele de 1925 e foi para a cozinha.

— É claro que sei como é importante manter o apartamento alugado, Dora, mas você não acha que seria mais inteligente, e muito mais seguro, ter outra moça morando aqui?

— Muito mais seguro... — murmurou Dora, fazendo uma pausa enquanto jogava grãos de café no antigo moedor manual. — Não. — Enquanto moía os grãos, olhou por cima do ombro para onde Andrew estava parado, lábios apertados de desaprovação. — Você acha?

— Com certeza. Quero dizer... Vocês dois moram aqui sozinhos.

— Não, eu moro aqui sozinha. Ele mora lá. — Como estava incomodada com o fato de ele estar fungando no pescoço dela enquanto preparava o café, Dora disse: — Que tal pôr uma música, Andrew?

— Música? — O rosto bonito e sem graça clareou. — É claro. Para criar um clima.

Instantes depois, ela ouviu os tons calmos de uma antiga gravação de Johnny Mathis. Ai, não, pensou, para em seguida dar de ombros. Se não podia lidar com um contador que usava ternos da Brooks Brothers e colônia da Halston, merecia pagar o preço.

— O café vai demorar um pouco — disse, enquanto andava de volta para a sala. Andrew estava parado, com as mãos nos quadris estreitos, estudando o novo quadro. — É uma beleza, não é?

Ele inclinou a cabeça para a direita, depois para a esquerda.

— É muito ousado. — Então se virou para ela e ficou um segundo admirando como a moça ficava bonita no vestido preto curto, coberto de canutilhos brilhantes. — Combina com você.

— Comprei num leilão na Virgínia uns dois dias atrás. — Ela se sentou no braço de uma poltrona, cruzando automaticamente as pernas, sem pensar em como o movimento fazia a saia do vestido subir e mostrar suas coxas.

Andrew pensou bastante naquilo.

— Achei que ia gostar de conviver com ele por um tempo, antes de colocar à venda. — Dora sorriu. No entanto, percebeu o brilho predatório nos olhos do contador e se levantou num pulo. — Vou ver se o café está pronto.

Mas Andrew pegou a mão de Dora e a trouxe até seus braços, no que ela imaginou que ele considerava um movimento elegante. A moça quase bateu com a cabeça no queixo dele.

— A gente devia aproveitar a música — disse Andrew enquanto dançava sobre o tapete. Sua mãe havia pagado um bom dinheiro por aulas de dança e ele não queria desperdiçar o momento.

Dora se forçou a relaxar. Ele dança bem, pensou enquanto acompanhava os passos de Andrew. Ela sorriu e deixou os olhos se fecharem. Deixou a música e o movimento a levarem, rindo suavemente quando ele colocou o corpo dela para trás, num mergulho estiloso.

Ele não era um cara tão ruim assim, pensou. Era bonitinho, dançava bem. Cuidava da mãe e tinha um bom emprego. Só porque havia entediado Dora até a morte em dois jantares não significava...

De repente, Andrew a puxou com força para si, acabando com o clima suave e gostoso. Aquilo ela podia entender e até ignorar. Mas, quando pôs a mão contra o peito do moço, sentiu o formato inconfundível de uma escova de dentes — guardada no bolso de dentro do paletó.

Por mais que Andrew fosse um homem muito cuidadoso consigo mesmo, Dora sinceramente duvidava que ele carregasse aquilo para escovar os dentes depois de cada refeição.

Antes que pudesse fazer algum comentário, as mãos dele já haviam passado por baixo de seu vestido para agarrar o bumbum coberto de seda da moça.

— Ei!

Furiosa, ela se empurrou para trás. Mas, quando conseguiu libertar a própria boca, ele já dava beijos babados no pescoço e no ombro dela.

— Ah, Dora, Dora... Eu quero você.

— Eu já entendi, Andrew. — Enquanto ela se debatia, uma das mãos de Andrew se ergueu para puxar o zíper do vestido. — Mas vai ficar querendo. Então faça o favor de se controlar.

— Você é tão linda, tão irresistível...

Ele a mantinha presa contra as costas de uma cadeira. Dora sentiu que perdia o equilíbrio e soltou um palavrão.

— É bom você resistir ou vou ter que machucar você.

Andrew apenas continuou a murmurar frases sedutoras enquanto caía no chão com ela. E não foi o fato de estar esparramada no chão com um contador maluco que a entediava tanto que irritou Dora. Foi o fato de os dois terem batido contra a mesa de centro e feito vários de seus tesouros irem para o chão.

Chega. Dora puxou o joelho para cima entre as coxas de Andrew. Enquanto ele ainda soltava um grunhido, ela enfiou o dedo com força no olho do rapaz.

— Saia de cima de mim! — berrou, empurrando Andrew para longe. Grunhindo, ele rolou e se encolheu como um camarão cozido. Dora se levantou. — Se não se levantar agora, vou bater em você de novo. Estou falando sério.

Com medo, ele rapidamente ficou de quatro.

— Você é maluca — conseguiu dizer, tirando um lenço branco como a neve para conferir se seu rosto sangrava.

—Você está certo. Completamente maluca. — Dora pegou o casaco dele e o entregou ao contador. — Vai ficar melhor sem mim. Agora vá logo para casa, Andrew. E ponha gelo no olho.

— Meu olho. — Ele o cutucou e sentiu dor. — O que vou dizer à minha mãe?

— Que deu com a cara na porta. — Já no limite da paciência, Dora ajudou Andrew a se levantar. —Vá embora.

Tentando manter certa dignidade, ele arrancou o casaco da mão de Dora.

— Eu levei você para jantar. Duas vezes.

— Considere isso um investimento ruim. Tenho certeza de que vai achar um jeito de deduzir isso do imposto de renda. — Ela abriu a porta com força no mesmo instante em que Jed abria a dele, do outro lado do corredor. —Vá embora! E, se você tentar alguma coisa dessas de novo, vou deixar seus dois olhos roxos.

— Louca. — Andrew saiu correndo para a porta. — Você é maluca.

— Volte aqui e eu vou mostrar quem é maluca. — Dora tirou o salto alto e o jogou em cima do homem como um disco. — E você está demitido!

O sapato bateu contra a porta já fechada, fazendo um barulho satisfatório. Dora ficou parada, calçando apenas um sapato e tentando recuperar o fôlego. O leve som de Jed pigarreando a fez se virar. Ele sorria. Era a primeira vez que ela o via sorrir, mas não estava com o humor necessário para perceber a bela maneira como aquilo tornava bonito o rosto geralmente carrancudo do vizinho.

— Está achando alguma coisa engraçada, Skimmerhorn?

Ele pensou um pouco.

— Estou. — Como havia muito tempo que não se divertia daquele jeito, Jed se encostou no batente da porta e continuou sorrindo. — Foi um jantar interessante, Conroy?

— Fascinante. — Dora cambaleou até o fim do corredor para pegar o sapato. Batendo-o contra a palma da mão, ela voltou. — Ainda está aí?

— Parece que sim.

Dora soltou um suspiro longo e passou a mão lentamente pelo cabelo bagunçado.

— Quer uma bebida?

— Claro.

Ela tirou o outro sapato enquanto entrava no apartamento e jogou os dois num canto.

— Conhaque?

— Pode ser. — Jed olhou para a porcelana quebrada no chão. Aquilo devia ter feito o barulho que ouvira. Entre isso e a gritaria, ele ficara muito em dúvida se deveria ou não intervir. Mesmo quando ainda usava um distintivo, sempre ficava mais preocupado quando tinha que separar uma briga doméstica do que quando ia prender um profissional.

Olhou para Dora enquanto ela servia conhaque nas pequenas taças. A moça ainda tinha o rosto avermelhado, os olhos ainda estavam estreitos. Devia agradecer pelo fato de a cavalaria não ter sido necessária.

— E aí? Quem era o idiota?

— Meu ex-contador. — Dora entregou uma taça a Jed. — Ele passou a noite toda me enchendo o saco, falando sobre taxas obrigatórias e ganhos de capital, e achou que podia voltar aqui e arrancar a minha roupa.

Jed analisou o vestido preto brilhante.

— É uma bela roupa — decidiu. — Não sei por que ele perderia tempo com ganhos de capital.

Dora bebeu um gole e inclinou a cabeça para o lado.

— Só um instante. Acho que deveria haver um elogio em algum lugar nessa frase.

Jed deu de ombros.

— Parece que ele levou a pior.

— Eu devia ter quebrado o nariz dele. — Fazendo beicinho, ela andou até a mesa de centro e se agachou para pegar a porcelana quebrada. — Olhe só para isto! — O humor voltou a piorar. A moça pegou um pedaço de xícara. — Era porcelana Derby. De 1815. E o cinzeiro era Manhattan.

Jed se agachou ao lado dela.

— Eram caros?

— A questão não é essa. Isto era um pratinho para doces da Hazel Ware. De ametista marroquina, com tampa.

— Agora é lixo. Deixe aí, você vai se cortar. Pegue uma vassoura ou algo do tipo.

Murmurando, ela se levantou e foi até a cozinha.

— Ele tinha até uma escova de dentes no bolso. — Dora voltou, carregando uma vassoura de piaçava e uma pá como se fossem um escudo e uma lança. — Uma droga de escova de dentes. Aposto que aquele filho da puta foi escoteiro.

— Provavelmente tinha posto uma cueca no bolso do casaco. — Com gentileza, Jed tirou a vassoura das mãos de Dora.

— Eu não ficaria surpresa. — A moça voltou para a cozinha para pegar a lata de lixo. Ela se encolheu quando Jed jogou a série de pedaços de vidro fora. — E algumas camisinhas.

— Qualquer escoteiro de respeito teria algumas na carteira.

Resignada, a moça voltou a se sentar no braço da poltrona. O teatro, pelo que parecia, havia acabado.

— Você foi?

— Fui o quê?

— Escoteiro.

Jed jogou o resto do vidro no lixo, depois olhou para ela longamente.

— Não. Fui um delinquente. É melhor tomar cuidado quando pisar ali. Posso ter deixado alguns pedacinhos.

— Obrigada. — Agitada demais para ficar sentada, Dora se levantou para encher as taças de novo. — E o que você faz agora?

— Você devia saber. — Jed tirou um maço do bolso e acendeu um cigarro. — Eu preenchi uma ficha.

— Não tive tempo de ler. Pode me dar um desses? — Ela indicou o cigarro com a cabeça. — Gosto de fumar em momentos de estresse ou muita irritação.

Jed passou o cigarro aceso para ela e sacou outro.

— Está se sentindo melhor?

— Acho que sim. — Dora deu uma tragada rápida e soprou a fumaça rapidamente. O gosto não a atraía, só o efeito. — Você não respondeu à minha pergunta.

— Que pergunta?

— O que você faz?

— Nada. — Ele sorriu, mas não havia nada de engraçado naquilo. — Sou financeiramente independente.

— Ah. Então deve valer a pena ser delinquente. — Dora deu outra tragada no cigarro. A fumaça e o conhaque a deixaram levemente zonza. — E o que você faz o dia inteiro?

— Nada de mais.

— Eu poderia manter você ocupado.

Uma das sobrancelhas dele se ergueu.

— É mesmo?

— Com um trabalho honesto, Skimmerhorn. Quero dizer, se você for um homem habilidoso com as mãos.

— Já ouvi dizer que sou bom o bastante.

Os dedos dele sobrevoaram as costas dela, passando por cima do zíper que havia sido puxado até quase a cintura. Depois de uma hesitação momentânea, ele o puxou de volta para cima. Dora deu um pulo e piscou.

— Ah... Obrigada. O que eu quis dizer é que preciso de prateleiras novas no depósito. E este lugar sempre precisa de um conserto ou outro.

— O corrimão da escada lá de fora é ridículo.

— Hum. — Os lábios dela formaram um beicinho, como se o insulto fosse pessoal. E, para Dora, quase era. — Você pode consertar?

— Provavelmente.

— Podemos descontar do aluguel ou posso pagar por hora.

— Vou pensar nisso.

Mas Jed estava pensando em outra coisa naquele instante: no quanto queria tocar na moça. Só passar o polegar pela curva do pescoço dela. Não sabia por que, mas queria fazer isso, só isso, e sentir se a pulsação na base daquele longo pescoço fino aceleraria.

Incomodado consigo mesmo, Jed pousou a taça vazia e passou pela moça para pegar a lixeira.

— Eu já trago isso de volta.

— Obrigada. — Dora se obrigou a engolir. Não era tão simples quanto deveria ter sido, não com o bloqueio em sua garganta. Havia algo na maneira que aquele homem olhava para ela que a fazia sentir arrepios em lugares nunca antes imaginados.

Burra, disse a si mesma. Fora simplesmente um dia longo e exaustivo. Ela andou até a cozinha.

— É sério, obrigada — disse de novo. — Se não tivesse vindo até aqui, eu teria passado horas chutando as coisas.

— Sem problemas. Gostei de ver você dando um bico naquele cara.

Ela sorriu.

— Por quê?

— Não gostei do terno dele. — Jed parou na porta para olhar para a moça. — Risca de giz me irrita.

— Vou me lembrar disso. — Ainda com o sorriso curvando os lábios, ela olhou para cima.

Jed seguiu o olhar e estudou o ramo de visgo sobre sua cabeça.

— Que beleza... — disse. E, como era um homem que havia decidido parar de se arriscar, ameaçou passar por ela.

— Ei. — Divertindo-se com a situação e com a reação dele, Dora pegou no braço de Jed. — Isso dá azar — afirmou. Erguendo-se na ponta dos pés, ela passou os lábios levemente sobre os dele. — Não quero me arriscar a ter azar.

Ele reagiu instintivamente, da mesma maneira que reagiria se ouvisse um tiro ou fosse esfaqueado nas costas. O pensamento veio depois da ação. Jed segurou o queixo de Dora para mantê-la parada.

— Você está se arriscando a ter mais que azar, Isadora.

E levou a boca até a dela num beijo com gosto de fumaça e conhaque. A violência subliminar do gesto fez o sangue esvair da cabeça da moça.

Ai, meu Deus, ai, meu Deus, foi tudo em que ela conseguiu pensar. Ou talvez tenha resmungado isso quando seus lábios se abriram, indefesos, sob a força dos dele.

Foi rápido, apenas alguns segundos, mas, quando Jed a soltou, Dora desceu da ponta dos pés, levemente zonza, os olhos arregalados.

Ele a encarou por alguns segundos, xingando a si mesmo e lutando contra uma vontade cruel de fazer exatamente o que aquele contador idiota havia tentado.

— Eu não tentaria me dar um bico se fosse você — disse, suavemente. — Tranque a porta, Conroy.

Jed saiu, atravessou o corredor e trancou a própria porta.

Capítulo Cinco

— Por que você está tão irritada? — perguntou Lea.

Ela havia voltado ao depósito para anunciar uma venda de quinhentos dólares e fora recebida, pela terceira vez naquela manhã, com um rosnado rápido.

— Não estou irritada — retrucou Dora. — Estou ocupada. — Ela embrulhava um jogo de quatro lugares de louça Fire-King decorada com um desenho de madressilvas. — As pessoas deviam levar um tiro por tentar fazer todas as compras nos dois últimos dias antes do Natal. Você acredita que vou ter que tirar a Terri da loja para poder entregar isso do outro lado da cidade hoje à tarde?

— Você poderia ter pedido ao cliente para voltar e pegar o pacote.

— E eu poderia ter perdido a venda — devolveu Dora. — Estou com essa droga desse jogo de pratos há três anos. Tenho sorte de ter conseguido repassar isso para alguém.

— Agora eu sei que tem alguma coisa errada. — Lea cruzou os braços. — Pode fazer o favor de contar.

— Não tem nada de errado. — A não ser o fato de ela não ter conseguido dormir. E Dora nunca, jamais admitiria que havia deixado que um beijo rápido a deixasse naquele estado. — Só tenho coisas demais para fazer e não tenho tempo suficiente.

— Mas você gosta disso, Dora — afirmou Lea.

— Eu mudei. — Dora embrulhou a última xícara com jornal. — Onde está aquela fita adesiva estúpida? — Virou-se e tropeçou na escrivaninha quando viu Jed no pé da escada.

— Desculpe. — Mas ele não parecia sentir muito. — Eu desci para ver se você ainda quer que eu conserte aquele corrimão.

— Corrimão? Ah... Bem... — Ela odiava ficar envergonhada. A única coisa que odiava mais era estar errada. —Você tem que comprar madeira ou alguma coisa assim?

— Alguma coisa assim. — Jed olhou para trás de Dora quando Lea pigarreou alto.

— Ah, Lea, esse é Jed Skimmerhorn, o novo inquilino. Jed, minha irmã, Lea.

— Muito prazer. — Lea estendeu a mão. — Espero que esteja conseguindo se ajeitar no apartamento.

— Não tinha muita coisa para ajeitar. Você quer que eu conserte o corrimão ou não?

— É, acho que sim. Se não estiver muito ocupado. — Dora encontrou a fita adesiva e se manteve ocupada fechando a caixa. Quando teve a ideia, ela não a dispensou: — Na verdade, você poderia me ajudar com outra coisa. Você tem carro, não tem? Um Thunderbird.

— E daí?

— Eu tenho uma entrega... Na verdade, tenho três entregas. E não posso mesmo liberar minha assistente.

Jed prendeu os polegares nos bolsos da frente da calça.

— Você quer que eu faça entregas?

— Se não for um problema. Você pode marcar quantos quilômetros andou e quanta gasolina gastou. — Dora ofereceu um sorriso iluminado a ele. — Talvez até ganhe umas gorjetas.

Jed poderia ter mandado Dora para o inferno. Não teve certeza de por que não fez isso.

— Como posso resistir? — Olhou, com um leve desprezo, para a caixa que ela fechava. — É para onde?

— Está tudo escrito. As outras duas são aquelas ali. — Dora indicou o canto do cômodo com a cabeça. — Você pode levar tudo até o carro pela porta lateral.

Sem dizer nada, Jed ergueu a primeira caixa e desapareceu pela porta.

— *Esse* é o novo inquilino? — sussurrou Lea. Possibilidades já passavam a toda velocidade por sua cabeça quando ela correu até a porta para continuar observando Jed. — Quem é ele? O que ele faz?

— Eu acabei de dizer quem ele é. O sobrenome dele é Skimmerhorn.

—Você sabe o que quero dizer. — Lea observou Jed erguer a caixa até o banco traseiro do Thunderbird, depois ela voltou rapidamente ao depósito. — Ele está voltando.

— Espero que sim — respondeu Dora de forma seca. — Só levou uma das caixas. — Ela mesma ergueu a segunda e a passou a Jed quando ele voltou. — São frágeis — disse, recebendo um grunhido como resposta.

— Você viu as costas dele? — sibilou Lea. — Nem o John tem costas daquele tamanho nas minhas maiores fantasias.

— Ophelia Conroy Bradshaw, que vergonha... O John é um cara maravilhoso.

— Eu sei disso. Sou louca por ele, mas ele não tem costas. Quero dizer, ele tem, é claro, mas elas são só feitas de pele e... Meu Deus! — Depois de estudar a maneira como o jeans de Jed se esticava quando ele se inclinava sobre o porta-malas do carro, Lea deu alguns tapinhas no coração e sorriu. — É sempre bom saber que as células da atração ainda funcionam. E aí? O que ele faz?

— Com o quê?

— Com... os pedidos — completou Lea rapidamente. — Não se esqueça de dar os pedidos ao sr. Skimmerhorn, Dora. — Pegou os papéis e os entregou a Jed quando ele entrou para recolher a última caixa.

— Obrigado. — Jed lançou um olhar estranho para Lea, cansado do brilho nos olhos da moça. — Você quer que eu compre a madeira ou não?

— Madeira? Ah, o corrimão — lembrou Dora. — Claro, pode comprar. Passe a fatura por baixo da minha porta se eu não estiver em casa.

Ele não pôde resistir. Sabia que deveria, mas não pôde.

— Tem outro encontro hoje?

Ela sorriu com doçura e abriu a porta com força.

— Não fode, Skimmerhorn.

— Mas bem que eu queria — murmurou ele. — Bem que eu queria. — E, com isso, saiu, num passo confiante e presunçoso.

— Conte pra mim — exigiu Lea. — Conte tudo. Não quero que você deixe passar nenhum detalhe, nem mesmo os mais insignificantes.

— Não tenho nada para contar. Saí com o Andrew ontem à noite e o Jed encontrou com ele quando eu estava expulsando o cara lá de casa.

— Você expulsou o Jed de casa?

— Não, o Andrew. Ele tentou me agarrar — explicou Dora com o resto de paciência que tinha. — E eu mandei o cara embora. Agora, se a gente já encerrou a sessão de fofocas...

— Quase. O que ele faz da vida? O Jed. Ele deve levantar peso ou fazer algum tipo de exercício para ter costas daquele jeito.

— Eu nunca soube que você tinha fixação por costas.

— Tenho quando elas estão presas a um corpo daqueles. Vamos ver, ele trabalha na área de carga e descarga do porto.

— Não.

— É pedreiro.

— Você perdeu a viagem para dois a Maui. Gostaria de tentar ganhar as malas Samsonite?

— Diga logo!

Dora havia passado parte da noite insone analisando a ficha de Jed. Uma das referências dadas era o delegado James L. Riker, do Departamento de Polícia da Filadélfia. Aquilo fazia sentido, já que o último emprego de Jed havia sido naquele departamento.

— Ele era policial.

— Era? — Os olhos de Lea se arregalaram. — Meu Deus, ele foi demitido da polícia por aceitar propina? Por tráfico? Por matar alguém?

— Contenha sua imaginação, querida. — Dora deu uma série de tapinhas no ombro da irmã. — Eu juro, você deveria ter seguido a carreira da mamãe e do papai no palco. Ele pediu demissão — disse. — Há alguns meses. De acordo com as várias anotações que o papai fez quando ligou para o delegado, o Jed já recebeu várias comendas e o departamento está mantendo o revólver dele limpo, esperando que ele volte.

— Então por que ele saiu?

— Isso não parece ser da conta de ninguém — respondeu Dora grosseiramente, sem admitir que estava tão curiosa e tão incomodada quanto Lea com o fato de o pai delas não ter perguntado. — Fim. — A moça ergueu a mão para evitar outra chuva de perguntas. — Se a gente não voltar para ajudar a Terri, ela vai fazer da minha vida um inferno.

— Está bem, mas fico feliz por saber que tem um policial morando do outro lado do corredor. Isso deve fazer com que você fique longe de problemas. — Lea fez uma pausa, os olhos arregalados. — Ah, meu Deus, Dory, você acha que ele tem uma arma?

— Não acho que ele vá precisar de uma para entregar louça.

E, dizendo isso, Dora empurrou a irmã para fora do depósito.

❖ ❖ ❖ ❖

Em quaisquer outras circunstâncias, DiCarlo teria se sentido idiota, ali sentado na elegante recepção, segurando uma estatueta barata no colo. Naquela recepção em particular, decorada com silenciosos quadros impressionistas e esculturas de Erté, ele não se sentia nem um pouco idiota. Tinha medo, muito medo.

Não havia ficado realmente incomodado com o assassinato. Não que gostasse de matar, como seu primo Guido, mas não se importava. DiCarlo via o fato de ter colocado uma bala de pequeno calibre entre os olhos de Porter como legítima defesa.

No entanto, tivera muito com o que se preocupar no longo voo da Costa Leste para a Oeste. Levando em consideração o azar que vinha tendo, ele se perguntava se, por alguma manobra estranha do destino, estava com a estatueta errada no colo. Com certeza parecia com a que havia visto ser posta na caixa da Premium. Em um mundo justo, não haveria duas estatuetas feias como aquela na mesma cidade pequena.

— Sr. DiCarlo? — chamou a recepcionista. — O sr. Finley vai recebê-lo agora.

— Ah, está bem. Claro. — DiCarlo se levantou, segurando a estatueta embaixo de um dos braços, e ajeitou o nó da gravata com a mão livre. Seguiu a loura através das portas duplas de mogno e se esforçou para fixar um sorriso agradável no rosto.

Finley não se levantou de trás da escrivaninha. Gostou de observar DiCarlo atravessar, nervoso, o oceano de carpete branco. Sorriu friamente, notando o leve suor que cobria o lábio superior do empregado.

— E então, sr. DiCarlo, já acertou tudo no grande estado da Virgínia?

— Os problemas que ocorreram foram todos resolvidos.

— Excelente. — Finley apontou para a escrivaninha, indicando que DiCarlo deveria deixar a estatueta ali. — E isto é tudo que o senhor me trouxe?

— Também tenho a lista das outras peças. E a localização de cada uma. — Com um aceno da mão de Finley, DiCarlo mergulhou a mão no bolso, à procura da lista. — Como o senhor pode ver, foram todas compradas por outras quatro pessoas. Duas delas também são vendedores. Acho que vai ser fácil simplesmente entrar nessas lojas e comprar os objetos de volta.

— O senhor acha? — perguntou Finley, suavemente. — Se o senhor pudesse pensar, sr. DiCarlo, as mercadorias já estariam nas minhas mãos. No entanto... — continuou, quando o funcionário manteve o silêncio —, estou disposto a dar uma chance de o senhor se redimir.

Finley se levantou e passou a ponta do indicador sobre o rosto exageradamente encantador da estatueta.

— Um trabalho infeliz. É horrível, o senhor não concorda?

— É, sim, senhor.

— Mas esse homem, esse Ashworth, pagou um bom dinheiro por ela. É incrível, não é, o que as pessoas acham bonito? Basta olhar para ver que as formas são estranhas, as cores, pobres, e o material, inferior. Mas bem... "A beleza está nos olhos de quem vê." — Finley pegou um cinzeiro de mármore branco da escrivaninha e decapitou a mulher.

DiCarlo, que, havia poucas horas, tinha matado dois homens a sangue frio, deu um pulo quando o cinzeiro destruiu a segunda cabeça. Ele observou, com os nervos à flor da pele, Finley quebrar sistematicamente os membros das duas figuras.

— Um invólucro horrível — murmurou Finley — para proteger a pura beleza.

De dentro do torso da estatueta, ele retirou um pequeno objeto enrolado em várias camadas de plástico bolha. Com delicadeza, o desembrulhou. O som que soltou foi o de um homem que despe uma amante.

O que DiCarlo viu parecia um isqueiro dourado, bem-decorado e cravejado de algum tipo de pedra. Para ele, não era muito mais bonito do que a estatueta que o havia escondido.

— O senhor sabe o que é isso, sr. DiCarlo?

— Não, senhor.

— Isto é um *étui*. — Finley riu, acariciando o ouro. Naquele instante, estava intensamente feliz. Era uma criança com um novo brinquedo, um homem com uma nova amante. — O que não quer dizer nada, é claro. Esta pequena caixa ornamentada era usada para guardar instrumentos de manicure ou de costura, ganchos para botões ou colheres para rapé. É um pequeno objeto que saiu de moda perto do fim do século XIX. Este é mais elaborado do que a maioria porque é de ouro, e estas pedras, sr. DiCarlo, são rubis. Há iniciais gravadas na base. — Sorrindo, encantado, ele o virou. — Foi um presente de Napoleão para a esposa, Josefina. E agora pertence a mim.

— Isso é ótimo, sr. Finley. — DiCarlo estava aliviado por ter trazido a estatueta certa e por seu chefe parecer tão feliz.

— O senhor acha? — Os olhos verde-esmeralda de Finley brilharam. — Este bibelô é apenas parte do que é meu, sr. DiCarlo. Sim, estou feliz por tê-lo, mas ele me lembra que o carregamento chegou incompleto. Um carregamento, devo acrescentar, que levou mais de oito meses para ser reunido e outros dois para me ser enviado. Isso dá quase um ano do meu tempo, que é muito valioso para mim, sem contar as despesas. — Finley ergueu o cinzeiro mais uma vez e o tacou nas dobras delicadas do vestido da moça da estatueta. Finas farpas de porcelana voaram pelo ar como pequenos mísseis. — O senhor consegue entender a minha irritação, não consegue?

— Consigo, senhor. — Um suor frio escorreu, gosmento, pelas costas de DiCarlo. — Naturalmente.

— Então vamos ver como podemos conseguir tudo de volta. Sente-se, sr. DiCarlo.

Com a mão trêmula, o funcionário limpou os pedacinhos de porcelana do couro macio de uma cadeira. Sentou-se com cuidado na ponta dela.

— O Natal me deixou mais magnânimo, sr. DiCarlo. — Finley se sentou na própria cadeira e continuou a acariciar o étui com pequenos círculos íntimos. — Amanhã é véspera de Natal. O senhor já tem planos, eu imagino.

— Bem, na verdade, sim. Minha família...

— Família. — O rosto de Finley se iluminou com um sorriso. — Não há nada como a família na época do Natal. Eu não tenho ninguém, mas isso não é importante. Como conseguiu me trazer uma pequena porção dos meus objetos rapidamente, eu odiaria tirar o senhor de sua família no Natal. — Mantendo o *étui* entre as palmas, ele uniu as mãos. — O senhor terá até o primeiro dia do ano. É generoso, eu sei, mas, como disse, é o Natal. Ele me deixa emotivo. Quero tudo que é meu até o dia primeiro de janeiro. Não, vamos deixar para o dia 2. — O sorriso se espalhou e se alargou. — Tenho certeza de que não vai me decepcionar.

— Não, senhor.

— Naturalmente, vou esperar relatórios dos seus progressos, mesmo sendo feriado. O senhor pode falar comigo aqui ou pelo meu número particular. Mantenha contato, sr. DiCarlo. Se eu não ouvir nada do senhor em intervalos regulares, terei que procurá-lo. E nós não queremos isso.

— Não, senhor. — DiCarlo sentiu a sensação desconfortável de estar sendo caçado por um lobo raivoso. — Vou começar a busca agora mesmo.

— Excelente. Ah, e peça para Barbara fazer uma cópia dessa lista para mim antes de sair, está bem?

◆◆◆◆

*J*ED NÃO sabia dizer por que estava fazendo aquilo. Não precisava nem ter ido até a loja naquela manhã. Estava muito feliz, passando os dias na academia, levantando pesos em casa ou aproveitando para ler os livros que queria. Só Deus sabia que impulso maluco o fizera descer as escadas e se oferecer para fazer as entregas de Dora.

É claro, lembrou, quase abrindo um sorriso, recebera belas gorjetas por fazer o serviço: alguns trocados e, num caso memorável, uma lata colorida de biscoitos caseiros de Natal.

Não havia sido complicado e fora interessante ver como o entusiasmo das pessoas era maior quando se batia na porta delas com uma caixa, e não um distintivo.

Ele poderia ter visto a situação como um tipo de experiência científica, mas agora estava de pé, no frio, substituindo um corrimão. E o fato de, no fundo, estar gostando daquilo o fazia se sentir um idiota.

Jed fora forçado a trabalhar do lado de fora porque Dora não tinha dez centímetros de espaço vazio dentro do imóvel. Como as ferramentas dela se resumiam a uma única chave de fenda e um martelo simples, com o cabo enrolado com fita adesiva, ele tivera que passar na casa de Brent para pegar algumas emprestadas. É claro que Mary Pat o havia interrogado sobre tudo — desde os hábitos alimentares até a vida amorosa — enquanto o entupia de biscoitos amanteigados. Ele levara quase uma hora para fugir, levando a própria sanidade intacta e uma serra elétrica.

Os acontecimentos daquele dia haviam ensinado uma lição importante a Jed. Ele ficaria em seu canto a partir daquele momento, como havia planejado. Quando alguém não gosta de pessoas, não há motivo racional para se relacionar com elas.

Pelo menos não havia ninguém para incomodá-lo nos fundos do prédio. Além disso, Jed gostava de trabalhar com as mãos, adorava a sensação da madeira entre elas. Numa certa época, pensara em construir uma pequena oficina nos fundos da casa de Chestnut Hill. Um lugar onde teria brincado e construído coisas quando o trabalho permitisse. Mas aquilo fora antes de Donny Speck. Antes de a investigação se tornar uma obsessão.

E, é claro, antes de Elaine ter pagado por tudo.

Antes que pudesse desligar a própria mente, Jed voltou a ver a cena. Viu o Mercedes sedã prata parado tranquilamente na garagem. Viu o brilho fraco de pérolas em torno do pescoço de Elaine e se lembrou frivolamente de que haviam sido um presente de aniversário do primeiro dos três maridos da irmã. Viu os olhos dela, do mesmo azul brilhante que os seus — talvez o único traço genético que compartilhavam —, se erguerem e olharem curiosamente em sua direção. Viu uma leve irritação naqueles olhos e se viu correndo pelo gramado bem-cuidado, entre as roseiras podadas que cheiravam de modo quase violento a verão.

O sol se refletiu no cromado do carro e atingiu os olhos dele. Um pássaro no alto de uma das três macieiras trinou de modo insano.

Então a explosão rasgou o ar como um punho quente e jogou Jed para trás, fazendo-o voar para as rosas, cujas pétalas foram arrancadas pela força da detonação.

O Mercedes prata se tornou uma bola de fogo e uma nuvem de fumaça subiu na direção do céu de verão. Pensou ter ouvido o grito da irmã. Podia ter sido apenas o guincho do metal se contorcendo. Torcia para que tivesse sido. Esperava que ela não tivesse sentido nada depois que os dedos haviam virado a chave na ignição e acionado a bomba.

Soltando um palavrão, Jed atacou o novo corrimão com a serra elétrica de Brent. Aquilo havia acabado. Elaine estava morta e não podia ser trazida de volta. Donny Speck estava morto, graças a Deus. E, por mais que Jed desejasse, não podia matar o cara de novo.

Ele estava exatamente onde queria estar. Sozinho.

— Ho, ho, ho.

Distraído pela voz simpática que veio de trás dele, Jed desligou a serra. Virou-se, os olhos semicerrados por trás dos óculos de sol tipo aviador, e estudou, tanto com irritação quanto com curiosidade, o Papai Noel de bochechas rosadas.

— Está um pouco adiantado, não está?

— Ho, ho, ho — disse o Papai Noel de novo, batendo na barriga estufada. — Parece que você está precisando de um pouco da alegria do Natal, meu filho.

Resignando-se à interrupção, Jed tirou um cigarro do bolso.

— É o sr. Conroy, não é? — Observou o rosto do Papai Noel se entristecer. — São os olhos — disse, acendendo um fósforo. Eram os olhos de Dora, pensou. Grandes, castanhos e cheios de piadas internas.

— Ah! — exclamou Quentin, sorrindo. — Imagino que um policial seja treinado para ver as pessoas por trás dos disfarces da mesma maneira que um ator é treinado para se disfarçar. Eu já fiz, é claro, o papel de muitos defensores da lei e da ordem na minha carreira.

— É.

— Fui alegrar as crianças da creche Tidy Tots. — Ele acariciou a sedosa barba branca. — Um trabalho pequeno, mas muito gostoso porque me dá a oportunidade de fazer um dos personagens mais amados do mundo para um público de verdadeiros crentes. Sabe, crianças são atores e atores, crianças.

Rindo contra a própria vontade, Jed assentiu com a cabeça.

— Se o senhor está dizendo...

— Vejo que a Izzy pôs você para trabalhar.

— Izzy?

— Minha querida filha. — Quentin ergueu as sobrancelhas várias vezes e piscou um dos olhos. — Ela é linda, não é?

— É bonita, sim.

— E cozinha também. Não sei de onde ela puxou isso. Não foi da mãe. — Conspirativamente, Quentin se aproximou de Jed. — Não quero reclamar, mas cozinhar um ovo é um triunfo culinário para minha esposa. É claro que ela tem outros talentos.

— Imagino que sim. A Dora está lá dentro.

— Naturalmente. Minha primogênita é uma empresária dedicada, diferente do restante de nós nesse aspecto. Mas, é claro, ela podia ter feito uma carreira brilhante nos palcos. Brilhante mesmo — disse Quentin, com certo pesar. — No entanto, escolheu o mundo do comércio. A genética é uma coisa peculiar, o senhor não acha?

— Nunca pensei muito nisso. — Mentira, pensou. Uma mentira simples. Ele passara grande parte da vida pensando nas características que havia herdado. — Olhe, preciso terminar isto antes que a luz acabe.

— Por que não ajudo você? — perguntou Quentin, com um toque de pragmatismo que fazia dele um bom diretor, além de um bom ator.

Jed estudou a barriga falsa, a roupa vermelha e a longa barba de algodão branco.

— O senhor não tem elfos para cuidar dessas coisas?

Quentin soltou uma risada alegre, o tom grave de barítono ecoando no vento.

— Todo mundo tem um sindicato hoje em dia, meu filho. Não consigo obrigar aqueles pestinhas a fazerem nada que não esteja no contrato.

Os lábios de Jed se abriram num sorriso rápido enquanto ele voltava a ligar a serra.

— Depois que eu terminar aqui, o senhor pode me ajudar a montar o corrimão.

— Maravilha.

Um homem paciente, Quentin se sentou no primeiro degrau. Sempre gostara de observar trabalhos manuais sendo feitos. E "observar" era a palavra-chave. Felizmente, uma herança modesta havia impedido que ele morresse de fome enquanto tentava a carreira de ator. Conhecera a esposa havia trinta anos numa produção de *A tempestade* — ele no papel de Sebastian, ela no de Miranda. Tinham desbravado o novo mundo do casamento e viajado de palco em palco, com um sucesso considerável, até se estabelecerem na Filadélfia e fundar o Liberty Players.

Agora, na confortável idade de 53 anos — 49 no currículo —, ele transformara o Liberty Players numa trupe respeitável, que encenava de tudo, desde Ibsen até Neil Simon, com um lucro regular.

Talvez porque sua vida tivesse sido fácil, Quentin acreditava em finais felizes. Ele já havia visto a filha mais nova se casar bem, estava vendo o filho manter o sobrenome da família nos palcos. Faltava apenas Dora.

Quentin decidira que aquele jovem saudável com olhos indecifráveis era a solução perfeita. Sorrindo para si mesmo, ele tirou uma garrafinha de dentro da barriga de Papai Noel e tomou um gole rápido. Depois outro.

— Muito bem, meu filho — disse meia hora depois, enquanto se erguia para dar uma série de tapinhas no corrimão. — Macio como bumbum de bebê. E foi um prazer observar você trabalhando. Como vamos prender isso no lugar?

— Segure uma ponta — sugeriu Jed — e a leve até o topo da escada.

— Isso é fascinante. — Os sininhos prateados das botas de Quentin soaram enquanto ele subia as escadas. — Não que eu seja um completo novato, sabe. Já ajudei na construção de cenários. Uma vez construímos um Jolly Roger muito bonito para uma montagem de *Peter Pan*. — Quentin enrolou o bigode branco e um olhar de ameaça brilhou em seus olhos. — Fiz o papel do Capitão Gancho, naturalmente.

— Eu teria apostado nisso. Cuidado. — Usando a furadeira de Brent, Jed prendeu o corrimão aos balaústres. Durante todo o procedimento, Quentin manteve o falatório. Jed percebeu que era tão fácil abstraí-lo quanto esquecer a música de fundo de um consultório de dentista.

— Simples assim. — De volta aos primeiros degraus, Quentin sacudiu o corrimão e sorriu. — E está firme como uma rocha. Espero que a minha Izzy agradeça a você. — Deu um tapa amigável nas costas de Jed. — Por que não se junta a nós no jantar de Natal? Minha Ophelia monta um espetáculo impressionante.

— Já tenho um compromisso.

— Ah, é claro. — O sorriso fácil não revelou os pensamentos de Quentin. Ele havia feito uma pesquisa sobre Jed Skimmerhorn mais completa do que qualquer um imaginava. Sabia muito bem que Jed não tinha parentes além de uma avó. — Talvez no Ano-Novo, então. Sempre fazemos uma festa no teatro. O Liberty. Seria ótimo ter você lá.

— Obrigado. Vou pensar no assunto.

— Enquanto isso, acho que nós dois merecemos uma pequena recompensa pelo nosso trabalho.

Quentin sacou a garrafinha de novo, piscando para Jed enquanto servia uísque na tampinha de prata. Entregou o copo improvisado ao inquilino da filha.

Como não podia pensar em uma razão para não fazer isso, Jed tomou todo o conteúdo num só gole. Conseguiu evitar um engasgo. O uísque era absurdamente forte.

— Nossa! — Quentin deu outro tapa nas costas de Jed. — Gosto de ver um homem que bebe como um homem. Tome outro gole. Um brinde a seios fartos e alvos que são um belo travesseiro para a cabeça dos homens.

Jed bebeu de novo e deixou o uísque formar uma bela proteção contra o frio.

— Tem certeza de que o Papai Noel deveria beber?

— Meu filho, como você acha que a gente aguenta aquelas longas noites frias do polo Norte? Depois, vamos montar *South Pacific*. Vai ser uma bela mudança, com todas aquelas palmeiras. Estamos tentando incluir alguns musicais no nosso calendário todo ano. A plateia adora. Peça para a Izzy levar você.

Quentin serviu mais uísque no copo de Jed e começou a cantar "There Is Nothin' Like a Dame".

Deve ser o uísque, decidiu Jed. Aquilo explicaria por que estava sentado do lado de fora de casa, no frio, ao pôr do sol, achando muito natural ouvir o Papai Noel cantar um trecho de um musical.

Enquanto tomava o terceiro copo, ele ouviu a porta se abrir e se virou preguiçosamente e viu Dora parada no topo da escada, as mãos fechadas nos quadris.

Caramba, ela tem pernas lindas, pensou.

A moça lançou um olhar rápido para Jed.

— Eu devia imaginar que você ia incentivar meu pai a fazer isso.

— Eu estava cuidando da minha vida.

— E ficar sentado na escada dos fundos bebendo uísque com um homem vestido de Papai Noel é a sua vida?

Como sua língua parecia ter alargado consideravelmente, Jed falou com cuidado:

— Eu consertei o corrimão.

— Que bom para você... — Dora desceu os degraus e agarrou o braço do pai no instante em que Quentin tentava dar uma pirueta elaborada. — O show acabou.

— Izzy! — Alegre, Quentin deu uma série de beijos e um abraço de urso na filha. — O seu jovem aqui e eu estávamos cuidando do conserto do corrimão.

— Estou vendo. Você dois parecem mesmo muito ocupados no momento. Vamos lá para dentro, pai. — Dora arrancou a garrafinha do velho e a enfiou nas mãos de Jed. — Já venho buscar você — disse, em voz baixa, arrastando o pai pela escada.

— Eu estava cuidando da minha vida — repetiu Jed, antes de tapar a garrafinha meticulosamente e enfiá-la no bolso de trás da calça.

Quando Dora voltou, ele guardava as ferramentas de Brent com o cuidado de um homem que tenta guardar louça fina.

— E aí? — Jed fechou o porta-malas com força e se apoiou pesadamente contra ele. — Cadê o Papai Noel?

— Está dormindo. Temos uma regra por aqui, Skimmerhorn. Nada de beber durante o trabalho.

Jed se ergueu, depois achou melhor se apoiar no carro novamente.

— Eu já tinha acabado. — Desajeitadamente, apontou para o corrimão. — Viu?

— É. — Dora suspirou e balançou a cabeça. — Eu não deveria pôr a culpa em você. Ele é irresistível. Vamos, eu levo você lá para cima.

— Não estou bêbado.

— Você está acabado, Skimmerhorn. O seu corpo sabe, mas a informação ainda não chegou ao seu cérebro.

— Não estou bêbado — repetiu Jed, mas não fez nenhuma objeção quando ela pôs um braço em torno de sua cintura para guiá-lo pela escada. — Ganhei 15 dólares e uma dúzia de biscoitos nas entregas.

— Que bom.

— Os biscoitos são ótimos. — Ele esbarrou nela quando passaram pela porta. — Meu Deus do céu, que cheiro bom você tem.

— Aposto que você diz isso a todas as proprietárias dos seus apartamentos. Está com a sua chave?

— Estou. — Jed vasculhou o bolso, procurando-a, desistiu e se apoiou contra a parede. Merecia estar daquele jeito, pensou, por beber tanto depois de ter comido apenas alguns biscoitos amanteigados.

Suspirando, Dora pôs a mão no bolso dianteiro de Jed. Encontrou uma coxa dura e algumas moedas.

— Experimente o outro — sugeriu ele.

Dora olhou para o rosto de Jed e viu o sorriso fácil e surpreendentemente charmoso.

— Não. Se gostou disso, não está tão bêbado quanto eu imaginava. Pegue a chave você mesmo.

— Eu disse que não estava bêbado. — Jed encontrou a chave e se perguntou como iria conseguir encaixá-la na fechadura com o chão rodando. Dora guiou a mão dele. — Obrigado.

— É o mínimo que posso fazer. Você consegue chegar na sua cama?

O ex-policial apoiou uma das mãos na maçaneta.

— Vamos esclarecer uma coisa, Conroy. Não quero dormir com você.

— Nossa, você é bem direto.

— Você é uma complicação ambulante, meu amor. Esses olhos castanhos enormes e esse seu corpinho perfeito... Eu só quero ficar sozinho.

— Acho que isso acaba com qualquer esperança que eu podia ter sobre ter filhos seus. Mas não se preocupe, vou me recuperar. — Ela o guiou até o sofá, o empurrou até que se sentasse e pôs os pés dele para cima.

— Eu não quero você — declarou Jed, enquanto Dora tirava suas botas. — Não quero ninguém.

— Está bem. — Ela procurou um cobertor e se contentou com algumas toalhas que ele havia pendurado na tábua de passar. — Pronto, agora vai ficar quentinho.

Dora o cobriu e prendeu as toalhas sob o corpo dele. Jed ficava lindo, pensou, naquele estado bêbado, irritado e sonolento. Seguindo um impulso, ela se inclinou e beijou a ponta do nariz do ex-policial.

— Durma, Skimmerhorn. Você vai se sentir péssimo amanhã.

— Vá embora — murmurou ele, fechando os olhos e apagando.

Capítulo Seis
♦♦♦♦

Ela estava certa. Ele se sentia péssimo. A última coisa que Jed queria era que alguém esmurrasse a porta enquanto tentava se afogar no chuveiro. Soltando um palavrão, fechou a torneira, enrolou uma toalha na cintura e foi pingando até a porta. Abriu-a com força.

— O que você quer?

— Bom-dia, Skimmerhorn. — Dora entrou como uma brisa, segurando uma cesta de palha embaixo do braço. — Vejo que você está de volta à sua costumeira personalidade agradável.

Dora usava um vestido curto em tons azuis e dourados muito vivos, que faziam os olhos de Jed arderem.

— Saia daqui.

— Meu Deus, como estamos irritados esta manhã! — Sem se ofender, Dora abriu a cesta. Dentro dela havia uma garrafa térmica vermelha, um pote de vidro cheio de um líquido laranja nojento e um guardanapo branco impecável dobrado sobre dois croissants crocantes. — Como meu pai causou esse pequeno incidente, achei que deveria cuidar do seu bem-estar esta manhã. Vamos precisar de um copo, de uma xícara e de um prato. — Quando ele não se mexeu, ela inclinou a cabeça. — Está bem, eu mesma vou pegar. Por que não vai se vestir? Você já deixou claro que não está interessado em mim fisicamente e a visão do seu corpo úmido e seminu pode me deixar num estado incontrolável de frenesi sexual.

Um músculo da mandíbula de Jed se contorceu enquanto ele rangia os dentes.

— Muito bem, Conroy. Muito bem.

Jed se virou e andou até o quarto. Quando voltou, usava um moletom cinza rasgado no joelho. Ela havia servido um belo café da manhã na mesa de piquenique.

— Já tomou uma aspirina?

— Ia fazer isso agora.

— Tome isto primeiro, então. — Dora ofereceu a ele três pílulas. — Tome com isto. É só engolir.

Jed fez uma careta para o líquido laranja nojento que ela havia servido num copo.

— Que porra é essa?

— A salvação. Confie em mim.

Como duvidava que poderia se sentir pior, Jed engoliu as pílulas com dois grandes goles do remédio de Dora.

— Deus do céu. Isso parece líquido de embalsamar.

— Bom, eu imagino que o princípio seja o mesmo. Mesmo assim, posso garantir os resultados. O papai jura que funciona e, pode acreditar, ele é especialista. Experimente tomar um pouco do café. Não vai ajudar muito com a ressaca, mas você vai ficar bem acordado para aproveitar o sofrimento.

Como seus olhos pareciam querer cair das órbitas, Jed pressionou a palma das mãos contra eles.

— O que ele tinha naquela garrafinha?

— A arma secreta de Quentin Conroy. Ele tem um barril de fermentação no porão e faz experiências como se fosse um cientista maluco. Meu pai gosta de beber.

— Bem, isso é novidade.

— Eu sei que não deveria concordar com isso, mas é difícil. Ele não machuca ninguém. Nem sei se ele machuca a si mesmo. — Dora arrancou uma ponta de um dos croissants e a mordiscou. — Não fica irritado, metido nem violento. Nunca pensaria em se sentar ao volante de um carro nem em operar máquinas pesadas. — Ela deu de ombros. — Alguns homens caçam ou colecionam selos. Meu pai bebe. Está se sentindo melhor?

— Vou sobreviver.

— Ótimo. Tenho que ir abrir a loja. Você ficaria surpreso com a quantidade de gente que faz compras na véspera do Natal. — A moça andou até a porta e parou com a mão na maçaneta. — Ah, e o corrimão está ótimo. Obrigada. Me diga se quiser montar umas prateleiras. E não se preocupe. — Abriu um sorriso. — Também não quero dormir com você.

Dora fechou a porta sem fazer barulho e desceu o corredor cantarolando.

♦♦♦♦

DiCarlo estava se sentindo bem. A sorte havia voltado. O Porsche alugado estava a mais de 150 km/h. Muito bem-embrulhadas no banco ao seu lado estavam uma águia de bronze e uma reprodução da Estátua da Liberdade — ambas compradas facilmente numa loja nos arredores de Washington.

Tudo funcionara de modo perfeito, pensou. Ele entrara na loja, dera uma olhada rápida e saíra como o orgulhoso dono de duas peças kitsch norte-americanas. Depois de um desvio rápido pela Filadélfia para pegar os dois itens seguintes da lista, ele iria para Nova York. Se tudo desse certo, estaria em casa até as nove da noite, com tempo de sobra para a festa de Natal.

No dia 26, ele retomaria os trabalhos. Naquele ritmo, imaginou que teria todas as mercadorias do sr. Finley muito antes do prazo.

Poderia até ganhar um bônus por causa daquilo.

Apertando as teclas ao ritmo na música, digitou o número particular de Finley no telefone do carro.

— Alô.

— Sr. Finley. Aqui é o DiCarlo.

— O senhor tem alguma coisa interessante para me contar?

— Tenho, sim, senhor. — DiCarlo faltou cantar. — Recuperei outros dois objetos seus em Washington.

— As transações foram tranquilas?

— Tranquilíssimas. Estou indo para a Filadélfia agora. Há duas outras peças numa loja de lá. Devo chegar até as três da tarde no máximo.

— Então vou desejar feliz Natal ao senhor agora, sr. DiCarlo. Será difícil falar comigo até o dia 26. Naturalmente, se tiver algo a relatar, pode deixar uma mensagem com o Winesap.

— Vou manter contato, sr. Finley. Aproveite o feriado.

Finley desligou o telefone, mas continuou parado na varanda, observando o smog cobrir o céu de Los Angeles. Tinha o *étui* pendurado no pescoço numa fina corrente de ouro.

♦ ♦ ♦ ♦

DiCarlo chegou à Filadélfia antes das três da tarde. A sorte ainda estava com ele quando entrou na Dora's Parlor 15 minutos antes do fechamento. A primeira coisa que notou foi a linda ruiva que usava um gorro verde de elfo.

Terri Star, a assistente de Dora e devota integrante do Liberty Players, sorriu para DiCarlo.

— Feliz Natal — disse, numa voz límpida como o som de um sino. — O senhor chegou bem na hora. Vamos fechar mais cedo hoje.

DiCarlo tentou usar um sorriso tímido.

— Aposto que vocês nos odeiam, compradores de última hora.

— Está brincando? Nós adoramos. — Ela já havia visto o Porsche na calçada e estava calculando que encerraria o dia com uma bela venda.

— Está procurando alguma coisa em particular?

— Na verdade, estou. — Ele olhou em volta, esperando ver o quadro ou o cachorro de louça rapidamente. — Estou indo para casa e tenho uma tia que coleciona estatuetas de animais. Especialmente cachorros.

—Talvez eu possa ajudar você. — Com quase 1,82 m por causa dos saltos, Terri andou pela loja como um sargento inspecionando soldados. Além do carro, vira o terno e o casaco de DiCarlo e agora o levava para as peças de jade. — Esta é uma das minhas peças favoritas. — Abriu uma cristaleira arredondada e tirou um leão de Buda chinês verde, uma das peças mais caras da loja. — É lindo, não é?

— É, mas acho que o gosto da minha tia não é tão sofisticado. — DiCarlo deixou a ironia brincar em seus olhos. — Você sabe como são essas senhorinhas.

— É claro. Não podemos ter uma loja de curiosidades e não saber. Vamos ver, então. — Com certo pesar, Terri pôs o leão de volta. —Temos alguns cocker spaniels de gesso.

— Vou dar uma olhada. Você se incomoda se eu der uma olhada geral? Sei que você já quer ir embora e posso ver alguma coisa que a tia Maria vá gostar.

— Pode ficar à vontade. Leve o tempo que precisar.

DiCarlo viu os cães de gesso. Viu poodles de porcelana e golden retrievers de vidro. Dálmatas de plástico e chihuahuas de bronze. Mas não viu o cachorro de louça.

Manteve o olhar atento para tentar encontrar o quadro também. Havia dezenas de pinturas emolduradas, retratos apagados e pôsteres pendurados. Nenhum abstrato numa moldura de ébano.

—Acho que encontrei o... —Terri deu dois passos para trás quando DiCarlo se virou. Era uma mulher que se orgulhava de saber ler expressões. Por um instante, pensou ter visto uma raiva assassina na dele. — Desculpe... Eu assustei o senhor?

O sorriso dele apareceu tão de repente, apagando o gelo do olhar, que Terri decidiu que havia se enganado.

— É, assustou. Eu estava viajando. O que temos aqui?

— É de cerâmica Staffordshire. Uma sheepdog e seu filhote. É bem bonitinho, não é?

— É a cara da tia Maria. — DiCarlo manteve o sorriso agradável no rosto mesmo depois de ver a etiqueta com o preço alto. — Acho que ela vai adorar — disse, esperando ganhar tempo enquanto o objeto era embrulhado. — Tinha outra coisa em mente, mas isso é exatamente do que ela gosta.

— Dinheiro ou cartão?

— Cartão. — Sacou um cartão de crédito. — Ela teve um cachorrinho — continuou enquanto seguia Terri até o balcão. — Um cachorro marrom e branco que se enrolava no tapete e dormia vinte das 24 horas do dia. A tia Maria adorava o cachorro. Eu esperava encontrar alguma coisa parecida com ele.

— Que bonitinho... — Terri pôs a cerâmica sobre uma folha de papel de presente. — O senhor deve ser um sobrinho muito carinhoso.

— Bem, a tia Maria ajudou a me criar.

— É uma pena que o senhor não tenha passado aqui alguns dias atrás. Tínhamos uma estatueta parecida com isso que o senhor descreveu. De porcelana. Era um cachorro marrom e branco dormindo. Ficou só um dia na loja, antes de ser vendido.

— Foi vendido — repetiu DiCarlo, os dentes trincados num sorriso. — Que pena...

— Mas não era uma peça tão bonita quanto a que o senhor está comprando, sr... DiCarlo — acrescentou Terri depois de olhar rapidamente para o cartão. — Acredite em mim, sua tia vai adorar o senhor na manhã de Natal.

— Tenho certeza de que vai. Percebi que vocês também vendem quadros.

— Alguns. A maioria são pôsteres e retratos de família antigos.

— Não têm nada moderno? Estou redecorando minha casa.

— Infelizmente, não. Temos algumas coisas guardadas no depósito nos fundos, mas não vi nenhuma pintura.

Enquanto Terri preenchia a nota fiscal, DiCarlo bateu os dedos no balcão e pensou na situação. Tinha que descobrir quem havia comprado o cachorro. Se ainda não fosse dia claro e não houvesse uma grande vitrine atrás dele, poderia ter posto a arma embaixo do queixo da bela atendente e a forçado a consultar a informação.

E, é claro, depois teria que matá-la.

Olhou para a vitrine às suas costas. Não havia muito trânsito de veículos nem de pedestres. Mas balançou a cabeça. Uma jovem enrolada numa parca passou de patins. Não valia a pena se arriscar.

— Assine aqui. — Terri passou a notinha e o cartão para ele. — Tudo pronto, sr. DiCarlo. Espero que o senhor e a sua tia tenham um Natal maravilhoso.

Como Terri o observava pela vitrine, DiCarlo pôs o pacote com cuidado no porta-malas, depois acenou alegremente antes de entrar no carro. Saiu suavemente, entrando na rua.

Pararia em algum lugar para almoçar. E, quando estivesse escuro e a loja, vazia, ele voltaria.

♦♦♦♦

D<small>ORA DEU</small> uma batidinha rápida na porta de Jed. Sabia que ele ia rosnar — não havia o que fazer. O fato era que ela já havia se acostumado com a maneira com que ele reclamava. Não ficava ansiosa para enfrentar aquilo, mas já havia se acostumado.

Ele não a decepcionou.

O moletom de mangas cortadas estava molhado de suor. Os braços brilhavam em razão disso. Ela podia ter parado por um instante para admirar aquela masculinidade básica, mas estava ocupada demais estudando a careta no rosto do inquilino.

Jed pegou as pontas da toalha que havia pendurado no pescoço.

— O que você quer agora?

— Desculpe incomodar você — Dora olhou por cima do ombro do ex-policial e viu os pesos espalhados pela sala — enquanto está tão ocupado com os seus músculos, mas meu telefone não está funcionando. Preciso fazer uma ligação.

— Tem um telefone público na esquina da rua.

— Você é um cara tão gentil, Skimmerhorn... Por que nenhuma mulher sortuda conseguiu fisgar você ainda?

— Eu espanto todas com uma vassoura.

— Ah, aposto que faz isso mesmo. Faça esse favor. É uma ligação local.

Por um instante, Dora achou que o inquilino fosse fechar a porta na cara dela. De novo. Mas Jed abriu ainda mais a porta e deu um passo para trás.

— Seja rápida — disse, indo até a cozinha.

Daria privacidade a ela?, pensou Dora. Com certeza não. A opinião da moça se provou correta quando ele voltou bebendo Gatorade direto da garrafa. Dora sacou o telefone, xingou baixinho, depois pôs o fone de volta no gancho.

— O seu também não está funcionando.

— Não é de se surpreender, já que moramos no mesmo prédio.

Ele deixara a porta aberta, assim como ela. Do apartamento de Dora, podia ouvir música. Eram canções natalinas dessa vez. Mas algo que parecia um coral medieval e que intrigava mais do que irritava.

Infelizmente, Dora tinha exatamente o mesmo efeito nele.

—Você sempre se veste assim para falar ao telefone?

Ela usava um macacão justo prateado, com sapatos de salto muito alto, amarrados nos tornozelos. Uma corrente de estrelas decorava cada orelha.

—Tenho algumas festas para ir hoje. E você? Vai passar a véspera de Natal levantando pesos?

— Não gosto de festas.

— Não? — Dora deu de ombros e a seda prateada suspirou convidativamente com o movimento. — Eu adoro. O barulho, a comida e as fofocas. É claro que eu gosto de conversar com outros seres humanos, então isso ajuda.

— Como não tenho nenhuma bebida ou comida para oferecer a você, por que não vai embora? — Jed jogou a toalha num canto e pegou um peso. — Lembre-se de garantir que seu acompanhante não beba ponche demais.

— Não vou com ninguém e, como não queria me preocupar com a quantidade de vezes que ia me servir de ponche, eu pensei em chamar um táxi. — Ela se sentou no braço do sofá e franziu a testa ao ver Jed erguer o peso. Não devia sentir pena dele, pensou. Era a última pessoa da Terra que merecia algum tipo de pena. Mas odiava imaginar que o inquilino passaria a noite sozinho. — Por que não vem comigo?

O olhar longo e silencioso a fez continuar falando rapidamente:

— Não é uma proposta com segundas intenções, Skimmerhorn. São só algumas festas em que você vai poder se divertir e conversar.

— Eu não converso.

— Eu sei que você é bronco, mas é véspera de Natal. Um dia de alegria. De boa vontade entre os homens. Talvez tenha ouvido falar disso.

— É, ouvi.

Dora esperou por um segundo.

— Esqueceu de dizer "é tudo palhaçada".

— Vá embora, Conroy.

— Bom, já é uma evolução com relação a hoje de manhã. As pessoas vão dizer que estamos apaixonados. — Ela suspirou e se levantou. — Aproveite o suor, Skimmerhorn, e o carvão que o Papai Noel com certeza vai deixar na sua meia. — Parou e inclinou a cabeça. — Que barulho é esse?

— Que barulho?

— Este. — Os olhos dela se estreitaram, concentrados. — Ai, meu Deus. Não me digam que temos ratos...

Jed baixou o peso e ouviu.

— Tem alguém na loja.

— O quê?

— Na loja — repetiu ele. — O barulho sobe até aqui pela ventilação. Você não conhece o seu imóvel, Conroy?

— Não fico muito aqui, especialmente quando a loja está aberta. — Dora começou a abstrair, mas parou. — Mas a loja não está aberta. — A voz havia baixado para o tom de um sussurro: — Não tem ninguém lá embaixo.

— Tem alguém.

— Não. — Dora ergueu a mão para esfregar as veias da garganta. — Fechamos há horas. Terri saiu às 15h30.

— Então ela voltou.

— Na véspera de Natal? Ela vai dar uma das festas a que eu vou. — Os saltos de Dora clicaram no chão enquanto ela ia até a porta.

— Aonde você vai?

— Lá embaixo, é claro. Alguém deve ter cortado o alarme e entrado. Se acham que vão levar um monte de mercadorias da minha loja, vão ter uma surpresa.

Jed soltou um palavrão alto, depois agarrou o braço da moça e a empurrou até uma cadeira.

— Fique aqui.

Foi até o quarto. Dora ainda pensava no nome feio que usaria para chamá-lo quando ele voltou trazendo um .38.

Os olhos dela se arregalaram.

— O que é isso?

— Um guarda-sol. Fique aqui. Tranque a porta.

— Mas... Mas...

— Fique aqui.

Jed fechou a porta atrás de si. Devia ser a assistente dela, pensou enquanto andava rápida e silenciosamente pelo corredor. Ou a irmã, que havia esquecido algum pacote escondido. Ou o velho, procurando uma bebida.

Porém, era policial demais para se arriscar. E policial demais para esquecer o fato de que os telefones haviam sido desligados e de que o barulho que subira pela ventilação era preciso e não descuidado.

Chegou até a porta que levava ao depósito e a abriu com cuidado. Não viu a luz se derramar generosamente da loja. Ouviu um som: uma gaveta se fechando.

Será que Dora mantém dinheiro aqui?, pensou, xingando baixinho. Provavelmente. Em alguma lata velha ou num pote de biscoitos.

Um movimento atrás dele o fez ajeitar o corpo e se virar. E soltar outro palavrão. Dora estava a três passos de distância, com um peso em uma das mãos. Os olhos tomando conta de todo o seu rosto.

Jed fez sinal para que ela voltasse. Dora balançou a cabeça. Ele fechou a mão, mostrando o punho. Ela ergueu o queixo.

— Idiota — murmurou Jed.

— Digo o mesmo.

— Fique atrás de mim, pelo amor de Deus.

Jed começou a descer, parando quando o terceiro degrau rangeu sob seu pé. Ouviu uma série rápida de estouros e a parede a centímetros do rosto dele cuspiu gesso.

Jed se agachou, desceu o restante dos degraus correndo, rolou quando chegou ao fim da escada e se ergueu rapidamente, a arma em punho, a tempo de ver a porta dos fundos bater. Ouviu Dora correr atrás dele e gritou para que ela ficasse onde estava.

O ex-policial correu até a porta e saiu por ela, abaixado. O ar frio penetrou em seus pulmões como pedaços de gelo. Mas tinha o sangue quente. Um som de passos velozes soou à direita. Ignorando os gritos de Dora, que pedia que ele parasse, Jed correu atrás do ladrão.

Era instinto e uma vida de treinamento. Depois de correr duas quadras, ele ouviu o ronco de um motor, o guincho de pneus. Sabia que havia perdido a luta.

Correu mais meia quadra, apostando na pequena chance de ver o carro. Quando voltou à loja, encontrou Dora no meio do pequeno pátio de cascalho, tremendo.

— Vamos entrar.

O medo da moça havia se transformado em raiva.

— O seu rosto está sangrando — respondeu ela.

— É? — Jed passou a mão pelo rosto descuidadamente e os dedos ficaram molhados. — O gesso deve ter me arranhado. — Olhou para o peso que ela ainda segurava. — E o que você ia fazer com isso?

— Se ele agarrasse você e os dois rolassem no chão, eu ia bater nele com isto. — Dora sentiu um pequeno alívio quando Jed enfiou a arma na parte traseira da calça. — Você não devia ter chamado reforços ou alguma coisa assim?

— Não sou mais policial.

É, sim, pensou Dora. Ela podia não ter muita experiência com os defensores da lei e da ordem, mas ele tinha algo de policialesco nos olhos, nos movimentos e até na voz. Sem dizer nada, ela o seguiu até a entrada dos fundos da loja.

— Já ouviu falar em sistemas de segurança?

— Eu tenho um. Deveria fazer um barulhão se alguém tentasse entrar.

Jed apenas grunhiu e, em vez de voltar ao apartamento, procurou as caixas e fios do sistema.

— Isso é pinto — afirmou, enojado, depois de dar uma olhada no mecanismo.

Dora fez beicinho e tirou a franja da cara.

— O cara que me vendeu o sistema não achava isso.

— O cara que vendeu isso para você devia estar se acabando de rir quando instalou tudo. O ladrão só teve que cortar alguns fios. — Jed mostrou as pontas cortadas para provar que tinha razão. — Ele cortou o do telefone por garantia. Deve ter visto pela luz que havia alguém lá em cima.

— Então ele foi idiota, não foi? — Os dentes de Dora batiam uns contra os outros. — Devia ter esperado a gente sair ou dormir, depois entrado e me roubado.

— Talvez ele estivesse com pressa. Você não tem um casaco ou alguma coisa assim? Seu nariz está ficando vermelho.

Insultada, ela o esfregou.

— Como sou estúpida por não ter pegado minha pashmina... O que foi aquele barulho que soou pouco antes da sua descida heroica pelas escadas? Pareciam balões estourando.

— Um silenciador. — Jed procurou algumas moedas no bolso.

— Silenciador? — A palavra saiu como um grito enquanto Dora agarrava o braço dele. — Igual aos dos filmes de gângsteres? Ele estava atirando em você?

— Não acho que tenha sido pessoal. Tem uma moeda de 25 centavos? É melhor a gente ligar para a polícia.

As mãos dela deslizaram dos braços dele. A cor que o frio havia posto em suas bochechas sumiu. Jed observou as pupilas de Dora se dilatarem.

— Se você desmaiar, vou ficar muito irritado. — Ele agarrou o queixo da moça e deu uma leve sacudida na cabeça dela. — Já acabou. Ele foi embora. Está bem?

— O seu rosto está sangrando — repetiu Dora, estupidamente.

— Você já me disse isso.

— Ele poderia ter atirado em você.

— E eu poderia ter passado a noite toda com uma dançarina exótica. Isso mostra o quanto o "poderia" está longe da realidade. Você tem a moeda?

— Eu não... — Automaticamente, ela conferiu os bolsos. — Tenho um telefone na minha van.

— É claro que tem. — Jed andou até a van e balançou a cabeça quando viu que estava destrancada.

— Não tem nada de mais aí dentro — começou a dizer Dora, bufando.

Ele ficou feliz por ver que a cor dela estava voltando.

— Além de um telefone e de um toca-fitas. — Jed ergueu uma sobrancelha. — E um detector de radares.

— Foi um presente. — Dora cruzou os braços.

— Sei. — O ex-policial digitou o número de Brent e esperou que tocasse duas vezes.

— Feliz Natal!

— Oi, Mary Pat. — Jed pôde ouvir crianças brigando ao fundo, abafando o som obrigatório de "Jingle Bells". — Preciso falar com o Brent um instante.

— Jed. Você não está ligando para dar uma desculpa para amanhã, não é? Eu juro que vou até aí e trago você arrastado.

— Não, eu vou.

— Às duas em ponto.

— Vou acertar meu relógio. MP, o Brent está aí?

— Está bem aqui, fazendo o famoso recheio de salsicha. Espere.

Ele ouviu um barulho. "Jingle Bells" deu lugar a "Rudolf".

— Oi, capitão. Feliz Natal.

— Desculpe atrapalhar as preparações para amanhã, mas tivemos um probleminha aqui.

— Jody, largue esse gato! Que tipo de problema?

— Uma invasão. Na loja embaixo do apartamento.

— Eles levaram alguma coisa?

—Vou ter que conferir. — Jed tirou o cabelo bagunçado pelo vento do rosto e observou Dora estremecer. — O cara atirou em mim. Usou um silenciador.

— Merda. Você se machucou?

— Não. — Jed observou a bochecha de novo. O sangramento já havia quase parado. — Ele tinha um carro por perto. Pelo barulho do motor, não era econômico.

— Fique onde está, Kimosabe. Vou ligar para a delegacia e já, já chego aí.

— Obrigado. — Jed desligou e olhou para Dora, que dançava, pulando de um pé para o outro, num esforço inútil de se manter aquecida. —Talvez seja melhor você pegar aquele conhaque de novo. Vamos. — Como as mãos da moça estavam congeladas, ele as pegou, aquecendo-as automaticamente enquanto andavam de volta para a loja. — Dê uma olhada para ver se está faltando alguma coisa.

— Eu não devo mexer em nada, não é?

—Você assiste a muitos programas policiais.

— Podemos fechar a porta?

— Claro. — Jed analisou rapidamente a fechadura arrombada, depois fechou a porta, deixando o frio para fora. Em seguida, ligou a luz e simplesmente ficou parado, absorvendo o ambiente.

O depósito estava lotado. Em uma parede, havia caixas empilhadas do chão ao teto. Prateleiras mantinham mercadorias não empacotadas numa ordem que ele não podia entender. Havia duas cômodas de quatro gavetas enfiadas num canto. Sobre elas, mais pilhas de caixas.

Uma escrivaninha parecia ser uma ilha de sanidade. Continha um telefone, um abajur, uma jarra de porcelana cheia de lápis e canetas e um busto de Beethoven, que servia de peso de papel.

— Ele não levou nada — disse ela.

— Como você sabe?

— Eu conheço as minhas coisas. Você deve ter assustado o cara. — Dora andou até as prateleiras e deu um tapinha no que, para Jed, parecia ser um frasco antigo de perfume ou loção. — Este Daum Nancy vale mais de mil dólares. Este prato Castelli, quase a mesma coisa. E isto. — Pegou uma caixa com a foto de um brinquedo infantil.

— Nando? Um robô de brinquedo?

— Na caixa vale mais de dois mil para um colecionador. — Ela fungou e o pôs de volta no lugar.

— E você simplesmente deixa essas coisas aí?

— Tenho um sistema de segurança. Tinha — murmurou. — Não posso arrastar todas as minhas peças para um cofre toda noite.

— E o dinheiro?

— Nós depositamos tudo toda noite, menos cerca de cem dólares em notas pequenas e moedas. — Dora andou até a escrivaninha e abriu a primeira gaveta. Tirou um envelope, folheou as notas dentro dele. — Aqui está. Como eu disse, você deve ter assustado o cara. — Ela se afastou e ouviu o barulho de um papel sob o pé. Abaixou-se e o pegou. — Uma nota fiscal — mostrou a Jed. — Que engraçado, isso deveria ter sido arquivado.

— Vamos ver. — Ele arrancou o papel da mão de Dora. — Timothy O'Malley. Foram 505 dólares, mais impostos, no dia 21 de dezembro. Por saleiros?

— A mulher dele coleciona.

— Quinhentos dólares por saleiros?

— De bronze — corrigiu Dora, arrancando a nota da mão dele. — Sem educação.

— Sanguessuga.

Sem achar engraçado, ela se virou para recolocar o recibo no arquivo.

— Veja só isso! — exigiu. — Essas gavetas estão uma bagunça!

Jed se aproximou para observar por cima do ombro de Dora.

— E não deveriam estar?

— É claro que não. Eu mantenho arquivos muito bem-organizados. A Receita me assusta tanto quanto assusta todo bom americano. E a Lea passou uma semana limpando e atualizando esses arquivos no mês passado.

— Então ele queria alguma coisa do seu arquivo. O que você mantém aqui?

— Nada de valor. Recibos, notas, listas de endereços, inventários, notas de entrega. Coisas da loja. — Assustada, Dora passou a mão pelo cabelo. As estrelas penduradas em suas orelhas brilharam sob a luz. — Não vejo razão nenhuma para alguém entrar aqui e mexer nos meus papéis. Seria um fiscal da Receita maluco? Um contador psicopata?

Assim que soltou as palavras, Dora mordeu a língua.

— Qual era o nome daquele idiota da outra noite?

— Não seja ridículo. O Andrew não faria nada assim.

— Você não disse que ele era contador?

— Bem, é, mas...

— E você não demitiu o cara?

— Isso não é razão para...

— Andrew de quê?

Ela bufou, fazendo a franja esvoaçar.

— Vou dar o sobrenome, o endereço e o telefone dele, e aí você vai poder dar uma de policial e pressionar o cara até ele ter um álibi para a noite em questão.

— Não sou policial.

— Se parece com um policial, soa como um policial — ela fungou para ele — e cheira como um policial...

— Como você sabe o cheiro de um policial?

Ela ergueu o queixo.

— Graxa de arma e suor. Se parar para pensar, você tem até gosto de policial.

— Como assim?

— Não sei. — Deliberadamente, Dora baixou o olhar até a boca de Jed e depois o ergueu, devagar. — Duro, autoritário, um pouquinho maldoso.

— Eu posso ser mais maldoso. — Ele se aproximou, fazendo-a ficar presa entre seu corpo e o arquivo.

— Eu imaginei. Já disse que sempre tive problemas com autoridades? Desde a minha época no ensino fundamental, quando acabava com a paz da srta. Teesworthy no recreio.

Jed pressionou Dora ainda mais contra o arquivo.

— Você não me disse nada disso.

Não havia cheiro de graxa nem de suor ali, percebeu ele. Parecia que todo o cômodo cheirava a Dora: um aroma quente e apimentado que deixava qualquer homem com água na boca.

— Mas tenho — continuou ela. — Foi uma das razões pelas quais abri um negócio. Odeio receber ordens.

— Você é péssima em obedecer. Mandei você ficar lá em cima.

— Eu senti uma necessidade incrível de ficar perto de um homem armado. — Ela ergueu uma das mãos e passou o polegar sobre o corte da bochecha dele. — Você me assustou.

— Você só demonstrou medo depois que tudo tinha acabado.

— Não, fiquei com medo desde o início. Você não?

— Não. Adoro quando alguém atira em mim.

— Então provavelmente isso é só uma reação que estamos tendo. — Dora passou os braços em torno do pescoço de Jed, descobrindo que se encaixava nele. — Sabe, por causa do choque.

— Eu mandei você se afastar.

— Então me afaste. — Os lábios dela se curvaram para cima. — Quero só ver.

Os lábios dela ainda sorriam quando a boca de Jed se aproximou. Dora esperava que ele fosse rude e estava pronta para isso. O corpo de Jed a pressionou contra o arquivo. Os puxadores batiam nas costas dela, mas Dora estava ocupada demais, sem fôlego de tanto prazer, para notar o incômodo.

Jed sabia que era um erro. Mesmo enquanto ainda se impregnava dela, ele sabia. De algum modo, Dora havia penetrado na mente do ex-policial de uma maneira que o impedia de se livrar dela. Agora a moça tremia contra ele, soltando ruídos suaves de excitação, de surpresa do fundo da garganta. E Dora tinha um sabor... Meu Deus, o sabor dela era tão quente e doce quanto o aroma.

Fazia muito, muito tempo desde que Jed se permitira penetrar no prazer profundo de uma mulher.

O ex-policial se afastou, tentando clarear as ideias, mas Dora agarrou o cabelo dele com as duas mãos e o puxou para si.

— Mais — murmurou enquanto sua boca atacava a dele. — Eu sempre quero mais.

E, com ele, ela podia ter mais. Sabia disso. Com ele não haveria nenhuma vaga sensação de incompletude. Podia se refestelar e se satisfazer e ainda ter mais.

Por um instante de insanidade, ele contemplou a ideia de tomá-la ali, no chão do depósito entulhado e empoeirado, com a fumaça dos tiros ainda presente no ar. E talvez tivesse feito isso, talvez não tivesse tido escolha, mas ainda estava são o bastante para ouvir a porta do segundo andar ser sacudida e os carros passarem sobre o cascalho.

— A polícia chegou. — Pegou Dora pelos ombros e empurrou-a com firmeza para o lado. A moça viu nos olhos de Jed que ele continuaria a negar o que existia entre os dois. Voltara a ser um policial. — Por que não faz um pouco de café, Conroy? Parece que você não vai conseguir ir às suas festas.

Ela olhou para as escadas, mantendo-se de costas para ele enquanto falava:

— Então é isso?

— É. — Jed desejou violentamente os cigarros que havia deixado no andar de cima. — É isso.

Capítulo Sete
♦♦♦♦

Dora tomou conhaque. Jed, café. Policial, pensou ela com raiva. Afinal, eles não bebem em serviço — pelo menos na TV. Querendo ignorá-lo por completo como ele a estava ignorando, ela se encolheu no sofá e estudou as luzes alegres da árvore de Natal.

A moça simpatizou com o amigo de Jed. O tenente Brent Chapman, com sua calça amassada, gravata manchada e sorriso fácil. Ele havia chegado cheirando a salsicha e canela, as olheiras pesadas aumentando os olhos castanho-claros. O jeito do tenente era tão calmo que Dora se pegou fazendo mais café e servindo biscoitos como se estivesse recebendo visitas inesperadas, e não envolvida numa investigação policial sobre tiros disparados em sua loja.

As perguntas de Brent eram lentas, cuidadosas e muito relaxantes.

Não, não havia nada faltando pelo que ela havia notado.

Não, não havia nada de valor no arquivo.

Sim, a loja havia ficado lotada nos dias anteriores, mas, não, ela não se lembrava de ninguém agindo de modo suspeito nem fazendo perguntas estranhas.

Inimigos? Aquilo provocou uma risada rápida. Não, a não ser que ele levasse Marjorie Bowers em conta.

— Bowers? — As orelhas de Brent se ergueram como as de um cachorro. Ele manteve o lápis sobre o bloquinho amassado.

— Nós duas competimos pelo papel principal da peça da escola no primeiro ano do ensino médio. Era uma montagem de *Amor, sublime amor*. Eu acabei com ela no teste, então ela começou a espalhar o boato de que eu estava grávida.

— Eu realmente não acho...

— Com a minha reputação em risco, eu não tive escolha — continuou Dora. — Peguei a menina depois da escola. — Ela lançou um olhar para Jed, que estava ocupado em franzir a testa para um prato de queijo em forma de cabeça de boi na cristaleira dela.

— É muito interessante. Mas acho que não tem a ver com o caso.

— Bem, mas ela me odiava de verdade. — Dora pegou a taça de conhaque de novo e deu de ombros. — Mas isso foi em Toledo. Não, me enganei. O primeiro ano deve ter sido em Milwaukee. A gente se mudava muito na época.

Brent sorriu. Ele havia gostado da dona do apartamento de Jed. Muitas pessoas que enfrentam uma invasão e um tiroteio não mantêm o senso de humor.

— Estamos buscando alguma coisa mais recente.

— Conte sobre o contador idiota — ordenou Jed.

— Pelo amor de Deus. O Andrew não...

— Dawd — interrompeu Jed. — Andrew Dawd. Era contador da Dora até alguns dias atrás. Ele passou uma cantada nela, então ela deixou o cara de olho roxo e no olho da rua. — Sorriu maldosamente para Dora. — E deu um pé na bunda do cara.

— Entendi. — Brent empurrou a bochecha com a língua enquanto escrevia o nome no bloquinho. Teria sorrido, mas o brilho no olhar de Dora o avisou que deveria manter o rosto sóbrio. — Ele... Hum, ameaçou voltar aqui?

— De jeito nenhum. Me passe um cigarro, Skimmerhorn.

Jed acendeu um para ela.

— Está irritada ou estressada? — perguntou quando o entregou.

— Decida você. — A moça arrancou o cigarro da mão do inquilino e deu uma tragada breve. — A coisa mais violenta que Andrew poderia ter feito seria voltar para casa e reclamar com a mãe.

— Não custa nada falar com ele — explicou Brent com gentileza.

— Onde podemos encontrar esse Andrew?

Dora lançou um olhar de ódio intenso para Jed.

— Na Dawd, Dawd e Goldstein, uma firma de contabilidade na esquina da rua Seis com a Market.

Brent fez que sim com a cabeça e pegou um dos biscoitos que a moça havia servido numa bonita bandeja ondulada próxima dele.

— Que bela maneira de passar a véspera de Natal, hein?

— Eu tinha outros planos. — Dora construiu um sorriso. — Desculpe por ter feito você sair de perto da sua família.

— Faz parte do trabalho. Os biscoitos estão ótimos.

— Obrigada. Quer levar alguns para casa? Você tem filhos, não tem?

— Três. — Numa reação instantânea, Brent pegou a carteira para mostrar as fotos e se gabar. Enquanto Jed revirava os olhos e se afastava, Dora se levantou para admirar as imagens das crianças. Eram duas meninas e um menino, todos muito bem-arrumados nas fotos da escola.

— A menina mais velha se parece com você — comentou Dora.

— É, parece. É a Carly. Tem dez anos.

— Tenho uma sobrinha que acabou de fazer dez. Está na quinta série.

— A Carly também está. Ela estuda na Bester, em Landsdowne.

— A Missy também. — Enquanto Jed olhava para a frente, o parceiro e a dona do apartamento sorriram um para o outro. — Aposto que elas se conhecem.

— Não seria a Missy Bradshaw, seria? Ela tem um irmão mais novo chamado Richie, que é um...

— Pestinha. É, isso mesmo.

— Ela já foi à minha casa um monte de vezes. Eles moram a uma quadra da gente. Os pais da Missy e minha mulher e eu nos revezamos para levar as crianças na escola.

— Vocês dois querem ficar sozinhos? — perguntou Jed.

Os dois lançaram um olhar de pena para o ex-policial.

— Me diga, Brent, ele sempre foi chatinho assim?

— Infelizmente, sempre. — Brent guardou a carteira e se levantou. Havia farelos de biscoito em sua camisa e manchas de dedo nos óculos. Dora achou que era um encanto. — Mas foi o melhor policial com quem já trabalhei, então você pode se sentir segura por ter esse cara do outro lado do corredor.

— Obrigada. Vou pegar os biscoitos. — Ignorando Jed propositadamente, ela foi até a cozinha.

— Que proprietária, hein? — comentou Brent, erguendo as sobrancelhas repetidamente.

— Controle-se. Quando vai ter o resultado das balas que tirou do gesso?

— Pelo amor de Deus, Jed, é Natal. Dê alguns dias ao pessoal do laboratório. Vamos conferir as digitais também, mas isso vai ser uma certa perda de tempo.

— Se ele é profissional o bastante para usar um silenciador, é profissional o bastante para usar luvas.

— Exatamente.

— O que você acha... — Jed se interrompeu quando Dora voltou, trazendo um prato de papel coberto de papel alumínio.

— Obrigado, srta. Conroy.

— Dora. Vai me avisar se descobrir alguma coisa?

— Pode contar com isso. Relaxe. O Jed vai ficar de olho em tudo.

— Bom. — Ela lançou um longo olhar frio para o inquilino. — Posso dormir tranquila, então.

— Isso mesmo. Feliz Natal.

— Vou levar você até a porta. — Jed acenou para Dora com a cabeça. — Já volto.

Enquanto andavam pelo corredor, Brent tirou outro biscoito de baixo do papel alumínio.

— Você está aqui há o quê? Uma semana?

— Quase.

— Como conseguiu irritar a mulher em tão pouco tempo?

— É um dom. Escute, por que você acha que um profissional iria querer invadir uma loja de bugigangas e mexer num monte de papéis?

— Essa é a pergunta do milhão. — Brent passou pela porta dos fundos, prendendo a respiração por causa do vento frio. — Tem muita coisa valiosa aqui.

— Mas ele não pegou nada, pegou?

— Não conseguiu. Você interrompeu o cara.

— Ele viu as luzes acesas e cortou o fio do telefone. Desligou o sistema de segurança. Mas não pegou o Daum Nancy.

— O quê?

— Deixa pra lá — retrucou Jed, irritado consigo mesmo. — Ele foi direto para o arquivo.

— Porque estava procurando alguma coisa.

— É. — Jed apagou o cigarro. — Mas será que conseguiu? E o que alguém procuraria no arquivo de uma loja de bugigangas?

— Recibos? — sugeriu Brent enquanto abria a porta do carro.

— Inventários, nomes, endereços...

— Você pode tirar o cara da polícia, mas não a polícia do cara.

— Eu levo para o lado pessoal quando alguém atira em mim.

— Não posso culpar você por isso. A gente sente a sua falta, capitão.

Algo brilhou nos olhos de Jed. Podia ser tristeza, mas logo desapareceu.

— A cidade parece estar funcionando bem sem mim.

— Olha, Jed...

— Deixa pra lá. — Ele não estava a fim de ouvir uma bronca, um incentivo nem de se sentir culpado. — Me avise quando os resultados saírem.

— Você vai ser o primeiro a saber. — Brent entrou no carro e baixou a janela. — Ah, e cuidado com a sua bunda, meu amigo. Acho que aquela moça é capaz de dar um pé nela.

A resposta de Jed foi uma risada curta. Ele voltou para o apartamento. Queria ter certeza de que Dora havia trancado tudo antes de voltar ao andar de baixo para dar outra olhada.

Só como um civil envolvido no caso, disse a si mesmo.

— Eles já foram — disse a ela quando passou pela porta aberta. — Pode contar com o Brent. Ele presta atenção nos detalhes.

— Ótimo. Sente-se.

— Tenho coisas para fazer. Tranque a porta.

— Sente-se — repetiu ela, apontando para uma cadeira. — Vou limpar esse corte.

— Posso fazer isso sozinho.

— Você não entende nada, Skimmerhorn? Quando um homem é ferido ajudando uma mulher, ela é obrigada pela honra a sacar o antisséptico. Se eu usasse um saiote, teria que rasgar o tecido dele para fazer o curativo.

Jed passou os olhos novamente pelo brilho do macacão da moça.

— O que você está usando embaixo disso?

— Um bom tônus muscular. — Como estava ansiosa para fazer aquilo, Dora arrastou o inquilino até a cadeira. — Agora você tem que dizer: "Que nada, minha senhora, é só um arranhão."

— E é. — Ele sorriu, desanimado. — Mas poderia ter sido pior.

— Sem dúvida. — Com um sussurro da seda, ela se ajoelhou ao lado da cadeira e passou uma das bolas de algodão que havia separado sobre o corte. — Minha irmã diria que você poderia ter perdido o olho.

Para a Lea, tudo é um arrancador de olhos em potencial. Ela herdou os genes da preocupação da nossa mãe. — Dora umedeceu outra bola de algodão e disse, rindo: — Isso vai arder um pouco.

Quando o corte raso entrou em erupção, Jed agarrou o pulso da moça.

— Porra, o que é isso?

— Álcool. — Ela piscou repetidas vezes. — Vai limpar a sujeira.

— Vai limpar até o osso — murmurou Jed.

— Não seja fresco, Skimmerhorn. Fique parado.

Ele fez uma careta quando Dora passou o algodão no machucado outra vez.

— Você me chamou pelo meu nome quando estava descendo a escada correndo e gritando, histérica.

— Nunca grito histérica.

— Fez isso hoje. — Ele sorriu maldosamente. — "Jed! Jed! Ai, meu Deus, Jed!"

Dora deixou a bolinha de algodão cair numa tigela esmaltada rasa.

— Na hora, achei que você ia ser assassinado. Infelizmente, eu estava errada. — Pôs o polegar no queixo de Jed para empurrar a cabeça dele para o lado e examinar o corte. — Quer um Band-Aid?

— Não. — Os olhos dele brilharam. — Não vai dar um beijo no corte?

— Não. — Ela se levantou, ergueu a tigela e a pôs de volta no lugar. — Olhe, eu tenho que perguntar. Sei o que você vai dizer. Vai dizer que não tenho que me preocupar, que foi só uma daquelas coisas estranhas que acontecem. Mas tenho que perguntar mesmo assim. Você acha que ele vai voltar?

Jed estudou o rosto da moça. Havia uma preocupação nos olhos que ela havia conseguido esconder até ali. Mas havia pouca coisa que podia ou iria fazer para tranquilizá-la.

— Não sei — respondeu, sinceramente.

— Ótimo. — Dora fechou os olhos e respirou fundo. — Eu não devia ter perguntado. Se você não sabe o que ele veio fazer aqui, como poderia dizer se vai voltar ou não?

— É mais ou menos por aí.

Poderia ter mentido, disse Jed a si mesmo, incomodado com o fato de o rosto da moça ter empalidecido novamente. Não teria sido tão difícil inventar uma segurança falsa para que ela tivesse uma noite tranquila. Os olhos de Dora, quando foram reabertos, estavam muito escuros, muito cansados.

— Escute...

Jed se levantou e surpreendeu os dois ao colocar uma mecha de cabelo da moça atrás da orelha dela, antes de recolher a mão rapidamente e enfiá-la no bolso.

— Escute — repetiu. — Eu acho que você não tem nada com o que se preocupar hoje. O que precisa fazer é ir para a cama e apagar. Deixe a polícia fazer o trabalho dela.

— É. — O pedido para que Jed ficasse estava na ponta da língua de Dora, provocado apenas em parte pelo medo de ficar sozinha. Ela balançou a cabeça e esfregou as mãos nos braços para aquecê-los. — Vou ficar quase o dia todo fora amanhã. Na casa da minha irmã. Vou deixar o número caso... Caso você precise — completou.

— Ótimo. Tranque a porta depois que eu sair, está bem?

— Pode apostar. — Ela já pegara a maçaneta quando ele entrou no corredor. — Você também. Tranque a porta.

— Claro.

Jed esperou até que Dora fechasse a porta e passasse a chave. Os lábios se abriram num sorriso rápido quando ele ouviu o som inconfundível de uma cadeira sendo arrastada pelo chão e de uma maçaneta estremecer quando ela foi posta embaixo da fechadura. Muito bem, Conroy, pensou, antes de descer para dar outra olhada no depósito.

♦ ♦ ♦ ♦

Numa bela casa geminada à sombra de carvalhos imponentes, uma senhora de alta classe tomava uma taça de xerez e assistia a *Natal Branco*, de Bing Crosby, na TV grande.

Ao ouvir o som de passos abafados atrás dela, a sra. Lyle sorriu e ergueu a mão.

— Venha ver, Muriel — convidou, falando com a antiga empregada. — Esta é a minha música favorita.

A senhora não gritou quando levou o golpe. O cristal delicado se espatifou na ponta da mesa de centro, sujando o tapete Aubusson de xerez vermelho-sangue.

Lutando contra a dor que a deixava paralisada, ela ouviu vidros se quebrando e uma voz masculina furiosa exigir várias vezes:

— Cadê o cachorro? Cadê a porra do cachorro?

Então ela não ouviu mais nada.

♦ ♦ ♦ ♦

Era meia-noite quando DiCarlo subiu o elevador até seu apartamento em Manhattan. Tinha os braços carregados de caixas que havia tirado dos fundos de uma loja de bebidas.

Tivera a sorte de encontrar o recibo daquele cachorro estúpido, disse a si mesmo, se perguntando inutilmente se as balas que havia lançado para as escadas da loja de antiguidades haviam atingido alguma coisa. Ou alguém.

Não precisa se preocupar, pensou. A arma não podia ser rastreada. E ele estava progredindo.

Segurou as caixas de modo mais confortável enquanto saía do elevador para o corredor. Tinha a águia de bronze, a Estátua da Liberdade e o cachorro de porcelana.

Um monte de presentes, pensou, rindo para si mesmo.

♦ ♦ ♦ ♦

— Então... — Dora mastigava uma cenoura crua enquanto Lea conferia o pato de Natal. — O Jed saiu correndo atrás do cara, mostrando uma arma enorme, enquanto eu fiquei lá parada, igual à típica heroína de Hollywood, com minhas mãos apertando o peito. Você tem um molho para esses legumes?

— Na geladeira. Graças a Deus você não se machucou. — Atrapalhada com as várias panelas que cozinhavam no fogão, com o som de seus filhos tocando o terror na sala de estar e com o medo muito presente de que a mãe invadiria a cozinha a qualquer momento, Lea estremeceu. — Faz anos que tenho medo de que sua loja seja assaltada. Fui eu que convenci você a instalar aquele sistema de segurança, lembra?

— Não me adiantou de muita coisa... — Dora mergulhou um talo de brócolis num molho de *sour cream* e cebolinha, depois se apoiou na bancada colorida de Lea, enquanto mastigava. — Jed disse que era uma porcaria.

— Não é possível. — Lea parou de mexer nas panelas para se mostrar indignada. — O Ned, primo do John, disse que era o melhor.

— O Ned, primo do John, é um idiota. Esse molho está uma delícia. — Ela experimentou a couve-flor. — Em todo o caso, a polícia foi até lá e fez tudo que tinha que fazer. O papai teria adorado a montagem da operação. Fizeram um monte de perguntas. — Dora havia deixado a parte das balas de fora propositalmente. Não parecia uma conversa apropriada para o Natal. — E parece que o ex-parceiro do Jed é vizinho seu.

— Ah, é? — Lea lambeu os dedos depois de regar as batatas-doces carameladas.

— O pai da Carly Chapman. Ela estuda com a Missy.

— Da Carly? — Enquanto tentava se lembrar das amigas da filha, Lea levantou uma tampa e cheirou o conteúdo da panela. — Ah, é. O Brent e a Mary. A gente se reveza para levar as crianças no colégio.

— Foi o que eu soube. — Dora se serviu de uma taça do vinho que Lea deixara respirar no balcão. — E aqui vem a parte boa. Eles vão interrogar o Andrew.

— Está brincando! O Andrew?

— Contador rejeitado busca vingança destruindo os arquivos de impostos da mulher. — Dora deu de ombros e passou uma taça de vinho para a irmã. — Faz tanto sentido quanto qualquer outra coisa. Quando você vai servir o jantar?

— Daqui a vinte minutos. Por que não levamos o resto dos legumes para a sala? Podemos manter a mamãe ocupada por... — Ela se interrompeu, xingando baixinho quando Trixie Conroy entrou espetacularmente na cozinha.

Trixie sempre entrava de modo espetacular, fosse no palco ou no mercado da esquina. Ela havia se vestido para um simples jantar de família com uma túnica de cores vivas que possuía franjas na bainha e nas mangas caídas. O material pairava teatralmente sobre o corpo magro. O cabelo, num corte Joãozinho, era pintado de um vermelho forte, como o de um carro de bombeiros. O rosto, pálido e sem rugas graças a tratamentos religiosos e a um lifting discreto, era impressionante. Os olhos azuis suaves que Lea havia herdado tinham cílios volumosos e a boca de lábios grossos e sensuais fora luxuriosamente pintada de vermelho.

Ela entrou como uma brisa na cozinha, deixando um rastro de seda e do perfume característico — algo forte com um tom leve de madeira.

— Minhas queridas! — A voz era tão dramática quanto o resto, um sussurro grave que podia chegar facilmente à última fila do teatro. — É tão bom ver minhas duas meninas juntas. — Ela cheirou o ar. — Ah, esses aromas deliciosos! Espero que não esteja esquentando minhas almôndegas demais, Ophelia.

— Ah... — Lea lançou um olhar desesperado para Dora e recebeu um dar de ombros como resposta. — Não, é claro que não. — Lea não havia esquentado aquele prato, apenas enfiado a travessa embaixo da pia para depois dar as almôndegas ao cachorro. — Mamãe, você sabia... que elas ficaram verdes?

— É claro. —Trixie mexeu no fogão, trocando tampas de lugar. — Eu mesma tingi tudo para combinar com a estação. Talvez você possa servir o prato agora, como um aperitivo.

— Não. Acho que vamos... — Como não conseguia pensar numa boa desculpa, Lea sacrificou a irmã: — Mãe, você sabia que alguém invadiu a loja da Dora?

— Droga, Lea.

Lea ignorou a reclamação dita em voz baixa e continuou.

— Ontem à noite.

— Ai, meu bebê. Meu amorzinho. — Trixie atravessou a cozinha correndo para segurar o rosto de Dora entre as mãos cheias de anéis. — Você se machucou?

— É claro que não.

— Por que não leva a mamãe lá para a sala, Dora? Sente-se e conte tudo para ela.

— É, é, isso mesmo. — Trixie agarrou a mão de Dora e a arrastou para a porta. — Você devia ter me ligado no mesmo instante. Eu teria ido para lá num piscar de olhos. Coitadinha... Quentin! Quentin, nossa filha foi assaltada.

Dora apenas teve tempo de lançar uma careta rápida por sobre o ombro para a irmã antes de ser arrastada para a confusão.

A sala de estar da família Bradshaw estava um caos. Havia brinquedos espalhados por todos os lados, tornando o prático tapete bege uma pista de obstáculos. Gritos e ganidos soavam enquanto um carro de polícia de controle remoto, operado por um Michael de olhos fixos, aterrorizava o cachorro da família, Mutsy. Will, vestido *a la* Nova York com uma camisa preta de seda e uma gravata estampada, distraía Missy com músicas alegres tocadas num pianinho. John e Richie tinham os olhos grudados num jogo de videogame, e Quentin, já alegre por causa do *eggnog*, falava sem parar.

— Quentin. — A voz teatral de Trixie fez todos pararem. — Nossa filha foi ameaçada.

Incapaz de resistir, Will tocou uma melodia melodramática no piano. Dora franziu o nariz para ele.

— Eu não fui ameaçada, mãe. — Dora deu um tapinha reconfortante no ombro da mãe, fez com que se sentasse e entregou a ela um copo de vinho. — A loja foi invadida — explicou. — Mas não deu em nada. Não levaram nada. O Jed fez os caras fugirem.

— Eu sempre achei que aquele moço seria útil. — Quentin bateu com um dedo na lateral do nariz. — É o meu sexto sentido. Ele bateu em alguém?

— Não, o Jed assustou os caras.

— Eu teria atirado e matado o ladrão. — Richie pulou no sofá e atirou com uma arma imaginária. — Eu falei para você.

— É verdade.

— Richie, saia de cima do sofá — ordenou John automaticamente. — Dora, você chamou a polícia?

— Chamei. E está tudo nas mãos dos melhores da Filadélfia. — Ela pegou Richie no colo. — E o oficial que está investigando o caso é o pai de uma grande amiga sua, pestinha. A Jody Chapman.

— Jody Chapman! — Richie fez um som de vômito e segurou a garganta.

— Ela mandou um beijo. — Dora tremulou os cílios e fez um biquinho. O coro de grunhidos e gritos a deixou convencida de que a crise havia passado.

— Willowby! — Trixie interrompeu o barulho com uma palavra e a mão erguida. — Você vai ficar na casa da Isadora hoje. Não vou me sentir segura se não souber que ela tem a companhia de um homem.

— Mãe... — Foi o suficiente para Dora tirar a taça das mãos de Trixie. — Eu, em nome de todas as feministas, estou com vergonha de você.

— Ideias políticas e sociais não são importantes quando comparadas ao bem-estar da minha filha. — Trixie assentiu com a cabeça exageradamente. — Will, você vai ficar com a sua irmã.

— Sem problemas.

— Bem, eu tenho um problema — interrompeu Dora. — Ele deixa minha pia suja de espuma de barbear e faz ligações longas e obscenas para as mulheres dele em Nova York.

— Vou usar meu cartão — sorriu Will. — E você não saberia que são obscenas se não ficasse ouvindo.

— Sua mãe está certa. — Quentin se levantou para pegar mais *eggnog*. Estava bem-arrumado, de camisa engomada e chapéu-coco. Fez um desvio para beijar a mão da esposa. — Amanhã eu mesmo vou até a loja para entender a situação. Não preocupe sua linda cabecinha, minha querida.

— Falando em obscenidades — murmurou Will, fazendo uma careta. — Que cheiro é esse?

— O jantar — anunciou Lea, passando pela porta da cozinha. Ela sorriu de modo falso para a mãe. — Desculpe, mamãe, mas parece que queimei suas almôndegas.

♦♦♦♦

A UMA QUADRA dali, Jed estava tentando sair pela porta. Havia se divertido mais do que imaginara no jantar de Natal dos Chapman. Era difícil não se empolgar com as crianças, que ainda estavam entusiasmadas e impressionadas com os presentes. Impossível não relaxar com o aroma de pinheiro, peru e torta de maçã que adoçava o ar. E havia o simples fato de gostar de Brent e Mary Pat como pessoas, como casal.

No entanto, quanto mais ficava naquele confortável lar, mais estranho se sentia. Não havia como evitar a comparação entre a cena familiar acolhedora — o fogo na lareira, as crianças brincando no tapete — com as lembranças infelizes dos Natais de sua infância.

As brigas aos berros. Ou pior, muito pior: os silêncios frios e sufocantes. O ano em que a mãe havia quebrado toda a louça da casa na parede da sala de jantar. O ano em que o pai atirara nas gotinhas de cristal do candelabro do saguão com o .25.

E havia o Natal em que Elaine não voltara para casa e só aparecera dois dias depois, com o lábio cortado e o olho roxo. Será que tinha sido no ano em que ele fora preso por roubar a Wanamakers? Não, lembrou Jed. Aquilo havia sido um ano depois — quando ele tinha 14 anos.

Bons velhos tempos.

— Pelo menos leve um pouco de comida com você — insistiu Mary Pat. — Não sei o que fazer com isso tudo.

— Por favor — acrescentou Brent, dando um tapinha no bumbum da esposa ao passar por ela para abrir uma cerveja. — Se não levar, vou comer peru durante um mês. Quer outra?

Jed balançou a cabeça para a cerveja.

— Não, estou dirigindo.

— Você não precisa ir tão cedo — reclamou Mary Pat.

— Fiquei aqui o dia inteiro — lembrou Jed e, como a mulher era uma das poucas pessoas com quem se sentia relaxado, deu um beijo na bochecha dela. — Agora vou para casa ver se consigo gastar um pouco do purê de batatas e do molho.

— Você nunca ganha um grama. É de dar raiva. — Ela empilhou as sobras num tupperware. — Por que não me fala mais da linda proprietária do seu apartamento?

— Ela não é linda. É bonita.

— O Brent disse que era linda. — Mary Pat lançou um olhar torto para o marido. Ele só deu de ombros. — E sensual também.

— Disse isso porque ela deu biscoitos a ele.

— Se ela é irmã da Lea Bradshaw, deve ser mais do que bonita. — Mary Pat encheu outro pote com generosas fatias de torta de maçã. — A Lea é impressionante. Mesmo bem cedo de manhã, com um monte de crianças gritando no carro. Os pais delas são atores, sabia? De teatro — acrescentou Mary Pat, dando dramaticidade à palavra. — Já vi a mãe também. — Ela revirou os olhos. — Eu quero ficar daquele jeito quando crescer.

— Você é bonita, querida — garantiu Brent.

— Bonita. — Balançando a cabeça, Mary Pat fechou os potes. — Ele disse "linda"? Disse "sensual"?

— Pode deixar que eu digo.

— Obrigada, Jed. Por que não traz a moça aqui um dia? Para jantar ou tomar um drinque?

— Eu pago aluguel a ela, não saio com ela.

— Você espantou um ladrão para ela — lembrou Mary Pat.

— Foi puro reflexo. Tenho que ir. — Jed pegou a comida que ela insistiu que levasse. — Obrigado pelo jantar.

Com o braço em torno da cintura de Brent, Mary Pat deu tchau às luzes traseiras do carro de Jed.

— Sabe, acho que vou dar uma passada naquela loja.

— Você quer dizer que vai bisbilhotar, não é?

— O que for preciso. — Ela apoiou a cabeça no ombro do marido. — Eu quero dar uma olhada nessa proprietária linda, sensual e solteira do apartamento dele.

— Ele não vai gostar.

— Vamos ver. Ele precisa de alguém.

— Precisa é voltar ao trabalho.

— Então vamos atacar pelos dois lados. — Mary Pat se virou, erguendo a boca e pedindo um beijo. — Ele não vai ter chance.

◆ ◆ ◆ ◆

Em Los Angeles, Finley comia um pato ao molho pardo e ovos de codorna. Ao lado dele, na gigantesca sala de jantar, havia uma loura impressionante, de olhos verdes e corpo escultural. Ela falava três línguas e tinha excelente conhecimento sobre arte e literatura. Além da beleza e da inteligência, era quase tão rica quanto Finley. O ego do magnata exigia os três atributos numa companheira.

Enquanto ela bebia champanhe, ele abriu a pequena caixa, elegantemente embrulhada, que a moça havia trazido.

— Que gentileza da sua parte, minha querida. — Finley tirou a tampa, fazendo uma pausa, ansioso.

— Eu sei o quanto você gosta de coisas bonitas, Edmund.

— Gosto mesmo. — Finley a elogiou com um olhar caloroso antes de abrir o papel. Ergueu uma pequena escultura de mármore de um kirin e o pôs suave, carinhosamente na palma da mão. O suspiro profundo e agradecido pairou no ar.

— Você admira essa estatueta toda vez que janta comigo, então achei que seria o presente de Natal perfeito. — Feliz com a reação, ela pôs a mão sobre a de Finley. — Pareceu mais pessoal dar a você algo da minha coleção.

— É maravilhoso. — Os olhos de Finley brilharam enquanto estudavam o objeto. — E, como você disse, é único.

— Na verdade, parece que eu estava errada sobre isso. — Ela pegou a taça de novo e não percebeu o espasmo repentino nas mãos dele. — Consegui uma cópia há algumas semanas. — Ela riu suavemente. — Não me pergunte como, já que saiu de um museu.

— Não é único. — O prazer dele havia desaparecido como fumaça e sido substituído pelo fogo amargo da decepção. — Por que você supôs que eu iria querer algo comum?

A mudança no tom a fez piscar várias vezes, surpresa.

— Edmund, ainda é o que é. Uma linda peça de um trabalho excepcional. E extremamente valiosa.

— O valor é relativo, minha querida. — Enquanto a observava, os olhos frios, seus dedos tomaram a delicada escultura com força. Quando a força aumentou, a peça se quebrou com um som de tiro. Ela gritou, assustada, e Finley sorriu novamente. — Parece que houve um acidente. Que pena. — Pôs a peça quebrada de lado e pegou o vinho. — É claro que, se quiser me dar a peça autêntica da sua coleção, eu realmente darei valor a ela. Afinal, ela é única.

Capítulo Oito
♦♦♦♦

Quando Jed bateu na porta de Dora, pouco depois das nove, no dia 26 de dezembro, a última coisa que esperava era ouvir uma voz masculina pedindo para "esperar um pouco, caramba!".

Ele ouviu uma batida, um palavrão.

Will, um lençol floral enrolado no corpo fino como uma toga e ainda passando a mão no dedo do pé que havia batido na mesa Pembroke, abriu a porta e viu um sorriso de escárnio pouco amigável.

— Se estiver vendendo alguma coisa — disse —, espero que seja café.

Ela escolhia bem os homens, pensou Jed maldosamente. Primeiro um contador almofadinha com glândulas superativas, agora um garoto magrelo que mal havia saído do colégio.

— Isadora — disse Jed, mostrando os dentes.

— É claro. — Tomando cuidado com o lençol que se arrastava, Will deu um passo para trás para que Jed entrasse. — Cadê ela? — murmurou. — Dora! — A voz ecoou nas paredes e no teto.

O garoto tinha bons pulmões, decidiu Jed, notando, depois, intrigado, a confusão de travesseiros e cobertores no sofá.

— Você não vai entrar até eu secar meu cabelo. — Dora saiu do banheiro usando um roupão atoalhado, armada com um secador. — Pode simplesmente... Ah. — Ela parou ao ver Jed. — Bom-dia.

— Preciso falar com você rapidinho.

— Está bem. — Dora passou os dedos pelo cabelo molhado. — Já conheceu meu irmão?

Irmão, pensou Jed, irritado com o alívio rápido e incontrolável que sentiu.

— Não.

— O cara de lençol é o Will. Will, o cara que precisa se barbear é o Jed, que mora do outro lado do corredor.

— O ex-policial que afugentou o ladrão. — Os olhos cheios de sono de Will acordaram. — Muito prazer. Já fiz o papel de um traficante uma vez, num filme do Stallone. Fui morto no primeiro bloco, mas foi uma ótima experiência.

— Aposto que sim.

— Tome. — Dora passou o secador para Will. — Você pode usar o chuveiro. Vou fazer café, mas você vai ter que preparar o resto.

— Fechado. — Ele saiu, arrastando o lençol floral.

— Minha mãe achou que eu precisava ter um homem em casa depois da invasão — explicou Dora. — O Will era o único disponível. Podemos conversar na cozinha.

O cômodo era mobiliado da mesma maneira que o dele, mas era obviamente mais usado e, com certeza, mais organizado. Dora pegou o que Jed achou que fosse uma lata de biscoitos, tirou os grãos de café dela e os pôs no moedor antes de falar de novo:

— E aí? Como foi o Natal?

— Tudo bem. Um cara virá aqui na hora do almoço para instalar um novo sistema de segurança. Um que funcione.

Dora fez uma pausa. O aroma do café moído e do banho dela tomavam a cozinha, deixando Jed com água na boca.

— Como é que é?

— É um amigo meu. Ele sabe o que está fazendo.

— Um amigo — repetiu ela, voltando ao moedor. — Primeiro, devo dizer que fico impressionada por você ter um. Segundo, imagino que você espera que eu fique muito agradecida por essa ousadia inacreditável.

— Eu também moro aqui. Não gosto de levar tiros.

— Poderia ter conversado comigo antes.

— Você não estava em casa. — Ele esperou até que ela pusesse a chaleira no fogo. — Precisa de trancas de verdade nas portas. Posso ir até a loja e comprar.

Com os lábios apertados, pensando, Dora passou o pó de café para um filtro.

— Estou pensando se devo ficar alegre, irritada ou impressionada.

— Eu mando a conta para você depois.

Aquilo a fez decidir. Os lábios se curvaram para cima, e o sorriso acabou se tornando uma risada rápida e grave.

— Está bem, Skimmerhorn. Pode ir tornar o nosso mundinho seguro. Mais alguma coisa?

— Pensei em medir aquelas prateleiras que você queria.

Dora passou a língua pelos dentes e estendeu o braço para pegar uma laranja da cesta de vime.

— Está cansado de viver sem compromissos? — Quando ele não disse nada, ela cortou a laranja com uma faca afiada. — Vou mostrar o que tenho em mente depois do café. Na verdade, hoje só vamos abrir ao meio-dia. — Depois de cortar meia dúzia de laranjas, pôs as metades num aparelho velho que espremia o suco. — Por que não põe a mesa?

— Para quê?

— Para tomar café. Will faz uns crepes ótimos. — Antes que Jed pudesse responder, a chaleira apitou. Dora jogou a água quente sobre o café. O cheiro convenceu-o a ficar.

— Onde você guarda os pratos?

— No primeiro armário.

— Uma coisa — disse Jed enquanto abria a porta do armário. — É melhor você ir se vestir. — Lançou um sorriso para a moça, que fez a garganta dela se fechar de nervoso. — A visão do seu corpo úmido e seminu pode me deixar num estado incontrolável de frenesi sexual.

Ela não gostou de ouvir as próprias palavras sendo jogadas em sua cara. Dora se serviu de café e saiu da sala.

— Que cheiro bom — decidiu Will, aparecendo agora de jeans escuro e suéter. O cabelo, um pouco mais claro do que o de Dora, havia sido seco e bagunçado artisticamente com o secador. O cara parecia uma propaganda da Ralph Lauren. — A Dora faz um café ótimo. Ei, você se incomoda se eu ligar a TV? Talvez na CNN. Não ouço o que está acontecendo no mundo há alguns dias. — Will serviu café para si e para Jed antes de puxar as mangas da camisa para cima.

— Droga, Will!

A voz de Dora fez o irmão se encolher e sorrir.

— Esqueci de limpar a pia — explicou a Jed. — Ela odeia encontrá-la com creme de barbear e restos de barba.

— Vou me lembrar disso se um dia precisar.

— Mas ela pode pendurar a calcinha onde quiser. — Will aumentou o tom de voz para que saísse da cozinha e passasse pela porta do banheiro, acrescentando uma dose de sarcasmo para se divertir: — Como cresci com duas irmãs, nunca entrei num banheiro sem ter que lutar para encontrar o caminho numa selva de calcinhas.

Enquanto falava, Will media ingredientes e mexia a panela com uma delicadeza automática. Viu que Jed o observava e sorriu de novo.

— Todos nós somos ótimos cozinheiros — disse. — Lea, Dora e eu. É uma defesa contra os anos de entregas e comida congelada. Então, sobre esse caso do roubo. — Will continuou, sem parar de mexer: — Você acha que ela tem que ficar preocupada?

— Eu sempre fico preocupado quando tiros são dados em mim. Mas eu sou assim.

— Tiros? — A mão de Will pairou a um centímetro da borda da tigela, o ovo que havia quebrado pingando dentro. — Como assim?

— Uma arma. Balas. — Jed tomou um gole de café. — Bang.

— Meu Deus do céu... Ela não falou nada sobre tiros. — Ainda carregando o ovo, que pingava, ele entrou na sala de estar, passou pelo corredor curto e abriu a porta do banheiro com força.

Dora quase furou um dos olhos com o delineador.

— Mas que droga, Will!

— Você não disse nada sobre tiros. Pelo amor de Deus, Dory, você fez parecer que era uma piada.

Ela suspirou, bateu com o delineador na borda da pia e lançou um olhar frio para Jed por sobre o ombro de Will. Era para Dora estar parecendo ridícula com apenas um dos olhos pintados. Em vez disso, parecia irritada, sensual e fumegante.

— Muito obrigada, Skimmerhorn.

— De nada, Conroy.

— Não culpe o seu inquilino. — Enfurecido, Will pegou Dora pelos ombros e a sacudiu. — Eu quero saber exatamente o que aconteceu. E quero saber agora.

— Então pergunte ao policial intrometido. — Ela deu um empurrão no irmão. — Estou ocupada — disse, fechando a porta do banheiro e a trancando, deliberadamente.

— Isadora, eu quero saber. — Will esmurrou a porta. — Ou vou ligar para a mamãe.

— Se fizer isso, vou contar a ela sobre seu fim de semana em Long Island com a stripper.

— Artista performática — murmurou Will, virando-se para Jed. — Você — pediu. — Conte tudo enquanto eu termino o café.

— Não tenho muito para contar.

Jed sentia um enjoo surgir. Mas não vinha do fato de estar contando os acontecimentos da véspera de Natal enquanto Will preparava crepes de maçã. Vinha do fato de estar assistindo irmão e irmã juntos, de ver a preocupação e a raiva no rosto de Will — emoções que vinham de um amor muito profundo, não simplesmente da lealdade familiar.

— E foi só isso? — perguntou Will.

— O quê? — Jed se forçou a voltar ao presente.

— Foi só isso? O ladrão entrou, mexeu nos arquivos, deu uns tiros em você e fugiu?

— Mais ou menos.

— Por quê?

— É isso que a polícia é paga para descobrir. — Jed se serviu de uma segunda xícara de café. — Escute, vamos instalar outro sistema de segurança hoje à tarde. E trancas novas. Ela vai ficar bem.

— Que tipo de policial você era? — perguntou Will. — De rua, da Narcóticos...?

— Isso não importa, não é? Não sou mais policial.

— É, mas... — Will parou de falar, franzindo a testa para os crepes que passava para uma bandeja azul-clara. — Skimmerhorn? Foi disso que ela chamou você, não foi? A gente guarda esse tipo de nome. Eu me lembro de algo que vi alguns meses atrás. Sou viciado em jornais. — Will vasculhou a mente, como se tentasse se lembrar de falas que memorizara muito tempo antes. — Capitão, não é? Capitão Jedidiah Skimmerhorn. Foi você quem matou o Donny Speck, aquele traficante. "Policial milionário mata Barão das Drogas" — lembrou Will. — Você apareceu em muitos jornais.

— E jornais acabam forrando gaiolas.

Will queria insistir, mas se lembrou de outra coisa. Do assassinato da irmã do capitão Skimmerhorn num carro-bomba.

— Imagino que qualquer pessoa que possa acabar com um canalha da estirpe do Speck possa cuidar da minha irmã mais velha.

— Ela sabe cuidar dela mesma — anunciou Dora. Com uma jarra de suco na mão, ela atendeu o telefone da cozinha: — Alô. É, o Will está aqui. Só um minuto. — Dora bateu os cílios. — Marlene.

— Ah. — Will pôs dois crepes num prato e pegou o garfo. — Isso vai demorar um pouco. — Depois de pegar o telefone da mão da irmã, ele se apoiou na parede. — Oi, linda. — A voz havia baixado um tom e estava suave como creme: — Querida, você sabe que senti sua falta. Não pensei em mais ninguém. Quando eu voltar hoje, vou mostrar o quanto senti saudade.

— Que nojo... — murmurou Dora.

— Por que não contou a história toda para ele?

Dora deu de ombros e manteve a voz baixa.

— Eu não quis preocupar minha família. Eles já tendem a ser dramáticos nas melhores circunstâncias. Se minha mãe descobre que estou vomitando, ela imediatamente me diagnostica com malária e começa a ligar para especialistas. Você imagina o que ela faria se eu contasse que alguém fez furos de bala na minha parede?

Jed balançou a cabeça, saboreando os crepes.

— Teria ligado para a CIA e contratado dois guarda-costas enormes chamados Bubba e Frank. Só com o pouco que falei, ela já mandou o Will para cá.

— Ele é legal — disse Jed enquanto Will mandava beijinhos para o telefone e desligava. Antes que pudesse dar dois passos, o aparelho tocou de novo.

— Alô. — Os olhos de Will brilharam. — Heather, meu amor. É claro que senti sua falta. Não consegui pensar em mais ninguém. Vou ajeitar tudo até amanhã e depois mostrar o quanto senti saudade.

— Muito esperto — afirmou Jed, sorrindo para o café.

— Eu imagino que sim. Já que ele está ocupado, fazendo amor pelo telefone, vou desligar a TV. — Dora se levantou e havia quase apertado o botão quando uma notícia a impediu.

— Ainda não há pistas sobre a tragédia do Natal em Society Hill — anunciou o repórter. — A socialite Alice Lyle ainda está em coma, por causa de um ataque durante um aparente roubo em sua casa no dia

24 de dezembro. A sra. Lyle foi descoberta inconsciente. Muriel Doyle, a empregada da casa, foi encontrada morta no local. As duas foram descobertas pela sobrinha da sra. Lyle na manhã de Natal. Alice Lyle, viúva de Harold T. Lyle, da Lyle Enterprises, ainda está em estado grave. O porta-voz da Polícia da Filadélfia afirmou que uma investigação já está em andamento.

— Ai, meu Deus. — Agarrando os cotovelos, Dora se virou para Jed. — Eu conheço essa senhora. Ela esteve na loja alguns dias antes do Natal para comprar um presente para a sobrinha.

— É um bairro rico — afirmou Jed com cuidado. — E Lyle é um sobrenome importante. Roubos podem acabar dando errado.

— Ela comprou dois aparadores de porta — lembrou Dora. — E me contou que a sobrinha estava esperando um bebê. — A moça estremeceu. — Que horror...

— Você não pode se deixar afetar. — Jed se levantou para desligar a TV.

— É isso que ensinam na academia de polícia? — retrucou ela, balançando a cabeça imediatamente. — Desculpe. É por isso que nunca ouço a droga do noticiário. A única coisa que leio no jornal são os classificados e os quadrinhos. — Pôs o cabelo para trás e lutou para melhorar o próprio humor. — Acho que vou descer e abrir mais cedo, deixar o Will limpar o resto da bagunça antes que saia para Nova York.

Dessa vez, ele não resistiu à vontade de passar os dedos pelo rosto dela. A pele era macia como pétalas de rosa.

— É difícil quando não são estranhos.

— Já é difícil quando são. — Dora ergueu a mão e tocou no pulso de Jed. — Foi por isso que você se demitiu?

Ele deixou a mão cair.

— Não. Vou até a loja de ferramentas. Obrigado pelo café.

Dora simplesmente suspirou quando a porta se fechou atrás dele.

— Will, quando você terminar sua ligação obscena, lave a louça. Vou descer até a loja.

— Já terminei. — Ele saiu da cozinha e agarrou o suco. — Você é cheia de segredos, não é, Dory? Por que não me disse que o seu inquilino era o policial durão que acabou com o Donny Speck?

— Quem é Donny Speck?

— Nossa Senhora, em que mundo você vive? — Ele mordiscou alguns pedaços de crepe enquanto tirava a mesa. — O Speck era o chefe de um dos maiores cartéis da Costa Leste. Provavelmente o maior. Era maluco. Gostava de explodir as pessoas que atrapalhavam os negócios dele. Usava sempre o mesmo método: uma bomba num carro, acionada pela ignição.

— O Jed prendeu esse cara?

— Que prendeu que nada. Ele acabou com a raça do Speck num tradicional tiroteio.

— Ele matou o traficante? — perguntou Dora através de lábios secos. — Foi por isso... Foi por isso que ele largou a polícia?

— Cara, ele ganhou uma medalha por isso. Saiu em todos os jornais no verão passado. O fato de ele ser neto da L.T. Bester, Incorporated, também chamou a atenção.

— Bester Incorporated? Ele tem muito dinheiro?

— Isso mesmo. Ele tem propriedades, Dora. Shoppings. A Filadélfia não tem muitos policiais endinheirados.

— Isso é ridículo. Se ele tem tanto dinheiro, por que estaria alugando um apartamento em cima de uma loja de curiosidades?

Will balançou a cabeça.

— Você é uma Conroy e está questionando excentricidades?

— É, quase me esqueci disso por um minuto.

— Seja como for... — Will encheu a pia de água quente e sabão. — Na minha opinião, acho que nosso herói, o capitão rico, está aproveitando para descansar. O verão passado foi muito pesado. O caso Speck fez o cara ser manchete durante alguns meses, depois a irmã dele foi morta na explosão de um carro...

— Espere. — Dora agarrou o braço de Will. — A irmã dele?

— Desconfiaram do Speck, mas não sei se conseguiram provar.

— Ai, que horror... — Empalidecendo, ela pressionou uma das mãos contra o estômago revirado. — Que horror...

— É pior. Ele assistiu à morte dela. As manchetes diziam: "Capitão da polícia assiste à morte trágica da irmã." Foi barra.

— Coitado do Jed — murmurou Dora.

— Os tabloides se aproveitaram também. Não me lembro de tudo, mas muitos mencionaram os escândalos do clã Skimmerhorn-Bester. A irmã já havia se divorciado três ou quatro vezes. Os pais costumavam brigar em público. Acho que noticiaram alguma coisa sobre os problemas que o Jed teve com a polícia quando adolescente. Você sabe como as pessoas gostam de ler sobre o sofrimento de famílias ricas.

— Agora eu entendo por que ele quer ficar sozinho. Mas... — continuou Dora depois de um instante — essa não é a solução. — Inclinando-se, ela deu um beijo na bochecha do irmão. — Tranque a porta quando sair. Vejo você no Ano-Novo?

— Eu não perderia por nada. Dora?

— Oi?

— Faça o que ele mandar. Gosto de ter você por perto.

— Gosto de estar por perto.

A moça pegou as chaves e desceu as escadas.

♦♦♦♦

Havia poucos clientes durante a manhã, o que deu a Dora tempo para pensar. O que ela não sabia sobre Jed Skimmerhorn podia, aparentemente, encher um estádio de futebol. As pistas fascinantes que Will dera só tornavam a falta de informação ainda mais problemática.

— Bom-dia, Izzy, minha querida filha. — Quentin entrou elegantemente na loja usando protetores de orelha felpudos sobre a cabeleira prateada. Ele usava um sobretudo de pele de carneiro, um presente de Natal da esposa.

— Oi, pai. Era exatamente você que eu queria encontrar.

— É muito gratificante ser querido pelos filhos. Isso prova o valor de um homem de meia-idade. Ah, Terri, linda como sempre. — Quentin andou a passos largos até a ruiva, pegou a mão dela e fez uma reverência teatral. — Um presente para os Liberty Players, para seu humilde diretor e para a Dora's Parlor. O que foi? Ficaram sem clientes hoje de manhã?

— Algumas pessoas vieram apenas olhar, uma veio trocar uma peça e outra comprou uma aldraba de vinte dólares, em forma de hipopótamo — informou Dora. — Imagino que os shoppings estejam lotados. Terri, você pode cuidar das coisas por aqui, não pode?

— Vendada e de mãos atadas.

— Pai. — Dora pegou o braço de Quentin e o levou do salão principal para uma das salas menores. — O que você sabe sobre Jed Skimmerhorn?

— O que sei? — Para enrolar, Quentin sacou um pacotinho de balas de menta. — Vamos ver. Acho que tem 1,85 m. Uns 79 kg, físico atlético. Tem trinta e poucos anos. É de linhagem anglo-saxã pela cor da pele.

— Pode parar. Eu conheço você, Quentin D. Conroy. A Lea pode achar que você alugaria o apartamento para um motoqueiro cheio de correntes com uma tatuagem "Nascido para Aloprar" no peito, mas eu sei que não.

Quentin piscou, claramente chocado.

— A Lea acha isso? Que língua de serpente, Deus meu! — E bateu com o punho fechado na palma da outra mão.

— Não mude de assunto. Seja lá o que for possível saber sobre Skimmerhorn, você já sabe ou ele não estaria morando aqui. Então pode mandar. Que história é essa de ele ser de uma família rica?

— O clã Bester-Skimmerhorn — confirmou Quentin. Entediado, tirou o casaco e o dobrou sobre as costas de uma cadeira de espaldar arredondado. — A maior parte do dinheiro vem da família da mãe, apesar de o ramo dos Skimmerhorn não ser realmente formado por alpinistas sociais. O Jed é o herdeiro de tudo, já que sobraram apenas ele e alguns primos distantes na árvore genealógica.

— Então ele é mesmo financeiramente independente — murmurou Dora. — Caramba...

— Independência é a palavra-chave. — Quentin tossiu suavemente, tapando a mão com a boca. As bochechas ganharam cor. — Você sabe que não gosto de repetir fofocas, Izzy.

— Você só vai ter que falar sobre isso uma vez.

Ele riu e deu uma série de tapinhas na bochecha da filha.

— Minha pequena é esperta. Muito esperta. Bem, dizem os boatos que o jovem Jed entrou para a polícia contra a vontade da família. Eles não aprovavam a carreira que havia escolhido e ameaçaram cortar a herança dele. — A voz de Quentin havia baixado para um tom de contador de histórias, rico e perfeitamente ritmado: — De qualquer forma, os pais eram famosos socialites. Digo "famosos" literalmente. Eles tinham tendência a brigar em público. Todos sabiam que os dois se detestavam, mas nenhum pedia o divórcio por causa da relação financeira complicada entre os Bester e os Skimmerhorn.

— Que agradável... — murmurou Dora.

— É, realmente. O Jed ficou famoso na polícia. Ganhou a reputação de ser meio cão farejador, meio terrier. Farejava as pistas e atacava o caso com unhas e dentes. — Quentin sorriu, apreciando a própria analogia. — Pouco mais de um ano atrás, foi promovido a capitão, um cargo que muitos acreditavam ser mais um passo até o de chefe de polícia. Então Donny Speck apareceu.

— O Will me contou. O Speck matou a irmã do Jed.

— Isso é o que todo mundo acha. Já a razão pela qual Jed deixou o cargo não pode ser confirmada. Sugiro que você pergunte diretamente a ele.

— O Jed não me diria.

— O seu interesse é pessoal ou profissional?

Dora pensou, depois aceitou a bala de menta que o pai oferecia.

— Ainda não decidi. Obrigada pelos detalhes. — Ela deu um beijo em Quentin. — Que eu não deveria ter precisado pedir.

— De nada.

— O Jed está nos fundos, no depósito. Você pode incomodar meu inquilino enquanto ele instala as novas trancas, se quiser.

— Será um prazer. — Quentin pegou o casaco e o dobrou sobre um dos braços.

— Pode deixar isso aí.

— Aqui? Ah, não, não. — Evitando o olhar de Dora, ele acariciou o casaco. — Tenho que levar comigo. Posso ficar com frio.

Você pode é precisar da garrafa que está dentro do bolso, corrigiu Dora, voltando a trabalhar.

♦♦♦♦

No depósito, Jed estava usando a furadeira de Brent outra vez. Já havia quase terminado de instalar uma bela fechadura quando Quentin entrou sem pressa.

— Feliz 26 de dezembro para você. Parece que você é o grande herói da vez. Por favor, aceite minha profunda e sincera gratidão.

— Sr. Conroy.

— Quentin, por favor. Afinal, de acordo com o Will, você arriscou sua vida para proteger minha menina. — Quentin se sentou numa cadeira de espaldar de madeira. — Me conte. Já temos alguma pista?

— Ligue para a delegacia e fale com o tenente Brent Chapman. Ele é o encarregado do caso.

— Mas, meu filho, você estava no momento da ação, de arma em punho. Onde estão os buracos de bala? Will me disse que vocês trocaram tiros.

— No gesso da escada.

Divertindo-se, Jed observou Quentin andar até o local e examinar a parede. Ele não teria ficado surpreso se o velho tivesse tirado uma lupa e um chapéu de Sherlock Holmes do bolso.

— Curioso, não é? Sabe, uma vez fiz o papel de Poirot numa pequena produção teatral de O *Assassinato no Expresso do Oriente*.

— E o Will fez um traficante num filme do Stallone. Que família...

— É preciso fazer tanto o papel de vilão quanto o de herói para desenvolver a própria arte. Temos teatro no nosso sangue, sabia? Apesar de o dom da Izzy tender mais para o cenário. — Quentin voltou e se sentou novamente. Esticou as costas, cruzou as pernas, apoiando um tornozelo no outro, e juntou as mãos sobre a barriga reta. — Sabe que horas são?

Jed virou o pulso para olhar para o relógio.

— Faltam alguns minutos para o meio-dia.

— Ótimo. — Satisfeito, Quentin pôs a mão no bolso do casaco para pegar a garrafinha.

— Não deixe isso perto de mim.

Quentin sorriu abertamente.

—Temo que o enchi com o que podemos chamar de "meu melhor teste" no outro dia. O nível alcoólico de hoje é bem menor.

— Eu dispenso mesmo assim.

— Bem, um brinde a todas as mulheres que já amei. — Quentin tomou um gole lento, suspirou e guardou a garrafinha de novo. Dora podia aparecer a qualquer instante. — Tenho outra razão para ter aparecido aqui hoje. Gostaria de reforçar o convite para nossa festa anual de Ano-Novo no teatro. Minha esposa gostaria de agradecer a você pessoalmente por cuidar da nossa Izzy.

— Não sou muito fã de festas.

— Eu consideraria um favor pessoal se você ao menos desse uma passada lá. Depois desse incidente, tenho medo de a Izzy ir sozinha.

E, tendo plantado a semente, Quentin aproveitou para tomar outro gole antes de ir embora.

♦♦♦♦

Com o ritmo reduzido da loja, Dora deixou Terri encarregada das vendas e passou a maior parte da tarde reorganizando os arquivos. O sol já quase se punha quando Jed desceu as escadas e, sem dizer palavra, começou a medir a parede em que ela havia pedido que pusesse prateleiras.

Dora também o ignorou por quase cinco minutos.

— O sistema de segurança que você me empurrou é mais complicado do que a entrada do Pentágono.

Jed anotou alguns números num bloquinho.

— Tudo que você tem que fazer é digitar uma senha de seis números.

— E, se eu esquecer a senha, sinos e sirenes vão tocar, luzes vão piscar... E um cara com um megafone vai gritar para eu sair com as mãos para cima.

— Então não esqueça a senha.

— Não sou boa com números. É por isso que tenho um contador.

— Tinha um contador. Ah, e está tudo limpo com ele.

— Limpo? O Andrew? É claro que está tudo limpo. A mãe dele confere toda noite para ver se ele lavou atrás das orelhas.

A trena de Jed rebobinou com um estalo.

— Por que você aceitou sair com aquele cara, então?

— Ele estava falando sobre o parágrafo 25 da nova lei de impostos. Fiquei com medo de não aceitar. — Ela sorriu, pois ao menos os dois estavam conversando. — Na verdade, fiquei com pena dele. A mãe do Andrew é uma velha coroca sufocadora.

— Na noite em questão, Andrew estava com a velha coroca sufocadora e mais duas dúzias de pessoas na festa de Natal da Dawd, Dawd e Goldstein. Ele tem um álibi sólido até as 22h30.

— Nunca achei que tivesse sido ele, de qualquer forma. — Dora passou mais alguns instantes separando recibos de pedidos. — Eu liguei para o hospital.

— O quê?

— A sra. Lyle, do noticiário de hoje de manhã, lembra? Não consegui tirar isso da cabeça. — Dora guardou um recibo do correio. — Ela ainda está em coma. Mandei flores. Foi bobeira da minha parte.

— É. — Meu Deus do céu, por que ele estava deixando aquela moça afetá-lo tanto? — Mas as pessoas costumam apreciar gestos bobos.

— Eu aprecio. — Dora soltou um longo suspiro e empurrou a cadeira para se afastar da mesa. — Skimmerhorn, você quer sair daqui?

— Estou quase acabando de tomar as medidas. Depois vou parar de atrapalhar.

— Não, eu quis dizer sair. — Inquieta, ela passou a mão pelo cabelo. — Quer comer uma pizza, ver um filme? Não quero lidar com essa pilha de papéis agora.

— Está meio cedo para ir ao cinema.

— Não vai estar depois da pizza. — Ela usou sua voz mais persuasiva: — Por favor, Skimmerhorn. A única coisa pior do que ir ao cinema sozinha é ir ao drive-in sozinha.

Ele não deveria, sabia disso. Depois do que quase havia acontecido entre os dois na noite anterior, deveria evitar Dora.

— Qual é a senha do sistema de segurança?

— Por quê?

— Porque temos que fechar tudo se vamos sair.

A tensão sumiu dos olhos dela.

— É 24, 12, 93. A véspera de Natal de 1993. — Dora sorriu e pegou o casaco. — Imaginei que seria uma data que guardaria na lembrança.

— Boa escolha. — Ele vestiu a jaqueta. Depois de hesitar um pouco, pegou a mão que ela estendeu. — Vamos ver se está tudo trancado.

Capítulo Nove
♦♦♦♦

Mary Pat acreditava em ser direta. E a melhor maneira de satisfazer sua curiosidade sobre a dona do apartamento de Jed era fazer algumas compras. Por isso, quando ela entrou na Dora's Parlor, ficou tão satisfeita com o ambiente quanto em ver a mãe da amiga da filha.

— Oi, Lea.

— Oi, tudo bem? — Lea pousou a escarradeira de vidro que espanava. — O que traz você até esse lado da cidade?

— O aniversário da minha mãe. — Não importava que faltassem três meses para ele. — Eu adorei o pote de biscoitos que o Jed comprou aqui, então achei que podia encontrar algo diferente.

— Temos muitas coisas diferentes. Como estão as crianças?

— Bem, enlouquecendo a gente. Estou contando os dias para as aulas começarem de novo.

— Quem não está? — A cabeça de Lea funcionava rápido. Mary Pat era a fonte perfeita para saber mais sobre Jed. — Então vocês e o Jed são amigos.

— Há anos. — Mary Pat examinou uma coleção de porcelana Goss e buscou uma oportunidade de interrogar Lea sobre a irmã. — Ele e o Brent foram parceiros antes do Jed ser promovido a capitão. Foram do mesmo batalhão por seis anos. Sua irmã tem uma loja linda. Há quanto tempo trabalha com isso?

— Desde a primeira série — respondeu Lea, seca. — Ela sempre gostou de negociar. Mas, oficialmente, a loja existe há três anos.

Uma empresária durona?, pensou Mary Pat. Louca por lucro?

— Ela tem muitas coisas bonitas. — Olhou a etiqueta de uma coqueteleira art déco e soltou um assobio silencioso. — Espero que ela não tenha tido outros problemas desde a invasão.

— Não, graças a Deus. — Lea andou até o conjunto de xícaras de prata e serviu dois cafés. — Com creme, não é? Sem açúcar?

— Hummm. Obrigada.

— Ficamos muito agradecidos pelo fato de Jed estar aqui. A gente fica mais tranquila por saber que a Dora tem um policial do outro lado do corredor.

— E um dos melhores. O Brent acha que, se o Jed sair dessa e voltar para o trabalho, ele vai ser chefe de polícia daqui a dez anos.

— É mesmo? — Sentindo-se culpada pela dieta, Lea pôs uma mísera meia colher de chá de açúcar no próprio café.

Mary Pat mudou o assunto da conversa:

— Fiquei surpresa quando ele se mudou para cá. Sua irmã é uma bela empresária. É dona de uma loja, aluga um imóvel...

— Ah, a Dora ama gerenciar as coisas.

Agressiva, decidiu Mary Pat. Arrogante. Estava feliz, para o bem de Jed, por ter vindo bisbilhotar. Virou-se quando ouviu vozes vindas da porta.

— Acho que sei onde exatamente encontrar o que a senhora está procurando, sra. Hendershot. — Dora ajudava uma senhora idosa, apoiada numa bengala de madeira, a atravessar a loja.

— Me ligue — exigiu a senhora numa voz que soava chocantemente forte para aquele corpo frágil. — O casamento da minha bisneta é daqui a dois meses. Esses jovens... Sempre com pressa.

— Não se preocupe. — Dora segurou o braço da mulher até chegar à porta e, apesar da fina proteção do terno de seda que usava, levou-a até o DeSoto clássico que esperava na calçada. — Vamos achar o presente perfeito.

— Não me decepcione. — A sra. Hendershot jogou a bengala no banco do passageiro enquanto se sentava no do motorista. — Entre logo, menina, ou vai morrer de frio.

— Sim, senhora. — Dora voltou à calçada antes que a sra. Hendershot saísse dali. Correu para dentro, esfregando as mãos congeladas. — Se conseguisse a *pole position* na Fórmula 1, ninguém ganharia dela.

— Uma mulher daquela idade não deveria dirigir — declarou Lea, servindo uma xícara de café para a irmã.

— Por que não? Ela controla aquele carro velho como uma profissional. Bom-dia — disse a Mary Pat. — A Lea já está atendendo você?

Mary Pat tivera tempo suficiente para estudar a pessoa em questão. Aprovou, com uma pontada de inveja, a elegância da jaqueta floral de Dora e a saia amarela, reta e justa. Por ser uma mulher que ficava de pé por horas a fio, ficou maravilhada com a escolha de Dora — sapatos de salto muito alto — e se perguntou se as safiras em suas orelhas eram verdadeiras ou falsas.

— Vim procurar um presente de aniversário. A Lea e eu somos vizinhas.

— Esta é Mary Pat Chapman — explicou Lea.

Todas as opiniões preconceituosas de Mary Pat foram abaixo quando Dora sorriu e pegou sua mão. Havia uma simpatia instantânea, uma amizade imediata no gesto.

— Fico muito feliz que tenha vindo. Eu queria mesmo conhecer você. O Brent foi maravilhoso no outro dia, fez de tudo para me deixar calma. Aliás, você gostou do pote de biscoitos?

— Gostei, sim. — Mary Pat relaxou. — Gostei tanto que vim procurar um presente para minha mãe. — Ela hesitou e pousou a xícara de café. — Na verdade, isso é parte da razão. Eu vim realmente para **ver** quem você era.

Os olhos de Dora sorriram sobre a borda da xícara.

— Quem sou eu para recriminar você? Bem, enquanto está me analisando, que tal procurarmos o presente da sua mãe? Você pensou em alguma coisa?

— Em nada. Você já foi casada?

Dora quase riu do interrogatório direto.

— Não. Quase fiquei noiva uma vez. Você se lembra do Scott, Lea?

— Infelizmente.

— Ele se mudou para Los Angeles e nossa relação foi acabando. Que tal alguma coisa num vidro de perfume? Temos várias peças bonitas de cristal, porcelana, vidro...

— Talvez. Ela tem mesmo uma penteadeira. Ai, este é lindo. — Mary Pat pegou um frasco em forma de coração, decorado com flores em ambos os lados. — Você considera sua loja um sucesso? Financeiramente?

Dora sorriu.

— Não estou interessada na conta bancária de um homem, mesmo uma cheia como a do Jed. Estou muito mais interessada no corpo dele. Esse frasco custa 75 dólares, mas, se você gostou, posso dar dez por cento de desconto. Uma oferta especial para a primeira compra.

— Vendido. — Mary Par sorriu de volta. — Ele é uma beleza, não é?

— Ô. Quer que eu embrulhe para presente?

— Quero. — Mary Pat seguiu Dora até o balcão. — Não costumo ser tão incisiva, mas o Jed faz parte da família.

— Eu entendo. Se não entendesse, teria respondido de forma mal-educada.

Mais do que feliz com o resultado da visita, Mary Pat riu.

— Ótimo. Sabe, Dora, o Jed só precisa... — Parou de falar quando o homem em questão entrou na loja, saindo do depósito.

— Conroy, você quer... — O ex-policial parou e estreitou os olhos. — MP.

— Oi. — O sorriso dela foi rápido e um pouco forçado. — Que engraçado encontrar você aqui!

Ele a conhecia bem, bem demais. Pôs os polegares nos bolsos numa casualidade forçada.

— O que está fazendo aqui?

— Comprando um presente. — Mary Pat tirou o cartão de crédito para provar. — Para a minha mãe.

— E eu realmente espero que ela goste. — De costas para Jed, Dora piscou um dos olhos para Mary Pat. — Ela tem trinta dias para trocar. — Virou-se para o inquilino. — Você queria saber alguma coisa?

A irritação endureceu a boca de Jed.

— Você quer que essas drogas dessas prateleiras sejam fixas ou ajustáveis?

— Sabe fazer prateleiras ajustáveis? Que maravilha! O Jed tem me ajudado muito aqui. — Sorrindo, Dora se virou para Mary Pat. — Não sei o que faria sem ele.

— Nada como um faz-tudo por perto — concordou Mary Pat. — O Jed ajudou o Brent a fazer o acabamento da nossa sala de estar no ano passado. Tem que conhecer um dia.

— Você é sutil como lixo nuclear, Mary Pat. — Jed fez uma careta para as duas e bateu a porta do depósito ao entrar.

— Ele é um cara tão simpático, tão discreto — declarou Dora.

— É por isso que a gente ama o Jed.

Mary Pat foi embora alguns minutos depois, satisfeita com o trabalho daquela manhã.

✦✦✦✦

AQUELA MULHER estava querendo arranjar problemas, pensou Jed, amargo, enquanto cortava uma tábua com a serra elétrica. Achava que podia cuidar de si mesma. Era tentador provar que estava errada. E ele teria feito isso, decidiu, se ela não estivesse tão próxima da verdade num único ponto.

Ele não tinha medo dela. De jeito nenhum. Mas... Deixou a serra de lado e pegou um cigarro. Ela realmente o deixava nervoso.

Jed gostava de ouvi-la rindo. Tinha ficado alegre ao ver a maneira como Dora falava com a tela do cinema na noite anterior, no escuro. Ela não tinha problemas com conversas, pensou. Na verdade, achava que podia ficar sozinho com a moça por uma hora, sem dizer nada, e a conversa nunca seria interrompida.

Seria estúpido se não admitisse que gostava da aparência dela. Olhos grandes e saias curtas. Dora também não era nenhuma idiota. Jed admirara a maneira com que havia enfrentado o contador: punhos erguidos e chamas nos olhos.

Ele se pegou sorrindo e esmagou o cigarro com a bota.

Não ia deixar que ela o afetasse. Não precisava de uma dor de cabeça. Não queria complicações. Não apreciava a sensação de ser forçado a aturar uma situação pelos hormônios.

Talvez tivesse passado certo tempo — tempo demais — imaginando como tiraria Isadora Conroy de um daqueles terninhos justos que ela usava. Mas aquilo não significava que iria agir.

Afinal, pensou, ele havia sido criado para ser desconfiado, cínico e distante, na melhor das tradições dos Skimmerhorn. Os anos na polícia só haviam aumentado aquela tendência. Enquanto não confiasse na moça, manteria as mãos longe dela.

Dez minutos no frio esfriaram o sangue de Jed. Ele juntou a madeira e voltou para o depósito.

Dora ainda estava ali, sentada à escrivaninha. Antes que pudesse soltar algum comentário sarcástico, Jed viu o rosto dela. Estava pálido como a morte, os olhos escuros e brilhantes.

— Algum problema? — perguntou ele, apagando cuidadosamente qualquer interesse da voz. Quando ela não respondeu, o ex-policial pôs a madeira de lado. — Dora? — Parou em frente à escrivaninha e repetiu o nome da moça.

Ela ergueu o rosto. Uma das lágrimas que nadavam em seus olhos caiu e escorreu pela bochecha. Ele havia visto centenas de mulheres chorarem, algumas com a calma da experiência, outras com o desespero da dor. Não se lembrava de nenhuma tê-lo afetado tanto quanto aquela única lágrima silenciosa.

Dora piscou, derramando outra lágrima, e, com um grunhido, se afastou da escrivaninha. A cabeça de Jed dizia para deixá-la ir embora, mas ele a alcançou com duas passadas largas. Firme, virou-a até que ela o encarasse.

— O que foi? É o seu pai?

Lutando até as últimas forças para recuperar o controle, Dora balançou a cabeça. Queria apoiá-la no ombro de Jed. Talvez porque ele o estivesse oferecendo, ela o recusou.

— Sente-se. — Apesar de Dora se manter firme, ele a levou de volta para a cadeira. — Você quer que eu chame a sua irmã?

— Não. — Ela apertou os lábios, respirou fundo. — Vá embora.

Jed teria ficado aliviado se pudesse aceitar a ordem, mas já tinha culpa demais nas costas. Foi até o pequeno banheiro ao lado do depósito e pôs água morna num copo plástico.

— Tome. Beba isto. Depois relaxe, feche os olhos e respire fundo.

— O que é isso? A cura para todos os males do dr. Skimmerhorn?

Incomodado com o desejo de acariciá-la e confortá-la, Jed enfiou as mãos nos bolsos.

— Alguma coisa assim.

Como tinha a garganta seca, Dora bebeu a água.

De olhos fechados, Jed achou que a moça parecia frágil, muito diferente da mulher ativa que havia mexido com a libido dele poucos momentos antes. Ele se sentou na ponta da escrivaninha e esperou.

— Está bem — disse Dora após alguns segundos. — Funciona. — Suspirou e abriu os olhos de novo. — Obrigada.

— O que deixou você assim?

— A ligação. — Ela fungou, depois abriu uma gaveta da escrivaninha e pegou um pacote de lenços. — Conheci o dono de outra loja numa viagem que fiz pouco antes do Natal. Liguei para lá para saber se ele tinha uma peça que minha cliente queria. — Teve que respirar fundo novamente. — Ele morreu. Foi assassinado durante um roubo na semana passada.

— Sinto muito. — Jed odiava aquelas palavras porque sempre pareciam inúteis.

— Só o encontrei uma vez. Consegui comprar alguns lotes que ele queria do leilão. A Lea e eu fomos até a loja depois e ele serviu chocolate quente. — A voz falhou e ela fez uma pausa para recuperá-la. — Era o filho dele no telefone. O sr. Ashworth foi morto na noite seguinte.

— Pegaram o cara?

— Não. — Dora olhou para Jed. Ambos ficaram aliviados com o fato de os olhos dela estarem secos de novo. — Não sei nenhum detalhe. Não quis perguntar. Como você lida com isso? — perguntou ela, agarrando a mão de Jed com uma urgência que surpreendeu os dois. — Como você lida com o fato de estar próximo dessas tragédias horríveis todos os dias?

— Não vemos as coisas da mesma maneira quando estamos trabalhando. Não podemos ver.

— Você largou seu emprego porque parou de ver as coisas como um policial?

— Em parte. — Jed puxou a mão de volta e se afastou.

— Não acho que isso seja uma boa razão.

— Eu achei.

— Escolha interessante de tempo verbal, Skimmerhorn. — Dora se levantou, desejando que o estômago não estivesse tão revirado. — Você poderia ter dito que acha. A não ser que tenha mudado de ideia. A gente poderia discutir isso, mas não estou a fim de um debate agora. Tenho que falar com a Lea.

♦♦♦♦

G<small>REGG</small> E Renee Demosky chegaram a sua casa em Baltimore exatamente às 18h. Estavam, como sempre, brigando. Tinham alfinetado um ao outro durante vinte minutos, desde o consultório do dentista Gregg, onde Renee era assistente, e continuado a se atacar na garagem — onde Gregg havia estacionado o BMW bronze ao lado do belo Toyota Supra — e até chegarem à porta de casa.

— Poderíamos sair para jantar — afirmou Renee, quando abriu a porta com força. Era uma loura escultural que começava a ganhar peso na barriga. — De vez em quando, gosto de ver pessoas com a boca fechada — reclamou. — Estamos presos num atoleiro, Gregg.

— Eu gosto de estar nesse atoleiro — murmurou ele. — Por favor, Renee, se acalme. Tudo que quero é descansar na minha casa. É pedir demais?

— E eu queria uma bela noite fora, quem sabe no porto. — Renee abriu a geladeira e tirou uma caçarola de atum. — Mas, não, tenho que voltar para casa, depois de passar o dia inteiro em pé passando fio dental em outras pessoas. E ainda tenho que preparar o jantar.

Gregg foi direto para o uísque na sala de estar.

— Não me deixe falando sozinha. — Renee enfiou a caçarola no forno e saiu correndo atrás do marido.

Parou, como o marido fizera, para observar a destruição provocada na sala de estar. O que não faltava estava quebrado ou jogado no meio da sala, onde o tapete persa ficava. A área de entretenimento, ao lado do sofá rebaixado, estava tristemente vazia sem a TV de 25 polegadas, o DVD e o CD player.

— Meu Deus, Gregg! — O ressentimento foi deixado de lado quando Renee abraçou o marido. — Fomos roubados!

— Não chore, meu amor. Vou cuidar de tudo. Vá até a cozinha e ligue para a polícia.

— Todas as nossas coisas. Todas as nossas coisinhas.

— São só coisas. — Ele a trouxe para perto de si e beijou o topo da cabeça da mulher. — Podemos comprar mais coisas. Ainda temos um ao outro.

— É... — Renee piscou, espantando as lágrimas dos olhos, e olhou para ele. — Você está falando sério?

— Claro que estou. — Gregg passou a mão trêmula pelo cabelo da esposa. — E, depois que os policiais acabarem aqui e nós descobrirmos o que aconteceu, vamos sair. Só eu e você.

♦ ♦ ♦ ♦

DiCarlo assobiava ao som da música de Tina Turner que o som do carro tocava. Tinha conseguido os suportes de livros em forma de sereia, além de seiscentos dólares que os Demosky haviam escondido no freezer, um belo anel de rubis e diamantes que Renee deixara descuidadamente na penteadeira e o lucro que tinha obtido ao passar todo o equipamento eletrônico para um velho comprador em Colúmbia, Maryland.

No fim das contas, havia sido um dia excelente. Fazer com que parecesse um roubo comum ajudara a pagar as despesas da viagem. Ia se paparicar com um hotel de primeira classe depois que pegasse o papagaio na Virgínia.

Com isso, faltaria apenas outra passada rápida na Filadélfia para recuperar o quadro.

Em um ou dois dias, Finley teria que admitir como Anthony DiCarlo podia ser confiável e criativo. E, imaginou DiCarlo, ele com certeza receberia uma recompensa substancial pelos serviços prestados.

Capítulo Dez
♦♦♦♦

UM FOGO brando queimava na lareira antiga, lançando belas luzes dançantes sobre o tapete oriental e as paredes cobertas de papel de seda. Um distinto vermute refletia a iluminação sutil e brilhava nas várias facetas do pesado copo de vidro Baccarat. Van Cliburn tocava um elegante estudo de Chopin. Deliciosos aperitivos haviam sido servidos numa bandeja de prata georgiana pelo discreto e idoso mordomo.

Era exatamente o tipo de cômodo do qual Jed havia fugido na infância, com bibelôs cuidadosamente dispostos para mostrar que a família era rica havia gerações. Mas havia uma diferença sutil ali. Naquela sala, naquela casa, ele descobrira uma felicidade transitória. Naquele cômodo, ele não havia sido ameaçado, ignorado nem recriminado.

No entanto, ele ainda o fazia lembrar, dolorosamente, do menino que havia sido.

Jed se levantou da cadeira Luís XIV, incrivelmente desconfortável, para dar uma volta na sala de estar da avó.

Vestido formalmente, ele encaixava de maneira perfeita no papel de herdeiro da fortuna Bester-Skimmerhorn. Apenas os olhos, que encaravam o fogo crepitante, refletiam os outros caminhos que o moço havia escolhido e sua luta para encontrar seu verdadeiro lugar.

Jed não teria se importado em fazer uma visita. De todos os parentes, Honoria era a única por quem ele havia sentido coisas boas na juventude. O destino havia feito com que ela fosse a última parente viva. Mas a performance encomendada o irritava.

O ex-policial se recusara a levar Honoria por duas vezes ao Baile de Inverno — de forma direta e concisa. Ela havia simplesmente ignorado a recusa do neto e, usando uma combinação de astúcia, culpa e tenacidade, o convencera a tirar o smoking do armário.

— Bem, Jedidiah, ainda posso dizer que você é pontual.

Honoria parou na porta da sala. Tinha maçãs do rosto bem-definidas e brilhantes olhos azuis que perdiam pouca coisa. O cabelo branco estava bem-penteado em torno do rosto fino. Os lábios, ainda grossos e estranhamente sensuais, se curvavam para cima. Presunçosamente. Honoria sabia que havia vencido a batalha, fosse numa guerra ou numa briga de egos.

— Oi, vovó. — Porque era esperado e porque gostava daquilo, Jed atravessou a sala para pegar a mão da avó e levá-la aos lábios. — A senhora está linda.

Era verdade, e ela sabia disso. O vestido Adolpho em azul royal salientava tanto os olhos quanto o corpo elegante. Diamantes brilhavam em seu pescoço, nas orelhas e nos pulsos. A mulher gostava das joias porque as havia conquistado e porque era vaidosa o bastante para saber que chamariam a atenção.

— Sirva um drinque para mim — ordenou, numa voz que ainda tinha um toque do sotaque da Boston de sua juventude. — Assim, vai ter tempo de me contar o que anda fazendo.

— Não vamos precisar de muito tempo. — Mas ele andou obedientemente até o armário de bebidas.

Jed se lembrou da vez em que a avó o pegara roubando do mesmo armário, quase vinte anos antes. De como ela havia insistido que bebesse da garrafa de uísque — e que continuasse bebendo enquanto o observava com seus olhos de águia. Depois, quando Jed se sentira absurdamente enjoado, ela havia segurado a cabeça dele para que vomitasse.

Quando você tiver idade suficiente para beber como homem, Jedidiah, eu e você vamos tomar um belo coquetel juntos. Até lá, não tente fazer o que não aguenta.

— Quer um xerez, vovó? — perguntou e sorriu.

— Por que eu iria querer uma bebida de velhinha se posso tomar um bom uísque? — Com um roçar de seda, ela se sentou próxima ao fogo. — Quando vou conhecer a cabana para onde você mudou?

— A hora que quiser e não é uma cabana.

Ela riu, fazendo barulho com o nariz, e tomou um gole do uísque servido num pesado copo de cristal.

— Um apartamento que uiva ao vento, em cima de uma lojinha vagabunda.

— Não notei vento nenhum.

— Você tinha uma casa perfeita.

— Eu tinha um mausoléu de vinte cômodos que odiava. — Jed sabia que ouviria aquilo. Afinal, fora da avó que herdara a tenacidade que o havia feito ser um bom policial. Em vez de enfrentar a cadeira de novo, ele se apoiou na lareira. — Sempre odiei aquele lugar.

— É só madeira e tijolos — respondeu Honoria, abstraindo as outras questões. — É uma perda inútil de energia odiar coisas inanimadas. De qualquer forma, você teria sido bem-vindo aqui. Você sempre foi.

— Eu sei. — Os dois já haviam conversado sobre aquilo. Mas, como queria apagar a preocupação dos olhos da avó, ele sorriu. — Mas eu não iria querer atrapalhar a sua vida sexual.

Ela não perdeu a piada.

— Você nunca fez isso, já que ficava na ala leste. De qualquer forma, eu sempre respeitei a sua independência. — E, como havia sentido uma leveza sutilmente maior no neto desde a última vez que fizera a oferta, deixou aquela discussão de lado. — Quando você pretende voltar à delegacia e ao seu trabalho?

A hesitação dele foi momentânea.

— Não pretendo voltar.

— Assim você me decepciona, Jedidiah. E acho que decepciona a si mesmo. — Honoria se levantou, elegante. — Pegue a minha pashmina. Já é hora de irmos.

♦ ♦ ♦ ♦

Dora amava uma festa. Uma das maneiras favoritas de se recompensar por um dia pesado de trabalho era se arrumar, se maquiar e passar a noite toda em meio a uma multidão. Não se importava se não conhecia ninguém, contanto que houvesse muitas pessoas, champanhe gelado, música e comidas interessantes.

No entanto, ela conhecia muitas das pessoas que estavam no Baile de Inverno. Algumas eram amigas, outras, clientes, e ainda havia patrocinadores do teatro da família. Conseguia se divertir ao se misturar às pessoas, passando de um grupo para outro, trocando beijos na bochecha e fofocas novas. Apesar de ter se arriscado ao usar o tomara que caia branco, o movimento dos corpos aquecia o salão e a mantinha numa temperatura confortável.

— Dora, querida, você está fabulosa. — Ashley Draper, uma alpinista social de primeira linha que havia largado o segundo marido recentemente, aproximou-se de Dora numa nuvem de Opium.

Como Ashley não podia ser realmente considerada uma amiga, Dora se divertiu ao receber o rápido beijo no ar.

— Você está linda, Ashley.

— Você está sendo muito gentil, apesar de eu saber que estou meio acabada. Logo depois do Ano-Novo, vou passar uma semana no Green Door. O Natal é tão cansativo, não é?

— Só Deus sabe como a gente aguenta. — Dora jogou uma azeitona recheada na boca. — Achei que você estaria em Aspen.

— Na semana que vem. — Ashley fez um aceno com as unhas fúcsia e apontou outro casal. — Que vestido horroroso — murmurou, através de lábios sorridentes. — Ela fica parecendo uma berinjela recheada.

Era uma declaração absurdamente precisa. Dora riu e se lembrou de por que tolerava Ashley.

— Você veio sozinha?

— Claro que não. — Ashley observou a multidão. — Meu acompanhante é aquela incrível pilha de músculos com as madeixas de Sansão.

A descrição de Ashley acertou o alvo outra vez. Dora o viu rapidamente.

— Minha nossa...

— Um artista — ronronou Ashley. — Decidi que vou me tornar patrona das artes. Falando nos homens das nossas vidas, ouvi dizer que o Andrew rompeu a parceria de vocês.

— É mesmo? — Dora riu pelo fato de Andrew, ou melhor, a mãe dele, ter mudado os fatos. — Vamos dizer que estou procurando alguém um pouco mais substancial para ficar entre mim e a Receita.

— E como está indo a sua loja?

— Ah, a gente vende uma bugiganga ou outra de vez em quando.

— Hummm, sei. — Dinheiro não interessava realmente a Ashley, contanto que o cheque da pensão fosse descontado todos os meses. — Sentimos sua falta outro dia na casa dos Bergman. Na véspera de Natal.

— Eu acabei... tendo um imprevisto.

— Espero que ele tenha valido a pena — ronronou Ashley, agarrando a mão de Dora com força. — Veja só... — Baixou a voz para um tom confidencial: — É a grande dama. Ela quase nunca aparece aqui.

— Quem? — Com a curiosidade atiçada, Dora esticou o pescoço. E perdeu o restante da explicação sussurrada no instante em que viu Jed. — Mas que surpresa... — murmurou. — Desculpe, Ashley, mas tenho que falar com um homem sobre um smoking.

Ele estava maravilhoso vestido daquele jeito, analisou Dora enquanto dava a volta no salão para se aproximar de Jed pelas costas. Esperou até que ele tivesse buscado duas taças de champanhe.

— Já sei — disse, por sobre o ombro do inquilino. — Você voltou para a polícia e agora está trabalhando disfarçado. — Ouviu o breve palavrão que Jed emitiu ao se virar. — Qual é o caso? Um ladrão de joias internacional? Um círculo de traiçoeiros contrabandistas de patê?

— Conroy. Você é onipresente?

— Eu recebi um convite. — Dora deu um tapinha na bolsa decorada com miçangas. — E você, tira?

— Saco. Já é ruim o bastante eu ter que estar aqui sem...

— Jedidiah! — A voz autoritária de Honoria interrompeu a reclamação. — Você já perdeu toda a pouca educação que consegui passar para você? Apresente sua amiga à sua avó.

— Avó? — Soltando uma risada rápida, Dora pegou a mão fina de Honoria. — É mesmo? É um prazer conhecê-la, sra. Skimmerhorn, apesar de isso destruir minha teoria de que o Jed foi chocado de um ovo duro e muito podre.

— Ele realmente tem dificuldade em lidar com situações que exigem um decoro maior. — Honoria estudou Dora com um interesse crescente. — E é sra. Rodgers, minha querida. Fui casada com Walter Skimmerhorn por muito pouco tempo, mas retifiquei meu erro assim que foi humanamente possível.

— Sou Dora Conroy, a proprietária do apartamento de Jed.

— Ah. — Havia uma infinidade de significados naquela única sílaba. — E o que acha do meu neto como inquilino?

— O temperamento dele é um tanto quanto instável. — Dora lançou um olhar para Jed, feliz por ver o fogo nos olhos do moço. — Mas parece ser limpo o bastante e com certeza não me causa problemas.

— Fico feliz em saber. Houve uma época, na juventude dele, em que achei que o dono da casa dele seria um guarda da prisão.

— Então a senhora deve ter ficado feliz por ele ter escolhido o lado certo da lei.

— Tenho muito orgulho dele. Foi o primeiro e único Skimmerhorn a ter feito alguma coisa da vida.

— Vovó. — De modo bastante incisivo, Jed pegou o braço de Honoria. — Venha, vou pegar algo para a senhora comer.

— Sou capaz de fazer isso sozinha. — E, da mesma maneira incisiva, ela se afastou do neto. — E tenho que falar com um monte de gente. Dance com a menina, Jedidiah.

— Isso, Jedidiah — concordou Dora quando Honoria se afastou. — Dance com a menina.

— Vá encontrar outra pessoa para incomodar — sugeriu Jed, virando-se para o bar. Ia precisar de algo mais forte do que champanhe.

— Sua avó está olhando, companheiro. — Dora puxou a manga dele. — Aposto que ela vai dar uma bronca em você se não me acompanhar até a pista de dança e exalar um pouco de charme.

Deixando a taça de champanhe de lado, Jed pegou o braço de Dora. Ela estava determinada a não demonstrar irritação, apesar de os dedos do inquilino a terem apertado com demasiada força.

— Não tem nenhum garoto aqui com você?

— Eu não saio com garotos — respondeu Dora, feliz por Jed ter trocado o aperto no braço pela posição de dança. — Se quer saber se vim acompanhada, então não. Não costumo trazer ninguém comigo para festas.

— Por quê?

— Porque teria que me preocupar com ele, saber se está se divertindo. Prefiro apenas curtir. — A orquestra tocava uma versão suave de "Twilight Time". — Você dança bem, Skimmerhorn. Melhor do que o Andrew.

— Muito obrigado.

— É claro que, se olhasse para mim em vez de ficar encarando os outros casais, seria ainda melhor. — Quando Jed baixou o olhar, ela inclinou levemente a cabeça e sorriu. — E você? Está se divertindo?

— Eu odeio essas coisas. — Era um pecado, realmente um pecado, pensou, que fosse tão bom ter Dora nos braços. — Você provavelmente adora.

— Adoro mesmo. Você apreciaria mais se aceitasse esse tipo de evento pelo que eles são.

— O quê?

— Uma chance de aparecer. — Dora tirou o indicador do ombro de Jed e mexeu no cabelo dele. — E eu sou ótima nisso.

— Eu já tinha percebido.

— Você tem poderes dedutivos incríveis. Deve ser porque é capitão da polícia.

Jed passou a mão pelas costas de Dora, encontrando a pele da moça.

— Você nunca sai à noite vestida com uma roupa que não brilha?

— Não se puder evitar. Não gostou do vestido?

— Do que existe dele, gostei. — A música terminou, outra começou, mas ele havia se esquecido de que não queria dançar com ela. Honoria bailava nos braços de um homem distinto de bigode grisalho. — Você está bonita, Conroy.

— Nossa! — Dora arregalou os olhos. — Sente só. Meu coração até disparou.

— O dia em que eu sentir seu coração, vai ser num local privado.

— Está exalando todo o seu charme por causa da sua avó?

Jed olhou para Dora de novo. Alguma coisa no sorriso da moça o incentivou a sorrir também.

— Ela gostou de você.

— Eu sou uma pessoa adorável.

— Não é, não. Você é uma pentelha. — Jed acariciava as costas nuas de Dora, no local em que a seda do vestido dava lugar à seda da pele da moça. — Uma pentelha muito sexy.

— Estou começando a afetar você, Jed. — E o coração da moça disparou, só um pouquinho, quando ela passou os dedos pelo pescoço dele.

— Talvez.

Testando os dois, ele baixou a cabeça e roçou os lábios nos dela.

— Com certeza — corrigiu Dora. Sentiu a ansiedade que pesava em seu estômago se transformar numa vibração que tomou seu corpo. Ignorou as pessoas curiosas que se viravam para eles e manteve a boca a um centímetro da de Jed. — Poderíamos ir para casa hoje e arrancar a roupa um do outro, pular na cama e liberar um pouco dessa tensão.

— É uma imagem interessante, Conroy, mas me pareceu que tem um "ou" vindo por aí.

— Ou — continuou ela, tentando sorrir — poderíamos ficar amigos primeiro.

— Quem disse que eu quero ser seu amigo?

— Você não vai consegui evitar. — Dora pôs a mão no rosto de Jed tanto por pena quanto por excitação. — Eu sei ser uma boa amiga. E acho que você precisa de uma.

Ela mexia com ele de alguma maneira, não importava o quanto Jed lutasse contra aquilo.

— Como você descobriu isso?

— Porque todo mundo precisa. Porque é difícil se sentir sozinho num salão cheio de gente, mas é assim que você se sente.

Depois de lutar violentamente contra si mesmo, ele apoiou a testa na da moça.

— Pelo amor de Deus, Dora. Eu não quero me importar com você. Não quero me importar com...

— Nada? — terminou ela. E, ao olhar nos olhos de Jed, sentiu o coração partir. — Você não está morto — murmurou.

— Quase. — Jed se afastou. — Preciso de uma bebida.

Dora foi com ele até o bar e pediu champanhe, enquanto ele escolhia uísque.

— Vamos fazer assim. — A voz dela ficara alegre de novo. — Vamos tentar fazer uma coisa diferente. Não vou provocar você. E vice-versa. Não vou fazer comentários sugestivos nem soltar insultos inteligentes.

Ele fez o gelo tilintar no copo enquanto a observava.

— E vai sobrar o quê?

— Podemos ser simpáticos um com o outro e nos divertir.

Ao ver uma das sobrancelhas de Jed erguida, Dora riu e prendeu o braço no dele.

— Está bem. Eu vou me divertir e você vai fazer o melhor que puder. Está com fome?

— Poderia estar.

— Vamos dar uma olhada no bufê. Se estiver com um prato na mão, nenhuma das mulheres que estão cobiçando você vai esperar que a chame para dançar.

— Ninguém está me cobiçando — disse Jed. Mas acompanhou Dora.

— É claro que estão. Eu cobiçaria você se não conhecesse o sr. Skimmerhorn. — Ela analisou se deveria pegar a mousse de salmão ou os cogumelos recheados e decidiu provar os dois. — Não acredito que nunca vi você no Baile de Inverno. Eu vim nos últimos três anos.

Sempre havia conseguido usar o trabalho como desculpa, lembrou Jed. Tirou um cubinho de queijo do prato de Dora e não disse nada.

— Essa história de conversar é complicada para você, não é? — Dora manteve um sorriso no rosto enquanto empilhava mais comida no prato, depois o ofereceu generosamente para que os dois dividissem. — Vou ajudar. Eu digo uma coisa, depois, dependendo do conteúdo, você pode rir, ficar confuso, irritado, intrigado e responder. Está pronto?

— Você é espertinha demais, Conroy.

— Ótimo. É um bom começo. — Ela experimentou um folheado mínimo de espinafre. — Me diga uma coisa. A sua avó é a Honoria Rodgers que comprou o candelabro esmaltado da Dinastia Qing, esculpido em forma de elefante, no leilão da Christie's alguns meses atrás?

— Não sei de nenhum elefante, mas ela é a única Honoria Rodgers que eu conheço.

— Uma peça linda... Pelo menos parecia maravilhosa no catálogo. Não pude ir a Nova York, mas dei alguns lances por telefone no leilão. Mas não no candelabro Qing. Era caro demais para mim. Eu adoraria vê-lo um dia.

— Se está querendo ser convidada para a casa dela, devia falar direto com minha avó.

— Só estou batendo papo, Skimmerhorn. Experimente um desses — sugeriu ela de boca cheia, pegando outro folheado. — Está uma delícia.

Antes que ele pudesse aceitar ou recusar, Dora já o havia enfiado na boca de Jed.

— Ótimo, não é?

— Não gosto de espinafre. — Fazendo uma careta, Jed empurrou garganta abaixo o folheado com uísque.

— Eu também não gostava, mas meu pai me fez passar a adorar cantando "O Marinheiro Popeye". Eu tinha vinte anos — disse Dora, animada — e era muito inocente.

Quando os lábios dele ameaçaram formar um sorriso, ela ergueu a taça num brinde.

— Muito bem. Você fica tão bonito quando sorri.

— Dora, querida. — Arrastando o jovem artista com ela, Ashley deslizou até o bufê. — Como você consegue comer assim e continuar magra?

— Foi um acordo que fiz com o demônio.

Ashley soltou uma gargalhada e lançou um longo olhar que analisou Jed dos pés à cabeça. Era algo que Dora certamente definiria como "cobiça".

— Isadora Conroy, Heathcliff. — Ela apresentou o acompanhante como um garanhão premiado numa feira agropecuária. — Eu descobri essa maravilha numa linda galeriazinha na rua South.

— Ah, é? — Dora não se preocupou em lembrar a Ashley que sua loja ficava na mesma rua. — Sempre quis descobrir alguma coisa. Como Cristóvão Colombo. Ou Indiana Jones. — Como Heathcliff só demonstrava perplexidade, teve pena dele. Depois de passar o prato para Jed, ofereceu sua mão. — A Ashley me disse que você é artista.

— Sou. Eu...

— Ele faz quadros extremamente sensuais. — Ashley acariciou o braço de Heathcliff como uma mulher faria com o animal de estimação favorito. — Você simplesmente tem que ver um deles.

— Pode deixar.

— Acho que você não me apresentou ao seu acompanhante.

— Não trouxe nenhum. É um termo estranho, você não acha? Parece que você precisa de alguém acompanhando porque não consegue andar sozinha. Mas, olha, eu tenho um excelente senso de direção.

— Dora. — Ashley soltou outra risada rápida e vibrante. — Você é muito esperta.

— Como uma porta — sussurrou Jed.

Dora não desperdiçou mais do que uma olhada rápida para Jed.

— Jed Skimmerhorn, Ashley Draper e Heathcliff.

— Eu reconheci o capitão Skimmerhorn. — Ashley estendeu a mão e esperou até que Jed devolvesse o prato a Dora. — Ou deveria dizer "o esquivo capitão Skimmerhorn". — Os dedos de Ashley acariciaram os de Jed. — É tão raro que a gente consiga atrair você para uma das nossas reuniõezinhas.

— Não acho que reuniõezinhas sejam muito atraentes.

Desta vez, a risada de Ashley foi grave e baixa.

— Eu também prefiro longos encontros sensuais. E como vocês dois se conheceram?

Dora tomou a palavra para salvar Ashley de um comentário maldoso de Jed:

— Jed e eu somos apaixonados — disse, dando um gole propositadamente longo no champanhe. — Por almofadas para alfinetes.

Os olhos ávidos de Ashley ficaram pasmos.

— Por...

— O Jed tem uma coleção incrível. A gente se conheceu numa feira. Nós dois tentamos pegar uma almofada linda, vitoriana, de seda e renda azul, em forma de coração. Ainda tinha os alfinetes. — Dora soltou um suspiro romântico.

— Você coleciona... almofadas para alfinetes? — perguntou Ashley a Jed.

— Desde criança. É uma obsessão.

— E ele ainda me provoca. — Dora lançou um olhar de intimidade para Jed por sobre a taça de champanhe. — Fica passeando com a pata de cavalo empalhada que tem bem debaixo do meu nariz. E sabe perfeitamente que eu faria de tudo, tudo mesmo, para conseguir.

— Podemos... — Jed passou a ponta do dedo pelo pescoço de Dora — negociar.

— Fascinante — murmurou Ashley.

— É mesmo — concordou Dora. — Nossa, a Magda e o Carl estão ali. Me desculpe, por favor. Tenho que falar com eles.

— Almofadas para alfinetes? — murmurou Jed no ouvido de Dora quando os dois se perderam na multidão.

— Eu pensei em pratos de sardinha, mas me pareceram pretensiosos demais.

— Você poderia ter dito a verdade.

— Por quê?

Jed pensou um pouco no assunto.

— Porque seria mais simples?

— Era chato demais. Além disso, se ela soubesse que o capitão mora em frente a mim, ia começar a aparecer no meu apartamento para tentar seduzir você. E nós não iríamos querer isso, não é?

Apertando os lábios, pensativo, Jed olhou por cima do ombro para analisar Ashley.

— Bem...

— Ela só iria usar você e depois jogar fora — garantiu Dora. — Estou vendo sua avó ali. Vamos falar com ela?

— Não, se você tiver alguma intenção de perguntar sobre o candelabro.

Não era a intenção dela... inicialmente.

— Só está com medo de que ela faça você dançar comigo de novo. Vamos fazer assim: eu vou mesmo falar com a Magda e o Carl e você pode me encontrar depois, se quiser.

Jed pegou o braço de Dora, franziu a testa para a própria mão e a retirou.

— Fique aqui.

— Que pedido encantador... Por quê?

— Porque, se ainda vou ficar preso aqui por mais duas horas, é melhor que seja com você.

— Poesia pura, meu caro, poesia pura. Como posso resistir? Vamos ver se sua avó quer comer. Prometo não falar de candelabros a não ser que seja apropriado.

— Jed.

Uma mão bateu no ombro do ex-capitão. Jed se preparou e se virou.

— Comissário — disse, a voz e o rosto impassíveis.

— É bom ver você. — O comissário de polícia James Riker analisou Jed de forma rápida, mas completa. O que viu obviamente o agradou, já que o rosto fino e escuro se abriu num sorriso. — Você está se mantendo em forma, pelo que vejo.

— Sim, senhor.

— Bem, só Deus sabe o quanto você estava merecendo umas férias. Como foi de Natal?

— Bem. — Como não podia ignorar o olhar claro de Riker para Dora, Jed cumpriu sua função: — Comissário Riker, Dora Conroy.

— Olá. — Com ambas as mãos ocupadas, Dora abriu para ele um sorriso em vez de cumprimentá-lo. — Então o senhor é o responsável por manter a lei e a ordem na Filadélfia.

— Sou responsável por manter homens como Jed trabalhando.

Se Riker não podia sentir a tensão que o inquilino exalava, Dora podia. A necessidade de protegê-lo foi atiçada. A moça suavemente mudou o rumo da conversa:

— Imagino que a maior parte do seu trabalho seja administrativa agora.

— É, sim.

— O senhor sente falta da ação? — Ela sorriu, entregando a taça vazia a Jed. — Nos filmes, os policiais sempre sentem falta da ação.

— Na verdade, sinto. De vez em quando.

— Tenho que perguntar. Tenho um sobrinho ansioso por sangue que adoraria saber. O senhor já levou um tiro?

Se a pergunta o surpreendeu, Riker disfarçou bem.

— Não. Sinto muito.

— Tudo bem. Vou mentir, então.

— Espero que me desculpe, srta. Conroy, mas preciso roubar Jed por um instante. O prefeito quer conversar com ele.

Dora se afastou graciosamente.

— Foi bom conhecer o senhor, comissário Riker.

— O prazer foi meu. Só vou falar com o Jed por um instante.

Entre a cruz e a caldeirinha, Jed devolveu a taça vazia a ela.

— Com licença.

Nossa, como ele odiava aquilo, pensou Dora enquanto observava Jed se afastar. Não havia demonstrado no rosto nem nos olhos, mas odiava aquilo. Um homem enfrentando um pelotão de fuzilamento demonstrava mais entusiasmo.

Quando voltasse, Jed estaria furioso, cheio de culpa ou apenas triste. Com pena, Dora se perguntou se podia encontrar uma maneira de distraí-lo, de mudar quaisquer emoções que o comissário e o prefeito provocassem nele.

Faria brincadeiras até que ele se acalmasse?, propôs a si mesma enquanto pegava outro champanhe. Irritá-lo até que esquecesse seria mais fácil. Nem levaria muito tempo.

— Eu achei que eles cuidassem melhor da lista de convidados.

A voz grave foi reconhecida no mesmo instante. Dora se virou com um sorriso largo no rosto.

— Sra. Dawd, Andrew. Que... interessante.

A mulher bufou vigorosamente.

— Andrew, pegue um Club Soda para mim.

— Pode deixar, mamãe.

A sra. Dawd, com o corpo atarracado coberto de seda preta, se inclinou para a frente, aproximando-se o bastante para que Dora pudesse ver alguns pelos grisalhos em seu queixo, que haviam escapado da pinça.

— Eu já sabia o que você era, srta. Conroy. Avisei o Andrew, é claro, mas ele é tão suscetível quanto qualquer homem aos ardis de uma mulher.

— Todos os meus ardis foram removidos cirurgicamente. Posso mostrar as cicatrizes, se quiser.

A mulher a ignorou.

— Mas o que se podia esperar de uma moça criada por atores?

Dora respirou e tomou um gole de champanhe para se acalmar. Ela não iria deixar, de jeito nenhum, que aquela velha idiota a fizesse perder a paciência.

— Essas famílias de atores — disse, suavemente. — Os Fonda, os Redgrave, os Bridges. Só Deus sabe como podem permitir que eles manchem a sociedade dessa maneira...

— Você acha que é esperta.

— Mamãe, aqui está sua bebida.

A sra. Dawd empurrou Andrew e o Club Soda para trás com um gesto violento.

— Você acha que é esperta — repetiu, a voz se erguendo o bastante para fazer vários observadores começarem a murmurar. — Mas os seus truques não funcionaram.

— Mãe...

— Fique quieto, Andrew. — Havia fogo nos olhos da sra. Dawd. Era a mãe ursa protegendo o filhote.

— É, fique quieto, Andrew. — O sorriso de Dora era o de uma tigresa. — A mamãe Dawd ia me falar sobre os meus truques. Você quis dizer aquele em que mandei seu filho nojento tirar a mão de debaixo da minha saia?

A mulher sibilou de raiva.

— Você *atraiu* o meu filho até seu apartamento e, quando sua sedução patética não funcionou, atacou o meu menino. Porque ele percebeu o que você era.

Havia um olhar assassino nos olhos de Dora agora.

— E eu sou o quê?

— Uma vagabunda — sibilou a sra. Dawd. — Uma piranha. Uma rameira.

Dora pousou a taça de champanhe para liberar uma das mãos. Fechou-a num punho e pensou seriamente em usá-lo. Mas preferiu virar o prato na cabeça cheia de laquê da sra. Dawd.

O grito provocado deveria ter quebrado todos os cristais da sala. Com musse de salmão pingando nos olhos, a sra. Dawd pulou em cima de Dora. A moça se preparou para o ataque e deu um grito ao ser agarrada por trás.

— Pelo amor de Deus, Conroy! — murmurou Jed enquanto a arrastava para as portas do salão. — Eu não posso deixar você sozinha por cinco minutos?

— Me solte! — Ela teria dado um soco no ex-policial, mas ele havia prendido seus braços junto ao corpo. — Ela mereceu.

— Não quero ter que pagar sua fiança. — Jed andou até um lounge com poltronas confortáveis e alguns vasos de plantas. Ouviu a orquestra começar a tocar "Stormy Weather".

Perfeito.

— Sente-se. — Acompanhou a ordem com um empurrão que a fez cair numa cadeira. — Por favor, se controle.

— Escute aqui, Skimmerhorn, aquilo era assunto meu.

— Você queria que eu deixasse que o comissário prendesse você por perturbar a ordem? — perguntou ele, baixinho. — Algumas horas na cadeia iam fazer você se acalmar.

Ele também a acalmaria, pensou Dora, amarga. Ela bufou, bateu o pé, cruzou os braços.

— Me dê um...

Jed já tinha um cigarro aceso e o passou a ela.

— Obrigada. — disse a moça, ficando em silêncio.

Ele conhecia a rotina. Ela daria três, talvez quatro, tragadas rápidas e o apagaria.

Um, contou. Dois. Dora lançou um olhar furioso para ele. Três.

— Eu não comecei. — Os lábios da moça formaram um beicinho quando ela apagou o cigarro.

Jed percebeu que já podia se sentar.

— Eu não disse que começou.

— Você não ameaçou prender aquela velha.

— Imaginei que ela já teria problemas suficientes para tirar os pimentões do cabelo. Quer uma bebida?

— Não. — Dora preferia ficar embirrada. — Escute, Skimmerhorn, ela estava me insultando, insultando minha família e as mulheres em geral. E eu aguentei — afirmou, cheia de si. — Aguentei até quando me chamou de vagabunda, piranha e prostituta.

Grande parte da alegria dele desapareceu.

— Ela chamou você dessas coisas?

— E eu aguentei — continuou Dora — porque fiquei repetindo para mim mesma que a mulher era só uma velha maluca. Eu não ia dar um escândalo. Não ia me rebaixar ao nível dela. Mas aí ela foi longe demais, passou dos limites.

— O que ela fez?

— Me chamou de... De rameira.

Jed piscou e lutou bravamente para engolir a gargalhada que se formava.

— De quê?

— De rameira — repetiu Dora, batendo com o punho fechado na cadeira.

— Vamos acabar com ela.

O queixo de Dora se ergueu, os olhos estreitados.

— Não se atreva a rir.

— Não estou rindo. Quem está rindo?

— Você, droga! Está mordendo a língua para segurar a risada.

— Não estou.

— Está, sim. Está falando enrolado.

— É o uísque.

— Sei.

Dora virou o rosto para longe, mas ele percebeu que os lábios da moça haviam estremecido. Quando virou o rosto dela para si, os dois sorriram estupidamente um para o outro.

— Você tornou a noite interessante, Conroy.

— Bem... — Já calma, ela riu, depois se ajeitou para apoiar a cabeça no ombro de Jed. — Estava tentando pensar numa maneira de distrair você para que não ficasse chateado com o prefeito e o comissário.

— Por que eu ficaria chateado?

— Porque estavam pressionando você, não estavam? — E, apesar de Jed não ter se mexido, Dora sentiu uma parte dele se esconder. — Para a minha sorte, a sra. Dawd apareceu e eu não tive que inventar nada.

— Então você jogou comida na cabeça dela para me animar.

— Não, foi um ato estritamente egoísta, mas teve um efeito colateral ótimo. — Dora virou a cabeça. — Me dê um beijo, por favor.

— Por quê?

— Porque eu quero um. Um bem simpático.

Jed pôs o indicador sob o queixo da moça para erguê-lo e encostou os lábios nos dela.

— Foi simpático o suficiente?

Ela começou a sorrir, mas ele mudou a mão de posição e segurou o pescoço de Dora por trás. Com os olhos abertos, baixou a boca até a dela novamente, passando a língua nos lábios da moça até que se abrissem e ele pudesse provar a excitação do primeiro suspiro trêmulo.

Era como água — água pura e límpida — depois de um período de sede agonizante. Ele a bebeu facilmente.

Ela sentiu a força do desejo, a grande onda perigosa que a fazia cambalear. Ele não a puxou para si nem aprofundou o beijo. Na verdade, foi algo lento, frio, devastadoramente controlado.

Quando Jed se afastou, Dora manteve os olhos fechados, absorvendo o fluxo de sensações. O coração ainda batia nos ouvidos quando ela os abriu.

— Caramba... — Foi tudo que conseguiu dizer.

— Algum problema?

— Acho que sim. — A moça apertou os lábios. Podia jurar que estavam vibrando. — Acho que... Acho que vou embora.

Os joelhos balançaram quando Dora ficou de pé. Era muito difícil, pensou, controlar uma situação quando seus joelhos balançavam. Pressionou a mão contra o estômago, onde uma grande montanha de desejo havia se alojado e a queimava.

— Caramba... — repetiu, se afastando.

Capítulo Onze
♦ ♦ ♦ ♦

O NOVO SISTEMA de segurança do prédio de Dora deixou DiCarlo muito irritado. O tempo que perdera passando por ele e pelas trancas mais pesadas havia acabado com seus planos. Esperava entrar e sair do depósito até meia-noite. Com certeza, se a mulher havia comprado a droga do quadro, a droga do quadro estava lá dentro — independentemente do que a vendedora ruiva idiota havia dito na véspera de Natal.

Agora ele teria sorte se conseguisse entrar até meia-noite. Para piorar, uma neve fina começava a cair. As luvas de borracha eram uma proteção muito pouco adequada contra o frio.

Pelo menos era uma noite sem lua, pensou, enquanto trabalhava e tremia. E não havia veículos no estacionamento, o que significava que ninguém estava em casa. Apesar das complicações, ainda podia estar em Nova York de manhã. Dormiria o dia inteiro e, na manhã seguinte, pegaria um voo para a Costa Oeste. Depois que tivesse entregado todos os brinquedos de Finley, aceitado a gratidão e o bônus generoso, ele voaria de volta para Nova York para um Ano-Novo espetacular.

DiCarlo estremeceu quando o frio se esgueirou e entrou pelo colarinho da blusa, como pequenas formigas congeladas.

Quando a última tranca foi aberta, soltou um pequeno grunhido de satisfação.

Em menos de 15 minutos, teve certeza de que o quadro não estava no depósito. Usando todo o seu autocontrole, dominou a vontade de destruir o lugar. Se o quadro ia ser um problema, era melhor que ninguém soubesse que uma invasão havia ocorrido.

Deu outra volta cuidadosa na loja, pegando alguns pequenos objetos automaticamente, inclusive o leão de Buda de jade que Terri tentara vender a ele.

Resignado, DiCarlo subiu para o segundo andar. Soltou um palavrão, mas sem muito ânimo, quando encontrou a tranca na porta da escada. Mas aquela era apenas uma garantia e ele passou por ela rapidamente.

Parou para escutar, mas não ouviu nada. Nenhum rádio, TV nem conversas. Mesmo assim, andou silenciosamente pelo corredor e observou o estacionamento pela porta para ter certeza de que ainda estava vazio.

Três minutos depois, estava no apartamento de Jed. A busca terminou antes mesmo que começasse. Não havia quadros nas paredes, nada guardado nos armários. Não encontrou nada embaixo da cama, além de uma cópia gasta de *A assombração da casa da colina*, de Shirley Jackson, e uma meia enrolada.

Demonstrou certo interesse pelo .38 na mesa de cabeceira, mas, depois de examiná-lo rapidamente, o pôs de volta no lugar. Até que encontrasse o quadro, não podia correr o risco de roubar nada que pudesse ser notado. Deu uma olhada rápida no banco e nos pesos da sala antes de sair.

Entrou no apartamento de Dora em questão de segundos. Ela não havia se dado ao trabalho de trancá-lo.

A busca ali era diferente. Enquanto o apartamento de Jed tinha o mínimo possível de móveis, o de Dora era lotado. A bagunça na casa de Jed vinha do desleixo. Na de Dora era um estilo de vida.

Havia vários quadros. Uma natureza-morta em aquarela e dois retratos ovais: um de um homem sério de terno e gravata e outro de uma mulher tão séria quanto o companheiro. Os outros quadros variavam desde litografias assinadas e pôsteres a desenhos a tinta ou a dedo, presos na geladeira. Mas a pintura abstrata não estava na parede.

DiCarlo foi até o quarto vasculhar o armário. Como também havia deixado a porta do apartamento destrancada, quase não teve tempo para reagir quando a ouviu se abrir. Quando ela bateu, ele já estava nos fundos do armário, escondido atrás de uma série de roupas coloridas que cheiravam eroticamente a mulher.

— Eu devo ser maluca — disse Dora a si mesma. — Completamente maluca. — Tirou o casaco, jogou-o sobre as costas de uma cadeira e abriu a boca num bocejo largo. Como os pais a haviam convencido? Por que os havia deixado convencê-la?

Ainda murmurando para si mesma, ela foi direto para o quarto. Os planos que havia feito para aquela noite eram tão simples, pensou. Uma bela e solitária refeição composta de frango grelhado e arroz selvagem; um longo banho aromatizado com uma taça de Chardonnay como companheira. E pretendia encerrar tudo com um bom livro à luz da lareira do quarto.

Mas não, pensou, ligando o abajur Tiffany da mesa de cabeceira. Ah, não, tivera que cair na armadilha da família, que insistia que o show tinha que continuar.

Era culpa dela o fato de três assistentes de palco terem ficado gripados? Era culpa dela se o pai a havia convencido a entrar para o sindicato?

— Claro que não — decidiu, puxando o suéter de caxemira justo por cima da cabeça. — Não passei gripe para eles. Não tinha que me sentir obrigada a substituir os caras só porque tenho um cartão da associação.

Suspirando, Dora se abaixou para soltar os cadarços dos tênis pretos. Em vez de uma noite calma e relaxante em casa, ela atendera aos pedidos desesperados de ajuda da mãe e passara horas lidando com objetos e erguendo cenários.

Tinha até se divertido, de forma relutante. A possibilidade de ficar na coxia, ouvindo as vozes ecoarem, correr quando as luzes eram reduzidas para trocar o cenário, sentir um orgulho natural quando os atores agradeciam os aplausos.

Afinal, pensou Dora com um bocejo, quando se tem isso no sangue...

Através da abertura de cinco centímetros da porta do armário, DiCarlo tinha uma vista excelente. Quanto mais via, mais a irritação por ter sido interrompido sumia. A situação tinha possibilidades antes não exploradas.

A mulher que se abaixava e se alongava na beira da cama havia feito um striptease intrigante e agora usava apenas duas peças pretas muito pequenas e cheias de renda. DiCarlo estudou a curva suave do bumbum de Dora quando ela se abaixou para tocar os pés.

Tinha um corpo lindo, num estilo firme e compacto. E, pela maneira como se movia, parecia ser muito, muito ágil.

Ela havia mudado os planos dele, mas DiCarlo se orgulhava por pensar de modo criativo. Podia simplesmente esperar a moça muito bonita e muito solitária ir para a cama.

Dora se virou e ele aproveitou a oportunidade para admirar o movimento dos seios cobertos de renda.

Muito bom, pensou, sorrindo no escuro. Muito bom mesmo.

DiCarlo percebeu que, depois que ela estivesse na cama, seria simples usar seu charme considerável — e sua .22 automática — para convencê-la a dizer onde o quadro estava.

E depois dos negócios, prazer. Talvez nem tivesse que matá-la em seguida.

Dora sacudiu o cabelo para trás e girou os ombros. Era como se estivesse posando, pensou DiCarlo. O sangue correu para as entranhas do gângster, pulsando impacientemente. Com os olhos fechados e o início de um sorriso no rosto, ela girou a cabeça devagar.

A moça ergueu as mãos para abrir o fecho dianteiro do sutiã.

As batidas na porta assustaram Dora. Dentro do armário, o bufar de DiCarlo foi uma combinação de raiva e frustração.

— Espere aí! — gritou Dora, pegando um roupão felpudo branco do pé da cama. Lutou para colocá-lo enquanto as batidas continuavam. Ligando as luzes enquanto andava, correu para a sala de estar. Hesitou com a mão na maçaneta. — Jed?

— Abra a porta, Conroy.

— Você me assustou — disse ela enquanto abria a porta. — Eu ia...

O olhar no rosto de Jed a interrompeu. Dora já havia visto fúria, mas nunca tão intensa nem direcionada de modo tão forte para ela. Instintivamente, a moça levou a mão à garganta e deu um passo para trás.

— O que foi?

— Que porra você acha que está fazendo?

— É... Indo dormir — respondeu ela com cuidado.

— Achou que, como eu pago aluguel, você podia usar a merda da sua chave e sair mexendo nas minhas coisas quando quisesse?

Dora baixou a cabeça de novo e segurou a maçaneta com força.

— Eu não sei do que você está falando.

— Pode parar com a palhaçada. — Jed agarrou o pulso da moça e a arrastou até o corredor. — Eu sei que alguém entrou no meu apartamento.

— Você está me machucando. — As tentativas de Dora de se manter firme falharam completamente. Ela estava com medo, com muito medo de ele fazer algo muito pior.

— Você correu o risco de sofrer esse tipo de consequência quando resolveu se intrometer na minha vida particular. — Cheio de raiva, Jed jogou a moça contra a outra parede. O grito abafado de dor e surpresa apenas aumentou sua fúria. — O que você estava procurando? — gritou. — Que porra você achou que ia encontrar?

— Me solte. — Ela se contorceu, aterrorizada demais para negar alguma coisa. — Tire as mãos de mim.

— Você quer revistar minhas coisas? — Os olhos de Jed queimaram os de Dora.

O animal saiu da jaula, foi tudo que ela pôde pensar.

— Você acha que só porque mexeu comigo pode mexer em tudo que tenho nas gavetas, no armário e que eu vou deixar isso pra lá? — Jed a puxou da parede e, motivado pelos próprios demônios, arrastou a moça, que tropeçava atrás dele. — Ótimo. — Abriu a porta com força e empurrou Dora para dentro. — Pode olhar agora. Olhe bem.

Até os lábios de Dora haviam perdido a cor. A respiração passava estremecida por entre eles. Jed estava entre ela e a porta. Não havia esperança de passar por ele e fugir. Enquanto o coração batia com força contra suas costelas, Dora viu no rosto de Jed que não conseguiria conversar com ele.

— Você enlouqueceu.

Nenhum dos dois ouviu DiCarlo sair pelo corredor e pela porta. Estavam a menos de um metro de distância um do outro e Dora puxava com a mão trêmula o ombro do roupão, que havia caído.

— Você achou que eu não ia notar? — Jed se moveu rápido demais para que ela pudesse fugir, agarrou o roupão pela lapela e a ergueu até que ficasse na ponta dos pés. A costura do roupão arrebentava, soltando ruídos breves. — Fui policial por 14 anos, cacete! Eu reconheço os sinais de uma invasão!

— Pare com isso! — Ela o empurrou. O barulho do roupão se rasgando na altura do ombro foi como um grito. Lágrimas de medo e raiva surgiram nos olhos da moça, inundando-os, enevoando sua visão. — Eu não entrei aqui. Não mexi em nada.

— Não minta para mim. — Mas a primeira semente da dúvida havia penetrado na fúria de Jed.

— Me solte!

Dora conseguiu se soltar, mas caiu para trás e bateu com força contra a mesa. Lentamente, como uma mulher que espera um tigre atacar novamente, ela deu alguns passos para trás.

— Eu não entrei aqui. Cheguei em casa há dez minutos. Vá pôr a mão no capô do meu carro, caralho... Provavelmente ainda está quente. — A voz da moça se erguia e se interrompia, acompanhando o ritmo de seu coração. — Fiquei no teatro a noite toda. Você pode ligar pra lá e conferir.

Jed não disse nada, apenas a viu tentar andar até a porta. O roupão havia caído dos ombros e se aberto. Podia ver os músculos da moça tremerem e a camada de suor provocada pelo pânico. Dora agora chorava, soltando soluços breves e rápidos enquanto tentava virar a maçaneta.

— Fique longe de mim — sussurrou. — Quero que você fique longe de mim.

Em seguida fugiu, largando a porta dele aberta e batendo a dela.

Jed ficou parado no mesmo lugar, esperando as batidas do próprio coração desacelerarem, esperando recuperar um pouco de controle, mesmo que ele ainda tentasse escapar de suas mãos.

Não estava errado. Droga, não estava errado. Alguém havia entrado ali. Ele sabia. Os livros tinham sido remexidos, as roupas reviradas, a arma examinada.

Mas não havia sido Dora.

Enojado, ele pressionou as palmas das mãos contra os olhos. Tinha perdido o controle. Não era surpresa, pensou, deixando as mãos caírem. Havia meses que tentava não perder o controle. Não fora por isso que largara o posto de capitão?

Havia voltado para casa depois de um dia horrível lidando com advogados, contadores e banqueiros, e surtado como um maluco.

E, como se não fosse ruim o bastante, havia aterrorizado uma mulher. Por que a acusara? Porque ela havia mexido com ele. Ela mexera com ele e ele havia encontrado a maneira perfeita de fazê-la pagar o preço. Muito bem, Skimmerhorn, criticou a si mesmo, andando até a cozinha. E até o uísque.

Interrompeu-se antes mesmo de servir o primeiro copo. Aquela era a solução fácil. Jed passou a mão lentamente pelo cabelo, respirou fundo e foi até a porta de Dora para enfrentar a solução difícil.

Ao ouvir a batida, ela parou de se balançar, sentada no braço de uma poltrona. A cabeça se ergueu no mesmo instante. Ela se levantou de um pulo.

— Dora, me desculpe. — No outro lado da porta, Jed fechava os olhos. — Droga... — sussurrou, antes de bater de novo. — Por favor, me deixe entrar um instante. Quero saber se você está bem. — O silêncio continuou, apertando o peito dele. — É só um minutinho. Eu juro que não vou encostar em você. Só quero ver se você está bem.

Frustrado, girou a maçaneta.

Os olhos de Dora se arregalaram ao vê-la rodar. Meu Deus, meu Deus, pensou em pânico. Ela não havia fechado a casa à chave. Um breve ruído ficou preso em sua garganta. A moça pulou na porta, tentando mantê-la fechada, quando Jed a abriu.

Quando parou, ele viu um medo desesperador tomar o rosto de Dora. Era algo que havia visto em demasiados rostos durante demasiados anos. Esperava conseguir fazer o medo passar de modo tão eficaz quanto conseguia provocá-lo. Lentamente, ele ergueu as mãos, mostrando as palmas.

— Vou ficar bem aqui. Não vou chegar mais perto. — Dora tremia.

— Não vou encostar em você, Dora. Só quero pedir desculpas.

— Me deixe em paz.

O rosto dela ainda estava molhado, mas os olhos já estavam secos; secos e aterrorizados. Jed não podia ir embora antes de fazer aquele terror passar.

— Eu machuquei você? — Xingou-se pela pergunta estúpida. Já podia ver os hematomas. — É claro que machuquei. — A maneira como a moça tinha gritado quando ele a havia jogado contra a parede voltou à sua cabeça e embrulhou seu estômago.

— Por quê?

O fato de ela perguntar aquilo o surpreendeu.

— E isso importa? Isso não tem desculpa. Mesmo se eu pedisse, seria ridículo depois de tudo que fiz. Eu queria... — Jed deu um passo para a frente e parou quando Dora se encolheu. Ele teria preferido um soco no estômago. — Eu queria poder dizer que tinha um bom motivo para isso, mas não tinha.

— Eu quero saber por quê. — Uma das mãos de Dora agarrava e soltava a borda do roupão. — Você me deve um porquê.

Era como se Jed tivesse uma bola de fogo na garganta. Não tinha certeza se seria mais doloroso mantê-la ali ou cuspi-la. Mas Dora estava certa. Ele devia um porquê a ela.

— O Speck revirou minha casa inteira uma semana depois de matar a minha irmã. — Nem o rosto nem a voz demonstravam o que custava a ele falar sobre aquele assunto. — Deixou uma foto dela e alguns recortes de jornal sobre a explosão na minha mesa de cabeceira. — A náusea aumentava, quase tão violenta quanto havia sido meses antes. Jed empalideceu enquanto lutava contra o enjoo. — Ele queria que eu soubesse que podia me pegar a qualquer instante. Queria ter certeza de que eu sabia que ele tinha matado a Elaine. Quando entrei em casa hoje, achei que você tivesse entrado lá e senti tudo aquilo de novo.

Dora tinha um lindo rosto expressivo. Jed pôde ler perfeitamente todas as emoções que ela sentia. O medo, e a raiva que estava se formando para combatê-lo, se dissiparam. No lugar deles, surgiram expressões de tristeza, compreensão e, como sal nas feridas de Jed, pena.

— Não me olhe assim. — O tom dele foi grosseiro e, pensou ela, defensivo. — Isso não muda o que fiz nem o fato de eu ser capaz de fazer coisa pior.

A moça baixou os olhos.

— Você está certo. Não muda. Quando você me beijou na semana passada, achei que tinha alguma coisa acontecendo entre a gente. De verdade. — Ela voltou a erguer o olhar, agora frio. — Mas não. Senão isso não teria acontecido. Porque você confiaria em mim. Isso também machuca, Jed, mas aí o erro foi meu.

Ele sabia como era se sentir desamparado, mas jamais imaginara sentir aquilo com ela.

— Posso sair daqui se você quiser — disse, rígido. — Posso ir embora hoje e pegar minhas coisas depois.

— Não é preciso, mas faça o que você quiser.

Assentindo com a cabeça, ele deu um passo para trás, voltando ao corredor.

— Você vai ficar bem?

Como resposta, ela andou até a porta, fechou-a silenciosamente e a trancou.

♦♦♦♦

Dora encontrou flores em sua escrivaninha de manhã. Margaridas levemente murchas e cheirando a uma primavera distante haviam sido postas num vaso Minton. Firme, Dora abafou a reação instintiva de alegria e as ignorou.

Ele não havia se mudado. Aquilo ficara claro pelo bater monótono dos pesos que ela ouvira ao passar mais cedo pelo corredor.

Mas Dora também não iria permitir que aquilo a deixasse feliz. Para ela, agora, Jed Skimmerhorn era apenas um inquilino. Nada mais. Ninguém iria aterrorizá-la, ameaçá-la e partir seu coração para depois conquistá-la de novo com um buquê desarrumado de margaridas. Ela descontaria o cheque dele mensalmente, acenaria com a cabeça se os dois se encontrassem no corredor e continuaria sua vida.

Era uma questão de orgulho.

Como Terri e Lea estavam cuidando da loja, Dora pegou as contas a pagar, abriu o talão de cheques da Dora's Parlor e se preparou para começar a trabalhar.

Alguns minutos depois, lançou um olhar rápido para as margaridas e se pegou sorrindo. Mas o som de botas descendo a escada a fez firmar os lábios e encarar a conta de luz.

Jed hesitou ao pé da escada, em busca de algo razoável para dizer. Podia jurar que a temperatura do depósito havia caído dez graus desde que entrara. Não que pudesse culpá-la por ser fria com ele, decidiu. Mas aquilo só o fazia se sentir mais bobo por ter comprado as flores ao voltar da academia.

— Se você for trabalhar aqui dentro, posso terminar as prateleiras depois.

— Vou ficar cuidando da papelada por mais umas duas horas — respondeu Dora, sem olhar para ele.

— Tenho que fazer umas coisas na cidade. — Jed esperou uma resposta, mas não ouviu nada. — Quer alguma coisa da rua?

— Não.

— Ótimo. Claro. — Ele começou a subir a escada. — Então vou terminar as prateleiras à tarde. Depois que subir a escadaria de alguma igreja de joelhos.

Dora ergueu uma das sobrancelhas e ouviu a porta do segundo andar bater.

— O cara provavelmente achou que eu ia me jogar nos braços dele só porque me deu flores. Idiota. — Olhou para o outro lado quando Terri entrou, vinda da loja. — Todos os homens são idiotas.

Normalmente Terri teria sorrido, concordado e dado alguns exemplos. No entanto, ficou parada na porta, esfregando as mãos.

— Dora, você levou o leão de jade lá para cima? Aquela pecinha chinesa? Eu sei que você gosta de mudar a posição das coisas.

— O leão de Buda? — Com os lábios apertados, Dora bateu com a caneta na mesa. — Não. Não andei mudando nada de lugar. Por quê?

Terri soltou uma risada irônica e abriu um sorriso nervoso.

— Não consigo encontrar. Não consigo encontrar em lugar nenhum.

— Deve ter sido posto em outro lugar. A Lea pode...

— Eu já perguntei para ela — interrompeu Terri. A voz parecia fraca. — Mostrei o leão a um cliente outro dia. E agora sumiu.

— Calma. — Dora afastou a cadeira da escrivaninha com um empurrão. — Vou dar uma olhada. Posso ter tirado do lugar.

Mas sabia que não havia feito isso. A Dora's Parlor podia parecer um lugar entulhado e bagunçado, onde o luxo e o lixo dividiam o espaço, numa arrumação sem cuidado. Mas sempre houvera um método na organização — o método de Dora.

Ela conhecia cada objeto que tinha e a posição em que estava, até o último cartão-postal.

Lea estava ocupada com um cliente, por isso apenas lançou um olhar rápido e preocupado para a irmã, depois continuou a exibir potes de tabaco.

— Estava na cristaleira — explicou Terri em voz baixa. — Eu mostrei na véspera de Natal, pouco antes de fechar a loja. E tenho certeza de que estava aqui ontem quando vendi a estatueta Doulton. Ficavam um do lado do outro. Eu teria notado se não estivesse aqui.

— Está bem. — Dora deu um tapinha tranquilizador no ombro de Terri. — Vamos dar uma olhada.

Mas o primeiro olhar já a deixou ansiosa. Dora parou na frente de uma escrivaninha de madeira. Tomou cuidado para manter a voz calma e baixa:

— Terri, você vendeu alguma coisa hoje de manhã?

— Um jogo de chá Meissen e alguns cartões de propaganda de cigarros. A Lea vendeu o berço de mogno e um par de candelabros de bronze.

— Não vendeu mais nada?

— Não. — O rosto já pálido de Terri perdeu toda a cor. — O que foi? Outra coisa sumiu.

— O vinagreiro. Aquele de esmalte que ficava ali. — Dora se controlou para não soltar um palavrão. — E o tinteiro que ficava do lado dele.

— O de estanho? — Terri se virou para a escrivaninha e grunhiu. — Ai, meu Deus, Dora.

Dora balançou a cabeça para afastar quaisquer comentários e deu uma volta rápida por toda a loja.

— O peso de papel Chelton — disse, alguns instantes depois. — O frasco de perfume Baccarat, o selo Fabergé... — Aquele, que custava 5.200 dólares, era difícil de engolir. — E a caixa de cigarros de baquelite. — Que, apesar de custar apenas três dólares, a deixava quase tão irritada quanto o Fabergé. — Todos eram pequenos o bastante para caber numa bolsa ou num bolso.

— Não recebemos mais de oito ou nove pessoas hoje — começou Terri. — Não sei como... Ai, Dora, eu deveria ter tomado mais cuidado.

— Não é culpa sua.

— Mas...

— Não é. — Apesar de estar muito irritada, passou o braço em torno da cintura de Terri. — Não podemos tratar todas as pessoas que passam pela porta como ladrões em potencial. A gente acabaria colocando aquele monte de espelhos na loja e enfiando todas as peças dentro de armários trancados. Foi a primeira vez que roubaram tanto.

— Dora, o Fabergé.

— Eu sei. Vou avisar a seguradora. É para isso que ela existe. Terri, quero que você vá almoçar agora.

— Não vou conseguir comer.

— Então vá dar uma volta. Vá comprar um vestido. Isso vai fazer você se sentir melhor.

Terri assoou o nariz.

— Você não está irritada?

— Irritada? Estou furiosa. — Os olhos de Dora se estreitaram e se arregalaram. — Espero que voltem e tentem pegar alguma outra coisa para eu poder quebrar todos os dedos deles. Agora, ande, vá acalmar a cabeça.

— Está bem.

Terri assoou o nariz de novo e deixou Dora sozinha na pequena sala lateral.

— É ruim? — perguntou Lea quando enfiou a cabeça pela porta.

— Bem ruim.

— Sinto muito, querida.

— Não vai me dizer "Eu mandei você trancar as coisas em armários!"?

Lea suspirou.

— Acho que isso prova que eu estava certa, mas, depois de trabalhar aqui algumas semanas, entendo por que não quer fazer isso. Acabaria com o clima da loja.

— É. — Derrotada, Dora esfregou o espaço entre os olhos, tentando acabar com o início de uma dor de cabeça. — Podemos comprar um climão com dez mil.

— Dez mil — repetiu Lea. Os olhos dela se arregalaram. — Dez mil dólares? Ai, meu Deus, Dory...

— Não se preocupe, eu tenho seguro. Droga... Lea, ponha a placa de fechado na porta por uma hora. Saia e vá almoçar ou fazer outra coisa. Quero ir lá para o fundo e ter um acesso de raiva e preciso de um pouco de privacidade.

— Tem certeza? — Lea lançou um olhar para o brilho nos olhos da irmã. — Tem. Vou trancar tudo.

— Obrigada.

Capítulo Doze

Jed se perguntou se a volta à delegacia não era apenas uma outra maneira de se punir. Era a primeira vez que ia até o local, desde que havia pedido demissão. Podia ter marcado um encontro com Brent em outro lugar e evitado a lembrança dolorosa de que, agora, era um civil.

Mas Jed entrou na velha delegacia, o lugar em que havia passado oito dos 14 anos na polícia, porque sabia que tinha que enfrentá-la. Depois da maneira com que perdera o controle na noite anterior, admitia que havia muitas coisas que precisaria enfrentar.

Tudo estava igual. O ar ainda cheirava a café derramado, corpos mal-lavados e fumaça — tudo coberto por um horrível toque de desinfetante. As paredes haviam sido pintadas recentemente, mas a cor ainda era o mesmo bege institucional. Os sons... Todos eram familiares. Campainhas de telefone, teclados sendo usados, vozes altas.

O fato de estar entrando ali sem o peso da arma presa à lateral do corpo o fazia se sentir ainda mais estranho. Ele se sentia nu.

Jed quase deu meia-volta, mas dois guardas se viraram para a porta, a caminho da patrulha. O reconhecimento brilhou em seus rostos. O policial da esquerda — Snyder, lembrou Jed — acenou, chamando a atenção.

— Olá, capitão.

Estavam ficando mais jovens a cada ano, pensou Jed. Aquele policial mal tinha idade para se barbear. Ele só podia continuar andando. Acenou com a cabeça para os dois enquanto passava.

— Olá.

Parou na recepção e esperou o sargento de ombros largos se virar.

— Ryan. — O homem podia ter os ombros de um touro, mas tinha o rosto de um ursinho de pelúcia. Quando viu Jed, o rosto se abriu num sorriso tão largo que os olhos desapareceram entre as dobras macias da pele irlandesa corada.

— Capitão. Puta que pariu. — Estendeu o braço por cima da mesa para pegar a mão de Jed como um torno prende o metal. — É bom ver o senhor. Muito bom.

— Tudo bem?

— Ah, daquele jeito. A mesma coisa. — Ryan se apoiou simpaticamente no balcão que separava os dois. — O Lorenzo levou um tiro num assalto a uma loja de bebidas na semana passada.

— Eu soube. Como ele está?

— Aproveitando — disse Ryan, com uma piscadela. — Deveria ser assim: o cara leva o tiro, limpa o sangue do chão e volta para a rua.

— Depois de tirar a bala com os dentes.

— Isso mesmo. — Alguém gritou chamando Ryan e ele berrou de volta, dizendo que iam ter que esperar. — Sentimos sua falta aqui, capitão — continuou, voltando a se apoiar no balcão. — O Goldman é um bom capitão. Quero dizer, ele cuida da papelada, assim como todo mundo, mas, falando sério, o cara é um babaca.

— Vocês vão fazer o Goldman baixar a bola.

— Não, senhor. — Ryan balançou a cabeça. — A gente consegue com alguns, mas não com todos. Nossos homens sabiam que podiam conversar com o senhor, ser claros. Sabiam que o senhor iria para a rua com a mesma frequência que ficaria atrás de uma mesa. Com o Goldman, a gente tem que respeitar a hierarquia e ir passo a passo, seguindo todas as regras e o procedimento. — O rosto alegre formou uma careta. — Ele nunca passa por aquela porta, a não ser que haja um cinegrafista e três repórteres do outro lado.

Jed guardou para si tudo que sentiu ao ouvir o fluxo fácil de informação que saía da boca de Ryan.

— Mais atenção da imprensa não vai prejudicar o departamento. O tenente Chapman está aqui? Preciso falar com ele.

— Claro, acho que está na sala dele. Pode ir até lá.

Jed esperou, depois ergueu uma das sobrancelhas.

— Me dê um crachá de visitante, Ryan.

Ryan ficou vermelho de vergonha e desânimo.

— Que merda, capitão...

— Preciso de um crachá de visitante, sargento.

— Isso me deixa doente — murmurou Ryan enquanto pegava um da gaveta. — É sério, isso me deixa doente.

— Você já me disse. — Jed prendeu o crachá na camisa.

Para chegar à sala de Brent, tinha que atravessar a área das baias. Teria preferido valsar lentamente sobre brasas. O estômago revirava toda vez que seu nome era chamado, toda vez que ele era forçado a parar e trocar algumas palavras com alguém, toda vez que era obrigado a ignorar as especulações, as perguntas não feitas.

Quando chegou à porta de Brent, a tensão já pressionava seu pescoço como uma lâmina cega.

Jed bateu e abriu a porta. Brent estava sentado à mesa entulhada de papéis, o telefone no ouvido.

— Me conte alguma coisa que eu não saiba. — Olhou para cima. No mesmo instante, a irritação em seus olhos se dissipou. — É, sei, quando você quiser falar a verdade, a gente fecha um acordo. Eu ligo de volta. — Desligou, recostando-se na cadeira. — Eu achei mesmo que o barulho tinha aumentado aqui. Estava por perto e achou que deveria dar uma passada, não é?

— Não. — Jed se sentou e tirou um cigarro do bolso.

— Já sei, precisava de um café.

— Quando eu chegar a esse ponto, vou pedir para ser internado. — Jed acendeu um fósforo. Ele não queria perguntar, não queria se envolver. Mas tinha que fazer isso: — O Goldman está sendo mesmo o babaca que o Ryan diz que é?

Fazendo uma careta, Brent se levantou para servir duas xícaras de café da cafeteira.

— Bem, ele não vai vencer nenhum concurso de popularidade por aqui. Peguei o Thomas no vestiário enfiando agulhas num boneco na forma do Goldman. Reconheci por causa dos olhinhos redondos e dos dentes grandes.

Jed pegou o café.

— O que você fez com o boneco?

— Espetei umas agulhas nele também. Até agora, o Goldman não parece ter sentido pontada nenhuma.

Jed sorriu. O primeiro gole de café tirou o sorriso do rosto dele.

— Sabe, eu poderia recomendar você para o diretor. Acho que ele levaria minha recomendação em conta.

— Não estou interessado. — Brent tirou os óculos para limpar as manchas, sem grandes resultados. — Sou péssimo em delegar tarefas. O Thomas pode acabar enfiando agulhas num lindo boneco de óculos de aro grosso. — Ele se inclinou na direção da mesa. — Volte, Jed.

Jed baixou os olhos para o café e os ergueu lentamente.

— Não posso, cara. Brent, eu estou péssimo. Se me der um distintivo agora, não sei o que vou fazer nem quem pagaria por isso. Ontem à noite... — Teve que parar. Deu uma longa tragada no cigarro. — Alguém entrou no meu apartamento e mexeu nas minhas coisas.

— Houve outra invasão no prédio?

Jed balançou a cabeça.

— Isso foi diferente. Havia algumas coisas fora do lugar, uma gaveta que deixei levemente aberta estava fechada, esse tipo de coisa. Eu tinha ficado fora a maior parte do dia. Fui resolver a história da herança da

Elaine, a casa... — Cansado, ele massageou a nuca. — Depois disso tudo, fui tomar um chope e ver um filme. Quando cheguei em casa, dei uma olhada naquilo e acabei indo atrás da Dora. — Pegou o café de novo. Não era mais amargo do que o gosto que tinha se alojado em sua boca. — Fui mesmo atrás dela, Brent. Vi o crime e fiz a prisão. — Enojado, ele amassou o cigarro e se levantou. — Dei uns empurrões nela.

— Caramba, Jed. — Impressionado, Brent observou Jed andar pelo escritório. — Você não... Não bateu nela, não foi?

— Não. — Como podia se sentir ofendido com a pergunta?, pensou Jed. — Mas assustei a moça pra caralho. Eu mesmo fiquei assustado depois que me controlei. Não pensei direito. Não mantive a calma. Só surtei. Não vou me arriscar a fazer uma coisa dessas com um distintivo, Brent. — Ele se virou. — Esse distintivo costumava significar alguma coisa para mim.

— Conheço você há quase dez anos. Nunca vi você se aproveitar dele.

— E não pretendo fazer isso. Mas não foi por isso que vim. A Dora não entrou no meu apartamento. Então quem entrou?

— O cara que invadiu o lugar na outra noite pode ter voltado. Queria levar alguma coisa.

— Não tenho muita coisa em casa, mas tinha uns duzentos dólares na gaveta. Meu .38. Um walkman. A casa da Dora, do outro lado do corredor, é cheia de tralhas.

— E como está a segurança?

— Eu dei uma olhada e não achei nada. Esse cara é bom, Brent. É profissional. Pode ser alguém ligado ao Speck, alguém que queira vingança.

— O Speck não era do tipo que inspira lealdade depois da morte. — Mas, assim como Jed, Brent não estava disposto a ignorar aquela possibilidade. — Vou dar uma conferida. Vou colocar um cara no prédio, que tal?

Normalmente Jed teria evitado esse tipo de proteção. Mas ele apenas fez que sim com a cabeça.

— Eu agradeço. Se alguém quiser me pegar, não quero que a Dora seja envolvida nisso.

— Pode ficar tranquilo. E, me conte, como você vai resolver essa situação com a dona do seu apartamento?

— Pedi desculpas. — Jed soltou uma risada irônica e se virou para estudar o pôster que Brent tinha de Clint Eastwood em *Perseguidor Implacável*. — Grande coisa. Eu disse que poderia sair de lá, mas ela não pareceu se importar com o que eu faria. — Murmurou alguma coisa quase inaudível, mas os ouvidos de Brent eram afiados.

— O quê? Disse alguma coisa sobre flores?

— Comprei a droga de um buquê de flores para ela — retrucou Jed. — Ela nem olhou. E nem está olhando para mim. O que deveria ser ótimo, mas...

— Mas...

Jed se voltou para o amigo, uma expressão sombria no rosto.

— Droga, Brent, essa mulher mexeu comigo. Não sei como ela fez isso, mas mexeu comigo. Se eu não pegar a Dora logo, vou começar a babar.

— Mau sinal — comentou Brent com um leve aceno da cabeça. — Babar é um mau sinal.

— Está se divertindo com essa história?

— Bem... estou. — Brent sorriu e ajeitou os óculos. — Muito, na verdade. Quero dizer, pelo que sei, você sempre foi tranquilo e ficou por cima, sem trocadilhos, de situações que envolviam mulheres. Sempre achei que isso fosse resultado da sua educação refinada. E, agora, você está aqui, fisgado. O anzol fica bem em você.

Jed só o encarou.

— Então ela está irritada — continuou Brent. —Vai fazer você suar por certo tempo, implorar um pouquinho.

— Não vou implorar. Nem fodendo. — Jed enfiou as mãos nos bolsos com força. — É melhor que esteja irritada, e não assustada. — Não, percebeu, não aguentaria vê-la olhar para ele com medo de novo. — Pensei em comprar mais flores na volta.

— Talvez seja melhor você tentar alguma coisa brilhante, companheiro. Do tipo que se pendura no pescoço.

— Uma joia? Não vou subornar a mulher para ela me perdoar.

— E o que ia fazer com as flores?

— Flores não são suborno. — Impressionado que um homem casado soubesse tão pouco, Jed andou até a porta. — Flores são um carinho. Joias são coisa de mercenária.

— É, e não existe ninguém mais mercenário que uma mulher irritada. Pergunte à minha esposa — gritou Brent enquanto Jed continuava andando. — Ei, Skimmerhorn! Vou ficar de olho.

Rindo para si mesmo, Brent voltou para a mesa e abriu o arquivo de Speck no computador.

◆ ◆ ◆ ◆

JED FICOU surpreso ao encontrar Dora ainda sentada à escrivaninha quando voltou. Ficara fora mais de três horas e, no pouco tempo em que a conhecia, nunca a vira mexer em papelada por mais da metade daquele tempo. Dora parecia preferir o contato com os clientes ou talvez a satisfação de ganhar dinheiro.

Provavelmente os dois.

Ele não ficou surpreso por ela tê-lo ignorado tão completamente quanto o havia feito de manhã. No entanto, daquela vez, achou que estava preparado.

— Comprei uma coisa para você.

Pôs uma caixa grande em frente à moça. Quando Dora olhou para o objeto, Jed teve a pequena satisfação de ver um leve brilho de curiosidade em seus olhos.

— É... É só um roupão. Para substituir o que rasguei ontem.

— Entendi.

Ele mexeu os ombros, nervoso. Não conseguia fazer com que Dora reagisse e achava que tinha pagado caro pelo gesto. Andar pela seção de lingerie com a vendedora sorrindo para ele fizera com que se sentisse um pervertido. Pelo menos havia conseguido escolher um prático roupão felpudo.

— Acho que peguei o tamanho certo, mas é melhor você conferir.

Com cuidado, ela fechou o talão de cheques e cruzou as mãos sobre ele. Quando olhou para Jed, a curiosidade havia sido substituída por uma raiva ardente.

— Me deixem ver se entendi isso direito, Skimmerhorn. Você acha que um bando de flores ridículas e um roupão vão bastar para ficar de bem comigo?

— Eu...

Dora não deu chance a ele:

— Você acha que um buquê de margaridas vai me fazer suspirar e sorrir para você? É isso que acha? Eu não sei com quem você andou por aí, companheiro, mas não funciona assim comigo. — Ela se levantou da cadeira, bateu com as palmas das mãos na caixa de presente e se inclinou para a frente. Se olhos fossem armas, ele já estaria sangrando, à beira da morte. — Um comportamento imperdoável não pode ser esquecido com alguns presentinhos bestas e uma expressão de cachorro sem dono.

A moça se interrompeu antes de voltar a gritar e fez uma pausa para se controlar.

— Você deveria continuar — disse Jed, baixinho. — Botar o resto para fora.

— Está bem, ótimo. Você entra no meu apartamento na base da porrada, distribuindo acusações. Por quê? Porque eu me aproximei e você não estava gostando do rumo que as coisas estavam tomando entre a gente. Nem pensou que poderia estar errado, só me atacou. Me assustou pra caramba e pior... — Dora apertou os lábios e se virou para o outro lado. — Você me humilhou porque eu aturei aquilo. Fiquei lá parada, tremendo e chorando. Não reagi. — Depois de admitir, sentiu-se mais calma e voltou a encará-lo. — Isso é o que eu mais odeio.

Jed entendia aquilo melhor do que ninguém.

— Você teria ficado maluca se tivesse tentado me enfrentar naquele estado.

— Esse não é o problema.

— É, sim. — Jed sentiu a raiva surgir de novo, mas direcionada para si mesmo. — Pelo amor de Deus, Dora, estava enfrentando um maluco vinte quilos mais pesado do que você. O que você ia fazer? Me derrubar?

— Eu sei me defender — respondeu ela, erguendo o queixo. — Poderia ter feito alguma coisa.

— Você fez. — Ele se lembrou de que as lágrimas o haviam desarmado. — É maluquice ficar envergonhada por ter sentido medo.

— Acho que me insultar não vai melhorar a situação, Skimmerhorn. — Dora ergueu uma das mãos para colocar o cabelo para trás. Não era o gesto característico dela, notou Jed. Era um movimento cansado. — Escute, eu tive um dia difícil...

A moça parou de falar quando Jed pegou a mão dela. Mesmo quando ela se retesou, ele estendeu seus braços com gentileza. Ela havia puxado as mangas da jaqueta para trabalhar. Havia uma leve trilha de hematomas nos antebraços, marcas que Jed sabia que tinha feito com a força dos dedos.

— Posso continuar pedindo desculpas. — Os olhos dele eram eloquentes. — Mas isso não significa muita coisa. — Soltou-a, enfiando as mãos nos bolsos. — Não posso dizer que nunca machuquei uma mulher na vida porque já fiz isso. Mas sempre foi por causa do trabalho, nunca pessoal. Machuquei você. E não sei o que fazer para compensar.

Virou-se para a escada.

— Jed. — Havia um suspiro na voz dela. — Espere um instante.

Idiota, admitiu ela, abrindo a tampa da caixa. O roupão era quase idêntico ao seu, com exceção da cor. Dora passou um dedo sobre o tecido verde-bandeira.

— Eles não tinham em branco. — Jed não sabia se já havia se sentido mais idiota na vida. — Como você usa muitas cores vivas...

— É lindo. Mas isso não significa que perdoei você.

— Está bem.

— Só preferiria que a gente voltasse a ter um relacionamento normal. Não gosto de brigar com os meus vizinhos.

—Você tem o direito de estabelecer as regras.

Ela sorriu um pouco.

— Você deve estar realmente sofrendo para me dar esse tipo de poder.

—Você nunca foi um homem e precisou comprar alguma coisa na seção de lingerie. Não sabe o que é sofrimento. — Jed queria tocá-la, mas soube se controlar. — Sinto muito, Dora.

— Eu sei. Sei mesmo. Fiquei com quase tanta raiva de mim mesma quanto de você hoje de manhã. E, antes que pudesse me acalmar, tivemos problemas na loja. Então, quando você voltou, eu queria tirar sangue de alguém.

— Que tipo de problema?

— Um roubo. — Os olhos dela endureceram de novo. — Hoje de manhã, pouco depois de você sair para subir uma escadaria de joelhos.

Ele não sorriu.

— Tem certeza de que estava tudo aqui ontem quando você fechou?

Ela se empertigou.

— Eu conheço as minhas peças, Skimmerhorn.

— Você disse que voltou poucos minutos antes de mim ontem à noite.

— É, o que...

— Estava chateada quando me despedi de você. Ainda estava chateada hoje de manhã. Acho que não teria notado.

— Notado o quê?

— Se alguma coisa tivesse sumido lá de cima. Vamos ver agora.

— Do que você está falando?

— Alguém entrou na minha casa ontem.

Ela se interrompeu antes mesmo de falar, mas ele viu a dúvida no rosto da moça.

— Não estou dizendo isso para achar uma desculpa para a minha atitude, mas alguém entrou no meu apartamento — repetiu Jed, lutando para manter a voz calma. — Policiais percebem coisas que civis não notam. Achei que pudesse ter sido algum dos homens do Speck, que tivessem vindo me incomodar, mas pode ter sido outra coisa. Alguém procurando pelas suas bugigangas.

— E o alarme? Aquelas travas à prova de roubo que você instalou?

— Nada é 100% seguro.

— Ai... — Dora fechou os olhos enquanto Jed pegava sua mão e a levava para o andar de cima. — Olhe, isso realmente faz eu me sentir melhor. Há um minuto, eu estava satisfeita em poder ficar furiosa com um ladrão. Agora você me deixou preocupada com a possibilidade de um cara ter entrado no meu apartamento.

— Vamos só conferir. Está com a sua chave?

— Não está trancado. — O olhar dele a fez estremecer. — Escute, campeão, as portas de fora estão trancadas e eu estava no andar de baixo. Além disso... — Ela abriu a porta com força. — Ninguém entrou aqui.

— Ahã, sei. — Ele se abaixou para examinar a fechadura e não viu nenhum sinal óbvio de arrombamento. — Você deixou a porta destrancada quando saiu ontem à noite?

— Talvez. — Dora estava começando a se irritar. — Não me lembro.

— Você mantém dinheiro em casa?

— Um pouco. — Dora foi até uma escrivaninha e abriu uma gaveta — Está onde deveria estar. Assim como todo o resto.

— Você nem olhou.

— Eu sei o que tenho aqui, Jed.

Ele mesmo observou o cômodo, analisando, identificando objetos com tanta destreza quanto o faria com rostos num livro de identificação.

— O que aconteceu com o quadro? O que estava em cima do sofá?

— A pintura abstrata? Minha mãe gostou, por isso levei para lá para que ela pudesse conviver com ela por um tempo. — Apontou para dois retratos que o haviam substituído. — Achei que seria bom ter os dois como companhia. Mas estava errada. Eles são sombrios demais e parecem me desaprovar, mas não tive a chance de...

— E joias?

— Claro que tenho joias. Está bem, está bem. — Dora revirou os olhos e voltou para o quarto. Abriu uma pequena caixinha de cânfora e ébano posta sobre a penteadeira. — Parece que está tudo aqui. É mais difícil de lembrar porque eu sempre empresto joias pra Lea e ela me empresta outras... — Tirou um saquinho de veludo da caixinha e mostrou um par de brincos de esmeralda. — Se alguém estivesse mexendo aqui, teria levado isto. São pedras de verdade.

— Bonitos — comentou Jed depois de uma olhada rápida. Não o surpreendia que ela tivesse joias suficientes para enfeitar uma dúzia de mulheres. Dora gostava de quantidade. Também não o surpreendia que o quarto fosse tão entulhado quanto a sala de estar. Nem tão sutilmente feminino. — É uma bela cama.

— Eu gosto. É uma reprodução de uma cama Luís XV. Comprei de um hotel em São Francisco. Não pude resistir à cabeceira.

Era uma peça alta, coberta de brocado azul e levemente curva no topo. Dora havia adicionado uma colcha de cetim luxuosa e um exército de almofadas gordinhas a ela.

— Gosto de ficar acordada até tarde e ler com a lareira acesa. — Ela fechou a caixinha de joias. — Uma das coisas que me fez comprar este prédio foi o tamanho dos cômodos e o fato de eu poder ter uma lareira no quarto. É a perfeita cereja para o bolo, como diria meu pai. — Dora sorriu. — Desculpe, capitão, parece que não houve crime aqui.

Jed deveria estar aliviado. Mas não conseguia ignorar a pulga atrás da orelha.

— Por que não me dá uma lista dos objetos roubados? Nós... O Brent pode pedir para o pessoal conferir nas lojas de penhores.

— Eu já registrei o roubo.

— Me deixe ajudar. — Desta vez, Jed deixou a vontade de tocá-la controlá-lo para ver se ela se afastaria. Mas, quando passou a mão pelo braço da moça, Dora simplesmente sorriu.

Então ele estava perdoado, pensou. Simples assim.

— Está bem. Não seria inteligente da minha parte recusar a ajuda de um capitão para um simples roubo. Me deixe... — Dora tentou andar, mas Jed não se moveu com ela, nem se afastou. Tudo que a moça conseguiu foi se aproximar dele. O coração pulava no peito dela com uma emoção que não tinha nada a ver com medo. Nada mesmo. — A lista está lá embaixo.

— Acho que você deveria saber que estava certa.

— É sempre bom saber. Sobre o que eu estava certa dessa vez?

— Eu estava incomodado com o que estava acontecendo entre a gente.

— Ah. — A expressão saiu trêmula. Ela não pôde evitar. — E o que estava acontecendo entre a gente?

Os olhos dele escureceram. Dora se lembrou dos vidros de cobalto que tinha na loja.

— Eu queria você. Já estava pensando em como seria tirar a sua roupa e tocar você, sentir você embaixo de mim. Queria saber se a sua pele tinha um gosto igual ao seu cheiro.

Dora o encarou enquanto sentia o estômago dançar.

— Era isso que estava acontecendo?

— Da minha parte. A situação estava me enlouquecendo um pouco.

— E agora você já melhorou?

Ele balançou a cabeça.

— Piorei. Agora estou imaginando fazer todas essas coisas naquela cama. Se você quiser me castigar de verdade pela noite passada, só precisa dizer que não está interessada.

Dora soltou o ar que havia acumulado em seus pulmões. "Interessada" não era exatamente a palavra que teria escolhido.

— Eu acho... — Soltando uma risada fraca, ela passou ambas as mãos pelo cabelo. — Acho que vou pensar bem na proposta e dar uma resposta para você depois.

— Você sabe onde me encontrar.

— É, sei.

Ele não esperava conseguir deixá-la sem graça, mas estava gostando daquilo.

— Você quer jantar? Podemos... discutir os termos do acordo.

O tremor rápido e incontrolável que tomou seu coração fez Dora se sentir muito jovem e muito boba.

— Não posso. Tenho um encontro. Com o meu sobrinho. — Ela pegou uma escova de cabo de prata da penteadeira e a pousou de novo. — Ele está naquela fase em que detesta meninas, por isso, de vez em quando, eu o levo para ver um filme ou ao fliperama. Como numa noite entre homens.

— Você é uma menina.

— Não para o Ritchie. — Dora pegou a escova novamente, torcendo o cabo entre as mãos. — Não me incomodo de assistir os noventa minutos de Zumbis Mercenários do Inferno. Isso faz de mim um menino.

— Se você diz. — Jed lançou um olhar para as mãos nervosas da moça e sorriu. — A gente tenta marcar uma noite entre homens depois, então.

— Claro. Quem sabe amanhã?

— Acho que vou ter que conferir meus compromissos. — Gentilmente, Jed tirou a escova das mãos inquietas de Dora e a pousou na penteadeira. — Que tal pegarmos aquela lista?

Depois que haviam saído em segurança do quarto, Dora soltou um rápido suspiro aliviado. Ela com certeza pensaria no assunto — assim que pelo menos um pouco de sangue voltasse a correr em seu cérebro.

— A sua chave está lá embaixo? — perguntou Jed quando entraram no corredor.

— O que... Ah, está.

— Ótimo. — Ele fechou a tranca antes de bater a porta.

♦♦♦♦

D<small>I</small>C<small>ARLO PODERIA</small> ter apreciado a luxuosa suíte do Ritz-Carlton, a cama king size macia, o bar lindamente abastecido, o serviço de quarto excelente e a massagista que chamara.

Poderia ter apreciado tudo aquilo — se tivesse o quadro com ele.

Em vez disso, estava muito irritado.

Sem a chegada não programada do homem no segundo apartamento, DiCarlo acreditava que já estaria com o quadro — ou pelo menos saberia a localização dele.

Hesitava em ligar para Finley. Só tinha fracassos a relatar sobre o trabalho daquela noite e ainda tinha até o dia dois de janeiro. Não conseguir nada numa noite acabava com a programação dele, mas, na verdade, era apenas um atraso, não um desastre.

Mastigou outra noz e engoliu-a com a ajuda do Beaujolais que sobrara do almoço. Estava impressionado com o fato de o homem ter percebido que o apartamento havia sido vasculhado. Recostando-se no sofá, DiCarlo repassou cada passo da noite anterior. Não havia mudado nada de lugar. Resistira até a levar objetos facilmente vendáveis dos dois apartamentos. E o que havia levado da loja do primeiro andar seria considerado um simples roubo.

Como o homem suspeitara da vizinha, os planos dele não haviam mudado.

Tudo que tinha que fazer era voltar, decidiu DiCarlo. Faria exatamente o que planejara na noite anterior — exatamente. Só que, dessa vez, ele entraria sabendo que teria que matar a mulher quando terminasse.

Capítulo Treze
♦♦♦♦

A TEMPERATURA HAVIA caído para -10°C sob um impressionante céu noturno, pontuado de estrelas congeladas e cortado por uma lua fina e gélida. As lojas ao longo da rua South estavam todas bem-trancadas e havia pouco trânsito. Ocasionalmente, alguém saía de um dos restaurantes enrolado num casaco quente e corria para o carro ou o metrô. Então a rua ficava em silêncio de novo, apenas com a luz dos postes para iluminá-la.

DiCarlo viu o carro da polícia ao dar a primeira volta na quadra. As mãos apertaram o volante com mais força quando ele virou a esquina para margear o rio. Não havia contado com uma interferência exterior. Policiais normalmente tinham mais o que fazer do que vigiar um prédio por causa de uma invasão menor e de pequenos roubos.

Então talvez aquela moça estivesse transando com o chefe de polícia, pensou. Ou talvez fosse apenas azar. Seja como fosse, era apenas mais um detalhe. E mais uma razão para apagar a formosa srta. Conroy quando tivesse acabado com ela.

Para se acalmar, vagou sem destino por dez minutos, desligando o rádio e analisando várias possibilidades em sua imaginação. Quando entrou na rua South de novo, já tinha um plano formulado. Estacionou na calçada em frente ao carro de polícia. Tirou o mapa da Filadélfia do porta-luvas e saiu do carro. DiCarlo sabia que o policial veria apenas um homem bem-vestido num carro alugado, obviamente perdido.

— Algum problema, companheiro? — O policial baixou o vidro da janela. O ar dentro do carro cheirava a café e pastrami.

— Com certeza. — Fazendo seu papel, DiCarlo sorriu envergonhado. — Fiquei feliz em ver o senhor parado aqui. Não sei que entrada eu peguei errado, mas parece que estou dirigindo em círculos.

— Achei mesmo que tinha visto o senhor passar. Vamos ver se a gente consegue achar o seu caminho. Aonde o senhor quer chegar?

— Na rua 15 com a Walnut. — DiCarlo enfiou o mapa para dentro da janela. — Eu já achei onde ela está aqui. Mas encontrar a localização certa com o carro é outra história.

— Sem problema. É só entrar na rua 5 e virar à esquerda. O senhor vai dar na Walnut na altura da Independence Square. Aí é só virar à esquerda de novo. — O policial pegou uma caneta. — Vou mostrar ao senhor.

— Obrigado. — Sorrindo, DiCarlo pressionou o silenciador da pistola contra o peito do policial. Os olhos dos dois se encontraram por menos de um segundo. Dois r'uídos abafados soaram. O corpo do policial estrebuchou e caiu para a frente. Meticuloso, DiCarlo conferiu o pulso do homem. Quando não sentiu nada, abriu a porta do motorista silenciosamente com as mãos enluvadas e ajeitou o corpo de modo que o policial parecesse estar sentado. Subiu o vidro da janela, trancou a porta e andou de volta para o próprio carro.

Estava começando a entender por que seu primo Guido gostava tanto de matar.

♦♦♦♦

DORA FICOU chateada com o fato de Richie não ter aceitado o convite para dormir em sua casa. Parecia que o menino tinha uma oferta melhor, então deixara o sobrinho na casa de um amigo depois do cinema.

Agora desejava ter passado na casa de Lea e John e trazido as outras crianças. Uma festa do pijama barulhenta teria acalmado a moça. A verdade era que ela não queria ficar sozinha.

Não, corrigiu-se, a verdade complicada era que não queria ficar sozinha a alguns passos fáceis de Jed Skimmerhorn. Não importava o quanto seu inquilino tivesse sido atraente e charmoso naquela tarde.

Não podia se permitir esquecer de que era um homem capaz de surtos violentos.

Dora acreditara totalmente no pedido de desculpas e o havia aceitado. Até entendia parte do motivo. Mas isso não negava o fato de que ele era uma caixa de dinamite com um pavio muito curto. E ela não queria estar no caminho caso ele explodisse de novo.

Mas tinha que admitir que também possuía um temperamento difícil. Podia ter um pavio mais longo, mas, se comparasse o próprio poder de explosão ao dele, provavelmente os dois seriam iguais.

Talvez isso fosse exatamente o que ele precisasse, pensou. Uma mulher que pudesse enfrentá-lo, revidar, ganhar e perder. Se Jed tivesse alguém que entendesse a necessidade de chutar objetos inanimados de vez em quando, talvez isso o ajudasse a se abrir. Talvez o ajudasse a sugar o veneno das feridas que o incomodavam. Talvez...

— Pode parar, Dora — murmurou ela. — Você está entendendo isso errado. Não tem que se preocupar com o que ele precisa, mas com o que *você* precisa.

E o que ela não precisava era arranjar um amante com mais problemas do que uma peça de Eugene O'Neill. Entrou no pequeno estacionamento coberto de cascalho atrás da loja. Mesmo que ele ficasse lindo quando sorria.

O T-Bird não estava lá. Dora franziu a testa por um instante, depois balançou a cabeça. Era melhor assim, pensou. Se Jed não estivesse no apartamento, ela não cogitaria bater à porta dele e convidar um problemão para sua casa.

As botas da moça esmagaram o cascalho e bateram contra os degraus da escada dos fundos, que costumava subir correndo. Depois de digitar a senha do alarme, ela destrancou a porta e a trancou atrás de si.

Não se arriscaria nem ficaria tentando ouvir o momento em que Jed voltasse, decidiu, mas iria dormir cedo. Uma xícara de chá, a lareira acesa e aquele livro que estava tentando ler: os remédios perfeitos para uma mente inquieta. E, com um pouco de sorte, tudo aquilo também apagaria o efeito de Scream... if you dare — o filme de terror que havia assistido para agradar o sobrinho.

Dora entrou em seu apartamento e ligou as luzes da árvore de Natal. As luzinhas aconchegantes e coloridas nunca deixavam de alegrá-la. Depois de ligar o som num volume baixo, tirou as botas e o casaco. Tudo foi bem-guardado no armário da sala enquanto ela cantarolava junto com Billie Holiday.

De meias, a moça foi até a cozinha pôr a chaleira no fogo. A mão apoiada na torneira estremeceu quando ela ouviu uma tábua ranger no outro cômodo. O coração subiu até a garganta de Dora e ela ficou paralisada, com a água batendo na pia, ouvindo o som de suas batidas apressadas.

— Controle-se, Conroy — sussurrou. Imagine só, permitir que um filme bobo a deixasse com medo. Não havia um superpsicopata de dois metros de altura na sala de estar, esperando com uma faca de açougueiro. O piso estava se acomodando, era apenas isso.

Rindo de si mesma, Dora pôs a chaleira no fogão e ajustou o fogo. Andou de volta para a sala e parou.

O cômodo estava completamente escuro, como uma caverna, com apenas a escassa luz da cozinha iluminando as silhuetas dos móveis. O que, é claro, tornava a escuridão pior.

Mas ela ligara as luzes da árvore de Natal, não? É claro que tinha, garantiu a si mesma enquanto punha uma das mãos na garganta para tentar controlar o pulso agitado. O fusível? Não, não, o som ainda tocava e os dois estavam ligados à mesma tomada. Dora se acalmou lentamente, esperando que o coração voltasse ao ritmo normal. As luzinhas provavelmente haviam queimado. Balançando a cabeça para a imaginação exagerada, começou a atravessar a sala para consertá-las.

Foi quando a luz da cozinha se apagou atrás de Dora.

Ela inspirou fundo rapidamente e se forçou a soltar a respiração com um leve tremor. Os pequenos dedos escorregadios do medo acariciaram sua pele. Por um minuto inteiro Dora não se moveu e prestou atenção em cada ruído. Não ouviu nada além das batidas rápidas do próprio coração e sua respiração ofegante. Levando a mão à cabeça, riu. É claro que não era nada. Uma lâmpada havia queimado, só isso.

Ter boa imaginação é um horror, pensou. Tudo que tinha que fazer...

Uma mão tapou a boca de Dora, um braço serpenteou em torno da sua cintura. Antes que ela pudesse pensar em reagir, foi puxada para trás por um corpo rígido.

— Você não tem medo do escuro, não é, querida? — DiCarlo manteve a voz na altura de um sussurro, por motivos práticos, e para aumentar o medo de Dora. — Agora vai ficar bem paradinha e bem quietinha. Você sabe o que é isto? — Soltou Dora um pouco para passar a arma por baixo do suéter dela e subi-lo pela lateral do corpo, de Dora, até que ficasse sobre os seios dela. — É uma arma grande e malvada. Você não quer que eu use, quer?

Dora balançou a cabeça, espremendo os olhos enquanto ele acariciava a pele dela com o aço. Toda sua capacidade de pensar havia sumido.

— Muito bem. Agora vou largar você. Se gritar, te mato.

Quando o homem tirou a mão da boca de Dora, ela apertou os lábios para evitar que tremessem. Não perguntou o que ele queria. Tinha medo de já saber.

— Eu fiquei olhando você na outra noite, no seu quarto, quando estava tirando a roupa. — A respiração de DiCarlo acelerou quando ele passou a mão livre por entre as pernas da moça. — Estava usando uma lingerie preta. De renda. Eu gostei.

Ela grunhiu, virando a cabeça para o lado enquanto ele acariciava a lã da calça. Olhando. Ele havia ficado olhando, era tudo que podia pensar, enojada.

— Você vai fazer aquele striptease para mim de novo, logo depois que a gente cuidar dos negócios.

— Eu... Eu tenho dinheiro — conseguiu dizer Dora. Mantinha os dentes travados e os olhos voltados para a frente enquanto tentava distanciar a mente do que ele estava fazendo com o corpo dela. — Algumas centenas de dólares em dinheiro. Posso dar a você.

— Você vai me dar um monte de coisas. Este também fecha na frente. — DiCarlo brincou com o sutiã da moça, fazendo-a chorar. — Isso mesmo, muito bem. De que cor é? — Quando ela não respondeu, ele pressionou o cano da arma contra o coração da moça. — É melhor você responder quando eu fizer uma pergunta.

— V-vermelho.

— A calcinha também?

Uma onda de vergonha tomou a pele suada de Dora.

— É, é, é vermelha.

— Você é muito sexy. — Ele riu, percebendo que estava incrivelmente excitado com o tremor da moça, que pedia que ele parasse. Era um bônus que não esperava. — A gente vai se divertir, meu amor, e ninguém vai se machucar. Contanto que você me dê o que eu quero. Diga que entendeu.

— É.

— É o quê?

Ela mordeu o lábio, disfarçando o medo.

— É, eu entendi.

— Ótimo. Muito bem. Primeiro, quero que me diga onde está. Aí a gente vai começar a festa.

Lágrimas brilhavam nos olhos de Dora, queimando-os. Pensou que havia ficado assustada na noite anterior com Jed. Mas aquilo não era nada, nada comparado ao horror frio que a tomava agora.

E não estava fazendo nada a não ser chorar, tremer e esperar ser uma vítima. Forçou o queixo trêmulo a se firmar. Não era indefesa

— não podia ser indefesa. Ele ia estuprá-la, mas ela não deixaria que fosse fácil.

— Eu não sei do que você está falando. — Não tinha que fingir os tremores e esperava que o homem pensasse que ela estava completamente paralisada quando se encolheu contra ele. — Por favor, por favor, não me machuque. Eu dou qualquer coisa se você não me machucar.

— Não quero ter que machucar você.

Caramba, ele estava duro como ferro. Sempre que deslizava a arma sobre a pele da moça, ela tremia e o sangue de DiCarlo borbulhava. Aquele bando de palhaços que chamavam o estupro de "crime de ódio" estava falando um monte de merda, percebeu. A questão era o poder. Só o poder.

— Se você cooperar, a gente vai se dar bem. — Ele deslizou o cano da arma pelo fecho frontal do sutiã de Dora, passando-o lentamente para cima e para baixo pelo vale entre os seios da moça. — Escute, já vasculhei tudo e não achei. Diga onde o quadro está e eu guardo a arma.

— O quadro? — A cabeça frenética girou. Coopere, dissera ele, e ele guardaria a arma. Então ela iria cooperar. Mas não estaria indefesa. — Eu dou o quadro a você, qualquer quadro que quiser. Por favor, guarde a arma. Não consigo pensar com tanto medo assim...

— Está bem, meu amor. — DiCarlo mordeu o lóbulo da orelha de Dora e baixou a arma. — Está se sentindo melhor?

— Estou.

— Você não disse "obrigada" — afirmou ele, antes de provocá-la, trazendo a arma de volta para o peito da moça.

Dora fechou os olhos.

— Estou, obrigada.

Satisfeito por perceber que a moça reconhecia que ele estava controlando a situação, DiCarlo baixou a arma de novo.

— Melhor assim. Agora me diga onde está e eu não vou machucar você.

— Está bem. — Ela fechou a mão direita. — Vou dizer.

Usando a força dos dois braços, Dora enfiou os cotovelos na barriga de DiCarlo. Ele grunhiu de dor e tropeçou para trás. Ela ouviu um barulho alto atrás de si enquanto corria para a porta.

Mas tinha as pernas dormentes de medo. Tropeçou no corredor, quase perdendo o equilíbrio. Havia chegado à porta dos fundos e remexia na tranca quando DiCarlo a alcançou. Dora gritou e, pensando apenas na própria sobrevivência, se virou para arranhar o rosto do homem que a atacava.

Soltando um palavrão, DiCarlo agarrou a garganta de Dora com o braço.

— Agora eu não vou poder ser tão bonzinho, não é? — Propositadamente, ele a sufocou e começou a puxá-la de volta para o apartamento escuro.

Os dois ouviram passos martelando a escada dos fundos. Num movimento desesperado, DiCarlo destruiu a luminária do corredor e esperou nas sombras.

Jed entrou abaixado, com a arma na mão.

— Jogue isso no chão — sibilou DiCarlo, puxando o braço para sufocar Dora novamente. — Tenho uma arma nas costas dela. Faça um movimento errado e essa mocinha aqui não vai mais ter coluna.

Jed não podia ver a arma, mas viu o contorno pálido do rosto de Dora e a ouvir lutar, desesperada, para respirar.

— Calma. — Com os olhos fixos em DiCarlo, ele se agachou e pôs a arma no chão. — Ela não vai ser um bom escudo se você sufocar a coitada.

— Fique de pé com as mãos atrás da cabeça. Chute a arma para cá.

Jed se levantou e uniu os dedos na nuca. Sabia que Dora tinha os olhos nele, mas não olhou para ela.

— Onde você acha que vai chegar?

— Onde eu quiser. Chute a arma para cá.

Jed deu um empurrão leve, fazendo a arma ficar no meio do caminho entre ele e Dora, sabendo que o homem que a segurava teria que se aproximar se quisesse pegá-la. Ele chegaria perto o bastante e os dois teriam uma chance.

— Desculpe — afirmou. — Parece que meu chute bateu na trave.

— Para trás. Encoste na parede, porra. — DiCarlo começava a suar. As coisas não estavam saindo como deveriam. Mas ele tinha a mulher. E, se tinha a mulher, conseguiria o quadro de Finley.

Mudando de posição, DiCarlo começou a andar de lado pelo corredor na direção da porta aberta, com Dora entre ele e Jed. Quando se abaixou para pegar a arma do inquilino, baixou a moça com ele. O movimento o fez soltar a garganta de Dora.

Enquanto Jed preparava o ataque, ela respirou fundo.

— Ele não tem arma nenhuma! — gritou, jogando o corpo para trás.

O pé da moça bateu no .38 e o fez deslizar pelo chão. Jed arrastou-a para o lado e se preparou para o ataque de DiCarlo. Mas, em vez de atacar, DiCarlo fugiu.

Jed o segurou na altura da porta. Os dois voaram por ela juntos, numa mistura violenta de braços, pernas e palavrões. Soltando o barulho de um tiro, o corrimão se quebrou em duas peças pontiagudas, sem poder aguentar o peso. Quando ambos caíram no chão, Dora já corria pela porta e descia as escadas em busca da arma.

Um soco atingiu os rins de Jed. Outro, a base do estômago dele. O ex-policial enfiou o punho fechado no rosto do homem que o atacava e teve a satisfação de ver sangue jorrar.

— Eu não consigo achar! — gritou Dora.

— Saia daqui! — Jed bloqueou o pé que DiCarlo lançava contra sua cabeça e derrubou o oponente de costas.

Em vez de fugir, Dora soltou um grito indignado quando DiCarlo pegou parte da balaustrada quebrada e deu um golpe que passou a centímetros do rosto de Jed. Com os dentes à mostra, ela deu três passos largos e pulou nas costas de DiCarlo.

Dora mordeu o pescoço do homem com força, tirando sangue antes que ele a jogasse longe.

A dor explodiu na cabeça da moça quando ela bateu na ponta de um degrau. Dora se ergueu e conseguiu ficar de pé novamente. Mas sua visão se duplicou, triplicou e escureceu completamente enquanto ela caía no chão.

♦♦♦♦

Quando abriu os olhos de novo, tudo entrava e saía de foco. E doía. Dora deixou os olhos fechados e tentou voltar ao vazio.

— Não, de jeito nenhum. Por favor, linda, abra os olhos. — Jed bateu na bochecha de Dora com as costas da mão até o incômodo fazê-la gemer e voltar a abrir os olhos.

— Pare com isso. — Ela empurrou a mão do inquilino para o lado e procurou se sentar. Todo o cômodo rodou como um carrossel.

— Devagar. — Com muito medo de que os olhos da moça fossem girar para dentro da cabeça novamente, Jed a empurrou levemente, voltando a deitá-la. — Tente se manter acordada, mas na horizontal.

— Minha cabeça. — Dora pôs a mão, desconfiada, na nuca e sibilou ao sentir a dor. — Quem bateu em mim?

— Você bateu sozinha. Agora relaxe. Quantos dedos tem aqui? — Jed pôs a mão em frente ao rosto de Dora.

— Dois. Estamos brincando de médico?

Apesar de estar preocupado com uma possível concussão, a visão e a fala da moça estavam claras.

— Acho que você está bem. — A onda de alívio foi instantaneamente dominada pelo mau humor. — Não que mereça estar depois daquele ataque ridículo. O que achou que estava fazendo, Conroy? Brincando de cavalinho?

— Eu estava tentando ajudar. — Tudo voltou de uma vez só, rápido demais, claro demais. Os dedos dela agarraram os dele, lembrando a Jed que ainda segurava a mão de Dora. — Cadê o cara? — Dessa vez, apesar da pontada de dor, a moça se ergueu. — Ele fugiu?

— É, ele fugiu. Droga. Eu teria pegado o idiota se você...

Os olhos dela se estreitaram, desafiando Jed.

— Se eu o quê?

— Você caiu igual a um saco de batatas. Achei que estivesse errada sobre a arma. — A lembrança fez uma onda veloz de náusea tomar Jed. — A possibilidade de aquele cara atirar em você me deixou sem ação. No fim das contas, a única coisa que você fez foi bater essa sua cabeça dura.

— Bem, e então por que você não foi atrás dele? — Dora tentou se mover e percebeu que estava enrolada numa colcha de crochê como uma mariposa no casulo.

— É, acho que eu poderia ter deixado você lá fora, inconsciente, congelando, sangrando...

— Sangrando? — Com cuidado, ela voltou a pôr a mão na cabeça. — Estou sangrando?

— Não perdeu muito sangue. — Mas Jed já havia começado a entrar no modo profissional. — Quer me dizer o que foi aquilo? Imagino que não tenha sido outro encontro que deu errado.

Dora o encarou, depois olhou para outro lado.

— Será que a gente não deveria chamar a polícia?

— Já chamei. O Brent está vindo.

— Ah. — Ela olhou ao seu redor. — Ele tinha uma arma antes. Não sei o que aconteceu com ela.

— Estava embaixo da mesa. Já peguei.

O sorriso dela foi fraco e não durou muito tempo.

— Você se manteve ocupado.

— Você demorou um bom tempo para recuperar a consciência. Mais alguns minutos e eu teria chamado a ambulância.

— Que sorte a minha...

— Pare de enrolar. — Jed se sentou ao lado de Dora e pegou a mão da moça de novo. A gentileza era demais para que ela recusasse o contato. — Me conte o que aconteceu. Exatamente o que aconteceu.

— Você estava certo sobre alguém ter entrado aqui ontem. Parece que ele esteve aqui também. Não notei nada fora do lugar nem nada roubado, mas ele disse que me viu tirar a roupa. — Dora hesitou. — E, como descreveu a lingerie que eu estava usando, tenho que acreditar.

Jed reconheceu os sinais, a humilhação passando pelo medo, a vergonha brigando com a raiva.

— Dora, posso pedir para o Brent chamar uma policial, se for mais fácil para você.

— Não. — Ela respirou fundo. — Ele devia estar escondido em algum lugar. Talvez de novo no quarto. Entrei direto na cozinha para fazer chá... Deixei a água no fogo.

— Já cuidei disso.

— Que bom. Eu gosto daquela chaleira. — Dora começou a brincar com a franja da colcha. — Enfim, quando entrei aqui de novo, as luzes da árvore estavam apagadas. Tinha acabado de ligar tudo, então achei que o plugue havia saído da tomada ou qualquer coisa assim. Comecei a andar até ela para consertar e a luz da cozinha apagou. Ele me agarrou por trás. — A voz de Dora estremeceu. Ela pigarreou. — Eu teria lutado. Prefiro pensar que teria lutado, mas ele pôs a arma embaixo do meu suéter e começou a, hum, começou a esfregar o troço em mim. — A moça soltou uma risada fraca. — Pelo jeito, alguns caras realmente consideram que uma arma é um símbolo fálico.

— Venha aqui. — Jed a abraçou com força, apoiando a cabeça dolorida de Dora em seu ombro. Enquanto a raiva o consumia, ele fazia carinho no cabelo dela. — Está tudo bem agora.

— Eu sabia que ele ia me estuprar. — Ela fechou os olhos e se encolheu. — Fiz um curso de defesa pessoal no ano passado, mas não conseguia me lembrar de nada. Era como se uma camada de gelo tivesse coberto meu cérebro e eu não conseguisse passar por ela. Ele não parava de dizer que a gente ia se divertir, e eu fiquei com tanta raiva... Ficava babando no meu pescoço e me dizendo que eu só tinha que ser boazinha, só tinha que cooperar. Fiquei muito irritada porque ele achou que eu não ia fazer nada para me proteger. Acho que, no fim das contas, consegui passar pelo gelo porque enfiei o cotovelo na barriga dele e corri. Foi aí que você chegou.

— Está bem. — Jed não queria pensar no que teria acontecido se ele não tivesse voltado. — Você conhecia aquele cara?

— Acho que não. Não reconheci a voz dele. Estava escuro demais aqui e ele estava atrás de mim. Acho que dei uma boa olhada nele lá fora, mas não me pareceu conhecido. — Dora soltou um suspiro aliviado. — O corrimão que você acabou de fazer ficou destruído.

— Vou ter que consertar de novo. Você tem aspirina?

— No armarinho do espelho do banheiro. — Dora sorriu quando sentiu os lábios de Jed passarem pela têmpora dela. Aquilo também ajudava. — Me dê umas duas dúzias, está bem?

Mais calma, ela se recostou no sofá quando ele se levantou. A toalha emaranhada na mesa de centro chamou a atenção da moça. Era uma toalha de mesa bordada à mão, com uma faixa de cetim na barra. E estava suja de sangue.

— Droga, Skimmerhorn, você tinha que pegar minhas toalhas boas? — Enojada, ela se abaixou para pegá-la. — E está molhada também! Você sabe o que um tecido molhado faz com a madeira?

— Eu não estava pensando nos móveis. — Ele remexia no armário de remédios. — Não estou encontrando a aspirina.

— Pode deixar. — Ela ficou feliz em poder se levantar e andar sozinha até ver o próprio reflexo no espelho do armário, acima da pia do banheiro. — Ai, meu Deus...

— Está tonta? — Atento a sinais de desmaio, Jed pegou os braços de Dora, preparado para pegá-la no colo.

— Não, ridícula. A única maquiagem que ainda tenho no rosto está esparramada embaixo dos meus olhos. Pareço uma integrante da família Adams. — Estendendo o braço, ela pegou um pequeno frasco azul da última prateleira. — Aspirina.

— Por que não está na embalagem certa?

— Porque embalagens de aspirina são horríveis e ofendem minha noção impecável de estilo. — Dora pegou quatro cápsulas e entregou o frasco a Jed.

— Como você sabe que não são anti-histamínicos?

— Porque eles ficam no frasco âmbar e as aspirinas no azul. — Ela pôs água numa xícara de porcelana e engoliu as pílulas num só gole. Levou um susto ao ouvir a batida na porta. A mãe de todas as dores de cabeça estava se instalando embaixo de seu crânio. — É a cavalaria?

— Imagino que sim. Fique aqui.

Dora observou Jed, os olhos se arregalando quando viu a arma presa na parte de trás da calça dele. Ele a sacou e ficou parado ao lado da porta.

— Quem é?

— É o Brent.

— Finalmente! — Jed abriu a porta com força e uma porção da raiva acumulada foi descontada no antigo parceiro: — Que tipo de policial anda servindo a cidade hoje em dia para deixar um estuprador armado passar por ele e entrar num prédio trancado?

— O Trainor era um bom homem. — A boca de Brent estava rígida e amarga. Olhou por cima do ombro de Jed para a porta do banheiro, onde Dora estava. — Ela está bem?

— Não graças à polícia da Filadélfia. Se eu... — Jed se interrompeu quando o olhar de Brent finalmente penetrou pela raiva. — Era?

— Morto. Dois tiros no peito, de perto. Tão perto que tinha queimaduras na camisa dele.

Os passos de Dora se tornaram mais lentos quando ela viu o olhar que os dois trocavam.

— O que foi? O que mais aconteceu?

— Eu pedi ao Brent para colocar alguém de vigia no prédio para o caso de o invasor voltar. — Jed pegou um cigarro. — Ele voltou. — Acendeu um fósforo. — E o policial morreu.

— Morreu? — A cor que havia voltado ao rosto da moça sumiu.

— Quero que você se sente — pediu Jed, direto. — E conte tudo pra gente de novo, passo a passo.

— Como ele morreu? — Mas Dora já sabia. — Levou um tiro, não foi?

— Sente-se, Dora.

Brent tentou pegar o braço da moça, mas ela o afastou e deu um passo para trás.

— Ele era casado?

— Isso não é...

— Não me diga que isso não é da minha conta. — Dora bateu com a palma da mão no peito de Jed antes que o ex-policial pudesse terminar a frase. — Um homem estava lá fora, tentando me proteger. Agora ele está morto. Eu quero saber se tinha família.

— Tinha uma mulher — respondeu Brent, baixinho, enquanto a culpa o consumia com pequenos dentes afiados. — E dois filhos que estudam no ensino médio.

Abraçando o próprio corpo, ela se virou.

— Dora. — Jed estendeu a mão para tocar na moça, mas a deixou cair de novo. — Quando um homem ou uma mulher entra para a polícia, sabe quais são os riscos.

— Cale a boca, Skimmerhorn. Só cale a boca. Vou fazer café. — Ela puxou o cabelo desgrenhado para trás. — Vamos repassar tudo de novo.

Mais tarde, os três estavam sentados à mesa de jantar de Dora, revisando o depoimento dela.

— É estranho ele ter voltado... Pelo menos três vezes, pelo que entendi. — Brent conferiu as anotações. — E ter matado um policial para entrar aqui. Isso não é o comportamento padrão de um estuprador.

— Eu não saberia dizer. Quanto mais medo eu parecia sentir, mais ele gostava. — Dora recitou as frases como se estivesse ensaiando para uma peça. — Deu para notar que estava excitado, que não queria que acontecesse muito rápido. Porque ele não parava de falar. Dizia... — Ela abriu os olhos. — Esqueci de uma coisa. Ele falou alguma coisa sobre um quadro.

— Ele queria quadros? — perguntou Brent.

— Eu... Não. Não, não acho que fosse isso. Ele queria um quadro específico, queria que eu dissesse onde estava. Eu não estava prestando muita atenção porque sabia que tinha que fazer alguma coisa ou ele ia me estuprar.

— Que tipo de quadros você tem?

— De todo tipo, eu acho. Tenho pinturas, pôsteres e quadros de fotos, com lembranças de férias e festas de aniversários... Ninguém se interessaria por nada disso.

— Quais foram as últimas fotos que você emoldurou? E quando foi a última vez que você tirou fotos? — perguntou Jed. — E eram de quê?

— Tirei algumas no Natal, na casa da Lea. Mas não mandei revelar nenhuma... — Dora passou a mão pelo cabelo, segurando-o para trás antes de soltá-lo. — Cara, não sei. Faz semanas, talvez meses.

— Eu gostaria de levar esse filme para revelar, se não se importar. — Brent sorriu. — Não custa conferir.

— Vou pegar.

— Não faz sentido — afirmou Jed quando a moça saiu da sala. — Um cara não mata um policial e atravessa a rua para estuprar uma mulher para pegar os quadros de fotos dela.

— A gente tem que começar de algum lugar. Ele queria um quadro, vamos olhar os que ela tem. Talvez ela tenha tirado alguma foto que não devia.

— Talvez. — Mas Jed não conseguia fazer aquela peça se encaixar no quebra-cabeça.

— Você conseguiu ver o cara o suficiente para fazer um retrato falado?

— Ele tinha 1,82 m e uns 77 quilos. Olhos pretos, cabelo preto, corpo atlético. Usava um casaco cinza de caxemira e um terno preto ou de risca de giz com uma gravata vermelha. É estranho um cara usar terno e gravata para estuprar alguém.

— É um mundo estranho.

— O filme está aqui. — Dora pôs a caixinha na mesa. — Sobraram algumas fotos, mas acho que não vou usar.

— Obrigado. — Brent o pôs no bolso. — Gostaria que você e o Jed fossem trabalhar com o Identi-Kit. É um brinquedinho que temos para fazer retratos falados.

— Claro. — O show tem que continuar, pensou ela de forma triste. — Vou pegar meu casaco.

— Hoje, não. — Brent ajeitou os óculos e se levantou. — Você precisa descansar. Vai estar com a cabeça mais tranquila amanhã. Se lembrar de mais alguma coisa, me ligue. Não importa o horário.

— Vou ligar. Obrigada.

Quando os dois voltaram a ficar sozinhos, Dora empilhou as xícaras e pratos. Era difícil olhar nos olhos de Jed.

— Ainda não consegui agradecer a você.

— De nada. — Ele pôs as mãos sobre as dela. — Deixe isso aí. Eu deveria levar você ao hospital. Deixar que o pessoal examine essa sua cabeça dura.

— Não quero um bando de médicos me cutucando. — Dora apertou os lábios para evitar que a voz estremecesse. — Não quero ninguém me cutucando. A aspirina está tirando o pior da dor de cabeça.

— Mas ela não vai resolver se for uma concussão.

— Nada vai resolver. — Dora virou as mãos sob as dele e as uniu, num pedido. — Não me force a fazer isso, está bem?

— Quem está forçando? — Ele tirou as mãos das dela para empurrar a cabeça de Dora levemente para trás e examinar seus olhos. O que viu foi apenas cansaço. — Vá dormir.

— Não estou cansada. Esse café todo vai me manter acordada por... Eu quase trouxe o Richie para casa comigo hoje. — A lembrança embrulhou o estômago da moça. — Se ele... — Era uma linha de pensamento que Dora não podia seguir. — Minha casa deveria ser segura.

— Vai ser. — Gentilmente, Jed pôs as mãos nos ombros de Dora e massageou os músculos retesados. — Da próxima vez que eu sair para comprar cigarros e leite, vou levar você comigo.

— Foi isso que foi fazer? — Como estava com uma vontade exagerada de se apoiar em Jed, ela pegou as xícaras e as levou até a cozinha. — Não vi as sacolas.

— Deixei tudo no carro quando ouvi você gritar.

As xícaras bateram umas contra as outras quando ela as deixou no balcão.

— Foi uma boa ideia. Você sempre leva sua arma para o mercado?

— O leite é um assalto nessas lojas de conveniência.

Jed tocou no cabelo de Dora quando ela conseguiu soltar uma risada abafada.

— Não se preocupe, não vou desmoronar.

— Não estou preocupado. — Mas ele deixou uma mão gentil no cabelo dela. — Você quer que eu ligue para sua irmã? Para seu pai ou sua mãe?

— Não. — Dora tampou o ralo da pia e ligou a torneira. — Vou ter que contar alguma coisa para eles amanhã e isso já vai ser ruim o suficiente.

Ela não estava mexendo com a louça por estar preocupada com a limpeza, ele sabia, mas porque estava atrasando o momento de ficar sozinha de novo. Pelo menos aquilo Jed podia resolver.

— Quer saber? Que tal eu dormir no seu sofá hoje? Prometo que não vou deixar sua pia do banheiro suja quando fizer a barba amanhã.

Com um suspiro indulgente, Dora desligou a torneira e se virou para enterrar o rosto no peito de Jed.

— Obrigada.

Ele hesitou e pôs os braços em volta dela.

— Não me agradeça ainda. Eu posso roncar.

— Prefiro correr o risco. — Dora esfregou a bochecha contra a de Jed. — Eu diria que você pode dormir comigo, mas...

— O momento é péssimo — terminou ele.

— É. O pior possível. — Ela se soltou. — Vou pegar um travesseiro para você.

Capítulo Catorze
♦♦♦♦

ELA ESTAVA linda. Muito linda. Jed não havia passado muito tempo observando mulheres dormirem — e, com certeza, nunca quando não haviam dividido a cama com ele —, mas nenhuma era mais bonita do que Dora de manhã.

A moça dormia esparramada, de bruços. O cabelo, bagunçado, tinha sido puxado para trás, deixando o rosto sem sua moldura habitual, com exceção da franja. Estava incrivelmente atraente.

Jed pensara que a achava bonita por causa dos enormes olhos negros e da maneira como eles dominavam o rosto expressivo. Mas agora os olhos estavam fechados, o rosto, tranquilo.

E ela ainda estava linda.

Talvez fosse a pele da moça. A pele de Dora era igual a seda, uma seda muito branca com um leve tom de rosa.

Jed se sacudiu, envergonhado e impressionado com os próprios pensamentos. Quando um homem começava a elaborar metáforas sobre a pele de uma mulher, estava perdido.

Ele andou até ela, pôs a xícara na mesa de cabeceira e se sentou na ponta da cama.

Podia sentir o cheiro de Dora — aquele aroma sensual e descuidado que sempre fazia sua boca secar. Tem outro problema, decidiu ele, quando um homem cai na armadilha óbvia do perfume.

— Isadora. — Jed tocou no ombro da moça por sobre a colcha grossa e a sacudiu levemente, como havia feito a cada duas horas durante a noite para ter certeza de que estava lúcida.

Ela fez um som — algo entre um resmungo irritado e um gemido manhoso — e se virou. O movimento puxou a colcha para debaixo de seus ombros. Com cuidado, Jed estudou a camisola de flanela que Dora escolhera. Parecia grossa como uma armadura e era de um azul impressionante. Jed viu dois pequenos apliques cor-de-rosa que se pareciam com orelhas de porco. Curioso, ergueu a colcha. Claro que o rosto gordinho de um porco sorriu para ele.

Jed imaginou que Dora havia escolhido a camisola porque seria quente e nem um pouco sensual.

Ela só estava certa em parte, decidiu, deixando a colcha cair.

— Isadora. — Jed sacudiu o ombro da moça de novo, depois o segurou para evitar que ela se virasse. — Izzy — sussurrou perto do ouvido dela. — Acorde.

— Vá embora, pai.

Sorrindo, Jed se aproximou e deu uma leve mordida no lóbulo da orelha de Dora. Aquilo a fez arregalar os olhos. E criou uma bola de calor no meio do corpo dela.

A moça piscou, tentando se concentrar, mas, antes que pudesse entender o que estava acontecendo, descobriu que sua boca havia sido capturada. Zonza, ela ergueu uma das mãos até o ombro de Jed. Os dedos se fincaram na carne dele enquanto a bola de fogo entrava em erupção.

— Está acordada agora? — murmurou Jed, satisfazendo a própria vontade e dando uma leve mordida no lábio inferior dela.

— Estou. Completamente. — Dora pigarreou, mas sua voz se manteve rouca de sono.

— Quem sou eu?

— O Kevin Costner. — Ela sorriu e se espreguiçou. — É só uma fantasia inocente, Skimmerhorn.

— Ele não é casado?

— Nas minhas fantasias, não.

Um pouco irritado, Jed afastou o corpo dela.

— Quantos dedos tem aqui?

— Três. Achei que ontem a gente já tivesse confirmado que eu estava bem.

— Estamos confirmando de novo hoje de manhã. — Os olhos de Dora estavam pesados. Era muito sexy, notou Jed. Mas as pupilas estavam normais. — Como está a sua cabeça?

Ela ficou parada, deitada, por um minuto, conferindo. Além dos arrepios, sentia dor. Em muitos lugares.

— Está doendo. Meu ombro também está.

— Tome isto aqui.

Dora olhou para as aspirinas na mão dele.

— Duas? Skimmerhorn, eu tomo duas quando quebro a unha.

— Não seja chata. — Jed sabia que seria o suficiente.

Ela fez uma careta, pegou as pílulas e a xícara de café que ele ofereceu.

A irritação se tornou surpresa no primeiro gole.

— O café está muito bom. É quase tão bom quanto o meu.

— É o seu. Pelo menos os seus grãos. Vi você fazendo café uma vez.

— É um bom observador. — Querendo aproveitar o momento, ela pôs um travesseiro nas costas e se aconchegou sobre ele. — Você dormiu bem no sofá?

— Não, mas dormi. Usei seu chuveiro. Você não tem nenhum sabonete que não seja em forma de flores nem cisnes?

— Eu tinha uns cavalos-marinhos, mas acabaram. — Dora se inclinou para a frente e o cheirou enquanto brincava com o cabelo louro-escuro enrolado e úmido sobre o colarinho da camisa. — Hummmm. Gardênia.

Jed cobriu o rosto dela com uma das mãos e a empurrou levemente para trás.

— Vamos fazer uma coisa — ofereceu a moça. — Da próxima vez que for fazer compras, vou ver se consigo encontrar algum sabonete em forma de haltere. Com aquele aroma masculino atraente de meias suadas. — Segurando a xícara com as duas mãos, ela tomou outro gole e suspirou. — Não me lembro da última vez que me trouxeram café na cama.

Sorrindo, Dora inclinou a cabeça e estudou Jed. Com o cabelo molhado, o queixo sombreado pela barba malfeita e os olhos quase tão irritados quanto lindos, era uma imagem muito atraente.

— É difícil entender você, Skimmerhorn. Você deve saber que não precisava fazer muito esforço para dormir comigo aqui ontem. Sabia exatamente que botões apertar, mas não apertou.

— Você estava machucada e cansada. — Mas ele havia pensado naquilo. Nossa, como havia pensado naquilo. — Não sou um animal.

— Ah, é sim. Você é um enorme animal inquieto e mal-humorado. E isso faz parte do seu charme. — Dora passou os dedos pelo rosto que Jed não se preocupara em barbear. — Todos esses músculos fortes e essa cara de mau. Tem alguma coisa de irresistível no fato de eu saber que você tem uma capacidade igual de fazer o bem e o mal. Eu sempre tive uma queda por bad boys de coração mole.

Jed pegou a mão que Dora tinha posto em seu rosto e pensou em afastá-la. Mas ela uniu os dedos aos dele e se ergueu para beijá-lo. Era um beijo muito suave, muito doce, que fez todos os músculos de seu corpo pulsarem.

— Você está se arriscando, Dora.

— Eu acho que não.

Ele podia ter provado que ela estava errada. Teria feito isso se não pudesse ver a dor de cabeça tão clara nos olhos da moça. Podia tê-la empurrado de volta para a cama e purgado aquela necessidade selvagem que ela provocava nele.

Mas não fez nada porque não havia modo de conseguir o que queria sem machucá-la.

— Escute aqui. — Jed falou com cuidado, olhando nos olhos de Dora. — Você não me conhece. Não sabe do que sou capaz nem do que não sou. A única coisa de que pode ter certeza é que eu quero você e, quando souber que está 100%, vou ter você. Não vou pedir.

— Você não precisa porque eu já disse que quero.

— E não vou ser gentil. — Jed olhou para baixo, para as mãos unidas dos dois, e soltou as dela propositadamente. — Não vou me importar nem um pouco se você se arrepender depois.

— Quando eu faço uma escolha, não fico fazendo joguinhos. E também sei que você está avisando a si mesmo, não a mim.

O ex-policial deixou as mãos caírem e se levantou.

— Temos que resolver outras coisas hoje. O que vai fazer com a loja?

— Não vamos abrir hoje.

— Ótimo. Temos que ir até a delegacia. Vá se arrumar e eu vou fazer o café da manhã.

— Você sabe fazer isso?

— Sei colocar leite frio em cereais.

— Que delícia...

Ela jogou a colcha para o lado enquanto ele andava até a porta.

— Ah, Conroy — disse Jed por sobre o ombro. — Gostei do seu porco.

♦ ♦ ♦ ♦

Enquanto Jed e Dora compartilhavam uma caixa de cereais, DiCarlo andava de um lado para outro em seu apartamento em Nova York. Não havia dormido. Tomara metade de uma garrafa de uísque durante a longa noite, mas os efeitos do álcool não haviam aliviado a mente agitada nem lhe dado paz.

Não podia voltar à Filadélfia. O policial morto já era um problema, mas deixara duas testemunhas para trás. Duas pessoas que com certeza haviam visto o rosto dele o bastante para identificá-lo.

Os caras me pegaram, pensou DiCarlo, amargo, servindo-se de outro copo. E iriam ligá-lo ao policial morto. Se havia uma coisa que DiCarlo sabia sobre policiais era que nunca descansavam até pegar qualquer um que matasse um deles.

Então ele não só não podia voltar, mas precisava sumir, pelo menos até o clima melhorar. Por alguns meses, concluiu. Seis no máximo. Isso não seria um problema. Tinha muitos contatos, muito dinheiro líquido. Podia passar um belo inverno quente no México, tomando margaritas. Quando a polícia parasse de correr atrás do próprio rabo, ele voltaria.

O único problema era Edmund J. Finley.

DiCarlo estudou as mercadorias que empilhara contra a parede ao lado da árvore de Natal. Pareciam presentes tristes e esquecidos, desembrulhados e desprezados.

Os suportes de livros, o papagaio, a águia, a Estátua da Liberdade, o cachorro de porcelana. Contando com a estatueta que já havia entregado, eram seis de sete. Qualquer pessoa consideraria isso um sucesso, menos Finley.

Era apenas a droga de um quadro, pensou. Deus sabia que ele havia tentado. Estava com o olho roxo, o lábio cortado e as costas doloridas. O casaco de caxemira ficara arruinado.

Tinha feito mais do que devia para corrigir um erro que não havia sido dele. Assim que tivesse tempo, ia fazer Opal Johnson pagar por aquilo. E caro.

Enquanto isso, tinha que descobrir a melhor maneira de falar com Finley. Afinal, ele era um homem de negócios e sabia que era preciso aceitar perdas assim como se aceita lucros. Então iria falar com Finley daquela maneira. De homem de negócios para homem de negócios. E não faria mal se deixasse Finley de bom humor primeiro, apresentando pessoalmente os cinco objetos recuperados, e se depois buscasse a pena e a admiração dele ao explicitar os detalhes da busca.

Ele também explicaria sobre o policial. É claro que um homem como Finley entenderia o grande risco pessoal que DiCarlo havia corrido ao matar um tira.

Não era o suficiente, admitiu, pegando a bolsa de gelo para pressionar contra a maçã do rosto ferida. Foi até o espelho do hall para se examinar. Era ótimo que estivesse ocupado demais para celebrar o Ano-Novo. Não podia se misturar a uma multidão de pessoas, já que seu rosto parecia ter sido passado num moedor de carne.

Ia se vingar daquela Conroy e do homem do outro lado do corredor. Levaria tempo. DiCarlo apertou levemente a lateral do olho inchado e se encolheu. Ele sabia ser paciente. Seis meses, um ano. Os dois teriam esquecido até lá. Mas ele não teria esquecido.

DiCarlo não faria mais planos para matá-la de maneira piedosa. Com certeza, não. Seria uma vingança executada lenta e prazerosamente.

A ideia o fez sorrir e soltar um palavrão quando o movimento abriu o lábio ferido. DiCarlo conteve o sangramento com as costas da mão e se virou, afastando-se do espelho. Ela iria pagar por aquilo, não havia dúvidas. Mas ele tinha que falar com Finley primeiro.

Sabia que podia fugir da polícia, mas não tinha certeza de que escaparia do chefe. Usaria a lógica, a praticidade e elogios. E... DiCarlo pressionou a bolsa de gelo contra a boca, sorrindo apenas com os olhos. Boa-fé. Ele ofereceria outra pessoa para terminar o trabalho, às suas custas.

É claro que aquela oferta apelaria para o tino que Finley possuía para os negócios. E para a ganância dele.

Satisfeito, DiCarlo foi até o telefone. Quanto mais cedo encerrasse o assunto na Califórnia, mais cedo podia ir à praia no México.

— Quero reservar um lugar num voo de Nova York para Los Angeles, primeira classe. O primeiro voo disponível. Só às 18h15? — Ele tamborilou os dedos na mesa, calculando. — Tudo bem, está ótimo. Não, só de ida. Quero reservar outro voo de Los Angeles para Cancun no dia primeiro de janeiro. — Abrindo uma gaveta da mesa, pegou o passaporte. — É, tenho certeza de que o tempo vai estar bem melhor.

♦♦♦♦

— Acho que o rosto dele era mais comprido. — Dora observou a imagem gerada por computador se alterar, respondendo à digitação rápida do operador. — É, isso aí. E mais fino também. — Sem ter certeza, Dora balançou a cabeça e olhou para Jed. — Ele tinha sobrancelhas mais grossas? Acho que estou fazendo o cara ficar parecido com o Al Pacino.

— Você está indo bem. Termine de passar suas impressões, depois vamos acrescentar as minhas.

— Está bem. — Ela fechou os olhos e deixou a imagem sombria voltar, mas uma onda de pânico a tomou e Dora reabriu os olhos. — Olhei muito rápido. Ele... — Pegou a água gelada que havia pedido. — Acho que tinha mais cabelo do que isso. E talvez fosse um pouco encaracolado.

— Está bem. — O operador experimentou um estilo de cabelo diferente. — Que tal?

— É mais parecido. E talvez os olhos fossem mais pesados. Sabe, com as pálpebras maiores.

— Assim?

— É, eu acho... — Ela soltou um suspiro. — Não sei.

Jed foi para trás da cadeira de Dora, pôs as mãos nos ombros da moça e automaticamente começou a massagear os pontos de tensão.

— Afine os lábios e o nariz — pediu. — Os olhos eram mais fundos. Isso mesmo. Ela estava certa sobre as sobrancelhas, eram mais grossas. Mais. Deixe o queixo mais reto.

— Como você faz isso? — sussurrou Dora.

— Consegui ver o cara melhor do que você. É só isso.

Não, não era nada daquilo, pensou Dora. Nada daquilo mesmo. Ele vira o que ela vira, mas Jed tinha absorvido, guardado e mantido a informação. Agora a moça via a imagem do criminoso que a atacara se formar no monitor.

— Agora escureça a pele — sugeriu Jed, estreitando os olhos e se concentrando. — Bingo.

— É ele. — Assustada, Dora ergueu a mão para colocá-la sobre a de Jed. — É ele. Isso é incrível.

Como um pai orgulhoso, Brent deu um tapinha no monitor.

— É uma ferramenta genial. O Jed teve que fazer muito malabarismo para incluir isso no nosso orçamento.

Dora sorriu levemente e se forçou a encarar os olhos computadorizados.

— É melhor do que um video game.

— Imprima uma cópia — pediu Brent ao operador. — Vamos ver se conseguimos achar o nome do cara.

— Eu gostaria de ficar com uma cópia. — Aliviada por poder deixar aquilo para trás, Dora se levantou. — Quero mostrar a Lea e a Terri, para o caso de o cara voltar à loja.

— Vou imprimir uma para você. — Brent acenou com a cabeça para o operador. — Pode vir até a minha sala uns minutinhos? — Pegou o braço da moça, guiando-a para fora da sala de conferências e pelo corredor.

Dora olhou para uma porta e leu Capitão J. T. Skimmerhorn no vidro.

Parecia que o departamento estava mantendo a luz acesa, só por garantia.

Ela olhou para Jed.

— T é de testosterona?

— Muito engraçado, Conroy.

— Ah, me esqueci de falar sobre isso ontem à noite. — Brent abriu a porta da própria sala e empurrou Dora para dentro. — Sua mãe me ligou outro dia.

— Minha mãe? — Dora ergueu uma sobrancelha e escolheu uma cadeira.

— Ela queria me convidar para a festa de Ano-Novo no teatro.

— Ah. — É amanhã, lembrou Dora. Ela havia esquecido completamente daquilo. — Espero que possam ir.

— Estamos muito ansiosos por isso. A festa de Ano-Novo do teatro Liberty tem uma bela reputação. — Brent abriu uma gaveta e tirou um envelope. — Suas fotos. Vamos manter cópias, mas não parecia ter nada de estranho nelas.

Dora as pegou e riu. A primeira foto era da boca arreganhada de Richie, tirada de muito perto. Um autorretrato, imaginou. Ela reconheceria aquele canino torto em qualquer lugar. Obviamente, o pestinha pegara a câmera dela.

— Nojenta, mas bastante comum. — A moça pôs o envelope na bolsa. — Então, o que vamos fazer agora?

— Você não vai fazer nada — retrucou Jed. — A polícia vai.

— Ah, e você voltou ao comando, capitão? — Ela apenas sorriu para o olhar assassino que ele lançou. — Quem está encarregado do caso? — perguntou a Brent.

Ele pigarreou e ajeitou os óculos.

— Bem, o caso é meu.

— E então? — Dora juntou as mãos no colo e esperou.

— Até encontrarmos esse cara — começou Brent, observando de esguelha Jed andar de um lado para outro —, vamos colocar alguns guardas de vigia no seu prédio.

Dora pensou no policial, na mulher e nas crianças.

— Não quero que mais ninguém corra risco por minha causa.

— Dora, não tem um policial desta delegacia que não se ofereceria para esse trabalho. Não depois do Trainor. O cara matou um policial. — Brent olhou para Jed. — Foi por isso que foi fácil pedir pressa para a Balística. A bala que tiramos do Trainor veio da mesma arma que aquelas que tiramos da parede do seu prédio.

— Que surpresa... — murmurou Jed.

— Já tenho o bastante para abrir o caso. — Brent tirou os óculos para limpá-los na camisa amassada. — Mas, se quisermos pegar esse idiota vivo, preciso de uma pilha de provas. Vou mandar o relatório da Balística para outras delegacias da cidade e do estado. Podem encontrar alguma pista.

Era uma boa sacada. Jed só queria não se sentir tão amargo por não poder instigá-la.

— Cadê o Goldman?

— Está em Vail — respondeu Brent, baixinho. — Esquiando. Tirou uma semana de férias.

Se Jed não estivesse irritado, teria ficado extremamente surpreso.

— Filho da puta. Tem um policial morto. Um dos homens dele. E ele não pode tirar férias durante o feriado, enquanto os oficiais estão fazendo turnos dobrados.

— Ele já tinha planejado. — Brent agarrou o telefone, que gritava. — Ligue depois — rosnou, batendo-o novamente. — Escute, eu espero que ele caia e machuque a bunda. Talvez aí você levante a sua e volte para o seu lugar. Temos um policial morto aqui e o moral da equipe está mais baixo do que joelho de anão porque o chefe dela se preocupa mais em restaurar os dentes do que cuidar dos próprios homens. — Enfiou o indicador no peito de Jed. — E o que você vai fazer para resolver isso?

Jed deu uma tragada lenta no cigarro, soltou a fumaça, deu outro tragada. Não falou nada, não ousou falar. Em vez disso, deu meia-volta e foi embora.

— Porra. — Brent olhou para Dora e fez uma careta. — Desculpe.

— Não se preocupe. — Na verdade, ela achava toda aquela cena extremamente interessante. — Você acha que adiantou alguma coisa?

— Não. — Brent ficava envergonhado quando perdia o controle em público. Sempre ficava. Um leve rubor já subia por seu pescoço. — Quando o Jed toma uma decisão, ninguém consegue fazer o cara mudar de ideia. — Caiu sentado na cadeira. — Mas pelo menos eu me sinto melhor.

— Bem, isso já é alguma coisa. É melhor eu ir atrás dele.

— Eu não iria.

Dora apenas sorriu e pegou o casaco.

— Vejo você amanhã à noite.

♦♦♦♦

Ela o alcançou a meia quadra dali. Dora não tentou gritar o nome de Jed nem pedir que esperasse. Tinha bastante certeza de que seria um desperdício de fôlego. Em vez disso, correu até o lado dele e começou a andar no ritmo das passadas do ex-policial.

— Que dia bonito! — exclamou, tentando conversar. — A temperatura subiu um pouco, eu acho.

— Seria mais inteligente da sua parte ficar longe de mim agora.

— É, eu sei. — Ela pegou o braço de Jed. — Eu gosto de caminhar no frio. Faz o sangue acelerar. Se a gente virar ali, vai em Chinatown. Tem umas lojinhas ótimas.

Jed virou para o outro lado deliberadamente.

— Hum, que maldade... — comentou Dora. — Você não está irritado com ele, sabia?

— Não me diga o que eu estou sentindo. — Jed tentou se soltar do braço de Dora, mas ela se mantinha presa a ele, como um espinho coberto de seda. — Dá para você se pirulitar daqui, Conroy?

— Impossível. Não como pirulitos desde a infância. — Dora estudou o perfil de Jed, mas resistiu à vontade de fazer um carinho naquele rosto e acabar com a tensão. — Você pode gritar comigo, se acha que vai se sentir melhor. Costuma funcionar quando estou irritada comigo mesma.

—Vou ter que prender você por assédio?

Ela bateu os cílios.

—Você acha que alguém acreditaria? Uma mocinha como eu assediando um cara grande e forte como você?

Jed lançou um olhar rápido e maldoso para Dora.

—Você poderia pelo menos calar a boca.

— Prefiro irritar você. Sabe, se continuar tensionando a boca dessa maneira, vai quebrar um dente. A Lea costumava ranger os dentes à noite e agora tem que usar um troço de plástico horrível sempre que vai dormir. É estresse. A Lea sempre foi preocupada. Eu, não. Quando durmo, desligo de tudo. Afinal, é para isso que a gente dorme, não é?

Antes que os dois pudessem dobrar a esquina, Jed parou e se virou para ela.

—Você não vai desistir, vai?

— Não. Posso continuar desse jeito para sempre. — Estendendo o braço, ela puxou o zíper da jaqueta dele para cima e ajeitou o colarinho. — Ele está chateado porque se importa com você. É difícil ter alguém que se importa porque isso joga a responsabilidade para cima da gente. Você tinha muita responsabilidade, eu acho. Deve ser um alívio jogar tudo para o alto por um tempo.

Era difícil manter o mau humor com alguém que entendia a situação de modo tão perfeito. Mas, se abdicasse do mau humor, o desespero podia surgir.

— Eu tive minhas razões para pedir demissão. E elas ainda valem.

— Por que não me conta quais foram?

— As razões são minhas.

— Está bem. Quer saber por que razões eu larguei os palcos?

— Não.

— Ótimo, vou contar. — Dora voltou a andar, levando-o de volta para a quadra em que haviam estacionado. — Eu gosto de atuar. Isso não é uma surpresa, já que tenho um monte de genes da falsidade nadando no meu sangue. E eu era boa. Depois que saí dos papéis infantis, fiz coisas como *Nossa cidade* e *À margem da vida*. As críticas eram ótimas. Mas... — Ela olhou para cima, semicerrando os olhos. — Já fiz você ficar interessado?

— Não.

— Mas... — continuou ela, sem desanimar. — Aquilo não era o que eu queria fazer de verdade. Aí, cinco anos atrás, recebi uma herança da minha madrinha. Anna Logan. Talvez você tenha ouvido falar dela. Fez muito sucesso em filmes B das décadas de 1930 e 1940, depois se tornou agente.

— Nunca ouvi falar.

— Bem, ela era cheia da grana. — Um carro passou correndo por eles, próximo demais, criando uma brisa que balançou o cabelo de Dora. Ele ainda esvoaçava quando a moça se virou para sorrir para Jed. — Eu gostava muito dela. Mas tinha uns cem anos e viveu uma vida genial. Enfim, eu peguei o dinheiro e fiz alguns cursos de gerenciamento de negócios. Não que precisasse... Dos cursos. Algumas coisas são inatas.

— Você vai chegar a algum lugar com isso, Conroy?

— Estou quase lá. Quando contei à minha família o que ia fazer, eles ficaram chateados. Ficaram magoados por eu não usar o que achavam que era meu dom nem continuar a tradição da família. Eles me amam, mas queriam que eu fosse uma coisa que não podia ser. Não seria feliz no teatro. Queria ter uma loja, um negócio. Então, apesar de ter decepcionado os dois, fui e fiz o que era o melhor para mim. Levei muito tempo até me acostumar à responsabilidade de ter alguém que me ama, se importa e se preocupa comigo.

Por um instante, Jed não disse nada. Estava surpreso por não estar mais irritado. Em algum momento do monólogo de Dora, o mau humor se fora, se dissipara como uma tempestade feia, empurrada pelo vento da insistência da moça.

— Então a moral da sua longa história confusa é que, como eu não quero mais ser policial, não deveria ficar irritado porque meu amigo quer me fazer voltar por culpa.

Com um suspiro, Dora parou na frente do ex-policial e pôs as mãos de leve nos ombros dele.

— Não, Skimmerhorn, você não entendeu nada. — O olhar dela estava nos olhos dele, muito sério e compreensivo. — Eu não fui feita para ser atriz, então fiz uma escolha que minha família não aceitava, mas que eu sabia, no fundo, que era a certa. Você é policial até os ossos. Só precisa esperar até estar pronto para admitir que fez a escolha certa de início.

Jed agarrou o braço de Dora antes que ela pudesse voltar a andar.

— Você sabe por que eu saí? — Os olhos dele não estavam mais irritados, mas escuros e vazios. E, para Dora, assustadores, pela falta de emoção. — Eu não tinha que matar o Speck. Havia outros modos de acabar com ele, mas eu ignorei todos. Forcei a situação até o ponto em que sabia que um de nós dois morreria. Acabou sendo ele. Recebi a porra de uma condecoração por isso, mas poderia ter prendido o cara sem dar um único tiro. E, se tivesse que fazer isso de novo, faria exatamente a mesma coisa.

— Você fez uma escolha — afirmou a moça com cuidado. — E imagino que a maioria das pessoas ache que foi a certa. Os seus superiores pensaram assim, obviamente.

A impaciência emanava de Jed.

— É o que eu penso que importa. Usei meu distintivo numa vingança pessoal. Não pela lei, não pela justiça. Por mim.

— Uma fraqueza humana... — murmurou ela. — Aposto que você teve muita dificuldade para se acostumar com o fato de que não é perfeito. E, agora que já se acostumou, provavelmente vai ser um policial melhor quando voltar a usar o distintivo.

Jed apertou o braço de Dora com mais força e a puxou um centímetro para a frente. Quando ela ergueu o queixo, ele afrouxou as mãos, mas a manteve perto de si.

— Por que você está fazendo isso?

Como resposta, uma resposta muito simples, Dora agarrou um punhado do cabelo de Jed e puxou a boca do ex-policial até a sua. Sentiu o gosto da impaciência no beijo, mas havia algo entrelaçado a ele. E esse algo era necessidade. Uma necessidade profunda e humana.

—Tem isso — disse ela, depois de um instante. — E acho que posso dizer que, apesar do que sempre considerei bom senso, eu também me importo com você. — Dora viu Jed abrir a boca e fechá-la de novo. — Assuma a responsabilidade por isso, Skimmerhorn.

Afastando-se, a moça deu alguns passos até o carro e tirou as chaves dele.

— Eu vou dirigir.

Jed esperou até que ela destrancasse a porta do carona e se sentasse ao volante.

— Conroy?

— Oi.

— Eu também.

Os lábios de Dora formaram um sorriso enquanto ela dava partida.

— Isso é ótimo. O que você acha, Skimmerhorn? Vamos dar um passeio.

Capítulo Quinze
♦ ♦ ♦ ♦

A CASA DE Finley era um museu de suas ambições — grandes e pequenas. Construída originalmente por um diretor de filmes de ação cujo amor pelas construções elaboradas havia superado sua riqueza e seu talento, ela ficava bem no alto das colinas de Los Angeles.

Finley a havia comprado num período de baixa do mercado imobiliário e imediatamente decidira instalar um sistema de segurança mais elaborado, uma piscina interna para os raros dias de chuva e um enorme muro de pedra que cercava a propriedade como um fosso cerca um castelo.

Finley era um voyeur, mas não gostava de ser observado.

Na torre do terceiro andar, ele redecorara a sala de cinema gigantesca do diretor, acrescentando uma bancada de monitores de TV e um telescópio de grande alcance. As cadeiras reclináveis largas haviam sido retiradas. No lugar delas, Finley escolhera um sofá rebaixado e macio em veludo vinho. Costumava dar festas ali, enquanto filmes caseiros, estrelando o próprio Finley, eram exibidos na TV.

Naturalmente havia contratado decoradores. Passara por três empresas durante os seis meses que havia levado para mobiliar a casa a seu gosto.

As paredes de todos os quartos eram brancas. Algumas pintadas, outras laqueadas, mas todas de um branco puro e virginal, assim como os carpetes, os pisos frios e os de madeira. Toda a cor vinha de seus tesouros: estatuetas, esculturas e bibelôs que havia acumulado.

Em todos os cômodos, havia hectares de vidro — em janelas, espelhos, armários e cristaleiras — e quilômetros de seda em lençóis, cortinas, travesseiros e tapeçarias.

Toda mesa, toda prateleira, todo nicho tinha uma obra-prima que Finley havia desejado. Quando uma delas começava a entediá-lo, como sempre faziam, ele simplesmente a punha numa posição menos proeminente e comprava outras.

Finley nunca estava satisfeito.

No armário, as fileiras de ternos tinham três seções. Lã e seda, linho e gabardine. Todos cortados da maneira tradicional, todos em cores escuras: azul-marinho, preto, cinza e alguns azuis mais claros e frívolos. Não havia roupas casuais, jaquetas esportivas nem camisas polo com pequenos desenhos de jogadores no peito.

Cinquenta pares de sapatos de couro preto, todos bem-engraxados, esperavam em prateleiras de vidro para serem escolhidos.

Havia um único par de Nikes brancos que acompanhava as roupas de ginástica. Era uma das responsabilidades do mordomo jogá-lo fora a cada duas semanas e substituí-lo por outro par imaculadamente branco.

As gravatas eram organizadas de forma meticulosa de acordo com o tom: as pretas davam lugar às cinzentas, que davam lugar às azuladas.

As roupas formais eram mantidas num impressionante armário rococó.

Na cômoda havia pilhas bem-dobradas de camisas brancas perfeitamente engomadas, com monogramas nos punhos, meias bege escuras, cuecas boxer de seda branca e lenços de linho irlandês. Tudo era levemente aromatizado com o sachê de lavanda que a empregada trocava toda semana.

A suíte principal incluía um closet e duas paredes com espelhos do chão ao teto. Havia um pequeno bar, caso o cavalheiro ficasse com sede ao se preparar para uma festa. Havia a cadeira de espaldar redondo e a mesa de tampo dourado com uma luminária de borboleta Tiffany, caso precisasse se sentar para contemplar as opções de roupa.

À direita do closet ficava o quarto principal. Quadros de Pissarro, Morisot e Manet agraciavam as sedosas paredes brancas, cada um com uma iluminação complementar. Os móveis do cômodo eram lindamente decorados — da escrivaninha boulle Luís XVI às mesinhas de cabeceira cabriolé até o divã dourado, flanqueado por luminárias Blackamoor venezianas. Sobre elas, um trio de candelabros Waterford derramava luz.

Mas era a cama o orgulho de Finley, sua alegria. Era um móvel enorme, criado no século XVI por Vredeman de Vries. Tinha um dossel completo, com cabeceira, pé e cobertura, feito de carvalho entalhado e pintado com cabeças de querubins, flores e frutas.

A vaidade o havia tentado a instalar um espelho na cobertura da cama, mas a desvalorização que isso teria trazido ao móvel o fizera pensar melhor.

Em vez disso, ele tinha uma câmera, discretamente escondida entre os lintéis entalhados próximos ao teto e direcionada para a cama. Era operada por um controle remoto mantido na primeira gaveta da mesa de cabeceira.

Finley fez uma pausa e ligou o monitor.

O almoço estava sendo preparado na cozinha — era a salada de faisão que havia pedido. Observou a cozinheira e sua assistente trabalharem no cômodo, todo em branco e aço inoxidável.

Trocou o canal para o da sala de estar. Observou DiCarlo beber Club Soda com limão, mexer o gelo e puxar a gravata.

Aquilo era bom. O homem estava preocupado. O excesso de confiança desagradava a Finley. A eficiência era vital. O excesso de confiança provocava erros. Imaginou que logo liberaria o coitado. Afinal, ele havia trazido as peças dois dias antes do prazo.

A iniciativa era valiosa. Talvez não tivesse que quebrar o braço de DiCarlo no fim das contas.

♦ ♦ ♦ ♦

*D*iCarlo puxou a gravata de novo. Não podia abstrair a sensação de que estava sendo observado. A ideia o fazia conferir o cabelo, o terno, a braguilha...

Deu outro gole na bebida e riu de si mesmo. Qualquer um sentiria que estava sendo observado, decidiu, se estivesse preso numa sala com centenas de estátuas e quadros. Todos aqueles olhos. Olhos de tinta, de vidro, de mármore. Não entendia como Finley aguentava aquilo.

Devia ter um exército de empregados para tirar o pó daquele lixo todo, pensou. Pousando o copo, ele se levantou para passear pelo cômodo. Sabia que não podia tocar em nada. Consciente do quanto Finley era fanático por suas aquisições, DiCarlo manteve os braços ao lado do corpo e as mãos para si.

Era um bom sinal, concluiu, que Finley o tivesse convidado até sua casa em vez de exigir uma reunião no escritório. Aquilo tornava tudo mais simpático, mais pessoal. Pelo telefone, a voz de Finley parecera agradável e contente.

Com um pouco de charme, DiCarlo imaginou que poderia fazê-lo esquecer o quadro e convencê-lo de que era simplesmente uma questão de ter um pouco mais de tempo. Apesar de tudo, tinha certeza de que os dois podiam se despedir amigavelmente e que poderia voltar ao Beverly Hills Hotel e encontrar uma mulher disponível para brindar o Ano-Novo com ele.

E amanhã, pensou, sorrindo, México.

— Sr. DiCarlo, espero que não tenha feito o senhor esperar muito tempo.

— Não, senhor. Eu estava admirando a sua casa.

— Ah. — Finley andou até um armário de bebidas japonês. — Vou fazer o tour todo com o senhor depois do almoço. Quer um pouco de Bordeaux? — Ergueu uma jarra vitoriana em forma de cacatua. — Tenho um excelente Château Latour.

— Obrigado. — A confiança de DiCarlo começou a aumentar.

— Nossa. — Finley ergueu uma das sobrancelhas e deixou os olhos analisarem o rosto cheio de hematomas de DiCarlo. — O senhor sofreu algum tipo de acidente?

— É. — O funcionário tocou no curativo da nuca. A lembrança dos dentes de Dora enterrados nele voltou a deixá-lo nervoso. — Mas não foi nada sério.

— Fico feliz em saber. Seria uma pena se o senhor ficasse com alguma cicatriz. — Finley terminou de servir o vinho. — Espero não ter atrapalhado seus planos para o feriado por causa da viagem. Eu só esperava o senhor amanhã ou depois.

— Eu queria trazer os resultados o mais rápido possível.

— Gosto de homens com uma boa noção de responsabilidade. Saúde. — Satisfeito, Finley brindou com DiCarlo. Sorriu quando o sino da porta ecoou pelo corredor. — Ah, deve ser o sr. Winesap. Ele vai se juntar a nós para inspecionar a mercadoria. O sr. Winesap é excelente com listas, como o senhor sabe. Agora, espero que vocês dois me perdoem, mas não consigo mais controlar minha impaciência — disse, quando Winesap entrou na sala. — Tenho que ver meus tesouros. Acredito que tenham sido levados para a biblioteca. — Apontou para a porta. — Vamos?

O corredor era coberto de mármore branco e largo o bastante para acomodar um enorme sofá, um aparador e ainda deixar espaço para que três pessoas passassem com folga.

A biblioteca cheirava a couro, limão e rosas. As rosas haviam sido postas em dois vasos de porcelana Dresden sobre a lareira. Havia centenas de livros, talvez milhares, no cômodo — não em prateleiras na parede, mas em caixas e armários, alguns abertos, outros fechados com vidro. Havia uma charmosa estante giratória de quatro lados, do período regencial, além de um modelo eduardiano que Finley conseguira roubar de um castelo em Devon.

Queria que aquele cômodo parecesse a biblioteca de um membro da realeza e conseguira, ao acrescentar cadeiras de couro fofas, uma coleção de cachimbos antigos e um quadro de caça de Gainsborough.

Para manter o conforto da sala, os monitores onipresentes ficavam escondidos atrás de uma estante falsa.

— E aqui estamos. — Com um passo alegre, Finley andou até a mesa da biblioteca e pegou um dos suportes para livros em forma de sereia.

A pedido dele, o mordomo havia deixado um pequeno martelo, uma faca e uma grande cesta de lixo na biblioteca. Finley pegou o martelo e decapitou a sereia num movimento rápido.

— Não posso ser apressado com estes aqui — afirmou, baixinho, continuando a quebrar o suporte com delicadeza e a retirar o gesso barato. — Isto foi feito em Taiwan — informou aos convidados. — Numa pequena fábrica em que tenho participação. Mandamos mercadorias especialmente para as Américas do Norte e do Sul e mantemos um bom lucro, mas de pouca importância. Já estas peças podem ser chamadas de únicas. Algumas são reproduções excelentes de peças valiosas, boas o bastante para enganar até os especialistas.

Finley pegou um pequeno quadrado de plástico bolha, jogando o resto da sereia para o lado. Depois, usou a faca para rasgar o embrulho. Dentro dele, havia um pedaço de camurça e, embrulhado no tecido, um pequeno netsuke muito antigo.

Ele o examinou, com cuidado e encanto. Uma mulher, de quatro, tinha atrás de si um homem barrigudo. A mão do homem agarrava possessivamente o seio da moça. A cabeça de mármore da mulher estava levemente virada para o ombro esquerdo e para cima, como se ela quisesse olhar para o rosto do homem enquanto ele se preparava para penetrá-la por trás.

— Excelente, excelente. — Depois de pousar o netsuke, ele destruiu cuidadosamente o segundo suporte para livros.

A outra peça tinha o mesmo tema: uma mulher estava ajoelhada aos pés de um homem, com a cabeça caída para trás e um sorriso no rosto, enquanto agarrava o pênis ereto do companheiro.

— Que talento! — A voz de Finley estava embargada de emoção. — Tem mais de duzentos anos e nenhuma tecnologia foi capaz de fazer algo melhor do que isso. Os japoneses entendiam e apreciavam o erotismo na arte enquanto os europeus cobriam as pernas dos pianos e fingiam que as crianças nasciam em repolhos.

Ele pegou a faca e estripou o papagaio.

— E aqui está... — disse, abrindo um saquinho de veludo. — Ah, e aqui está. — O mais leve dos tremores passou deliciosamente pelo corpo de Finley quando ele deixou o broche de safira cair na palma de sua mão ansiosa.

A pedra havia sido encaixada numa filigrana de ouro bem-trabalhada e incrustada de diamantes. Tinha mais de oito quilates e era de um azul escuro, lapidada em forma de quadrado, majestosa.

— Foi usado por Mary, a rainha da Escócia. — Finley acariciou a pedra e a base, virando-a para admirar o verso. — Enquanto ela planejava tomar o trono e em seus encontros clandestinos. Estava entre os pertences que a boa rainha Elizabeth herdou quando mandou executar a bela prima.

Finley quase podia sentir o cheiro do sangue e da traição na pedra. E aquilo o deixava feliz.

— Ah, o trabalho que tive para adquirir esta peça. Ela vai ficar num lugar de honra — decidiu, pousando-a levemente na mesa.

Como uma criança mimada na manhã de Natal, ele queria mais.

O vaso Gallé presente no interior da Estátua da Liberdade o emocionou. Por um instante, Finley se esqueceu dos convidados e o acariciou, passando a mão suavemente pelas longas laterais e admirando as formas femininas litografadas que decoravam o vidro Art Nouveau.

Os olhos dele adquiriram um brilho vítreo que fez Winesap desviar os seus, envergonhado.

De dentro da base oca da águia de bronze Finley pegou uma caixa forrada. A saliva se concentrou em sua boca quando ele rasgou o forro. A caixa era de pau-rosa, macio, lindamente envernizado e polido. Mas a tampa era o tesouro, um pequeno mosaico montado na Rússia Imperial para Catarina, a Grande — talvez pelo astuto amante da imperatriz, Orlov, depois que matara seu marido e levara Catarina ao trono.

Mais sangue, pensou Finley. Mais traição.

Assinada pelo artista, era uma reprodução incrivelmente delicada do palácio imperial feita em vidro.

— Já viram alguma coisa mais linda do que isto? Era o orgulho de czares, imperadores e reis. Isto já esteve atrás de um vidro num museu, aonde turistas sujos vinham admirá-lo. Agora é meu. Só meu.

— É mesmo uma beleza. — DiCarlo odiava interromper, mas já estava quase na hora da tacada final. — O senhor conhece o valor da arte, sr. Finley. Para que ter alguma coisa de valor incalculável se qualquer idiota pode entrar e ver?

— Exatamente, exatamente. A verdadeira arte deve ser possuída, acumulada. Os museus compram para a posteridade. Os ricos sem alma, pelo investimento. Os dois motivos são abomináveis para mim. — Finley tinha os olhos muito verdes, muito iluminados e levemente enlouquecidos. — Ter, sr. DiCarlo, é tudo.

— Eu entendo o senhor e fico feliz por ter ajudado a recuperar suas peças. É claro que houve uma dificuldade com...

— Tenho certeza disso. — Finley o calou com um aceno antes que seu humor fosse estragado. — Mas temos que terminar aqui, antes de discutir os problemas que o senhor teve.

Bateu com o martelo no cachorro, explodindo a barriga da estatueta. A cadela deu à luz um gato de ouro.

— É bem pesado — explicou Finley enquanto retirava todo o plástico que o embrulhava. — É uma linda peça, é claro, mas especialmente por causa do histórico. Dizem que foi um presente de César para Cleópatra. É impossível provar a verdade da afirmação, apesar de ter sido datado de forma correta. Ainda assim, o mito basta — afirmou baixinho, amorosamente. — Realmente basta.

As mãos do homem tremiam de ansiedade quando pousaram o gato.

— E, agora, o quadro.

— Eu, é... — Pareceu uma boa hora para ficar de pé. — Tive um pequeno problema com o quadro, sr. Finley.

— Problema? — O sorriso de Finley se manteve fixo. Ele observou o cômodo, mas não viu a peça final. — O senhor não havia mencionado nenhum problema, sr. DiCarlo.

— Eu quis trazer estas mercadorias para o senhor sem mais atrasos. Estas peças representam muito tempo e dinheiro do senhor e eu sabia que iria querer ter tudo em suas mãos o mais rápido possível.

— Estamos falando agora do quadro. — E agora o quadro era a única coisa que importava para Finley. Cleópatra, Catarina e Mary da Escócia haviam sido esquecidas. — Não estou vendo a pintura aqui. Talvez seja o cansaço. Uma ilusão de ótica.

O sarcasmo fez o rosto de DiCarlo ruborescer levemente.

— Não pude trazer o quadro agora, sr. Finley. Como comecei a contar, tive um problema.

— Um problema? — Finley continuou sorrindo de modo simpático, apesar de suas entranhas terem começado a se revirar. — De que tipo?

Aproveitando o incentivo, DiCarlo voltou a se sentar. Ele explicou rapidamente as três invasões, lembrando a Finley que a primeira havia resultado na descoberta do cachorro de porcelana. Fez questão de chamar a atenção para o fato de a busca pelo quadro ter acarretado um grande risco pessoal.

— Tenho certeza de que o senhor vai concordar — concluiu, como se encerrasse uma reunião de negócios — que seria perigoso para todos nós se eu voltasse à Filadélfia agora. Tenho uma pessoa que posso colocar no caso, às minhas custas, é claro. Como o senhor já recuperou seis das sete peças, tenho certeza de que vai ser paciente. Não vejo razão para o quadro não estar nas suas mãos nas próximas seis semanas, imagino.

— Seis semanas. — Finley fez que sim com a cabeça e bateu com o indicador nos lábios. — Disse que matou um policial.

— Foi necessário. Ele estava vigiando o prédio.

— Hummm. E por que o senhor acha que ele estava fazendo isso?

— Não tenho certeza. — Exalando sinceridade por todos os poros, DiCarlo se inclinou para a frente. — Não deixei nenhum sinal de entrada forçada. Eu ouvi uma discussão entre a moça, a Conroy, e o inquilino dela. Ele foi violento. Ela pode ter pedido proteção policial.

— O interessante é que ela poderia ter simplesmente expulsado o cara do prédio — comentou Finley, de modo muito, muito simpático. — Você disse que foi o inquilino que bateu no seu rosto.

DiCarlo se empertigou ao sentir o orgulho ferido.

— Deve ter sido uma briga entre amantes. Acho que o cara consegue mais do que o aluguel com ela.

— O senhor acha? — Finley deixou a grosseria do comentário de lado. — Vamos ter que discutir esse assunto melhor, sr. DiCarlo. Talvez depois do almoço.

— Claro. — Aliviado, DiCarlo se recostou na cadeira. — Vou passar todos os detalhes para o senhor.

— Ótimo. Bem, vamos almoçar, senhores?

Os três degustaram a salada de faisão com um Pouilly-Fumé frio na sala de jantar formal, com sua mobília vitoriana e sua vista para o jardim iluminado pelo sol. Durante todo o almoço, Finley manteve a conversa leve, sem falar de negócios. Aquilo interferia no seu paladar, explicou a DiCarlo. Passou uma hora bancando o anfitrião jovial, enchendo a taça do convidado com as próprias mãos.

Quando a última gota de vinho e o último pedaço de comida haviam sido consumidos, Finley empurrou a cadeira para se levantar da mesa.

— Espero que nos perdoe, Abel, mas, por mais que isso me entristeça, o sr. DiCarlo e eu temos que terminar nosso assunto. Talvez possamos dar um passeio pelos jardins? — perguntou a DiCarlo.

Alegremente zonzo por causa do vinho, da comida deliciosa e do sucesso, DiCarlo deu um tapinha na barriga.

— Seria bom dar uma caminhada depois de comer tanto.

— Ótimo, ótimo. Sou meio fanático por exercícios. Eu adoraria ter companhia. Não vamos demorar, Abel.

Finley guiou DiCarlo por um solário perfeito, com palmeiras em vasos e uma fonte musical, passou pelas portas de vidro e chegou aos jardins.

— Gostaria de deixar claro o quanto eu o admiro, sr. Finley — começou DiCarlo. — Tem um negócio, uma casa como esta... O senhor realmente fez por onde na sua vida.

— Eu gosto de acreditar que sim. — Os sapatos de Finley esmagavam levemente as macias pedras brancas do jardim. — O senhor conhece flores, sr. DiCarlo?

— Só sei que as mulheres adoram.

Rindo e concordando, Finley o guiou pelos jardins até parar, por fim, para admirar a vista. Ficou parado olhando para a grande Los Angeles, aspirando profundamente as fragrâncias que o cercavam. Flores — as primeiras rosas e os jasmins. O toque do adubo recém-regado e da grama cortada.

— Quais são os seus planos, sr. DiCarlo? — perguntou Finley, abrupto.

— O quê? Ah, é simples. Vou mandar meu homem para lá. Ele vai cuidar da tal da Conroy. Acredite em mim, depois que ele pegar a moça, ela vai falar o que o senhor quiser. — Apertou os lábios por um instante ao aceitar, irritado, que não teria o prazer de arrancar a localização do quadro de Dora. — Como eu disse, talvez leve uma ou duas semanas até a situação se tranquilizar. Mas ele vai pegar a moça e pressionar até ela entregar o quadro.

— E depois?

— Ele vai matar a mulher, não se preocupe. — DiCarlo abriu um pequeno sorriso, de profissional para profissional. — Não vai deixar pistas.

— Ah, sim, pistas. São muito inconvenientes. E o senhor?

— Acho que vou ficar alguns meses no México. É provável que comecem a me procurar. Estava escuro, é claro, mas não gosto de correr esse tipo de risco. Se me identificarem, já vou estar do outro lado da fronteira.

— Seria inteligente, é claro. — Finley se inclinou sobre uma roseira e cheirou delicadamente um botão rosado que começava a abrir as pétalas macias. — Mas acabo de pensar, sr. DiCarlo, que, se identificarem você, podem me envolver no caso, mesmo que indiretamente.

— Não. Isso não seria possível. Fique tranquilo, sr. Finley, eles nunca ligariam um homem como o senhor a algumas invasões a uma loja de bugigangas na Filadélfia.

— Pistas — repetiu Finley com um suspiro. Quando se levantou, tinha um revólver de cabo perolado na mão. E sorria novamente, com muito charme. — É sempre melhor apagá-las.

Atirou, mirando pouco acima da fivela do cinto de DiCarlo. O som ecoou nas colinas e fez aves assustadas voarem, gritando.

Os olhos de DiCarlo se arregalaram, surpresos, depois brilharam de dor. O fogo inacreditável da dor. Lentamente, ele olhou para a própria barriga, pressionando a mão contra a mancha que se espalhava por sua camisa, antes de os joelhos amolecerem sob o peso de seu corpo.

— O senhor me decepcionou, sr. DiCarlo. — Finley não ergueu a voz, apenas se abaixou para que as palavras chegassem ao ferido. — Acha que sou idiota? O senhor achou mesmo que conseguiria me fazer acreditar nessas desculpas patéticas e que apenas lhe desejaria uma boa viagem?

Finley voltou a se levantar e, enquanto DiCarlo se contorcia com a dor causada pelo tiro, completou-a com um chute feroz nas costelas do homem caído.

— O senhor cometeu um erro! — gritou, chutando DiCarlo várias vezes. Os berros sobrepujavam os pedidos de misericórdia. — Eu quero o meu quadro. Eu quero o que é meu. É culpa sua. É culpa sua eu não ter a minha pintura.

Um fio de saliva escorreu pela boca de Finley quando ele atirou no joelho esquerdo de DiCarlo e, em seguida, no direito. O grito fino de dor do homem caído foi levado pelo vento e apenas seguido de gemidos animalescos.

— Eu teria matado o senhor rapidamente se não tivesse insultado a minha inteligência. Agora serão horas e horas de agonia. E elas não serão o suficiente.

Finley teve que se forçar a pôr o revólver de volta no bolso. Pegou um lenço e enxugou levemente o suor da testa.

— Não serão o suficiente — repetiu. Abaixou-se de novo para se aproximar do rosto de DiCarlo. — O senhor recebeu ordens. Esqueceu quem manda aqui?

— Por favor — gemeu DiCarlo, ainda num choque profundo demais para perceber que qualquer pedido seria inútil, que ele já estava morto. — Me ajude, por favor.

Num gesto afetado, Finley pôs o lenço de volta no bolso.

— Dei ao senhor muito tempo, mais do que o suficiente para se redimir. Até pensei em absolver o senhor completamente. Posso ser um homem generoso, mas o senhor me decepcionou. E a decepção, sr. DiCarlo, é algo que não se perdoa.

Ainda tremendo de raiva, Finley se ergueu. Sabia que precisaria de pelo menos uma hora de meditação antes que pudesse se apresentar na festa formal a que iria naquela noite.

Falta de competência, pensou irritado. Falta de eficiência de seus empregados. Limpou a poeira da manga enquanto andava de volta para o solário. Era intolerável.

— Winesap! — berrou.

— Senhor? — Winesap foi até ele na ponta dos pés e uniu as mãos, nervoso. Havia escutado os tiros e estava com muito medo do que teria que enfrentar em seguida.

— Livre-se do sr. DiCarlo.

Os ombros de Winesap caíram.

— É claro, sr. Finley. Agora mesmo.

— Agora, não. — Finley pegou um pente de casco de tartaruga verdadeiro para arrumar o cabelo bagunçado. — Primeiro deixe que sangre até morrer.

Winesap olhou pelo vidro para onde DiCarlo estava caído, de costas, tagarelando penosamente para o céu.

— Devo esperar aqui?

— É claro. Como iria saber se ele já morreu? — Finley suspirou e pôs o pente no bolso. — Sei que amanhã é feriado, Abel, e não sonharia em interferir com os planos que tiver. Por isso vou pedir que, depois de amanhã, você se concentre em reunir toda a informação que encontrar sobre essa Isadora Conroy da Filadélfia. — Ele cheirou a mão e franziu o nariz ao sentir o aroma de pólvora. — Infelizmente, terei que cuidar desse assunto sozinho.

Capítulo Dezesseis

— **Feliz Ano-Novo!**

Jed foi recebido na porta do teatro Liberty por um negro careca e alto, vestindo um macacão de couro vermelho, pontilhado de estrelas prateadas. Pego de surpresa, Jed recebeu um abraço de urso e um tapinha nas costas.

O novo amigo cheirava fortemente a vinho e a Giorgio for Men.

— Eu sou Índigo.

Como a pele do homem se aproximava daquela cor, Jed assentiu com a cabeça.

— Deu para ver.

— Que festa maravilhosa! — Índigo sacou um fino cigarro preto, bateu a ponta numa cigarreira dourada e fez uma pose, com uma das mãos no quadril fino. — A banda é animada, o champanhe, gelado, e as mulheres... — Ele ergueu as sobrancelhas várias vezes. — São abundantes.

— Obrigado pela dica.

Com cuidado, Jed começou a passar por ele, mas Índigo era do tipo simpático e passou o braço por cima dos ombros do ex-policial.

— Precisa que apresente você? Eu conheço todo mundo.

— Você não me conhece.

— Mas estou morrendo de vontade de conhecer. — Ele guiou Jed pela multidão do saguão até a lanchonete, onde as bebidas estavam sendo servidas por dois garçons ágeis. — Me deixe adivinhar. — Índigo deu um passo para trás, inclinou a cabeça e deu uma tragada no cigarro europeu. — Você é bailarino.

— Não.

— Não? — O rosto maleável de Índigo se encheu de rugas. — Bem, com esse corpo, deveria ser. Gene Kelly tinha um corpo atlético maravilhoso, sabia? Champanhe para mim. — Acenou com o cigarro para o garçom. — E um para o meu amigo.

— Quero uísque — corrigiu Jed. — Com gelo.

— Uísque com gelo? — Os olhos amendoados de Índigo dançaram. — É claro, eu devia ter percebido na hora. Um ator. Dramático, é claro. De Nova York.

Jed pegou a bebida e sacou um dólar de gorjeta. Às vezes, decidiu, era melhor simplesmente cooperar.

— É. Não estou trabalhando agora — disse, fugindo com o copo na mão.

O saguão do teatro Liberty era em estilo gótico, com metros e metros de ornamentos de gesso, quilos e quilos de rococós e gárgulas decorando as estruturas douradas. Sobre as portas que levavam ao salão do teatro, havia máscaras de bronze representando a Comédia e a Tragédia.

Naquela noite, o lugar estava cheio de pessoas que pareciam determinadas a serem ouvidas, apesar do barulho. O teatro cheirava a perfume e fumaça e à pipoca que pulava alegremente numa máquina ao lado da lanchonete.

Dora teria dito a Jed que era simplesmente o cheio de um teatro.

Os convidados andavam para todos os lados e a roupa variava de gravatas brancas a jeans rasgados. Um grupo de três pessoas vestidas de preto estava sentado num canto, espremido, lendo poemas de Emily Dickinson em voz alta. Pelas portas abertas, ele podia ouvir a banda chegar ao fim grandioso de "Brown Sugar", dos Rolling Stones.

Aquilo não era o Baile de Inverno, pensou Jed.

As luzes do teatro estavam acesas. Ele podia ver pessoas reunidas entre as cadeiras, dançando ou paradas, comendo e conversando, enquanto, no palco, a banda arrasava no rock.

Havia ainda mais convidados nos camarotes, no mezanino e no segundo andar, aumentando o nível do barulho para supersônico, com a ajuda da acústica excelente do teatro Liberty.

Por instinto, Jed pensou rapidamente na capacidade máxima do lugar e nas regras contra incêndio, antes de começar a procurar Dora entre o que parecia a população da Pensilvânia.

Misturar-se à multidão nunca havia sido o forte dele. Fora obrigado a participar de demasiadas ocasiões sociais durante a infância e de demasiadas explosões públicas humilhantes dos pais. Teria preferido uma noite calma em casa, mas, como havia se arrastado até ali, o mínimo que Dora podia fazer era aparecer.

Se ela não tivesse saído tão cedo para a festa, com a desculpa de precisar ajudar a organizar e a manter a mãe longe dos responsáveis pelo bufê, ele teria vindo com ela, ficado de olho na moça.

Não gostava da ideia de ela estar sozinha quando aquele criminoso que a atacara ainda estava à solta. Apesar de não poder dizer que, numa festa daquele tamanho, ela estava sozinha, estava preocupado com Dora. Senão, não estaria ali.

Duas festas em uma semana. Jed tomou um gole do uísque e andou com dificuldade até a frente do teatro. Era mais do que ele havia comparecido em um ano.

O ex-policial se espremeu entre duas mulheres, recebeu — e recusou — um chapéu de festa brilhante e pensou seriamente em se espremer de volta e fugir.

Então ele a viu. E se perguntou como podia tê-la ignorado. Dora estava sentada na beira do palco, bem no centro do teatro, em meio ao que devia ser uma avalanche de sons, mantendo o que parecia ser uma conversa íntima com outras duas mulheres.

Ela fizera algo com o cabelo, notou Jed. Havia juntado os fios num coque, formando uma mistura de escuros cachos rebeldes, que pareciam querer escapar ao controle. E os olhos, pensou, ao vê-la pegar a mão de uma das amigas e rir. Dora os havia pintado de modo que parecessem maiores, mais profundos, sensuais como os de uma cigana. Os lábios, que continuavam a sorrir enquanto se moviam para formar palavras que Jed não podia ouvir, tinham uma cor vermelha ousada.

A moça usava um macacão preto e prata de gola alta, mangas compridas e calça justa. A roupa parecia uma segunda pele e deveria ser ilegal. As miçangas prateadas espalhadas por ela refletiam a luz do palco toda vez que a moça se mexia, brilhando como relâmpagos.

Ela sabia que fariam isso, concluiu Jed. Podia ter deixado os palcos, mas ainda sabia como atrair holofotes.

Ele queria tocá-la. Por um instante, essa vontade e a onda de desejo que a acompanhava bloquearam todo o resto que acontecia.

Pousando o copo no braço de uma das cadeiras, ele forçou passagem contra a corrente de pessoas.

— Mas, afinal, ele é um ator que segue o método — dizia Dora, sorrindo. — Era óbvio que, para vender o produto, iria querer pegar uma gripe. O que eu queria saber é o que aconteceu depois... — Ela se interrompeu quando mãos a pegaram pelas axilas e a ergueram.

Dora viu Jed rapidamente antes que ele tapasse sua boca. Um desejo feroz, faminto, urgente a tomou, pulou das entranhas para o peito de Dora, fazendo o coração dela titubear quando ele a soltou.

— Nossa, oi! — Vacilando, Dora se apoiou no braço de Jed, tentando se equilibrar. Por causa da altura dos saltos finos das botas, seu rosto estava na altura dos olhos do ex-policial. A intensidade do olhar dele fez cada batida de seu coração pular no ritmo da banda. — Que bom que você veio. Eu... É... Esse é o...

Ela se virou para as amigas e não conseguiu pensar em nada.

— Com licença. — Jed a puxou até achar um cantinho. Não podia chamá-lo de calmo, mas, pelo menos, não teriam que gritar um para o outro. — O que é isso que você está vestindo?

— Isto? — Dora olhou para baixo, para o macacão justo e brilhante, depois de volta para o rosto de Jed. — Uma coisa sensual. Você gostou?

— Vou mostrar o quanto assim que conseguir limpar toda a baba da minha boca.

— Você tem tanto talento com as palavras, Skimmerhorn... Quer uma bebida? Quer comer alguma coisa?

— Já bebi. Fui recebido na porta por um negro de dois metros de altura que usava um macacão de couro vermelho. Ele me abraçou.

— É o Índigo. — Os olhos dela brilharam. — Ele é muito simpático.

—Tinha certeza de que eu era um ator desempregado de Nova York. — Com cuidado, ele bateu o indicador em um dos cachos do cabelo de Dora, imaginando o que precisaria fazer para que todos caíssem nos ombros da moça.

— O Índigo é meio exagerado, mas é um diretor excelente e tem um ótimo olho. Foi bom você não ter dito que era policial. — Ela pegou a mão de Jed e o levou para as coxias, onde outro bar e um bufê haviam sido montados. — Ele não gosta da polícia.

— Eu não sou policial. — Jed ia pedir outro uísque, mas resolveu trocá-lo por um Club Soda enquanto Dora pedia champanhe. — Por que ele não gosta da polícia?

— Ah, ele costumava fazer uns bicos de segurança numa boate. A polícia acabou com uma mesa de jogo vagabunda que eles tinham nos fundos e prendeu o coitado. — Ela inclinou a cabeça, mexeu os ombros e fez uma imitação perfeita da pose de Índigo. — Querida, foi uma experiência horrorosa. Você tem ideia do tipo de pessoa que eles põem naquelas celas?

— Tenho. Criminosos.

— Não diga isso a ele. Fui eu que paguei a fiança e, vou contar uma coisa a você, o cara estava arrasado. — Num gesto automático, ela ajeitou o colarinho da camisa de Jed. — Mas acho que você não consegue sentir pena, imagino, porque sempre esteve fora das grades.

— Já estive de ambos os lados.

— Ah, bom. — Com um movimento rápido e prático, ela tirou o cabelo bagunçado da testa dele. — Vai ter que me contar sobre isso um dia.

— Talvez eu conte. Já terminou de me arrumar?

— Já. Você fica muito bem de preto. Um pouco rebelde, talvez. Meio James Dean.

— Ele morreu.

— Claro. Quis dizer se ele tivesse vivido até os trinta anos. — O sorriso de Dora foi pensativo e animado. — Todos os policiais são literais assim ou só você?

— É uma questão de fato e fantasia. Me sinto mais confortável entre os fatos.

— Que pena... Passei a maior parte da minha vida mergulhada na fantasia. Poderia dizer que trabalhei muito com ela. — Dora escolheu uma flor de rabanete do bufê e a mordeu. — Prefiro isso à realidade nua e crua.

— Quando você era atriz.

A risada saiu naturalmente, tão borbulhante quanto o champanhe.

— Será que preciso lembrar a você de que sou uma Conroy? Posso não estar atuando em palcos reais nos últimos tempos, mas ainda sou atriz. — Aproximando-se, Dora mordeu o lóbulo de Jed, provocando-o.

— Se um dia você decidir tentar a sorte nos palcos, eu vou ficar tentada a sair da aposentadoria.

Uma lança de calor atravessou o corpo de Jed.

— Por que a gente não continua sendo quem é?

— O mundo nunca vai saber o que perdeu. — Ela olhou para o drinque dele. — Você não precisa bancar o motorista consciente, sabia? A gente pode voltar de táxi.

— Vou ficar com esse aqui. — Jed estendeu a mão e a pôs com carinho no queixo dela. — Quero estar bem sóbrio quando fizer amor com você hoje.

— Ah. — Dora ergueu o próprio copo com a mão trêmula. — Bem...

Ele sorriu.

— Perdeu a fala, Conroy?

— Eu... É...

— Isadora!

Jed viu uma ruiva escultural, vestida com uma chuva brilhante de verde que descia sobre um corpo perfeito e depois se abria numa saia drapeada do joelho ao tornozelo. Enquanto a via andar até eles, Jed pensou numa sereia feroz.

Agradecendo a interrupção de Trixie, Dora soltou a respiração que segurava e se virou para a mãe.

— Algum problema?

— O responsável pelo bufê é um idiota. Só Deus sabe por que eu continuo contratando aquela anta. — Trixie lançou um olhar para trás. Poderia ter derretido aço. — Ele se recusa, se recusa totalmente, a escutar uma palavra do que eu digo sobre a pasta de anchovas.

Como era a vez de Will manter a mãe separada do responsável pelo bufê, ela deu uma olhada rápida em volta. Seu irmão mais novo, decidiu Dora, era um homem morto.

— Cadê o Will?

— Ah, sumiu com aquela moça bonita que trouxe de Nova York. — Trixie jogou as mãos para cima. O movimento fez as miçangas coloridas que pendiam de suas orelhas balançarem. Uma crise no bufê não dava a ela tempo de se lembrar de nomes. — A modelo.

— A srta. Janeiro — comentou Dora, baixinho.

— Bom, voltando à pasta de anchova — começou Trixie, antes de respirar fundo, preparando-se para começar um discurso indignado.

— Mãe, não apresentei o Jed a você.

— Jed? — Distraída, Trixie ajeitou o cabelo levemente. O rosto da mulher se transformou ao primeiro olhar atento. Sutilmente, ela ergueu o queixo, bateu os cílios volumosos e olhou para Jed por sob eles. O flerte, na opinião da mãe de Dora, era uma arte. — É um prazer conhecer você.

Jed entendeu o que era esperado ao pegar a mão que ela oferecia e beijou os dedos da mulher.

— O prazer é meu, sra. Conroy.

— Não, Trixie, por favor. — Ela quase murmurou. — Senão, me sinto velha e chata.

— Tenho certeza de que isso seria impossível. Vi a senhora em *Alô, Dolly!* no ano passado. Estava magnífica.

As bochechas lisas de Trixie se ruborizaram de alegria.

— Que gentileza a sua dizer isso... Eu adoro Dolly Levi. É um personagem tão rico e cheio de camadas...

— A senhora foi perfeita.

— É. — Trixie suspirou com a lembrança. — Gostei dele, Dora. Me diga, Jed... Nossa, você tem mãos *enormes*, não é?

— Mãe. — Como ele havia se comportado muito bem, Dora teve pena de Jed. — O Jed é o inquilino que o papai achou para mim.

— O inquilino... O inquilino! — No mesmo instante, o instinto maternal sobrepôs o flerte. — Meu querido! — Cheia de gratidão, Trixie jogou os braços em torno do pescoço de Jed. Tinha a força de um zagueiro. — Tenho uma dívida eterna com você.

Dora simplesmente passou a língua pelos dentes quando Jed lançou um olhar indefeso para ela.

— Não foi nada — afirmou ele, dando tapinhas sem jeito nas costas de Trixie. — Só respondi a um anúncio.

— Você salvou minha querida Isadora daquele ladrão horrível. — Afastando-se, Trixie deu um beijo em cada bochecha de Jed. — Nunca vamos poder recompensar você por afugentar o homem e evitar que nossa menininha fosse roubada.

Jed lançou um olhar desconfiado para Dora por sobre os ombros trêmulos da mãe. Dora olhou para o lado.

— Eu estou de olho nela — respondeu ele, de modo significativo. — Não se preocupe.

— A preocupação é inerente ao papel de mãe, querido. — Com um sorriso cabisbaixo, Trixie suspirou.

— Aqui está você, flor da paixão. — De gravata branca e casaca, Quentin surgiu, ainda de pé, apesar de ter mantido dois garçons ocupados a noite toda. Deu um longo e apaixonado beijo na esposa, fazendo as sobrancelhas de Jed se erguerem. — Vim convidar minha noiva para dançar.

— É claro, meu amor. — Trixie deslizou os braços em volta do marido e os dois começaram a dançar, em estilo tango.

— Você conheceu o jovem que escolhi para a Izzy?

— É, acabei de conhecer. — Ao girar, Trixie jogou a cabeça para trás e sorriu para Jed. Ele não teria ficado surpreso se uma rosa tivesse aparecido de repente entre os dentes da mãe de Dora. — Você tem um gosto excelente.

— Izzy, mostre o teatro ao Jed. Nossa humilde casa tem mais do que um simples palco. — Quentin deu uma piscadela, levou o corpo da mulher para trás, depois se afastou, ainda dançando o tango.

— Flor da paixão? — perguntou Jed depois de um instante.

— Funciona para eles.

— Deu para notar. — Ele não se lembrava de ver os pais trocarem nem mesmo um olhar impessoal, muito menos um beijo apaixonado. A única paixão que havia testemunhado tinha sido o lançamento de insultos e louça.

— Você nunca me disse que já tinha vindo aqui.

— Oi?

— Ao teatro — explicou Dora, chamando a atenção de Jed de novo. — Alô, Dolly!?

— Você não perguntou. — Ele a levou até o bar, afastando-se da multidão. — Você não contou a ela, contou?

— Não quero deixar minha mãe preocupada. Não me olhe assim — retrucou Dora. — Você viu como ela agiu quando se lembrou do roubo. Pode imaginar o que aconteceria se eu dissesse que um maníaco apontou uma arma para mim? — Quando Jed não respondeu, ela bateu o pé. — Vou contar do meu jeito.

— Isso é problema seu — respondeu Jed, pegando um cigarro. — Mas, se ela souber por outra pessoa, vai ser pior.

— Não quero pensar nisso agora. — Dora arrancou o cigarro da boca de Jed, deu uma tragada rápida e o devolveu. — Vou mostrar o lugar a você. O prédio é de meados do século XIX. Costumava ser uma sala de shows populares. — Ela se afastou do palco e entrou num dos corredores estreitos. — Começou a decair quando o *vaudeville* acabou e escapou da demolição algumas vezes. Depois... — Dora abriu a porta de um camarim. Pondo as mãos nos quadris, viu Will se soltar de um abraço tórrido. — Toda deserção — afirmou — é punida com a forca.

Will sorriu e passou o braço em torno de uma mulher curvilínea em um minúsculo vestido vermelho.

— A Lorraine estava me ajudando a ensaiar umas falas. Vou fazer um comercial de um enxaguante bucal.

— Era a sua vez, Will. Eu já tive a minha e a Lea só chega depois da meia-noite.

— Está bem, está bem. — Arrastando a namorada, Will se espremeu para passar pela porta. — Vejo vocês depois.

Jed não se preocupou em disfarçar a admiração pelos quadris de Lorraine, que balançavam como um pêndulo.

— Pegue seus olhos de volta, Skimmerhorn — aconselhou Dora. — Alguém pode pisar neles.

— Daqui a pouco. — Ele se virou para Dora depois que Lorraine saiu do campo de visão. — Era a vez dele de fazer o quê? — perguntou.

— Manter minha mãe longe do cara do bufê. Venha, vou levar você até o andar de cima. Tem uma vista genial do palco de lá.

♦♦♦♦

À MEDIDA QUE a noite foi passando, Jed parou de questionar o fato de estar se divertindo. Apesar de não gostar de multidões, não ver nenhum objetivo em festas nem em conversar com estranhos, o ex-policial não sentiu nenhuma vontade impaciente de ir embora mais cedo. Quando encontrou com os Chapman no segundo andar, concluiu que os dois também estavam se divertindo.

— Oi, Jed. Feliz Ano-Novo. — Mary Pat deu um beijo no amigo, depois voltou a se inclinar sobre a bancada para observar o que acontecia no andar de baixo. — Que festa! Eu nunca vi nada assim.

Jed olhou para o que ela observava: um enxame de pessoas, correntes de cor e explosões barulhentas.

— Os Conroy são... únicos.

— Não precisa me explicar isso. Conheci o pai da Lea. Dançamos o *jitterbug*. — O rosto de Mary Pat corou e ela riu. — Eu nem sabia que *conseguia* dançar aquilo.

— Ela não teve que fazer muita coisa além de se segurar nele — comentou Brent. — Aquele velhinho tem um belo requebrado.

— Ele provavelmente já está bem calibrado. — Jed viu Quentin rapidamente no andar de baixo, com um chapéu de festa quase caindo de sua cabeça.

— Cadê a Dora? — perguntou Brent. — Não a vi desde que chegamos.

— Ela anda para lá e para cá. O Índigo quis dançar com ela.

— Índigo? — Mary Pat se inclinou ainda mais sobre a bancada para acenar para estranhos e jogar confetes.

— Não dá para não ver o cara. É um negro enorme e careca de macacão de couro vermelho.

— Ah. Ah! — repetiu Mary Pat depois que uma olhada rápida localizou Índigo. — Meu Deus, eu queria saber dançar assim. — Ela apoiou os cotovelos na bancada e mexeu os quadris levemente no ritmo da música.

— Já soube de alguma coisa? — perguntou Jed a Brent.

— Ainda vai demorar. — Brent segurava uma cerveja. — Estamos enviando o retrato para vários lugares. Se ele tiver ficha, vamos saber depois do feriado. Eu mesmo trabalhei um pouco em cima disso, procurando entre os estupradores conhecidos e invasores. Não achei nada ainda. — Brent olhou para o copo vazio e ajustou os óculos. — Vamos pegar uma cerveja.

— Ah, não, chega. — Mary Pat se ergueu e segurou o braço de Brent. — Você vai dançar comigo, tenente. Já é quase meia-noite.

— A gente não pode ficar aqui se beijando? — Brent arrastou os pés quando a mulher o carregou para o andar de baixo. — Olhe, o Jed pode dançar com você.

— Eu já tenho uma mulher.

Quando os três conseguiram se espremer e chegar até o andar da banda, o cantor já gritava ao microfone, erguendo as mãos e pedindo silêncio.

— Por favor, pessoal, me escute! Temos um minuto até a meia-noite, então encontrem seu par perfeito ou simplesmente o par de lábios mais próximos e se preparem para beijar muito na virada!

Jed ignorou o barulho e algumas propostas interessantes de mulheres solteiras e atravessou a multidão.

Ele a viu, no lado direito do palco, rindo com o irmão, enquanto os dois serviam champanhe em várias taças em fila.

Dora pousou uma taça vazia e pegou outra, virando-se para ver se toda a banda tinha copos cheios para o brinde. Então o viu.

— Will. — Com os olhos em Jed, ela passou a garrafa para o irmão. — Agora é com você.

— Vai ser uma correria! — gritou Will, mas Dora já andava para a ponta do palco.

— Preparem-se, pessoal! — A voz do cantor soou em todo o teatro. — Contem comigo. Dez, nove...

Ela se sentia como se estivesse se movendo em câmera lenta através de uma piscina de água quente. Ouvia o próprio coração bater com força em seu peito.

— Oito, sete...

Dora se abaixou, pondo as mãos nos ombros de Jed. Ele agarrou a cintura da moça.

— Seis, cinco...

As paredes estremeceram. Ela pulou no ar em meio à colorida chuva de confetes e sentiu os músculos de Jed baterem contra seu corpo enquanto segurava o cabelo dele e prendia as pernas em torno da cintura do ex-policial.

— Quatro, três...

Centímetro a centímetro, ela deslizou pelo corpo dele, os olhos colados, a respiração já acelerada.

— Dois, um...

A boca de Dora se abriu para a de Jed, quente e faminta. O som de prazer que ambos emitiram foi abafado por uma explosão de gritos. Soltando um murmúrio incoerente, ela mudou a posição do rosto e aprofundou o beijo, as duas mãos agarradas no cabelo do ex-policial.

Jed continuou a baixá-la do palco para o chão, certo de que alguma coisa explodiria dentro dele — a cabeça, o coração, as entranhas... Mesmo quando Dora já estava de pé, o corpo dela se manteve moldado ao dele, dando a Jed a percepção dolorosa de cada curva e vale da moça.

Dora tinha um gosto mais perigoso do que o do uísque, mais efervescente do que o do champanhe. Ele entendeu que um homem podia se embebedar de uma mulher.

Jed afastou a boca de Dora, mas a manteve colada a seu corpo. Os olhos dela estavam semicerrados, os lábios levemente separados. Enquanto ele a observava, Dora passou a língua lentamente pelos lábios, como se quisesse absorver o gosto que ficara ali.

— Eu quero outro — murmurou ela.

Mas, antes que Jed pudesse beijá-la, Quentin surgiu e passou um braço em torno dos dois.

— Feliz Ano-Novo, *mes enfants*! — Inclinando a cabeça, ergueu a voz para que ela fluísse como vinho sobre a barulheira: — Levem o velho, tragam o novo, toquem, sinos felizes, pela neve: o ano se vai, deixo-o ir; levem o falso, tragam a verdade.

— Tennyson — murmurou Jed, estranhamente emocionado.

Quentin sorriu para ele.

— Isso mesmo. — O velho beijou Dora, depois Jed, com o mesmo entusiasmo. Antes que Jed pudesse se acostumar com o susto, Trixie chegou.

— Eu adoro celebrações. — Mais beijos abundantes foram dados. — Will, venha aqui dar um beijo na sua mãe.

Will obedeceu, pulando dramaticamente do palco e fazendo a mãe cair para trás, num gesto teatral. Ele beijou o pai e, depois, se virou para Jed.

Preparado, Jed não se assustou.

— Não quero dar um soco em você.

Will apenas sorriu.

— Desculpe, a gente gosta de demonstrar nosso amor. — Apesar de ter sido avisado, o irmão mais novo de Dora deu um abraço forte e apertado em Jed. — A Lea e o John chegaram.

Pensando na própria sobrevivência, Jed deu um passo para trás, mas percebeu que estava preso entre a família e o palco. Resolveu desistir e aceitou filosoficamente um beijo de Lea e um abraço de John — que ele ainda nem conhecia.

Observando aquilo tudo e as várias reações que passavam pelo rosto do ex-policial, Dora riu e encontrou uma taça cheia de champanhe.

Um brinde a você, Skimmerhorn. Você ainda não viu nada.

♦ ♦ ♦ ♦

DiCarlo levou muito tempo para agonizar e morrer. Winesap esperou pacientemente, enquanto fazia o máximo para não ouvir os pedidos baixinhos de ajuda, as orações delirantes e os soluços borbulhantes.

Ele não sabia o que Finley havia feito com o empregado. Não queria saber. Mas desejara várias vezes durante a espera interminável de três horas que DiCarlo fizesse a coisa certa e simplesmente morresse.

Então, quando o sol começou a se pôr e nenhum outro som veio de fora do solário, Winesap desejou que DiCarlo tivesse demorado muito, muito mais.

A tarefa a seguir não lhe agradava.

Suspirando, ele saiu da casa, passou pelo corpo esparramado e atravessou o gramado sul na direção do barracão coberto de pedra. Tinha perguntado, displicentemente se havia um lençol ou alguma lona disponível ali.

Seguindo as instruções de Finley, Winesap encontrou um enorme rolo de pano, cheio de pontos de tinta branca. Com as costas reclamando do peso, pôs o rolo sobre o ombro e voltou para o jardim e para a tarefa horrível.

Era fácil esquecer o que estava fazendo. Tinha apenas que imaginar a si mesmo deitado, encarando cegamente o céu escuro, e todo o processo deixaria de incomodá-lo tanto.

Ele abriu o rolo de pano sobre as pedras brancas. Estavam manchadas e grudentas de sangue. E as moscas... Bem, pensou Winesap, isso é mesmo um negócio nojento.

Agachando-se, a respiração assobiando por entre os dentes, Winesap rolou o corpo de DiCarlo até que ficasse bem no meio do tecido.

Então, descansou por alguns instantes. A atividade física sempre o fazia suar profusamente. Desdobrou um lenço e limpou o rosto e o pescoço, que pingavam. Franzindo o nariz, jogou o lenço no chão e o enfiou embaixo do corpo.

Sentou-se de novo, tomando cuidado para evitar manchas de sangue, e pegou a carteira de DiCarlo com cuidado. Segurou-a cautelosamente entre o polegar e o indicador e decidiu queimá-la, com o dinheiro dentro, na primeira oportunidade.

Com a resignação dos que têm enormes responsabilidades, ele conferiu meticulosamente os outros bolsos de DiCarlo para ter certeza de que retirara todas as formas de identificação possível.

Ao longe, de uma janela do segundo andar, ouviu algumas notas de uma ópera italiana. Finley estava se preparando para sair, pensou Winesap.

Afinal, o dia seguinte era um feriado.

Capítulo Dezessete
♦♦♦♦

A NOITE ESTAVA clara e o ar, frio. Uma leve camada de gelo na janela lateral do T-Bird brilhava como uma teia de aranha gélida, à luz dos postes acesos. Dentro do carro, o aquecedor zumbia eficiente, acrescentando outro baixo a "Blue Monday", de B.B. King, que soava no rádio.

O calor, o blues e o passeio lento e tranquilo poderiam ter ninado Dora e a feito dormir. Se ela não estivesse com os nervos à flor da pele. Para lutar contra a tensão, a moça não havia parado de falar sobre a festa, as pessoas e a música, exigindo respostas curtas ou apenas o silêncio de Jed.

Quando os dois estacionaram atrás do prédio, Dora estava quase sem assunto.

— Está tudo bem, não está? — perguntou.

— Como assim?

Os dedos de Dora agarraram a carteira que levava.

— Os guardas que o Brent deixou aqui.

— É isso que está deixando você tão nervosa?

Ela estudou o prédio, a luz que saía da luminária da porta dos fundos, o brilho na janela do abajur que deixara aceso.

— Acho que consegui me esquecer disso a maior parte da noite.

— Está tudo bem. — Inclinando-se para Dora, Jed soltou o cinto de segurança que ela usava. — Estão aqui.

— Que bom. Isso é bom. — Mas o nervosismo dela não passou. Em silêncio, os dois saíram por lados opostos do carro, andaram até a escada e subiram.

Não gostava de estar tão agitada, pensou Dora, enquanto Jed destrancava a porta dos fundos. E, naquele instante, o nervosismo não tinha nada a ver com invasores nem guardas. Tinha tudo a ver com o que ia acontecer quando ambos estivessem do lado de dentro, sozinhos.

O que não fazia sentido nenhum, decidiu ela. Entrou no corredor e tirou as chaves da bolsa enquanto andava até sua porta. Queria Jed, queria muito terminar o que havia começado entre eles.

Mas...

Jed tirou a chave dos dedos rígidos da moça e destrancou a porta.

Era uma questão de controle, percebeu ela, enquanto tirava o casaco e o punha sobre uma cadeira. Em todas as ocasiões anteriores, estava ao volante da relação e o virava para a direção que queria.

Mas não controlava nada com Jed e ambos sabiam daquilo.

Ouviu a porta ser fechada e trancada. Outra onda de nervosismo se acumulou em sua garganta.

— Quer beber alguma coisa? — Dora não se virou, mas andou direto para o conhaque.

— Não.

— Não? — Os dedos dela sobrevoaram a garrafa e se afastaram. — Também não quero.

Foi até o som e ligou o CD player, sem ter ideia de que tipo de música havia deixado ali. Bessie Smith continuou o que B.B. começara.

— Vou ter que desmontar a árvore daqui a alguns dias. — Ela estendeu a mão e tocou num laço. — Na Noite de Reis. Vou ter que guardar tudo, queimar alguns ramos de pinheiro na lareira... Isso sempre me deixa um pouco triste. — Deu um pulo quando as mãos de Jed pousaram em seus ombros.

— Você está nervosa.

— Eu? — Dora riu e desejou ter servido uma bebida, qualquer coisa que lavasse aquele calor que secava sua garganta.

— Estou gostando disso.

Sentindo-se boba, ela se virou e conseguiu sorrir.

— É claro. Isso faz você se sentir superior.

— Tem isso. — Jed baixou a cabeça e beijou o canto da boca de Dora. — Mas também me diz que você vai se lembrar dessa noite por um bom tempo. Venha comigo.

Ele não largou a mão dela durante a pequena caminhada até o quarto.

Queria ir devagar, descobrir cada centímetro fascinante do corpo da moça, saborear o nervosismo mesmo enquanto o explorava. Até que ela se entregasse e fosse dele.

Jed ligou o abajur ao lado da cama e olhou para Dora.

A respiração da moça estremeceu quando Jed encostou os lábios nos dela. Delicadeza era a última coisa que esperava dele e o presente mais devastador que Jed podia lhe dar. Os lábios de Dora se abriram, aceitando-o, mesmo quando o coração começou a esmurrar o peito dela.

A cabeça de Dora caiu para trás, num gesto de rendição que fez o desejo retorcer as entranhas dele. Mas Jed continuou a brincar com os lábios dela delicadamente, deixando o momento se estender.

— Você está tremendo — murmurou ele, deslizando os lábios pela base do rosto dela, passando a língua na pele suave e quente, absorvendo o sabor da carne.

— É você que está.

— Deve ser isso mesmo. — Ele voltou a beijá-la, aprofundando o beijo até que o prazer tomasse futilmente a cabeça dela. Agora ouviam-se suspiros, murmúrios sem fôlego, a batida forte de corações acelerados.

— Vou só arrumar a cama — sussurrou ela.

Mas, quando Dora se virou, ele a trouxe de volta para si e passou os lábios levemente pela nuca da moça.

— Isso pode esperar.

As mãos dele estavam na barriga dela, onde uma pressão se concentrava como uma cobra pronta para dar o bote.

— Acho que eu não vou conseguir.

— Não vai ser rápido. — Jed passou as mãos pelos lados do corpo de Dora, subindo e voltando a descer. — Não vai ser fácil.

— Jed... — O nome terminou num gemido.

As mãos dele agora estavam sobre os seios dela, acariciando, os polegares buscando, circundando os mamilos enquanto sua língua fazia coisas incríveis com a orelha dela. De olhos fechados, ela desistiu de qualquer tentativa de controle e arqueou as costas, apoiando-se contra ele.

Agora Jed usava os dentes, satisfazendo seu desejo primitivo de provar a carne dela, enquanto abria os minúsculos botões que iam do pescoço até os quadris. A respiração de Dora se tornou mais lenta, profunda, como a de uma mulher em transe. A lateral do polegar dele mal tocava a pele dela, enquanto abria cada botão com uma indolência desesperadora.

— Passei a noite inteira imaginando. — Jed falava baixinho, perto do ouvido de Dora, e lutava para evitar que suas mãos fossem gananciosas demais. — A noite inteira imaginando o que tinha embaixo disto.

Lentamente, ele abriu o macacão e passou os dedos pelo corpo de Dora. Só a viu a pele da mulher.

— Pelo amor de Deus...

Enterrou o rosto no cabelo dela, o desejo o tomava. A pele de Dora era quente e macia, os músculos estremeciam, indefesos, sob as mãos dele. Cada tremor passava dela para ele, os corpos grudados, à luz do abajur.

Jed não sabia que um desejo podia ser tão incrível, nem que a vontade de dar e receber tão enorme, como uma flecha afiada que espera acertar o alvo. Só sabia que queria cada centímetro de Dora, queria a satisfação de fazer com que ela ansiasse cada pedaço dele da mesma maneira.

Como num sonho, Dora ergueu um dos braços e se segurou no pescoço de Jed. Era quase como flutuar, pensou. E o ar parecia brilhar como prata. Então ele a tocava de novo e o leve brilho do ar ganhava outro tom, como uma espada que reflete o sol.

Com os olhos semicerrados, ela se encostou nele, absorvendo tanto o orgulho quanto o prazer das mãos do homem sobre sua pele. Virou a cabeça para que sua boca pudesse encontrar a dele de novo. Os lábios grudados, molhados e famintos, o incentivavam a tomar mais dela. Dora não podia mais definir de onde vinha o prazer. Havia sensações demais correndo por seu corpo. Na boca, claro, havia muito prazer ali, na pressão firme dos lábios, no bater dos dentes, na mistura das línguas.

Havia ainda mais na pressão forte do corpo dele contra o dela, nos leves tremores que demonstravam uma violência mantida sob um controle estrito. No calor que ele emanava e que falava de um desejo sombrio e desesperado.

E nas mãos dele. Deus, aquelas mãos que acariciavam, moldavam e possuíam, quase ferozes, até que ela temesse perder qualquer tipo de orgulho e implorasse por mais.

A respiração dela era formada por gemidos, grunhidos graves. O corpo junto ao dele, movendo-se num ritmo que ganhava velocidade e pedia mais. Para dar prazer a ela — e a ele mesmo —, Jed deslizou uma das mãos pelo ventre de Dora e a tocou. Ela já estava molhada e quente. Apenas com os dedos, fez com que a moça gozasse. O corpo dela ficou rígido, se arqueou contra o dele. Ela gritou quando o orgasmo rápido e forte a tomou. Quando as pernas de Dora bambearam, ele deixou que sua mão penetrasse ainda mais, grunhindo quando ela perdeu a respiração, num prazer inesperado.

— Mais?

A cabeça dela caiu para trás. Para manter o equilíbrio, Dora passou o outro braço em torno do pescoço de Jed.

— Mais.

Ele a tocou de novo, a excitação jorrando dentro de seu corpo cada vez que ela gemia seu nome. Jed entendeu que um homem podia se embebedar e perder o controle sem nem tocar numa bebida. E que uma mulher podia entrar em seu sangue como uma droga. Quando o desejo tomou suas entranhas, ele a virou para tirar o tecido justo do macacão de cima dos ombros dela.

Havia tanto ardor no rosto de Jed, tanta violência nos olhos dele que Dora deveria ter ficado assustada. Apesar de o coração dela ter quase parado, a reação não tinha nada a ver com medo.

— Eu quero você. — A voz dela era grave e grossa, como mel derramado sobre uma chama. As mãos que tiraram a camisa dele tremiam. Mas os olhos, fixos nos de Jed, eram fortes e seguros. Ela abriu a calça dele, jogando a cabeça para trás enquanto se aproximava. — Quero você dentro de mim. Agora.

Como resposta, Jed agarrou os quadris de Dora e caiu com ela na cama.

Os dois rolaram duas vezes, tirando as roupas um do outro com impaciência, até a pele úmida deles se encontrar. Mas, quando Dora tentou envolvê-lo com as pernas e deixar que a penetrasse, Jed mudou de posição, querendo aproveitar o corpo dela. Enquanto Dora se contorcia e gemia, ele se banqueteava, chupando os seios dela e fazendo com que as contrações no ventre da moça ficassem quase insuportáveis.

Sem fôlego, ela agarrou o cabelo dele, o corpo curvado num convite desesperado.

— Agora. Pelo amor de Deus, agora.

Jed mordeu o mamilo de Dora, puxando-o até que as unhas da moça se cravassem em seu ombro.

— Agora sou eu que quero mais.

E, quanto mais ele obtinha, mais queria. Ela se dava, completa e irresistivelmente, abandonando-se ao fluxo de sensações. Mesmo assim, não era o suficiente.

Como havia prometido a si mesmo, ele explorou cada centímetro dela, provando, tocando, possuindo. Tudo que pedia era dado. Tudo que ela oferecia, ele tomava.

Jed podia observá-la. A luz refletia sobre a pele úmida, fazendo-a brilhar como uma de suas estatuetas de porcelana. Mas Dora era de carne e osso; tinha as mãos tão curiosas e a boca tão ávida quanto a dele.

Embaixo dos dois, a colcha era macia e suave como água. A música vagava pelo quarto, toda a sedução do saxofone e do baixo.

Quando ele a penetrou, um gemido grave tremulou dos lábios dela para os dele. Lentamente, saboreando-a, ele foi cada vez mais fundo, aceitando o arfar frenético e incitando mais prazer ao passar a língua sobre a dela.

Jed se ergueu, desesperado para ver o rosto de Dora, para ver aquelas contrações de prazer incontrolável. Ela gozou de novo, agarrando-o convulsivamente e fazendo-o respirar a tempestade daquela sensação.

Os olhos dela se abriram, brilhantes e arregalados, e se fixaram nos dele. Os lábios da moça se abriram quando ela tentou falar, mas ele pôde ouvir apenas outro gemido trêmulo. Jed era tudo que Dora podia ver, tudo que podia sentir, tudo que queria. Cada penetração lenta percorria o corpo dela, tornando-o uma mistura de sensações fortes e desejos arrebatadores. Jed a excitou ainda mais, até que ela não pôde mais fazer nada além de se agarrar a ele e deixar que a levasse aonde e como quisesse.

Dora gritou de novo. Jed enterrou o rosto no cabelo dela e se deixou acompanhá-la.

♦ ♦ ♦ ♦

A MÚSICA HAVIA mudado. Elton John cantava sua ode a Marilyn. Dora se esparrama, atravessada na cama — o corpo adormecido mal sentia o peso do corpo de Jed. Sentia apenas os lábios dele contra seu seio e as batidas do coração do homem, ainda disparado. Encontrou forças para erguer uma das mãos, passá-la pelo cabelo dele e pousá-la no ombro do ex-policial.

O toque, de alguma maneira maternal e sensual, o comoveu. Ele se sentia como se tivesse rolado de uma montanha muito alta e caído num riacho quente e profundo. Acompanhando o desejo, beijou a curva do seio dela e a viu sorrir.

— Você está bem? — perguntou ele.

— Não. Não consigo ver nada.

Foi a vez de Jed sorrir.

— Seus olhos estão fechados.

— Ah. — Dora os abriu e suspirou. — Graças a Deus. Achei que tinha ficado cega. — Virando a cabeça sobre a colcha emaranhada, olhou para ele. — Acho que não vou perguntar se você está bem. Parece satisfeito demais consigo mesmo.

Ele se ergueu para beijá-la. O cabelo de Dora havia caído, como Jed imaginara que faria, e formava um mar de cachos em torno do rosto dela. Os lábios da moça estavam inchados, os olhos, pesados de sono.

Jed sentiu alguma coisa mudar — não a volta do desejo, como esperava, mas outra coisa. Alguma coisa que não era apenas satisfação.

— Pergunte mesmo assim.

— Está bem. — Ela tirou o cabelo da testa dele. — Tudo bem, Skimmerhorn?

— Tudo ótimo.

— Seu dom para as palavras me impressiona.

Ele riu, deu outro beijo nela e rolou para o lado, puxando-a para junto de si.

— É uma pena eu não conseguir me lembrar de nenhum poema de Tennyson.

A ideia de vê-lo declamar poesia fez o sorriso dela ficar misterioso.

— Que tal um de Shelley? "Eu ressurjo dos sonhos sobre você no primeiro doce sono da noite, quando o vento ainda sopra lento e as estrelas brilham forte."

Ela o deixou envergonhado.

— Isso é bonito... — disse, antes de erguer o rosto dela para um beijo doce e lânguido. — Muito bonito.

Feliz com o resultado, ela se aconchegou nele.

— Como integrante da família Conroy, fui criada com bardos e escritores.

— Eles fizeram um bom trabalho com você.

Dora apenas sorriu enquanto Jed continuava a estudá-la, a mão ainda embaixo do queixo da moça, os olhos sombrios e intensos analisando o rosto dela.

— Eu quero você de novo.

— Eu estava torcendo para você dizer isso.

♦♦♦♦

— Dora, você está horrível!

— Lea, o que eu faria sem você para encher a minha bola?

Sem se desconcertar, Lea pôs as mãos fechadas nos quadris enquanto analisava o rosto pálido e as olheiras da irmã.

— Talvez você esteja pegando alguma coisa. Tem uma gripe rondando por aí, sabia? Acho que você deveria fechar a loja hoje.

Dora foi até o balcão quando uma cliente entrou.

— Esse tipo de pensamento é exatamente a razão pela qual você é a empregada e eu, a patroa. — Abriu um sorriso alegre. — Bom-dia. Posso ajudar?

— Você é Dora Conroy?

— Isso mesmo. — Dora estendeu a mão. Sabia que parecia pálida e cansada por causa da falta de sono, mas a mulher que agarrara sua mão estava à beira de um colapso. — A senhora aceita um café? Um chá?

— Eu... — A moça fechou os olhos e tirou o gorro azul. — Eu adoraria uma xícara de café, mas não deveria tomar. — Pôs a mão numa leve saliência na barriga. — Aceito um chá.

— Com leite? Limão?

— Não, puro.

— Por que não se senta? — Tomando o controle, Dora levou a moça até uma cadeira. — Estamos com pouca clientela hoje. É a pasmaceira pós-feriado. — Quando um jovem casal entrou, Dora fez um sinal para que Lea os atendesse. Serviu duas xícaras de chá.

— Obrigada. Meu nome é Sharon Rohman — disse a moça ao aceitar a bebida.

— Estou um pouquinho esquecida hoje... Meu Deus! — Dora se lembrou de tudo num instante. Imediatamente se sentou e pegou a mão de Sharon. — Você é a sobrinha da sra. Lyle. Sinto tanto pelo que aconteceu... Da última vez que liguei para o hospital, me disseram que ela ainda estava em coma.

Sharon apertou os lábios.

— Ela saiu do coma ontem à noite.

— Fico muito feliz em ouvir isso.

— O estado dela ainda é crítico. — Sharon ergueu a xícara, depois a pousou novamente com a mão trêmula, sem beber nenhum gole. — Os médicos não sabem se vai se recuperar nem quando. Ela... Ela está muito frágil.

Os olhos de Dora ameaçaram se encher de lágrimas.

— Está sendo uma época horrível para você. Imagino que não haja nada pior do que esperar.

— Não, não há. — Mas a simpatia fácil e natural de Dora a ajudava a relaxar. — Nós duas sempre fomos próximas. Éramos realmente amigas. A primeira pessoa a quem contei sobre o bebê, depois do meu marido, foi minha tia.

— Você parece tão cansada... — afirmou Dora com gentileza. — Não gostaria de subir um pouco até o meu apartamento? Pode deitar por alguns minutos num lugar reservado.

A bondade fez os olhos de Sharon deitarem lágrimas.

— Não posso ficar. Tenho que voltar ao hospital.

— Sharon, esse cansaço todo não deve ser bom para você nem para o bebê.

— Estou tomando todo o cuidado que posso. — A moça limpou uma lágrima com as costas da mão. — Acredite em mim, estou fazendo tudo que o médico manda. — Ela respirou fundo, depois, mais relaxada, disse: — Srta. Conroy...

— Dora.

— Dora. — Sharon suspirou, acalmando-se. — Vim até aqui agradecer pelas flores que você mandou para o hospital. Eram lindas. Tia Alice adora flores. O jardim dela parece uma estufa. As enfermeiras me disseram que você ligou várias vezes para saber do estado da minha tia.

— Fico aliviada por ela estar melhorando.

— Obrigada. Mas, sabe, eu achei que conhecesse todos os amigos dela. Não sei como vocês se conheceram.

— A verdade é que só nos vimos rapidamente. Aqui. Ela veio até a loja pouco antes do Natal.

Sharon balançou a cabeça, confusa.

— Ela comprou alguma coisa daqui?

— Algumas. — Dora não teve coragem de dizer que haviam sido presentes para ela e para o bebê. — Disse que tinha vindo porque você comprava aqui às vezes.

— É. — Impressionada, Sharon sorriu enquanto Dora punha mais chá em sua xícara. — Você sempre tem coisas tão interessantes... Espero que não se sinta ofendida, mas acho meio estranho que tenha ficado tão preocupada com uma cliente que só viu uma vez.

— Eu gostei dela — respondeu Dora, simplesmente. — E fiquei muito chateada por ela ter sido ferida tão pouco tempo depois de ter vindo aqui.

— Veio comprar alguma coisa para mim, não foi?

— Ela gosta muito de você.

— É. — Com muito esforço, Sharon se controlou. Sabia que tinha que ser forte pelo bebê e pela tia. — Quem quer que tenha matado a Muriel e machucado a minha tia destruiu um monte de coisas dela. Parece tão sem sentido...

— A polícia tem alguma pista?

— Não. — Sharon soltou um suspiro desanimado. — Nenhuma. Têm sido muito gentis desde o início. Eu já estava histérica quando eles chegaram. Encontrei minha tia caída no chão na manhã de Natal e... Coitada da Muriel. Eu estava muito calma quando liguei para a ambulância e para a polícia. Mas, depois, desmoronei. Ajudou quando falei com eles. A polícia consegue ser tão isenta e analítica.

Dora pensou em Jed.

— Eu sei. — Depois de hesitar por um instante, Dora tomou uma decisão. — Quer saber o que ela comprou para você?

— Quero, sim. Muito.

— Ela disse que você costura. Comprou um aparador de portas vitoriano para que você pudesse manter a porta aberta e ouvir o bebê no berço.

— Um aparador de porta? — Um leve sorriso apareceu nos lábios de Sharon. — Um elefante de bronze? Igual ao Jumbo?

— Isso mesmo.

— Encontramos o elefantinho no canto da sala dela. — Lágrimas ameaçaram cair de novo, mas não pareciam tão intensas nem tão desesperadas. — É exatamente o tipo de coisa que ela compraria para mim.

— Ela levou um aparador de porta para o quarto do bebê também. Um cachorro de porcelana, enroladinho, dormindo.

— Ah, esse eu não vi. Deve ter sido quebrado. O cara destruiu a maioria dos presentes que ela havia embrulhado e grande parte das coisas dela também. — Sharon pegou na mão de Dora. — Parecia que tinha ficado maluco. Imagino que devia ser maluco, não é, para matar uma senhora e deixar outra quase morta. — Balançou a cabeça, deixando a pergunta de lado. — Gostaria de levar alguma coisa para quando for ver minha tia hoje. Pode me ajudar a escolher?

— É claro.

♦ ♦ ♦ ♦

Vɪɴᴛᴇ ᴍɪɴᴜᴛᴏs depois, Dora observou Sharon entrar no carro e ir embora.

— O que foi aquilo? — perguntou Lea. — A coitadinha parecia tão triste...

— Era a sobrinha da sra. Lyle. A mulher que foi atacada na véspera de Natal.

— Em Society Hill? Ela está em coma, não está?

— Acabou de sair.

Lea balançou a cabeça.

— É horrível pensar que alguém pode entrar na sua casa desse jeito.

Um rápido tremor subiu pela coluna de Dora quando ela se lembrou da própria experiência.

— Horrível — concordou. — Espero que achem o cara.

— Enquanto isso... — Firme, Lea se virou para encarar Dora. — Voltemos a você. Por que parece tão exausta se teve o dia inteiro de folga ontem?

— Não tenho a menor ideia. Passei o dia inteiro na cama. — Com um sorriso maldisfarçado nos lábios, Dora se afastou para reorganizar a coleção de caixinhas de música.

— Espere aí. — Apertando os olhos, Lea mudou de posição para observar o rosto de Dora. — Ah-ah-ah... — disse, fazendo cada sílaba subir um tom. — Agora eu entendi. O Jed.

Dora abriu a tampa de uma caixinha esmaltada que tocava "Moonlight Sonata".

— O que tem ele?

— Não brinque comigo, Isadora. Na cama de quem você passou o dia ontem?

— Na minha. — Dora sorriu e fechou a caixinha. — E foi incrível.

— É mesmo? — Lea era toda ouvidos. — Ande, conte tudo.

— Bem, ele é... Não posso — percebeu Dora, impressionada. — Isso é diferente.

— Opa! — exclamou Lea, sorrindo de orelha a orelha. — Você se lembra do que eu fiz na primeira vez que o John me beijou?

— Voltou para casa, se enfiou na cama e chorou por uma hora.

— Isso mesmo. Porque eu estava com medo e maravilhada e tinha a absoluta certeza de que tinha conhecido o cara com quem ia passar o resto da vida. — A lembrança a fez sorrir de modo doce. Orgulhoso.

— Você tinha 18 anos — lembrou Dora. — Era dramática demais e virgem.

— E você tem 29, é dramática demais e nunca se apaixonou por ninguém na vida.

Um suspiro forte.

— É claro que já.

— Não, não se apaixonou.

Dora pegou uma flanela.

— Eu não disse que estou apaixonada pelo Jed.

— E está?

— Não sei.

— Pronto — concluiu Lea, triunfante. — É isso que quero dizer. Se não estivesse, diria logo. Como está, está confusa. Falando nisso, cadê ele?

— Saiu. — Como sentia que havia ficado presa na armadilha, Dora fez uma careta. — Não pus uma coleira no pescoço dele.

— Está irritadinha — confirmou Lea, fazendo que sim com a cabeça, assertivamente. — Outro sinal do que eu estou dizendo.

— Escute, vou analisar o que estou sentindo quando tiver tempo. — Dora pegou a flanela de novo com força e começou a polir o balcão já impecável. — Desde que ele chegou, as coisas estão muito confusas. Invadiram a loja, o meu apartamento... Eu quase fui estuprada e você...

— Como é que é? — Lea deu a volta no balcão em duas passadas e agarrou as mãos de Dora. — O que você disse?

— Droga. — Tentando soltar as mãos, Dora percebeu que já fora longe demais. — Não foi tão ruim assim. Eu exagerei porque você me deixou irritada.

— Espere aí. — Lea foi até a porta, a trancou e pôs a placa de "Fechado". — Você vai me contar tudo, Dory, agora.

— Está bem. — Resignada, Dora esfregou as mãos no rosto. — É melhor você se sentar.

Levou algum tempo, já que Lea a interrompia com frequência, mas tudo foi contado, do início ao fim.

— Eu quero que você prometa não contar à mamãe nem ao papai sobre isso até eu mesma poder fazer isso.

— Você vai lá em cima fazer as malas. — Lea se ergueu de um pulo. Com os olhos azuis brilhando, olhou para Dora como um anjo louro e magro, pronto para jogar a auréola e a harpa em alguém. — Vai se mudar para a minha casa.

— Não vou. Querida, eu estou perfeitamente segura aqui.

— É, perfeitamente — retrucou Lea.

— Estou. A polícia está procurando o cara e até puseram guardas vigiando o prédio. — Ela riu, adorando Lea. — Meu amor, estou dormindo com um policial.

Aquilo a tranquilizou, um pouco.

— Não quero que fique sozinha. Nem por cinco minutos.

— Pelo amor de Deus...

— Estou falando sério. — O brilho no olhar de Lea não deixava espaço para discussões. — Se você não prometer, vou chamar o John e a gente vai arrastar você lá para casa. E eu mesma quero falar com o Jed.

— Fique à vontade. — Dora jogou as mãos para cima, rendendo-se. Era impossível bancar a irmã mais velha com uma mulher que era a mãe ditatorial de três crianças. — Ele não vai falar nada que eu já não tenha contado. Estou completamente, absolutamente segura aqui. Eu garanto.

As duas gritaram quando alguém sacudiu a porta.

— Ei! — gritou Terri, batendo com força. — O que vocês estão fazendo com a porta trancada no meio do dia?

— Nem uma palavra — murmurou Dora, indo destrancar a porta. — Desculpe, fizemos um intervalo.

Terri apertou os lábios enquanto analisava as duas mulheres. O ar cheirava suspeitosamente a uma briga de família.

— Vocês duas parecem mesmo estar precisando de um. A manhã foi agitada?

— Pode-se dizer que sim. Escute, tem um carregamento novo nos fundos. Por que não abre para mim? Vou colocar o preço em tudo quando você terminar.

— Claro. — Obedecendo, Terri tirou o casaco enquanto andava até o depósito. Sempre podia escutar atrás da porta se as coisas ficassem interessantes.

— A conversa ainda não acabou, Isadora.

— Por enquanto, acabou, Ophelia. — Dora deu um beijo na bochecha da irmã. — Você pode interrogar o Jed quando ele voltar.

— E vou fazer isso.

— Encha o saco dele, por favor. Quero ver se ele aguenta.

Lea bufou, indignada.

— Eu não encho o saco de ninguém.

— Você é a campeã do mundo nisso — murmurou Dora, em sua melhor voz subliminar.

— E, se você acha que isso é uma piada...

— Ô, Dora. — Terri pôs a cabeça para fora do depósito. Havia um sorriso confuso no rosto dela e a cópia da foto de DiCarlo, gerada no computador, estava em suas mãos. — Por que você tem uma foto do cara que veio aqui antes do Natal?

— O quê? — Dora lutou para manter a voz normal. — Você conhece esse cara?

— Ele foi o último cliente que atendi na véspera de Natal. Vendi o Staffordshire para ele. Aquela cadela com o filhote, lembra? — Terri olhou rapidamente para a foto e ergueu as sobrancelhas repetidamente. — Acredite em mim, ele é mais bonito em pessoa do que isso. É amigo seu?

— Na verdade, não. — O coração de Dora começou a dançar em seu peito. — Terri, ele pagou em dinheiro?

— Pelo Staffordshire? Claro que não. Pagou no cartão.

A alegria agitou o coração de Dora, mas ela era atriz o bastante para escondê-la em sua voz.

— Você se incomoda de procurar o recibo para mim?

— Claro que não. — O rosto de Terri se desanimou. — Não me diga que o cara é um caloteiro. O cartão foi aprovado.

— Não, deve estar tudo certo. Só preciso do recibo.

— Está bem. Ele tinha um nome italiano — acrescentou Terri. — Delano, Demarco, alguma coisa assim... — Dando de ombros, a moça fechou a porta atrás de si.

♦♦♦♦

— DiCarlo — disse Brent, entregando uma ficha a Jed. — Anthony DiCarlo, de Nova York. Muitos crimes pequenos: estelionato, jogos ilegais, algumas invasões... Ficou preso por pouco tempo por extorsão, mas está trabalhando com atividades legais há quase seis anos.

— Não ser pego não quer dizer que seja legal — murmurou Jed.

— A polícia de Nova York me mandou isto hoje de manhã. Tem um policial com boa vontade por lá que aceitou fazer um pouco do trabalho pesado por mim. Não deve ser difícil descobrir se esse cara tem um álibi para a noite da invasão.

— Se ele tiver, é mentira. É o mesmo cara. — Jed jogou a foto do arquivo na mesa de Brent. — Talvez eu deva dar um pulo em Nova York.

— Talvez você deva dar um tempinho aos nossos amigos da Big Apple.

— Vou pensar nisso.

— Você parece muito relaxado para um cara que está pensando em acabar com a raça de alguém.

Os lábios de Jed se contorceram levemente.

— É mesmo?

— É. — Recostando-se na cadeira, Brent assentiu. Lea o teria elogiado pelo radar romântico. — Foi o que pensei — murmurou, abrindo um sorriso. — A Dora é uma bela mulher. Muito bem, capitão.

— Cale a boca, Chapman — respondeu Jed, baixinho, enquanto saía. — Me avise se souber de alguma coisa, está bem?

— Claro.

Brent esperou até que a porta tivesse se fechado para pegar o telefone e contar tudo a Mary Pat.

Capítulo Dezoito
♦♦♦♦

E ELE PENSOU. Jed sabia que Dora estaria na loja, então foi direto para o próprio apartamento. Pôs um short de ginástica e uma camiseta antes de se deitar no banco para se exercitar. Pensaria melhor depois que tivesse suado um pouco.

Devia decidir o quanto iria contar a ela. Dora tinha o direito de saber de tudo, mas não era questão de direito, e sim do que era melhor para ela. Se conhecia a moça — e estava começando a achar que a conhecia muito bem —, ela iria querer fazer alguma coisa. Um dos principais problemas para um policial era a interferência de um civil.

Não que ele fosse policial, lembrou a si mesmo, mantendo um ritmo regular com o peso. Mas, quando um homem passa quase metade da vida na polícia, ele também não pode ser considerado civil.

Nova York podia resolver tudo. Mas a polícia de lá não tinha um interesse direto. Tudo que Jed precisava fazer era deixar a imagem do rosto pálido e inconsciente de Dora voltar à sua mente para se lembrar de quão direto era seu interesse.

Uma viagem para Nova York e umas perguntas aqui e ali não interfeririam muito na investigação oficial. E, se ele pudesse fazer algo de concreto, algo real, talvez não se sentisse tão...

Fez uma pausa com os braços estendidos e abriu uma careta para o teto. Como ele se sentia? Soltando o ar, baixou a barra outra vez, a ergueu, a baixou...

Inútil, percebeu. Agitado. Inacabado.

Nada em sua vida tivera realmente um fim porque nada havia sido começado. Fora mais fácil se manter fechado, distante. Fácil nada, pensou Jed. Ele fizera o necessário para sobreviver.

Então por que havia entrado para a polícia? Imaginava que havia reconhecido, por fim, a necessidade que tinha de ordem, disciplina e, sim, até de uma família. O emprego dera tudo aquilo a ele. E mais. Uma noção de propósito, de satisfação e de orgulho.

E Donny Speck havia custado tudo aquilo. Mas aquele assunto não tinha a ver com Speck, lembrou. Nem com Elaine. Tinha a ver com proteger a mulher que morava do outro lado do corredor. A mulher por quem começava a sentir alguma coisa.

Ele também tinha que pensar sobre aquilo.

Jed não parou de ergueu o peso quando ouviu a batida, mas abriu um sorriso quando ela chamou seu nome.

— Por favor, Skimmerhorn, eu sei que está aí. Preciso falar com você.

— Está aberta.

— E por que fica exigindo que eu tranque a minha? — perguntou Dora, antes de entrar, vestida como uma mulher de negócios, num terninho verde-escuro, cheirando a pecado. — Ah. — Ela ergueu as sobrancelhas enquanto dava uma bela olhada no corpo de Jed, estendido no banco, os músculos contraídos, molhados de suor. O coração da moça deu uma cambalhota. — Desculpe interromper seu ritual masculino. Não deveria haver uma série de tambores batendo ou algum tipo de canto pagão tocando ao fundo?

— Você quer alguma coisa, Conroy?

— Eu quero várias coisas. Sapatos de camurça vermelhos, algumas semanas na Jamaica, uma chaleira Böttger que vi na rua das antiguidades... — Dora andou até ele para beijar os lábios do ex-policial de cabeça para baixo. Sentiu gosto de sal. — Você vai demorar para terminar? Vou ficar excitada em ver você suando assim.

— Parece que já terminei. — Jed pôs a barra de volta no apoio.

— Não vai ficar tão irritado quando eu contar o que descobri. — Ela fez uma pausa dramática. — A Terri reconheceu a foto.

— Que foto? — Jed se levantou e pegou uma toalha.

— *A* foto. A foto mágica que criamos no computador. Jed, ele esteve na loja na véspera de Natal. — A agitação a fez andar pela sala, os saltos batendo na madeira, as mãos fazendo gestos aleatórios. — O nome dele é...

— DiCarlo, Antnony — interrompeu Jed, rindo quando a boca de Dora se abriu. — O último endereço conhecido é rua 83 Leste, Nova York.

— Mas como você... Droga. — Irritada, ela enfiou o recibo de volta no bolso. — Você poderia pelo menos ter fingido ficar impressionado com o meu talento de detetive.

— Você é uma verdadeira Nancy Drew, Conroy. — Jed foi até a cozinha, tirou uma garrafa de Gatorade da geladeira e deu um gole, sem se preocupar em pegar um copo. Quando a baixou, Dora estava parada na porta com um brilho perigoso nos olhos. — Você foi muito bem. A polícia só trabalhou mais rápido. Você ligou para a delegacia?

— Não — respondeu ela, fazendo beicinho. — Queria contar a você.

— O Brent é o responsável pela investigação — lembrou Jed. Estendeu a mão e bateu com o indicador no lábio da moça. — Pare de fazer beicinho.

— Não fiz nada. Nunca faço beicinho.

— Com essa boca, minha querida, você é campeã nisso. O que a Terri disse sobre o DiCarlo?

— O Brent é o encarregado do caso — respondeu ela, afetada. — Vou voltar para o meu apartamento e ligar para a delegacia. Talvez ele aprecie isso.

Jed pegou o rosto de Dora com uma das mãos e deu um leve apertão.

— Cuspa logo, Nancy.

— Bem, já que você está sendo tão carinhoso... Ela disse que ele era muito educado, muito gentil. — Contornando Jed, Dora abriu a geladeira e soltou uma exclamação de nojo muito involuntária e feminina. — Pelo amor de Deus, Skimmerhorn, como você chama isso que tem na tigela?

— Jantar. O que mais ela disse?

— Não pode comer isso. Vou preparar o jantar.

— Voltando ao DiCarlo... — pediu Jed, direto, pegando-a pelos ombros antes que a moça começasse a remexer nos armários da cozinha.

— Ela disse que o cara queria comprar um presente especial para a tia. Terri contou que mostrou o leão de jade a ele. E tenho certeza de que ele o levou quando invadiu a loja. — Dora fez uma careta rápida pensando no assunto. — Disse que se vestia bem e tinha um Porsche.

Jed queria mais:

— Ela está lá embaixo?

— Não, já foi embora. A loja está fechada.

— Quero falar com ela.

— Agora?

— Agora.

— Bem, me desculpe, mas não sei onde ela está agora. Tinha um encontro com um cara novo. — Dora bufou quando Jed saiu da cozinha. — Se é tão importante, pode encontrar com ela no teatro mais tarde. A peça começa às oito. Podemos falar com ela rapidinho na coxia, entre os atos.

— Está bem.

— Mas não sei no que isso iria ajudar. — Dora o seguiu até o quarto. — Já falei com ela e temos o nome e o endereço.

— Você não sabia que perguntas devia fazer. — Depois de tirar a camiseta, Jed a jogou num canto. — Ele pode ter dito alguma coisa. Quanto mais a gente souber, mais fácil vai ser fazer o cara falar no interrogatório. Temos umas duas horas, se você quiser mesmo cozinhar...

Mas Dora não ouvia. Quando Jed se virou, ela estava parada, uma das mãos pousada no coração e um olhar de incrível choque no rosto.

— O que foi? — O instinto o fez se virar e analisar o quarto com olhos estreitados.

— A cama — soltou ela. — Ai...

Os músculos tensos de Jed relaxaram. A vergonha que o tomou o irritou muito. Primeiro, ela criticava a comida, agora, a cama.

— A empregada tirou o ano de folga. — Ele franziu a testa para os lençóis e cobertores amassados. — Não vejo por que arrumar se vou bagunçar tudo de novo.

— A cama — repetiu Dora com reverência. — Art Nouveau francesa, mais ou menos de 1900. Ai, veja só esses entalhes. — Ela se ajoelhou ao pé da cama para passar os dedos com gentileza pela imagem de uma mulher elegante que usava um vestido leve e segurava um jarro. O som que saiu da garganta da moça era parecido com o que ela emitia no calor da paixão. — É de pau-rosa — disse, suspirando.

Rindo, Jed observou Dora subir na cama e examinar a cabeceira, ajoelhada.

— Meu Deus, olhe só este trabalho... — murmurou ela. —Veja este entalhe. — Com carinho, acariciou as curvas. — A delicadeza...

— Acho que tenho uma lupa por aqui — brincou Jed quando a moça quase pressionou o nariz contra a madeira.

—Você nem sabe o que tem aqui, não é?

— Eu sei que era um dos poucos móveis do mausoléu em que cresci de que gostava. A maior parte está num depósito.

— Num depósito. — Dora fechou os olhos e sentiu um arrepio ao pensar naquilo. — Você tem que me deixar ver o que tem lá. — Sentou-se nos calcanhares e quase uniu as mãos, implorando. — Eu pago o valor justo de mercado por tudo que puder comprar. Só me prometa, jure que não vai falar com mais ninguém até eu fazer uma oferta.

— Controle-se, Conroy.

— Por favor. — Ela andou de joelhos até a ponta da cama. — Estou falando sério. Não espero favores porque estamos juntos. Mas se você tiver alguma coisa que não quiser... — Dora olhou de novo para a cabeceira e revirou os olhos. — Meu Deus, eu não aguento. Venha aqui.

— Opa. — Um sorriso surgiu no rosto dele. — Você vai tentar me seduzir para que eu baixe o preço.

— Seduzir nada. — A respiração da moça já havia acelerado quando ela abriu o terninho e o tirou, revelando uma blusa fina no mesmo tom de verde. — Vai ser a transa da sua vida, companheiro.

— Ah... — Jed não sabia que emoção era mais forte. Choque ou excitação. — Isso é uma bela oferta, Conroy.

— Não é uma oferta, meu querido, é um fato. — Ela se ergueu para abrir o zíper da saia e tirá-la. Depois que terminou, voltou a se ajoelhar na cama, usando a blusa fina, uma cinta-liga da mesma cor, meias pretas e saltos altos. — Se eu não transar com você nesta cama agora, eu vou morrer.

— Não quero ser responsável por isso. — Os joelhos dele fraquejavam. — Conroy, estou todo suado.

Ela sorriu.

— Eu sei. — Dora estendeu a mão, pegou-o pela cintura do short. Jed não resistiu muito. — E vai ficar ainda mais suado.

Ela o puxou. Ele se deixou cair. Quando a moça rolou para cima do ex-policial, ele pegou as mãos dela.

— Seja boazinha comigo.

Ela riu.

— Sem chance.

Dora esmagou a boca contra a dele, abrindo os lábios de Jed e mergulhando num beijo que tirou qualquer pensamento racional da mente do ex-policial. Mesmo quando ele largou as mãos da moça para abraçá-la, ela pressionou o corpo contra o dele, esfregando calor contra calor sem piedade.

Jed respirou fundo, mas o ar apenas ficou preso em seu peito.

— Dora, me deixe...

— Hoje, não. — Agarrando o cabelo de Jed, ela atacou a boca do homem.

A moça foi grosseira, incansável, leviana e o atormentou até o limite da loucura, até que ele não soubesse se devia amaldiçoá-la ou implorar. Sensações seguidas de novas sensações tomavam Jed, deixando o corpo dele em brasa, nervoso, desesperado por mais. As mãos do ex-policial acariciavam a pele sob a blusa e ele se atormentava com os seios firmes dela.

Dora se arqueou para trás ao sentir o toque. Um grave som felino de aprovação surgiu de sua garganta enquanto a moça tirava a blusa. Com a cabeça jogada para trás, ela cobriu as mãos dele com as suas, fazendo-as passearem por seu torso, pela barriga reta. Os dedos apertaram os dele quando ele a levou ao primeiro orgasmo, trêmula. Mas, quando Jed tentou rolar para cima dela, Dora prendeu as pernas em torno do corpo dele. Riu grosseiramente ao ouvir o palavrão que Jed emitiu.

Ela desceu pelo corpo dele, cravando os dentes no ombro de Jed. Tinha gosto de sal, de suor, de macho quente. A combinação subiu à cabeça dela como uma substância inebriante. Ele era forte. Os músculos sob as mãos urgentes eram como aço moldado. Mas ela conseguia tirar daquele corpo gemidos vulneráveis, sem fôlego, com a dança das próprias mãos. Podia sentir o coração dele trovejar sob os lábios dela.

Jed agarrou a carne macia dos quadris de Dora, excitado demais para pensar em hematomas. Naquele instante, pelo menos, ela o deixou erguê-la. A visão dele perdeu o foco quando a moça baixou o corpo, permitindo que o aço penetrasse de forma muito profunda no veludo. Atordoado, ele a viu arquear as costas para trás, os olhos fechados, as mãos passando pelo corpo suado dele, numa carícia desinibida, enquanto se pressionava com urgência contra ele.

Então Dora começou a se mover, primeiro devagar, mergulhada no próprio prazer, absorvendo os seguidos choques de delírio. Depois, rápido, mais rápido, os músculos das coxas rígidos como ferro, os quadris movendo-se como pistões. Cada vez que o corpo da moça enrijecia, a força dela propagava-se por ele como um incêndio.

Ele se ergueu, a boca procurando os seios, os ombros, os lábios dela. Enlouquecido, Jed a puxou para trás pelo cabelo, atacando a garganta da moça enquanto fazia promessas numa voz grave, que nenhum dos dois entendia. Tudo que Jed entendia naquele momento era que morreria por ela. Certamente mataria por ela.

O orgasmo o atingiu, um soco violento e bem-vindo que tirou seu fôlego e o fez vacilar. Jed envolveu Dora com os braços, pressionou o rosto contra os seios dela e deixou que a sensação o destruísse.

— Dora. — Virando a cabeça, deixou que seus lábios passassem levemente pela pele da moça. Repetiu o movimento. — Dora. — Manteve-a perto de si até que o corpo dela parasse de tremer. Quando voltou a se deitar, estreitou os olhos. Levou o indicador até a bochecha de Dora e pegou uma lágrima na ponta dele. — O que é isto?

Ela só pôde balançar a cabeça e puxá-lo para si. Apoiou o rosto no cabelo dele.

— Achei que, depois de ontem, não ficaria melhor. Que não dava para ficar.

O tremor na voz dela o preocupou.

— Se eu soubesse que uma cama velha ia fazer você virar uma maníaca, teria trazido você para cá há um tempão.

Ela sorriu, mas ainda tinha os olhos emocionados.

— É uma bela cama.

— Tenho outras seis no depósito.

Dora riu.

— A gente vai se matar.

— Eu não me incomodo em me arriscar.

Nem ela, pensou. Nem ela. Porque Lea estava absolutamente certa. Dora estava apaixonada por Jed.

♦♦♦♦

Duas horas depois, os dois chegaram ao teatro Liberty a tempo de ver a enfermeira Nellie demonstrar como tirar o cheiro de um homem do cabelo. Dora havia feito Jed entrar pela porta dos fundos e o levado até a coxia. O pai dela estava lá, repetindo as falas e os movimentos.

— Oi. — Dora deu um apertão na bochecha de Quentin. — Cadê a mamãe?

— No figurino. Ela teve um pequeno problema com o saiote da Bloody Mary. Jed, meu garoto. — Ele apertou a mão do ex-policial com força, enquanto mantinha os olhos no palco. — Que bom que você veio. Temos uma boa plateia hoje. Quase não há cadeiras sobrando. Agora a luz — murmurou, baixinho, sorrindo quando um holofote acendeu. — Uma transição bem-feita é tão divertida quanto uma valsa.

— A gente só passou para ver como as coisas estavam — explicou Dora, lançando um olhar de ameaça para Jed. — E eu preciso falar com a Terri no intervalo. Coisas da loja.

— Não quero que você faça a moça sair do personagem.

— Não se preocupe. — Dora passou o braço em torno dos ombros do pai e, apesar de já ter visto aquela peça inúmeras vezes, logo ficou tão absorvida com o palco quanto ele estava.

Jed ficou atrás deles, mais intrigado com Dora e Quentin do que com o diálogo da peça. As cabeças dos dois estavam próximas, pois discutiam algum detalhe menor que fora acrescentado à cena. O braço de Quentin envolvia a cintura da filha e o corpo de Dora estava voltado para o do pai.

Jed experimentou uma sensação que o chocou mais do que um soco na cara o faria. Inveja.

Será que algum dia tivera aquele carinho fácil, aquela simples sensação de companheirismo com o pai?, pensou. A resposta era muito simples e direta. Não. Nunca. Não conseguia se lembrar de nenhuma conversa em que não estivesse mergulhado em ondas de tensão, desilusão e mágoa. E agora, mesmo que quisesse, era tarde demais para acertar tudo. E com certeza inútil tentar entender por quê.

Quando a antiga amargura ameaçou reaparecer, ele saiu silenciosamente para os camarins. Ia fumar um cigarro e esperar para interrogar Terri.

Dora olhou por cima do ombro. O sorriso desapareceu quando viu que Jed não estava mais ali.

— Pai?

— E a música — sussurrou Quentin. — Ótimo, ótimo. Oi?

— Estou apaixonada pelo Jed.

— Eu sei, minha filha.

— Não, pai. Estou realmente apaixonada pelo Jed.

— Eu sei. — Nenhuma outra pessoa atrapalharia a concentração dele. Mas Quentin se virou para Dora com um sorriso brilhante. — Eu escolhi o moço para você, não foi?

— Acho que ele não vai querer que eu esteja. Às vezes quase dá para ver que ele está sangrando por dentro.

— Você vai consertar isso com o tempo. "Que ferida não é curada em etapas?"

— *Otelo.* — Ela franziu o nariz. — Não gosto do fim dessa peça.

— Você vai escrever o seu próprio fim. Os Conroy são ótimos em improvisação. — Um pensamento surgiu na cabeça de Quentin e fez seus olhos brilharem. — Talvez eu possa dar um empurrãozinho. Posso promover uma bela conversa de homem para homem e servir minha criação especial.

— Não. — Dora bateu com o indicador no nariz do pai. — Não — repetiu. — Vou cuidar disso sozinha. — Baixando a mão, ela a pressionou contra o estômago embrulhado. — Estou com medo — confessou. — Aconteceu rápido demais.

— Isso está no sangue — afirmou Quentin, sábio. — No instante em que vi sua mãe, comecei a suar loucamente. Foi vergonhoso. Levei quase duas semanas para ter a coragem de pedi-la em casamento. Não parava de ensaiar o que ia dizer.

— Você nunca errou uma fala na vida. — Dora deu um beijo no pai quando os aplausos soaram. — Eu te amo.

— É exatamente isso que você devia dizer a ele. — Quentin deu um apertão na filha. — Escute só, Izzy, estamos arrasando.

Respondendo aos aplausos e ao caos repentino nos camarins, Jed voltou às coxias quando Dora achou Terri.

— Oi, veio ajudar na peça hoje?

— Não. — Dora agarrou o braço da moça. — Preciso falar com você um instante.

— Claro. O que achou do número de dança? Aquelas aulas que fiz valeram a pena.

— Você estava ótima. — Acenando para Jed com a cabeça, Dora empurrou Terri para longe dos técnicos e assistentes de palco. — Vamos precisar de um canto no camarim.

Vários outros membros do coro já estavam na sala, consertando falhas no cabelo e na maquiagem. Alguns estavam apenas de roupa de baixo, trocando o figurino, mas nenhum se preocupou com a presença de Jed.

— Posso pegar isto? — perguntou Dora, pegando um banquinho antes que alguém pudesse recusar. — Sente-se, Terri, descanse os pés.

— Você não sabe como isso é bom. — A ruiva se virou para os espelhos, pegando uma esponjinha de maquiagem para passar na tinta umedecida de suor.

— Sobre o DiCarlo... — começou Dora.

— Quem? — Terri parou de repetir as falas em sua cabeça. — Ah, o cara da véspera de Natal. — Sorriu para Jed. — A Dora está sendo muito misteriosa com relação a esse homem.

— O que ele comprou? — perguntou Jed.

— Ah, uma estatueta em estilo Staffordshire. Nem piscou para o preço. Parecia que ele podia pagar sem problemas. E era para a tia dele. A tia favorita. Ele disse que a mulher praticamente o criou e que estava ficando muito velha. Sabe, muitas pessoas acham que idosos não gostam de ganhar coisas bonitas, mas deu para ver que ele gostava muito dela.

Jed deixou que a moça falasse.

— Ele demonstrou interesse por alguma outra coisa?

— Bem, ele ficou um bom tempo procurando. Achei que ele fosse levar o leão de Buda porque estava procurando um animal.

— Um animal? — Os olhos de Jed se atiçaram, mas a voz continuou direta e seca.

— Sabe, uma estatueta. A tia dele coleciona estatuetas. Cachorros — acrescentou Terri, pintando os olhos novamente com movimentos rápidos e precisos. — Ela teve um cachorro que morreu e...

— Ele foi específico? — interrompeu Jed.

— Hummm... — Terri apertou os lábios e tentou se lembrar. — Ele queria muito um cachorro parecido com o que pertencia à tia e morreu. Disse que não tinha conseguido achar exatamente o que estava procurando. — Ela repassou o batom, conferiu o resultado. — Lembro que ele falou sobre o cachorro da tia. O que morreu. Achei que aquele de porcelana teria sido perfeito. Parecia que o cachorro morto tinha servido de modelo. Enquanto ainda estava vivo, claro. — Terri pegou a escova para mexer no cabelo. — Lembra, Dora, aquela peça que você comprou no leilão. Mas já tinha sido vendida.

Dora sentiu o sangue secar.

— Para a sra. Lyle.

— Não sei. Você cuidou dessa venda, eu acho.

— É. — Zonza, Dora torceu os dedos. — É, cuidei.

— Ei! — Preocupada, Terri se virou, ainda sentada. — Você está bem?

— Estou ótima. — Dora se forçou a abrir um sorriso. Precisava sair dali. Precisava de ar. — Obrigada, Terri.

— Sem problemas. Vai ficar para ver o resto da peça?

— Hoje não. — Enjoada, Dora procurou a porta. — Vejo você amanhã.

— Talvez seja melhor você ir atrás dela — pediu Terri a Jed. — Ela parecia meio pálida.

— Você comentou sobre o cachorro de porcelana com ele?

— É, acho que comentei. — Perplexa, Terri se levantou e foi até a porta para ver se Dora estava no corredor. — Pareceu uma coincidência tão grande, sabe? Eu disse que tínhamos uma peça parecida, mas que havia sido vendida. Vou ver o que a Dora tem.

— Pode deixar.

Jed alcançou a moça na porta dos fundos, enquanto ela a abria e tentava respirar fundo.

— Calma, Conroy. — Segurou os ombros de Dora com os braços estendidos. Tinha medo de que, se fizesse algo mais, ela quebraria como um graveto.

— Eu vendi para ela. — Quando Dora tentou se soltar, ele simplesmente a segurou com mais força. — Pelo amor de Deus, Jed, fui eu que vendi para ela. Não sei por que o cara queria aquilo, por que teria matado a mulher por causa de um cachorro, mas fui eu que vendi para ela, e no dia que ele descobriu...

— Eu disse "calma". — Jed quase ergueu a moça no ar, o rosto bem próximo do dela. — Você vende muitas coisas. É isso que você faz. Não é responsável pelo que acontece com as pessoas que compram as peças.

— Não pode ser assim! — gritou Dora, batendo nele. — Não posso me fechar assim. Isso é com você, Skimmerhorn. Você não dá a mínima, não deixa ninguém chegar perto e fazer você sentir nada. Isso é coisa sua. Não minha.

A crítica o atingiu, embrulhando o estômago dele.

— Se quiser se culpar, ótimo. — Agarrando o braço de Dora, ele a puxou para longe da porta. — Vou levar você para casa. Aí vai poder passar a noite toda se martirizando por causa disso.

— Não tenho que pedir desculpas por ter sentimentos. E sei chegar em casa sozinha.

— Manteiga derretida do jeito que você é, não vai andar duas quadras. Vai acabar como uma pocinha na calçada.

O zumbido no ouvido foi a primeira coisa que surgiu. Aquilo sempre acontecia quando ela se irritava. Rápida como uma cobra, Dora se virou, tentando socá-lo com a mão esquerda. Ele escapou, mas era apenas uma finta. A direita hábil atingiu a mandíbula dele e fez a cabeça de Jed voar para trás.

— Puta que pariu...

O ex-policial viu estrelas. Mais tarde, poderia até parar para admirar o fato de ela quase tê-lo nocauteado. Mas, naquele instante, fechou os punhos, os olhos estreitos de fúria. Ela ergueu o queixo, desafiando-o.

— Experimente — provocou. — Experimente só.

Poderia ter sido engraçado — se houvesse apenas raiva nos olhos dela. Se não houvesse a ameaça de lágrimas sobre a provocação.

— Porra — murmurou ele.

Abaixando-se para desviar dos punhos erguidos de Dora, Jed a pegou pela cintura e a jogou por sobre o ombro.

Ela explodiu com uma chuva de palavrões, furiosa com o fato de ter que socar as costas dele.

— Me ponha no chão, seu filho da puta covarde! Quer brigar, é isso?

— Nunca nocauteei uma mulher na vida, Conroy, mas você pode ser a primeira.

— Vá a merda. Me ponha no chão e tente. Vão ter que varrer você da calçada. Quando eu acabar com você, vão ter que usar pinças para pegar o resto. Vão...

A raiva escapou dela, como sempre fazia, rápida e completamente. Dora se deixou pender, fechou os olhos.

— Desculpe.

Mas a raiva dele ainda não havia acabado.

— Cale a boca.

Jed puxou as chaves do bolso, enfiou-as na fechadura. Num movimento rápido e econômico, baixou Dora, protegeu a cabeça da moça com a mão e a enfiou no carro.

Ela manteve os olhos fechados, ouvindo Jed dar a volta furtivamente, abrir a outra porta e batê-la.

— Desculpe, Jed. Sinto muito por bater em você. Machucou?

Ele balançou a mandíbula dolorida.

— Não. — Não teria admitido nem se estivesse quebrada. — Você bate igual a uma menininha.

— Não bato porra nenhuma. — Insultada, Dora se ergueu do banco. O olhar frio nos olhos de Jed a fez cair sentada de novo. — Não estava irritada com você — murmurou, quando ele saiu do estacionamento. — Precisava despejar aquilo em alguém e você estava por perto.

— Que bom que eu pude ajudar.

Se Jed estava tentando puni-la com aquele tom frio, pensou, estava fazendo um ótimo trabalho.

— Você tem razão em estar irritado. — Dora manteve os olhos no chão.

Era mais difícil aceitar a sinceridade e a tristeza dela do que o soco.

— Deixa pra lá. E... Conroy? Nunca conte a ninguém que você me pegou de guarda baixa.

Ela se virou para ele e, vendo que o pior havia passado, conseguiu abrir um sorriso.

— Vou levar esse segredo para o túmulo. Se for de algum consolo, acho que quebrei vários dedos.

— Não é. — respondeu Jed, pegando a mão de Dora e a levando até os lábios. A expressão surpresa no rosto dela provocou outra careta. — Qual é o problema agora?

Como ele soltara a mão dela, Dora a havia levado até o próprio rosto.

— Você me surpreendeu por um instante, foi só isso. Essa gentileza toda não era seu estilo quando falava comigo.

Incomodado, ele se ajeitou no banco.

— Não faça eu me arrepender.

— Eu provavelmente não deveria dizer isso, mas esse tipo de coisa... Beijos na minha mão e outros gestos românticos... Fazem meu estômago se encher de borboletas.

— Defina "outros gestos românticos".

— Ah, flores e olhares ardentes. Agora que estou parando para pensar, você se sai muito bem no quesito "longos olhares ardentes". E tem aqueles de parar o coração. Como me pegar no colo e me carregar pela escada em espiral.

— Você não tem uma escada em espiral.

— Posso fingir que tenho. — Por impulso, ela se inclinou e deu um beijo na bochecha de Jed. — Fico feliz que não esteja mais irritado comigo.

— Quem disse que não estou? Só não quero brigar enquanto dirijo. — Ele fez uma pausa silenciosa. — Sobre a sra. Lyle — começou. — Vou precisar saber como ela está. Se ela sair do coma, pode juntar umas peças do quebra-cabeça para mim.

— Para a gente — corrigiu Dora, baixinho. — Ela já acordou. A sobrinha dela foi até a loja hoje de manhã. — A moça juntou os dedos de novo, com força, e se concentrou em manter a voz calma e regular: — Disse que a sra. Lyle saiu do coma, mas que os médicos não sabiam se ela ia se recuperar.

— Já está tarde demais para ir até lá hoje — respondeu Jed, depois de um instante. — Vou ter que dar um jeito de ir até lá amanhã.

— Acho que não vai precisar disso. Basta eu falar com a Sharon, a sobrinha. — Dora manteve os olhos no caminho à frente e tentou não se chatear com a falta de preocupação na voz dele. — Mas não vou fazer nada, a não ser que ela esteja bem para isso. Não vou deixar que seja interrogada depois de tudo por que passou.

Os pneus cuspiram cascalho quando Jed entrou no estacionamento.

— Você acha que sou da Gestapo, Conroy? Acha que vou pôr um holofote nos olhos dela e descobrir maneiras de fazer a velhinha falar?

Sem dizer nada, Dora puxou a trava e saiu do carro. Ele chegou à escada antes dela e bloqueou o caminho.

— Dora. — Reunindo paciência, pegou as mãos dela. Estavam geladas e rígidas. — Eu sei o que estou fazendo e não costumo assediar velhinhas no hospital para conseguir informações. — Olhou para o rosto da moça. Não queria pedir. Não queria ter que pedir. Mas percebeu que não tinha escolha. — Confie em mim.

— Eu confio. — Observando o rosto de Jed, Dora uniu os dedos aos dele. — Totalmente. Essa história toda me abalou, é só isso. Vou ligar para a Sharon de manhã.

— Que bom. — Um pouco abalado também, ele baixou a cabeça para beijá-la. Não, não queria pedir. Não queria ter que pedir. Mas pediu: — Durma comigo hoje.

A preocupação sumiu dos olhos de Dora.

— Eu estava torcendo para você me pedir isso.

Capítulo Dezenove
♦ ♦ ♦ ♦

Dora nunca achou que tivesse medo de hospitais. Era jovem e saudável e nunca havia passado muito tempo num deles — e nunca como paciente. Quando parava para pensar em hospitais, imaginava bebês no berçário, buquês de flores e a eficiência ríspida da equipe de enfermeiras, atravessando os corredores em seus sapatos cobertos de plástico.

No entanto, do lado de fora do Centro de Terapia Intensiva, enquanto esperava para conversar com a sra. Lyle, ela sentia que uma pedra havia se alojado em seu peito. É silencioso demais, pensou. Era silencioso demais e a morte parecia estar de tocaia atrás das portas de vidro e das cortinas finas, esperando para escolher alguém. Podia ouvir as batidas e zumbidos abafados das máquinas e dos monitores, como velhas senhoras rabugentas que reclamam de dores e incômodos. De algum lugar do fim do corredor veio o som patético de alguém chorando.

Desejou um cigarro, uma vontade instantânea e forte.

Sharon passou pelas portas de vai e vem. Apesar de parecer cansada, os lábios formaram um sorriso quando viu Dora.

— Ela está lúcida. Não posso dizer o quanto fico feliz por poder conversar com ela. Conversar de verdade.

— Fico contente. — Cheia de culpa e alívio, Dora pegou a mão de Sharon nas suas. — Sharon, estes são o capitão Skimmerhorn e o tenente Chapman.

— Olá. A Dora me disse que vocês querem falar com a tia Alice.

— O médico liberou nossa presença — explicou Brent. — E agradecemos pela sua cooperação.

A boca de Sharon se tornou uma linha fina e fria.

— Vou fazer o que for preciso para que vocês encontrem a pessoa que fez isso com a minha tia. Ela está esperando vocês.

Jed percebeu a preocupação da moça quando ela olhou para a porta.

— Não vamos cansar a sra. Lyle.

— Eu sei. — A mão de Sharon flutuou e pousou na criança que carregava. Tinha que proteger uma parte da família. E vingar outra. — Dora disse que vocês vão tomar cuidado. Vão me avisar se souberem de alguma coisa, não é?

— É claro que vamos. — Dora guiou a moça até um banco. — Enquanto isso, sente-se aqui. Descanse os pés. Tente relaxar.

— Só temos 15 minutos com ela — disse Jed baixinho quando Dora voltou. — Vamos aproveitar. Você — acrescentou apontando para a moça. — Não faça nada, não diga nada, a não ser que a gente permita.

— Sim, capitão.

Ignorando-a, ele se voltou para Brent.

— Ela nem deveria entrar.

— Ela viu a estatueta e nós, não. Vamos ver se isso pode nos ajudar de alguma forma. — Brent guiou o caminho, passando pelas portas e pelo posto de enfermagem, e entrou num quarto cercado de cortinas.

Dora ficou feliz por ter que ficar quieta. Não podia confiar na própria voz. A mulher de quem se lembrava era elegante e entusiasmada, mas agora estava deitada numa cama estreita, com os olhos fechados, cheia de hematomas amarelados. O cabelo, antes muito escuro, estava mais claro e o grisalho começava a aparecer nas raízes. A pele parecia desbotada contra os curativos muito brancos. O rosto estava fino, as maçãs do rosto forçando a pele, que parecia poder rasgar com um simples toque.

— Sra. Lyle. — Brent ficou de pé ao lado da cama e falou baixinho.

Dora pôde ver as veias azuladas das pálpebras da senhora quando ela bateu os cílios. O monitor continuou com seu bipe monótono, enquanto a sra. Lyle lutava para se concentrar.

— Sou eu. — A voz saiu fraca e grave, como se as cordas vocais tivessem sido lixadas enquanto ela dormia.

— Sou o tenente Chapman. A senhora pode responder algumas perguntas?

— Posso.

Dora viu a sra. Lyle tentar engolir. Automaticamente, se aproximou para pegar o copo de água e colocar o canudo entre os lábios da velhinha.

— Obrigada. — A voz soou um pouco mais forte. A sra. Lyle se concentrou em Dora e sorriu. — Srta. Conroy. Que gentileza a sua me visitar...

A ordem de Jed foi rapidamente esquecida.

— Fico feliz que esteja se sentindo melhor. — Dora estendeu a mão para apertar levemente os frágeis dedos da senhora. — Sinto muito que tenha se ferido.

— Me disseram que a Muriel morreu. — Os olhos cansados se encheram lentamente de lágrimas, o fim de uma tempestade que já havia passado. — Ela era uma pessoa tão querida...

A culpa era como uma onda que batia contra a parede da compostura de Dora. Podia enfrentá-la, mas não ignorá-la.

— Eu sinto muito. A polícia espera que a senhora possa ajudar a encontrar o homem que fez isso. — Dora tirou um lencinho da caixa que estava ao lado da cama e secou delicadamente o rosto da sra. Lyle.

— Eu quero ajudar. — Firmando os lábios, a velhinha voltou a olhar para Brent. — Não vi o moço, tenente. Não vi ninguém. Estava... assistindo a um filme na TV e achei que tinha ouvido a Muriel... — Ela se interrompeu e seus dedos apertaram os de Dora, procurando conforto. — Achei que tinha ouvido minha empregada entrar atrás de mim. Então senti uma dor horrível, como se alguma coisa tivesse explodido na minha cabeça.

— Sra. Lyle — começou Brent. — A senhora se lembra de ter comprado um cachorro de porcelana da srta. Conroy no dia anterior ao ataque?

— Claro, para o bebê da Sharon. Um aparador de porta — afirmou, virando-se para Dora novamente. — Estou preocupada com a Sharon. Ela não está descansando o suficiente. Esse estresse...

— Ela está bem — garantiu Dora.

— Sra. Lyle. — Jed deu um passo à frente. — A senhora se lembra de mais alguma coisa sobre a estatueta?

— Não. — Apesar de estar tentando se concentrar, as lembranças passavam como nuvens por sua mente. — Era bem bonitinha. Um cão de guarda para o bebê. Foi o que pensei. Era isso que ele queria? — A mão se mexeu, inquieta, novamente. — Era isso que ele queria? O cachorrinho? Eu achei... Achei que tinha ouvido o homem gritar por um cachorro. Mas não podia ser.

Jed se inclinou para a frente, de modo que os olhos dela se concentrassem nos dele. Havia pânico no olhar da senhora, mas ele tinha que pressioná-la um pouco mais.

— O que achou que ouviu o homem gritar, sra. Lyle?

— "Cadê o cachorro?" E soltou um palavrão. Eu estava caída e não podia me mexer. Achei que tinha tido um derrame e estava sonhando. Ouvi coisas se quebrando, gritos, gritos e mais gritos sobre um cachorro. E depois não ouvi mais nada. — A velhinha fechou os olhos de novo, exausta. — Ele não pode ter matado a Muriel por um cachorrinho de porcelana.

◆◆◆◆

— MAS FOI o que ele fez, não foi? — perguntou Dora, quando estavam reunidos perto do elevador.

— Não há dúvida. — Brent ajeitou os óculos e pôs as mãos nos bolsos. — Mas não é só isso. A bala que matou Muriel veio da mesma arma que matou o Trainor. — Olhou para Jed. — E da mesma que vieram as que tiramos da parede da loja.

— Então ele voltou para pegar outra coisa. — Analisando as informações, Jed entrou no elevador. — O cachorro não era o certo. Ou havia outra coisa. Seja lá o que fosse.

— Mas aquela peça não era valiosa nem única — murmurou Dora. — Nem era numerada. Só comprei porque era bonitinha.

— Você comprou aquilo num leilão. — Lentamente, Jed repassou as possibilidades. — Onde?

— Na Virgínia. A Lea e eu fizemos uma viagem de compras. Você lembra. Voltei no dia em que você se mudou.

— E vendeu o cachorro no dia seguinte. — Jed pegou o braço de Dora para tirá-la do elevador quando chegaram ao saguão. — Houve uma invasão, a sra. Lyle foi atacada, depois houve outra invasão. O que mais você comprou, Dora?

— No leilão? Um monte de coisas. — Ela passou a mão pelo cabelo, deixando o casaco desabotoado quando saiu do saguão, entre os dois homens. O ar gélido ajudava a espantar parte do cheiro forte do hospital. — Tenho uma lista na loja.

— Esses leilões não vendem lotes? — perguntou Brent. — Ou grupos de mercadorias que vêm do mesmo lugar e do mesmo vendedor?

— Claro. Às vezes compro uma caixa cheia de tralhas só para pegar uma peça. Mas não era da Sotheby's. Parecia mais um mercado de pulgas, mas havia vários objetos bons.

— O que você comprou antes do cachorro e logo depois?

Dora estava cansada, exausta até os ossos. Um leve pulsar em sua têmpora avisava que uma dor de cabeça fenomenal ia se formar.

— Pelo amor de Deus, Skimmerhorn, como vou me lembrar? A vida não tem sido exatamente tranquila depois disso.

— É mentira, Conroy. — A voz de Jed adquiriu um tom que fez Brent erguer as sobrancelhas. Já o ouvira antes, quando o colega estava interrogando suspeitos que não cooperavam. — Você sabe tudo que compra, tudo que vende e o preço exato com os impostos. Agora, o que você comprou antes do cachorro?

— Uma caneca de barbear em forma de cisne. — Ela cuspiu as palavras. — Do início do século XX. Custou 46,75 dólares. Não pagamos imposto quando compramos para revenda.

— E depois do cachorro?

— Uma pintura abstrata numa moldura de ébano. Cores primárias numa tela branca, assinada por E. Billingsly. A oferta final foi de 52,75... — Dora se interrompeu, pôs a mão na boca. — Ai, meu Deus...

— Isso mesmo — murmurou Jed.

— O quadro — sussurrou a moça, horrorizada. — Um quadro. Ele queria o quadro.

— Vamos descobrir por quê.

O rosto de Dora ganhou uma palidez incrível quando ela pegou a mão de Jed.

— Eu dei para a minha mãe. — Um enjoo embrulhou seu estômago. — Eu dei para a minha mãe.

♦ ♦ ♦ ♦

— *A*DORO VISITAS inesperadas. — Trixie bateu os cílios longos, enquanto pegava o braço de Jed e Brent. — Estou muito feliz por vocês terem tido tempo de passar aqui, mesmo sendo tão ocupados.

— Mãe, a gente só tem um tempinho — começou Dora.

— Que bobagem... — Trixie já puxava os dois homens do hall para o que ela gostava de chamar de "sala familiar". — Vocês têm que ficar para almoçar. Tenho certeza de que a Carlotta vai preparar alguma coisa magnífica para nós.

— É muita gentileza sua, sra. Conroy, mas...

— Trixie. — A mãe de Dora soltou uma risada aguda, enquanto apoiava um dedo provocador no peito de Brent. — Só sou sra. Conroy para estranhos e coletores de impostos.

— Trixie. — Um leve rubor subiu pelo pescoço de Brent. Nunca uma mulher com idade para ser sua mãe havia flertado com ele. — Estamos realmente com pressa.

— Pressa causa úlcera. Ninguém na minha família tem problema de estômago. A não ser meu querido tio Will, que passou a vida toda ganhando dinheiro e nunca aproveitou nada. Aí, o que ele podia fazer além de deixar tudo para mim? E, é claro, eu aproveitei muito. Por favor, sentem-se.

Trixie apontou para duas grandes poltronas em frente à lareira acesa. Sentou-se então num divã vermelho, como uma rainha que toma o trono.

— E como está sua linda esposa?

— Está bem. Gostamos muito da sua festa no outro dia.

— Foi divertida, não foi? — Os olhos de Trixie brilharam. Ela apoiou o braço casualmente sobre o espaldar do divã. Uma Scarlett madura distraindo seus pretendentes em Tara. — Eu adoro festas. Isadora, minha querida, chame a Carlotta, por favor.

Resignada, Dora puxou a corda de um sino antigo que ficava à esquerda da lareira.

— Mãe, eu só passei para pegar o quadro. Tem alguém... interessado nele.

— Quadro? — Trixie cruzou as pernas. A calça de seda azul suspirou com o movimento. — Que quadro, querida?

— O abstrato.

— Ah, sim. — Ela se voltou para Jed. — Normalmente, prefiro estilos mais tradicionais, mas havia alguma coisa de tão ousada e presunçosa naquela obra... Entendo por que esteja interessado. Combina com você.

— Obrigado. — Jed supôs que fosse um elogio. De qualquer maneira, parecia mais fácil entrar no jogo. — Gosto do expressionismo abstrato. Pollock, por exemplo, com aquele ritmo linear complicado, aquela maneira de atacar a tela. Gosto também da energia e da ousadia de, por exemplo, Kooning.

— É, claro. — Trixie se entusiasmou, os olhos brilhantes, apesar de não ter ideia do que ele falava.

Jed teve a satisfação de ver a completa surpresa no rosto de Dora. Ele apenas sorriu, presunçoso, e juntou as mãos.

— E, é claro, ainda tem o Motherwell. Aquelas cores sóbrias e formas amorfas...

— É um gênio — concordou Trixie. — Simplesmente um gênio. — Impressionada, ela olhou para a parede ao ouvir os pesados passos familiares.

Carlotta entrou, as mãos na altura dos quadris da calça de moletom preta que usava como uniforme. Era uma mulher baixa e atarracada, parecida com um toco de árvore com braços. O rosto pálido estava sempre irritado.

— O que você quer?

— Traga chá, Carlotta — pediu Trixie, a voz repentinamente imitando a de uma grande dama. — Oolong, eu acho.

Os olhos pequenos e negros de Carlotta analisaram o grupo.

— Eles vão ficar para almoçar? — perguntou, em sua voz dura e estranhamente exótica.

— Não — respondeu Dora.

— Vão — disse a mãe, simultaneamente. — Ponha a mesa para quatro, por favor.

Carlotta ergueu o queixo quadrado.

— Então vão comer atum. Foi o que preparei e é o que vão comer.

— Tenho certeza de que está ótimo. — Trixie balançou os dedos, dispensando-a.

— Ela é uma peste — murmurou Dora, sentando-se no braço da poltrona de Jed. Era improvável que conseguissem sair dali sem o chá e o atum, mas pelo menos agora ela podia fazer a mãe se concentrar no problema que tinham. — E o quadro? Achei que você fosse pendurar aqui.

— E pendurei, mas não estava funcionando. Era agitado demais — explicou a Jed, que agora considerava um especialista no assunto. — Gosto de deixar minha mente descansar aqui na minha sala familiar. Pusemos no escritório do Quentin. Ele achou que ia ganhar energia com aquilo.

— Eu vou lá pegar.

— Nossa Isadora é uma moça extraordinária — afirmou Trixie quando Dora não podia mais ouvir. Sorriu para Jed, mas não conseguiu disfarçar os planos que já fazia na cabeça. — Tão inteligente e ambiciosa... É teimosa, é claro, o que só significa que precisa de um homem teimoso para completá-la. Acredito que uma mulher que gerencia um negócio consiga gerenciar uma casa e uma família com o mesmo sucesso. Você não acha, querido?

Qualquer resposta poderia ser uma armadilha.

— Imagino que ela possa fazer qualquer coisa que queira.

— Sem dúvida. Sua esposa também trabalha fora, não é, Brent? E é mãe de três filhos.

— Isso mesmo. — Como Jed estava claramente sob os holofotes, Brent sorriu. — Precisamos trabalhar em equipe para fazer tudo funcionar, mas nós gostamos.

— E um homem solteiro, depois de certa idade... — Trixie lançou um olhar significativo para Jed, que mal resistiu ao impulso de se esconder. — Ganha com esse trabalho em equipe. A companhia de uma mulher, o conforto de uma família... Você já foi casado, Jed?

— Não. — Os olhos de Jed se estreitaram quando Dora voltou, carregando o quadro.

— Mãe, me desculpe, mas você vai ter que almoçar sozinha. Eu liguei para a loja para avisar que ia chegar atrasada e descobri que tenho um probleminha para resolver. Tenho que ir agora.

— Ah, mas, querida...

— A gente almoça outro dia. — Dora se abaixou para dar um beijo em Trixie. — Acho que tenho outro quadro para o escritório do papai. Um que ele vai gostar mais. Passem na loja para ver.

— Está bem. — Com um suspiro resignado, Trixie pousou a xícara e se levantou. — Se você tem que ir, tem que ir. Mas vou pedir para a Carlotta fazer uma quentinha para você.

— Não precisa...

Trixie deu um tapinha leve no rosto de Dora.

— Eu insisto. É rapidinho.

Ela saiu correndo, deixando Dora suspirando.

— Muito bem, Conroy. — Jed pegou o quadro das mãos da moça para analisá-lo.

— Falando em bem... — Ela se virou para ele, sorrindo, curiosa. — Formas amorfas?

— Eu saí com uma pintora por um tempo. A gente acaba aprendendo.

— Vai ser interessante ver o que você vai aprender comigo.

♦♦♦♦

— Eu nem gosto de atum. — Mas Dora mordeu o sanduíche mesmo assim, enquanto Jed terminava de retirar o quadro da moldura.

— Gostei da combinação com os ovos cozidos e os picles. — Brent engoliu o segundo sanduíche com um suspiro de satisfação.

Os três haviam preferido trabalhar no apartamento de Dora, e não no depósito, porque teriam mais espaço e privacidade. Ninguém mencionara o fato de Brent não ter insistido em levar o quadro nem a informação que coletara para seu superior.

Estava claro que Brent ainda considerava Jed seu capitão.

— Não tem nada na moldura. — Mesmo assim, Jed a apoiou no chão com cuidado. — Nada preso à moldura também. Vamos deixar o pessoal do laboratório analisar.

— Não deve ser o quadro. — Dora engoliu o atum com um gole de Coca Light. — O artista é desconhecido. Conferi o nome dele depois que comprei a pintura para o caso de ter encontrado uma obra-prima esquecida.

Pensativo, Jed virou o quadro.

— A tela foi presa na madeira. Me dê alguma coisa para soltar isso, Conroy.

— Você acha que tem alguma coisa dentro dela? — Dora falava da cozinha, mexendo nas gavetas. — Um pacote de drogas? Não, melhor ainda: diamantes. — Ela trouxe uma chave de fenda. — Talvez rubis. Hoje em dia eles são mais valiosos.

— Que tal pensar em alguma coisa mais possível? — sugeriu Jed, começando a trabalhar na parte de trás do quadro.

— É possível — insistiu Dora, olhando por cima do ombro de Jed. — Tem que ser alguma coisa pela qual valha a pena matar, e isso costuma ser dinheiro.

— Pare de fungar no meu cangote. — Jed cutucou-a com o cotovelo antes de atacar a madeira.

— O quadro é meu — lembrou Dora. — Tenho a notinha.

— Nada — murmurou Jed, examinado o forro que havia retirado. — Nenhum compartimento secreto.

Dora o encarou, irritada.

— Poderia haver.

— Está bem. — Ignorando a moça, ele deu um tapinha nas costas da tela exposta.

— Que estranho... A parte de trás da tela é muito antiga. — Dora forçou caminho, empurrando Jed, para ver o quadro mais de perto. — Mas eu imagino que o tal de Billingsly possa ter pintado numa tela antiga para poupar dinheiro.

— É. E às vezes as pessoas pintam por cima dos quadros para contrabandear.

— Você acha que tem uma obra-prima atrás disso? — Impressionada, Dora balançou a cabeça. — Quem está sonhando agora?

Mas Jed já prestava tanta atenção na moça quanto prestaria numa mosca pousada no teto.

— Temos que tirar essa tinta daqui e ver o que tem embaixo.

— Espere aí, Skimmerhorn. Eu paguei pela obra. Não vou deixar que você estrague o quadro por causa de uma "intuição de policial".

— Quanto você pagou? — A impaciência e a irritação já brigavam entre si quando ele se virou para ela.

Feliz por Jed ter entendido, Dora cruzou os braços.

— Paguei 52,75 dólares.

Murmurando, Jed pegou a carteira e contou as notas.

Dora empurrou a bochecha com a língua e as aceitou. Só o que sentia por Jed evitou que ela conferisse o dinheiro.

— Pagou minhas despesas — disse, com afetação. — E ainda me deu um belo lucro. Se me pagar oitenta, a gente acerta tudo.

— Ah, pelo amor de Deus. — Jed jogou mais notas na mão de Dora. — Gananciosa.

— Sou prática — corrigiu ela, beijando-o para fechar o negócio. — Tenho algumas coisas no depósito que podem ajudar. Espere um pouco.

Dora enfiou o dinheiro no bolso e desceu para o primeiro andar.

— Ela fez você pagar pelo quadro. — Cheio de admiração, Brent recostou-se na cadeira. — E ainda ganhou 27 dólares e alguns centavos no negócio. Achei que ela estivesse brincando.

— Eu duvido que a Dora brinque quando o assunto é dinheiro. — Jed deu um passo para trás, acendeu um cigarro e analisou o quadro como se pudesse ver através das manchas vermelhas e azuis. — Ela pode ter coração mole, mas tem a cabeça de um gigante da bolsa.

— Ei! — Dora chutou a porta. — Abram! Minhas mãos estão ocupadas. — Quando Jed a abriu, a moça entrou, carregando um tapete de pano, uma garrafa e vários retalhos. — Seria melhor se ligássemos para um especialista. Poderíamos usar raios X ou alguma coisa assim.

— Por enquanto, vamos guardar isso em segredo. — Jed jogou os retalhos no chão e pegou a garrafa. — O que tem aqui?

— Uma solução que usei quando um idiota pintou sobre vários estênceis. — Ela se ajoelhou no chão para desenrolar o tapete. — Temos que ser muito delicados. Me ajude aqui.

Brent já estava ao lado dela, sorrindo para a careta que Jed fizera ao ver onde seus olhos estavam concentrados. Brent se agachou e abriu o pano.

— Confie em mim. Já fiz isso antes — explicou ela. — Um filisteu pintou um aparador antigo para que combinasse com a cor da sala dele. Levei uma eternidade para trazer a cor original de volta, mas valeu a pena. — Ela se sentou sobre os calcanhares e soprou o cabelo, tirando-o dos olhos. — Quer que eu tente?

— Eu paguei por ele — lembrou Jed. — Agora o quadro é meu.

— Só estava querendo ajudar. — Dora entregou um retalho a ele. — Eu começaria num canto se fosse você. Só para o caso de estar fazendo besteira.

— Não vou fazer besteira.

No entanto, ao se ajoelhar ao lado dela, Jed realmente começou com um canto. Molhou o retalho e, fazendo movimentos circulares lentos e delicados, apagou a ponta com a assinatura.

— Tchau, tchau, Billingsly — murmurou Dora.

— Fique quieta, Conroy. — Jed molhou o retalho de novo e retirou a tinta branca da base. — Tem alguma coisa aqui embaixo.

— É sério? — A animação borbulhava na voz de Dora quando ela se aproximou. — O que é? Não consigo ver. — Tentou esticar o pescoço por cima do ombro de Jed, mas levou uma cotovelada nas costelas por estar atrapalhando. — Que droga, Skimmerhorn, eu só quero ver.

— Fique para trás. — Os músculos de Jed ficaram tensos enquanto ele removia mais tinta delicadamente. — Eureca — murmurou ele. — Puta que pariu.

— O que foi?

Recusando-se a se afastar, Dora o empurrou até conseguir se aproximar do canto do quadro.

— Monet — sussurrou ela, como se estivesse numa igreja. — Claude Monet. Meu Deus, eu comprei um Monet por 52,75 dólares.

— Eu comprei um Monet — lembrou Jed. — Por oitenta dólares.

— Crianças... — Brent pôs a mão no ombro de cada um. — Não sou um grande conhecedor de arte, mas sei quem foi esse cara e não acho que alguém teria pintado uma porcaria abstrata sobre um quadro verdadeiro.

— A não ser que quisesse contrabandeá-lo — completou Jed.

— Isso mesmo. Vou dar uma conferida para ver se algum dos roubos de quadros dos últimos meses incluía uma obra do nosso amigo aqui.

— Pode ser de uma coleção particular. — Dora deixou que os dedos flutuassem sobre a assinatura de Monet, mas não ousou tocar nela. — Não tire mais nada, Jed. Você pode estragar o quadro.

Ela estava certa. Jed lutou contra a própria impaciência e deixou o retalho que usava de lado.

— Eu conheço uma pessoa que faz restaurações. Ela provavelmente conseguiria consertar isso e com certeza ficaria quieta.

— Sua velha namorada? — perguntou Dora.

— Ela não é velha. — Num movimento inconsciente, ele passou a mão pelo cabelo de Dora, deixando os dedos na base da nuca da moça, enquanto olhava para Brent. — Você vai ter que falar sobre isso com o Goldman.

— É o próximo passo.

Jed olhou para a assinatura do artista, feita sobre uma cor verde escura.

— Eu não deveria pedir, mas vou.

— Quanto tempo você quer? — perguntou Brent, antecipando o pedido.

— Tempo suficiente para dar uma olhada naquele leiloeiro da Virgínia e encontrar mais pistas. — Jed manteve a voz calma.

Brent assentiu com a cabeça e pegou o casaco.

— Já tenho trabalho suficiente com o DiCarlo. A polícia de Nova York disse que faz alguns dias que ele não é visto no apartamento. Entre isso e manter a Filadélfia segura para mulheres e crianças, posso deixar alguns detalhes passarem despercebidos. Você me faria um favor se descobrisse o que uma estatueta de cachorro e um quadro têm em comum. Mantenha contato.

— Pode deixar.

— E se cuide. Tchau, Dora.

— Tchau, Brent. — Ela ficou onde estava por um instante. — Quanto risco ele está correndo por você?

— Muito.

— Então é melhor a gente colocar uma rede de segurança embaixo do seu colega.

— A gente? — Jed pegou a mão de Dora quando ela se levantou. — Não me lembro de ter falado "a gente".

— Então sua memória está falhando. Por que não liga para sua amiga artista e reserva duas passagens para a Virgínia? Eu arrumo minha mala em dez minutos.

— Nenhuma mulher no mundo consegue fazer uma mala em dez minutos.

— Skimmerhorn. — Dora falava por sobre o ombro enquanto andava até o quarto. — Eu cresci na estrada. Ninguém faz malas mais rápido do que um ator que quer fugir de uma péssima estreia.

— Não quero que vá comigo. Pode ser perigoso.

— Tudo bem, eu faço a minha reserva.

— Que droga, Dora, você é uma pentelha!

— Já me disseram isso. Ah, e compre uma passagem de primeira classe, está bem? Eu nunca viajo de econômica.

♦ ♦ ♦ ♦

Winesap bateu levemente na porta do escritório de Finley. Sabia que o chefe havia encerrado uma conferência telefônica de 45 minutos e não tinha certeza do humor dele. Com cuidado, pôs a cabeça para dentro da sala. Finley estava parado de frente para a janela, as mãos unidas nas costas.

— Senhor?

— Abel. É um belo dia, não é? Um belo dia.

O estômago revirado de Winesap se tornou calmo como as águas de um lago.

— É, sim, senhor.

— Sou um homem de sorte, Abel. É claro que ganhei minha própria fortuna, o que torna tudo melhor. Quantas daquelas pessoas lá embaixo gostam do trabalho delas? Quantas vão para casa no fim do dia felizes e satisfeitas? É, Abel, sou um homem de sorte. — Finley se virou, o rosto aberto num sorriso. — E o que posso fazer por você?

— Já tenho o dossiê sobre Isadora Conroy.

— Excelente trabalho. Excelente. — Fez um gesto para que Winesap se aproximasse. — Você é de grande ajuda para mim, Abel. — Enquanto pegava a pasta, Finley espremeu o ombro ossudo de Winesap com a mão livre. — De grande ajuda. Gostaria de demonstrar meu apreço. — Abrindo a primeira gaveta da mesa, Finley tirou uma caixa de veludo.

— Obrigado, senhor. — Tímido e emocionado, Winesap abriu a caixa. — Nossa, sr. Finley... — disse, com a voz embargada. Embargada porque não tinha ideia do que estava vendo.

Parecia ser um tipo de colher, com o cabo em forma de águia, acompanhada de uma pequena tigela.

— Fico feliz que tenha gostado. Tirei da minha coleção de colheres de chá. Achei que o estanho combinava com você. É um material forte e duradouro, que muitas vezes é pouco apreciado.

— Obrigado, senhor. Obrigado. Não sei o que dizer.

— Não foi nada. — Finley dispensou a gratidão com um aceno. — É um presente de agradecimento. — Sentou-se, batendo o indicador no lábio superior. — Você é um bom assistente, Abel. Eu recompenso a lealdade assim como penalizo a traição. De forma rápida, precisa e direta. Não me passe nenhuma ligação na próxima hora.

— Sim, senhor. Obrigado mais uma vez.

Mas Finley já havia bloqueado Winesap de sua mente de forma rápida, precisa e direta. Ele abriu a pasta e se concentrou em Isadora Conroy.

Capítulo Vinte
♦ ♦ ♦ ♦

Uma chuva torrencial, fina e gélida caía quando Jed entrou em Front Royal. O tempo havia estado horrível durante todo o voo do aeroporto da Filadélfia até Dulles e prometia continuar assim. O aquecedor do carro alugado funcionava em dois níveis: a todo vapor e no mínimo. Toda vez que tinha sido forçado a aumentá-lo, o interior do carro havia se transformado numa pequena sauna.

Dora falara animadamente durante a viagem. A voz tranquila e as observações casuais o tranquilizavam. Ele não precisava responder — nem ouvir. A moça tinha um jeito de fazê-lo absorver o humor dela mesmo enquanto a mente dele pensava nos detalhes dos passos que deveria dar em seguida.

— Se você começasse um negócio de venda de mensagens subliminares — comentou Jed —, ganharia uma fortuna.

— Você acha mesmo? — Dora baixou o para-sol do carro e usou o espelho preso a ele para ajeitar o batom. — Vire as próximas duas à direita — disse, tapando o batom. — Tem um estacionamento nos fundos do prédio.

— Tem uma placa e uma seta. Eu provavelmente teria descoberto sozinho.

— Ainda está irritado porque faço a mala mais rápido do que você.

— Não fiquei irritado.

— É claro que ficou. — Com um sorriso largo no rosto, Dora deu uma série de tapinhas leves no braço de Jed. — É coisa de homem. O fato de ter insistido em dirigir apesar de eu saber o caminho também é. Eu não me importo. Acho bonitinho.

— Prefiro dirigir porque acho que você vai acabar num engavetamento de cinco carros porque está ocupada demais falando sobre a camada de ozônio e a ZZ Top.

— Ah. — Ela se virou e deu um beijo na bochecha de Jed. — Você estava ouvindo.

— Meus ouvidos ainda estão doendo. — Ele estacionou numa vaga ao lado de uma picape Ford malcuidada. — Lembre-se, Conroy, você não veio fazer compras.

— Eu sei, eu sei. — Ela revirou os olhos enquanto ele saía do carro. — E você vai fazer as perguntas — continuou. — Vou ficar dois passos atrás de você, de bico fechado, como uma boa menina.

Jed esperou até que Dora batesse a porta.

— Isso mesmo. — Ele a estudou enquanto a chuva molhava o cabelo dela. — Você tem uma boca bonita, mesmo que ela nunca fique fechada.

— Nossa, meu coração disparou agora. — A moça passou o braço por dentro do dele e os dois começaram a andar até a porta. — Não vai estar quente lá dentro — disse, quando o ex-policial puxou uma porta de metal, provocando gritos nas dobradiças. — Mas vai estar seco. O sr. Porter é famoso por ser muito pão-duro. Nada de frescura, nenhuma vitrine bonita, mas belos objetos a bons preços. — Dora respirou fundo e seus olhos brilharam. — Meu Deus, veja só isso!

Ele estava vendo. Mas via apenas várias filas de móveis empoeirados e vidros manchados guardando um monte de tralhas. Havia emaranhados de joias, a maioria bregas, empalidecidas pela falta de uso. Um armário inteiro era ocupado por saleiros e pimenteiros, outro por uma variedade de garrafas — todas levemente sujas. Um chapéu da Shriners fora pousado sobre uma máquina de chicletes quebrada e havia várias caixas de papelão, cheias de livros a dez centavos cada.

— Acho que é uma gravura de Maxfield Parrish.

Antes que Dora pudesse se aproximar, Jed agarrou o braço dela. Pelo brilho nos olhos da moça, viu que fazê-la andar por ali seria como andar sobre carvão em brasa. Teria que ser rápido, sem dar a ela a oportunidade de olhar para trás.

— Onde ficam os escritórios?

— Na frente da loja, à direita. Jed, eu só quero ver...

Mas ele já a arrastava, enquanto a moça puxava seu braço como um cachorrinho numa coleira.

— Acalme-se, Conroy. Suas mãos estão suando.

— Isso é maldade — murmurou ela. Mas ergueu o queixo. — Tem certeza de que não quer que eu fale com o Porter? De vendedor para vendedor?

— Quem faz as perguntas sou eu.

— Olha a testosterona falando — respondeu Dora, baixinho.

O escritório estava aberto, mas vazio quando os dois entraram. Para Jed, parecia que aquele era o único espaço do prédio que havia visto uma flanela e um escovão na última década. Contrastando com a bagunça da sala principal, a mesa estava brilhando, arrumada, os fichários limpos e bem-fechados. O ar trazia um leve aroma de cera de limão.

— Eles andaram arrumando as coisas desde a última vez que vim até aqui. — Curiosa, Dora enfiou a cabeça para dentro da sala. O mata-borrão estava limpo e, no canto esquerdo, um lindo vaso de porcelana continha um buquê de rosas. — Da última vez, havia um calendário feminino na parede, de 1956, e o resto parecia ter enfrentado a detonação de uma pequena bomba. Eu me lembro de pensar que não entendia como alguém podia trabalhar naquela bagunça. — Viu que Jed a encarava, direto, e deu de ombros. — A minha bagunça é organizada. — Parou para olhar em volta e tentou não cobiçar demais a mesa de ofertas. — Talvez o Porter esteja andando por aí. É fácil de achar o cara. Ele parece um tipo de furão.

— Posso ajudar?

Jed pôs a mão no ombro de Dora para fazer com que ela se calasse e se virou para a mulher arrumada, com óculos pendurados numa corrente dourada.

— Viemos falar com o sr. Porter.

Os olhos de Helen Owings escureceram e se encheram estranhamente rápido com lágrimas quentes.

— Ah... — exclamou, pegando um lenço no bolso. Repetiu: — Ah... — enquanto enxugava os olhos molhados.

— Sinto muito. — Antes que Jed pudesse reagir, Dora já havia pegado o braço da mulher e a levava para dentro do escritório, para que se sentasse. — Quer um pouco de água?

— Não, não. — Helen fungou, depois começou a rasgar o lencinho de papel. — Foi só um choque quando perguntaram por ele. Imagino que não saibam.

— Não sabemos o quê? — Jed fechou a porta sem fazer barulho e esperou.

— O Sherman... O sr. Porter morreu. Foi assassinado. — Apesar de a palavra ter sido enunciada de modo dramático, os lábios de Helen tremeram.

— Meu Deus... — Dora pegou uma cadeira para si, enquanto a cabeça dava uma volta lenta e nauseante.

— Pouco antes do Natal. — Helen assoou o nariz no que havia sobrado do lencinho. — Eu mesmo o encontrei. Ali. — Ela ergueu a mão e apontou para a mesa.

— Como ele foi morto? — perguntou Jed.

— Levou um tiro. — Helen cobriu o rosto com as mãos, depois as deixou cair em seu colo e começou a retorcê-las. — Na cabeça. Coitadinho do Sherman.

— A polícia tem algum suspeito? — indagou Jed.

— Não. — Helen suspirou e começou a tentar reunir o que restava de sua compostura. — Não parece ter havido um motivo. Nada foi levado, pelo que a gente observou. Não houve... sinais de luta. Desculpe, senhor...?

— Skimmerhorn.

— Sr. Skimmerhorn. O senhor conhecia o Sherman?

— Não. — Jed analisou por um instante quanto deveria contar à mulher. Como sempre, decidiu que menos era melhor. — A srta. Conroy tem uma loja na Filadélfia. Viemos conversar sobre alguns dos objetos leiloados aqui no dia 21 de dezembro.

— Nosso último leilão. — A voz dela estremeceu. Depois de respirar fundo, ela ajeitou os ombros num esforço óbvio para se recompor. — Por favor, me desculpem por estar tão sensível. Reabrimos hoje e eu ainda estou abalada. Houve algum problema?

— Viemos fazer uma pergunta. — Jed sorriu, cheio de charme e simpatia. — A srta. Conroy comprou duas peças no leilão. Gostaríamos de saber como e onde ele adquiriu aqueles objetos.

— Posso perguntar por quê? Nós não costumamos revelar nossas fontes. Afinal, o dono de outra loja poderia chegar primeiro e oferecer um preço mais baixo.

— Gostaríamos de ter mais informações sobre os objetos — respondeu Jed, tranquilizando-a. — Não vamos tentar nos meter entre vocês e os vendedores.

— Bem... — Não era um procedimento regular, mas Helen não podia ver nada de mal naquilo. — Talvez eu possa ajudar. Vocês se lembram do número do lote?

— F 15 e F 18 — disse Dora, baixinho. A moça havia se lembrado de outra coisa, algo que fazia o estômago dela embrulhar. Mas, quando Jed murmurou seu nome, ela balançou a cabeça.

— F 15 e F 18 — repetiu Helen, agradecida por ter algo de útil para fazer. Ela se levantou e foi até os fichários. — Ah, claro, os lotes F vieram do carregamento de Nova York. Todos vieram de uma mesma casa. — Sorriu, levando a pasta até a mesa. — Para ser sincera, sr. Skimmerhorn, acho que a maioria dos objetos havia sido comprada em vendas de garagem. Lembro que a qualidade não era a que eu esperava. Conroy... Claro, a senhora comprou ambas as peças. Infelizmente não posso dizer muito sobre elas. Eu...

Uma batida na porta a interrompeu.

— Srta. Owings?

— Diga, Richie.

— Tem uma pessoa querendo saber mais sobre aquela mesa de lavabo em estilo americano. Ela está com pressa.

— Está bem, diga que eu já vou. — Helen se levantou, ajeitando o cabelo e a saia. — Podem me dar licença um instante?

Jed esperou que a mulher saísse antes de pegar a pasta. Observou as listas, os inventários, os preços... Depois simplesmente enfiou as folhas que achava relevantes no bolso.

— O que está fazendo? — perguntou Dora. — Não pode fazer isso.

— Vai poupar tempo. Vamos.

— Ela sabe o meu nome.

— Então vamos fazer cópias e mandar os originais de volta. — Jed pegou a mão de Dora com força, mas não havia necessidade. Ela não tentou ficar no local nem o puxou de volta para estudar os tesouros empoeirados.

Quando já estavam no carro, Jed segurou o queixo da moça.

— Pronto, pode contar. Você ficou branca como um fantasma lá dentro.

— Eu me lembrei do sr. Ashworth. Já contei a você sobre ele. Foi o vendedor que conheci no dia do leilão. O que comprou uma peça desse carregamento.

— O cara que foi morto durante um roubo — murmurou Jed. — Você disse que a loja dele ficava por aqui.

— É, a alguns quilômetros da casa de leilões.

— Então é para lá que vamos agora. — Jed deu a partida. — Vai aguentar?

— Vou. Mas quero parar e ligar para a loja antes.

— Só está longe há algumas horas, Conroy. Tudo deve estar funcionando bem sem você.

— Eu não quero que a Terri nem a Lea cheguem perto daquele lugar. — Dora apertou a mandíbula e olhou direto para a frente. — Quero que fique fechada.

— Está bem. — Jed pôs as mãos sobre as da moça e percebeu que estavam frias e rígidas. — Está bem.

◆ ◆ ◆ ◆

Apesar de ter tido o cuidado de trazer uma pequena mala, Jed esperava conseguir ir e voltar da Virgínia no mesmo dia. Mas percebeu que não conseguiria fazer isso depois de visitar a loja de Ashworth.

Dora precisava relaxar e ele ia garantir que ela fizesse isso.

A moça não disse nada quando Jed entrou num hotel próximo ao aeroporto. O fato de ter falado tão pouco durante toda a viagem chuvosa desde Front Royal o preocupava quase tanto quanto a informação que haviam conseguido com o neto de Tom Ashworth. Além da morte do vendedor e dos danos causados durante a invasão, a estatueta, aparentemente, havia sido levada.

Jed destrancou a porta do quarto de hotel, pousou as malas e indicou uma cadeira para Dora.

— Sente-se. Você precisa comer.

— Não estou com fome.

— Está, sim. — Ele pegou o telefone e pediu dois bifes, café e uma garrafa de conhaque sem consultá-la. — Trinta minutos — disse ao desligar. — O que provavelmente significa quarenta. Você vai ter um tempinho para se deitar.

— Eu... — Sentindo-se dormente, ela olhou para a cama. — Acho que vou tomar um banho.

— Tudo bem. Tome o tempo que quiser.

Dora se levantou e pegou a mala. Não olhou para Jed.

— Você não sente nada? — perguntou numa voz que falhava de cansaço. — Três pessoas morreram. Pelo menos três. Podem ter sido mais. Pessoas que eu amo podem estar em perigo simplesmente porque trabalham para mim. E você pede o jantar. Isso não deixa você assustado? Não deixa você enjoado? Não faz você sentir nada?

A última pergunta o atingiu como um chicote quando a moça apertou a mala contra o peito e se forçou a olhar para ele. Jed olhou nos olhos de Dora com a mesma intensidade.

— Faz com que eu sinta alguma coisa, sim. Muita raiva. Vá tomar seu banho, Dora. Tente esquecer isso um pouquinho.

Desanimada, ela se virou.

— Não funciona assim. — Fechou a porta atrás de si. Depois de alguns segundos, Jed ouviu a água cair dentro da banheira.

O ex-policial acendeu um cigarro, xingando baixinho enquanto brigava com os fósforos. Ela estava decepcionada com ele. Fora aquilo que vira nos olhos de Dora quando finalmente olhara para ele. E ele se importava, talvez demais, com o que ela pensava dele, o que ela sentia por ele, como olhava para ele.

Ela importava demais.

Jed atravessou o quarto e ergueu a mão para bater na porta do banheiro. Então a baixou de novo. Não havia nada a dizer, pensou. Era necessário agir. Voltou até o telefone e ligou para Brent.

— Tenente Chapman.

— Sou eu, Jed.

— O que você descobriu?

— Dois caras mortos. — Jed soltou a fumaça do cigarro e manteve a voz baixa automaticamente. — Sherman Porter, o leiloeiro com quem a Dora comprou o quadro e o cachorro. Foi morto no próprio escritório antes do Natal. Talvez seja bom ligar para a polícia daqui para saber mais detalhes.

— Pode deixar.

— Ashworth, Thomas, dono de uma loja de antiguidades da cidade, morto durante um roubo que aconteceu pouco antes da morte de Porter. Ele esteve no leilão com a Dora e comprou uma estatueta de porcelana. — Jed consultou a lista. — Um homem e uma mulher, com cerca de sessenta centímetros de altura, com roupas de época. De antes da guerra. Não ficou com ela por muito tempo.

— Quanto valia?

— Quase nada. Tenho uma lista aqui do que estava no carregamento e de quem comprou o quê.

— Você se manteve ocupado, capitão. Pode ler, mas vá devagar. Minha mão anda enferrujada.

Quando terminou a lista, Jed apagou o cigarro.

— Por favor, dê prioridade a entrar em contato com essas pessoas.

— Nem precisava pedir.

— O carregamento veio de Nova York. Deveria ter vindo de uma mesma casa, mas a mulher responsável achou que tudo era um monte de lixo recolhido em vendas de garagem. Não era o que ela esperava. Peguei o nome do cara que mandou as peças para a casa de leilões. Vou falar com ele em pessoa amanhã.

— Diga o nome. Vou dar uma olhada na ficha dele só por garantia.

— Franklin Flowers, morador do Brooklyn. Soube mais alguma coisa da sra. Lyle?

— A condição dela parece estar se estabilizando. Ela não se lembrou de nada além do que já tinha contado.

— E o quadro?

— Sua ex-namorada continua mexendo nele. Foi uma boa ideia colocar a moça para trabalhar na casa da sua avó. — Um toque de humor iluminou a voz de Brent. — A sua avó me disse, de modo muito claro, que o processo não vai ser apressado.

— Você pôs um guarda na porta dela?

— Vigilância 24 horas. Tive que dar uma disfarçada para o Goldman e cobrar alguns favores. Os relatórios que recebi até agora dizem que o trabalho inclui petit fours e café com leite. Eu não me incomodaria se tivesse que ficar lá. Me dê seu telefone caso eu descubra alguma coisa hoje à noite.

Jed leu o número escrito no aparelho.

— Você está sofrendo alguma pressão por causa disso?

— Nada que não possa aguentar. O Goldman decidiu se interessar pelo cara que matou o Trainor. Deu uma entrevista na frente do tribunal. Daquelas: "Um dos meus homens morreu e eu não vou descansar até o assassino ser levado à Justiça." A história de sempre.

— E a gente vai entregar o DiCarlo de bandeja para ele.

O nojo na voz de Jed deu esperança a Brent.

— Se a gente conseguir encontrar o cara. Ele parece ter se enterrado em algum buraco.

— Então vamos começar a cavar. Eu ligo de Nova York.

Jed desligou, se recostou na cabeceira da cama e fumou outro cigarro. A água havia parado de cair. Ele esperava que Dora estivesse deitada na banheira, de olhos fechados, com a cabeça tranquila.

Dora estava deitada. Tinha realmente os olhos fechados e deixava que a água quente e os sais de banho relaxassem o corpo dela lentamente. Mas era mais difícil relaxar a cabeça. Não parava de ver a maneira como os olhos de Helen Owings haviam se enchido de água e transbordado. Não parava de ouvir a maneira como a voz de Thomas Ashworth III havia embargado ao falar do avô. Não parava de se lembrar de como a sra. Lyle parecia pálida e frágil na cama de hospital cercada de máquinas.

Mesmo no calor do banho, podia sentir a lembrança do frio cano da arma pressionado contra seu peito.

Pior, ainda podia ouvir a voz direta e impassível de Jed questionando as vítimas, podia ver os olhos dele, tão lindamente azuis, não demonstrarem nenhuma emoção. Não havia calor, não havia gelo, não havia pena.

Aquilo não era um tipo de morte?, pensou. Não sentir. Não, corrigiu-se, não *se permitir* sentir. Era muito pior. Ter a capacidade de se permitir ficar de fora, observar e examinar sem que nenhum tipo de tristeza o tocasse.

Talvez ela estivesse errada desde o início. Talvez nada o emocionasse, nada passasse por aquelas camadas cuidadosamente construídas de falta de interesse e objetividade frígida.

Ele estava apenas fazendo um trabalho, montando um quebra-cabeça. No entanto, nenhuma das peças significava mais do que um passo dado na direção de uma solução.

Dora ficou na banheira até a água começar a esfriar. Adiando o instante em que teria que encarar Jed outra vez, ela se secou com cuidado, se acalmou passando o hidratante lentamente. Deixou a toalha cair e pegou o roupão.

A mão hesitou, depois acariciou o pano felpudo verde. Havia se deixado esquecer aquele lado de Jed, percebeu. O lado gentil, o lado bom. Talvez relutante, mas ainda assim bom.

Suspirando um pouco, ela vestiu o roupão. Era culpa sua, decidiu. Dora sempre parecia querer mais e sempre se decepcionava ao perceber que não era possível ter. Mas era tão difícil se contentar com pouco, pensou, amarrando a faixa. Era difícil demais se contentar com pouco.

Dora abriu a porta, deixando o fluxo de vapor e aromas sair do banheiro. Jed estava parado em frente à janela, observando a chuva. O carrinho do serviço de quarto estava ao lado dele, posto para dois. Jed já havia se servido de café e levava a xícara à boca quando se virou para ela.

Era como um soco no estômago vê-la entrar no quarto. O banho havia devolvido a cor ao rosto dela, mas a pele ainda tinha aquele brilho suave e frágil provocado pela exaustão. O cabelo que havia prendido com cuidado estava úmido por causa do calor. E, de repente, o ar tinha apenas o aroma da moça.

Ele diminuíra as luzes, não para criar um ambiente romântico, mas porque achou que a redução a deixaria mais tranquila. Na penumbra, ela parecia frágil e adorável, como uma flor sob uma redoma.

Jed se forçou a levar a xícara até os lábios e a beber um longo gole de café.

— O jantar chegou — disse ao pousar a xícara. — É melhor você aproveitar que está quente e comer.

Os olhos dele não estão frios agora, notou Dora. Nem desinteressados. O que via neles era mais que desejo, era algo mais básico, mais exigente do que simples luxúria. Era uma fome por uma mulher. Por ela.

—Você está tentando tornar as coisas mais fáceis para mim. — Por que não havia percebido isso antes?, pensou.

— Só pedi alguma coisa para você se alimentar. — Jed começou a puxar a cadeira, mas Dora andou até ele. Os braços da moça o cercaram, o corpo se pressionou contra o dele e ela enterrou o rosto no pescoço do ex-policial. Era impossível não oferecer todo o carinho que podia dar. Jed a manteve ali, as mãos acariciando as costas da moça, e observou a chuva deslizar pela janela.

— Eu fiquei com medo — murmurou Dora.

— Não precisava. — Ele a apertou um pouquinho mais e voltou a relaxar. — Não vai acontecer nada com você.

— Eu fiquei com medo de mais do que isso. Fiquei com medo de você não estar aqui para me abraçar assim quando eu precisasse. Ou de que, se estivesse, seria só porque era uma parte do trabalho de que você não poderia escapar com gentileza.

— Você está sendo boba. Eu não me preocupo em fazer nada com gentileza.

Dora riu um pouco, surpresa por conseguir.

— Eu sei. Eu sei disso. Mas também sei que entrei no seu caminho. — Ela inclinou a cabeça para trás para observar o rosto dele, para poder ver o que precisava ali. — Forcei você a sentir coisas que não pode sentir quando faz o que tem que fazer. Quis que você sentisse por mim coisas que não sente.

— Não sei o que sinto por você.

— Eu também sei disso. — Dora levou uma das mãos ao rosto de Jed, aliviando a tensão presente ali. — Mas você me quer, então isso vai ser o suficiente. — Tocou os lábios dele com os seus, aprofundando o beijo suavemente. — Faça amor comigo.

O desejo atou as entranhas de Jed.

— Não é disso que você precisa agora.

— É, sim. — Ela o puxou para a cama. — É, sim.

♦♦♦♦

Mais tarde, ela se encolheu contra ele, relaxada e sonolenta. Jed havia sido tão gentil, pensou. Tão paciente. E, ela sabia, estivera totalmente concentrado. Não havia sido apenas ela que esquecera, por um pequeno período de tempo, por que estavam ali. Jed dera tudo que ela havia pedido e tinha tomado tudo que Dora precisara oferecer. Agora ela escutava a chuva e deixava a consciência se manter suspensa por um fio, antes de cair no sono.

— A comida deve estar fria — afirmou Jed. — Mas você ainda precisa comer. Parecia que você ia capotar quando entramos aqui.

— Estou me sentindo melhor. — Dora sorriu quando ele entrelaçou os dedos com os dela. Estava fazendo esse tipo de coisa com mais frequência, pensou. Será que percebia isso? — Me diga o que vamos fazer agora.

— Nós vamos para Nova York de manhã.

— Você disse "nós". — Ela se aproximou ainda mais dele. — Está progredindo, Skimmerhorn.

— Só estou tentando evitar uma discussão.

— Nada disso. Você gosta de me ter por perto. Bem que podia admitir isso.

— Gosto de ter você na minha cama. Na maior parte do tempo, você é uma pentelha.

— Pode ser, mas ainda assim você gosta. — Dora se forçou a levantar e passou a mão pelo cabelo embaraçado. — Você realmente fez com que eu me sentisse melhor.

Jed passou a ponta do polegar pelo mamilo da moça.

— O prazer foi meu.

Ela riu e sacudiu o cabelo para trás.

— Não foi só isso. Apesar de ter sido espetacular. — Sorrindo suavemente, Dora passou os dedos fechados pelo queixo de Jed. — Eu também gosto de ter você por perto.

Ele segurou o pulso dela.

— Talvez não devesse. Talvez você devesse correr a toda velocidade para longe de mim.

— Eu não acho.

— Você não me conhece, Dora. Não tem a menor ideia de onde venho e não entenderia se soubesse.

— Então tente me explicar.

Jed balançou a cabeça e começou a se levantar.

— Tente me explicar — repetiu Dora, tornando aquilo um desafio.

— Estou com fome. — Ele voltou a vestir a calça jeans e deu as costas para ela para destapar os bifes frios.

— Ótimo. A gente pode conversar enquanto come. — Não era uma oportunidade que a moça pretendia desperdiçar. Enfiando o roupão, sentou-se no carrinho do serviço de quarto. Ele pedira apenas uma xícara de café. É claro, analisou Dora, Jed imaginara que aquilo a manteria acordada e queria que ela dormisse. A moça usou a tacinha de conhaque e tomou o café puro e gelado. — De onde você vem, Skimmerhorn?

Jed já se arrependia das próprias palavras e da situação em que elas o haviam colocado.

— Da Filadélfia — respondeu, simplesmente, e cortou o bife.

— De uma Filadélfia cheia da grana — corrigiu Dora. — Isso eu sei. — Então teria que forçar a barra. — Também sei que o dinheiro vinha dos dois lados da sua família e que o casamento dos seus pais tinha o propósito maior de fundir duas grandes fortunas. — Ela salgou o próprio bife. — E que eles eram conhecidos por brigar em público.

— Eles se odiavam desde que eu me lembro. — Jed deu de ombros, mas o movimento foi rígido. — Você entendeu bem a parte da fusão. Nenhum dos dois estava disposto a desistir dos bens comuns, por isso viveram juntos, num nojo e numa animosidade comum, durante 27 anos. E, ironicamente, ou talvez apropriadamente, morreram juntos quando o motorista perdeu o controle da limusine e bateu.

— Foi difícil para você perder os dois dessa maneira.

— Não. — Ele ergueu os olhos e encontrou os dela. — Não foi. A única coisa que sentia pelos dois quando estavam vivos era um certo desprezo. Eu avisei que você não ia entender.

Dora esperou um instante, comendo porque a carne estava ali e preenchia o vazio.

— Você está errado. Acho que entendo. Você não respeitava os dois, então, em algum momento da vida, desistiu de amar seus pais.

— Eu nunca amei meus pais.

— É claro que amou. Uma criança sempre ama até que o amor seja destruído. Às vezes ama até depois disso. Mas, se você parou de amar, foi porque precisou. Então, quando os dois morreram, se você sentiu alguma coisa, deve ter sido culpa por não poder sentir mais nada. — Fez uma pausa, analisando Jed. — Cheguei perto?

Ela havia acertado no alvo, mas ele não estava pronto para admitir.

— Tiveram dois filhos que nunca quiseram — continuou. — Elaine e depois eu, porque era importante que o sobrenome continuasse. Fui lembrado disso muitas vezes enquanto crescia.

Você é um Skimmerhorn. Você é o herdeiro. O mínimo que pode fazer é não ser burro. Mostre algum tipo de gratidão. Não seja um incômodo tão grande.

— Minhas responsabilidades — continuou Jed, rígido, lutando contra os fantasmas do ressentimento. — E as expectativas deles. Os seus pais queriam que você fizesse teatro, os meus queriam que eu ganhasse mais dinheiro usando a fortuna da família.

— E, de maneiras diferentes, nós dois decepcionamos nossos pais.

— Não é a mesma coisa, Dora. As ambições dos seus pais surgiram do orgulho. As dos meus surgiram da ganância. Não havia carinho na minha casa.

Jed odiava dizer aquilo, odiava se lembrar daquilo, mas ela girara a roda e ele não podia parar até ter dado a volta completa.

— A sua irmã...

— Não significava mais para mim do que eu para ela. — Jed afirmou aquilo de forma direta, sem paixão, porque era a patética verdade. — Um acidente do destino nos tornou prisioneiros da mesma cela, mas nem sempre os encarcerados desenvolvem algum tipo de afeição um pelo outro. Nós quatro passávamos a maior parte do tempo nos evitando. — Sorriu um pouco ao dizer isso, sem achar engraçado. — Nem numa casa daquele tamanho era fácil.

Apesar de saber que não era a intenção de Jed, Dora sentiu pena.

— Você não tinha ninguém com quem conversar?

— Sobre o quê? — Ele soltou uma risada curta. — Não era segredo nenhum que meus pais se odiavam. As brigas que tinham em público eram só as preliminares. Sempre acabavam em casa. E, quando não estavam atacando um ao outro, brigavam comigo ou com a Elaine. Eu comecei a cometer pequenos roubos, a armar para os outros e a enganar os bobos. Ela usou os homens. Fez dois abortos antes dos vinte anos. Meus pais conseguiram esconder, da mesma maneira que esconderam os meus problemas com a Justiça. Mandar nós dois para um internato não ajudou em nada. Eu fui expulso do meu e a Elaine teve um caso com um dos professores. No fim das contas, eles desistiram. Foi uma das únicas coisas em que concordaram. Fizeram um acordo com a Elaine e ofereceram uma bela quantia de dinheiro para que ela se casasse com um candidato escolhido por eles. Eu fui morar com a minha avó. O primeiro casamento da Elaine durou pouco menos de dois anos. Entrei na academia de polícia na mesma época em que ela se divorciou. Isso irritou muito os dois. — Jed pegou o conhaque e se serviu de uma dose generosa. — Ameaçaram cortar a gente da herança, mas não queriam que todos os bens fossem para gente de fora da família. Então a Elaine se casou de novo e eu ganhei meu distintivo. E os dois morreram.

Dora sentia muitas coisas — e sabia que era muito mais do que o que Jed queria. Pena pela criança, revolta por ele, tristeza por uma família que não tinha nada para se manter unida.

— Talvez você esteja certo — afirmou ela, lentamente. — Não consigo entender como pessoas podem ficar juntas quando não há amor. Nem como elas poderiam ser incapazes de dar esse amor aos filhos. Mas isso não significa que não entendo você.

— O que você tem que entender é que talvez eu não consiga dar o que você quer.

— Mas isso é problema meu, não é? — Dora pegou o conhaque e se serviu de uma dose. — Na verdade, Skimmerhorn, acho que você está mais preocupado com o fato de eu poder dar exatamente o que você quer.

Capítulo Vinte e Um
♦ ♦ ♦ ♦

DORA SEMPRE havia adorado Nova York. Anos antes, ela se imaginara vivendo ali. Um loft no Village, um restaurante étnico favorito, um círculo de amigos boêmios que sempre se vestiam de preto e citavam as últimas novidades da literatura exotérica. E uma vizinha maluca, é claro, que sempre se apaixonaria e se desapaixonaria pelo homem errado.

Na época, Dora tinha 14 anos. A visão dela havia mudado.

Contudo ela ainda adorava Nova York por causa do ritmo incansável, da energia, da arrogância. Adorava as pessoas correndo pelas calçadas, tomando cuidado para não fazer contato visual com ninguém, os compradores carregados de sacolas da Saks, da Macy's e da Bendel's, as lojas de eletrônicos que tinham promoções de encerramento perpétuas, os vendedores nas calçadas com suas castanhas assadas e seu mau humor, a grosseria evidente dos motoristas de táxi.

— Filho da puta — murmurou Jed quando um taxista o cortou, deixando pouco mais de uma mão de tinta de distância.

Dora sorriu.

— É genial, não é?

— É. Isso mesmo. Duvido que um policial tenha dado alguma multa de trânsito nesse buraco desde o início do século.

— Não seria muito útil. Afinal... Veja só! — Dora baixou a janela e esticou o pescoço.

— Se respirar do lado de fora, vai morrer.

— Você viu aquela roupa? — Dora estreitou os olhos, não contra a fumaça dos escapamentos dos carros, mas para tentar ler o nome e o endereço da loja. — Era linda. Eu só levaria cinco minutos para comprar se você achasse uma vaga.

Ele riu, fazendo barulho pelo nariz.

— Fala sério, Conroy.

Ela bufou e voltou a se ajeitar no banco.

— Talvez depois que terminar, a gente possa passar por aqui. Só temos que dar a volta no quarteirão.

— Esqueça. Não existem lojas suficientes na Filadélfia?

— É claro que existem. Essa não é a questão. Sapatos... — disse Dora, com um longo suspiro, estudando outra vitrine enquanto Jed brigava com o trânsito da avenida Madison, em direção ao norte da cidade. — As lojas já começaram a promoção pós-Natal.

— Eu devia ter imaginado. Cacete, saia da minha pista! — gritou Jed, soltando a agressividade e acelerando para ultrapassar um taxista. — Eu devia ter imaginado — repetiu — que não seria inteligente atravessar Manhattan com você. É como oferecer um bife a um cachorro com fome.

— Você devia ter me deixado dirigir — corrigiu Dora. — Eu estaria mais tranquila com o trânsito e não teria a chance de olhar as vitrines. Além disso, foi você que quis ir até o apartamento do DiCarlo.

— E talvez a gente chegue lá vivo um dia.

— Ou poderíamos ter pegado um táxi do aeroporto.

— Chamo a atenção para a palavra "vivo".

Dora sentia-se muito viva.

— Sabe, a gente podia ficar aqui esta noite e reservar um hotel ridiculamente caro no centro. Ver a peça do Will... — Olhou com desejo para uma loja. — Fazer compras.

— A gente não veio fazer turismo, Conroy.

— Estou tentando aproveitar a situação ao máximo.

Ignorando a moça, Jed entrou na rua 83. Depois de procurar uma vaga grande o bastante para encaixar o carro alugado, fez a coisa mais sensata e estacionou em fila dupla.

— Vou ter que confiar em você.

— Está bem. — Dora se preparou para ser confiável. — Para quê?

— Quero que fique no volante enquanto vou até lá saber do DiCarlo. Vou falar com o zelador e talvez com alguns vizinhos.

A boca da moça quase formou um beicinho.

— Por que não posso ir também?

— Porque quero que o carro esteja aqui quando eu voltar. Se tiver que sair, dê a volta no quarteirão, sem parar nenhuma vez para comprar roupas e sapatos, e estacione bem aqui, entendeu?

— Eu não sou idiota — começou Dora, mas Jed a beijou e saiu do carro.

— Tranque as portas, Conroy.

Quando cinco minutos se tornaram dez e dez se tornaram vinte, Dora começou a pensar em deixar um bilhete para Jed, dizendo que ele devia pegá-la na loja, e em tomar um táxi até lá. Estava abrindo a bolsa para pegar um bloquinho quando ele voltou a passos rápidos para o carro.

Jed deu a partida e esperou uma chance de voltar a entrar no tráfego.

— Bom, como é que a gente chega ao Brooklyn agora?

— Isso é tudo que tem a dizer? Me deixou aqui sentada por quase meia hora e agora quer um mapa para o Brooklyn?

— O zelador me deixou entrar no apartamento do DiCarlo.

— Isso não é desculpa. — Dora demonstrou toda sua irritação em silêncio por um instante, mas a curiosidade prevaleceu: — E aí? O que você encontrou?

— Duas dúzias de sapatos italianos. Vários ternos Armani. Algumas garrafas de Dom Pérignon e cuecas de seda num arco-íris de cores.

— Então o DiCarlo gosta de coisas chiques.

— Também encontrei um talão de cheques com gastos de pouco mais de sete mil, uma Madonna de porcelana e vários porta-retratos com fotos de família.

— Ele economiza dinheiro, não se esqueceu das origens religiosas e gosta da família. Por enquanto não parece ser um assassino frio.

— E o Ted Bundy tinha um rosto e um sorriso bonitos. — Jed entrou na rua Lexington e começou a voltar para o centro. — Também encontrei um papel de carta com cabeçalho da E.F. Incorporated, que tem sede em Los Angeles e filial aqui em Manhattan, muitos documentos da mesma empresa e uma dúzia de mensagens na secretária eletrônica. Da mamãe, do primo Alphonso, da tia Sofia e de uma interesseira qualquer chamada Bambi.

— Só porque uma mulher se chama Bambi, você já assume que ela é uma interesseira?

— Desculpe. — Jed passou num sinal amarelo. — Só porque ela chamou o DiCarlo de Tonico, soltou uma risadinha e deixou a mensagem em vozinha de bebê não é razão nenhuma para eu supor que ela é uma interesseira.

— Assim está melhor.

— O que não encontrei foi um caderninho de endereços, um passaporte nem dinheiro. Por causa disso e do fato de as mensagens não terem sido ouvidas, de ninguém ter visto o cara há mais de uma semana e de a correspondência dele não ter sido recolhida, me leva a acreditar que ele não esteve aqui nos últimos tempos.

— É uma conclusão razoável. Você acha que ele ainda está na Filadélfia?

Dora disse aquilo normalmente, mas Jed percebeu a preocupação subjacente.

— É possível. Ninguém vai incomodar sua família, Dora. Não há razão para isso.

— Acho que você está certo. Se ele estiver lá, deve estar me esperando voltar. — Ela fez uma careta. — Que pensamento feliz.

— Ele não vai chegar perto de você. Eu prometo.

Jed brigou para abrir caminho de Manhattan até Brooklyn Heights, usando como combustível os cigarros e a sensação nem sempre desagradável de estar lutando uma justa contra o trânsito. Quando encontrou o endereço de Franklin Flowers, já havia encaixado as peças que tinha, sacudido-as e deixado que voltassem a se organizar. Entrou lentamente numa vaga.

— Parece que você vai participar dessa vez, Conroy. — Inclinou-se para ela, baixando a cabeça para ver melhor a vitrine da loja pela janela.

F. FLOWERS
COMPRAMOS E VENDEMOS

— E quem não faz isso? — pensou ele. — Não se esqueça, Conroy...

— Eu sei. Bico calado.

Os dois entraram na loja. Era pouco maior do que uma sala de estar comum e estava entulhada de mercadorias, que iam desde bichos de pelúcia gastos até luminárias altas. Apesar de estar vazia, Jed ouviu uma voz vindo do cômodo dos fundos, de trás de uma cortina de contas. Seguindo as instruções de uma plaquinha no balcão, ele tocou um sino de bronze que, um dia, havia enfeitado a recepção de um pequeno prostíbulo do Bronx.

— Só um instante, por favor. — A voz era masculina, as palavras, cantadas como uma música.

Flowers fez o que prometeu. Antes que Dora pudesse terminar de analisar um conjunto de frascos de perfume, ele passou pela cortina com um soar das contas e uma nuvem de fumaça aromatizada.

Era um homem grande, de talvez 1,88 m, já com a barriga saliente. Assim como os ursinhos de pelúcia, tinha um rosto redondo e agradável que irradiava doçura. O cabelo havia sido dividido perto da orelha para permitir que ele penteasse mechas louras e ralas sobre uma grande careca. Entre os dois dedos grossos, segurava um cigarro marrom fino.

— Bom-dia! — cantou ele novamente, como um professor de jardim de infância recitando o ABC. — Ai, não. — Estalando a língua, olhou para uma série de relógios. — Já é tarde. Para onde o tempo vai? Parece que nunca consigo acompanhar. O mundo se movimenta rápido demais para mim. E o que posso fazer por vocês?

Como Dora estava ocupada admirando o gigante jovial, não viu problema em deixar Jed tomar as rédeas da conversa.

— Sr. Flowers?

— Isso, sou Frank Flowers, e esta é a minha lojinha. — Deu uma tragada delicada no cigarro e exalou através de um biquinho, como se mandasse um beijo. — Como pode ver, nós compramos e vendemos quase tudo. O que traz vocês aqui hoje?

— O senhor conhece Sherman Porter?

A expressão alegre de Flowers se desintegrou.

— Coitado do Sherman. Recebi a notícia dois dias atrás. Uma tragédia. O mundo em que vivemos me impressiona sempre. Morto como um cachorro na própria mesa. — Flowers estremeceu. — Horrível. Realmente horrível.

— O senhor mandou um carregamento para ele — continuou Jed quando Flowers fez uma pausa para suspirar e fumar. — Ele chegou à Virgínia no dia 21 de dezembro.

— Ah, é — sorriu Flowers, de forma triste. — Quem teria adivinhado que seria a última vez que eu e o Sherman faríamos negócio? O destino é uma coisa tão cruel e caprichosa. Faz quase seis anos. Éramos sócios e, eu gosto de pensar, também amigos.

Jed pegou os papéis que havia tirado do arquivo de Helen.

— Parece que houve um problema com esse carregamento.

— É mesmo? — Flowers deixou a tristeza de lado e franziu a testa para a possibilidade. — Acho isso muito estranho. A Helen nunca falou nada. É claro, isso é compreensível nessas circunstâncias trágicas. Mas ela poderia ter me ligado e falado do problema em vez de ter mandado vocês até Nova York.

— Tínhamos outros assuntos para resolver aqui — respondeu Jed, esperto. — Você comprou os objetos de uma única casa?

— Uma pequena venda, é, em Catskills. Que ar, que paisagem... Consegui várias joias. Muitas das peças maiores eu vendi para outros clientes. Era pouco prático enviar móveis pesados para a Virgínia quando tenho outras lojas mais próximas daqui. — Ele exalou dois anéis perfeitos de fumaça. — Sabe, na verdade costumo ser agente de outros vendedores. Este lugarzinho — olhou com carinho para a loja, como um pai orgulhoso de uma criança lerda — é muito importante para mim, mas eu mal me mantenho com ele. Pelo que me lembro, escolhi algumas peças muito boas para o Sherman. — Flowers apagou o cigarro num cinzeiro de mármore. — Não consigo imaginar qual foi o problema.

— O quadro — começou Jed.

— Quadro? — Flowers franziu a testa e pôs o punho fechado no quadril. — Não mandei quadro nenhum.

— Uma pintura abstrata, de E. Billingsly.

— Abstrata? — Inclinando a cabeça, Flowers riu como uma menininha. — Ai, querido, não. Eu *nunca* tocaria numa pintura abstrata. É estranho demais para o meu gosto. E são difíceis de vender. Não, acho que aconteceu algum erro.

— O senhor tem uma lista dos objetos que enviou?

— Naturalmente. Sou maníaco por organização. Havia um quadro abstrato? Não me impressiona que a Helen tenha um problema. Eu volto num segundo.

E desapareceu atrás da cortina.

—Talvez ele tenha um sócio — sussurrou Dora. — E o sócio tenha colocado o quadro no carregamento. Ou talvez...

Ela se interrompeu quando Flowers voltou, trazendo duas pastas: uma amarelo-ovo, a outra vermelho vivo.

— Eu uso um código de cores, sabe? — Sorrindo, ele pôs os arquivos no balcão. — A amarela tem tudo que comprei daquela vez. — Abriu a pasta. Dentro dela havia folhas meticulosamente datilografadas listando mercadorias e suas descrições. — Isso deve ter sido... no dia 12 de dezembro, eu acho. — Folheou os papéis rapidamente. — E aqui estamos, já em janeiro. O tempo passa rápido demais. Pronto. — Pousando as páginas superiores com cuidado, viradas para baixo, ele bateu com o indicador no arquivo. — Família Woodlow, Catskills, 12 de dezembro. Pode ver que esta é a lista completa, com o recibo anexado. Não tem quadro nenhum.

Nem um cachorro de porcelana, observou Jed. Nem uma estatueta que combinasse com a descrição do objeto pelo qual Tom Ashworth morrera.

— E esta é uma das minhas pastas de envio, especificamente a do Sherman, que Deus o tenha. Como pode ver — afirmou, enquanto abria a pasta —, o envio de cima foi o mais recente. O recibo está anexado. Não há quadro em lugar nenhum. — Flowers sorriu alegremente. — Ele deve ter sido misturado às minhas coisas depois que a caixa foi aberta. O Sherman, coitado, era meio descuidado.

— É — respondeu Jed. — Tenho certeza de que o senhor está certo.

◆ ◆ ◆ ◆

— ELE ESTÁ errado — declarou Dora quando abriu a porta do carro. — Eu vi o menino do estoque colocar todas as mercadorias em exibição. O pacote tinha acabado de chegar.

— É. — Jed pegou a chave, mas não deu a partida. Tinha os olhos opacos enquanto balançava o chaveiro na mão.

— Tinha um quadro. Eu comprei aquela porcaria.

— Tinha um quadro — concordou Jed. — Tinha um cachorro de porcelana e um monte de outras coisas. Nada daquilo estava listado no arquivo do Flowers. Nenhum dos objetos batia com a nossa lista.

— Talvez ele esteja mentindo. — Dora olhou para trás, para o outro lado da rua, e balançou a cabeça. — Mas não acho que esteja.

— Não, ele não estava mentindo. — Ajeitando-se no banco, Jed se virou para ela. — Me diga uma coisa, Conroy. Se você estivesse contrabandeando um Monet e várias outras peças caras e ilegais, para uso próprio ou de outra pessoa, e tivesse se dado ao trabalho de esconder tudo, fazer as mercadorias parecerem comuns...

— Eu não mandaria nada para uma casa de leilões — interrompeu Dora, os olhos escurecendo com a inspiração. — Não deixaria que fossem comprados por um monte de pessoas espalhadas por toda a Costa Leste.

— Porque, depois, teria muito trabalho e correria riscos para recuperar as peças, apesar de já ter tudo com você de início.

— Então alguém cometeu um erro. O DiCarlo?

— Pode ser.

— Quem mais? — perguntou Dora. — Tem um "quem mais" nos seus olhos.

— Os recibos de envio. O que estava no arquivo do Flowers e o que peguei da loja do Porter. Os dois eram da Premium Shipping. — Jed deu a partida. — Tenho que fazer umas ligações.

♦ ♦ ♦ ♦

D*ora tomou* infindáveis xícaras de café e brincou com o sanduíche, usando a parada que haviam feito num pequeno restaurante do Brooklyn para pensar no quebra-cabeça enquanto Jed fazia as ligações de um telefone público. Tirando o bloquinho da bolsa, ela começou a fazer anotações e diagramas.

— Parece que o Monet é verdadeiro. — Jed se sentou e puxou o prato de Dora para o seu lado da mesa. — Vão ter que fazer testes para ter cem por cento de certeza, mas minha avó e o amigo dela já confirmaram.

— Quem é o amigo dela?

— Um cara que ela conhece. Ele já foi curador do Metropolitan. — Jed engoliu um pedaço de sanduíche e pediu mais café. — Parece que todos os nomes daquela lista, todo mundo que comprou alguma coisa do carregamento, foi atacado entre o dia 22 de dezembro e o Ano-Novo.

— Atacado? — O sangue esvaiu do rosto da moça. — Quer dizer que foram mortos?

— Não. — Jed pegou a mão de Dora e a apertou com força. — Roubados. Em todos os casos, a peça comprada no leilão foi levada. Foram roubos descuidados. Pelo que Brent me contou, foram feitos para que parecessem descuidados. E ainda não há sinal do DiCarlo. Ele é algum tipo de vice-presidente da filial de Nova York da E.F. Incorporated. Não aparece para trabalhar desde o Natal. Ligou algumas vezes para a empresa, mas não depois do fim do ano. A secretária e o pessoal da equipe dizem que não sabem onde ele está. A mãe avisou a polícia de Nova York do desaparecimento dele hoje de manhã.

— Então ele fugiu correndo. — Dora pegou o café e não viu o brilho nos olhos de Jed. — Ótimo. Espero que corra até cair em um precipício. O que vamos fazer agora?

Jed mexeu os ombros e escolheu outro pedaço do sanduíche.

— Se conseguirmos reunir provas suficientes para ligar o cara aos assassinatos na Filadélfia e na Virgínia, podemos chamar a Polícia Federal.

— Você não precisa me dizer que não quer fazer isso. Estou começando a entender suas reações, capitão.

— Gostaria de terminar o que comecei. — Distraidamente, ele virou o bloquinho para poder lê-lo. Um sorriso apareceu em seus lábios. — Está brincando de Nancy Drew de novo?

— Você não está usando um distintivo, Skimmerhorn. Isso quer dizer que você é o Joe Hardy.

Jed não revidou a provocação. Os diagramas o interessavam. No topo, ela havia posto a Premium Shipping, com linhas que levavam para a esquerda e para a direita. Na ponta de uma das linhas, Dora escrevera "Porter". O fim da outra terminava num ponto de interrogação. Abaixo dele havia uma lista das mercadorias que Flowers dizia ter enviado. Abaixo de Porter estavam todos os nomes dos compradores do leilão e os objetos adquiridos. Outra linha conectava o nome dela ao da sra. Lyle.

— O que está tentando explicar aqui, Nancy?

— É uma teoria. — Ela se empertigou ao ouvir o tom de voz dele. — Tenho duas, na verdade. A primeira é que o DiCarlo foi enganado. Quem quer que tenha lidado com as mercadorias armou para cima dele e mandou tudo para a Virgínia.

— Por quê?

— Não sei. — Dora bufou e pegou a xícara de café com raiva. — Talvez tenha sido algum aspone irritado que ele não promoveu, uma mulher traída... Ou talvez algum funcionário azarado que cometeu um erro.

— Isso funcionaria se o aspone irritado ou a mulher traída tivesse mantido parte das mercadorias. E mesmo um funcionário azarado levaria um esporro por fazer a besteira de enviar um carregamento para um leiloeiro vagabundo na Virgínia, com o qual o DiCarlo provavelmente não tinha nenhuma ligação.

— Pelo que a gente sabe, o DiCarlo podia estar usando a loja do Porter para disfarçar o contrabando há anos. — Dora jogou o cabelo para trás e fez uma careta para Jed. — Imagino que você tenha uma teoria melhor.

— É, eu tenho. Mas vamos dar uma olhada atrás da porta número dois. — Ele sorria agora, se divertindo. Apontou o diagrama que ela desenhara. — O que temos aqui?

— Não tenho que aguentar esses seus ares de superioridade, Skimmerhorn.

— Faça esse favor para mim. — Ele ergueu a mão e beliscou os dedos dela. — Só um pouquinho.

— Bem, ficou óbvio para mim que havia dois pacotes. O do Flowers e o carregamento de mercadorias roubadas. Como concordamos que teria sido uma burrice gigantesca o DiCarlo mandar as próprias mercadorias de propósito para a Virgínia, onde seriam postas à venda pela maior oferta, a conclusão lógica é que os dois pacotes tenham sido confundidos.

— Continue — incentivou Jed. — Você vai ganhar um distintivo por mérito.

— E, como os dois recibos de envio vieram da Premium, podemos deduzir que a confusão aconteceu lá.

— Muito bem, Nancy. — Satisfeito com Dora, ele tirou a carteira e jogou algumas notas na mesa. — Vamos até o Queens.

— Espere um instante. — Ela o alcançou na porta. — Está dizendo que acha que estou certa?

— Estou dizendo que temos que conferir isso.

— Não, isso não basta. — Dora mudou de posição para bloquear a porta. — Olhe nos meus olhos, Skimmerhorn, e diga que acha que estou certa.

— Acho que você está certa.

Ela soltou um grito de triunfo e abriu a porta.

— Então, o que estamos esperando?

♦ ♦ ♦ ♦

— Sabe — disse Dora depois de 15 minutos pastando no escritório de Bill Tarkington —, a maior parte desse trabalho de investigação é muito chato.

— Está pensando em desistir, Conroy?

Ela apoiou o cotovelo no braço da cadeira e segurou o queixo.

— Era esse tipo de coisa que você fazia todos os dias por todos aqueles anos?

Jed estava de costas para ela, observando as esteiras e os funcionários enviarem pacotes.

— Não poderia calcular o tempo que perdi esperando.

Ela bocejou, abrindo bem a boca.

— Imagino que isso ensine a ter paciência.

— Não. Não necessariamente. Temos que lidar com muitas horas de tédio seguidas de muitos momentos de medo, então isso ensina a nunca baixar a guarda.

Dora podia ver o perfil de Jed de onde estava sentada. Apenas uma parte dele estava na sala com ela, percebeu. A outra estava em algum lugar em que ela não poderia entrar.

— Como você lida com o medo?

— Eu reconheço e aceito.

— Não consigo imaginar você com medo — murmurou Dora.

— Eu disse que você não me conhece. Acho que esse é o cara que estamos esperando.

Tarkington quicou até a porta, abrindo um sorriso alegre.

— Sr. Skimmerhorn? — Apertou a mão de Jed com entusiasmo. — E srta. Conroy. Desculpe por fazer vocês esperarem. Querem um pouco de café? Um *doughnut*? Ou um folheado quentinho?

Antes que Jed pudesse recusar, Dora já sorria para Tarkington.

— Eu adoraria um café.

—Vou servir uma xícara para você.

Feliz por ser de alguma ajuda, Tarkington se virou para servir três xícaras. Dora lançou um olhar presunçoso para Jed.

— Sabemos que o senhor está ocupado, sr. Tarkington. Espero que a gente não atrapalhe o senhor por muito tempo.

— Não se preocupem. Sempre tenho tempo para os meus clientes, sim, senhor. Creme? Açúcar?

— O meu é puro — afirmou Jed, observando, levemente impressionado, Tarkington pôr uma chuva de açúcar numa das xícaras.

— Pronto. — Ele passou as xícaras, tomou um gole do próprio café, extremamente adoçado. — Vocês queriam saber sobre um carregamento, não foi?

— Isso mesmo. — Jed pôs a mão no bolso para pegar os números do recibo de envio que copiara de Flowers. — Um pacote enviado deste prédio no dia 17 de dezembro por Franklin Flowers, destinado a Sherman Porter, Front Royal, Virgínia. O número é ASB-54467.

— Já está bom. — Tarkington se sentou à mesa. — Vou procurar isso agora mesmo. Qual foi o problema exatamente?

— A mercadoria enviada não foi a que recebemos.

Os dedos de Tarkington se afastaram das teclas do computador. O rosto ganhou um olhar de dor, como se o homem estivesse sofrendo de gases intestinais.

— Ai, meu Deus. Meu Deus, de novo, não.

— Isso já aconteceu antes? — perguntou Jed.

Recuperando-se, Tarkington apertou várias teclas.

— Eu garanto ao senhor, sr. Skimmerhorn, que a Premium tem uma das melhores reputações do mercado. Só posso dizer que a época do Natal foi mais agitada do que o normal este ano. Disse 17 de dezembro, não foi? — Os olhinhos brilhantes do homem se iluminaram. — Pode ter sido isso!

— O quê?

— Recebemos outra reclamação sobre um carregamento enviado no mesmo dia. O cliente estava muito irritado, devo confessar. A paciência dele não chegava nem perto da sua e da srta. Conroy.

— DiCarlo — soltou Dora, involuntariamente.

Antes que Jed pudesse rosnar para ela, Tarkington sorria de novo.

— Isso mesmo. A senhorita conhece o sr. DiCarlo?

— Nós fomos apresentados. — Dora manteve um sorriso fácil no rosto.

— Que coincidência, não é? — Balançando a cabeça para as voltas que o mundo dá, Tarkington digitou várias teclas, feliz. — Isso tira um peso dos nossos ombros, para ser sincero. Fiz todo o possível para localizar as mercadorias do sr. DiCarlo e agora parece que os dois pacotes tiveram os endereços trocados. Não posso dar uma resposta imediata de como isso aconteceu, mas a solução parece ser mamão com açúcar. Vou entrar em contato com o sr. DiCarlo imediatamente.

— Nós mesmos vamos fazer isso. — Jed observou a tela do computador por sobre o ombro de Tarkington e leu o nome da funcionária responsável pelo envio.

— Isso vai me poupar uma situação desconfortável. — O homem deu um gole no café, fazendo barulho, e piscou, mostrando a Dora e a Jed que eles eram realmente pessoas mais agradáveis. — Vamos, é claro, reembolsar todos os custos de envio para o senhor e o sr. DiCarlo.

— Ótimo.

— Eu estava certa — disse Dora baixinho quando os dois saíram.

— Fique feliz depois. — Jed andou até o assistente de despacho mais próximo. — Onde está Johnson?

— A Opal? — O homem indicou outra esteira com a cabeça. — Ali. Na esteira seis.

— O que vamos fazer agora? — perguntou Dora.

— Conferir detalhes chatos.

Dora não achou nada chato. Não quando se sentaram com Opal na cafeteria dos funcionários e ouviram a história dela. Como era óbvio que a moça estava fascinada e com pena, Jed relaxou, acendeu um cigarro e deixou que Dora bancasse a policial boazinha.

Não contaria a ela, mas achava que Dora havia nascido para aquilo.

— Dá para acreditar? — A animação voltava a tomá-la enquanto andavam até o estacionamento. — Ela deixou alguns pedidos caírem no chão e a gente acabou com um Monet contrabandeado. — Dora sorriu enquanto Jed destrancava o carro. — Talvez eu goste do trabalho de investigação no fim das contas.

— É melhor continuar vendendo bugigangas — aconselhou Jed.

— Você podia pelo menos dizer que fiz um bom trabalho.

— Você fez um bom trabalho. Não fique se achando por causa disso.

— Não estou me achando. — Ela tirou os sapatos. — Mas agora sabemos como, por que e quem. Tudo que temos que fazer é encontrar o DiCarlo.

— Deixe isso para os adultos, menina.

— Você vai passar o caso para eles? — A surpresa exalava por todos os poros. — Você vai passar o caso agora?

— Eu não disse isso. Disse que é hora de você parar.

— Você não vai fazer nada sem mim, Skimmerhorn. Se eu não tivesse comprado as mercadorias roubadas e parado no meio dessa confusão toda, você ainda estaria sofrendo e levantando pesos.

— Quer que eu agradeça a você por isso?

— Vai agradecer. Quando cair na real. — Relaxada, Dora suspirou e sorriu. — Tem certeza de que você não quer aceitar a minha oferta do hotel caro?

— Já fiquei em Nova York o suficiente, obrigado.

E Jed tinha outra informação para conferir. A tela do computador de Bill Tarkington havia sido uma fonte de informações e dera a ele o destinatário do carregamento ilegal de DiCarlo. Abel Winesap, da E.F. Incorporated, Los Angeles.

Capítulo Vinte e Dois
♦ ♦ ♦ ♦

O AR FRIO não impediu que Finley realizasse seu ritual matinal. Todo dia, não importasse o tempo, ele nadava cinquenta voltas na piscina em forma de ampulheta, ao som de uma música de Vivaldi, tocada por alto-falantes escondidos entre os jasmins. Era, para ele, uma questão disciplina. É claro que a água era aquecida a agradáveis 23°C — exatamente.

Enquanto atravessava a água quente com braçadas fortes e precisas, pequenas linhas de vapor se misturavam ao ar frio de inverno. Finley contava as idas e vindas sozinho, ganhando arrogância e satisfação a cada volta completa.

A piscina era dele, apenas dele. Finley não permitia que nenhum empregado, nenhuma companhia, nenhum convidado estragasse sua água.

Uma vez, durante uma festa, um conhecido bêbado caíra nela. No dia seguinte, Finley mandara esvaziar a piscina, lavá-la e reenchê-la. Não era preciso dizer que o convidado azarado nunca mais havia pisado na casa.

Agora ele saía da água, aproveitando a sensação da água escorrendo por sua pele. Um arrepio passou pelo seu corpo enquanto ele subia os degraus largos e curvos até o terraço em terracota e vestia o roupão branco que o mordomo oferecia.

— Qual foi meu tempo? — disse, esfregando-se com força.

— Doze minutos e 18 segundos, senhor.

O mordomo sempre parava o relógio exatamente naquele tempo. Uma vez, ele cometera o erro de marcar o tempo de Finley pouco acima dos 13 minutos. Uma cena feia se seguira, na qual o homem quase havia perdido o emprego bem-pago. Finley nunca mais havia passado de 12 minutos e 18 segundos depois disso.

— Excelente. — Satisfeito e orgulhoso, Finley aceitou o vitamínico que o mordomo lhe ofereceu, uma mistura criada especialmente para ele pelo personal trainer. Mesmo servido num copo Waterford, a mistura espessa de ervas, vegetais e raízes chinesas, de aparência horrível, tinha um péssimo gosto. Finley bebeu-a rapidamente, como se fosse água fresca e límpida da Fonte da Juventude. Tinha se convencido de que era exatamente isso.

Finley dispensou o mordomo ao devolver a toalha molhada e o copo vazio.

Agora que a primeira parte do ritual matinal havia sido cumprida, Finley se permitiu pensar no problema Isadora Conroy. Não era um problema realmente desagradável, pensou. Ninguém podia ficar incomodado com a ideia de ter que lidar com uma jovem bonita. Entrou a passos largos pelas portas duplas do salão enquanto pensava nas possibilidades que tinha.

Seguro de seu poder, Finley tomou banho, se penteou e se vestiu. Aproveitou o café da manhã agradável com frutas frescas, torradas integrais e chá de ervas na varanda, a alguns passos de onde havia atirado em DiCarlo. Durante todo aquele tempo, pensou em Isadora. Quando descobriu a solução, sorriu — até riu levemente — e apertou os lábios.

Aquilo iria funcionar, decidiu. E, se não funcionasse... Bem, então ele simplesmente a mataria.

◆ ◆ ◆ ◆

D<small>ORA TENTAVA</small> não ficar chateada. Era uma reação previsível demais, disse a si mesma, típica demais. Qualquer mulher ficaria incomodada se acordasse sozinha na cama sem nenhuma ideia de onde o amante fora parar nem se ele iria voltar.

Mas ela não era qualquer mulher, lembrou Dora a si mesma. E não ficaria chateada — não ficaria nem levemente incomodada. Os dois eram livres para ir e vir quando quisessem. Nem perguntaria a Jed onde diabos ele havia estado.

Mas, quando ouviu a batida na porta, Dora puxou a barra do moletom enorme que usava, ergueu o queixo e marchou até a sala de estar.

— Está bem, Skimmerhorn, seu idiota — murmurou. — É bom ser uma boa notícia.

Abriu a porta com força, incendiando as palavras prontas para pular de sua boca. Teve que engoli-las quando encarou Honoria Skimmerhorn Rodgers.

— Ah. — Dora puxou o cabelo que havia prendido sem cuidado num coque. — Sra. Rodgers. Oi.

— Bom-dia, Dora. — Nem com um bater de cílios Honoria revelou o prazer que sentiu em ver as alterações no rosto expressivo de Dora. A raiva, o choque, a vergonha. — É uma hora ruim para você?

— Não. Não. Eu só... — Dora engoliu uma risada nervosa e sorriu. — Se está procurando pelo Jed, ele não está por aqui.

— Na verdade, queria conversar um pouco com você. Posso entrar?

— É claro. — Dora deu um passo para trás, arrependendo-se terrivelmente de não ter aberto a loja naquele dia e não ter se vestido para trabalhar. Sentia-se como um pano de chão sujo no moletom da equipe de futebol americano local e com os pés descalços, enquanto Honoria entrava em sua casa cheirando a Paris, enrolada num luxuoso casaco de pele.

— Que gracinha! — A sinceridade na voz de Honoria ajudou muito Dora a se recompor. — É realmente uma graça. — O olhar de aprovação passou pelo cômodo enquanto ela tirava as luvas. — Devo confessar que sempre quis conhecer um destes apartamentos que ficam sobre as lojas da rua South. É bem grande, não é?

— Preciso de muito espaço. Posso pegar seu casaco?

— Claro, obrigada.

Enquanto Dora pendurava a pele de visom, Honoria continuava a passear pelo cômodo.

— Dei uma olhada na sua loja no andar de baixo. Fiquei decepcionada por estar fechada. Mas isto... — Passou o indicador pelas linhas sinuosas e femininas de uma luminária art déco. — É tão encantador quanto a loja.

— Uma das melhores coisas de vender é que posso conviver com o meu estoque pelo tempo que quiser. A senhora quer um café, chá?

— Adoraria uma xícara de café, se não for muito trabalho.

— De jeito nenhum. Por favor, sente-se, sinta-se em casa.

— Obrigada. Vou fazer isso mesmo.

Honoria não se considerava bisbilhoteira — simplesmente interessada. Estava interessada o bastante para estudar e aprovar a vista de Dora para a agitada e artística rua South, através das grandes janelas da sala de estar. Também aprovou e gostou da decoração do apartamento — acolhedora e confortável, decidiu, mas ainda assim eclética e levemente teatral. Sim, ela gostava muito daquele cômodo: era um espelho da personalidade de Dora.

A moça seria perfeita, pensou, levantando um bule de chá de casco de tartaruga para admirá-lo. A moça seria realmente perfeita.

— Aqui está. — Dora carregava uma bandeja com xícaras e pires de porcelana colorida. Desejava poder encontrar alguma maneira educada de correr até o banheiro para passar batom. — A senhora quer tomar aqui mesmo?

— Está ótimo. Vou abrir espaço na mesa para você. Que cheiro delicioso! São amanteigados? — Os olhos de Honoria brilharam. — Que delícia...

— Sempre tenho alguns em casa. — O prazer simples de Honoria fez Dora voltar a relaxar. — Tem alguma coisa muito civilizada em biscoitos amanteigados.

Com uma risada, Honoria se sentou.

— Foi muita gentileza da sua parte não ter perguntado por que vim bater na sua porta às nove da manhã. — Honoria tomou um gole de café, fez uma pausa, deu outro gole. — Isto está excepcional.

— Que bom que a senhora gostou. — Dora esperou enquanto Honoria passava um pouco de geleia de amora num biscoito. — Na verdade, para mim, é mais difícil não perguntar à senhora sobre o quadro.

— Ótimo. — Honoria deixou o biscoito na boca por um instante, suspirando ao engolir. — Minha querida, minha mãe teria ficado encantada com você. Não como nada tão bom desde que ela faleceu.

— Vai ser um prazer dar a receita para a sua cozinheira.

— Eu adoraria. Então. — Honoria se recostou no sofá, equilibrando a xícara e o pires com a habilidade misteriosa que apenas mulheres de certa classe parecem adquirir. — Acredito que eu e você podemos trocar informações.

— É? Acho que não entendi.

— Meu neto me pediu para manter um certo quadro em casa e permitir que uma velha amiga trabalhasse na pintura. Devia fazer isso no mais completo sigilo e com a proteção da polícia. — Honoria sorriu e inclinou a cabeça. — Nenhuma explicação acompanhou o pedido, é claro.

— É claro. — Devolvendo o sorriso, Dora se inclinou para a frente. — Me diga, sra. Rodgers, por que concordamos com ele?

— Pode me chamar de Ria. Meu marido me chamava assim. Concordamos com ele, minha filha, porque gostamos demais dele para fazer o contrário. — Uma pausa delicada. — Estou certa?

— Está. Está, sim. O que não faz com que *ele* esteja certo. — A irritação inicial de Dora voltou com toda a força. — Vou contar tudo que sei, Ria, e você pode me contar sobre os resultados da análise.

— Era exatamente isso que eu tinha em mente.

Dora começou pelo início. Jed teria várias razões lógicas, supôs, para que a avó fosse poupada daquelas informações e da preocupação que as acompanhavam. No entanto, ela entendia que ele já havia envolvido Honoria no caso, e de modo totalmente voluntário. Só estava oferecendo mais dados por cortesia.

Honoria ouviu sem interrompê-la. Bebeu o café, a reação aparecendo apenas num escurecer dos olhos, num aperto de lábios, no erguer ocasional de uma das sobrancelhas bem-feitas. Havia um temperamento forte ali, mas também muito boa educação.

Então era dela, pensou Dora, que Jed havia herdado o controle.

— Essa situação tem sido horrível para você — afirmou Honoria no fim.

— A sra. Lyle foi quem mais sofreu. Não importa o que Jed diga, eu me sinto responsável.

— É claro que se sente. — A frase foi dita de maneira direta e fez Dora se sentir mais reconfortada do que uma dúzia de negativas educadas. — Você não seria a mulher que é se não se sentisse. Esse DiCarlo... — O nome passou pelos lábios de Honoria cheio de um desprezo chique. — As autoridades têm alguma ideia de onde ele possa estar escondido?

— Acho que não. — Num gesto frustrado, Dora ergueu as mãos e as deixou cair. — Se têm, não acharam que era necessário me avisar.

— Isso é típico dos homens. Sabe, acho que isso vem de quando eram obrigados a se arrastar para fora da caverna e caçar com pedras e clavas para conseguir comer. O caçador. — Ela sorriu quando disse isso. Tinha um tipo de indulgência calma que Dora admirou. —

As mulheres, é claro, ficavam na caverna, dando à luz na terra e no escuro, cozinhando carne numa fogueira feita com as próprias fezes e curando as peles. Mas os homens já achavam que sabiam mais do que elas.

— O Jed não me contou o que vai ser feito com o quadro.

— Aí, está vendo? — Ao provar sua teoria, Honoria voltou a encher a própria xícara de café, depois a de Dora. — Gostaria de poder contar a você quais são os planos dele, mas ele também não achou necessário me contar. Mas posso falar sobre o quadro. É maravilhoso.

O rosto dela se iluminou de emoção.

— Apesar de ainda ser necessário fazer testes, não há dúvidas da autenticidade da pintura. Não para mim. É um dos estudos sobre as vitórias-régias, com certeza pintado em Giverny. — Os olhos dela se enevoaram, sonhadores. A voz suavizou como a de uma mulher que fala do amante: — Ah, a luz... Etérea e lírica. Aquele poder sedutor e suave que nos puxa para dentro do quadro e nos faz acreditar que podemos sentir o cheiro das flores úmidas e da água parada. — Os olhos voltaram a clarear. — Ele fez mais do que 17 quadros naquela série.

— Eu sei. Por coincidência, ele é o meu pintor impressionista favorito. Nunca achei que teria um quadro dele, nem indiretamente.

— Eu tenho um. Foi um presente do meu marido no nosso aniversário de dez anos de casamento. Um dos estudos de Monet sobre os jardins. Lado a lado, os quadros são de tirar o fôlego. Antes que a polícia levasse a pintura embora, fiquei no meu quarto, olhando para eles e chorando. Gostaria de acreditar que esse DiCarlo a roubou por causa da beleza, e não por causa do valor. Isso me faria quase entender o homem.

— E eu imaginava que me deixariam ver — reclamou Dora. — Afinal, fui eu que comprei. Mas não, eu acordo de manhã e a cama está vazia. O Jed foi a algum lugar. E ele me avisou aonde foi ou o que foi fazer? Não. Nem um bilhete preso num ímã da geladeira. Parece... — Ela se interrompeu, horrorizada. Era a avó de Jed. A avó. — Eu sinto muito — conseguiu dizer.

— Não se preocupe. — Para provar, Honoria jogou a cabeça para trás e riu. — Ah, não, não se preocupe. Estou muito feliz. Espero, minha querida, que você acabe com meu neto quando ele voltar. Ele sempre precisou levar broncas de pessoas que o amam. Só Deus sabe que ele aguentou muitas das que não amavam. Não é a mesma coisa, sabia?

— Não, imagino que não. — A maior parte da vergonha passou, mas o rubor se manteve. — Sra. Rodgers... Ria, eu não gostaria que você achasse que costumo... manter relações íntimas com os meus locatários.

— Você ainda espera que eu esteja chocada. — Adorando a reação de Dora, Honoria sorriu e se serviu de um segundo biscoito. — Vou contar a você por que me casei com o avô do Jed, está bem? Ele era um homem extremamente bonito. Muito forte, louro e excitante fisicamente. Em outras palavras, eu era louca por ele.

Ela mordeu o biscoito delicadamente, os olhos vivos de animação.

— Felizmente, o Jed herdou muitos dos traços físicos do avô, mas nenhum dos emocionais. Walter Skimmerhorn era um homem frio, costumava ser cruel e nunca deixava de ser tedioso. Todos são defeitos imperdoáveis num marido. Levei menos de um ano de casamento para perceber o meu erro. Para o meu azar, levei muito mais tempo para corrigi-lo.

As feridas amargas daquele ressentimento ainda supuravam.

— Você, por outro lado — continuou Honoria —, já descobriu que há muito, muito mais no meu neto do que um físico excelente. Se eu pudesse dar conselhos aos jovens de hoje sobre isso, seria que eles devem morar juntos, como você e o Jed estão fazendo essencialmente, antes de se casarem.

— A gente não vai... — O coração de Dora deu um pulo rápido e, para sua vergonha, decididamente feminino. — Espero que eu não tenha dado a impressão de que estamos pensando em nos casar.

— De jeito nenhum — respondeu Honoria, com leveza. Cedendo ao sentimentalismo, imaginou os lindos bisnetos que Jed e Dora dariam a ela. — Bem, o Jed me contou que os seus pais são donos do teatro Liberty. Já assisti muitas produções deles e gostei de todas. Espero que possa conhecer os dois.

— Ah... — Antes que Dora pudesse responder, elas foram interrompidas por uma batida na porta. — Com licença.

Mais do que agitada com a menção de casamento e o elegante pedido para conhecer sua família, Dora abriu a porta. Jed estava do outro lado. O ex-policial lançou um longo olhar para ela, passando os olhos dos pés descalços até o cabelo bagunçado. A moça parecia amarrotada, sensual e deliciosamente envergonhada.

— Conroy. — Ele a puxou para si e, antes que Dora pudesse falar, deu nela um beijo quente, fervente. — Você está usando alguma coisa embaixo disso?

— Skimmerhorn. — Se ela estava vermelha antes, agora tinha adquirido a cor de um pimentão. — Sua...

— Eu mesmo vou descobrir. — Pegou-a no colo e, tapando a boca da moça outra vez, entrou na casa dela.

Desesperadamente envergonhada, ela empurrou o peito dele, afastando-se.

— Skimmerhorn. — Depois de conseguir soltar a própria boca, respirou fundo. — Acho que é melhor você me pôr no chão e cumprimentar a sua avó.

— O quê?

— Bom-dia, Jedidiah. — Honoria passou os dedos pelo guardanapo de linho. — A Dora e eu estávamos só tomando café. Talvez você queira se juntar a nós.

— Vovó. — Jed disse a palavra com facilidade, mas pôs Dora no chão de forma relativamente abrupta. — Estava esperando para falar comigo?

— Não, vim fazer uma visita. — Olhou por cima do ombro dele enquanto Dora voltava com outra xícara e outro pires. — A Dora e eu estávamos trocando opiniões sobre Monet. Acontece que ele é o nosso pintor favorito.

— Agora isso é assunto da polícia.

— E onde está o seu distintivo, Skimmerhorn? — perguntou Dora de forma doce, servindo café para ele.

— Cale a boca, Conroy.

— A falta de educação dele é culpa minha — explicou Honoria. — Espero que me desculpe.

— Não se preocupe — respondeu Dora. — Eu não me preocupo, Jedidiah — disse, encantada quando ele mostrou os dentes para ela —, sua avó e eu gostaríamos de saber o que está sendo feito com o Monet.

Parecia mais fácil explicar alguma coisa do que brigar com as duas.

— Nós... O Brent — corrigiu ele — levou todo o caso para o comissário Riker hoje de manhã. O assunto está sendo mantido em segredo por enquanto.

— Então — analisou Honoria. — Ele passou por cima daquele detestável do Goldman. Foi esperto. O homem é um retardado e não deveria estar no comando de nada.

— Isso é a sua opinião profissional, vovó? — perguntou Jed, ganhando um olhar penetrante que o fazia ficar vermelho de vergonha na juventude.

— Sabe, Dora — continuou Honoria —, cometi o erro de nunca aprovar totalmente a decisão do Jedidiah de se tornar policial até ele pedir demissão. Infelizmente, não disse o bastante o quanto tinha orgulho dele.

— Sempre é tempo — afirmou Dora.

— Você tem muita compaixão. — Satisfeita com o trabalho daquela manhã, Honoria se levantou. — Ele vai precisar disso. Muito obrigada pelo café. Espero que eu possa voltar aqui um dia.

— Quando quiser. — Dora pegou a mão de Honoria e fez o que Jed ainda não havia feito: deu um beijo na bochecha da senhora. — Vou pegar seu casaco.

— Tenho uma reunião daqui a pouco. — Honoria pôs as luvas. — Então não tenho tempo para conhecer o seu apartamento.

— Não tem nada para ver lá — respondeu Jed, direto. Mas pegou o casaco das mãos de Dora e ajudou a avó a vesti-lo. — Obrigado pela sua ajuda com tudo isso. — Abaixou-se e deu um beijo nela, apesar do incômodo de ter Dora olhando. — Agradeceria mais ainda se você esquecesse isso agora.

Honoria apenas sorriu.

— Quero que você leve a Dora para jantar lá em casa. Ligue para a gente combinar. Obrigada mais uma vez, querida — disse para a moça.

— Vou voltar quando a loja estiver aberta. Tem uma peça na janela, a caçadora de bronze.

— Eu sei qual é.

— Fiquei muito interessada. — Dando uma piscadela rápida para Dora, Honoria saiu.

— Que mulher incrível!

— O que ela queria?

— Saber certas coisas. — Dora começou a erguer a bandeja, depois deixou que caísse, fazendo barulho, quando Jed pegou no ombro dela.

— Se eu quisesse que soubesse dessas coisas — começou ele, com uma fúria malcontrolada —, teria dito a ela.

— Você envolveu a Ria no caso quando levou o quadro para ela. Sinto muito se está irritado, Jed, mas, quando ela me perguntou de forma direta, eu respondi.

— Droga. — A sinceridade calma da moça foi o alfinete que estourou o mau humor de Jed. — Você tem ideia das manobras que a gente está tendo que fazer para essa história não vazar?

— Eu imagino. — Dora ergueu uma sobrancelha. — E você acha que a sua vovozinha vai anunciar numa página inteira ou só em metade?

A boca de Jed se contorceu com a ideia de a elegante Honoria ser chamada de "vovozinha".

— Quanto menos pessoas souberem dos detalhes, melhor.

— E isso me inclui. — Ela finalmente ergueu a bandeja e andou a passos duros até a cozinha, carregando-a. — Foi por isso que hoje acordei sozinha na cama, sem nenhuma explicação de onde você tinha ido nem o que estava fazendo.

— Espere aí. Do que está falando?

— De nada. — A voz baixa e furiosa, Dora começou a passar a louça do café para a pia para lavá-la. — Nada mesmo. Vá matar um urso com as próprias mãos, está bem?

— Conroy. — Sem saber se ria ou se chorava, ele se apoiou contra o batente. — Está irritada porque eu saí hoje de manhã?

— Por que eu deveria estar? — Ela se virou com grande mágoa nos olhos. — Estou acostumada a acordar sozinha na cama.

— Droga. — Perplexo, Jed esfregou o rosto com as mãos. — Olhe, eu levantei cedo. Não quis acordar você... — Lembrava-se exatamente da maneira que ela estava, encolhida na cama, o cabelo espalhado pelo travesseiro. Claro que quisera acordá-la, pensou. Mas não para dizer que ia sair. — Fui para a academia por uma hora e tomei café com o Brent. Tínhamos que discutir umas coisas.

— Eu pedi alguma explicação? — A voz de Dora soou fria, mas o humor dela não estava quando ela o empurrou para passar.

— Pediu. — Cuidadoso, ele a seguiu até a sala de estar. — Pediu, sim.

— Ah, esquece! — Com nojo de si mesma, a moça apertou a parte de baixo do nariz com o indicador e o polegar.

— Eu realmente preciso satisfazer a minha curiosidade. O que uma mulher usa embaixo de um moletom largo de time de futebol? — Jed a pegou no colo novamente e passou o nariz pelo pescoço dela a caminho do quarto.

— Nada importante. Na verdade... — Dora riu quando os dois caíram como duas crianças brigando na cama. — Nada mesmo.

— Tem um buraco no ombro.

— Eu sei. Fiquei horrorizada quando sua avó me pegou vestida desse jeito.

— E uma mancha. — Ele passou o dedo entre os seios dela. — Bem aqui.

— De um belo Borgonha encorpado. Deixei derramar quando estava fazendo lasanha. — Ela suspirou e passou os dedos pelo cabelo dele. — Andei pensando em rasgar esse troço para fazer pano de chão, mas... — Levou um susto quando ele rasgou o moletom ao meio.

— Acho que isso resolve o problema. — Antes que Dora pudesse se decidir se ria ou xingava, Jed tomou o seio da moça entre os lábios e fez um desejo urgente se apoderar de seu sangue. — Eu quis rasgar suas roupas no primeiro instante em que vi você.

— Você... — Vacilante e excitada, ela tentava respirar enquanto as mãos dele acariciavam o corpo dela possessivamente. — Você bateu a porta na minha cara na primeira vez que me viu.

— Parecia a reação mais racional na época. — Ele se ergueu e rasgou a calça de moletom dela com uma torção poderosa das mãos. — Eu podia estar errado.

Jed voltou a se inclinar sobre Dora. Segurou as mãos dela sobre a colcha. O sol brilhava forte pelas cortinas abertas, derramando luz generosamente sobre o rosto, a pele e o cabelo dela. As roupas arruinadas estavam em pedaços sob o corpo da moça. Aquilo o fazia se sentir, mesmo que utopicamente, como um guerreiro que recolhe os despojos de guerra.

O corpo dela, desperto, excitado, atraente, tremia como se as mãos de Jed, e não seus olhos, passassem por ele. Os seios eram pequenos, firmes, pálidos, os mamilos tentadoramente eretos.

Baixando a cabeça, ele circundou cada pico rosado com a língua até a respiração dela ficar curta e rápida e o corpo, rígido como a corda de um arco. O pulso batia como tiros secos sob os dedos de Jed.

— Quero olhar para você. — A voz soou grossa quando ele soltou uma das mãos para deslizá-la entre as pernas da moça. Da seda para o veludo para o cetim úmido.

O orgasmo se enrolou dentro de Dora como uma cobra, atacando rápida, violentamente, fazendo o corpo da moça se erguer em choque quando ela gritou.

— Nunca parece ser o suficiente — sussurrou ele. Estava surpreso por conseguir respirar. Ver Dora gozar era incrivelmente erótico, estranhamente sedutor. Ela consumia o prazer com ganância e o oferecia generosamente. A capacidade da moça de dar e aceitar paixão era extremamente sincera e impossível de resistir.

Por isso ele observou Dora absorver os espasmos posteriores à sensação enquanto tirava a própria roupa.

Precisava vê-la, ver cada toque e brilho de emoção no rosto dela. Ajoelhando-se, ergueu os quadris dela, trouxe-a lentamente para ele e penetrou-a delicadamente.

O som que ela emitiu na penetração foi felino e grave. Jed não tirou os olhos do rosto de Dora, nem quando sua própria visão embaçou e o controle escapou de suas mãos.

♦♦♦♦

— Eu devo um moletom a você. — Num gesto simpático, Jed enfiou o próprio casaco sobre a cabeça dela.

Dora o examinou.

— Este aqui está ainda mais velho do que o que você rasgou. — E ela não se separaria dele nem se pagassem em diamantes. — Além disso, você me deve uma calça também.

— A minha não vai caber em você. — Ele a vestiu, depois ficou parado, olhando para ela, sentada na ponta da cama. Estendendo a mão, enrolou uma mecha do cabelo da moça no indicador. — A gente podia acender a lareira e passar o resto do dia na cama, vendo programas de auditório.

Ela inclinou a cabeça.

— Isso me parece incrivelmente tentador, Skimmerhorn. Então por que estou com essa sensação estranha de que você está tentando me tirar do caminho?

— Do caminho de quem?

— Do seu.

— Como poderia estar longe do meu caminho se estou planejando passar o maior tempo possível em cima de você?

— Você e o Brent estão trabalhando em alguma coisa e não querem que eu saiba o que é. — Era decepcionante e incrivelmente frustrante Jed não esboçar nenhuma reação à acusação. — Tudo bem. — Ela deu de ombros e passou a mão pelo cabelo desgrenhado. — Vou descobrir de qualquer jeito.

— Como?

Ela sorriu.

— Quando eu estiver em cima de *você*, vou tirar tudo que quiser da sua cabeça.

— É mesmo? — Mas lutou para não rir enquanto tentava tirar um cigarro amassado do maço. — Você não quer que eu me concentre no Bob Barker ou no Vanna White depois de uma promessa dessas.

— Bob Barker? — Ela riu, tão feliz que cedeu à vontade de pular nos braços de Jed. — Bob Barker? Meu Deus do céu, Skimmerhorn, eu te amo.

Começou a se inclinar e a beijá-lo com todas as forças quando sentiu o corpo dele se enrijecer. Lenta, calmamente, o coração de Dora foi parando.

— Ih... — Ela lutou para manter um tom leve enquanto o soltava. — Eu não devia ter soltado essa, não é? Desculpe. — E, como a dor ainda crescia, ela se virou, evitando os olhos dele. — Ache que foi só o calor do momento ou o que for melhor para você.

Jed não sabia se conseguiria fazer a língua formar alguma palavra, mas, por fim, pôde dizer o nome dela:

— Dora...

— Não, é sério. — Ai, meu Deus, ai, meu Deus, pensou ela, em pânico. Ia chorar se não fizesse alguma coisa rápido. — Escapou, não se preocupe.

Forçando-se a abrir um sorriso, Dora se virou para Jed. Era tão ruim quanto temia. O rosto dele estava fixo, os olhos completamente vazios.

— Escute, Skimmerhorn, eu uso essa palavra com muita facilidade. Minha família diz isso o tempo todo. Você sabe como é essa gente de teatro.

Ergueu a mão novamente, passando-a pelo cabelo naquele lindo e inquieto gesto feminino que ele aprendera a adorar.

— Vamos fazer assim. — A voz de Dora soou alegre de novo, excessivamente animada. — Que tal você acender a lareira? Vou preparar um lanche apropriado para assistirmos programas de auditório.

Deu um passo para a frente, parou. Ele não havia se mexido, mas conseguira interromper a fuga dela com a simples força da vontade.

— Você falou sério, não foi? — perguntou Jed, baixinho. O olhar que pousou no rosto dela tornou impossível que ela o despistasse.

— É, falei sério. — A defesa foi automática. Jed viu Dora ajeitar os ombros e firmar o queixo. — São os meus sentimentos, Jed, e eu sei como lidar com eles. Não estou pedindo que você sinta o mesmo nem aceite nada se for difícil para você. — Os primeiros flashes de mau humor começavam a brilhar nos olhos da moça. — E, como ouvir sobre eles incomoda tanto você, vou tomar o cuidado de não falar sobre isso de novo. Nunca mais. Está bem?

Não, aquilo não estava bem. Jed não podia dizer em que momento as coisas haviam mudado entre eles nem podia entender os próprios sentimentos. Mas podia fazer uma coisa para estabilizar o que estava se tornando uma situação perigosa.

— Vá se vestir — pediu. — Quero mostrar uma coisa a você.

Capítulo Vinte e Três
♦ ♦ ♦ ♦

O TEMPO, PELO menos, era auspicioso. O sol batia com força contra o para-brisa do T-Bird, dando a Dora uma desculpa para colocar os óculos de sol. Por menor que fosse a defesa, ela se sentia mais protegida.

Enquanto Jed dirigia para o norte na avenida Germantown, sob um céu azul vivo, ela passava o tempo observando o trânsito de pedestres. A temperatura havia subido para quase 10°C, o que permitia que as pessoas andassem com um ritmo mais alegre. Os dois passaram pelo centro da cidade, distante dos rios e de sua brisa gélida, na direção de Chestnut Hill.

Não era muito longe da rua South em termos de distância, mas ficava a quilômetros em termos de renda *per capita*.

Jed não falara nada desde que haviam saído. Dora não perguntara aonde estavam indo. Tinha quase certeza de que sabia. As razões dele para fazer aquele passeio logo se tornariam claras — assim como as consequências da declaração de amor precipitada e impulsiva da moça.

Em vez de pensar no que iria acontecer, Dora se ajeitou na cadeira e tentou aproveitar a paisagem, as lindas casas e vitrines restauradas, o brilho do cristal e do ouro das lojas, o charme dos paralelepípedos sob os enormes pneus do T-Bird.

No topo das colinas, havia árvores antigas e imponentes, casas bem-arrumadas e elegantes. Era um bairro de diamantes e de casacos de visom, de heranças e muitas propriedades, de sócios de clubes chiques e cachorrinhos de colo bem-educados. Ela imaginou rapidamente como o bairro pareceria para um menino que estava crescendo ali.

Jed entrou num caminho estreito ao lado de uma linda casa colonial antiga. Os tijolos haviam adquirido uma cor rosada e o beiral do telhado era de um azul bebê elegante e ainda vivo. Janelas altas brilhavam e piscavam no sol forte, devolvendo reflexos e evitando que curiosos descobrissem os segredos do interior.

Era uma bela casa, pensou Dora. Lindamente bem-mantida, perfeita na localização e, de alguma forma, extremamente feminina, com suas linhas retas e sua dignidade. Se ela a tivesse escolhido para si mesma, percebeu, não poderia ser mais perfeita. A idade, a tradição, a paisagem... Tudo combinava calmamente com a imagem que Dora tinha da perfeita casa de família.

A moça a imaginou no verão, quando as roseiras plantadas sob as janelas altas floresceriam suntuosamente, trazendo uma cor forte e um aroma feminino para o lugar. E, no outono, quando as grandes árvores frondosas explodissem em vermelhos e dourados. A imagem ficava completa com renda nas janelas e um cachorro no quintal.

E, exatamente porque podia imaginar tão bem, seu coração se partiu um pouco. Duvidava muito que Jed visse a casa como ela.

Sem dizer nada, Dora saiu do carro para se levantar e estudá-la. Apenas uma porção discreta do barulho da cidade chegava até ali, na colina. Não havia turistas com suas câmeras à procura de monumentos, nenhum movimento corajoso de um patinador correndo na calçada, nenhum aroma tentador de pizza e sanduíches do mercadinho da esquina.

E não era aquilo que ela queria?, perguntou a si mesma. O barulho, os aromas e a liberdade de estar no meio de tudo?

— Foi aqui que você cresceu? — indagou.

— Isso mesmo. — Jed guiou-a pelo caminho até a porta ladeada por lindas inserções de vidro esculpido. Quando a destrancou, deu um passo para trás e esperou que Dora entrasse.

O hall tinha dois níveis, e, no teto, um lustre de muitos braços iluminava graciosamente o caminho para a grande escadaria de carvalho. O piso era formado por grandes quadrados de mármore preto e branco. As botas de veludo macias de Dora fizeram barulho ao pisar nele.

Há alguma coisa de extremamente fascinante em casas vazias. O ar fino e ecoante e a noção de vastidão. A curiosidade sobre as pessoas que moravam ali e os objetos com que viviam. A autoprojeção automática em cada cômodo. Ali eu colocaria minha luminária favorita e ali minha mesinha.

Dora sentia aquela fascinação, mas ela vinha manchada por uma curiosidade ainda maior sobre onde Jed havia se encaixado naquela arquitetura e naquele design.

Ela não podia senti-lo ali. Apesar de saber que ele estava parado ao seu lado, era como se a parte mais importante dele tivesse ficado fora da porta e deixado que ela entrasse sozinha.

O papel de parede estampado com pequenas rosas-chá tinha áreas retangulares mais apagadas, onde quadros haviam estado. O hall vazio pedia flores, pensou Dora. Urnas altas que derramariam frésias, buquês ousados e compridos de lírios e um tapete bonito e acolhedor sobre o mármore frio para suavizar a formalidade da entrada.

Ela passou a mão pelo balaústre brilhante da base do corrimão — um corrimão, pensou, feito para o bumbum de uma criança ou os dedos de uma mulher.

—Você quer vendê-la.

Jed observava com cuidado enquanto Dora andava pelo hall até a sala de estar. Simplesmente por ter entrado na casa, os músculos dele já haviam se tensionado. Dora estava certa. Jed não via flores bonitas nem tapetes acolhedores.

— Já está à venda. A Elaine e eu tínhamos herdado cinquenta por cento cada um e ela não ficava feliz com nenhuma das ofertas que recebíamos. Eu não me importava com o valor. — Como as mãos queriam se fechar em punhos, ele as enfiou nos bolsos da jaqueta. — Como ela já tinha uma casa, fiquei morando aqui por um tempo. — Jed se manteve parado onde estava quando Dora ia olhar com atenção a lareira vazia e limpa. — Agora ela é minha e o corretor já começou a trabalhar.

— Entendi.

Deveria haver porta-retratos com fotos de família sobre a lareira, pensou Dora. Milhares delas, brigando para aparecer, celebrando nascimentos e a passagem das gerações. Deveria haver um velho relógio Seth Thomas bem no meio delas, marcando o tempo.

Onde estavam os candelabros pesados com chamas baixas?, perguntou-se, quase desesperada. Onde estavam as cadeiras de almofadas altas com os pequenos banquinhos para pés virados para o fogo?

O fogo levaria o frio embora, pensou ela, esfregando os braços, distraída, enquanto voltava a andar pelo corredor. Estava muito mais frio do que deveria.

Ela encontrou uma biblioteca sem livros; outra sala com vista para uma varanda de cascalho que implorava por jardineiras; a sala de jantar, enorme e vazia, a não ser por outro lustre, e, por fim, a cozinha, com sua lareira charmosa e seu forno de tijolos.

Era aqui que o calor deveria se concentrar, pensou, com o sol passando pela janela e batendo na pia e com o aroma de pão assado. Mas Dora não encontrou nenhum calor ali — apenas o silêncio frio que ecoava por uma casa não ocupada e não desejada.

— A vista daqui é bonita — disse, apenas para preencher o vazio. Devia haver uma caixa de areia no jardim, pensou, unindo os dedos tensos. Um balanço no galho grosso do grande bordo.

— Não podíamos entrar aqui.

— Como é que é? — Dora se virou, certa de que não havia entendido.

— Não podíamos entrar aqui — repetiu Jed, e os olhos dele pousaram sobre ela como se os armários pecã e os balcões rosados não existissem. — Só os empregados. A ala deles era por aqui. — Apontou sem olhar para uma porta lateral. — Junto com a lavanderia e os quartinhos de serviço. A cozinha era proibida.

Ela quis rir e acusá-lo de mentir. Mas podia ver claramente que ele dizia a verdade.

— E se você tivesse uma vontade louca de comer biscoitos?

— Ninguém comia entre as refeições. Afinal, a cozinheira era paga para preparar tudo e nós devíamos fazer justiça ao trabalho dela. Às 8h, às 13h e às 19h. Eu costumava entrar aqui à noite, só por rebeldia. — Jed finalmente olhou em volta, os olhos vazios e secos. — Ainda me sinto um invasor.

— Jed...

— Você tem que ver o resto. — Ele se virou e saiu da cozinha.

Isso, ele queria que ela visse, pensou Jed, amargo. Cada pedra, cada curva moldada, cada pedacinho de tinta. E, depois que Dora tivesse visto, depois que saísse dali com ela, ele nunca mais passaria por aquela porta.

Dora o alcançou no pé da escada, onde ele a esperava.

— Jed, você não precisa fazer isso.

— Vamos lá em cima. — Pegou o braço dela, ignorando a hesitação de Dora.

Ele se lembrava do cheiro da casa — do ar com cheiro de cera de abelha e das flores funéreas, da luta entre o perfume da mãe e o da irmã, do ardor da fumaça de charuto de um dos Havanas do pai.

Também se lembrava dos momentos em que o silêncio desaparecia. Das vozes alternadas, acusatórias, e dos tons graves, de desprezo. De como os empregados mantinham os olhos baixos, os ouvidos surdos e as mãos ocupadas.

Lembrava-se de ter 16 anos e de se sentir inocentemente atraído por uma das arrumadeiras. Quando a mãe encontrara os dois flertando distraidamente na ponta da escada — bem aqui, pensou —, demitira a moça na hora.

— O quarto da minha mãe. — Jed inclinou a cabeça na direção de uma porta. — O do meu pai era na outra ponta do corredor. Como pode ver, havia vários cômodos entre eles.

Dora quis suspirar e dizer a ele que já estava cansada daquilo, mas sabia que não havia acabado.

— Onde ficava o seu?

— Ali.

Dora desceu o corredor e deu uma olhada no quarto. Era grande e arejado, claro com a luz da tarde. As janelas davam para o jardim dos fundos e para a cerquinha arrumada que delimitava a propriedade. A moça se sentou no banco estreito ao pé da janela e olhou para fora.

Sabia que sempre havia fantasmas em casas velhas. Um imóvel não podia ficar de pé durante duzentos anos e não incorporar lembranças daqueles que o habitavam. Aqueles eram os fantasmas de Jed e ele estava realmente possuído por eles. De que adiantaria, pensou, explicar como seria fácil exorcizá-los?

A casa só precisava de pessoas. De alguém para descer as escadas correndo ou para se encolher em frente ao fogo, sonhando. Bastavam crianças batendo portas e apostando corrida pelos corredores.

— Tinha uma castanheira aí fora. Eu saía toda noite, pegava carona e ia até a rua Market para arrumar encrenca. Um dia, um dos empregados me viu e contou ao meu pai. Ele mandou cortarem a árvore no dia seguinte. Depois, veio até aqui em cima, trancou a porta e me espancou. Eu tinha 14 anos. — Jed disse aquilo sem emoção, tirou um cigarro e o acendeu. — Foi quando comecei a levantar peso. — Os olhos brilhavam através da fumaça. — Ele nunca mais ia me bater. Se tentasse, eu seria forte o suficiente para enfrentar o cara. Uns dois anos depois, fiz isso. E foi assim que parei no internato.

Algo amargo surgiu na garganta de Dora. Ela se forçou a engolir.

— Você espera que eu não consiga entender — respondeu, baixinho. — Porque meu pai nunca levantava a mão para nenhum de nós. Nem quando a gente merecia.

Jed analisou a ponta do cigarro antes de bater as cinzas no chão.

— Meu pai tinha mãos grandes. Ele não as usava com frequência, mas, quando fazia isso, perdia o controle.

— E a sua mãe?

— Ela preferia jogar coisas, coisas caras. Uma vez me deixou inconsciente com um vaso Meissen, depois tirou os dois mil de prejuízo da minha poupança.

Dora fez que sim com a cabeça e continuou a olhar para fora da janela enquanto lutava para combater o enjoo.

— E a sua irmã?

— Eles não sabiam se deviam tratar a Elaine como uma boneca de porcelana ou como uma prisioneira. Eram festas num dia, portas trancadas no outro. — Jed deu de ombros. — Queriam que ela fosse uma perfeita dama, a debutante virginal que seguiria as regras dos Skimmerhorn e se casaria bem. Sempre que ela não aceitava, ia para a solitária.

— Como é que é?

— Ficava presa no quarto por uns dois dias, às vezes uma semana. Depois, a chantageavam com compras ou festas e ela fazia o que eles queriam. — Para combater o amargor que sentia na boca, ele deu outra tragada. — O normal seria que, depois de compartilhar tanto sofrimento, a gente tivesse se aproximado, mas isso nunca aconteceu. A gente não estava nem aí um para o outro.

Lentamente, Dora virou a cabeça e olhou para ele por cima do ombro.

— Você não precisa me pedir desculpas pelo que sente.

— Não estou pedindo. — Jed cuspiu as palavras. — Estou explicando. — E se recusou a deixar que a compaixão inquestionável que

Dora demonstrava o tranquilizasse. — Recebi uma ligação pedindo que eu fosse até a casa da Elaine. Deveria ser de um dos empregados dela, mas era de um dos homens do Speck. Queriam que eu estivesse no local quando acontecesse. Sabiam que ela saía toda quarta-feira às 11h para ir ao cabeleireiro. Eu não. — O olhar dele se ergueu de novo e se prendeu aos olhos de Dora. — Eu não sabia nada sobre ela, não queria saber. Estava a minutos de distância da casa dela e muito puto por ter sido chamado quando me avisaram sobre a ameaça de bomba. Pode-se dizer que o Speck tinha um bom timing.

Jed fez uma pausa, andou até a pequena lareira e apagou o cigarro na pedra.

— Fui o primeiro a chegar ao local, como o Speck tinha planejado. Pude ver minha irmã no carro enquanto corria. As roseiras estavam florindo — disse, suavemente, vendo toda a cena de novo, não como em um filme, não como em um sonho, mas como a dura realidade. — Ela olhou para mim. Pude ver a surpresa no rosto da Elaine. E a irritação. Minha irmã não gostava que interrompessem a rotina dela e imagino que tenha ficado incomodada com a possibilidade de os vizinhos me verem correr pelo gramado com uma arma na mão. Então, ela virou a chave e o carro explodiu. A explosão me jogou nas roseiras.

— Você tentou salvar sua irmã, Jed.

— Mas não salvei — respondeu ele, direto. — Tenho que conviver com esse fato e com a culpa porque ela não significava mais para mim do que uma estranha. Na verdade, significava menos porque não era uma estranha. Moramos juntos na mesma casa durante 18 anos e não compartilhamos nada.

Dora se virou para Jed de novo e ficou sentada, em silêncio. Ele levou um susto ao perceber como ela estava linda, perfeita, com o sol derramando-se líquido em torno de seu cabelo, os olhos calmos e observadores, a boca solene. Que estranho, pensou. Nunca havia achado nada bonito naquela casa. Até agora.

— Eu entendo por que você me trouxe aqui — começou Dora. — Porque achou que deveria. Mas não precisava. Fico feliz que tenha feito isso, mas não era necessário. — Ela suspirou e pousou as mãos no colo. — Você queria que eu visse uma casa fria e vazia, onde só sobrou a infelicidade que costumava morar aqui. E você queria que eu entendesse que, assim como a casa, você não tem nada a oferecer.

Jed sentiu uma necessidade quase desesperada de se aproximar e deitar a cabeça no colo de Dora.

— Eu não tenho nada a oferecer.

— Você não quer — corrigiu ela. — E, levando os modelos que teve em consideração, isso é lógico, claro. O problema, Skimmerhorn, é que as emoções não são lógicas. As minhas não são. — Ela inclinou a cabeça e o sol acariciou a pele dela, aquecendo-a, assim como sua voz era quente, assim como o quarto estava quente com a presença dela. — Eu disse que te amo. Você teria preferido um tapa na cara, mas não posso mudar isso. Eu não queria dizer nada. Ou talvez quisesse.

Num gesto vulnerável e cansado, ela passou a mão pelo cabelo.

— Talvez quisesse — repetiu, baixinho. — Porque, mesmo sabendo como você poderia reagir, não estou acostumada a guardar os meus sentimentos para mim. Mas são meus sentimentos, Jed. Não estão pedindo nada a você.

— Quando uma mulher diz a um homem que o ama, ela está pedindo tudo.

— É isso que você acha? — Dora deu um leve sorriso, mas os olhos estavam frios de tristeza. — Vou dizer o que eu acho. O amor é um presente e realmente pode ser recusado. A recusa não destrói o presente, só o deixa num canto. Você é livre para fazer isso. Não estou pedindo nada em troca. Não que eu não queira, mas não espero.

Ela se levantou e, atravessando o quarto, pegou o rosto de Jed gentilmente entre as mãos. Ainda tinha os olhos tristes, mas havia uma compaixão mais profunda neles que o acanhou.

— Aceite o que estou oferecendo, Jed, especialmente porque está sendo oferecido com generosidade e sem expectativas. Não vou ficar jogando isso na sua cara. Isso só deixaria nós dois envergonhados.

— Você está se dispondo a ficar desprotegida, Dora.

— Eu sei. É o que acho certo. — Ela o beijou numa bochecha, depois na outra, depois na boca. — Relaxe e aproveite, Skimmerhorn. Eu vou fazer isso.

— Eu não sou o que você precisa. — Mas ele a abraçou e a manteve perto de si. Porque ela era o que ele precisava. Era exatamente o que ele precisava.

— Você está errado. — Dora fechou os olhos e rezou para que as lágrimas que ameaçavam cair fossem embora. — Você também está errado sobre a casa. Vocês dois estão só esperando.

♦♦♦♦

Ele não parava de perder o fio da meada. Jed sabia que os detalhes que discutia com Brent eram vitais, mas não parava de ver Dora sentada no banco de seu antigo quarto, com a luz do sol brilhando sobre ela.

Não parava de lembrar do toque das mãos da moça em seu rosto quando ela sorrira e pedira que ele aceitasse seu amor.

— Jed, você está fazendo eu me sentir um professor de história chato.

Jed piscou e se concentrou.

— Oi?

— Exatamente. — Soltando a respiração, Brent se recostou na cadeira. — Vai me contar o que está incomodando você?

— Não é nada. — Jed espantou o mau humor com um pouco do café radioativo da delegacia. — O que você descobriu sobre o Winesap faz com que ele pareça só outro laranja. Ainda acho que a melhor maneira de lidar com esse assunto é falar com o chefão, o Finley. Não diretamente. Quanto mais a gente conseguir manter o quadro contrabandeado escondido, melhor.

— O que eu consegui reunir sobre esse cara não enche nem uma xícara — reclamou Brent. — Ele é rico. Rico o suficiente para fazer você parecer um mendigo, meu amigo. É poderoso, solteiro e obcecado por privacidade.

— E, como diretor de uma empresa de importação e exportação, seria o cabeça perfeito de uma máfia de contrabando.

— Se a gente pudesse desejar e acontecer... — murmurou Brent. — Não temos nenhuma prova concreta contra o Finley. É claro, o carregamento estava endereçado para o assistente dele e o DiCarlo trabalha para ele.

— O DiCarlo é peixe pequeno, é um capanga. Basta olhar a ficha dele.

— E o Finley não tem ficha. É um americano modelo, um vencedor modesto e um cidadão sólido.

— Então uma pequena investigação não vai atrapalhar o cara — afirmou Jed. — Quero ir até Los Angeles.

— Imaginei que essa conversa levaria a isso. — Desconfortável, Brent se ajeitou na cadeira. — Escute, Jed, eu sei que você tem um interesse pessoal nisso. O departamento não teria nada sem você.

— Mas — interrompeu Jed — eu não faço parte do departamento.

Sentindo-se péssimo, Brent ajeitou os óculos e mexeu nos papéis em sua mesa.

— O Goldman começou a fazer perguntas.

— Talvez seja a hora de responder.

— O comissário também acha.

— Sou um civil, Brent. Nada me impede de fazer uma viagem até a praia às minhas custas, no meu tempo.

— Por que você não para com essa palhaçada? — cuspiu Brent. — Eu sei que você tem uma reunião com o comissário daqui a uma hora, e nós dois sabemos o que ele vai dizer. Você não pode continuar evitando isso. Faça com que a minha vida seja mais fácil e me diga que vai voltar para a polícia.

— Não posso dizer isso. O que eu *posso* dizer é que estou pensando nisso.

O palavrão ficou preso na língua de Brent.

— É sério?

— Mais sério do que eu achei que seria. — Jed se levantou e andou até a porta de vidro jateado, até os arquivos riscados, até a cafeteira cheia de pó velho. — Droga, eu sinto falta desse lugar. — Quase rindo de si mesmo, Jed se virou para Brent. — Não é uma merda? Eu sinto falta daqui. Dos momentos de tédio, das porras dos relatórios, dos novatos sem hemorroidas. Nove entre cada dez manhãs eu procuro minha arma antes de lembrar que não está ali. Até pensei em comprar um desses radares que hackeiam o rádio da polícia só para saber o que está acontecendo.

— Aleluia. — Brent uniu as mãos como em oração. — Me deixe contar ao Goldman. Por favor, me deixe fazer isso.

— Eu não disse que ia voltar.

— Ah, disse, sim. — Por impulso, Brent se levantou de um pulo, pegou Jed pelos ombros e deu um beijo no amigo.

— Ave Maria, Chapman, se controle.

— O pessoal vai receber você de volta como um deus. O que a Dora acha disso?

O sorriso bobo de Jed desapareceu.

— Ela não acha nada. Não conversamos sobre isso. Não é assunto dela.

— Ah. — Brent empurrou a bochecha com a língua. — Sei. A Mary Pat e eu fizemos uma aposta. Ela disse que eu ia alugar um smoking de padrinho até o fim do ano. Eu disse até o feriado da Páscoa. Nós tendemos a usar o calendário escolar.

O pânico que invadiu rapidamente as entranhas de Jed o assustou.

— Vocês estão mal-informados.

— Ah, por favor, capitão, você é louco por ela. Dez minutos atrás, você estava olhando para o nada, sonhando acordado. Se ela não era a estrela do espetáculo, eu vou beijar o Goldman na boca.

— Você está muito saidinho com essas demonstrações de afeto nos últimos dias. Pode parar, fazendo o favor?

Brent conhecia aquele tom de voz: era o equivalente verbal a uma parede de tijolos.

— Está bem, mas um jantar para dois no Chart House depende de você. — Brent se apoiou na ponta da mesa. — E eu gostaria que me contasse o que você e o comissário discutiram. Mesmo que eu não vá para Los Angeles oficialmente, posso conseguir algum apoio para você.

— A gente se fala amanhã.

— E, capitão — acrescentou Brent antes que Jed chegasse à porta. — Faça um favor e não volte se eles não oferecerem a você um monte de dinheiro, está bem? Posso fazer uma lista das coisas que estamos precisando aqui.

Brent sorriu e se sentou para fantasiar sobre o momento em que contaria a novidade para Goldman.

◆◆◆◆

Já era quase meia-noite quando Dora desistiu de tentar dormir e se enrolou no roupão. Um caso típico de insônia. Não estava acontecendo porque Jed não havia voltado para casa nem ligado.

As coisas deviam estar muito mal, admitiu, se já estava mentindo para si mesma.

Ela ligou o som, mas o blues sensual de Bonnie Raitt parecia apropriado demais, então voltou a desligá-lo. Andou até a cozinha e pôs a chaleira no fogo.

Como ela podia ter dito aquilo?, perguntou a si mesma enquanto escolhia, displicentemente, entre chá de limão e camomila. Será que não sabia que um homem corria para as colinas sempre que ouvia aquelas três palavras fatídicas? Não. Jogou o saquinho de chá numa xícara. Não sabia porque nunca as havia dito. E agora que estava participando do espetáculo mais importante de sua vida, tinha soltado a fala antes da hora.

Bem, não podia desdizer, decidiu. E só podia sentir muito se ela e Jed não haviam lido o mesmo roteiro.

Ele não havia repetido as palavras nem pegado a moça no colo, exultante. Tinha se afastado sistemática e sutilmente, centímetro a centímetro, desde o momento fatídico quase 36 horas antes. E ela temia que ele continuasse a se afastar até desaparecer completamente.

Não podia fazer nada. Derramou a água quente na xícara e deixou o chá se formar enquanto procurava biscoitos. Não podia forçar Jed a deixá-la mostrar como seria dar e receber amor. Só podia manter a promessa de que não jogaria aquilo na cara dele de novo. Por mais que doesse.

E ela ainda tinha um certo orgulho. Bonnie Raitt estava errada sobre isso, pensou. O amor tem orgulho, sim. Ia se controlar e continuar a vida — com Jed, esperava ela. Sem ele, se fosse necessário. Achou que podia começar naquele instante: resolveu descer para a loja e colocar o cérebro acordado para trabalhar.

Carregando o chá, ela saiu de casa, lembrando-se de pôr as chaves no bolso e trancar a porta. Odiava aquilo, aquela sensação de não estar realmente segura na própria casa. Por causa dela, sentiu a necessidade de ligar as luzes enquanto andava.

Depois de se instalar no depósito, voltou à tediosa tarefa de continuar a reorganização dos arquivos que DiCarlo havia bagunçado.

Como sempre, o mundo regular e o silêncio a relaxaram e a deixaram absorta. Dora gostava de pôr as coisas certas no lugar certo e de, ocasionalmente, parar para estudar um recibo e se lembrar da emoção da venda.

Um peso de papel que celebrava a Feira Mundial de Nova York por quarenta dólares. Um espelho de banheiro marchetado por três mil. Três pôsteres — da Brasso, da cerveja Olympic e dos cigarros Players, por 190, 27 e 185, respectivamente.

Jed estava parado no meio da escada, observando Dora. Ela havia acendido todas as luzes, como uma criança que fica sozinha em casa à noite. Usava o roupão verde e um enorme par de meias roxas. Cada vez que se inclinava para ler um papel, o cabelo caía suavemente sobre a bochecha e tapava seu rosto. Então ela empurrava a mecha para trás, o movimento fluido e descuidado, antes de guardar o papel e pegar outro.

O pulso de Jed, que havia acelerado ao ver a porta do corredor aberta, adquirira um ritmo confortável. Mesmo com o desejo que parecia incomodá-lo sempre que ela estava por perto, ele ainda se sentia tranquilo olhando para ela.

Já havia posto a arma de novo embaixo da jaqueta quando ela se virou.

Dora viu uma sombra e quase caiu para trás. Papéis voaram enquanto ela segurava um grito.

— O que acha que está fazendo? — perguntou, furiosa. — Tentando me matar de susto?

— Não. — Jed desceu até o pé da escada. — O que *você* acha que está fazendo, Conroy? Já passou da meia-noite.

— O que parece que estou fazendo? Praticando o minueto. — Humilhada pela reação, ela se abaixou para pegar os papéis espalhados.

— Você estava se saindo muito bem. — Ele se abaixou e pôs a mão sobre a dela. — Desculpe por ter assustado você. Acho que estava concentrada demais para me ouvir.

— Deixa pra lá.

— Você devia estar dormindo. — Jed virou o rosto de Dora para a luz. — Parece cansada.

— Muito obrigada.

— E está com a cachorra.

— Não estou com cachorra nenhuma. — Ela inspirou rapidamente, ofendida. — Não gosto dessa expressão nem como feminista nem como amante dos cães.

Pacientemente, ele pôs uma mecha de cabelo atrás da orelha dela. Dora conseguira mascarar o medo impressionantemente rápido, pensou. Mas seus olhos se mostraram preocupados e cansados depois que o susto passou. Ele já a havia ferido e provavelmente o faria de novo.

— Vamos lá para cima, linda.

— Eu ainda não terminei.

Jed ergueu uma sobrancelha. Havia um levíssimo tom de ressentimento na voz dela. Aquilo o fazia se sentir pequeno e absolutamente estúpido.

— Está irritada comigo.

— Não estou. — Ela se ajeitou, respirou fundo e, com muito esforço, fez uma declaração verdadeira: — Não estou — repetiu, calma novamente. — Se estou irritada é porque me sinto inútil por ter que manter a loja fechada e mentirosa por não contar nada para a minha família.

— Não tem que fazer nada disso. Não há razão para não abrir amanhã e você vai se sentir melhor se contar tudo à sua família.

Ela pensou no assunto.

— Vou abrir — decidiu —, mas não vou contar nada à minha família. Ainda não. Isso é problema meu.

Jed começou a repreendê-la, mas percebeu que não podia. Não era a mesma lógica que ele estava usando para apaziguar a própria consciência? Não ia contar a ela sobre a reunião com o comissário e a decisão de voltar à polícia. Ainda não.

— Vamos lá para cima — repetiu. — Vou fazer uma massagem nas suas costas.

— Por quê?

— Porque você está tensa — respondeu Jed entredentes. — Droga, Conroy, por que isso importa? Tudo que você tem que fazer é se deitar e aproveitar.

De olhos estreitos, ela deu um passo para trás.

— Está sendo bonzinho comigo. Por quê? Você está me preparando para alguma coisa, Skimmerhorn. Está planejando alguma coisa que eu não vou gostar. — Dora correu pela escada atrás dele. — Não esconda as coisas de mim. — Pôs a mão no braço de Jed enquanto ele destrancava a porta. — Por favor. Tem a ver com o DiCarlo, não é? É sobre o quadro e essa história toda.

Era mais do que isso. E menos. Ele se perguntou se contar aquela parte era um jeito covarde de fugir.

— Eu vou a Los Angeles conversar com o chefe do DiCarlo.

— Com o Winesap? — A testa da moça se encheu de rugas enquanto ela tentava entender. — Era para ele que o carregamento devia ir, não era?

— O nome do chefão é Finley, Edmund G. — explicou Jed. — Vou começar com ele.

— E você acha que esse Finley estava esperando o carregamento, que ele cuidou do contrabando?

— Acho. — Jed serviu uísque para os dois. — É o que eu acho.

— O que você sabe sobre ele?

— O suficiente para comprar uma passagem de avião para Los Angeles. — Jed entregou o copo a Dora e depois fez uma explicação breve sobre o que sabia.

— Importação e exportação — analisou ela quando Jed parou de falar. — Então ele provavelmente é um colecionador. Eles quase sempre são. É possível que não saiba do negócio paralelo do DiCarlo. Afinal, você disse que é uma empresa grande. Mas se ele souber...

Jed percebeu o brilho no olhar de Dora e segurou um suspiro.

— Não pense, Conroy. Isso é um perigo.

— Mas eu estou pensando. — Ela ergueu o uísque e o tomou num só gole. — E estou pensando que você não é a pessoa certa para conversar com o Finley. — Estendeu o copo para que ele a servisse de novo. — Eu sou.

Capítulo Vinte e Quatro

— Você ficou maluca.

— A frase que eu disse é perfeitamente sã e racional. — Como Jed não havia feito nenhum movimento para encher seu copo, Dora pegou o uísque e se serviu sozinha. — E, se você puser seu ego masculino de lado por um instante, vai perceber por quê.

— Isso não tem nada a ver com ego. — Apesar de ter, mesmo que levemente, e de o fato acabar com a paciência dele. — Tem a ver com simples bom senso. Você não está em posição de lidar com uma coisa dessas.

— Pelo contrário. — Dora estava começando a gostar da ideia e andava de um lado para outro da sala, mexendo o uísque, saboreando o papel que teria que fazer. — Estou na posição perfeita. Eu, afinal, fui vítima do empregado dele. Eu, a inocente assustada, vou apelar para a simpatia de Finley se ele for também inocente e, como sou colecionadora, vou atrair a imaginação dele se for culpado. Resumindo, Skimmerhorn... — Deu a volta e bateu o copo contra o dele. — Esse papel é perfeito para mim.

— Isso não é um teste, Conroy.

— É, sim, essencialmente. Meu Deus do céu, quando você vai pôr móveis nesse lugar? — Em vez de em uma cadeira decente, ela se esticou para se sentar na mesa. — Qual era o seu plano, capitão? Entrar a toda no escritório dele de arma em punho?

— Não seja mais ridícula do que o necessário.

— Eu imaginei que não. Você iria, se posso interpretar a cena, pedir uma reunião para discutir a situação problemática informalmente, e talvez pedir ajuda para localizar o DiCarlo?

Dora ergueu uma sobrancelha, esperando a negativa ou aquiescência dele, mas não obteve nada. Sem se abater, ela continuou a forçar caminho:

— Enquanto isso, você iria procurar uma falha na armadura dele, se ele tivesse alguma armadura ou falha. E, ao fazer isso, conseguiria uma impressão em primeira mão sobre as operações e o estilo dele e desenvolveria uma opinião bem-baseada sobre a culpa do homem.

—Você parece uma advogada — murmurou ele. — Eu odeio advogados.

— Isso é o policial falando. Tenho muito bons amigos advogados e meu pai fez um Clarence Darrow excelente numa montagem de *O Vento Será tua Herança*. Bem, vamos ver. — Dora cruzou as pernas, o roupão se abriu sobre as longas coxas macias. — Como devo fazer esse papel?

—Você não vai fazer nada, Conroy. — Como sentia que algo essencial estava escorregando perfeitamente entre seus dedos, Jed latiu a frase e pegou o queixo da moça com a mão. — Você não vai.

— Vou, sim — respondeu ela sem se perturbar. — Porque nós dois sabemos que é a solução perfeita. — Sorrindo, Dora tirou a mão de Jed do queixo e a beijou. — Você pode vir comigo. Para me manter longe da Rodeo Drive.

Só havia uma maneira de lidar com ela, pensou Jed, e era com calma.

— Dora, eu não sei muito sobre esse cara. Não conseguimos nenhuma informação segura. Ele pode ser um cara legal, um típico vovozinho que coleciona selos no tempo livre e não ter nada a ver com contrabando. Ou o DiCarlo podia ser só o gatilho da arma dele. Entrar no território dele é arriscado e eu não vou arriscar você.

— Por quê? — perguntou ela, suavemente. — Até parece que você se importa.

Ele enfiou as mãos nos bolsos, frustrado.

— Droga, você sabe que eu me importo.

— Eu sei que você quer, mas se importar é bem diferente. Mesmo assim, é bom ouvir isso.

— Não vire o jogo. — Ela não ia atraí-lo para outra discussão sobre sentimentos de novo. — O assunto aqui é o Finley. Se ele estiver envolvido, vai dar uma olhada rápida nesse seu rostinho bonito e perceber tudo como se você estivesse declarando a ele.

— Meu Deus, você me disse que se importa e que sou bonita numa mesma noite. Meu coração está dando saltos.

— Eu devia enfiar porrada em você — respondeu Jed, entre dentes cerrados.

— Mas não vai fazer isso. — Ela sorriu e estendeu a mão. — Você é cão que ladra e não morde, Skimmerhorn. Vamos dormir um pouco. Podemos conversar sobre isso amanhã de manhã.

— Não temos nada para conversar. Eu vou. Você não.

Dora deixou a mão cair.

— Você não confia em mim. É isso, não é? — A moça prendeu o lábio inferior com os dentes para parar o tremor, mas não conseguiu conter o embargo na voz nem o arrepio quando seus olhos se encheram de lágrimas.

— Não é questão de confiança. — Jed tirou uma das mãos do bolso e passou pelo cabelo dela. — Não leve isso para o lado pessoal.

— E para que lado devo levar? — A primeira lágrima caiu e correu um lindo caminho pela bochecha dela. Os olhos brilhavam com o choro e a tristeza frágil. — Será que você não entende que preciso fazer alguma coisa? Que não posso ficar sentada, fazendo figuração, depois que a minha casa e eu fomos feridas dessa maneira? Eu não aguento, Jed. Não aguento ver você olhando para mim como uma vítima desamparada que só atrapalha você.

— Pare. — As lágrimas o enfraqueciam, o desarmavam. — Por favor, linda, não faça isso. — Ergueu uma das mãos, desajeitado, até o cabelo dela. — Não aguento. — Beijou os lábios trêmulos da moça suavemente. — Eu não acho que você seja desamparada.

— Inútil, então — retrucou ela com um soluço.

— Não. — Ele limpou as lágrimas de Dora com os polegares e estava quase decidido a implorar. — Você não tem treinamento para isso. Se ele suspeitar de alguma coisa, a farsa pode acabar antes mesmo de ter começado.

Dora fungou e pressionou o rosto contra a garganta de Jed.

— Você suspeitou?

— Do quê?

— Você suspeitou? — perguntou ela numa voz totalmente controlada. Inclinando-se para trás, sorriu para ele sem um pingo de remorso. — Você caiu, não foi? — Rindo, Dora deu um tapinha no rosto de Jed enquanto ele a encarava com olhos estreitos e furiosos. — Não se sinta idiota, Skimmerhorn. Eu avisei que era boa atriz. — Ergueu o copo novamente para fazer um brinde a si mesma. — E sou muito, muito boa. E isso foi só uma performance improvisada.

— Acho que vou mesmo bater em você. Se voltar a chorar dessa maneira, eu juro que vou.

— Fiz você se sentir um besta, não fiz? — Dora suspirou, feliz. — Às vezes eu realmente sinto falta do palco. — Depois deu de ombros. — Mas não é sempre. Pode ficar tranquilo, capitão. Vou fazer o sr. Finley ver exatamente o que quero que ele veja. Ele vai ficar na minha mão.

Ela conseguiria. Ele odiava o fato de ter certeza de que ela seria perfeita.

— Se eu enlouquecer o bastante para concordar com essa ideia idiota, você vai fazer exatamente o que eu mandar?

— Não, mas vou tentar fazer exatamente o que você mandar. É só uma reunião para conseguir informações, Jed.

Era o que ele achava, mas preferia conhecer o terreno e pôr a isca no próprio anzol.

— Não quero que você se machuque.

Ela sentiu todo o corpo amolecer: os olhos, a boca, o coração.

— Isso foi uma das coisas mais legais que você me disse.

— Se ele machucar você, vou matar o cara.

O sorriso fácil da moça desapareceu.

— Não ponha esse peso nas minhas costas, está bem? Isso me assusta.

Jed a tirou da mesa e a pôs de pé.

— Conroy, eu disse que você não era desamparada nem inútil, mas nunca disse o que acho que você é.

— Não, não disse. — Dora fez uma careta, preparando-se.

— Importante — afirmou ele simplesmente, derretendo o coração dela. — Muito importante.

♦ ♦ ♦ ♦

Ao meio-dia do dia seguinte, Dora sentiu que pelo menos parte de sua vida estava voltando o ritmo normal. A loja estava aberta. A primeira venda aqueceu tanto sua alma que deu ao cliente um desconto impulsivo de dez por cento. Quando Lea chegou para ajudar com o movimento da tarde, Dora a cumprimentou com um abraço forte.

Rindo, Lea se soltou.

— O que foi isso? Você ganhou na loteria?

— Melhor. Estamos abertos.

Lea tirou o casaco e ajeitou o cabelo.

— Você nunca me explicou por que ficamos fechados.

— Era complicado demais — respondeu Dora, suave. — Eu precisava relaxar por um ou dois dias.

— Aquela invasão incomodou você mais do que queria demonstrar. — Lea assentia com a cabeça, satisfeita consigo mesma. — Eu sabia.

— Acho que incomodou mesmo. De qualquer forma, temos alguns clientes e eu acabei de comprar aqueles biscoitos da padaria de novo. Aqueles com recheio de chocolate.

Lea respirou fundo.

— E como eu vou perder os dois quilos que ganhei no feriado?

— Com força de vontade.

— Sei. Ah, a mamãe me pediu para perguntar sobre o quadro.

A caixa de biscoitos quase caiu das mãos de Dora.

— Que quadro?

— Era alguma coisa sobre um quadro que você emprestou a ela e que teve que pegar de volta. — Lea abandonou a força de vontade e escolheu um biscoito com cobertura. — Ela está pensando em comprar a pintura para o papai como presente de Dia dos Namorados. Parece que ele gostou muito.

— Ah... Ih, eu vendi. — Pelo menos era verdade, lembrou a si mesma. Ainda tinha os oitenta dólares de Jed guardados na caixa de joias, como se fossem cartas de amor.

— Você está bem? — Os olhos atentos de Lea analisaram o rosto de Dora. — Você parece meio vermelha.

— Hum? Não, estou bem. Só estou pegando o ritmo de novo. Na verdade, estou meio agitada. Talvez tenha que ir para Los Angeles por alguns dias.

— Para quê?

— Tem uma firma de importação lá com quem eu quero conversar. Não quero fechar a loja de novo. — E não havia motivo para isso. Sabia que Brent estava fazendo de tudo para garantir proteção policial ao prédio.

— Não se preocupe. A Terri e eu podemos cuidar de tudo. — O telefone no balcão tocou duas vezes. Lea ergueu uma sobrancelha. — Quer que eu atenda?

— Não. — Dora abstraiu a culpa e tirou do gancho o telefone que estava a centímetros de sua mão. — Dora's Parlor, boa-tarde.

— Eu gostaria de falar com a srta. Isadora Conroy, por favor.

— É ela.

— Srta. Conroy. — De sua mesa em Los Angeles, Winesap se virou para as anotações meticulosamente ensaiadas. — Aqui é, hum, Francis Petroy.

— Olá, sr. Petroy — cumprimentou Dora enquanto Lea se virava para receber um cliente.

— Espero que não esteja incomodando a senhorita, mas a sra. Helen Owings, de Front Royal, Virgínia, me deu seu nome e seu número.

— Certo. — Os dedos de Dora se enrijeceram sobre o telefone. — O que posso fazer pelo senhor?

— Espero que possamos fazer algo um pelo outro. — Winesap leu as palavras "risada genial" nas anotações e fez a melhor imitação que podia. — É sobre um quadro que a senhorita comprou num leilão em dezembro. Um Billingsly.

Toda a umidade evaporou da boca de Dora.

— Isso, eu me lembro da peça. Uma pintura abstrata.

— Exatamente. Acontece que eu coleciono quadros abstratos. Sou especializado em artistas desconhecidos e emergentes, apesar de ter uma pequena coleção, se é que me entende.

— É claro.

— Não pude participar daquele leilão em particular por causa de uma emergência familiar. Mas fiquei mais esperançoso quando a sra. Owings me informou que o quadro havia sido vendido para a dona de uma loja, e não para um colecionador de arte.

— Na verdade — afirmou Dora, tentando ganhar tempo —, sou um pouco dos dois.

— Ah, meu Deus. — Ele mexeu nos papéis. Nenhuma das inúmeras anotações respondia àquela afirmação em particular. — Ah, meu Deus...

— Mas estou sempre interessada em boas ofertas, sr. Petroy. Talvez o senhor queira vir até aqui ver o quadro. Mas terá que ser em algum dia da semana que vem, infelizmente. — Dora fez uma pausa e fingiu estar virando as páginas de uma agenda. — Minha agenda está meio confusa até lá.

— Seria ótimo. Realmente ótimo. — Aliviado, Winesap enxugou o pescoço suado com um lenço. — Que dia seria bom, srta. Conroy?

— Posso encaixar o senhor na quinta-feira. Que tal às 14h?

— Perfeito. — Apressado, Winesap anotou a data. — Espero que não venda o quadro até lá. Eu odiaria perder a oportunidade.

— Ah, eu odiaria que o senhor perdesse também. — Ela sorriu, amarga, para a parede. — Prometo que ele não irá a lugar nenhum até termos a chance de conversar sobre a venda. O senhor tem um número de telefone para que eu possa ligar caso alguma coisa me impeça de encontrá-lo?

— Com certeza. — Como as anotações indicavam, Winesap recitou o número de uma das filiais de Finley em Nova Jersey. — É apenas para o horário comercial — disse. — Sinto muito, mas meu número pessoal não está na lista telefônica.

— Eu entendo perfeitamente. Então nos vemos na próxima quinta, sr. Petroy.

Dora desligou, quase furiosa demais para aproveitar a alegria. Ele achava que ela era uma idiota, irritou-se. Bem, DiCarlo ou Finley ou Petroy ou quem quer que você seja, vai ter uma bela surpresa.

— Lea! Vou ter que sair por uma hora. Se o Jed vier aqui, diga que tenho que conversar com ele.

— Está bem, mas onde... — Lea se interrompeu, pondo as mãos nos quadris ao perceber que falava com uma porta.

♦ ♦ ♦ ♦

Devia ter ligado antes. Dora voltou para o estacionamento depois de uma ida inútil até a delegacia. O tenente Chapman estava em campo. Parecia que ele estava caçando faisões, pensou, irritada.

Como ela podia contar a alguém que havia feito contato com os criminosos se não havia ninguém por perto? Então viu o carro de Jed e se permitiu um sorriso presunçoso. Ele ia perceber que não era o único capaz de pensar com os pés no chão.

Dora o encontrou no depósito, pintando calmamente as prateleiras.

— Finalmente. Odeio usar um clichê, mas onde está a polícia quando se precisa dela?

Jed continuou a pintar.

— Se precisava de um policial, devia ter ligado para a delegacia.

— Em vez disso, fui até a fonte. — Querendo prolongar sua animação, ela tirou o casaco. — Mas o Brent tinha saído. Por que chamam isso de "ir a campo"? Não me lembro de passar por campo nenhum na Filadélfia.

— É só o nosso jeitinho de impressionar os civis. Por que precisava falar com o Brent?

— Porque... — Fez uma pausa dramática. — Eu fiz contato.

— Com quê?

— Com quem, Skimmerhorn. Não seja burro. Eu recebi uma ligação do sr. Petroy. Mas não acho que tenha sido o sr. Petroy. Podia ser o DiCarlo, mas a voz não combinava muito. Talvez ele tenha disfarçado, mas sou muito boa com vozes. Ele pode ter pedido para outra pessoa ligar — afirmou ela, pensando. — Ou pode ter sido o Finley, mas...

— Sente-se aqui, Conroy. — Jed pousou o pincel sobre a lata de tinta. — Banque o Jack Webb.

— O Jack Webb? Ah. — Os olhos da moça se iluminaram. — Só os fatos. Entendi.

— Você é muito esperta. Sente-se.

— Está bem. — Ela se sentou e se imaginou fazendo um relatório. Como resultado, relatou toda a conversa ao telefone precisa e diretamente, sem exageros. — Que tal? — perguntou ao acabar.

— No que estava pensando ao marcar um encontro com o cara sem conferir comigo?

Dora esperara que Jed ficasse impressionado, não irritado.

— Eu tinha que fazer alguma coisa, não tinha? Ele não suspeitaria se uma vendedora relutasse em encontrá-lo? — Ajeitou as costas, defensivamente. — Mas isso está muito estranho. Um colecionador de arte que pergunta sobre um quadro de um artista que provavelmente nem existe... Eu conferi o nome Billingsly. O cara não está em lugar nenhum, então por que alguém se daria ao trabalho de procurar um quadro dele? Porque — respondeu ela, erguendo o indicador para dar ênfase — ele quer um Monet.

— Isso é brilhante, Conroy. Realmente brilhante. Mas não é esse o problema.

— É claro que é. — Dora bufou, soprando a franja. — Ele achou que eu fosse burra. Achou que fosse uma vendedora de bugigangas louca por dinheiro que não sabe diferenciar a própria bunda de um vaso de porcelana, mas vai ver que não sou.

— Esse também não é o problema. Você devia ter enrolado o cara até eu voltar.

— Eu me saí muito bem sozinha, obrigada. Não sou retardada.

— Você consegue ver quem ligou para você?

O rosto de Dora ficou lívido.

— Como é que é?

— Consegue ligar de volta para quem ligou? É só apertar alguns botões e o telefone liga de volta para a última pessoa que ligou.

— Ai. — Sentindo-se menos confiante, ela examinou as unhas. — É. Acho que consigo.

Jed estudou Dora, que estava de cabeça baixa.

— Imagino que não tenha pensado em fazer isso.

— Não posso pensar em tudo — murmurou Dora. Felizmente, ela olhou para cima. — Podemos tentar agora.

— O telefone já tocou três vezes desde que cheguei.

— Está bem. — Ela se levantou da cadeira. — Pode falar. Diga que estraguei tudo.

— Não preciso falar nada, você mesma acabou de dizer. — Ele deu um puxão de leve no cabelo dela. — Não leve isso tão a sério, Nancy Drew. Todo investigador amador estraga tudo de vez em quando.

Ela bateu na mão dele, afastando-a.

— Vá tomar banho, Skimmerhorn.

— O Brent e eu vamos descobrir um jeito de lidar com o Petroy na quinta. Já vamos ter voltado até lá.

— Voltado? Você e o Brent vão a algum lugar?

— Não, eu e você vamos. — Ele prendeu os polegares nos bolsos. Ainda não estava feliz com a ideia, mas ela fazia um sentido estranho. — Vamos para Los Angeles amanhã.

— Eu vou poder fazer o papel? — Dora pôs a mão no coração, depois abriu os braços e pulou nos dele. — Vou poder fazer o papel mesmo! — Animada com a ideia, encheu o rosto de Jed de beijos. — Eu sabia que você ia entender que era a melhor opção.

— Eu não entendi nada. Fui vencido. — Jed não iria admitir que vira a beleza simples do plano e o recomendara a Brent.

— Não importa. — Dora o beijou novamente, com força. — Amanhã? — perguntou, afastando-se. — Meu Deus, isso é muito pouco tempo. Tenho que decidir o que vou vestir.

— Esse é o menor dos seus problemas.

— Não, não, não, a apresentação correta é essencial para o personagem. Meu terninho azul de risca de giz — analisou ela. — É muito sério, de negócios. Ou talvez o vermelho com enchimento nos seios. Mais poder e sexo. Eu poderia distrair o cara com as minhas pernas.

— Escolha o de negócios.

Como adorara o leve vestígio de irritação no rosto de Jed, Dora sorriu.

—Vou com o vermelho, com certeza.

— Nem sabem se ele vai falar com você.

— É claro que ele vai falar comigo. — Ela fez uma pausa e franziu a testa. — Como vamos fazer o Finley querer falar comigo?

—Vai ligar para ele e dizer exatamente o que eu mandar.

— Entendi. — A moça inclinou a cabeça e ergueu uma sobrancelha. —Você escreveu um roteiro para mim, Skimmerhorn? Sou rápida para decorar. Posso improvisar rapidinho.

— Só faça o que eu mandar.

♦ ♦ ♦ ♦

Em Los Angeles, Winesap entrou no escritório de Finley com uma ruga de preocupação cortando sua testa.

— Sr. Finley. A srta. Conroy está na linha dois. Quer falar com o senhor.

— É mesmo? — Finley fechou o arquivo que estava estudando e uniu as mãos sobre ele. — Que interessante...

As mãos de Winesap se contorceram juntas como gatos nervosos.

— Sr. Finley, quando falei com ela mais cedo, a moça foi muito cooperativa. E eu obviamente nunca mencionei minha ligação com o senhor. Não sei o que isso pode significar.

— Então vamos descobrir, não é? Sente-se, Abel. — Finley tirou o telefone do gancho e, sorrindo, recostou-se na cadeira. — Srta. Conroy? Aqui é Edmund Finley.

Ele ouviu, o sorriso tornando-se ainda mais largo e feroz.

— Infelizmente, não estou entendendo, srta. Conroy. Quer saber sobre um dos meus empregados, o sr. Anthony DiCarlo? Entendi. Entendi. — Pegou um abridor de cartas da mesa e testou a ponta afiada no polegar. — É claro, eu entendo que a senhorita ache que um encontro é importante. Não sei se vou poder ajudar. Já contamos à polícia tudo que sabemos sobre o desaparecimento inexplicável do sr. DiCarlo, ou seja, infelizmente, nada. Muito bem — acrescentou depois de um instante. — Se acha que não pode falar sobre isso ao telefone, ficarei feliz em receber a senhorita. Amanhã? — As sobrancelhas de Finley se ergueram. Ele raspou suavemente a ponta do abridor de cartas na pasta sobre Conroy. — Isso não será possível. Vida ou morte? — Quase não conseguiu conter uma risada. — Vou ver o que posso fazer. A senhorita pode esperar? Vou passar para o meu assistente. Ele vai conferir a minha agenda. Estou ansioso para conhecê-la.

Com um floreio do pulso, apertou o botão de espera.

— Marque com ela às 16h.

— O senhor tem uma reunião às 15h30.

— Marque com elas às 16h — repetiu Finley, entregando o telefone.

— Sim, senhor. — Winesap pegou o telefone com a mão úmida e liberou a linha. — Srta. Conroy? Aqui é Abel Winesap, o assistente do sr. Finley. A senhorita quer marcar uma reunião para amanhã? Infelizmente, o único horário que o sr. Finley tem em aberto é às 16h. Está bem? A senhorita tem o endereço? Excelente. Estaremos à sua espera.

— Maravilhoso. — Finley fez que sim com a cabeça quando Winesap pôs o telefone de volta no gancho. — Realmente maravilhoso. Uma brincadeira de criança, Abel. — Ele abriu o arquivo de Dora novamente e sorriu de forma genial para os documentos. — Estou realmente ansioso por isso. Cancele meus compromissos de amanhã à tarde. Não quero nenhuma distração quando estiver com a srta. Isadora Conroy. Ela terá toda a minha atenção.

◆ ◆ ◆ ◆

— Amanhã às 16h — disse Dora, virando-se para Jed. — Ele pareceu surpreso, mas bem-disposto, agradável, mas reservado.

— E você pareceu estar à beira de um ataque de nervos, mas controlada. — Impressionado apesar de tudo, Jed ergueu o rosto da moça com o indicador e a beijou. — Nada mal, Conroy. Nada mal mesmo.

— E tem mais uma coisa. — Apesar de querer, Dora não pegou a mão de Jed. Se tivesse feito isso, ele teria visto que a dela estava gelada. — Acho que acabei de falar com o sr. Petroy.

— O Finley?

— Não. — Dora forçou um sorriso fino. — O assistente dele, Winesap.

Capítulo Vinte e Cinco

♦♦♦♦

Dora ficou satisfeita e impressionada quando o táxi parou em frente à *villa* de estuque rosa que era o hotel Beverly Hills.

— Nossa, Skimmerhorn, você me surpreendeu. Isso compensa o fato de não termos passado a noite no Plaza em Nova York.

— O quarto foi reservado no seu nome. — Jed observou Dora oferecer graciosamente a mão para o porteiro. O gesto era o de uma mulher que havia saído de limusines a vida toda. — Vai ter que pagar com o seu cartão.

A moça lançou um olhar sofrível para ele por sobre o ombro.

— Muito obrigada, mão aberta.

— Queria que todo mundo soubesse que você viajou para cá com outra pessoa? — perguntou Jed quando ela passou pelas portas e entrou no saguão. — Com um policial?

— Você se esqueceu do "ex".

— Esqueci mesmo — murmurou Jed, esperando que Dora fizesse o check-in. O saguão chique do hotel não parecia o melhor lugar para contar a Dora que o "ex" não se aplicaria por muito mais tempo.

A moça observou o saguão discretamente, procurando estrelas de cinema, enquanto entregava o cartão para o recepcionista anotar o número.

— Vou querer reembolso, Skimmerhorn.

— Foi ideia sua vir para cá.

Era verdade.

— Então vou pedir reembolso da metade. — Ela aceitou o cartão de volta, junto com duas chaves, e passou uma delas para o carregador, que esperava. — Algumas pessoas não são financeiramente independentes.

— Algumas pessoas — retrucou Jed ao passar o braço pela cintura dela — pagaram pelas passagens.

Dora ficou emocionada com a maneira fácil com que ele a abraçara enquanto levavam a bagagem para o elevador e subiam para o quarto.

Rapidamente tirou os sapatos e andou até a janela para conferir a vista. Não havia nada mais californiano, pensou, do que gramados verdejantes, palmeiras reais e aconchegantes chalés de estuque.

— Não venho a Los Angeles desde os 15 anos. Ficamos num hotel muito ruim em Burbank quando meu pai veio fazer um papel num filme pequeno e esquecível com Jon Voight. Aquilo não mudou em nada a carreira de nenhum dos dois.

Dora esticou as costas e mexeu os ombros.

— Acho que sou uma esnobe. Uma esnobe da Costa Leste, porque não consigo gostar de Los Angeles. Ela me faz pensar em plásticas desnecessárias nos olhos e iogurtes de marcas famosas. Ou talvez sejam plásticas feitas por marcas famosas e iogurtes desnecessários. Afinal, quem precisa de iogurte?

Virou-se, o sorriso se tornando surpresa quando percebeu que ele apenas continuara a olhar para ela.

— O que foi?

— Eu gosto de ficar olhando para você às vezes. É só isso.

— Ah.

Quando viu que a frase havia deixado Dora tão feliz quanto envergonhada, ele sorriu de volta.

— Você é bonita, Conroy. Mesmo com esse queixo pontudo.

— Não é pontudo. — Dora o esfregou, defensivamente. — É esculpido delicadamente. Sabe, talvez a gente devesse ter reservado uma suíte. Este quarto é do tamanho de um armário. Ou talvez a gente possa sair um pouco, comer alguma coisa, absorver um pouco de smog.

— Você está nervosa.

— É claro que estou nervosa. — Dora jogou a mala na cama e abriu as fivelas.

— Está nervosa — repetiu Jed. — Você fala demais quando está nervosa. Na verdade, você fala demais o tempo todo, mas o falatório fica diferente quando está nervosa. E não consegue manter as mãos paradas. — Pôs as suas gentilmente sobre as dela.

— É claro que já sou previsível demais. Isso é o primeiro golpe fatal numa relação.

Ele simplesmente a virou e continuou segurando suas mãos.

— Tem o direito de ficar nervosa. Estaria mais preocupado se você não estivesse.

— Não quero que fique preocupado. — Como realmente não queria que isso acontecesse, deixou que suas mãos relaxassem nas dele. — Eu vou ficar bem. É a tensão clássica da estreia, só isso.

— Você não tem que fazer nada. Eu posso ir à reunião por você.

— Eu nunca deixaria um substituto ter a chance de roubar o meu papel. — Ela inspirou e expirou duas vezes, profundamente. — Estou bem. Espere só até ler as críticas.

Como a moça obviamente precisava daquilo, ele aceitou a provocação.

— O que você costumava fazer antes da estreia?

Lembrando-se, ela se sentou na ponta da cama.

— Bem, andava de um lado para outro. Andar é bom. E ficava repetindo as falas na cabeça para evitar bloqueios. Tirava as roupas comuns e ficava de roupão, era como se estivesse trocando de pele. E vocalizava. Costumava dizer muitos trava-línguas.

— De que tipo?

— Três pratos de trigo para três tigres tristes, esse tipo de coisa. — Sorrindo, ela agitou a língua entre os dentes. — É bom para relaxar a língua.

— A sua sempre me pareceu bem relaxada.

— Obrigada. — Dora riu e voltou a olhar para Jed. — Muito bem, Skimmerhorn, estou me sentindo melhor.

— Ótimo. — Ele deu uma leve bagunçada no cabelo da moça, depois se virou para o telefone. — Vou ligar para o serviço de quarto e depois a gente vai ensaiar de novo.

Dora grunhiu e caiu de costas na cama.

— Odeio diretores durões.

◆◆◆◆

Jed não a decepcionou. Duas horas depois, os dois haviam comido, brigado e discutido cada problema possível, mas ele ainda não estava satisfeito. Ouviu Dora recitar trava-línguas no banheiro e franziu a testa para a porta. Iria se sentir melhor se ela usasse um grampo. Seria bobeira, imaginou, já que a moça entraria num prédio de escritórios cheio de funcionários em plena luz do dia, mas aquilo o tranquilizaria. Teria insistido se não tivesse medo de a segurança de Finley descobrir.

Era um trabalho simples, lembrou a si mesmo. Que implicava em pouco ou nenhum risco. E ele já havia praticamente eliminado mesmo os riscos mínimos.

Era o *praticamente* que o incomodava.

A porta se abriu e Dora saiu usando o terninho vermelho que mostrava cada curva gloriosa de seu corpo sensual e acentuava suas pernas de um modo que faria qualquer homem vivo salivar.

— O que você acha? — Ela segurava dois pares de brincos diferentes próximos aos lóbulos das orelhas. — As contas ou os nós?

— Como diabos eu vou saber?

— Os nós — decidiu ela. — São mais discretos. — Dora os colocou nas orelhas. — Eu tinha me esquecido de como a gente se sente melhor quando está com o figurino. Aí só fica aquele nervosinho que mantém a adrenalina alta. — Estendeu a mão para pegar o frasco de perfume.

Jed franziu a testa enquanto ela espirrava o produto — na garganta, na nuca, nos pulsos, atrás dos joelhos. Algo naquele ritual feminino fez o estômago dele estremecer. Quando Dora pegou a escova antiga e a passou lentamente pelo cabelo, ele percebeu o que era. Jed se sentia um voyeur.

— Você está ótima. — Precisou pigarrear. — Pode parar de se empetecar agora.

— Escovar o cabelo não é se empetecar. Isso é o básico. — Enquanto passava a escova de novo pelo cabelo, Dora viu o olhar de Jed no espelho. — Eu juro que você parece mais nervoso do que eu.

— Só siga o plano e tente se lembrar de tudo que você vir. Não fale do quadro. Você não tem ideia de que o quadro existe. Tente falar com o Winesap. Estamos investigando o cara, mas eu quero as suas impressões. Não as suas especulações, as suas impressões.

— Eu sei. — Pacientemente, Dora pousou a escova. — Jed, eu sei exatamente o que fazer e como. É simples. E é ainda mais simples porque eu faria a mesma coisa se não soubesse do quadro. É uma iniciativa muito lógica.

— Só fique de olho na sua retaguarda.

— Meu amor, estou contando com você para fazer isso.

♦ ♦ ♦ ♦

Dora ficou impressionada com a decoração da recepção do escritório de Finley e tentou obter pistas úteis. Como suspeitara, ele era um colecionador e o interesse mútuo daria aos dois uma base sólida para uma conversa. A moça tinha as mãos frias. Isso também era bom. O nervosismo sincero que demonstrava era exatamente o que precisava para dar o tom da visita.

Mas era difícil manter o nervosismo — e até se manter no papel — quando tudo que queria era andar até as peças exibidas e examinar alguns dos tesouros de Finley em primeira mão. A moça sentia uma simpatia imediata por qualquer pessoa que tivesse vasos de malaquita e esculturas de Demetre Chiparus na recepção de seu escritório. O canapé em que estava sentada também não era nenhuma reprodução. Do início da carreira de Chippendale, pensou Dora, admirando o assento, no melhor estilo rococó.

Ela esperava sinceramente que Finley provasse ser inocente. Adoraria desenvolver uma relação de negócios com ele.

Mas, caso não fosse...

A ideia fez o nervosismo voltar a tomá-la. Dora mexeu com o broche de copo de leite que trazia na lapela, passou a mão na saia e olhou para o relógio.

Droga, já eram quatro e dez, pensou. Por mais quanto tempo ele a faria esperar?

◆ ◆ ◆ ◆

— Excelente. Excelente — murmurou Finley para a imagem de Dora na TV. A moça era tão linda quanto ele havia imaginado a partir das fotos de jornais antigas que Winesap tinha descoberto em velhas seções de espetáculos. A roupa mostrava um amor pela cor e pelo estilo, além de uma atração pelo feminino. Ele apreciava uma mulher que sabia se apresentar de maneira a mostrar suas melhores características.

Gostava do modo inquieto como as mãos da moça passavam por seu cabelo e pelo seu corpo. Ela estava nervosa, pensou, contente. Uma aranha se anima mais com uma mosca desesperada do que com uma presa resignada. E, apesar do nervosismo, notou Finley, os olhos de Dora acabavam sempre se voltando para as peças da coleção da recepção. Aquilo o lisonjeava.

Eles se dariam muito bem, decidiu. Muito bem mesmo.

Chamou a recepcionista. Era hora de começar.

— O sr. Finley vai receber a senhorita agora.

— Obrigada. — Dora se levantou, pôs a carteira embaixo do braço e seguiu a mulher pelas portas duplas.

Quando entrou, Finley se ergueu e sorriu.

— Srta. Conroy, sinto muito por tê-la feito esperar.

— Eu já estou feliz pelo senhor ter se disposto a me encontrar.

Ela atravessou o tapete, aquela piscina branca, e pegou a mão dele. A primeira impressão da moça foi de vitalidade, saúde e de um poder bem-direcionado.

— Parecia importante para a senhorita. O que posso oferecer? Quer um café? Chá? Talvez uma taça de vinho?

— Vinho seria ótimo. — E daria a ela um copo para girar quando contasse sua história.

— O Pouilly-Fumé, Barbara. Sente-se, srta. Conroy. Fique à vontade. — Num movimento calculado para abalar a moça, Finley deu a volta na mesa e se sentou na cadeira ao lado dela. — E como foi o seu voo?

— Longo. — O sorriso de Dora foi fugaz. — Mas eu não deveria reclamar. O clima estava ficando muito ruim em casa. De qualquer forma, é claro, eu vou voltar amanhã.

— Já? — Os olhos claros brilharam com o toque certo de curiosidade. — Me sinto lisonjeado por ter feito uma mulher tão bonita viajar até aqui só para me ver.

A recepcionista havia aberto a garrafa. Obviamente, pensou Dora, uma das tarefas dela era a de ser *maître*. A mulher passou a Finley a rolha e serviu um dedo de vinho na taça dele, esperando aprovação.

— Isso — afirmou ele, bochechando o vinho e engolindo-o. — Este está ótimo.

Quando o vinho foi servido nas duas taças, a secretária saiu silenciosamente da sala. Finley ergueu o copo.

— À sua saúde, srta. Conroy, e a uma boa viagem de volta.

— Obrigada. — Era um vinho ótimo. Deslizava como seda pela língua, com um leve toque defumado. — Sei que deve parecer ridículo eu ter vindo até aqui para falar com o senhor, sr. Finley. Mas, sinceramente, eu me senti obrigada. — Como se tivesse sido derrotada, ela olhou para o vinho levemente dourado em sua taça e deixou os dedos se enrijecerem na base. — Agora que estou aqui, não sei por onde começar.

— Notei que está chateada — disse Finley, bondoso. — Vá com calma. A senhorita me disse ao telefone que o assunto era Anthony DiCarlo. Ele é... — Fez uma pausa delicada. — Amigo seu?

— De jeito nenhum. — Havia horror na voz da moça, nos olhos que ela levou até os de Finley. Dora imaginou a voz de DiCarlo sussurrando em seu ouvido para pôr um toque de nojo à sua voz. — Não. Ele... sr. Finley, eu preciso perguntar quanto o senhor sabe sobre seu empregado.

— Pessoalmente? — Pensando, ele apertou os lábios. — Infelizmente, não conheço os funcionários das minhas filiais tão bem quanto deveria. A empresa hoje é muito grande e, lamentavelmente, isso despersonaliza o negócio. Tivemos uma reunião aqui pouco antes do Natal. Não notei nada de diferente. Ele parecia tão competente como sempre.

— Então ele trabalha para o senhor há algum tempo?

— Acho que há seis anos. Mais ou menos. — Tomou um novo gole de vinho. — Dei uma estudada na ficha dele depois desse desaparecimento estranho para refrescar minha memória. Tem uma carreira maravilhosa na empresa. O sr. DiCarlo subiu os degraus da nossa hierarquia corporativa muito rápido. Demonstrava iniciativa e ambição. Acredito que seja necessário recompensar as duas coisas. Ele veio de uma família pobre, sabia?

Quando Dora apenas balançou a cabeça, Finley sorriu e continuou:

— Assim como eu. O desejo de melhorar de vida... Isso é algo que respeito num funcionário e que também procuro recompensar. Como um dos meus maiores executivos na Costa Leste, ele se provou confiável e astuto. — Sorriu novamente. — No meu negócio, é preciso ser astuto. Tenho muito medo de ser enganado. Como a ficha de trabalho do sr. DiCarlo vai indicar, ele não é um homem que esquece suas responsabilidades dessa maneira.

— Eu acho... Eu acho que sei onde ele está.

— É mesmo? — Um brilho iluminou os olhos de Finley rapidamente.

— Acho que ele está na Filadélfia. — Como se quisesse ganhar coragem, Dora deu outro gole rápido e sua mão estremeceu levemente. — Acho que ele... está me observando.

— Minha querida. — Finley pegou a mão da moça. — Observando você? Como assim?

— Desculpe. Isso não faz sentido. Vou começar do início.

Ela contou a história de forma crível, fazendo várias pausas para recuperar a compostura e um intervalo significativo ao descrever o ataque.

— E eu não entendo — concluiu, com os olhos molhados e estremecidos. — Não entendo por quê.

— Minha querida, isso **deve** ter sido horrível para **você**. — Finley era todo simpatia e surpresa enquanto sua mente fazia cálculos rápidos. Parecia que DiCarlo havia deixado de lado alguns detalhes muito significativos, pensou. Ele não mencionara em seu relatório uma tentativa de estupro nem um vizinho corajoso que viera salvá-la. No entanto, aquilo explicava os hematomas no rosto do homem em sua visita final. — Está me dizendo — começou, o tom de voz levemente chocado — que o homem que invadiu a sua loja, o homem que atacou você era Anthony DiCarlo.

— Eu vi o rosto dele. — Como se estivesse exausta, Dora cobriu o rosto com a mão. — Nunca vou me esquecer. E fiz um retrato falado para a polícia. Ele matou um policial, sr. Finley, e uma mulher. Deixou outra mulher quase morta, uma das minhas clientes. — A lembrança da sra. Lyle fez a primeira lágrima escorrer por seu rosto. — Sinto muito. Tenho estado tão chateada, com tanto medo... Obrigada — conseguiu dizer quando Finley galantemente ofereceu um lenço. — Nada disso faz sentido nenhum. Ele só roubou algumas bugigangas e, na casa da sra. Lyle, minha cliente, não levou nada de valor. Pegou um cachorro de porcelana, uma peça que ela havia comprado comigo no dia anterior. Eu acho que ele é maluco — murmurou Dora, baixando a mão de novo. — Acho que ele é doido.

— Espero que entenda que é difícil absorver tudo isso. O sr. DiCarlo trabalha para mim há anos. A ideia de um dos meus funcionários atacando mulheres e matando policiais... srta. Conroy... Isadora. — Finley voltou a pegar gentilmente a mão de Dora, um pai que conforta um filho depois de um pesadelo. — Você tem certeza absoluta de que era Anthony DiCarlo?

— Eu vi o rosto dele — repetiu a moça. — A polícia disse que ele tem a ficha suja. Nada igual... Igual a isso e nada há muitos anos, mas...

— Eu sabia que ele havia sido preso. — Suspirando, Finley se recostou na cadeira. — Assim como achava que entendia sua necessidade de esquecer os erros do passado. Mas nunca teria imaginado... Parece que cometi um erro grave de avaliação. O que posso fazer para ajudar?

— Não sei. — Dora torceu o lenço entre as mãos. — Acho que eu esperava que o senhor tivesse alguma ideia do que fazer, de onde a polícia pode procurar. Se ele entrou em contato...

— Minha querida, posso garantir que, se ele entrar em contato, vou fazer tudo que puder para que a polícia pegue esse monstro. Talvez a família dele saiba de alguma coisa?

Dora secou as lágrimas e, mais calma, balançou a cabeça.

— A polícia já interrogou todo mundo, pelo que soube. Na verdade, pensei em ir falar com a mãe dele, mas não conseguiria. Não iria aguentar.

— Vou fazer algumas ligações. Farei o que puder para ajudar você.

— Obrigada. — Ela soltou um suspiro trêmulo seguido de um sorriso trêmulo. — Eu já me sinto melhor fazendo alguma coisa. O pior é esperar, não saber onde ele está nem o que está planejando. Tenho medo de dormir à noite. Se ele voltar... — Dora estremeceu, sincera. — Não sei o que fazer.

— Não tem nenhuma razão para pensar isso. Tem certeza de que ele não deu nenhuma pista de por que escolheu a sua loja?

— Nenhuma. É por isso que tenho tanto medo. Por ter sido escolhida sem razão aparente. E depois, o que houve com a sra. Lyle. Ele matou a empregada dela e deixou a sra. Lyle quase morta só por uma estatueta. — Os olhos da moça, ainda úmidos, eram sinceros e confiantes. — Um homem não mata ninguém por alguma coisa assim, não é?

— Eu não saberia dizer. — Finley soltou um suspiro sentido. — Talvez, como você disse, ele tenha enlouquecido. Mas tenho toda a confiança nas autoridades. Posso dizer, com toda certeza, que a senhorita não vai mais ser importunada pelo sr. DiCarlo de novo.

— Estou tentando me convencer disso. O senhor foi muito gentil, sr. Finley.

— Edmund.

— Edmund. — Dora sorriu novamente, corajosa. — Falar sobre isso já me ajudou. Por favor, se você souber de alguma coisa, qualquer coisa, me ligue. A polícia não libera informações com muita facilidade.

— Eu entendo. E, é claro, vou manter contato. Temos uma ótima equipe de segurança na empresa. Vou pedir que investiguem isso tudo. Se o DiCarlo tiver deixado alguma pista, eles vão descobrir.

— Que bom. — Ela fechou os olhos, deixou os ombros relaxarem. — Eu sabia que seria bom vir até aqui. Obrigada. — Quando a moça se levantou, Finley pegou ambas as mãos dela. — Muito obrigada por me ouvir.

— Só sinto muito por não poder fazer mais nada. Eu consideraria um favor se a senhorita aceitasse jantar comigo hoje.

— Jantar? — A cabeça da moça ficou perdida.

— Não me sinto à vontade sabendo que vai ficar sozinha e chateada. Estou me sentindo responsável. E, eu admito, seria muito agradável passar uma noite com uma jovem tão linda com os mesmos interesses que eu.

— Interesses?

— Coleções. — Finley apontou para uma cristaleira. — Se você tem uma loja de antiguidades e curiosidades, acho que vai se interessar por alguns dos meus tesouros.

— Com certeza. O senhor deve saber muito mais do que eu sobre esse assunto, mas já admirei várias das suas peças. A cabeça de cavalo? — A moça indicou uma escultura de pedra. — É da dinastia Han?

— Exatamente. — Ele sorriu, um professor de um estudante premiado. — Tem bom olho.

— Eu adoro coisas — confessou Dora. — Ter coisas.

— É, eu entendo. — Finley estendeu a mão para passar o indicador com leveza sobre o broche na lapela da moça. — Um *plique-à-jour*. Do início do século XX.

Ela sorriu de volta.

— O senhor também tem bom olho.

— Tenho um broche que gostaria que visse. — Finley pensou na safira e no prazer que teria ao ridicularizá-la com ela. — Acabei de comprar e tenho certeza de que vai gostar. Então, está decidido. Vou mandar um carro pegar você no seu hotel. Às 19h30. Pode ser?

— Eu...

— Por favor, não me entenda mal. Minha casa é cheia de empregados, então você terá muita segurança. Mas eu não costumo ter a oportunidade de mostrar meus tesouros para alguém que reconhece o valor intrínseco deles. Adoraria saber sua opinião sobre a minha coleção de *pommes d'ambre*.

— *Pommes d'ambre?* — repetiu Dora, suspirando. Teria concordado mesmo que não estivesse numa missão. Como podia resistir a uma coleção de *pommes d'ambre*? — Eu adoraria.

♦ ♦ ♦ ♦

Dora andou calmamente até o quarto de hotel, tomada pelo calor do sucesso. Encontrou Jed andando de um lado para outro e o quarto azul de fumaça, agitado por um velho filme de guerra na TV a que o ex-policial não assistia.

— Por que você demorou tanto?

— Foi só uma hora. — Ela tirou os sapatos enquanto andava até ele. — Fui perfeita — disse, passando os braços em volta do pescoço de Jed.

— Eu vou decidir se foi perfeita ou não. — Pôs a mão sobre a cabeça dela e a forçou a se sentar numa cadeira. Pegando o controle remoto, acabou com a guerra num segundo. — Me fale sobre o Finley. Tudo, desde o início.

— Sobrou algum café? — Dora pegou o bule do carrinho de serviço e cheirou o conteúdo. — Me deixe saborear um pouco o momento, está bem? — Serviu-se de café e o tomou sem açúcar e morno. — Quero um pouco de cheesecake — decidiu. — Peça uma fatia de cheesecake para nós, por favor?

— Não comece, Conroy.

— Você realmente sabe como acabar com a diversão. Está bem.

Deu um último gole, se recostou na cadeira e contou tudo a Jed.

— Ele foi muito gentil — concluiu. — Muito compreensivo e ficou devidamente chocado com a minha história. Eu, é claro, banquei a heroína abalada e assustada com a própria sombra com perfeição. A polícia simplesmente não está fazendo o suficiente para me acalmar, então ele, muito galante, se ofereceu para fazer o que pudesse, até contratar uma empresa particular para achar o DiCarlo.

— E o Winesap?

— Não estava lá. Perguntei por ele primeiro, mas a recepcionista me disse que ele não tinha ido ao escritório hoje.

— Se ele quisesse manter o encontro da próxima quinta, não podia se arriscar a ser visto por você.

— Foi o que pensei. Por isso parei para falar com um segurança na recepção do prédio quando estava indo embora. Disse que tinha visto o nome de Abel Winesap no quadro e que meu pai tinha trabalhado com um Abel Winesap há muitos anos e perdido o contato com ele. Perguntei se esse cara era alto, gordo e ruivo. Descobri que ele é baixo e magrinho, encurvado e meio careca.

— Muito bem, Nancy.

— Obrigada, Ned. Você acha que a Nancy e o Ned faziam amor? Sabe, no banco de trás do coupé, depois de um caso particularmente excitante?

— Gosto de pensar que sim. Volte ao assunto, Conroy.

— Está bem. — Agora vinha a parte difícil, pensou ela. Tinha que chegar àquilo com cuidado. — O escritório do Finley é incrível. Ah, me esqueci de falar dos monitores. Ele tem uma parede cheia deles. Um pouco assustador, sabe? Todas aquelas TVs mostrando imagens silenciosas lado a lado, de partes diferentes do prédio. Ele deve ter câmeras de segurança em todos os cantos. Mas não é por isso que é incrível. Ele tem uma luminária Gallé no escritório que quase me fez implorar. E um cavalo da dinastia Han. E isso não é nada. De qualquer forma, vou ver a coleção pessoal dele hoje no jantar.

Jed agarrou o pulso de Dora antes que ela pudesse se levantar.

— Repita isso, Conroy, devagar.

— Vou jantar com ele.

— Por que acha que vai fazer isso?

— Porque ele me convidou e eu aceitei. E, antes que você comece a listar razões para eu não ir, vou dizer por que devo ir, sim. — Dora havia pensado em todos os detalhes no caminho de volta. — Ele foi gentil comigo no escritório. Muito preocupado e cuidadoso. Acha que estou sozinha aqui e que estou chateada. Sabe que tenho um interesse fanático por coleções e antiguidades. Se eu tivesse recusado o convite, isso teria atrapalhado toda a encenação.

— Se ele estiver envolvido, o último lugar em que você deveria ficar sozinha é na casa dele.

— Se ele estiver envolvido — retrucou Dora —, o último lugar em que ele vai querer que alguma coisa aconteça é na casa dele. Especialmente depois que eu contar que liguei para os meus pais e disse que ia jantar com ele.

— É uma ideia idiota.

— Não é. Vai me dar mais tempo para entender o cara. Ele gostou de mim — acrescentou ela, andando até o armário. Trouxera um vestidinho preto e o havia combinado com um bolero brilhante e sandálias douradas. Segurando tudo à sua frente, a moça se virou para o espelho. — Não quer que eu passe a noite sozinha em Los Angeles, já que estou tão chateada.

Jed observou as lantejoulas brilharem através de olhos semicerrados.

— Ele cantou você?

Dora parou de desabotoar o paletó.

— Ficou com ciúme, Skimmerhorn? — A risada borbulhou dela, rápida e encantada. — Que gracinha!

— Não estou com ciúme. — Jed nunca havia sentido ciúme de uma mulher na vida. Nunca. E não iria admitir agora. — Fiz uma pergunta direta e gostaria de uma resposta direta.

Dora tirou o paletó, revelando a camiseta de renda e seda bege que havia embaixo dele.

— Vai se colocar na situação difícil de ouvir que eu te amo de novo. E a gente não quer isso, quer?

Quando o estômago dele embrulhou, Jed soltou um palavrão baixinho e pegou outro cigarro.

— Talvez eu esteja de saco cheio de ver você se oferecendo para outro cara.

— Bem, é para isso que eu estou aqui, não é? Para me encontrar com o Finley, ganhar a simpatia e a confiança dele e descobrir tudo que puder. — Com a cabeça inclinada para o lado, Dora estudou o rosto de Jed. — Você se sentiria melhor se eu dissesse que não tenho intenção nenhuma de dormir com o cara?

— Ahã, agora eu vou ficar tranquilo. — Ele soltou, frustrado, um longo fluxo de fumaça. — Não gosto da ideia de você sozinha com ele. Não sei o suficiente sobre o cara e não estou gostando.

— Vai ter mais informações quando eu voltar, não vai?

Dora andou até o armário para pendurar o paletó. Jed atravessou o quarto de modo tão silencioso que ela se assustou quando sentiu as mãos dele nos ombros.

— Não estou acostumado a ser a pessoa que fica esperando.

Dora arrumou o paletó meticulosamente no cabide.

— Acho que isso eu consigo entender.

— E nunca tive que me preocupar com ninguém antes. Não gosto disso.

— Dá para entender isso também. — Ela abriu a saia e a pôs em outro cabide. — Vou ficar bem.

— É claro que vai. — Jed baixou o rosto até a nuca de Dora. — Dora... — O que ele podia dizer?, pensou. Nada do que se retorcia dentro dele parecia certo. — Vou sentir sua falta hoje. Acho que me acostumei a ter você por perto.

Incrivelmente emocionada, ela sorriu e ergueu a mão para cobrir a dele.

— Você é um sentimental, Skimmerhorn. Tudo com você é cheio de coraçõezinhos e flores.

— É isso que você quer? — Jed virou Dora para olhar o rosto dela. — É isso que está procurando?

O sorriso da moça não chegou aos olhos quando ela passou os dedos pelo rosto dele.

— Eu tenho um coração, muito obrigada, e posso comprar flores sempre que quiser. — Para deixá-lo mais tranquilo, passou os lábios nos dele. — E também tenho uma hora até ter que começar a me arrumar. Por que não me leva para a cama?

Teria sido um prazer e um alívio, mas tanto o prazer quanto o alívio teriam que esperar.

— A gente tem que trabalhar, Conroy. Ponha o seu roupão e vamos repassar as regras para esse jantar.

Bufando, ela deu um passo para trás.

— Eu estou aqui, parada, praticamente só de cinta-liga, e você está me mandando colocar o roupão?

— Isso mesmo.

— Você já se acostumou comigo — murmurou Dora.

Capítulo Vinte e Seis

♦♦♦♦

Dora atravessou a calçada e entrou na limusine Mercedes branca exatamente às 19h30. Havia um único botão de rosa branca no banco e uma sonata de Beethoven tocava baixinho. Uma garrafa de champanhe estava gelada ao lado do caviar de beluga, servido numa tigela de cristal.

Passando as pétalas da rosa pela bochecha, Dora olhou para cima, para a janela em que sabia que Jed estaria, observando.

Fazer o quê?, pensou enquanto o carro saía suavemente. Ela realmente precisava de corações e flores, mas dificilmente os ganharia do homem que mais importava.

Como olhava para trás, percebeu um homem de terno cinza entrar num sedã escuro e entrar na rua atrás da limusine.

Dora fechou os olhos, tirou os sapatos para passar os pés sobre o carpete macio e deixou Jed para trás.

Pelas próximas horas, ela estaria sozinha.

Armada de uma taça de champanhe e de uma torrada cheia de caviar, ela aproveitou a viagem pelas colinas. Em outras circunstâncias, teria iniciado uma conversa com o motorista, mas preferiu se envolver de silêncio e se preparar para o segundo ato.

Depois de ver o escritório de Finley, esperava que a casa dele fosse incrível. Não se decepcionou. O caminho sinuoso que levava ao topo, as cumeeiras aparecendo rápidas e provocantes entre as árvores ao redor da propriedade... E o impacto furioso da pedra, dos tijolos e do vidro brilhando sob as luzes rubras de um sol que se punha.

Um palco bem-montado.

Dora levou a rosa consigo.

Teve apenas um instante para apreciar a aldraba Adam em forma de golfinho antes de a porta ser aberta por uma empregada uniformizada.

— Srta. Conroy. O sr. Finley pediu que esperasse na sala de estar.

Dora não se preocupou em disfarçar a admiração boquiaberta pela magnificência do hall de entrada. Na sala de estar, consentiu com um murmúrio à oferta de vinho e ficou feliz por ter um copo na mão e por estar sozinha para idolatrar.

Sentia-se como se tivesse entrado num museu particular, montado apenas para ela. Tudo que via era espetacular. Toda peça com a qual seus olhos se banqueteavam parecia mais gloriosa do que a primeira. Tão gloriosa que era impossível não se empanturrar.

Viu-se refletida num espelho George III, passou os dedos delicadamente por uma cadeira de mogno do mesmo período e se deliciou com um tigre Kakiemon japonês.

Quando Finley se juntou a ela, Dora estava devorando mentalmente uma coleção de netsukes.

— Vejo que gostou dos meus brinquedos.

— E como. — Os olhos negros e brilhantes de apreciação, ela se afastou das peças. — Estou me sentindo a Alice. Acabei de encontrar a melhor parte do País das Maravilhas.

Finley riu e se serviu de uma taça de vinho. Sabia que iria gostar dela.

— Tinha certeza de que seria agradável compartilhar minhas coisas com você. Infelizmente, passo muito tempo sozinho com elas.

— O senhor fez a minha viagem valer muito a pena, sr. Finley.

— Então estou feliz. — Ele andou até ela e pôs a mão com leveza na lombar da moça. Não era um gesto sugestivo. Dora não entendeu por que sua pele se arrepiou sob a pressão amigável. — Estava observando meus netsukes. — Finley abriu a cristaleira e escolheu propositadamente uma das peças que haviam sido contrabandeadas nos pesos de livros em forma de sereia. — Nem todo mundo aprecia o humor e a sexualidade dessas peças, muito menos a habilidade artística necessária para confeccioná-las.

Rindo, ela pôs a estatueta de um homem e uma mulher na palma da mão.

— Mas eles parecem tão felizes, presos para sempre nesse instante de antecipação. É difícil imaginar um samurai estoico com alguma coisa assim pendurada no próprio obi.

Finley simplesmente sorriu.

— Mas é justamente assim que gosto de pensar nele. Sendo usado por um senhor da guerra, na cama e na batalha. Talvez alguém da família Tokugawa. Gosto de criar uma história para cada uma das minhas peças.

— Pôs a estatueta no lugar. — Quer um tour pela casa antes do jantar?

— Quero, obrigada. — Afável, Dora passou a mão pelo braço de Finley.

Ele era inteligente, erudito e divertido, pensou. Por que, antes mesmo que uma hora houvesse passado, ela se sentia extremamente desconfortável, Dora não podia entender.

Finley tinha um prazer ganancioso em tudo que havia adquirido, mas ela podia entender a ganância. O homem era sempre correto na maneira como a tratava, mas a moça se sentia cada vez mais como se estivesse sendo violentada sutilmente. Todo o controle e a habilidade que tinha foram necessários para fazer o papel exigido enquanto passeavam pelos cômodos. Quando estavam quase terminando, começou a perceber que uma pessoa podia ter coisas bonitas e preciosas demais.

— Este foi o broche que mencionei mais cedo. — Animado pelo fato de estar mostrando à moça todas as peças contrabandeadas, Finley mostrou a ela o broche de safira. — A pedra, é claro, é linda, mas o trabalho do ourives e, mais uma vez, a história acrescentam ainda mais intriga ao drama.

— É maravilhosa. — E era. O olho azul brilhante piscava para ela de sua cama de delicadas filigranas de ouro e de fogosos diamantes, tão lindos quanto trágicos. Trágicos, percebeu, porque estariam para sempre atrás de uma vitrine, nunca mais serviriam para agraciar a seda de uma mulher ou fazê-la sorrir quando se enfeitasse com ele.

Talvez aquela fosse a diferença entre os dois. Ela passava tesouros para outras pessoas, dava a eles uma nova vida. Finley trancafiava os seus.

— Dizem que pertenceu a uma rainha — explicou ele, esperando, observando o rosto dela à procura de um sinal de reconhecimento. — Mary, rainha da Escócia. Sempre me pergunto se ela estava usando isso quando foi presa por traição.

— Prefiro pensar que ela usava quando andava a cavalo pelos pântanos.

— E isto. — Pegou o étui. — Isto pertenceu a outra rainha com um destino triste. Napoleão deu a Josefina. Antes de se divorciar por ela ser estéril.

— Você cria histórias tristes para os seus tesouros, Edmund.

— Percebi que a tristeza aumenta o significado das coisas para mim. Os bibelôs dos ricos e da realeza agora fazem parte da coleção de um plebeu. Vamos jantar?

A refeição incluía sopa de lagosta e um pato laqueado tão delicado que quase derretia na boca. A refeição foi servida em louça Limoges e comida com talheres de prata georgianos. O Dom Pérignon foi servido em antigas taças Waterford que brilhavam como lágrimas de cristal.

— Me fale sobre a sua loja — pediu Finley. — Deve ser divertido comprar e vender todos os dias, mexer com objetos bonitos o tempo todo.

— Eu realmente adoro. — Dora lutou para relaxar e aproveitar a refeição. — Infelizmente, a maior parte do que tenho está muito abaixo do nível da sua coleção. Tenho uma mistura de antiguidades, objetos familiares e... — Lixo. Ela quase ouviu a voz confortante de Jed ridicularizando tudo. — Novidades — disse, afetada. — Gosto tanto de objetos bobos quanto dos bonitos.

— E, como eu, você gosta da posse, do controle. Existe uma satisfação inata em ganhar a vida com alguma coisa que se ama. Nem todo mundo tem essa chance nem a coragem de fazer de um negócio um sucesso. Eu acho, Isadora, que você tem muita coragem.

Borboletas surgiram no estômago dela, mas a moça conseguiu engolir o pedaço de pato.

— Minha família chama isso de teimosia. Odeio confessar, mas eu me assusto com facilidade.

— Você está se subestimando. Afinal, você veio até aqui, até mim. — Finley sorriu, observando a moça por sobre a borda da taça com olhos tão afiados quanto uma pedra de jade polida. — Você não sabia se o DiCarlo estava agindo sob as minhas ordens. Afinal, ele é, ou era, meu empregado.

Quando a moça empalideceu e pousou o garfo fazendo barulho, ele riu e deu um tapinha na mão dela.

— Agora eu assustei você. Me desculpe. Estava só dizendo isso para provar minha teoria. Por que eu faria o DiCarlo invadir a sua loja e roubar alguns bibelôs quando eu mesmo poderia ter comprado tudo?

— Duvido que eu tenha muitas coisas que você ache interessantes.

— Ah, eu não acho. — Finley sorriu e fez um sinal, pedindo a sobremesa. — Acredito que vou encontrar muitas coisas que me interessam entre as suas peças. Me diga — pediu —, já encontrou alguma peça de porcelana Grueby?

— Uma vez consegui uma estatueta de um menino. Mas estava muito lascada. — Dora fechava e abria as mãos no colo enquanto o chocolate cremoso era servido. — Vi o seu vaso na biblioteca. É lindo.

A moça relaxou com a conversa sobre cerâmica e começou a achar que havia apenas imaginado que Finley tentara pegá-la numa armadilha.

Depois, os dois tomaram café e conhaque diante de um fogo tranquilo na sala de estar. A conversa voltou a ser fluida, como a de velhos amigos. Mesmo assim, o nervosismo de Dora não passava. Nunca quisera tanto fugir de um lugar na vida.

— Que pena que você não pode estender sua visita... — Finley passava um pequeno nu em porcelana de uma mão para outra.

— Ter o próprio negócio não dá tanto tempo livre quanto algumas pessoas acham. Tenho certeza de que você me entende.

— É verdade. Às vezes me sinto prisioneiro do meu sucesso. E você? — Ele passou a ponta do dedo sobre os seios brilhantes da estatueta. — Você se sente prisioneira?

— Não. — Mas Dora não pôde abstrair a sensação de que as paredes estavam se fechando sobre ela. — Você deve ter muitos bons contatos. — Voltou a observar a sala. Não podia olhar para a maneira como ele mexia com a estatueta. — É você quem viaja para comprar suas coisas?

— Não tanto quanto eu gostaria. Com o passar dos anos, tive que delegar esse prazer. Mas ainda faço uma ou outra viagem para o Oriente ou para a Europa. Até vou à Costa Leste de vez em quando.

— Espero que possa me deixar retribuir a sua hospitalidade quando estiver na Filadélfia.

— Eu não pensaria em ir até lá sem fazer uma visita a você.

— Então espero que encontre tempo para ir até o Leste logo. Foi um jantar maravilhoso, Edmund, uma noite muito agradável. — Dora se levantou para fazer a última cena, a da convidada feliz que reluta em ir embora.

— Acredite, o prazer foi meu. — Finley se ergueu, pegou a mão da moça e beijou galantemente os dedos dela. — Posso pedir que o meu carro leve você ao aeroporto amanhã.

— É muita gentileza sua. — Dora sentiu vergonha da vontade de limpar os dedos no bolero. — Mas já contratei um carro. Por favor, me ligue se você... Se tiver notícias do DiCarlo.

— Vou ligar. Tenho a impressão de que tudo isso vai se resolver logo.

♦ ♦ ♦ ♦

Quando voltou ao hotel, Dora esperou que a limusine fosse embora. Depois, simplesmente ficou parada na calçada, respirando lentamente e esperando que a calma voltasse. Não queria encontrar Jed antes de retomar o controle.

Sentia-se idiota por estar abalada. Apesar de saber que teria que contar a ele o quanto a noite a afetara, queria ser fria e precisa quando o fizesse.

Então viu o sedã escuro estacionar do outro lado da rua. E o homem de terno cinza.

Num ataque de pânico, correu para o saguão.

Assustando-se com as próprias sombras, Conroy?, repreendeu-se ela enquanto sentia o coração vibrar em seus ouvidos. De queixo erguido, apertou o botão do elevador. Era só o jet lag. Ajudava muito acreditar nisso. Estava exausta e estressada demais. Depois que contasse tudo para Jed, teria uma boa noite de sono e ficaria bem de novo.

Quando chegou ao andar certo e pôs a chave na fechadura, já havia se controlado. Foi até capaz de sorrir quando entrou e viu Jed fazer uma careta para a janela.

— Você me esperou acordado...

— Você é muito engraçada mesmo, Conroy. Deveria... — Ele se interrompeu quando se virou e deu uma boa olhada na moça. Não sabia como alguém podia parecer tão exausta e ainda estar de pé.

— O que foi? — Dora estava tão nervosa que agarrou a própria garganta e deu um passo para trás. — O que foi?

— Nada. Eu perdi o fio da meada. Sente-se aqui.

— Espere só eu tirar esse vestido primeiro. — O costume a fez andar até o armário para pegar um cabide.

— Vou ajudar você. — Jed baixou o zíper do vestido para ela. Casualmente, fez uma leve massagem nos ombros de Dora e percebeu que estavam tensos, como suspeitara. — Quer uma camisola ou alguma coisa assim?

— Alguma coisa assim. — Ela se sentou na beira da cama para tirar a meia-calça. — Você jantou, não jantou?

— Eu já sou grandinho, Conroy. — Ele abriu o sutiã preto sem alças, jogou-o num canto e passou uma camisola fina sobre a cabeça dela.

— A gente comeu pato.

— Deve ter sido muito melhor que o meu cheeseburger.

— Estava excelente. A casa... É sério, você devia ver. É imensa, com um monte de cômodos enormes que levam a outros cômodos enormes. Nunca vi tantas peças de museu num lugar só.

Quando suas pálpebras começaram a cair, Dora balançou a cabeça.

— Tenho que lavar o rosto. Você devia ver se consegue algum relatório financeiro sobre a E.F. Incorporated. — No banheiro, ela deixou a água fria correr, pegando-a com ambas as mãos para jogá-la na cara. — O mordomo serviu o café de um bule Meissen que vale uns dez ou 12 mil dólares. — Bocejou e jogou mais água no rosto. — E um peso de papel da biblioteca. Era um Alméric Walter. Vi um desses ser vendido na Christie's há uns dois anos por 15 mil. Além de um...

— Não quero um inventário.

— Desculpe. — Depois de escolher um tubo do balcão do banheiro, começou a tirar a maquiagem com o creme. — Nunca vi nenhuma coleção que se comparasse àquela. Nunca ouvi falar de nenhuma que se comparasse. Não dá nem para chamar aquilo de coleção, na verdade. Parece um império particular. — Mantendo a rotina, ela passou hidratante no rosto. — E tinha alguma coisa estranha no jeito que ele me mostrava as coisas.

— Como assim?

— Como se esperasse que eu fosse fazer alguma coisa, dizer alguma coisa. — Dora balançou a cabeça. — Não sei. Não posso explicar exatamente, mas o clima era diferente do que senti no escritório. — Os olhos da moça encontraram os de Jed no espelho. Havia manchas leve de cansaço sob os dela e sua pele adquirira certa fragilidade sem a proteção da maquiagem. — Ele me assustou, Jed. Foi um perfeito cavalheiro, um anfitrião perfeito. Mas ficar sozinha com ele me deixou morrendo de medo.

— Me conte. — Jed passou a mão pelo cabelo de Dora. — Não tem que fazer sentido.

Aliviada, ela assentiu com a cabeça e andou de volta para o quarto para se sentar na lateral da cama.

— Ele me levou para conhecer a casa — começou. — E, como eu disse, tinha alguma coisa estranha no jeito que me mostrava as peças. Especialmente algumas delas. Podia sentir o cara me observando quando eu olhava para elas. Era... Era como assistir a alguém se masturbando. Eu ficava tentando me convencer de que estava imaginando aquilo porque ele estava sendo muito agradável. Comemos um jantar muito elegante num salão elegante numa louça elegante. Falamos sobre arte, música e outras coisas. Ele não me tocou de nenhum modo que não fosse correto, mas...

Dora riu um pouco.

— Por favor, não diga que estou sendo uma mulher imaginativa demais quando eu disser isso porque é exatamente o jeito que me sinto.

Eu senti como se ele estivesse me vendo pelada. Estávamos comendo um suflê superdelicado com talheres georgianos e eu sentia que ele podia ver através do meu vestido. Não sei explicar isso, era só uma sensação horrível de que não conseguia me livrar.

— Talvez ele estivesse pensando em você assim. Os homens fazem isso, até os elegantes.

Ela apenas balançou a cabeça.

— Não, não era isso. Não havia nada de sexual de ambos os lados. Era mais como se eu estivesse indefesa.

— Você estava sozinha.

— Na verdade, não. E nunca por muito tempo. Ele tem um exército de empregados. Não estava com medo de que me machucasse. Estava com medo de que ele quisesse me machucar. E teve a história do banheiro.

— Ele levou você ao banheiro?

— Não. Eu fui até o lavabo depois do jantar. Estava retocando minha maquiagem e não parava de sentir que ele estava ali, me observando, atrás de mim.

Dora soltou a respiração, agradecida por Jed não ter rido nem dito que estava sendo boba.

— Sinceramente, não achei que ele tinha nada a ver com essa história depois que saí do escritório hoje de tarde. Agora não sei o que pensar. Só sei que não iria querer voltar para aquela casa nem que ele me oferecesse um dos *pommes d'ambre* que me mostrou. Que, se é que posso dizer, são lindos.

— Você não vai ter que voltar. Vamos ver se a Receita pode dar outras informações sobre o Finley para a gente.

— Ótimo. — Dora sentia uma dor sobre o olho esquerdo que não conseguia fazer passar. — Veja o que você consegue descobrir sobre um broche de safira. Deve ser do século XVII. A pedra devia ter uns oito quilates e estava incrustada numa base de filigrana de ouro com pequenos diamantes redondos. Ele quis muito me mostrar aquilo.

— Pode deixar. Você se saiu bem.

— É. — Ela lançou um sorriso sonolento para ele. — Vou ganhar uma estrela dourada de detetive?

— É um distintivo dourado, Nancy. E não. Você vai se aposentar.

— Ótimo.

— Quer tomar alguma coisa para a dor de cabeça?

Parou de esfregar a têmpora por tempo suficiente para fazer uma careta.

— Morfina, mas não trouxe nenhuma. Trouxe umas coisas menos eficazes na minha nécessaire.

— Vou pegar. Vá se deitar.

Dora obedeceu Jed sem se preocupar em entrar embaixo das cobertas.

— Ah, esqueci. Vi um cara num sedã escuro. Nossa, isso parece um filme do Charlie Chan. Bom, vi o cara sair daqui atrás da limusine quando saí. E ele chegou alguns minutos depois que voltei. Não sei por que o Finley mandaria me seguirem até a casa dele e de volta para cá.

— Ele não mandou. Eu mandei. Onde você guarda esses remédios? Tem um monte de potinhos aqui.

— Os remédios não estão nos potinhos, estão numa caixinha. É chamada de caixinha de remédios.

— Engraçadinha.

— É a pequeninha com as violetas pintadas. Como assim você mandou que me seguissem?

— Pedi que seguissem você o dia inteiro. É um detetive particular daqui.

Dora sorria quando Jed voltou com o remédio.

— É quase tão bom quanto flores — murmurou ela. — Você contratou um guarda-costas para mim.

— Eu contratei o cara para mim.

Depois de apoiar a cabeça sobre os braços cruzados, Dora fechou os olhos.

Sentando-se sobre a lombar da moça, ele começou a massagear o pescoço e os ombros dela.

— Relaxe, Conroy, você não vai se livrar de uma dor de cabeça de estresse com mais tensão.

Mas os dedos dele já faziam a mágica pretendida.

— Jed? — A voz de Dora era um murmúrio grave, quase inaudível.

— Diga.

— Espelhos. Eu esqueci. Ele tem um monte. Não dá para entrar num cômodo sem se ver entrando e saindo.

— Então ele é vaidoso.

— Tenho um espelho de pé que poderia vender para ele.

— Cale a boca, Conroy. Seu trabalho acabou.

— Está bem, mas não acho que ele goste de se ver. Acho que gosta de observar.

— Entendi. Então ele é um vaidoso pervertido. — Jed passou a base das mãos pelas laterais da coluna dela.

— Eu sei. Isso não faz do cara um contrabandista. Eu queria...

— O quê?

Mas o que ela queria ficaria para depois. Dora havia dormido.

Lentamente, Jed puxou as cobertas e, erguendo Dora, a cobriu com elas. Dora não se mexeu. Ele a estudou por um instante, antes de desligar as luzes e se deitar ao lado dela. Depois de um minuto, aproximou-se para abraçá-la enquanto caía no sono.

♦♦♦♦

Como tinha os braços em volta dela, Jed acordou ao sentir os primeiros tremores de Dora. Instintivamente, abraçou-a com mais força, a mão acariciando o pescoço da moça.

— Ei. Ei, Dora, acorde. Vamos, acorde. — Ouviu-a tentar respirar, o corpo estremecer com força enquanto saía do pesadelo. — Esse foi feio, não foi? — murmurou.

Dora respondeu pressionando o rosto contra o peito de Jed.

— Você consegue alcançar a luz? Preciso de luz.

— Claro. — Mantendo um braço firme em volta dela, Jed se virou para procurar o interruptor. A luz brilhou, cortando a escuridão ainda presente. — Melhor assim?

— Está. — Mas Dora continuava a tremer.

— Quer um pouco de água?

— Não. — O pânico instantâneo na palavra a fez mordeu o lábio. — Só fique aqui comigo, tá?

— Tudo bem.

— E não me solte.

— Não vou soltar.

Como ele cumpriu a promessa, o coração acelerado da moça começou a se acalmar.

— Foi o primeiro pesadelo que eu tive desde que li *O iluminado*, de Stephen King.

— Esse livro dá medo mesmo. — Apesar de os olhos de Jed estarem bem pouco calmos, o beijo que ele deu no cabelo de Dora foi leve e fácil. — O filme é meio ruim.

— É. — A risada dela foi trêmula, mas era uma risada. — Eu não sabia que você gostava de terror, Skimmerhorn.

— Isso ajuda a aliviar a tensão. É difícil se preocupar com os pequenos problemas da vida quando se está lendo sobre vampiros de mentirinha ou zumbis.

— Eu sempre adorei zumbis. — Como Jed não a pressionou nem perguntou nada, Dora percebeu que conseguiria contar a ele. — Eu estava naquela casa, na casa do Finley. Com todos aqueles cômodos e espelhos. Todas aquelas coisas, aquelas coisas bonitas. Você já leu *Algo sinistro vem por aí*?

— Do Ray Bradbury. Claro.

— No parque de diversões, naquela casa dos espelhos? Lembra-se de que, se alguém comprasse o ingresso, eles prometiam que a pessoa encontraria o que queria lá dentro? Mas era um truque horrível? Meu sonho era assim. Eu queria ver todas aquelas coisas bonitas. E não podia sair. O DiCarlo também estava lá, com o Finley. Sempre que eu me virava, um deles estava lá, refletido à minha volta. Eu não parava de bater em paredes de vidro. — Confortando-se no calor do corpo de Jed, na pressão dos músculos, ela se aproximou ainda mais dele. — Eu me sinto uma idiota.

— Não deveria. Eu já tive pesadelos.

— Já? — Intrigada, Dora ergueu a cabeça para estudar o rosto de Jed. — Mesmo?

— No meu primeiro ano na polícia, eu atendi a um chamado. Tinham ouvido tiros. Tive a grande sorte de ser o primeiro a chegar na cena de um assassinato seguido de suicídio. — Ele não acrescentou que os restos de uma cabeça atingida por um tiro de espingarda não eram uma bela imagem. — Meu subconsciente voltou àquele cenário no meio da noite durante semanas. E depois que a Elaine... — Hesitou, mas continuou: — Não parava de reviver a cena. Eu corria pelo gramado, pelas roseiras. Via minha irmã virar a cabeça para olhar para mim. O som da explosão quando ela virou a chave. Prefiro os vampirinhos de mentirinha.

— É. Eu também.

Os dois ficaram um instante em silêncio.

— Jed?

— Oi.

— Você quer ver se tem algum filme de terror passando na TV?

— Conroy, são quase seis da manhã.

— Está escuro demais para ser seis da manhã.

— As cortinas estão fechadas.

— Ah.

— Vamos fazer assim. — Ele mudou de posição, rolando para cima dela e prendendo o queixo da moça entre os dentes. — Por que eu não mostro uma coisa assustadora para você?

Ela riu e passou os braços em volta do pescoço dele no mesmo instante em que o telefone guinchou ao lado dos dois. O coração de Dora foi parar na garganta e ela soltou um berro.

— Só um minutinho — murmurou ele, pegando o fone. — Skimmerhorn.

— Jed. Desculpe acordar você. — Mas a animação na voz de Brent não tinha nada a ver com um pedido de desculpas. — Tenho uma informação que você vai querer conferir.

— É? — Jed automaticamente rolou para o outro lado e pegou uma caneta da mesa de cabeceira.

— Acabei de receber um fax do xerife do condado daí. Dois trilheiros encontraram um corpo alguns dias atrás, preso numa ravina rasa nas colinas. Deu para pegar algumas digitais. Podemos parar de procurar o DiCarlo. Ele está morto.

— Há quanto tempo?

— Estão tendo dificuldade para saber por causa da exposição ao tempo e dos animais. Foi perto do dia primeiro de janeiro. Como você está aí, achei que ia querer falar com o legista e os responsáveis pela investigação.

— Me dê os nomes. — Jed anotou as informações.

— Vou mandar um fax de volta para eles assim que desligar — continuou Brent. — Vou dizer que você estava aí, investigando alguma coisa relacionada ao caso. Vão estar preparados para receber você.

— Obrigado. Eu ligo de volta.

Dora estava sentada na cama, o queixo descansando nos joelhos encolhidos, estudando Jed, quando ele desligou o telefone.

— Seu rosto já está com jeito de policial. É uma metamorfose interessante de observar.

— Por que não pede o café para a gente? — Ele já havia se levantado da cama e estava indo para o chuveiro. — Vamos ter que pegar um voo mais tarde.

— Está bem. — Dora ouvir a água ser ligada. Fechou a boca com força. Jogando as cobertas para trás, marchou até o banheiro e puxou a cortina do chuveiro com força. — Não adianta só dar as ordens, capitão. Alguns de nós, recrutas, exigem um mínimo de informação.

— Tenho que conferir uma coisa. — Jed pegou o sabonete. — Entre ou saia, Conroy, você está encharcando o chão todo.

— O que você tem que conferir?

Jed decidiu resolver o problema sozinho. Estendeu os braços e tirou a camisola dela por cima da cabeça. Dora não reclamou quando ele a ergueu e a levou para debaixo do chuveiro. Sem dizer nada, ela ajustou a água quente para que não formasse queimaduras de segundo grau em sua pele. Tirou o cabelo molhado dos olhos.

— O que você tem que conferir? — repetiu.

— O DiCarlo — respondeu ele, direto. — Encontraram o corpo dele.

Capítulo Vinte e Sete
♦♦♦♦

O XERIFE CURTIS Dearborne cultivava uma desconfiança por pessoas de fora. E, como já considerava qualquer membro da polícia de Los Angeles uma pessoa de fora, um policial do Leste era uma entidade a ser observada com ainda mais atenção.

Era um homem alto, musculoso, que usava o uniforme orgulhosamente engomado, mantinha o bigode louro bem-aparado e polia as botas com saliva. Embaixo da noção militar de comportamento e estilo havia um poço de charme do interior, que ele usava de maneira inteligente e com muita eficácia.

O xerife se levantou da cadeira quando Jed e Dora entraram. O bonito rosto quadrado estava sério, o aperto de mão foi seco e firme.

— Capitão Skimmerhorn. Foi muito oportuno o senhor estar aqui na nossa região no mesmo momento em que identificamos o corpo.

Jed analisou o homem instantaneamente. Dearborne ia defender seu território. A primeira iniciativa de Jed foi reconhecer a autoridade do xerife.

— Agradeço pelas informações, xerife. Tenho certeza de que o tenente Chapman contou ao senhor sobre a confusão que estamos tentando resolver em casa. A rapidez do seu trabalho vai dar algum conforto à viúva do policial Trainor.

Era o botão certo. Os olhos de Dearborne congelaram, a boca se afinou.

— O seu tenente me avisou que o corpo era de um assassino de policiais. Só sinto muito pelo fato de os coiotes não terem se interessado muito por ele. Sentem-se, capitão, srta. Conroy.

— Obrigado. — Exalando impaciência, Jed se sentou. Se apressasse Dearborne, provavelmente teria que perder horas com diplomacia depois. — Soube que não havia identificação nenhuma no corpo.

— Nada. — A cadeira de Dearborne rangeu confortavelmente quando ele se recostou. — Mas nós excluímos a hipótese de roubo na hora. A carteira tinha sido levada, mas o cara tinha um diamante no mindinho e uma daquelas correntes de ouro no pescoço. — Dearborne abriu um sorriso amargo o bastante para que Jed percebesse que considerava aqueles adereços muito pouco masculinos. — O corpo não estava em bom estado, mas não precisei que o legista me dissesse como o cara capotou. Levou um tiro. Só não havia muito sangue na lona em que ele foi enrolado. Chegamos à conclusão de que o corpo foi retirado do lugar em que sangrou até morrer. Provavelmente levou um bom tempo. Desculpe, senhorita — disse para Dora. — O legista confirmou.

— Gostaria de dar uma olhada no relatório do legista, se for possível — começou Jed. — E em todas as provas concretas que o senhor reuniu. Quanto mais informações eu tiver quando voltar, melhor.

Dearborne bateu os dedos na mesa enquanto pensava. O cara da Costa Leste não estava forçando a barra, decidiu.

— Acho que posso fazer isso. A lona e o que sobrou das roupas dele estão lá embaixo. Vou pedir que o resto da papelada seja trazido para cá depois que terminar. Se quiser dar uma olhada no corpo, podemos ir até o legista.

— Muito obrigado. A srta. Conroy pode esperar aqui? — perguntou Jed quando Dora ameaçou se levantar.

— Claro. — Dearborne admirava uma mulher que sabia seu lugar. — A senhorita pode ficar à vontade.

— Obrigada, xerife. Não quero atrapalhar. — O sarcasmo era maldisfarçado, mas Dearborne não era um homem de sutilezas. — Posso usar meu cartão de crédito para fazer uma ligação?

— Claro. — Dearborne apontou para o telefone em sua mesa. — Use a linha um.

— Obrigada. — Não adiantava se irritar com Jed, pensou Dora. De qualquer maneira, enquanto ele ia bancar o policial, ela avisaria à família que ia se atrasar algumas horas. Depois que Jed e Dearborne saíram, ela se sentou na cadeira do xerife. E sorriu. Perguntou a si mesma se Jed havia percebido que Dearborne o chamara de "capitão". E que ele não havia nem piscado ao ouvir aquilo.

Ele voltaria à polícia até a primavera, previu ela, perguntando-se como Jed Skimmerhorn seria quando estivesse absolutamente feliz.

— Dora's Parlor, boa-tarde.

— Você tem uma voz linda, querida. Já pensou em trabalhar com telessexo?

Lea respondeu com uma risada gostosa.

— O tempo todo. Ei aí, onde você está? A quilômetros de altitude?

— Não. — Dora empurrou o cabelo para trás e lançou um sorriso para o policial que trouxe uma xícara de café e uma pasta do arquivo. — Obrigada, sargento — disse, errando o posto do homem de propósito.

— Não, eu sou só delegado, senhora. — Mas ele ruboresceu e sorriu. — E de nada.

— Sargento? — perguntou Lea. — O que houve? Está na cadeia? Tenho que pagar a sua fiança?

— Ainda não. — Dora pegou a xícara, batendo com o indicador distraidamente na pasta que o delegado deixara na mesa. — Só estou cuidando de umas coisas que o Jed queria ver enquanto estávamos aqui.

— Não era preciso falar de corpos e tiros, pensou. Nem um pouco. — Então a gente vai pegar um avião mais tarde. Está tudo bem aí?

— Tudo ótimo. Vendemos a escrivaninha Sherbourne hoje de manhã.

— Ah. — Como sempre que vendia uma peça que adorava, Dora sentiu a emoção conjunta de prazer e arrependimento.

— E sem desconto no preço. — O orgulho presunçoso aparecia na voz de Lea. — Ah, e como foi a reunião?

— Reunião?

— Com o cara da firma de importação.

— Ah. — Disfarçando, Dora bateu com o polegar na pasta. — Foi. Não acho que vamos fazer negócios no fim das contas. O nível dele é alto demais para mim.

— Bem, imagino que não esteja achando que a viagem foi um desperdício. Viu algum ator famoso?

— Nenhum, desculpe.

— Ah, tudo bem. Você tinha o Jed ao seu lado para ajudar a absorver o sol de Los Angeles.

— É verdade. — Dora não acrescentou que havia passado mais tempo com Jed no avião do que desde que haviam aterrissado.

— Me ligue quando chegar para eu saber que você está bem.

— Está bem, mamãe. Imagino que a gente não vá chegar antes das 22h daí, então não comece a se preocupar antes das 23h.

— Vou tentar me controlar. Ah, é melhor eu avisar você: a mamãe está planejando uma reunião informal para conhecer Jed melhor. Achei que você devia saber.

— Muito obrigada. — Suspirando, Dora abriu a pasta distraidamente. — Vou tentar preparar o Jed para... — A boca ficou seca ao olhar para a foto. Através do zumbido em sua cabeça, ouviu a voz da irmã:

— Dora? Dory? Você ainda está aí? Droga. Será que a ligação caiu?

— Não. — Com um esforço hercúleo, Dora acertou a voz. Mesmo depois de conseguir erguer o olhar para a parede, a imagem horrível da foto se manteve impressa em sua mente. — Desculpe, eu tenho que ir. Eu ligo mais tarde.

— Está bem. Vejo você amanhã. Boa viagem.

— Obrigada. Tchau. — De modo suave, deliberado, Dora pôs o fone no gancho. Tinha as mãos geladas sob uma camada grossa de suor. Respirando, ofegante, olhou de novo para baixo.

Era DiCarlo. Ainda havia uma parte suficiente do rosto dele para que ela confirmasse isso. Dora também teve certeza de que ele não morrera tranquilamente, de que não morrera com facilidade. Com dedos dormentes, ela virou a primeira foto e passou para a segunda.

Agora sabia como uma morte cruel podia ser terrível para a carne humana. Nenhum filme de terror de Hollywood podia tê-la preparado para aquela realidade nojenta. Podia ver onde a bala havia entrado, o que os animais haviam comido. O sol do deserto fora tão impiedoso quanto a bala e os bichos. A cor da foto era tão sensacionalista quanto imparcial.

Dora não conseguiu parar de olhar, não conseguiu afastar os olhos da imagem, nem quando o zumbido em sua cabeça se tornou um rugido. Não conseguiu parar de olhar nem quando a visão embaçou e ficou cinzenta, nem quando o sangue coagulado pareceu flutuar para fora da foto em direção a seus olhos horrorizados.

Jed soltou um palavrão direto quando entrou na sala e viu o rosto pálido da moça e a pasta aberta. Enquanto andava até ela, viu os olhos de Dora girarem para trás. Afastou a cadeira da mesa e fez a moça pôr a cabeça entre os joelhos em dois movimentos rápidos.

— Respire devagar. — A voz de Jed era direta, mas a mão pousada na cabeça da moça era gentil, enquanto a outra se erguia e fechava a pasta.

— Eu estava ligando para a Lea. — Dora engolia a saliva repetidas vezes, o estômago embrulhado. O vômito coçava o fundo de sua garganta. — Eu só estava ligando para a Lea.

— Mantenha a cabeça baixa — ordenou ele. — E respire.

— Tome um pouco disto. — Dearborne estendeu um copo de água para Jed. Havia pena na voz do xerife. Ele se lembrava de sua primeira vítima de assassinato. A maioria dos bons policiais se lembra. — Temos uma cama no quartinho dos fundos se ela quiser se deitar.

— Ela vai ficar bem. — Jed manteve uma leve pressão sobre a cabeça de Dora depois que ela aceitou a água. — Pode nos dar um instante, xerife?

— Claro. Fiquem à vontade — acrescentou Dearborne antes de fechar a porta.

— Quero que se levante bem devagar — pediu Jed. — Se você se sentir zonza de novo, volte a baixar a cabeça.

— Eu estou bem. — Mas o tremor era pior que a náusea e muito mais difícil de controlar. Dora deixou a cabeça cair para trás, apoiando-a na cadeira, e manteve os olhos fechados. — Pelo jeito, causei uma ótima impressão no xerife.

— Tome um pouco disto. — Jed levou o copo aos lábios dela, incentivando-a a beber. — Quero que se sinta melhor antes de brigar com você.

— Vai ter que esperar um bocado. — Dora abriu os olhos enquanto tomava a água. É, ele estava irritado, percebeu. Muito irritado. Mas ela não podia se preocupar com aquilo agora. — Como você aguenta isso? — perguntou, suavemente. — Como você aguenta encarar essas coisas diariamente?

Jed mergulhou os dedos na água fria e esfregou a nuca de Dora.

— Quer se deitar um pouco?

— Não, eu não quero me deitar. — Ela afastou os olhos dele. — E, se tiver que gritar, pode começar. Mas, antes disso, só quero dizer que não estava me metendo nem brincando de detetive. Acredite em mim, eu não queria ver isso. Não precisava ver isso.

— Agora você pode começar a tentar esquecer.

— É isso que você faz? — Dora se forçou a olhar para Jed de novo. — Você arquiva esse tipo de coisa e esquece?

— Não estamos falando de mim. Não devia se meter nessas coisas, Dora.

— Não devia me meter? — A moça umedeceu os lábios e deixou o copo de lado antes de se forçar a levantar. — O homem dentro dessa pasta tentou me estuprar. Ele com certeza teria me matado. Isso faz com que eu já esteja metida nessa história. E, mesmo sabendo disso, sabendo o que ele fez e o que tentou fazer, não consigo justificar o que vi nas fotos. Simplesmente não consigo. Acho que quero saber como você consegue.

Jed havia visto o bastante para saber que tipo de imagem Dora levaria consigo. Havia visto o bastante para saber que era pior do que o normal.

— Eu não justifico, Dora. Se você quer saber se consigo conviver com isso, então, é, eu consigo. Posso olhar para ele. Posso ir até o legista agora e dar uma boa olhada no corpo. E consigo conviver com isso.

Ela fez que sim com a cabeça, depois andou, trêmula, até a porta.

— Vou esperar no carro.

Jed esperou que a moça fosse embora antes de pegar a pasta e estudar as fotos. Soltou um palavrão, não pelo que viu, mas pelo que Dora vira.

— Ela está bem? — perguntou Dearborne ao entrar.

— Vai ficar. — Jed devolveu a pasta. — Gostaria de aceitar aquela sua oferta para falar com o legista.

— Imagino que vá querer ver o corpo também.

— Eu gostaria, sim.

— Sem problema. — Dearborne pegou o chapéu e o pôs na cabeça. — Você pode ler o relatório da autópsia no caminho. É interessante. Nosso amigo fez uma última refeição genial.

♦♦♦♦

Dora RECUSOU a refeição que a aeromoça ofereceu e só tomou um refrigerante gelado. O estômago embrulhava só de pensar em comida. Estava fazendo tudo que podia para ignorar o aroma da carne ensopada e da maionese que os outros passageiros comiam.

Tivera muito tempo para pensar, esticada no banco da frente do carro alugado, enquanto Jed estava com Dearborne. Tempo suficiente para perceber que descontara todo o choque e o nojo nele. E que ele ainda não havia descontado a raiva nela.

— Você ainda não berrou comigo.

Jed continuou fazendo palavras cruzadas. Teria preferido voltar a ler o relatório de Dearborne, mas ele esperaria até que estivesse sozinho.

— Não vale a pena.

— Eu prefiro que berre. Aí não vai ficar mais irritado comigo.

— Não estou irritado com você.

— É, devo ter me enganado. — Ela também não tinha certeza do que sentia, só sabia que aquilo devia ser esquecido. — Você quase não falou desde que a gente saiu de Los Angeles. E, se eu não tivesse feito papel de idiota no escritório do xerife, você teria acabado comigo. — Os olhos de Jed passaram rapidamente do jornal para o sorriso cansado de Dora. — Você queria fazer isso.

— É, queria. Mas eu não estava irritado com você. Fiquei irritado porque tinha visto as fotos. Porque sabia que você tinha passado por uma porta que não ia conseguir fechar facilmente e nunca de forma completa. E porque eu não podia fazer nada.

Dora pôs a mão sobre a dele.

— Não posso dizer que estou feliz por ter aberto aquela pasta. Mas você estava certo, eu me meti nessa história. Acho que vou lidar melhor com tudo isso se me contar o que descobriu com o xerife Dearborne e o legista. A especulação é pior do que a realidade.

— Não tenho muito o que contar — respondeu Jed. Mas deixou o jornal cair no colo. — Sabemos que o DiCarlo viajou para lá na noite de Ano-Novo, alugou um carro e reservou um quarto. Ele não dormiu no quarto naquela noite nem devolveu o carro. E o veículo ainda não apareceu. Aparentemente, tinha reservado um voo para Cancun, mas não usou a passagem.

— Então não estava planejando voltar para a Costa Leste tão cedo... — Dora deixou a mão sobre a de Jed enquanto tentava entender a informação. — Você acha que ele veio até aqui para falar com o Finley?

— Se veio, não deixou pistas. Não há registro de DiCarlo entrando no escritório naquele dia. Se seguirmos a teoria de que ele estava trabalhando sozinho, o cara pode ter tido azar ao tentar sair do país. Ou ele pode ter tido um parceiro, um problema nos negócios.

— Mas por quê? O DiCarlo ainda não tinha terminado o serviço, não é? Eu ainda estava com o quadro.

— Essa pode ter sido a razão — respondeu Jed, dando de ombros. — Mas não há nenhuma prova concreta que ligue Finley a nada no caso. Sabemos que o DiCarlo veio para Los Angeles e morreu aqui. Foi morto entre o dia 31 de dezembro e dois de janeiro, pelo que o legista conseguiu descobrir. Morreu de um único tiro no abdômen e, pela falta de sangue na lona, o corpo foi levado para outro lugar muitas horas depois. Alguém teve a presença de espírito de pegar a carteira dele para atrasar a identificação se e quando o corpo fosse encontrado. Os hematomas no rosto eram antigos. Fui eu que fiz aquilo. Os outros traumas ocorreram depois da morte.

Não achou forças para contar a ela que os joelhos de DiCarlo também haviam sido quebrados.

— Entendi. — Para manter a voz clara e firme, Dora continuou a beber o refrigerante, como se fosse um remédio. — E não havia sinais de luta, não é?

— Muito bem, srta. Drew. — Jed deu um aperto leve de aprovação na mão de Dora. Ela estava enfrentando aquilo bravamente, pensou, admirando-a pela coragem. — O homem condenado fez uma bela última refeição, que incluiu faisão, uma boa quantidade de vinho e framboesas com chocolate branco.

Não, pensou Dora quando o estômago embrulhou de novo, ela não iria conseguir comer tão cedo.

— Então podemos supor — começou, pressionando a mão livre disfarçadamente contra o estômago revirado — que o falecido estava tranquilo antes de morrer.

— É difícil comer uma refeição dessas quando se está tenso. O Dearborne vai ter um trabalhão para conferir os cardápios dos restaurantes. Também havia umas pedras brancas e adubo enrolados junto com a lona. Do tipo que vemos em canteiros de flores e em torno de arbustos ornamentais.

— Eu me pergunto quantos canteiros existem na região de Los Angeles.

— Eu disse que o trabalho de investigação era chato. O Finley tem jardins grandes?

— Enormes. — Dora bufou, estremecendo. — Tem muito orgulho deles e ficou decepcionado por não poder me mostrar tudo à luz natural das estrelas, já que o tempo estava fechado. — A cor da moça sumiu de novo quando ela se virou para olhar para Jed, mas a voz se manteve estável: — Eram muito bem-arrumados, bem-adubados e tinham pequenos caminhos de pedra branca.

— Você tem olhos bons, Conroy. — Jed se inclinou e a beijou. — Agora feche os dois um pouquinho.

— Acho que vou me sentir melhor se assistir a um filme. — Pegou os fones de ouvido com a mão trêmula. — Eles anunciaram qual era?

— É o novo do Kevin Costner. — Jed plugou os fones para ela. — Acho que ele faz um policial.

— Perfeito. — Dora suspirou, pôs os fones e viajou.

♦ ♦ ♦ ♦

Ем Los Angeles, Winesap entrou no escritório de Finley. Homens tímidos, assim com os cachorros, costumam sentir o humor do chefe apenas pelo aroma no ar. Winesap esfregava as mãos, ansioso.

— O senhor queria me ver, sr. Finley?

Sem tirar os olhos da papelada, Finley fez um sinal para que Winesap entrasse. Com um movimento rápido da caneta, marcava mudanças num contrato que acabaria com quase duzentos empregos. Tinha os olhos lívidos quando se recostou na cadeira.

— Há quanto tempo trabalha para mim, Abel?

— Bem, senhor. — Winesap umedeceu os lábios. — Já faz oito anos.

— Oito anos. — Assentindo com a cabeça, Finley esticou os indicadores e bateu no lábio superior. — Já faz um bom tempo. E você está feliz com o seu trabalho, Abel? Tem sido bem-tratado, bem-recompensado?

— Estou, sim, senhor. Com certeza, senhor. O senhor é muito generoso, sr. Finley.

— Eu gosto de pensar que sim. E justo, Abel. Você também me acha um homem justo?

— Sempre. — Inesperadamente, a imagem do corpo ensanguentado de DiCarlo apareceu em sua mente. — Sem exceção, senhor.

— Estive pensando em você esta manhã, Abel. Na verdade, durante toda a manhã e a tarde. E, ao pensar, me ocorreu que nestes... Oito anos, você disse?

— É, oito. — Winesap começou a se sentir como uma aranha picada por uma vespa. — Oito anos.

— Que nestes oito anos — continuou Finley — tive muito poucas razões para criticar seu trabalho. Você é pontual, eficiente e, na maioria das ocasiões, cuidadoso.

— Obrigado, senhor. — Mas Winesap só ouviu as palavras "na maioria das ocasiões". Sentiu medo. — Faço o meu melhor.

— Acredito nisso. É por isso que estou tão decepcionado hoje. Acho que você fez o seu melhor e não foi o suficiente.

— Como assim, senhor? — A voz de Winesap era quase um ganido.

— Talvez não tenha tido tempo para ler os jornais de hoje por causa da sua rotina agitada de trabalho.

— Dei uma olhada nas manchetes — afirmou Winesap, pedindo desculpas. — As coisas estão um pouco confusas.

— Devemos sempre ter tempo para ler as notícias. — Com os olhos brilhantes no rosto de Winesap, Finley pressionou o indicador no jornal sobre a mesa. — Como esta. Leia agora, Abel, por favor.

— Sim, senhor. — Quase tremendo de medo, Winesap se aproximou da mesa e pegou o jornal. O artigo a que Finley se referia tinha sido circulado várias vezes com uma tinta vermelho-sangue. — "Corpo descoberto por trilheiros" — começou Winesap, sentindo o intestino soltar. — "Um... Um corpo não identificado foi descoberto alguns dias atrás numa r-ravina..."

Finley arrancou o jornal da mão dele.

— A sua leitura em voz alta está ficando fraca, Abel. Vou ler para você. — Num tom melodioso e fluido, Finley leu o relatório detalhado, que acabava com a frase clássica de que a polícia investigava o caso. — É claro — acrescentou, alisando o jornal sobre a mesa — que nós seríamos capazes de identificar o corpo, não seríamos, Abel?

— Sr. Finley. Ele foi encontrado a quilômetros daqui. Ninguém conseguiria... — Winesap se encolheu, baixando os olhos.

— Eu esperava mais de você, Abel. O erro foi meu. Você não foi cuidadoso — afirmou Finley, articulando cada palavra com atenção. — Eles vão, é claro, identificar o corpo mais cedo ou mais tarde. E eu serei obrigado a responder mais perguntas. Naturalmente, estou confiante de que posso lidar com a polícia, mas o incômodo, Abel... Acredito que você poderia ter me poupado do incômodo.

— É verdade, senhor. Eu sinto muitíssimo. — Winesap pensou na viagem horrível pelas montanhas, na caminhada horrorosa em que tivera que arrastar o corpo. Encolheu os ombros, desanimado. — Não sei como posso me desculpar.

— Não, não, acredito que não possa. Mas, como examinei a sua ficha de trabalho com cuidado e não encontrei nenhuma falha grave, vou tentar esquecer essa falha. Vai viajar para o Leste daqui a um ou dois dias, Abel. Confio que vá lidar com a srta. Conroy com mais elegância do que o fez com o sr. DiCarlo.

— Claro, senhor. Obrigado. Vou ser... cuidadoso.

— Tenho certeza de que vai. — Finley ofereceu um sorriso brilhante que fez Winesap pensar em tubarões comendo. — Vamos esquecer esse erro infeliz. Acredito que não precisamos mais discutir isso.

— É muito compreensivo da sua parte, sr. Finley. — Com cuidado, Winesap começou a andar para trás para sair da sala. — Obrigado.

— Ah, e Abel. — Finley gostou de observar o homem parar de repente e se encolher. — Acredito que, devido a essas circunstâncias, você deva me devolver a colher.

— Ah. — O rosto de Winesap se entristeceu. — É claro.

Sentindo-se mais alegre, Finley voltou a se inclinar quando a porta foi respeitosamente fechada. Havia ficado num estado de confusão mental desde que lera o artigo, mas agora se acalmava fazendo exercícios de respiração. Nada como a ioga para tranquilizar a alma.

Teria que manter um olhar mais atento em Abel, pensou, triste. Um olhar muito mais atento. Se as coisas ficassem complicadas no caso DiCarlo, simplesmente jogaria o caro e dedicado Abel aos leões como carne podre.

Mas esperava sinceramente que isso não fosse necessário.

Não estava preocupado consigo mesmo. Quando um homem tem dinheiro e poder suficientes, pensou Finley, fica acima do alcance comum da lei.

A polícia não podia tocar nele. Ninguém podia. E, se por um milagre incrível, chegassem perto demais, sempre teria presas fáceis — como Abel — para despistá-los.

No entanto, era um homem muito complacente. Sorrindo, Finley pegou o pequeno *étui*, que havia trazido de volta para o escritório, e brincou com ele. Um homem muito complacente — até demais.

Contanto que Abel seguisse suas instruções com cuidado e lidasse com a srta. Conroy, não seria necessário matá-lo. Realmente não seria.

Capítulo Vinte e Oito
♦ ♦ ♦ ♦

Era bom voltar para casa, para as rotinas diárias simples. Dora se reconfortou com aquilo e tentou não pensar na reunião que ainda teria que enfrentar com o sr. Petroy.

Não tinha consciência de que era comum o bastante, mundana o bastante para desejar um pouco menos de aventura. Mas a verdade clara era que queria sua vida simples de volta. Mais: queria uma chance de ficar entediada.

Pelo menos Jed não havia notado sua falta de apetite. Dora tinha certeza de que ele teria feito algum comentário se ela não tivesse disfarçado tão bem. O mesmo era verdade com relação à arte feminina da maquiagem. Os olhos da moça tinham olheiras, a pele estava pálida e abatida, mas, com cremes, bases e pós, ela apresentava uma máscara muito convincente.

Esperava conseguir mantê-la até quinta-feira.

Estava esfregando o ponto em que sentia dor entre os olhos — e que as aspirinas não haviam conseguido solucionar — quando a porta da loja se abriu. Nada poderia tê-la deixado mais feliz do que o rosto alegre e levemente bêbado do pai.

— Izzy, minha querida.

— Papai, meu único e verdadeiro amor. — Ela se afastou do balcão para dar um beijo nele, depois se pegou pressionando o rosto contra o ombro do pai e abraçando-o ferozmente.

Quentin devolveu o abraço. Apesar de a preocupação ter sombreado seus olhos, eles já sorriam de novo quando ela se afastou.

— Está sozinha, minha menina?

— Não estou mais. Foi uma manhã chata. Quer um pouco de café?

— Meia xícara.

Quentin especulou, observando a moça ir até o bule servir o café. Conhecia seus filhos: seus rostos, o tom de suas vozes, as sutilezas da linguagem corporal. Isadora estava escondendo alguma coisa, pensou. Ele descobriria o que era com facilidade.

— Sua mãe me mandou aqui como embaixador. — Pegou a xícara e a própria garrafinha para acrescentar uma boa dose de uísque ao café. — Para fazer um convite para um coquetel e uma boa conversa com você e o seu cavalheiro.

— Se está se referindo ao Jed, acho que ele não iria gostar dessa descrição, mas aceitaria o convite. Quando?

— Na quinta à noite. — Uma sobrancelha de Quentin se ergueu quando viu algo passar pelo rosto da filha. — Antes da peça, é claro.

— É claro. Vou conferir com ele.

— Eu mesmo posso fazer o convite. Ele está lá em cima?

— Não, acho que saiu. — Dora tomou um gole de café, feliz quando dois clientes passaram pela vitrine, sem entrar. — Você pode perguntar mais tarde, se quiser.

Quentin a observou brincar com o açucareiro.

— Vocês tiveram alguma querela boba?

— Nós não querelamos. — Ela conseguiu sorrir. — Brigamos de vez em quando, mas querelar não faz parte do nosso ritual. — Pegou um biscoito e voltou a colocá-lo no lugar. — Sabe, estou me sentindo meio inquieta hoje. Quer dar uma volta?

— Com uma mulher bonita? Sempre.

— Vou pegar o meu casaco.

Os olhos de Quentin se estreitaram, cheios de desconfiança, se perguntando se era realmente o companheiro escolhido a dedo que estava deixando a filha tão abalada. Mas o pai de Dora era todo sorrisos quando ela voltou, abotoando o casaco.

— Acho que conheço uma pessoa que gosta de descansar carregando pedras. Talvez a gente deva dar uma chegada em Newmarket para ver algumas vitrines.

— Meu herói. — Dora pôs a placa de "Fechado" na porta e saiu de braços dados com o pai.

♦♦♦♦

Quentin comprou jujubas para Dora e ela não teve coragem de não comê-las. Ficaram ao ar livre, aproveitando o frio e os paralelepípedos, o ar cosmopolita das vitrines. Dora percebeu que se sentia melhor quando ficou tentada a comprar uma caixa de louça Limoges e um suéter de caxemira.

O vento soprava pelas árvores sem folhas quando se sentaram num banco para tomar mais café. O de Quentin voltou a ser adornado com uma bela quantidade de uísque.

— Quer um presente? — perguntou ele. — Você sempre sorri quando consegue me convencer a comprar algum bibelô.

— Eu sempre fui uma mercenária, não é? — Rindo de si mesma, apoiou a cabeça familiarmente no ombro do pai.

— Você sempre gostou de coisas bonitas. E também deu valor a elas. Isso é um dom, Izzy, não um defeito.

A moça sentiu lágrimas bobas queimarem seus olhos.

— Acho que ando meio de lua. Sempre achei que o Will fosse de lua.

— Todos os meus filhos nasceram virados para a lua — respondeu Quentin, firme. — É o teatro nas veias de vocês. Artistas nunca são fáceis, sabia? Não devemos ser.

— E os policiais?

Quentin fez uma pausa para beber, para aproveitar.

—Vejo a polícia também como uma arte. Alguns podem dizer que é uma ciência, é claro. Mas o timing, a coreografia, o drama... É, acho que é uma bela arte. — Passou um braço, carinhoso, pelos ombros da filha. — Me diga o que está sentindo, Izzy.

E ela falou. Sempre pudera dizer a ele o que sentia sem medo de crítica ou desaprovação.

— Estou tão apaixonada por ele... Quero ficar feliz com isso. E quase fico, a maior parte do tempo, mas ele não confia nesse tipo de emoção. Não tem experiência nenhuma com isso. Os pais dele nunca deram a ele nada parecido com o que você e a mamãe deram à gente.

Dora suspirou e observou uma jovem mãe empurrar um carrinho sobre os paralelepípedos. A criança dentro dele tinha as bochechas rosadas e ria. A vontade surgiu rapidamente, com partes iguais de surpresa e desconforto. Eu quero fazer isso, percebeu Dora. Quero passar uma hora empurrando meu filho no sol, sorrindo.

— Tenho medo de que a gente não possa dar um ao outro o que precisa — afirmou, com cuidado.

— Primeiro vocês têm que descobrir do que os dois precisam.

Melancólica, ela observou a mãe e a criança se afastarem.

— Acho que sei bem o que eu quero. Como posso esperar que um homem que teve uma infância típica de uma novela mexicana dê o primeiro passo para formar uma família? Não é justo forçar o cara a dar esse passo e não é justo que eu não tenha a chance de fazer isso.

— Você acha que só pessoas de famílias felizes formam outras famílias felizes?

— Não sei.

— A avó do Jed parece achar que ele já deu esse primeiro passo e que está pensando seriamente no segundo.

— Eu não acho... — Dora se interrompeu e ajeitou as costas para franzir a testa para o pai. — A avó dele? Você falou com ela?

— Ria, sua mãe e eu tivemos um encontro muito agradável enquanto vocês estavam na Califórnia. É uma mulher encantadora — acrescentou Quentin. — Ficou muito impressionada com você.

Dora semicerrou os olhos.

— Parece que tenho que lembrar a vocês que eu e o Jed somos adultos funcionais. Não acho que seja justo vocês se sentarem para debater sobre a nossa vida como se fôssemos dois retardados.

— Mas vocês são nossos bebês. — Quentin sorriu, benignamente, e deu um tapinha no rosto avermelhado da filha. — Quando você tiver os seus filhos, vai entender que o amor não acaba. Nem a preocupação, o orgulho e a interferência. — Sorriu para Dora. — Eu te amo, Izzy, e tenho muita fé em você. — Deu um beliscão no queixo dela. — Agora me conte o que mais está preocupando você.

— Não posso. — E a moça sentiu muito por dizer aquilo. — Mas posso dizer que vai se resolver daqui a alguns dias.

— Não vou me meter — avisou Quentin. Pelo menos não enquanto ela estava sendo tão obviamente cuidadosa. — Mas, se não ficar feliz logo, vou jogar sua mãe em cima de você.

— Estou sorrindo. — Dora mostrou os dentes. — Viu, não poderia estar mais feliz.

Relativamente satisfeito, Quentin se levantou. Depois de jogar o copo vazio no lixo, ele estendeu a mão.

— Vamos fazer compras.

♦ ♦ ♦ ♦

— Ela está nervosa pra caramba. — Jed encontrou Brent na academia para que pudesse liberar um pouco da tensão no saco de areia. — Não admite, mas está mais travada que pescoço de velho.

Muito nervoso também, Jed deu uma série de socos rápidos no saco de areia. Como ficara com a tarefa de segurá-lo, Brent grunhiu ao sentir a força dos socos.

— E eu não estou ajudando.

— Estamos trabalhando o mais rápido que podemos. — Brent sentiu o suor escorrer pela camisa e desejou que Jed tivesse marcado a reunião num café tranquilo. — Depois de quinta-feira, vamos conseguir manter a Dora longe disso tudo.

— Não é só isso. — Jed se afastou do saco de areia e foi até a pera, trazendo um grande alívio para Brent. Apertando os olhos, Jed transformou o pequeno saco numa mancha. — Ela está apaixonada por mim.

Brent tirou os óculos para limpar o suor das lentes.

— E isso é ruim?

— Ela precisa de mais do que eu posso dar. Deveria ter mais.

— Talvez. Ela reclamou disso?

— Não. — Jed piscou para tirar o suor dos olhos, mas manteve o ritmo dos socos.

— Então relaxe e aproveite a diversão.

Jed se virou para ele com tanta rapidez, tanta violência, que Brent se preparou para o soco.

— Não é só diversão. Não é a mesma coisa com a Dora. É... — Ele se interrompeu, furioso pelo sorriso presunçoso que se abria no rosto de Brent. — Vamos parar com essa palhaçada — pediu, baixinho.

— Só estava testando você, capitão. — Quando Jed baixou as luvas, Brent as soltou, prestativo. — Falando nisso, pelo planejamento não oficial, você vai estar de volta à chefia no dia primeiro de fevereiro. O Goldman está soltando fogo pelas ventas.

— Vai se sentir melhor quando eu assinar a transferência dele.

— Ah, eu vou beijar os seus pés.

Um sorriso repuxou a boca de Jed enquanto ele flexionava as mãos.

— Vamos fazer o anúncio oficial na segunda. E, se você tentar me beijar lá, companheiro, vou ter que bater em você. — Pegou uma toalha para secar o rosto. — Por enquanto, o Goldman ainda é o chefe. Tudo certo para quinta-feira?

— Vamos ter dois homens na loja. Outros dois do lado de fora e um carro de vigia a meia quadra dali. Contanto que a Dora siga as instruções, vamos ouvir cada palavra.

— Ela vai seguir.

♦ ♦ ♦ ♦

Passar uma hora com o pai deu a Dora vontade de ficar com sua família. Ela a satisfez fechando a loja uma hora antes e passando a noite na casa de Lea. O barulho da família acalmou sua alma.

— Acho que o Ritchie está melhorando muito no trompete — comentou.

De cabeça inclinada, Lea ouvia as explosões musicais úmidas com uma mistura de orgulho e resignação.

— Ele tem um concerto da banda da escola daqui a três semanas. Vou guardar uma cadeira na primeira fila para você.

— Você é tão boa comigo...

As duas ouviram uma série de batidas abafadas no cômodo ao lado, que eram, se a pessoa tivesse imaginação, uma cavalaria agitada e um excelente grito de rebeldia.

— Eu precisava disso. — Feliz, Dora se sentou num dos bancos da bancada.

— Eu poderia deixar você responsável pela casa por algumas horas. — Lea acrescentou outro bocado de vinho ao ensopado que estava preparando.

— Não preciso de tanto assim. — Dora tomou um gole apressado do vinho. — Não. Passei um tempo com o papai hoje de tarde e isso me fez pensar em como seria se ele não estivesse sempre tão disponível. Foi só isso.

— Tem alguma coisa acontecendo. — Franzindo a testa, Lea bateu a colher na lateral da panela e a pousou na bancada virada para baixo, parecendo um pato. — Você está sempre com essa ruga de preocupação entre as sobrancelhas. E está pálida. Sempre fica pálida quando está preocupada com alguma coisa.

— Você também ficaria se tivesse que achar um novo contador antes do inventário do fim de janeiro.

— Vai ter que se esforçar mais. — Lea se aproximou da irmã, insistente. — Você está preocupada, Dory, e não tem nada a ver com a loja. Se não me contar, vou ter que soltar a mamãe em cima de você.

— Por que todo mundo me ameaça usando a mamãe? — perguntou Dora. — Estou chateada, está bem? Minha vida deu umas reviravoltas estranhas. Gostaria que a minha família respeitasse a minha privacidade o bastante para permitir que eu resolva meus próprios problemas.

— Está bem. Sinto muito. É sério.

Passando a mão no rosto, Dora respirou fundo.

— Não, me desculpe. Não devia ter estourado com você. Acho que ainda estou cansada da viagem. Vou para casa, tomar um banho quente e dormir por 12 horas.

— Se não estiver se sentindo bem amanhã, posso chegar mais cedo.

— Obrigada. Eu aviso. — Dora começou a se levantar do banco quando ouviu a batida na porta dos fundos.

— Oi. — Mary Pat pôs a cabeça para dentro. — Vim pegar os meus monstrinhos. — Ela ouviu por uns instantes os gritos e a explosão do trompete. — Ah, as batidas desses pezinhos. É maravilhoso, não é?

— Sente-se um pouco — convidou Lea. — A não ser que esteja com pressa.

— Eu adoraria me sentar. — Mary Pat suspirou ao pegar o banco ao lado de Dora. — Estou de pé há oito horas seguidas. Tivemos duas emergências hoje. — Respirou fundo. — Meu Deus do céu, como você consegue criar seus filhos, ter um emprego e cozinhar desse jeito?

— Tenho uma chefe compreensiva. — Sorrindo, Lea serviu uma taça de vinho para Mary Pat. — Ela me deu o dia de folga.

— Falando em trabalho, que boa notícia sobre o Jed, não é?

— Que notícia?

— Ele vai voltar para a polícia. — De olhos fechados, Mary Pat girou a cabeça e não percebeu o olhar assustado de Dora. — O Brent está nas nuvens. Ele detestava o Goldman, é claro. Quem não detestava? Mas é mais do que isso. A delegacia precisa do Jed e o Jed precisa da delegacia. Agora que decidiu voltar, ficou claro que a cabeça dele está boa de novo. E também não acho que ele vá esperar até o dia primeiro de fevereiro para voltar à chefia. A não ser... — Um olhar para o rosto de Dora fez a mulher se interromper. — Ai, meu Deus. Eu estraguei a surpresa? Quando o Brent me disse que o anúncio oficial ia ser na segunda, achei que você já soubesse.

— Não, o Jed não me falou nada. — Dora lutou para abrir um sorriso, mas não conseguiu fazê-lo chegar aos olhos. — Mas é uma boa notícia. Não, é uma ótima notícia. Tenho certeza de que é exatamente o que ele precisa. Há quanto tempo você sabe?

— Há alguns dias. — Idiota, pensou Mary Pat, mas não sabia se estava se referindo a si mesma ou a Jed. — Tenho certeza de que ele vai contar a você. Quando ele... É... — Mas não conseguiu pensar em nenhuma desculpa. — Sinto muito.

— Não se preocupe. Eu realmente estou feliz em saber. — Depois de descer do banco, Dora pegou o casaco mecanicamente. — Tenho que ir embora.

— Fique para o jantar — ofereceu Lea, de imediato. — Tenho muita comida.

— Não, tenho umas coisas para fazer. Mande um beijo para o Brent — pediu a Mary Pat.

— Claro.

Quando a porta se fechou, Mary Pat baixou a cabeça até as mãos fechadas.

— Parece que atropelei um filhotinho. Por que aquele idiota não contou para ela?

— Porque ele é um babaca. — A voz de Lea soou baixa de raiva. — Todos os homens são uns babacas.

— É verdade — concordou Mary Pat. — Mas isso era muito importante. E foi de uma frieza... Lea, eu conheço o Jed há muito tempo e ele não é frio. É cuidadoso, mas não frio.

— Talvez ele tenha esquecido a diferença.

♦ ♦ ♦ ♦

Coisas estranhas acontecem com a cabeça de alguém às duas da manhã. Especialmente a de um homem que está esperando uma mulher. Ele começa a especular, a projetar, a se preocupar e a suar. Jed andava pela sala, passava pela porta que havia deixado aberta e andava pelo corredor.

Assim como havia feito inúmeras vezes nas últimas quatro horas, andou até a porta dos fundos e olhou para o estacionamento. Seu carro estava tão solitário do lado de fora quanto ele estava dentro de casa. Não havia sinal de Dora.

Onde ela havia se metido? Jed voltou ao apartamento para olhar o relógio, para conferir o horário com o próprio relógio de pulso. Duas e um. Se ela não chegasse em dez minutos, prometeu a si mesmo, ligaria para a polícia e a daria como desaparecida.

Olhou para o telefone. Só quando pegou o fone percebeu que suas mãos suavam. Soltando um palavrão, bateu o fone no gancho. Não, não ia ligar para os hospitais. Não ia sequer se permitir pensar naquilo.

Mas onde aquela mulher havia se metido? O que diabos tinha para fazer às duas da manhã?

Estendeu a mão para pegar o fone de novo, mas parou quando uma nova ideia apareceu em sua mente. Dora podia estar fazendo aquilo por vingança. Era uma ideia segura e até reconfortante, por isso Jed deixou que se desenvolvesse. Era assim que ela se sentia quando ele chegava tarde sem avisar? Estava fazendo aquilo para mostrar o que era agonizar com o silêncio quando a pessoa que mais importava não podia ser encontrada?

Ela não ia se safar, decidiu. Ia pagar muito caro por aquela história. Mas já estava pegando o fone de novo quando ouviu a chave na porta dos fundos.

Já havia atravessado o corredor e estava na porta antes mesmo que ela a abrisse.

— Onde você se meteu? — A pergunta explodiu dele, cheia de fúria e preocupação. — Você tem ideia de que horas são?

— Tenho. — Calmamente, Dora fechou a porta e a trancou. — Desculpe. Eu não sabia que tinha que seguir um toque de recolher.

A moça passou por Jed apenas porque ele estava surpreso demais para impedi-la. Mas o inquilino se recuperou rapidamente. Alcançou-a na porta do apartamento dela e a forçou a se virar.

— Espere aí, Conroy. Vamos esquecer o lado pessoal agora. O fato é que você é um alvo e foi uma irresponsabilidade incrível da sua parte sumir durante metade da noite.

— Eu sou responsável por e para mim mesma. — Dora enfiou a chave na fechadura e abriu a porta com força. — E, como pode ver, estou muito bem.

Jed bateu a mão contra a porta antes que ela pudesse fechá-la.

— Você não tem o direito...

— Não me fale de direitos — interrompeu Dora, muito fria, muito calma. — Eu passei a noite como quis passar.

A raiva e o ressentimento borbulharam dentro dele.

— E como queria passar?

— Sozinha. — Ela tirou o casaco e o pendurou no armário.

— Fez isso para me irritar, não foi?

— Não. — Dora passou por Jed e foi até a cozinha pegar um copo de água. — Fiz porque quis. Sinto muito se ficou preocupado. Não me ocorreu que ficaria.

— Não ocorreu a você. — Enlouquecido, ele arrancou o copo da mão da moça e o jogou na pia. O vidro se despedaçou. — Vá se foder, Conroy. Você sabia muito bem que eu ia enlouquecer. Eu estava prestes a lançar um alerta.

— É interessante, não é, a maneira fácil como os termos policiais saem da sua boca? Que bom que você vai voltar, Skimmerhorn. Você é um péssimo civil. — Dora tinha os olhos tão secos quanto a voz. — Devo dar os parabéns, capitão, ou só boa sorte? — Quando Jed não respondeu, ela fez que sim com a cabeça. — Bem, pode ficar com os dois.

— O anúncio oficial só vai ser feito na semana que vem. — Jed falava com cuidado, estudando-a. Nunca havia visto os olhos da moça tão frios nem tão distantes. — Como você descobriu?

— E isso importa? O mais importante é que eu não soube por você. Com licença. — Dora passou por ele e foi até a sala de estar.

Jed fechou os olhos por um instante e se xingou de idiota.

— Então você está irritada. Tudo bem. Mas isso...

— Não — interrompeu Dora. — Não está tudo bem. E eu não estou irritada. — Como estava cansada, exausta, ela cedeu e se sentou no braço de uma cadeira. — Podemos dizer que eu caí na real. Podemos até dizer que estou arrasada, mas, não, Jed, não estou irritada.

A resignação calma na voz da moça o atingiu.

— Dora, eu não fiz isso para machucar você.

— Eu sei. Foi por isso que caí na real. Você não me contou porque não achou que fosse da minha conta. Acho que a forma certa de dizer é que você não quis que fosse da minha conta. Era uma decisão importante para a sua vida. A sua vida — repetiu ela com uma ênfase dolorosa. — Não a minha. Então por que se dar ao trabalho de me contar?

Ela estava se afastando dele. Jed estava parado a dois metros de Dora, observando a distância aumentar à velocidade da luz. Aquilo o amedrontava.

— Você faz parecer que eu estava escondendo isso de você. Mas eu só precisava processar tudo. Não achei que você fosse entender.

— Você não me deu a chance de fazer isso, Jed — respondeu Dora, baixinho. — Achou que eu poderia sentir o que sentia e não entender o quanto seu trabalho é importante para você?

O uso do passado fez uma onda rápida de medo subir pela espinha dele.

— Isso não tem nada a ver com você. — E, assim que as palavras saíram, Jed percebeu que haviam sido mal-escolhidas. Os olhos da moça se mantiveram secos, mas a dor os tomou. — Eu não quis dizer isso.

— Eu acho que quis. E eu queria não culpar você por isso, mas culpo. Sei que teve uma vida difícil, mas faz muito tempo que você faz suas próprias escolhas. Você escolheu não aceitar o que eu sentia e você escolheu não sentir nada por mim. E eu culpo você por isso, Jed.

A voz de Dora não estremeceu, os olhos da moça se mantiveram firmes, mas as mãos no colo dela estavam fechadas com força.

— Culpo você por isso e por me magoar. Eu avisei que não lidava bem com a dor e não finjo que ela não existe. Como você foi o primeiro homem a partir meu coração, acho que deveria saber.

— Pelo amor de Deus, Dora. — Jed começou a andar até ela, mas a maneira imediata como a moça se levantou e se afastou dele o fez parar.

— Não quero que você encoste em mim. — Dora falava com calma, agarrando-se ao último fio de controle que tinha. — Não quero mesmo. É humilhante perceber que isso era a única coisa que a gente tinha de verdade.

— Não é verdade. — Jed fechou as mãos nos lados do corpo, mas já havia percebido que não conseguiria quebrar à força a parede que ela construíra entre os dois. — Você está exagerando, Dora. É só um emprego.

— Eu queria que fosse. Mas nós dois sabemos que não é. É a parte mais importante da sua vida. Você desistiu dela para se punir e agora está voltando porque não pode ser feliz sem ela. Talvez não possa se sentir inteiro sem ela. Fico feliz por você, Jed. De verdade.

— Não preciso que você me analise. Preciso que pare com isso e seja racional.

— Eu estou sendo racional, acredite em mim. Tão racional que vou facilitar essa história para nós dois. Depois de amanhã, esse caso do quadro vai ser encerrado. Ou praticamente. Não vai mais precisar de mim.

— Pelo amor de Deus, você sabe que eu preciso de você.

Os olhos de Dora se encheram de lágrimas, então, e ela lutou contra elas como se fossem inimigos poderosos.

—Você não imagina o que eu teria feito para ter ouvido isso antes. Só uma vez ter visto você me olhar e dizer que precisava de mim. Mas eu não sou uma mulher corajosa, Jed, e preciso me proteger.

Não, ele não podia passar pela parede que ela construíra entre os dois, mas a dor dela podia. Ela penetrava pelas falhas e o chicoteava.

— O que você quer, Dora?

— Depois que tudo acabar na quinta, vou fechar a loja por duas semanas e viajar para algum lugar quente. Isso deve dar tempo suficiente a você para procurar outro apartamento e se mudar.

— Isso não é jeito de resolver esse assunto.

— É o meu jeito. E acho que tenho o direito de exigir isso nesse caso. Sinto muito, mas não quero que esteja aqui quando eu voltar.

— É assim?

— É.

— Tudo bem, então. — Ele ainda tinha orgulho. Já havia sido dispensado antes. Se aquilo parecia abrir um buraco no coração dele, Jed acharia alguma coisa para preencher. Mas não imploraria. Não imploraria nunca. — Vou embora assim que a gente resolver as coisas. — Por causa da dor excruciante que sentia, cobriu a ferida com um escudo profissional. — Uma equipe vai vir aqui depois do fechamento amanhã. Eles vão instalar os grampos. Vamos ensaiar tudo depois que acabarem.

— Está bem. Estou cansada. Quero que você saia agora. — Dora andou até a porta e a manteve aberta. — Por favor.

Foi apenas quando andou até ela que Jed notou que tinha as mãos trêmulas. Quando ouviu a porta se fechar, teve a certeza estarrecedora de que havia encerrado a melhor parte de sua vida.

Capítulo Vinte e Nove

— O QUE DEU em vocês dois? — perguntou Brent enquanto Jed entrava na van de vigilância.

Ignorando a pergunta, Jed pegou um cigarro.

— Como está o som?

— Perfeito. — Apesar de Brent ter oferecido os fones de ouvido, ele ainda não havia terminado. — Perfeito o bastante para ouvir vocês dois falando lá dentro como dois estranhos bem-educados. Você não acha que ela teria gostado de ouvir um discurso de incentivo e não uma aula sobre procedimento?

— Chega. — Jed pôs os fones e conferiu a janela traseira da van para ter certeza de que tinha uma visão clara da loja. — Está todo mundo preparado?

— Estamos prontos — garantiu Brent. — Olhe, talvez você se sinta melhor se ficar lá dentro.

— Ela vai ficar mais à vontade se eu não estiver. Escute, eu cuido da minha parte. — Jed deu uma tragada profunda no cigarro. — Você cuida da sua.

— Você ainda não é o mandachuva aqui, capitão. — A pontada de raiva na voz de Brent provocou uma agitação no sangue de Jed. Antes que ele pudesse responder, o rádio soou.

— Base, aqui é a unidade um. Um homem com a descrição do suspeito acabou de sair de um táxi na esquina da rua South com a Front. Está andando para oeste.

— Parece que é hora do show — murmurou Brent, mas Jed já pegava o celular. Dora atendeu no primeiro toque.

— Dora's Parlor, boa-tarde.

— Ele está a meia quadra de distância — informou Jed, direto. — Já estamos vendo o cara.

— Tudo bem. Está tudo pronto aqui.

— Fique tranquila, Conroy.

— Pode deixar.

— Dora... — Mas ela já havia desligado. — Merda. — Jed soltou a palavra baixinho, indefeso.

— Ela vai lidar bem com a situação, Jed.

— É. Só não sei se eu vou. — Ele observou Winesap andar a passos rápidos pela calçada, os ombros encolhidos para se proteger do vento. — Acabei de descobrir que estou apaixonado por ela. — Ignorando a dor que sentia na nuca, Jed pôs os fones a tempo de ouvir o sino tocar quando Winesap abriu a porta da loja.

— Boa-tarde. — Dora se afastou do balcão e abriu o melhor sorriso que podia para o novo cliente. — Posso ajudar?

— Srta. Conroy? Sou Francis Petroy.

Ela deixou o sorriso se alargar.

— Olá, sr. Petroy. Eu estava esperando o senhor. — Andou até a porta para colocar a placa de fechado. Os olhos observaram a van e se afastaram. — Estou muito feliz que o senhor tenha vindo. Quer um pouco de café? Chá?

— Não quero dar trabalho.

— De jeito nenhum. Sempre mantenho os dois por perto para os clientes. Isso deixa o trabalho mais agradável.

— Então, quero um chá. — Talvez a bebida aliviasse mais seu estômago do que o antiácido que tomara uma hora antes. — Sua loja é impressionante.

— Obrigada. — Dora viu, com satisfação, que sua mão estava firme no bule. — Gosto de me cercar de coisas bonitas. Mas acho que o senhor me entende.

— Desculpe?

— Já que é um colecionador de arte. — Ela ofereceu a xícara de chá e um sorriso. — Leite? Limão?

— Não, nada, obrigado.

— O senhor disse que é especializado em arte abstrata, mas talvez ache alguns dos meus quadros antigos interessantes. — Dora apontou para uma propaganda de uma Bugatti, pendurada ao lado de uma pinup de Vargas.

— É, são muito bonitos. Muito bonitos mesmo.

— Também tenho várias caricaturas legais da *Vanity Fair* no outro salão. — Observando o homem, ela bebeu um gole de chá. — Mas, como amante de arte abstrata, o senhor deve estar mais interessado em, talvez, um Bothby ou um Klippingdale — disse, inventando nomes.

— Claro, claro. São artistas excepcionais. — O chá amargava como vinagre o estômago de Winesap. Ele havia tentado, realmente tentado, ser cuidadoso e estudara vários livros sobre arte abstrata. Mas todos os nomes e quadros se misturavam em sua cabeça. — Mas, sabe, minha coleção não é grande. É por isso que me concentro em artistas emergentes.

— Como Billingsly.

— Exatamente — respondeu ele, com um suspiro de alívio. — Estou muito ansioso para ver o quadro, srta. Conroy.

— Então, vamos, claro. — Ela o guiou pelo caminho até o salão lateral. A amiga pintora de Jed tinha feito horas extras para reproduzir o quadro. Agora, ele estava pendurado, como uma stripper cafona entre elegantes senhoras vitorianas, na bela sala de estar.

— Ah. — A satisfação de Winesap foi tão grande que ele quase chorou. Era horrível, é claro, pensou. Realmente horrível, mas respeitava a descrição.

— É um estilo tão ousado, tão arrogante... — comentou Dora. — Fiquei muito impressionada.

— É claro. É exatamente o que eu imaginava. — Winesap fez seu papel e examinou as pinceladas. — Gostaria muito de acrescentar esta peça à minha coleção.

— Tenho certeza de que gostaria. — Dora deixou que um toque de alegria iluminasse sua voz. — O senhor tem algum valor em mente, sr. Petroy?

— Em mente, é claro — respondeu ele, tentando ser esperto. — Mas prefiro que a senhorita estabeleça um preço para negociarmos.

— Farei isso com prazer. — Dora se sentou numa poltrona e cruzou as pernas. — Por que não começamos com 250 mil?

A boca afetada de Winesap se abriu. Ele fez um som de engasgo com o fundo da garganta antes de conseguir recuperar a voz.

— Srta. Conroy, srta. Conroy... Não pode estar falando sério.

— Ah, mas estou. Parece que o senhor precisa se sentar, sr. Petroy. — Dora apontou para um banquinho. — Agora vamos ser sinceros — começou, quando ele desabou no assento. — O senhor não sabe nada sobre arte, não é?

— Bem... — Winesap puxou a gravata, que o estrangulava. — Como eu disse, tenho uma pequena coleção.

— Mas o senhor mentiu, sr. Petroy — disse ela, com gentileza. — O senhor não sabe nada sobre pintura abstrata. Não seria mais simples, e mais simpático, se nós admitíssemos que estamos mais interessados, no momento, em impressionistas e não expressionistas?

Por um instante, Winesap não entendeu. Então o rosto bege empalideceu.

— Você sabe do quadro.

— Eu comprei, não foi?

— É, mas foi um erro. — Os olhos desesperados se arregalaram. — Não! Você sabia... Sabia do Monet o tempo todo? Estava trabalhando com o DiCarlo? Você... Você roubou — acusou Winesap, pateticamente.

Dora apenas riu e se inclinou para a frente.

— Não precisa parecer tão ofendido. Afinal, o senhor mandou o DiCarlo para cá, não foi?

— Foi tudo culpa dele. — Enojado, Winesap jogou as mãos para cima. — Toda essa confusão foi culpa dele. Não sei por que senti tanto o fato de ele ter morrido daquela maneira.

A imagem da foto da polícia piscou obscenamente na cabeça da moça.

— Então você matou o cara — murmurou ela. — Por causa disso.

Mas Winesap não estava ouvindo.

— Agora tenho que arrumar toda a bagunça de novo. Não estou muito feliz com os 250 mil, srta. Conroy. Nem um pouco feliz.

Winesap se levantou. Dora o acompanhou. Quando ele pôs a mão sob o casaco, dois policiais entraram correndo pela porta dos fundos.

— Parado!

Winesap deu uma olhada rápida para as duas armas apontadas para ele e desmaiou imediatamente. O talão de cheques que tinha na mão caiu e se abriu no chão.

♦ ♦ ♦ ♦

— Ele ia me pagar aquele valor — disse Dora, direta. Ela observava, perdida, dois policiais escoltarem um Winesap algemado para fora da loja, sem parar de falar. Não precisara pôr a cabeça entre os joelhos, mas continuara sentada. Não tinha certeza de que suas pernas a manteriam de pé. — Ele ia me passar um cheque. — Uma risada brotou dela, com um leve toque de histeria. — Meu Deus do céu, será que eu teria pedido a identidade dele?

— Tome. — Jed enfiou uma xícara entre as mãos dela.

— O que é isto?

— Aquele chá que você bebe. Com um pouco de conhaque.

— Boa ideia. — Dora virou a bebida como água e sentiu o álcool aquecer o estômago embrulhado. — Acho que vocês conseguiram tudo que precisavam.

— Conseguimos muita coisa. — Jed queria passar a mão pelo cabelo dela, mas teve medo de que Dora se afastasse. — Você foi muito bem, Nancy.

— É, fui. — A moça, então, ergueu os olhos e se obrigou a encontrar os dele. — Acho que, de certa maneira, a gente não é uma equipe tão ruim assim.

Ele a encarou por um longo tempo.

— Foi difícil para você.

— Eu venho de uma boa linhagem, Skimmerhorn. Os Conroy não desistem tão facilmente.

— Você foi maravilhosa. — Brent se intrometeu e tirou Dora da cadeira, puxando-a pelos cotovelos. Deu um beijo forte na moça. — Merece uma salva de aplausos. Se quiser um emprego na polícia, posso dar uma carta de recomendação.

— Obrigada. Mas vou guardar minha lupa e meu coupé.

— Como é? — indagou Brent, sem entender.

— Ela está se referindo a Nancy Drew — murmurou Jed, sentindo o coração arder. —Vou para o interrogatório com o Brent. Você vai ficar bem?

—Vou ficar ótima. Na verdade, maravilhosa. — O sorriso era ofuscante, mas ela voltou a se sentar com cuidado no braço da cadeira. — Ainda é difícil acreditar que aquele homenzinho patético tenha planejado tudo isso e matado o DiCarlo.

Brent abriu a boca, mas a fechou ao ver o olhar rápido de advertência do capitão.

— Temos o bastante gravado para fazer o cara contar o resto.

Como sentia que eram inúteis, Jed enfiou as mãos nos bolsos.

— Você tem certeza de que vai ficar bem?

— Já disse que vou. Vá ser um bom policial. — Dora suavizou as palavras com um sorriso. — Combina com você. — Passou a mão pelo cabelo. Jed observou as mechas caírem lindamente de volta. — Gostaria que me ligasse depois e me contasse o resultado do interrogatório.

— Vai receber um relatório completo — prometeu Brent.

— De manhã. — Mais controlada, Dora se levantou de novo. — Vou lá para cima dormir 24 horas. Se já tiverem terminado aqui, vou trancar a porta quando saírem.

Ela seguiu os dois até a porta. Quando chegaram, Jed se virou e pôs a mão sobre a dela na maçaneta. Não pôde evitar.

— Quero conversar com você amanhã, se estiver se sentindo melhor.

Ela quase cedeu. Quase. Havia tanta tristeza nos olhos dele quanto a que ela guardava dentro de si. Mas um término rápido era melhor.

— Minha programação está meio apertada, Jed. Comprei uma passagem para um voo que sai bem cedo para Aruba. Tenho que fazer as malas.

Não havia nada na voz da moça, nada no rosto dela que abrisse qualquer oportunidade.

— Você foi rápida.

— Foi o que me pareceu melhor. Vou mandar um cartão-postal. — Como odiou o gosto amargo da declaração, virou a mão embaixo da dele e apertou. — Acabe com eles, capitão.

Dora fechou a porta rapidamente e virou a chave.

♦♦♦♦

— *P*OR QUE não contou a ela que pedimos à polícia de Los Angeles para prender o Finley? — perguntou Brent quando Jed já estava na calçada.

Todo o corpo dele doía, como se alguém o tivesse esmurrado sem piedade, metodicamente, com punhos cobertos de espuma.

— Você acha que isso teria feito a Dora dormir melhor?

— Não — murmurou Brent para as costas de Jed. — Acho que não.

♦ ♦ ♦ ♦

ELA DIZIA para si mesma que um sono tranquilo era exatamente do que precisava. Não tivera uma noite decente de sono em mais de uma semana. Dora fechou as cortinas da porta da frente e reuniu energia para erguer a bandeja de café e chá.

Quando chegasse a Aruba, prometeu a si mesma, não faria nada a não ser dormir. Dormiria na cama, na praia, no mar... Expulsaria aquela tristeza dolorosa do corpo e da cabeça com o sol do Caribe, venceria aquela depressão do inverno e voltaria bronzeada e revitalizada.

Pousou a bandeja na mesa para trancar com cuidado o depósito e ligar o alarme antes de subir para casa.

Foi mais o costume do que a vontade que a fez levar a bandeja até a cozinha para lavar a louça. Quando se virou, afastando-se da pia, estava cara a cara com Finley.

Ele sorriu e pegou a mão trêmula da moça entre as suas.

— Eu aceitei a sua oferta, Isadora. Devo dizer que sua casa é linda.

♦ ♦ ♦ ♦

— EU REALMENTE não acho que deva dar nenhuma declaração sem um advogado. — Winesap roía as unhas destruídas e olhava rapidamente para Brent e Jed. — Realmente não acho.

— Fique à vontade. — Brent deu de ombros e se sentou numa cadeira virada ao contrário. — Temos muito tempo. Quer ligar para um ou quer um defensor público?

— Um defensor público? — A insinuação afetou o orgulho de Winesap o bastante para fazê-lo erguer os ombros caídos. — Não, claro que posso pagar pelo meu advogado. Tenho um ótimo emprego. — Mas o advogado dele estava em Los Angeles, pensou. — Talvez, se pudessem me explicar outra vez por que estou aqui, poderíamos dispensar a formalidade do advogado.

— O senhor é suspeito de roubo, contrabando, homicídio qualificado de um policial e homicídio, entre outras coisas — acrescentou Brent.

— Isso é realmente absurdo. — Com o orgulho se esvaindo de novo, Winesap se encolheu na cadeira. — Não sei de onde tiraram essa ideia ridícula.

—Talvez queira ouvir a gravação da sua conversa com a srta. Conroy — sugeriu Jed enquanto andava até o gravador.

— Era uma transação simples. E particular. — Winesap tentou equilibrar um pouco de indignação com o medo em sua voz. No entanto, quando Jed ligou o gravador, parou de falar. Ficou dolorosamente claro depois de alguns minutos que ele não havia sido nada cuidadoso. E que fora incrivelmente estúpido.

Enquanto sua cabeça tentava processar a situação, Winesap começou a chupar os dedos dobrados. Não achava que iria gostar da prisão. Realmente não iria. Pensou em Finley e percebeu que gostaria ainda menos da punição do chefe.

—Talvez a gente possa fazer um acordo. Posso tomar um copo de água, por favor?

— Claro. — Simpático, Brent foi até o bebedouro e pegou um copo.

— Obrigado. — Winesap o bebeu de forma lenta, enquanto pensava nas opções que tinha. — Acho que gostaria de ter imunidade e um lugar no programa de proteção a testemunhas. Acho que isso seria ótimo.

— Acho que seria ótimo ver você apodrecer numa cela pelos próximos cinquenta anos — respondeu Jed, alegre.

— Capitão. — Brent entrou no ritmo clássico dos interrogatórios. —Vamos dar uma chance ao cara. Talvez ele possa dar umas informações para a gente.

— Prometo que vou dar. Se tiver a garantia de que minha cooperação vai ser recompensada, vou passar todas as informações de que precisam para prender um peixe grande. — A lealdade, uma corrente que pendia em seu pescoço havia oito anos, se partiu rapidamente. — Muito grande — repetiu.

Jed assentiu com a cabeça imperceptivelmente quando olhou nos olhos de Brent.

— Vou ligar para o promotor.

♦♦♦♦

— Por que a gente não se senta? — Finley manteve a mão firme no braço de Dora enquanto a puxava para a sala de estar. — E conversa um pouco?

— Como entrou aqui?

— Esta noite foi uma confusão, não foi? — Sorriu, enquanto a empurrava para uma cadeira. — Eu não sabia se o Abel, o sr. Winesap, ia conseguir cuidar das coisas sozinho. Vim supervisionar meu funcionário. Fiz muito bem.

Finley tomou a cadeira ao lado dela e uniu as mãos confortavelmente. Viu os olhos de Dora mirarem a porta e balançou a cabeça.

— Por favor, não tente fugir, Isadora. Sou forte e estou em forma. Odiaria ter que apelar para a violência física.

Ela odiaria também. Especialmente porque tinha certeza de que não daria dois passos. A melhor chance da moça era enrolar e esperar ajuda.

— Então foi você quem mandou o DiCarlo.

— É uma história longa e triste. Mas acho que você é uma companhia tão boa...

Finley se ajeitou confortavelmente e começou a falar. Contou sobre os roubos bem-planejados em vários países. Sobre a rede de homens e finanças necessária para gerir um negócio de sucesso, legal e ilegalmente. Quando chegou ao papel de DiCarlo naquilo tudo, fez uma pausa e suspirou.

— Mas não tenho que contar isso para você, não é, querida? É uma excelente atriz. Até me pergunto por que desistiu disso. Percebi logo depois da sua visita ao meu escritório que você e o DiCarlo estavam nessa história juntos.

Por um instante, ela ficou surpresa demais para falar.

— Você acha que eu era parceira dele?

— Tenho certeza de que achou que ele era um amante muito bom. — Extremamente decepcionado com ela, Finley puxou as próprias mangas. — E também vejo como conseguiu convencer o rapaz a me trair. Uma pena — acrescentou, suavemente. — Ele tinha potencial.

— O que eu contei no seu escritório foi a verdade. Ele entrou aqui e me atacou.

— Tenho certeza de que vocês tiveram algum tipo de altercação. A ganância e o sexo tiveram um desentendimento, eu imagino. — Os olhos de Finley se estreitaram, brilhando monotonamente. — Você encontrou outro homem mais criativo, Isadora, alguém que podia manipular e jogar com o sr. DiCarlo? Foi isso que fez o coitado me dar uma desculpa boba sobre a perda das minhas peças?

— O quadro não era seu. Você o roubou. E eu nunca me envolvi com o DiCarlo.

— E, quando ele não voltou — continuou Finley como se a moça não tivesse falado —, ficou preocupada e decidiu me testar você mesma. Ah, você foi muito esperta! Tão charmosa, tão chateada... Quase acreditei. Eu só tinha uma pequena pulga atrás de minha orelha, que provou ser verdade quando testemunhei os acontecimentos desta tarde. Fico decepcionado que tenha procurado a polícia, Isadora, e se contentado com a recompensa pelo quadro. — Ele balançou o indicador para ela, como numa bronca. — Achei que fosse melhor do que isso. Você me custou dois bons homens e um quadro que eu queria muito. E agora? Como vamos nos reconciliar?

Com medo demais para se sentar, ela se levantou de um pulo.

— Estão com o seu Winesap na delegacia agora. Ele já deve estar contando tudo sobre você.

— Acha que vai ter coragem para isso? — Finley pensou por um instante, depois deu de ombros, dispensando a hipótese elegantemente. — Talvez. Mas não se preocupe. O sr. Winesap logo vai sofrer um acidente fatal e trágico. Eu preferiria falar sobre meu quadro e em como posso pegar a pintura de volta.

— Não pode.

— Mas é claro que a polícia contou a você onde o pôs, já que foi de tão grande ajuda...

Dora não disse nada, apenas porque ficara surpresa por nunca ter pensado em perguntar.

— Foi o que eu imaginei. — Finley abriu um sorriso largo ao se levantar. — Só me diga onde está, Isadora, e deixe o resto comigo.

— Eu não sei onde está.

— Não minta, por favor. — Finley pôs a mão no bolso de dentro do paletó Savile Row e tirou uma Luger bem-polida. — É linda, não é? — perguntou quando os olhos de Dora pararam no cano. — De fabricação alemã, usada na Segunda Guerra Mundial. Gosto de imaginar que um oficial nazista matava de forma eficiente com ela. E então, Isadora, onde está o meu quadro?

Dora olhou indefesa nos olhos dele.

— Eu não sei.

A força da bala fez a moça bater as costas contra a parede. Mesmo quando o fogo incendiou seu ombro, ela não acreditou que Finley havia atirado. Não podia acreditar. Atordoada, pôs o dedo na parte mais quente da ferida e encarou cegamente os dedos ensanguentados. Ainda os encarava quando escorregou, dormente, pela parede.

— Eu realmente acho que é melhor você me contar. — Seco, Finley andou até o local em que Dora desabara. — Está perdendo muito sangue. — Agachou-se com cuidado para não manchar o terno. — Não quero causar problemas desnecessários a você. DiCarlo levou horas para morrer depois que dei o tiro nele. Mas você não precisa sofrer assim. — Suspirou quando a moça apenas gemeu. — Vamos dar a você um tempinho de ser recompor, está bem?

Deixando Dora no chão, sangrando, ele começou a examinar os tesouros dela metodicamente, um a um.

♦ ♦ ♦ ♦

— O FILHO DA mãe falou pra caramba. — Brent queria cantar enquanto cortava o tráfego em direção à rua South.

— Não gosto de fazer acordos com dedos-duros — murmurou Jed.

— Nem por uma raposa como o Finley?

— Nem por isso. — Jed olhou para o relógio. — Vou me sentir melhor quando souber que a polícia de Los Angeles pegou o cara.

— A ordem de prisão está sendo emitida, companheiro. O cara não vai dormir na cama dele hoje.

Jed se reconfortou com a ideia. Um pouco. Teria ficado mais feliz se pudesse pegar o cara sozinho.

— Você não precisava sair tanto do seu caminho. Eu podia ter pegado um táxi.

— Nada é o bastante para o capitão. Não hoje. E, se fosse você, não demoraria até amanhã para dar a uma certa bela morena a boa notícia.

— Ela precisa dormir.

— Ela precisa de tranquilidade.

— Vai ter muita em Aruba.

— Como é que é?

— Nada. — Jed se virou para fazer uma careta para a chuva fresca que começava a cair quando entraram na rua South.

♦ ♦ ♦ ♦

— Ótimo. — Finley se sentou de novo, feliz por ver Dora encontrar forças para se forçar a sentar, apoiada contra a parede. O sangue que escorria da ferida no ombro havia se tornado uma gosma espessa e lenta. — O quadro.

O queixo da moça batia. Ela nunca havia sentido tanto frio. Era tanto que até seus ossos pareciam bastões gelados. Enquanto seu braço e seu ombro cuspiam fogo, o restante do corpo parecia estar preso num bloco de gelo. Dora tentou falar, mas as palavras travaram por um instante e, em seguida, escorregaram de sua boca:

— A polícia... A polícia levou.

— Eu sei disso. — A primeira pontada de raiva surgiu nas palavras de Finley: — Não sou idiota, Isadora, que obviamente acha que sou. A polícia está com o quadro e eu o quero de volta. Eu paguei por ele.

— Eles o levaram embora. — A cabeça da moça caiu sobre o ombro e rolou, fraca, para a parede. A sala perdia cor e se acinzentava. — Para a casa da vovó — disse, entrando num delírio. — Depois embora. Não sei.

— Vejo que ainda precisa de um incentivo. — Finley pousou a arma e soltou a gravata. Fraca, Dora o viu tirar o paletó. Quando o homem pôs a mão na fivela dourada do cinto, a sensação fria de medo venceu o choque.

— Não encoste em mim! — A moça tentou se arrastar para longe, mas a sala girava tanto que ela só pôde se encolher na poça coagulada do próprio sangue. — Por favor, não.

— Não, não... Diferente do DiCarlo, não tenho planos de forçar você a fazer nada comigo. Mas uns bons golpes de cinto devem soltar a sua língua. Talvez seja difícil de acreditar, mas eu gosto de provocar dor.

— Finley enrolou o cinto na mão, a fivela solta para dar mais poder ao espancamento. — Então, Isadora, onde está o quadro?

A moça o viu pegar a arma e erguer o cinto ao mesmo tempo. Tudo que pôde fazer para tentar bloquear os dois foi fechar os olhos.

♦♦♦♦

— Pode me deixar ali na frente — disse Jed.

— Não. Vou deixar você na porta. — Brent entrou no estacionamento, espalhando o cascalho. — Se tivesse coração, você me ofereceria uma cerveja.

— Não tenho coração. — Jed abriu a porta e olhou de volta para o sorriso convincente de Brent. — Venha, vamos subir. — Mesmo que não resolvesse nada, aquilo adiaria a hora em que teria que ficar sozinho, esperando a manhã.

— Tem alguma daquelas importadas? — Brent passou um braço simpático por sobre os ombros de Jed enquanto subiam a escada. — Mexicana, talvez? Eu realmente queria...

Quando ouviram o grito baixo, os dois pegaram as armas. Correram para a porta a toda velocidade. Os anos de parceria voltaram a se encaixar. Quando Jed chutou a porta de Dora, ele se ergueu e Brent se abaixou.

Uma leve expressão de irritação passou pelo rosto de Finley quando ele se virou. Os dois policiais atiraram simultaneamente. Duas balas .9 mm atingiram o contrabandista no peito.

— Meu Deus. Ai, meu Deus. — Com o horror fazendo sua cabeça girar, Jed correu até Dora. Repetiu o nome da moça várias vezes, como uma oração, enquanto rasgava a blusa dela e tentava estancar o sangue. — Aguente firme, linda. Aguente firme.

É muito sangue, pensou desesperado. Sangue demais. E, como já começara a coagular, ele sabia que muito tempo havia passado. Quando olhou para o rosto pálido e gélido, teve um instante de um medo insuportável, pensando que Dora estava morta. Mas ela tremia. Jed podia sentir os tremores do choque mesmo ao tirar a jaqueta para cobri-la.

— Você vai ficar bem. Dora, linda, está me ouvindo?

Os olhos da moça estavam arregalados, dilatados, sem foco. A segunda bala passara pela parte mais forte do antebraço. Ela nem a sentira.

— Use isto. — Brent pôs uma toalha nas mãos trêmulas de Jed e dobrou outra para colocar embaixo da cabeça de Dora. — A ambulância já está vindo. — Lançou um olhar rápido para o corpo esparramado no tapete. — Ele morreu.

— Dora, me escute. Me escute, droga! — Jed trabalhava rápido enquanto falava com a moça, usando a toalha para estancar a ferida superior e o que sobrara da blusa para criar um torniquete. — Quero que você aguente firme. Aguente firme. — Então não pôde fazer mais nada a não ser pegá-la no colo e balançar o corpo dela. — Por favor. Fique comigo. Preciso que fique comigo.

Sentiu o leve toque da mão de Dora em seu rosto. Quando olhou para baixo, os lábios da moça se abriram, trêmulos.

— Não... Não conte aos meus pais — sussurrou ela. — Não quero que fiquem preocupados.

Capítulo Trinta
♦♦♦♦

Ele teria chorado se soubesse que iria ajudar. Tinha tentado todo o resto: xingado, andando de um lado para outro, rezado. Agora só podia ficar sentado, com a cabeça entre as mãos, esperando.

Os Conroy estavam com ele. Jed se perguntou se Dora ficaria surpresa com a força que tinham. Ele duvidava. Vira lágrimas e medo, mas eles haviam se unido, como uma parede sólida, na sala de espera do hospital para contar os minutos enquanto Dora era operada.

Jed esperara recriminações. Não haviam dito nada. Queria culpa. Mas não fora acusado de nada. Nem mesmo quando ainda estava manchado com o sangue de Dora, dizendo que havia deixado a moça sozinha, indefesa, eles o haviam culpado.

Pedia a Deus que o culpassem.

Em vez disso, John pegara café para todos, Lea fora esperar Will chegar de Nova York e Quentin e Trixie haviam ficado sentados no sofá, um ao lado do outro, de mãos dadas.

Depois que a segunda hora se arrastou, Trixie murmurou algo para o marido. Quando o viu assentir com a cabeça, se levantou e foi se sentar ao lado de Jed.

— Ela sempre foi durona — começou Trixie. — Costumava arranjar briga na escola. Bem, não arranjava, mas nunca fugia de nenhuma sem lutar com dignidade. Eu costumava ficar impressionada com a maneira que ela gritava como uma louca quando caía e machucava o joelho. Mas, se voltasse para casa com o lábio machucado ou o olho roxo, a gente nunca ouvia nada. Era uma questão de orgulho, eu acho.

— Essa briga não era dela. — Jed mantinha as palmas das mãos pressionadas contra os olhos. — Não deveria ter sido.

— A decisão foi dela. Minha Dora vai querer ser paparicada, entendeu? Ela nunca ficava doente, mas, quando ficava... — A voz de Trixie embargou, traindo a emoção. A mãe de Dora rapidamente enxugou os olhos e voltou a falar: — Quando ficava, esperava a atenção exclusiva de todo mundo. Minha filha nunca sofreu em silêncio.

Com gentileza, Trixie tocou nas costas da mão de Jed. Quando ele a baixou o suficiente, ela a pegou com firmeza.

— É muito mais difícil esperar sozinho.

— Sra. Conroy... — Mas Jed não conseguiu dizer nada. Simplesmente se apoiou na mulher e se deixou ser abraçado.

Todos se ergueram ao ouvir o barulho dos sapatos forrados no piso frio. Ainda de uniforme, Mary Pat passou pela porta.

— Ela saiu da cirurgia — informou rapidamente. — Parece que está tudo certo. O médico vai sair daqui a pouco.

Foi então que Trixie começou a chorar, com soluços fortes, arrasados, e lágrimas quentes que queimavam a camisa de Jed. Ele a abraçou automaticamente enquanto olhava nos olhos de Mary Pat.

— Quando eles vão poder ver a Dora?

— O médico vai avisar. Mas, vou te contar, essa moça é durona.

— Eu não disse? — perguntou Trixie, antes de andar, aos tropeços, até os braços de Quentin para que pudessem chorar juntos de alívio.

◆ ◆ ◆ ◆

Foi apenas quando ficou sozinho de novo que Jed começou a tremer. Tinha saído do hospital, realmente disposto a ir para casa. Era um momento da família, disse a si mesmo. Agora que sabia que Dora sobreviveria, não precisava mais ficar perto dela.

Quando não conseguiu atravessar a rua para chamar um táxi, ele se sentou na escada e esperou os tremores passarem. A chuva havia se tornado neve, caindo rápida, leve e úmida. Havia algo de sobrenatural na maneira como dançava pelas luzes dos postes, algo de hipnótico.

Jed encarou um facho de luz enquanto fumava um cigarro, depois outro. Então voltou e subiu de elevador até o andar em que Dora dormia.

— Eu imaginei que você fosse voltar. — Mary Pat sorriu para ele com olhos vermelhos de cansaço. — Mas que droga, Jed, você está encharcado! Vou ter que arranjar um leito para você?

— Só quero ver a Dora. Eu sei que ela está sedada, sei que não vai saber que estou com ela. Só quero ver a Dora.

— Vou pegar uma toalha.

— MP.

— Vou secar você primeiro — respondeu Mary Pat. — Depois levo você até lá.

Ela cumpriu a promessa. Quando achou que Jed estava seco o bastante, o levou até o quarto de Dora.

A moça estava deitada, parada e pálida como a morte. O coração de Jed pulou para a garganta.

— Tem certeza de que ela vai ficar bem?

— Está estável e não houve nenhuma complicação. O dr. Forsythe é bom. Acredite em mim. — Mary Pat não quis pensar na quantidade de sangue que haviam reposto em Dora nem no longo tempo que o pulso fraco dela havia demorado para se estabilizar. — Tiramos a bala. E houve um certo dano no tecido, mas vai cicatrizar. Ela vai ficar fraquinha como um bebê por um tempo e vai sentir muita dor.

— Não quero que ela sinta dor. — O controle de Jed escapou de suas mãos perigosamente. — Por favor, dê a ela o que for preciso para que nunca sinta dor.

— Por que não fica um pouco aqui? — Mary Pat passou a mão, tranquilizadora, pelas costas de Jed. — Vai se sentir melhor.

— Obrigado.

— O meu turno acaba daqui a uma hora. Eu volto para buscar você.

No entanto, quando o turno acabou, uma olhada rápida a fez dar meia-volta e deixá-los sozinhos.

Jed ainda estava lá de manhã.

♦♦♦♦

D_{ORA} _{ACORDOU} lentamente, como se nadasse em direção à superfície de águas escuras e paradas. O ar parecia espesso demais para respirar e havia um som em seus ouvidos parecido com o de ondas batendo suavemente numa praia.

Jed a viu acordar, observou cada batida de suas pálpebras. A mão da moça apertou a dele uma vez, depois voltou a ficar parada.

— Por favor, Dora, não volte a dormir.

Ele passou os dedos pelo cabelo, pelo rosto dela. Ainda estava muito pálida, pensou. Pálida demais. Mas as pálpebras bateram de novo e os olhos se abriram. Jed esperou que ganhassem foco.

— Jed? — A voz de Dora soou vazia, sem vida, e o som quase o destruiu.

— Oi, linda. Estou aqui.

— Tive um pesadelo.

Ele deu um beijo na mão dela, lutando contra a necessidade de simplesmente deitar a cabeça na cama e chorar.

— Está tudo bem agora.

— Foi muito real. Eu... Ai! — Ela se moveu, fazendo uma flecha de dor subir por seu braço.

— Você tem que ficar paradinha...

Como a dor, a lembrança irradiou por ela.

— Ele deu um tiro em mim. Deus do céu. — Dora começou a levar a mão até o fogo que incendiava seu ombro, mas ele prendeu os dedos nos dela. — Foi o Finley.

— Já acabou. Você vai ficar bem.

— Estou no hospital. — O pânico surgiu rapidamente, tomando-a junto com a dor. — Foi... Foi muito ruim?

— Já consertaram tudo. Você só precisa descansar agora. — Nenhum dos 14 anos de polícia o haviam preparado para a agonia horrível que sombreava seus olhos. — Vou chamar a enfermeira.

— Eu me lembro. — Os dedos de Dora tremiam enquanto ela tentava segurar os dele. — Ele estava na minha casa, me esperando. Queria o quadro de volta. Eu disse que não sabia onde estava e ele atirou em mim.

— Ele nunca mais vai machucar você. Eu juro. — Jed pressionou a testa contra as mãos dadas dos dois e se deixou desabar. — Me desculpe, linda. Me desculpe.

Mas ela já nadava pelas águas escuras novamente, para longe da dor.

— Não me deixe sozinha aqui.

— Não vou deixar.

♦♦♦♦

Na segunda vez que a viu consciente, Dora estava cercada de flores — vasos e vasos delas: de pequenos buquês a enormes arranjos exóticos. Em vez do sombrio avental hospitalar, usava algo feminino e rosa. O cabelo havia sido lavado e ela pusera maquiagem.

Mas, para Jed, ainda parecia incrivelmente frágil.

— Tudo bem, Conroy?

— Oi. — Dora sorriu e estendeu a mão. — Como você entrou? Eles são muito rígidos com os horários de visita aqui.

— Dei uma carteirada. — Jed hesitou. A mão que segurava parecia frágil como a asa de um passarinho. — Se estiver cansada demais, posso vir depois.

— Não. Se você ficar, pode mandar as enfermeiras embora quando vierem com as agulhas.

— Claro, vai ser um prazer. — Sentindo-se ridiculamente desconfortável, ele se virou para estudar a floresta de flores. — Parece que você vai ter que abrir uma loja diferente.

— É genial, não é? Eu adoro ser paparicada. — Ela se remexeu na cama, sentiu a dor e ficou feliz por ele estar de costas. — Você não fez o que eu pedi, Skimmerhorn.

— O quê?

— Contou para a minha família.

— Imaginei que seria melhor do que se eles tivessem lido no jornal.

— Acho que estava certo. E o que está acontecendo no seu mundo? A Mary Pat me contou que você mandou o Goldman embora antes do combinado e voltou a trabalhar.

— É. — Ele tivera que fazer alguma coisa para preencher os dias ou enlouqueceria.

— Posso ver seu distintivo?

— O quê?

— É sério. — Dora sorriu de novo. — Posso ver?

— Claro.

Ele sacou o distintivo enquanto andava até a cama. Ela o pegou, o examinou, o abriu e fechou algumas vezes.

- Legal. Como se sente?

— Bem — respondeu, enquanto punha o distintivo de volta no bolso. Ele nunca conseguiria ficar ali parado, batendo papo com ela, podendo ver o curativo branco embaixo daquela camisola rendada rosa. — Olhe, só passei aqui para ver como você estava. Tenho que ir.

— Antes de me dar o presente? — Quando Jed não disse nada, ela abriu outro sorriso, apesar de isso estar ficando cada vez mais difícil à medida que o efeito do remédio passava. — Essa caixa que está segurando. Não é para mim?

— É, é para você. — Ele a pousou no colo da moça. — Estive aqui algumas vezes enquanto você ainda estava apagada. Depois que vi a floricultura que tinha, achei que não ia mais precisar de margaridas.

— Elas nunca são demais. — Dora pegou a caixa arrumadinha e voltou a se recostar na cama. — Pode me ajudar? Estou tendo um pouquinho de dificuldade para mexer o braço.

Jed não se mexeu, mas seus olhos foram muito eloquentes.

— Me disseram que o dano não seria permanente.

— Sei. — A boca de Dora formou um beicinho. — Como se uma cicatriz não fosse um dano permanente. Nunca vou ficar igual de biquíni.

Ele não podia aguentar aquilo, simplesmente não podia. Virando-se num movimento abrupto, Jed foi até a janela e olhou cegamente para fora. O aroma forte de rosas o atormentava.

— Eu devia ter ficado lá — conseguiu dizer depois de um instante.

— Você não devia ter ficado sozinha.

A voz de Jed soou tão irritada, os ombros dele estavam tão tensos que Dora esperou pela tempestade. Ao ver que ela não chegaria, a moça puxou o laço de fita com a mão saudável.

— Pelo que o Brent me disse, o Finley escapou da polícia de Los Angeles. Ninguém tinha ideia de que ele tinha saído da Califórnia. Não sei como alguém poderia ter adivinhado que ele entraria com tanta facilidade no meu apartamento e me daria um tiro.

— É o meu trabalho saber.

— Então o cargo já está subindo à cabeça? Como eles chamam aquela história de superpolicial? É "síndrome de John Wayne", não é?

Dora havia conseguido puxar a fita e estava tirando a tampa da caixa quando ele se virou.

— Bem, peregrino — disse ela numa péssima imitação de John Wayne. — Não se pode estar em todo lugar ao mesmo tempo. — Apesar de a dor no braço estar voltando, ela rasgou alegremente o papel. — Eu adoro presentes e não tenho vergonha de dizer. Não acho que vou voltar a levar um tiro para... Nossa, Jed, que linda!

Estupefata, absolutamente estupefata, ela pegou a caixa de madeira e porcelana, pintada delicadamente com figuras douradas da mitologia. Quando abriu a tampa, "Greensleeves" começou a tocar suavemente.

— Estava no depósito. — Jed enfiou as mãos nos bolsos, se sentindo um idiota. — Achei que você ia gostar.

— É linda — repetiu Dora, lançando para ele um olhar tão sinceramente perplexo que o fez se sentir ainda mais idiota. — Obrigada.

— Tudo bem. Achei que ia poder guardar umas besteiras nela enquanto estivesse presa aqui. Eu realmente tenho que ir. Você, é... precisa de alguma coisa?

Dora continuou a passar os dedos pela caixa enquanto olhava para ele.

— Queria pedir um favor.

— Peça.

— Pode fazer alguma coisa para me tirar daqui? — Ela sentiu vergonha das lágrimas que queimavam seus olhos. — Quero ir para casa.

♦ ♦ ♦ ♦

JED PRECISOU de muitas horas e de muita negociação, mas Dora, por fim, deitou a cabeça no próprio travesseiro, na própria cama.

— Obrigada, Deus. — Dora fechou os olhos, suspirou profundamente, depois os abriu de novo e sorriu para Mary Pat. — Não tenho nada contra o seu local de trabalho, MP, mas, pessoalmente, eu odiava aquilo lá.

— Você também não era a paciente perfeita, mocinha. Abra a boca. — Mary Pat enfiou o termômetro na boca de Dora.

— Eu fui um doce — murmurou Dora.

— Talvez dos bem azedos. Mas não vou reclamar. Alguns dias como enfermeira particular vão ser ótimos para mim. — Eficiente, ela enrolou o medidor de pressão no braço saudável de Dora. — Certinha — anunciou quando pegou o termômetro de volta. Mas Dora percebeu a careta rápida em relação à pressão.

— O que houve?

— Nada que muito descanso não conserte.

— Eu tenho descansado. Nunca achei que fosse me ouvir dizer isso, mas estou de saco cheio de ficar na cama.

— Vai ter que aturar. — Sentando-se na beira da cama, Mary Pat pegou a mão de Dora, medindo o pulso da moça. — Vou ser sincera com você. Vai ficar muito bem se descansar e se cuidar direito. Mas isso não foi um joelho ralado. Se o Jed não tivesse chegado na hora em que chegou, você não estaria aqui para reclamar. Foi por muito pouco.

— Eu sei. Lembro de tudo claramente.

— Você pode reclamar e encher o meu saco. Eu não vou me importar. Mas também vai ter que seguir minhas ordens direitinho ou vou contar tudo ao capitão.

Dora sorriu um pouco.

— Enfermeiras têm hierarquia?

— Estou falando do Jed, sua besta. Ele está financiando isso tudo.

— O que quer dizer?

— Quero dizer que você vai ter atendimento em casa pelo tempo que precisar. Cortesia do capitão J. T. Skimmerhorn.

— Mas... Eu achei que meu seguro estivesse pagando por tudo.

— Fala sério. — Rindo do comentário, Mary Pat afofou os travesseiros e alisou os lençóis. — Agora, descanse. Vou preparar alguma coisa para você comer.

— Ele não devia se sentir culpado — murmurou Dora quando Mary Pat começou a andar até a porta.

Mary Pat parou e olhou para trás.

— Ele sente muito mais do que culpa em relação a você. Sabia que ele não saiu do hospital nas primeiras 48 horas?

— Não. — Dora olhou para as próprias mãos. — Não sabia.

— Ou que ele vinha ver você toda noite?

Dora apenas balançou a cabeça.

— Muitas mulheres esperam a vida toda por alguém que se sinta culpado assim.

Sozinha, Dora pegou a caixa de música. Abriu a tampa, fechou os olhos e se perguntou o que deveria fazer.

◆◆◆◆

No fim do turno, Mary Pat passou as informações sobre o progresso da paciente para a substituta. Mas não se considerou livre. Marchando pelo corredor, bateu com força na porta de Jed. Quando ele a abriu, ela enfiou o indicador no peito do amigo.

— Será que você não consegue encontrar energia para atravessar a droga do corredor e... — Mary Pat se interrompeu, fazendo uma careta. — O que está fazendo?

— As malas.

Dardos de um ódio justo foram lançados dos olhos dela.

— Não está nada. — Descontrolada, Mary Pat andou batendo os pés até uma caixa e virou todos os livros que continha no chão. — Não vai abandonar a Dora agora que ela está paralisada e indefesa.

— Eu não estou abandonando. — Jed lutou para se acalmar. Tinha se convencido, de maneira muito lógica, que estava fazendo tudo aquilo por Dora. — Ela me pediu para ir embora. Só vai ficar mais chateada se souber que ainda não saí daqui.

Mary Pat pôs as mãos nos quadris.

— Você é um idiota. Isso eu quase posso aceitar. Mas nunca achei que fosse um covarde.

— Chega, MP.

— De jeito nenhum. Você pode me dizer sinceramente que não ama aquela mulher?

Jed pegou um cigarro. Mary Pat o arrancou da mão dele e o partiu em dois. Ele a encarou. Ela o encarou de volta.

— Não, não posso. Mas isso não muda nada. O médico foi muito claro sobre manter a Dora longe de estresse. Ela não precisa que eu fique por perto, enchendo o saco dela.

— Sente-se. Sente aqui agora, droga. — Mary Pat o empurrou. — Eu vou dizer exatamente do que ela precisa.

— Ótimo. — Jed desabou na cadeira. — Vou me sentar.

— Você já disse o que você sente?

— Não sei por que isso é da sua conta.

— Eu achei mesmo que não tinha dito. — Impaciente, ela deu uma volta rápida na sala, quase não conseguindo evitar dar um chute no banco de ginástica dele. — Já colheu flores silvestres para ela?

— É inverno.

— Você sabe exatamente do que eu estou falando. — Mary Pat se virou para ele e bateu com as duas mãos nos braços da cadeira para prendê-lo. — Aposto que nunca acendeu velas para ela nem a levou para caminhar perto do rio nem comprou um presente bobo.

— Eu dei a droga da caixinha de música para ela.

— Não é o suficiente. Ela tem que ser paparicada.

Incrivelmente, Jed sentiu a vergonha subir por seu pescoço.

— Me deixe em paz.

— Eu queria quebrar a sua cara, mas jurei só curar. Você quase perdeu essa moça.

Os olhos dele se ergueram, afiados como uma espada.

— Você acha que eu não sei disso? Acordo suando toda noite ao lembrar como foi por pouco.

— Então faça alguma coisa de positivo. Mostre a essa mulher que ela significa muito para você.

— Eu não quero forçar a barra enquanto ela está vulnerável.

Mary Pat revirou os olhos.

— Então você é um idiota. — Sentindo pena dele, ela o beijou. — Encontre algumas flores silvestres, Jed. Estou apostando em você.

♦ ♦ ♦ ♦

A caixa chegou na tarde seguinte.

— Mais presentes — anunciou Lea, lutando para empurrar a enorme caixa pela sala de estar até o sofá em que Dora estava sentada.

— Estou pensando em levar um tiro também. Contanto que seja de raspão.

— Acredite, não vale a pena. Pegue a tesoura para mim, por favor? Vamos abrir esta gracinha. — Dora se abaixou para analisá-la. — Não tem o endereço do remetente.

— Ah, um admirador secreto. — Com a língua presa entre os dentes, Lea atacou a fita adesiva. — Ah... — exclamou, decepcionada ao abrir a tampa. — São só livros.

— Meu Deus. Ai, meu Deus. Carolyn Keene. — Dora estava de joelhos, mexendo na caixa. — Nancy Drew. Parece que é a coleção inteira. E são primeiras edições. Olhe só. Tem *The Clue of the Leaning Chimney*, *The Hidden Staircase*... — Imediatamente, ela apertou os livros contra o peito e começou a chorar.

— Meu amor, ai, meu amor, você se machucou? Vou levar você até a cama.

— Não. — Dora pressionava *Passport to Larkspur Lane* contra o rosto. — São do Jed.

— Entendi — respondeu Lea com cuidado, abaixando-se.

— Ele teve esse trabalho todo só para ser carinhoso comigo. Por que está sendo carinhoso? Olhe, alguns dias atrás, ele me mandou esta pulseira. — Dora estendeu o braço e continuou tagarelando enquanto Lea fingia admirar a joia. — E aquela vaquinha e a aquarela. Por que está fazendo isso? O que deu nele?

— Isso se chama paixonite aguda.

Dora fungou e limpou as lágrimas com a manga do roupão.

— Isso é ridículo.

— Meu amor, você não entendeu que ele está fazendo um galanteio? — Lea pegou um livro, o virou e balançou a cabeça. — Eu prefiro um estilo diferente, mas isto realmente parece ter deixado você feliz.

— Ele só está com pena de mim. E se sentindo culpado. — Dora controlou as lágrimas, piscando os olhos para afastá-las. — Não está?

— Amor, o homem que vi assombrando aquele hospital não estava lá por culpa. — Lea estendeu a mão para pôr o cabelo da irmã para trás da orelha. — Vai dar uma chance ao cara?

Dora pousou um dos livros no colo, passando as mãos suavemente pela capa.

— Antes de levar o tiro, terminei com ele. Mandei que ele saísse daqui. Ele me magoou, Lea. Não quero que me magoe de novo.

— Não posso dizer o que você deve fazer, mas me parece muito injusto deixar o coitado sofrendo. — Lea beijou a testa de Dora e se levantou para atender a batida na porta. — Oi, Jed. — Sorriu e o beijou também. — Sua surpresa foi perfeita. Ela está lá dentro, chorando em cima dos livros.

Jed deu um passo automático para trás, mas Lea pegou a mão dele e o puxou para dentro.

— Veja só quem está aqui.

— Oi. — Dora limpou as lágrimas e abriu um sorriso trêmulo. — São demais. — Os olhos dela transbordaram novamente. — De verdade.

— O valor deles vai cair muito se estiverem manchados de água — avisou Jed.

— Você está certo. Mas eu sempre me emociono com primeiras edições.

— Eu já ia sair. — Lea pegou o casaco, mas nenhum dos dois prestou atenção nela.

— Não sei o que dizer. — Dora continuava pressionando *The Hidden Staircase* contra o peito, como um filho amado.

— Diga "obrigada" — sugeriu ele.

— Obrigada. Mas, Jed...

— Escute, eu recebi autorização para tirar você daqui um pouquinho. Quer dar um passeio?

— Está brincando? — Ela correu para se levantar. — Lá fora? Lá fora mesmo e não é até o hospital?

— Pegue o casaco, Conroy.

— Não posso acreditar — disse ela alguns minutos depois, quando entrava luxuriosamente no carro de Jed. — Sem enfermeiras. Nem termômetros constantes nem aparelhos de pressão.

— Como está o seu ombro?

— Dolorido. — Dora abriu a janela para sentir o vento bater contra seu rosto e não percebeu a maneira como os dedos de Jed se enrijeceram sobre o volante. — Estão me obrigando a fazer fisioterapia, o que é, sendo bem eufemística, chato. Mas está me ajudando. — Ela ergueu o cotovelo até um ângulo reto para provar. — Nada mal, não é?

— Isso é ótimo.

Havia tanta violência controlada na frase que Dora ergueu uma das sobrancelhas.

— Está tudo bem no trabalho?

— Tudo ótimo. Você estava certa desde o início. Eu não devia ter saído.

— Você precisava de um tempo. — Dora tocou no braço dele, deixando a mão cair quando ele se afastou. Já era hora, pensou, de resolver as coisas. — Jed, eu sei que a gente estava numa situação difícil antes... Bem, antes de eu me machucar. Sei que fui cruel.

— Não diga isso. — Jed não sabia se iria aguentar. — Você estava certa. Tudo que disse estava certo. Eu não queria que você chegasse perto demais de mim e fiz de tudo para que não pudesse. Você foi uma das principais razões para eu ter voltado para o trabalho, mas não contei nada porque teria que admitir que aquilo era importante. Que o que você pensava de mim era importante. Foi de propósito.

Dora voltou a fechar a janela, deixando o vento fora.

— Não precisa lembrar disso agora.

— Acho que ia parecer muito conveniente se eu dissesse que ia pedir para você me perdoar, que estava disposto a implorar por outra chance antes de você se machucar. — Lançou um olhar rápido para ela, viu os olhos arregalados e fez uma careta para o para-brisa, enojado. — É, foi o que eu achei que você diria.

— Eu não sei — afirmou ela, com cuidado — no que outra chance implicaria.

Jed ia tentar mostrar. Ele parou na calçada, puxou o freio e deu a volta no carro para ajudá-la a sair. Como a moça encarava a casa, ela deu um passo em falso e bateu o braço contra a porta do carro.

— Droga!

A dor que ela sentiu o destruiu.

— Não aguento ver você sentindo dor. — Protegendo o braço de Dora, Jed a trouxe para perto de si. — Não aguento. Essa situação acaba comigo, Dora, toda vez que penso nela. Toda vez que me lembro de como foi ver você no chão, ter o seu sangue nas minhas mãos... — Ele começou a tremer, todos aqueles músculos fortes vibrando como cordas esticadas. — Achei que você tivesse morrido. Olhei para você e achei que tivesse morrido.

— Não faça isso. — Ela tentou acalmá-lo automaticamente. — Estou bem agora.

— Mas eu não pude evitar — retrucou ele, com raiva. — Cheguei tarde demais.

— Não chegou. Você salvou a minha vida. Ele teria me matado. Queria me matar tanto quanto queria o quadro. Você impediu o Finley.

— Não é o bastante. — Lutando para recuperar o controle, Jed soltou Dora e deu um passo para trás.

— Eu acho que é, Jed.

Ela levou a mão ao rosto dele. Ele a agarrou e a pressionou contra seus lábios.

— Só um instante. — Jed ficou parado por um segundo, com o vento frio e agitado sussurrando pelas árvores nuas e pela grama pálida do inverno. — Você não deveria ficar aqui no frio.

— Estou me sentindo ótima.

— Quero que entre comigo. Quero terminar essa conversa lá dentro.

— Tudo bem. — Apesar de não estar mais se sentindo fraca, Dora deixou que Jed a segurasse enquanto subiam o caminho até a porta. Achou que ele precisava daquilo.

Mas era Jed quem tremia quando destrancou a porta, a abriu e a levou para dentro. Seus nervos levaram um choque quando a moça soltou uma exclamação leve e alegre.

Dora pisou no acolhedor tapete Bokhara.

— Você está trazendo as coisas de volta.

— Algumas. — Jed observou a maneira como ela passou os dedos pela mesa de pau-rosa, pelas costas curvas de uma cadeira, o modo como sorriu para o delicado espelho dourado. — A proprietária do meu apartamento me expulsou, então eu tirei algumas coisas do depósito.

— As coisas certas. — Dora andou até a sala de estar. Ele havia trazido um divã listrado cheio de curvas e uma linda luminária Tiffany, que repousava sobre uma mesinha de pau-amarelo. Havia um fogo baixo na lareira. Ela sentiu uma onda concomitante de prazer e tristeza. — Você vai voltar para cá.

— Isso depende. — Jed tirou o casaco de Dora com cuidado, deitando-o no braço do divã. — Voltei para cá na semana passada. Não era a mesma coisa. Eu podia ver você subindo a escada, sentada no banco do meu quarto, olhando pela janela da cozinha. Você mudou a casa — disse, quando a moça se virou lentamente para olhar para ele. — Você me mudou. Quero voltar para cá, quero fazer isso funcionar. Se você vier comigo.

Dora não achou que a tontura repentina tinha a ver com as feridas que sofrera.

— Acho que preciso me sentar. — Ela se sentou nas almofadas listradas e respirou com cuidado duas vezes. — Você vai se mudar para cá? Quer se mudar para cá?

— É, isso mesmo.

— E quer que eu more com você?

— Se você quiser. — Jed tirou uma pequena caixa do bolso e a pôs nas mãos de Dora. — Mas prefiro que se case comigo.

— Posso... — A voz da moça parecia um ganido. — Posso tomar um copo de água?

Frustrado, ele arrastou a mão pelo cabelo.

— Droga, Conroy... Claro. — Mordeu o lábio para controlar o mau humor e os nervos descontrolados. — Claro, vou pegar.

Dora esperou que Jed saísse da sala para reunir coragem para abrir a caixinha. Ficou feliz por ter feito isso porque sua boca se escancarou. Ainda olhava, pasma, para o anel quando ele voltou trazendo um copo Baccarat cheio de água morna da torneira.

— Obrigada. — Ela pegou o copo e o virou. — É enorme.

Aborrecido consigo mesmo, ele brincou com um cigarro.

— Acho que exagerei.

— Nada disso. Não tem nenhum diamante no mundo que seja exagerado. — Dora pousou a caixinha no colo, mas manteve uma mão possessiva sobre ela. — Jed, acho que essas últimas semanas foram tão duras para você quanto para mim. Talvez eu não tenha entendido isso, mas...

— Eu te amo, Dora.

Aquilo a fez se interromper. Antes que pudesse voltar a pensar, Jed já estava ao lado dela no divã, esmagando vários ossos de sua mão.

— Por favor, Dora, não me peça outro copo de água. Se não quiser me responder agora, eu posso esperar. Só quero uma oportunidade de fazer você se apaixonar por mim de novo.

— Foi por isso que fez todas essas coisas? Os presentes e os telefonemas? Estava tentando minar minhas defesas enquanto eu estava fraca.

Ele olhou para baixo, para as mãos unidas dos dois.

— Acho que isso resume tudo.

Ela fez que sim com a cabeça, depois se levantou para andar até a janela. Iria querer tulipas na primavera, pensou. E muitos girassóis ensolarados.

— Bom trabalho — elogiou, baixinho. — Você fez um ótimo trabalho, Skimmerhorn. Mas os livros foram o toque final perfeito. Como eu podia recusar uma coleção completa de primeiras edições da Nancy Drew? — Olhou para o enorme diamante bem-trabalhado que ainda tinha entre as mãos. — Você explorou minha fraqueza por objetos antigos, romance e ganhos materiais.

— Eu não sou um partido tão ruim assim. — Com os nervos à flor da pele, Jed se aproximou por trás de Dora para passar a mão pelo cabelo dela. — Tenho alguns defeitos, é claro, mas sou cheio da grana.

Os lábios dela se abriram num sorriso.

— Essa tática poderia ter funcionado antes, mas agora vou ficar muito bem também, já que vou ganhar uma recompensa enorme pelo Monet. Posso ser gananciosa, Skimmerhorn, mas ainda tenho orgulho.

— Sou louco por você.

— Assim está melhor.

—Você é a única mulher com quem eu quero passar a minha vida. — Jed deu um leve beijo entre o pescoço e o ombro de Dora, fazendo-a suspirar. — A única mulher que já amei e que quero amar.

— Assim está excelente.

— Acho que não consigo viver sem você, Dora.

As lágrimas queimaram a garganta da moça, embargando a voz dela.

— Na mosca.

— Isso quer dizer que você vai se apaixonar por mim de novo?

— O que faz você pensar que deixei de amar você?

A mão que ele mantinha no cabelo dela se fechou com força e a fez se encolher de dor.

— E a história do casamento? Você vai aceitar?

Dora sorriu para a luz do sol. Talvez não fosse o pedido mais romântico do mundo, mas estava ótimo para ela. Era perfeito para ela.

— Vamos ter que pôr renda nas cortinas, Jed. E tenho um banco Chippendale esperando para ser posto em frente à lareira.

Ele a virou e penteou o cabelo da moça para trás para poder segurar o rosto dela entre as mãos. Teve apenas que ver os olhos de Dora para que o nervosismo passasse.

— E filhos?

—Três.

— É um bom número. — Emocionado, pousou a testa contra a dela. —Tem uma cama lá em cima, no quarto do casal. Acho que é uma George III.

—Tem dossel?

— Só a cabeceira. Durma aqui comigo hoje.

Ela riu antes de aceitar o beijo.

— Achei que você nunca fosse pedir.

Impresso no Brasil pelo
Sistema Cameron da Divisão Gráfica da
DISTRIBUIDORA RECORD DE SERVIÇOS DE IMPRENSA S.A.
Rua Argentina 171 – Rio de Janeiro, RJ – 20921-380 – Tel.: 2585-2000